法 医 学

宋慈大传

王宏甲 / 著

中国出版集团

中译出版社

图书在版编目（CIP）数据

宋慈大传 /王宏甲著. —北京：中译出版社，2016.4（2023.2重印）
ISBN 978- 7- 5001- 4621- 6

I. ①宋… II. ①王… III. ①传记小说—中国—当代 IV. ①I247.5

中国版本图书馆CIP数据核字（2016）第052192号

文化名家暨"四个一批"人才自主选题资助项目

出版发行：中译出版社
地　　址：北京市西城区车公庄大街甲4号物华大厦6层
电　　话：（010）68359376；68359827（发行部）；68358224（编辑部）
邮　　编：100044
传　　真：（010）68357870
电子邮箱：book@ctph.com.cn
网　　址：http://www.ctph.com.cn

总 策 划：张高里
策划编辑：范　伟
责任编辑：范　伟　张　旭
封面设计：潘　峰

排　　版：杰瑞腾达科技发展有限公司
印　　刷：天津奥丰特印刷有限公司
经　　销：新华书店

规　　格：710毫米×1000毫米　1/16
印　　张：28.25
字　　数：460千
版　　次：2016年4月第1版
印　　次：2023年2月第5次

ISBN 978-7-5001-4621-6　　　　定价：58.00元

宋慈大傳

丙申箐荔宴　文懷沙

二〇一六年是弘揚法道之父，洗冤集录

之作者宋慈八百三十年誕辰，足足二千永遠

不容忘记於中國人，告書出版光耀史册。

書記附忘言申敬

文怀沙先生书签　　丙申春

《洗冤集录序》宋慈手迹

《洗冤集录》出版不久即被宋理宗皇帝敕颁天下，成为全国审案官员案头必备之书。宋亡后，《洗冤集录》仍受到元朝皇帝重视，元刻本书前印有元朝的《圣朝颁降新例》，并将宋慈《洗冤集录序》手迹手迹完整地保存下来，弥足珍贵。

宋慈画像　　徐子鹤　宋大仁 合绘

　　一九五五年六月起，这幅宋慈画像在江苏省卫生厅
主办的南京中医药展览会上展览达四个月。从十月起，
在广东中医药展览会又展出两个月。一九五七年在福建
中医药展览会再展出一个月。瞻仰者共有三十多万人。

焦尸案　　戴敦邦 画

一九七九年，王宏甲创作了第一个宋慈断案故事
《焦尸案》，著名国画家戴敦邦为此篇画了插图。
该文与插图刊于一九七九年上海《青年一代》第四期。

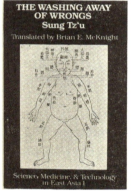

上图左：元刊本封面　上图右：元刊本部分目录
下图左：日文译本　　下图中：剑桥大学东方文化教授嘉尔斯译本首页　下图右：美译本封面

　　宋本《洗冤集录》丧失殆尽，现存最古本为元代复刻本《宋提刑洗冤集录》。历元明，以《洗冤集录》为蓝本进行补、集、注、纂的著作甚多。最早被翻译到朝鲜的是元代人王与的《无冤录》，其中也主要是宋慈学说。继有日本人将朝译本转译成日文。最早传入欧洲的是据清代版本《洗冤录》译出的法文节译本。一九八一年出版的美译本是《洗冤集录》第一个外文译本。其意义在于：此前翻译到国外的中国古代法医学著作都是增删《洗冤集录》的版本，西方有学者认为，从明清版本翻译到外国的法医著作难以证明中国古代法医学已达至先进水平，只有发掘和翻译出中世纪的《洗冤集录》原本，才能有力地证明中国法医学比同时代的欧洲先进。美译本做的这项翻译工作，足以证明宋慈是人类的法医学之父。

王宏甲（左）在首届国际法医学研讨会上
做《伟大的法医学家宋慈》专题报告，翻译（右）正用英语翻译

　　一九八七年秋，首届国际法医学研讨会在中国召开，东西方专家都因宋慈是中国人而会聚中国。本书作者王宏甲应邀出席，并在大会做《伟大的法医学家宋慈》的专题报告。大会会址在沈阳中国医科大学。本次大会中方主席为中国著名法医学史家贾静涛教授，外方主席为英国伦敦大学医学院法医学科主任卡梅伦教授。

封面配图：宋慈　　　张自生　画

　　一九八六年纪念宋慈诞生八百周年时征集画作，我选了著名画家张自生的这张印作纪念册封面。画中宋慈侧身低头沉思，身后的手里拿着一只笔，笔尖有一点红墨，宋慈没穿官服，穿普通衣衫，这似乎是下班后的样子，下班后他还在思考什么？写《洗冤集录》吗？可为什么用红笔？写书该用黑墨呀？这该是斟酌判决问题。"反复深思，唯恐率然而行死者虚被涝瀝。"（宋慈语）这里的"死者"已不是无罪的百姓，而是要判决的罪犯，他在反复深思，是不是完全没有疑问了，量刑准不准，万一杀错，死不复生。他是个以民命为重，对犯人也有大悲悯的大法官。我至今没有跟张自生先生交流过这幅画，不知他创作这幅画是怎么想的，但我感到，双手背在身后拿着的那只红笔有千钧重量，下班后依然这样低头深思（而不是昂首向前），生恐自己有错而使罪犯蒙受冤屈……这样的大法官，在中世纪的欧洲各国都没有。这样的法官形象不是范仲淹、不是司马光、不是欧阳修，也不是朱熹……这就是宋慈！

目录

5 ✳ 第一章　古道蹄声

1. 不测风云 / 2. 夜走海听居 / 3. 香棺天坠

南宋嘉定十年（1217年），宋慈高中进士，父亲宋巩病危，宋慈从京都赶回故乡。不久父亲病逝，宋慈不能赴任，居家守制。同年冬，金军抵挡不住蒙古铁骑的进攻，决定吃掉南宋，扩地抗蒙，金军发兵渡淮，大举南犯……

21 ✳ 第二章　家乡血案

1. 侍女秋娟 / 2. 童家奇冤 / 3. 替人告状

宋慈居家守制，继续沉潜于书卷。不料，发生在他身边的一桩又一桩血案，令他吃惊地窥见自己：一二十载青灯黄卷刻苦求学，虽赢得了通经史、善辞令的锦绣名气，但对现实的民情世事却所知甚微。他受到震动，决定不必等到出山奉职，眼下就可以做些实在之事！

35 ✳ 第三章　洗冤之誓

1. 大宋的王法 / 2. 又一条人命 / 3. 甬道深处 / 4. 深夜敲门声

山河破碎，锦绣成灰。他曾想，或能入朝竭尽智能辅弼君王，或去前方运筹帷幄收复河山，或在地方上整顿吏治抑制豪强，减少天下生民的苦痛，这都是人生志向。没想到，眼看着乡里一条条生命蒙冤而死，他挺身去为平民讨公道却一事无成，高远的志向落进了现实的血泊……

　　一天，有位老人领宋慈到城外荒山，指着一片蒿草说："看，那是什么？"只见那片蒿草长得格外油黑，茂盛处恰似一个躺着的人形，头颅四肢清晰可辨。老人说：人体被焚，脂膏必渗入地下，第二年长出的草便是这样。这地方必是焚尸灭迹之处。又领宋慈踏入草坪细看，确认：被烧的是个女子。再搜寻附近，无任何可疑的遗物。这案子如何侦破？

　　用狗协助破案，如今全世界都不陌生。七百多年前，中国已能调动苍蝇协助破案，这是利用生物破案之首创。同时期欧洲处于中世纪，宗教裁判取代法庭，人的刑侦断案能力尚且被抑制、被废弃，哪里还谈得上利用生物协同破案呢？中国法官临场勘检此时已可分为验伤、验尸、验地、验器等等，这个飞蝇识器案的验器方式，堪称法医学史上的一个经典。

　　这年宋慈赴任福建南剑州通判，时值饥荒。丞相李宗勉奉旨南巡内地粮赋，遇见饥民夺食于路，于是将抓获的抢劫者交宋慈处理，宋慈的处理方式令丞相吃惊。宋慈告诉丞相，如今这里日未落路上行人已稀，市中杀人以卖，奇案迭出。一日夜间，又出一件焦尸案。宋慈令验尸。死者已成焦炭状，体无完肤，如何验？其检验法也是中国法医学史上的经典方法，迄今仍为验生前死后的重要依据。

　　在中国法医检验学中，不仅辨生前死后等致死原因，还要通过检验以追索凶犯。验伤、验尸乃至验焦尸，都有活人或焦尸可验，然而面对烧焦蜷缩之尸，古代没有DNA技术，怎知道死者究竟是谁，能不能还原其生前高矮胖瘦形状？宋慈便验地，这"验地"的概念不完全是勘查现场，而是形同验尸，并试图找出致命伤在何处。此种"验地"堪称中国古代法医检验学一绝，足以令今人也叹为观止。

　　这期间欧洲落后不仅是法制。蒙古铁骑横扫欧洲从未被有效阻挡，后来蒙军撤出欧洲也并非被打败。1241年蒙古在王位继承上发生纠纷，远在欧洲的蒙军随即回师，他们旋风般的马队横穿匈牙利和罗马尼亚返回东方，就像在自己的草原上演习；此后蒙军主要对南宋征战。而蒙军在欧洲能长驱直入，对南宋尚不能。为什么？如宋慈在国势艰危中清狱事、平冤案、化矛盾、聚民力，亦属非常重大之要务。

　　这年宋慈五十三岁，一生中首次出任提刑，这是掌一路司法、刑狱和监察大权的最高法官。广东监狱积案之多已居全国之首，大部分是疑难积案，早已无尸可验，发案现场也时过境迁，宋慈的断案实践与学识，就挺进到掘墓验尸骨。如此便积累了当时世界上最丰富的验骨知识，对多年沉冤疑案审断得一再令人惊叹不已。

　　广州狱犯来自各州县，宋慈不是坐在提刑司衙门办案，史称之"循行部内"，虽"恶弱处所，辙迹必至"。这是说他对职责范围，不论险恶之地，还是穷乡僻壤，都去调查追访。此记载并非小说的虚构。一个高级法官如此作为，在13世纪的西方各国都无迹可寻，堪称人类法官楷模与法医先祖。历史还记载他八个月决断数百疑存积案。他做到这些并不全靠检验学识：官府办案对疑之有罪者便抓来，宋慈认为这是许多冤案之源；他坚持，对"疑犯"只要找不到有罪证据就视之无罪。这便是极宝贵的无罪认定思想了。

　　从前司马迁说，文王被拘演《周易》，孔子困厄修《春秋》，屈原放逐作《离骚》，左丘失明写《国语》，……宋慈任广东提刑不到一年就被调离，迁任江西提刑也不到一年，再迁江苏常州府任知州，一晃就是五年。他六十岁了。想到天下冤案甚多，自己所作甚微，渴望竭尽心力去为天下人洗冤却不能，也如同被困在这知州任上；即使皇上还让自己去当提刑，又能够审理多少？由此萌生著述愿望……

1248 年，宋慈奉使四路勘问刑狱，辙迹所至，洗冤禁暴。这是他一生中最渴望竭尽全力去做的事。史称他"听讼清明，决事刚果。抚良善甚恩，临豪猾甚威"，使所到地区贪官污吏豪强恶霸闻风而惊，"穷闾委巷，深山幽谷之民"则深觉亲切。不料历时不到一年，宋慈再次到广东时病倒了……恰在这时，发生了一桩异常复杂离奇的凶杀案，作案手段超出了《洗冤集录》论及的范围……

卷首语

一个不该被遗忘的中国人

1981 年，美国译出一部中国宋代的著作，全名《洗除错误——十三世纪的中国法医学》(*The Washing away of Wrongs: Forensic Medicine in Thirteenth-Century China*)。该书中国版本原名《洗冤集录》，美译本副题为译者所加。为什么要加此副题？因可使读者更容易看到这部书的意义：从远古到十三世纪，西方没有人写出法医学著作，这是世界上第一部法医学著作，作者即宋慈。

在许多人印象中，欧洲国家的法制似乎一直比中国先进。可是，写出世界上第一部法医学专著的却是一个中国人。他一生中最重要的职务是法官；他是在法官任上写出上述专著而成为法医学之父。但很多人至今对他很陌生。

欧洲中世纪，宗教裁判曾取代法庭，盛行过"神裁法"，或以"决斗"自行解决争端。决斗中一方杀死另一方，不必负法律责任。19 世纪俄国诗人普希金即死于决斗。但在中国，武松斗杀西门庆是要负法律责任的。

因有人管法，追究死伤责任，就得有人行检伤验尸的事。中国古代刑侦勘检制度上承春秋。造纸和印刷术的发明，为保留和传播中华悠久文化，实有同时期他国不备之优势。宋慈家乡建阳是宋代三大出版中心之一，这为他集中国源远流长的勘检知识之大成备下极好条件。宋慈能开创一条法医学大道，实属中国古代文明发展之必然。

洗冤记

　　史称之"循行部内"，虽"恶弱处所，辙迹必至"。这是说他对职责范围，不论险恶之地，还是穷乡僻壤，都去调查追访。此记载并非小说的虚构。一个高级法官如此作为，在十三世纪的西方各国都觅无可寻。宋慈不仅是人类的法医学之父，其公正清明也堪称人类法官之楷模。

王宏甲

第一章

古道蹄声

（1186—1217 年）

　　我走进这片历史，因宋慈的家乡福建建阳也是我的家乡。公元前 111 年，当玉门关成为大汉王朝西北最边远的一个关隘，建阳成为汉帝国东南边陲最远的一个城堡。至宋，从吴越入闽的这一条古道早被经商的车马踏成并不荒凉的大道。嘉定十年（1217 年）宋慈高中进士，父亲宋巩病危，宋慈从京都赶回故乡。不久父亲病逝，宋慈不能赴任，居家守制。同年冬，金军抵挡不住蒙古铁骑的进攻，决定吃掉南宋，扩地抗蒙，金军发兵渡淮，大举南犯……

1. 不测风云

黎明的风，带着旷野潮湿清凉的气息扑面而来。一座座星散寂寥的村落，在动荡的雾霭中匆匆闪过。听不见村落中此起彼伏的鸡鸣，听不见猞猞犬吠，唯有足下疾如骤雨般的蹄声不绝于耳，追赶着天上晨星。

这条商道出京都临安，经浙南，奔福建。晨光衬出大道上两匹快骑飞奔而来，骑在马上的是宋慈与宋毚。

这是上路的第二个白天了，昨夜，他们都只是打了个盹儿就又上路。自从得知父亲病危的消息，宋慈仿佛就再没有了睡意。

宋家数代一脉单传，宋慈也是独子。父亲对他的厚望，单看为他取名慈，字惠父，这便是期望他日后高科入仕，做个恩德慈及草木，贤名垂于青史的父母官。

可是，高科入仕，谈何容易！

宋慈生于宋淳熙十三年（1186 年），二十岁到京都入太学，太学里仍实行熙宁年间王安石推行的"三舍法"，将学生分为外舍、内舍和上舍三等。宋慈以博记览、善辞令被纳为上舍生。这上舍生参加科考是不必经过乡试、府试的，可从太学直接参加。可是宋慈一连两度参加科考，都榜上无名。

"科场舞弊！"宋慈怨道。

"你这是没出息的想法！"父亲说。

父亲一生最不能容忍的，就是一个人把自己不成功的理由推给他人、推给世道。

宋代科举取士，自宋太宗淳化三年开始就建立了"锁院制"，后有"糊名制"，再后又实行"誊录制"。那是督专员将考生试卷另行誊录，以使考官不但无从窥探考生姓名，就连字迹也无从辨认了。父亲是个十分维护正统的官员，父亲的话不论是出于对儿子的深爱还是严督，对宋慈都是鞭策。此后的岁月枕卷秉烛，宋慈算是尝尽了攻书课业之苦。嘉定十年（1217 年），宋慈终于在通过礼部试后，参加了宁宗皇帝亲御的殿试，并以奏赋第三高中进士。

金榜题名。终于盼来这一日，他首先想到的是父亲，如何让远在广州的父亲尽早知道这个喜讯呢？哪里想到，却突然接到父亲病危的消息……

蹄声不住敲打着寂寥的大道，约莫中午时分，宋慈和宋飖在路旁一爿小店前停了下来，吃点东西，饮了马，就又上路。

宋慈的父亲名巩，在广州任节度推官，年近花甲，多年来少有疾病，就连感冒风寒也几乎与他无缘。这次得病始于去年夏秋之交，初时只是感到胁腹胀满不适，胃纳不佳，二便不调，于是自行调理，没有十分措意。但日循一日，迁延数月，仍不振作，渐渐觉得胁下有一痞块，隐隐作痛，竟至动辄神疲身倦，不能料理公务。延至今春，肤色暗晦，形体羸瘦不堪，腹部却又胀如有孕，观之皮薄而紧，青筋显露，叩之如鼓，闻之时有鸣声。在广州多方寻医都不能愈，宋巩便决意回福建建阳老家。

宋巩的祖籍原非福建建阳，祖上自唐文真公传四世，由河北邢台迁至浙江建德，又传三世始迁福建建阳。这迁官建阳的宋氏先人名宋仕唐，在建阳任县丞，后世的史籍说他"公廉有守，遇事通晓"。他卒于建阳任内，临终嘱咐妻儿就在建阳定居，从此宋氏一家成为建阳县人氏。

宋仕唐的儿子叫宋翔，史称他七岁能诗，后累官国子监簿，文才曾"名动京师"，回乡后首创义举修建了童游桥。这宋氏后人在地方上一代一代都深为建阳人敬重。宋仕唐表字"世卿"，宋巩表字"直卿"，也可见宋氏先人对子孙入仕为官一代代都极为重视。当宋巩预感自己日暮西山之时，唯一挂心的就是儿子这次进京赶考的结果如何。

一日，他对跟随自己多年的老随从宋飖道："快快打点行装……火速回乡！"

"大人，"宋翾见宋巩说话都很吃力，不禁劝道，"你这身体，怎经得一路颠簸？"

"不必多言……快快收拾！"

"不妨等……"

"不能再等！回去还可以找……海听先生！"

说到家乡的海听先生，宋翾不语了。他也这样想过，只是想等老爷稍有好转再提送他回乡，现在想来，只怕是等也无益，加之老爷思子心切，早日回归，或许还有益些。他当即整理收拾，起道回程，一路上精心侍奉，经粤东入闽，直奔建阳。

抵达建阳家中那日，随行仆役飞奔入门通报，宋家老小无不大惊，慌忙奔迎出门。

此时宋巩已相当虚弱，唯尚能识得家人，宋翾小心地将老爷从太平车上的卧位抱下，直抱到房内老夫人卧房的软榻上。

宋老夫人年逾半百，身体也不大好，只是那镇定而善于掩饰内心焦虑的神情尚能窥见她年轻时的气魄和风韵。

儿媳连氏正当青春，身材袅娜，温柔娴静，见侍女秋娟端来了一盆热汤，即刻卷袖拧起巾帕，为公公揩擦着脸颊，小孙女宋芪牵着母亲的衣裙，站在爷爷榻前，尚不晓事。

"康亮，你速去庵山一趟，看看海听先生在不在家。"宋老夫人吩咐老家人道。

"我去！"满身汗水的宋翾说。

"不……"宋巩睁眼看着宋翾，头略微动了动。

宋翾知道老爷有事吩咐，近前俯下身子，只听老爷说："你……速去临安……"

看着老爷无限思虑的眼睛，宋翾蓦然涌起一层云似的泪水，当即应诺："我这就去！"

一条河流横在他们的前方，正是江南春汛时，大水冲走了河上的木桥，眼下大水已退，木桥并未建起，宋慈二人在河边勒骑停了一下，见那河水并不很深，便打马跃向河中，水花四溅……

此时宋慈心中也只有两个人，一是父亲，二是海听。

海听先生在家乡方圆数百里医名远播，为患者重开天日之类的事早已传为佳话。几年前，宋慈的夫人难产，海听先生曾将她与女婴从几乎无望的绝境中领了回来。只是海听先生时常外出云游，少则十天半月，多则累月经年，先生此时在不在建阳呢？

又是一个黄昏降临，蹄声惊起道旁树上归巢的鸟雀，天边半轮倚山的红日，红日又变作一弯月，马蹄声不绝……

2. 夜走海听居

建阳位于闽北，八闽之上游，建城早于置县。最早在此筑城的是汉时闽越王驺氏无诸，他是春秋时越王勾践的十三世孙，也是福建历史上有文字记载的第一位统治者。公元前 111 年，当玉门关成为大汉王朝西北最边远的一个关隘，大潭城则成为大汉王朝东南边陲最边远的一个城堡。日后，也是入闽第一关。

从那时距宋代已有一千余年。这千余年来，从吴越入闽的这一条古道早已被无数商贾车马碾踏成并不荒凉的大道。二人一路奔来，饿了便吃，吃了再跑，以最快的速度赶回了建阳。

建阳城负山临溪，东面的永安门外，有一个与城隔河相望的古镇——童游镇，宋慈的家就在这个古镇上。

终于看到家乡的古城了，这是又一日黄昏，蹄声在家门前刚刚停下，宋慈的夫人连氏就迎了出来。

"父亲怎样了？"宋慈翻身下马，把缰绳扔给宋𫖮，立即问道。

"在昏睡。"连氏蛾眉紧锁。

宋慈提步上阶，奔入家中。

宋老夫人见到儿子，先前尚能镇定的神情一瞬时全不知哪里去了，什么话也没说，先自泪水哽了喉头。宋慈见过母亲，直奔父亲榻前。

侍女秋娟掌上了灯。宋慈看到了憔悴不堪、昏迷不醒的父亲，双膝在榻前跪下，泪水夺眶而出。

"请海听先生看过了吗？"宋慈问。

连氏转眸望了望婆婆，老夫人泪水又涌出来，点了点头，强抑泣声："看过了。"

宋慈蹙紧了眉心："怎样？"

没有人回答。

"快说呀！"宋慈预感情况不妙。

"海听先生不曾下药。"连氏答道。

"为什么？"

宋老夫人终于泣出声来，全家人都哭了。

原来海听先生一向是治生不治死的。不论何种疑难病症，只要有治好的可能，赴汤蹈火，他都为你尽力。若是绝症，他便不肯下药。宋慈过去也曾有所闻，现在见眼前情景都明白了。

"不……不！"宋慈转身对母亲说，"我去找海听先生！"

天已杀黑，四野里雾气沉沉，宋慈出镇上了路，与他同行的仍是宋麒。

在这个天黑雾浓的夜晚，宋慈只是一心想为父亲治病，不能束手望着父亲就这般离去。对于他所崇敬的海听先生这样知难而退，他不可理解。他压根儿就没考虑自己此番前去，究竟是否请得动海听先生……毕竟海听先生尚未下药，再请海听，这是他唯一的办法。

"海听先生毕竟是海听先生啊！"

海听先生姓熊，名禹，字云轩，也是建阳人氏，出身于一个颇负盛名的书香之家，其先祖熊秘，在眉朝时曾任尚书之职，且在乡里建鳌峰书院，专课宗人子孙。熊禹少时曾患一种非常奇怪的病：头顶生疮，层分五色，形如樱桃，破溃则自顶分裂连皮剥脱至足，家里人都认为没治了。不料一个上门讨水喝的不留姓名的游方郎中将他救活了。后来，熊禹便随那游方郎中去云游四海。

那游方郎中原是北宋东京的名医，东京失陷后，他一家老小尽遭金人杀戮，落得孑然一人，他便四海为家，游医天下。熊禹随那游方郎中到过中都（今北京），这中都当时已是金人的都城。而后西行，到过西夏的都城中兴府（今宁夏银川）。不久，那游方郎中死在路上。熊禹遵嘱就地葬了恩师，随后独自南行，到了大理国的边城建昌府（今四川的西昌），从那儿进入南宋境内的潼州府路，不久即临长江，浮江东归，待到重回乡里，已是两鬓如霜。乡里人多已不认得他，也记不起他的姓名了，因他行医时自号海听，人们都称他海听先生。

昏暗的夜色越来越浓了，天气不好，月亮一直没有露脸，阴郁的夜色更显得潮湿。宋慈一路行去，不禁想着当年海听先生将他夫人和女儿从死亡线上领回来那事。

宋夫人连氏，芳名玉兰，出身于世书之家，是宋慈幼时的先生吴稚的外甥女。玉兰的父亲因一件受牵连的官司，灾难接踵而至，不久父母先后病逝。玉兰自小就在舅舅家长大。玉兰与宋慈从两小无猜亲如兄妹，到成年意笃情深。玉兰十八岁与宋慈成姻，但直到二十四岁尚无身孕。宋慈的父母几番想与宋慈再纳一房，奈何宋慈不肯，宋巩想想自己也是婚后多年方有慈儿，才没有相强。二十五岁那年，玉兰终于怀了身孕，之后，玉兰一直食纳欠佳，直过了半年，仍然不时呕得汗水涔涔，好不容易撑到八月有余，玉兰方觉比较自如一些。但过了几日，玉兰腹内突然大痛，却是就要临盆了。

那正是嘉定七年辞岁夜用过年饭的时辰。坐婆被请来了，一家人忙得团团转，可是直过了一夜，玉兰痛得腹如锥，腰如折，一阵紧似一阵，无奈胎儿只是不下，玉兰散乱不堪的乌发全为汗水浸透，面色苍白如纸，那不时抓紧被盖的双手，也渐渐放松，不省人事，奄奄一息了。

"老夫人，"坐婆胆怯地对宋慈的母亲说，"少夫人孕体本已虚弱，如此横生逆产，只怕是……"

宋慈的父亲不在家，年轻的宋慈从未见过这样的阵势，也拿不出什么办法，还是宋母果断地拿了主意："慈儿，快去请海听先生！"

这样的事，去请海听先生一个终身未娶的男人自有不便，况且海听先生是否肯来也未可知。但顾忌不得了。宋慈转身即去，临出门，母亲又嘱咐他："不论先生如何推辞，一定要请来！"

宋慈去了。

海听来了。

仿佛一阵春风拂进宋家。只要患者有生的希望，海听先生并不避男女。隔着纱帐海听先生只看了连氏一眼，便对坐婆吩咐道："快，给少夫人顶心剪去少许头发。"

海听急取蓖麻子一把，捣烂；又磕鲜鸡蛋四个，去白留黄；再取一包黄色药末和入，调成蓖麻膏，敷于连氏顶心。须臾，连氏便觉腹中有节律地蠕动起来，宛若有物将胎儿徐徐上提。

海听又令取下产妇顶心蓖麻膏，加酒调匀，改敷于双足涌泉穴。少顷，连氏又觉仿佛有物将胎儿下牵。然而此时，连氏力气已经用尽，胎儿依然难出。海听又取通关散吹喷连氏鼻孔取嚏，但闻连氏一连打了几个响嚏，胎儿便在不知不觉中产了下来。

可是产下的胎儿不哭不动，众人都以为无用了。海听先生则从容地将胎儿双足倒提，就在婴儿臀上不慌不忙地以掌击了三下，只听得"哇"的一声，胎儿哭动。这个胎儿便是宋芪。

就连宋芪的名儿也是海听先生从黄芪的药名中提出一字给取的。黄芪是补益药，具有补气固本之功。

大山黑黝黝的暗影矗在路的前方了，这是到了庵山脚下。这庵山脚下有一户专为上山进香的香客看护车马的人家，宋慈二人进去燃着了火引，便开始登山。

海听先生云游回乡后就住在这距建阳县城二十里以东的庵山上。这庵山得名始于后唐，相传后唐明宗时有位名石湖的处士，在山上建了座灵泉庵，遂成山名。庵山是县城东郊最高的一座山，山高耸万仞，三千多层青石阶梯傍崖盘谷，绕过九十九道弯，向峰顶蜿蜒而上。山上林竹茂盛，四季常青，漫山遍野的灌木花卉，绚丽多姿，常开不败。灵泉庵依着峻峭山势而筑，似凌空楼阁，人称之"峻岭奇峰与武夷逶秀，成一方之雄"。山顶北峰狮子岩有一处泉水，泉眼里清泉汩汩涌出，终年旱不涸，涝不盈，水清碧透。尝一口，心为之爽，神为之清，称为灵泉。海听先生就在灵泉附近一处风吹不到，雨打不着的岩壁上结一草庐住下，采撷山上沐岩露生成的百草，用那灵泉熬制膏散。

作为郎中，海听先生住在这高山之上，不仅为着便于熬制膏散，还由于他若居住在人群之中，人们的大小病症都要找他，势必夺了其他郎中饭碗。也由于这一缘故，他多年来笃守一条师训：小病不问，专治疑难杂症。照说，像宋巩这样的大难之症，海听会尤为重视，宋家老仆人来请，他也曾立即下山，遗憾的是他同时还笃守了另一条师训："若是绝症，万勿下药。"

越往上走，风越大，吹得火忽明忽暗，几欲灭了。约莫登到四十曲千余级

石阶，那夜风已是毫无顾忌地在山谷间回旋、呼啸，火引终于被吹灭。幸而宋
飐有一身走夜路的功夫，他头里走着，宋慈紧随其后向上登去。好不容易登到
山顶，已是半夜。

山顶的夜风越发狂劲，吹得灌木、松竹都摇曳颤抖，相互撞击，发出海涛
般的吼声。宋慈长到三十一岁还没有走过这样的夜路，被夜风一吹，不由得阵
阵发冷。天上一颗星星都没有，二人在山顶朝四下里看，但见北面有一圈蒙着
光晕的灯光，在这如狂的夜风中仍然不灭地亮着。

二人朝远处的灯光走去。行不多时就隐约听到随风飘来阵阵风铃声，那是
风吹着灵泉庵飞檐下风铃发出的声响。又走一阵，果然看到灰暗天宇间矗立着
一座黑黝黝的古庵。那蒙着光晕的灯火却还在古庵左侧的崖壁上，那就是海听
先生的住处了。

绕过古庵，继续朝灯火亮处走去，渐渐地风小了。看看灯光已近，二人进
入了一个无风的地带，再看那灯，不过就是一盏极普通的照明纱灯，悬在草庐
门扉的上端。灯光清晰地照见柴扉上一方字匾，上书"海听居"。海听悬挂的实
际是一盏引路灯，像这样连夜上山来找海听先生的人早已有之。

二人到了门前，听听门内悄无声息。料想海听先生已经入卧，但也顾不得
惊动先生的睡眠了，宋慈上前叩响了柴门。

叩门声方落，门内响起有人走来的脚步声。门"吱呀"一声开了，灯光亮
处，开门的是个小药童。

"海听先生可在家？"宋慈急切地问。

"在。二位请进！"药童说着已打开柴门。

跟着药童向内走去，宋慈又问："先生可是入睡了？"

"没有。"药童抬手一指，"先生尚在那儿。"

说话间已走到草庐的正室前，宋慈朝里一看，只见海听先生葛巾布袍皂绦
木屐，正端坐灯下写着什么。

"进来吧！"海听先生目不离案，又在纸上落下几字方才搁笔。

几年不见，宋慈忽然觉得眼前的海听先生苍老多了：只见先生形体又干又
瘦，脸额皱纹如刻，颌下的银须也只剩得疏朗几根微微翘着，唯有烛光下矍铄
闪神的目光尚透出老人非凡的神韵。

"你是直卿大人的公子吧？"海听还认得宋慈。

"是的。先生，家父……"

"慈公子，"海听打断了宋慈的话，温和地说，"令尊大人的病，我已经看过，不是不愿尽力，实在是非药石能救，望公子勿开尊口。"

海听先生这样一说，宋慈原已想好的言辞全不知哪里去了，也不记得该如何先向先生施礼就直冲冲道："先生尚未下药，怎好断言药石无救？"

"公子，天年已到，便是天意，非凡人之力所能抗争。"

"不！先生！"宋慈按捺不住，几乎是不顾一切地将心底的话都倾出来，"先生，你的不敢与天抗争，实则是想保全自己'有治必好'的医名。"

海听先生抬起了头。

"先生，"宋慈又说，"你一生走川渡水，历尽沧桑，成就今日医才实在不易。先生，你身为乡人敬慕的一代名医，实在不该知难而退……"

"慈公子，你不必这般责难与耸誉相激，老朽……"

宋慈扑通一声跪下，泪水扑簌簌滚落下地："这不是相激。先生，以你一生博采广集，探求至今的医才，你实在应当勇做先人所不能，即便不成功，也为后世积一点亲知亲见。古人说，志士不忘可以自己的尸首去充填沟壑。先生何以为恪守一个'有治必好'的医名而画地为牢。先生若能有一点志士精神，便当不慕虚荣不自欺。人生一回，从生到死，以先生的清名与才德，实在应当追取天地间无我之境的大德大义啊！……"

宋慈说着已是泪水透襟。宋飐与他跪在一处，那个药童也立在室外。海听先生面容凝重。良久，海听抬起眼来，仔细打量着跪在案前这个直盯住自己等候回话的年轻人，仿佛头一回认识他似的。

这是一张白皙而略呈长圆形的脸，前额宽阔，眉毛长挑，上唇的短须显得松软而慈和，但那笔直的鼻梁、稍垂的鼻尖，则显示着一种庄严和稳重。线条分明的嘴唇有力地微微翘着，不是微笑，倒像无声地抿着一种什么事情也难不倒他的坚韧；一双栗色的眸子闪动着精明和灵智，深沉地嵌在布有几道细细皱纹的眼角里，这几道皱纹与白皙光洁的脸庞似不相称，令人猜想那也许是由于攻书过劳而留下的痕迹。海听就这样默默地将宋慈打量了一阵，而后站起来，一言不发地走进内室去了。

一片沉寂，只有远处的山风仍在呼啸着。

帘子动了，海听先生取出十大包药散并一张落有海听印章的花笺，那花笺上详细写着十大包药散的不同用法，递到仍跪着的宋慈面前，只轻轻言道："火速下山去吧，只是，未必奏效。"

宋慈当即拜谢！

海听扶起了他，摆了摆手，仍轻轻一言："去吧！"

3. 香棺天坠

宋慈与宋飔取道下山，回到家中，天还没有破晓。

一家人都行动起来了。先是按海听先生花笺上写的要求去寻药引。那药引都是不易寻找到的，譬如活蟾蜍就要三十只，自己寻不着，得立即去请山野农夫。逮来了活蟾蜍，用法也很稀罕，须剖腹去内腔，纳入五灵脂、盐砂仁，再以绳丝缝合腹壁，用油纸封固，微火焙干研末入汤剂。又如取活红蚯蚓数十条，以香醋泡至蚯蚓死，而后去醋汁入药，如此等等。宋慈都遵嘱逐一亲手精心做了，又将药一匙一匙地喂进父亲的口里去。

这以后，宋慈不断地往来于童游与庵山之间，向海听先生报告父亲服药后病情的变化，从海听先生那儿获得新的药散。真是精诚所至金石为开，宋巩的病，在这般精心治理下逐渐有了转机。

这期间，宋慈也觅读了诸如《难经》之类的医书，每与海听先生磋谈父亲的病情时，那言辞也渐渐能与海听先生相通了。海听先生十分惊叹宋慈的记忆力以及非凡的触类旁通之智，对于宋慈那种探求未知的勇气和精神，更是油然而生敬意。

宋慈待海听如师长，海听也待宋慈如弟子。入夏，宋巩已渐渐可以下榻行走，宋慈上山的时日也就少了。而每当上山，海听则必留宋慈住上一宿，二人食同桌，寝同榻，竟至终夜谈医说药不觉晨光入室。

秋天，宋巩的病差不多痊愈了，宋慈打算与家人共度中秋佳节之后，便走马上任。在这之前，他必须上山去与海听先生告别。

这一日是八月初十，宋慈决定上山。因秋日的太阳依然相当酷热，他起得格外早，东面深窈的天空刚露出第一抹蓝幽幽的晨曦，他就出门上路了。

沿着通往庵山的大道走去，两旁都是川源浸灌的膏沃良田，田里是缀满着晶莹露珠正待收割的秋禾，淡淡的，清清的柔似青纱般的雾气，润润的，甜甜的糅合着稻香的泥土芳香，不停地扑在脸上，沁入心脾。想到几个月来，由于自己和海听先生的努力，终于化绝症为神奇，想到自己很快就要赴任奉职了，宋慈满心喜悦。几只早起的云雀在那渐渐放亮的天空中高唱着歌喉，宋慈也几欲对着长天放歌。

踏着青石阶梯，登到半山，太阳出来了，瞬息间将峡谷中涌动的晨霭映得分外鲜艳绚丽。宋慈不禁停下步来，看那晨霭簇拥的群峰就像狂奔的海涛，后浪推着前浪，向蓝天的尽头涌去；而脚下的青石阶梯也若隐若现地绵延着，消失于云海之中。宋慈联想到自己今后的仕途，觉得它像这隐没于云海之中的青石阶梯一样虽深不可测，但只要顽强攀去，一定能到那奇伟瑰丽之处。

欣赏一阵，宋慈继续举步攀登，就在这时，从山顶间云霭深处传来了袅袅的钟声，宋慈起初并未措意，但听着听着，觉得蹊跷了。这灵泉庵的钟声何以这般不住地敲着，仿佛没有停的意思。在幽静的清晨，一下一下，响得格外沉重。也不知敲了多少下，在宋慈恰好登到小路尽头抵达山上的时候，钟声停了。

宋慈向北峰奔去，远远地看到海听居的崖前扬起了长幡。

"不好！"宋慈心里暗自想道，"莫非先生……"

快步奔到海听居，又看到灵泉庵的僧众们都在此列队诵经，一片经鼓声充满庐舍……一瞬时，宋慈呆住了。现在，他不需发问，已知道先生作古了。僧众们都是过来替海听先生举哀做功德的。宋慈走进正室，这昔日曾与海听先生对坐长谈的正室，建起了灵帏。灵帏之下，跪满了熊室宗族的亲人，海听先生的遗体已经装束好衣服巾帻，停在一张石床之上。先生松形鹤骨，瞑目微笑，好似活时一般。宋慈也默默地跪泣于先生的遗体前。

少顷，有人触了触宋慈的肩膀，宋慈抬头一看，是戴着孝头巾的药童，药童手中正捧一只古柏书匣，说道："先生是昨日突然仙逝的，弥留之际，仅留下一言，嘱咐将这书匣送与公子。"

宋慈跪接了书匣，就在先生的遗体前打开匣子。匣盖开处，先生书写的六个楷书大字跃入眼帘——疑难病案手札。宋慈取出落着这六个楷字的厚厚一叠手札，翻开看了看，每页都是密密麻麻的蝇头小字，全是先生平日破解疑难医案的记录。宋慈顿觉这手札的分量！

虽然他原本无意于学医，虽然他还远不会意识到，先生这些手札对他日后将有多么大的助益，但这毕竟是先生辛苦探求了一生的真知灼见；捧着手札，宋慈眼睛湿润了。

他在山上住了三日，看看十五已近，这才告辞下山。

太阳已经落到山后去了，天边仍久久地留着一片依恋大山的血红。宋慈踏上青石阶梯下山，不禁又回眸望这庵山。

路端石柱耸立，山门傍崖临谷，那紧依着山门的巨岩，经大自然的鬼斧神工，更显奇幻风貌。在那绝顶之上，还有一棵云雾缭绕的古柏，宋慈望去，总觉得那就像正襟危坐的海听先生。再看路端石柱上的一副楹联：

　　　　到此山门进天阙
　　　　始知蓬岛非人间

读着这副楹联，宋慈心想先生这一辈子，也算得是如同跨进天阙，超凡出世了。

中秋之夜终于到来了，家家户户都在檐前挂起红灯。宋慈一家老小，连同男仆女婢都围坐在一张大圆桌上团饮。饭后，大家来到院中，对月侍奉时令鲜果，中置大月饼，拜月赏月。这年的中秋佳节，宋慈一家人好不容易都聚在一起，可是过了今夜，宋慈明日就要离家远行去奉职，一家人的心情自然都很不一般。

宋巩这几日都很沉默。先是海听先生的仙逝，使他一连几夜都睡不好觉。自己这行将残灭的风烛，得以起死回生，全仰仗海听先生的绝世医术。想不到香棺天坠，彗星永沉，海听先生倒先自己而去，宋巩岂能不伤悲？如今儿子又将远行。儿子的走，本是他再三催促，他以为儿子应该去成就他自己的功业。只是想到儿子这一走，不知自己是不是还有机会见得到他，禁不住时时想涌出泪来。

"父亲，孩儿明日要走了。"宋慈来到父亲身边，他知道父亲一定有话要吩咐。

望着儿子，宋巩说："你还记得孔夫子要学生做到恭、宽、信、敏、惠的那段教诲？"

宋慈随口道出："恭谨不致遭受侮辱，宽厚才有众人拥戴，诚实可以为人所任用，勤敏才会建立功勋，仁惠才能令人信服。"

父亲说："单有书生意气，不足以成事。朝朝代代，忠臣受戮，奸佞得宠的事并不鲜见。不少贤良往往只为言语不慎而遭不测。你自幼率直，在仕途上还需格外谨慎。"

"孩儿记住了。"

"不过，我不是要你谨小慎微。人生一回，为父母全人格，为天地争正气，总还是要做到的！"

宋慈听着连连点头。这时，小女宋芘钻来要父亲抱，连氏过来牵着芘儿说："来，母亲抱你。"

芘儿不悦，只是要爬到父亲身上。倒是侍女秋娟过来，俯耳对小芘儿说了几句什么，芘儿顿时蹙眉松开，欣然地将两手挂在秋娟的脖颈上，跟她去玩了。

宋巩接着说："我只愿你，日后在仕途上严肃谨慎，虚怀若谷，还要不断勤思博学，真有一身运筹帷幄的本领，将来若得长进，就是做裁汰贪官，整顿吏治的事，也能应付自如。"

这一夜父子俩谈了许久，直到皓月西移，宋巩想到儿媳妇也还有许多话要对丈夫说，才把话打住，劝儿子早些歇息。

这夜，谁也不会想到，黎明时分宋巩下榻去大解，一阵头眩便向前栽去，等到宋老夫人听得噗的一声响，唤了几声，不见人应，慌忙下榻来看，宋巩已经躺在地上，面前吐了一大摊污血。

宋巩旧疾暴发，宋慈无法启程了。两日之间，宋巩全身透黄，阴囊浮肿如水晶，二便下血，淋漓不绝。这一回，宋慈苦心地守护了父亲三个多月之后，就永远失去了父亲。

"慈儿……记住……你的名字……"

只有父亲弥留前的这句话，深深印刻在他的心中。

这是凝聚着父亲一生对宋慈最大希望的一句话。父亲给他取了"慈惠父"这个名和字，便是希望他要入仕为官，可现在，又由于父亲的去世，宋慈虽入仕而不能赴任，他必须居家守制了。

宋巩去世后，跟随他半辈子的宋飐拜别了宋慈一家，出家为僧了。

这一时期，朝廷的局势在动乱中急剧变化。此前十一年，一二○六年，世界上发生的最大一件事，就是铁木真的蒙古部统一了大漠各部，在斡难河畔建立了蒙古汗国。从前，"蒙古"只是大漠许多部落中的一个小部落。从这年起，"蒙古"成为这片草原上全民族的通称。此时还没人会想到，蒙古人不仅将入主中原，还将攻进西亚，打进欧洲。1214 年金朝抵挡不住蒙古铁骑的进攻，撤出京城中都，迁都南京（今河南开封）。不久，中都和辽东、河北、山东八百三十余城被成吉思汗的蒙军占领。这时，金朝内部出现了两种主张，一是联宋抗蒙，一是干脆吃掉南宋，扩地抗蒙；金朝选择了后者。就在嘉定十年冬天，金军发兵渡淮，大举南犯。

第二章

家乡血案

（1218 年）

宋慈居家守制，继续沉潜于书卷。不料，就发生在他身边的一桩又一桩血案，令他吃惊地窥见自己：一二十载青灯黄卷刻苦求学，虽赢得了通经史、善辞令的锦绣名气，但对现实的民情世事却所知甚微。他受到震动，决定不必等到出山奉职，眼下就可以做些实在之事！

1. 侍女秋娟

宋嘉定十年十二月，金军侵四川，破天水，宋守臣黄炎孙不战而逃。金军进逼大散关，宋统制刘雄弃关而逃。金兵焚烧大散关，攻克皂郊堡。前方失利的消息不断传来。

这期间宋慈居家守制，很少出门。有时会想起早先在吴稚先生的潭溪书屋读书的同窗，他们中有人已经在外做官，有的在乡里教书，也有的因犯男女之事被人当场双双砍去了头颅……想得更多的还是从前在京都的太学生活，尤其想念好友刘克庄。

黄昏，他会独自来到童游河边。夕照映在水面，碎成斑驳陆离的光影。轻盈暮霭浮游在水面上，远处三圣庙的晚钟在暮色中敲响，缕缕炊烟在远远近近破败的屋瓦上缓缓飘升。那悠悠晚钟，令他想起去年参加殿试听到的庄严钟声。那破败的屋瓦，也使他想到西子湖畔一色楼台三十里的豪华建筑。夕照如火，往事如流，许多曾经激动人心的事都离他遥远了。他三十一岁中进士，今年就三十二岁，一生除了读书还毫无作为，往后的日子将怎样度过？

他想起了自己读太学时候的老师真德秀。真德秀先生登进士第后仍勤读不懈，进考博学宏词科，由此可直接辅弼君王。眼下，自己远的事情无法做，不也可以再勤读三年，今后也考个博学宏词科……如此，继续研读历朝典章制度等等，便是他这一时期的主要生活。不料秋天里，一件就发生在他身边的事，打破了他的居家读书生活……

嘉定十一年（1218年）秋。八月已过，九月随着一阵一阵的凉风来到了闽北山区。才是刚刚开镰的季节，田野里的稻禾已割得几乎尽了，留下一片萧索景象。

这几日官府催收秋税的告示贴在衙前街上，使得衙前街的空气一下子好似入了深冬。衙役走乡过镇，锣声哐哐地响着，一遍又一遍地唱："朝廷有令，诸位听清，战事紧迫，万民有责。现今开始预征后五年的免役钱、坊场课利钱、买田宅契税钱……"乡民听见锣声，无不心惊。

北宋初朝廷一年收入的赋税钱是一千六百余万贯，神宗时达到六千多万贯，为北宋最高岁入。南宋疆域大为缩小，朝廷岁入不满千万，但三十年间猛增到六千万，与北宋最高岁入相当。再过三十年，又增到八千万；又过三十一年，到嘉定十一年，赋税继续有增无减。不但如此，朝廷还提前征赋税。高宗时预征到后一二年，孝宗时预征到后三四年，而后经过光宗，现在是宁宗，像建阳这样盛产稻谷的嘉禾之乡，赋税竟预征到了后五年。百姓难以缴纳，官府便派兵丁下四乡催收。本县巡捕都头梁锷每天领数十名弓兵，驱动数十辆上插"税"字小旗的马车出城，乡民缴纳稍迟即遭鞭笞，若有拖欠便捉到县牢或押在邸店。从东路抓来的乡民，要从宋慈的门前押过，一路上弓兵鞭抽棒打，路人下泪。这时的宋慈深居书房，对窗外发生的事所知甚少。

这天黄昏，太阳已下山，暮色悄悄伸展进书房里来，宋慈凭着一点微光在看书。忽然，书房外传来一阵急促的脚步声，门砰的一声被推开，出现在门前的是宋夫人连氏。

"什么事，这么慌张？"宋慈问。

"秋娟他爸缴不出预征税，跟梁都头顶撞两句，被抓去关进县里的大牢里了……"

"怎么？"

"在牢里饿死了。"

"死了？"宋慈霍地站起身，"有这等事？"

"怎会没有，战事一紧，地方官奉命征税，名正言顺，什么事都做得出。昨天，北路有个佃农跟官兵打了起来，在水碓里被拿住，当场就被扔进杵臼内砸成了肉酱。"

宋慈似乎一时还没有听清。夫人继续说，秋娟她妈也被梁都头猛踹一脚，口吐鲜血，有生命危险。宋慈简直难以相信，怎么眨眼间就有这么多血淋淋的事呢？

"秋娟呢？"他问。

"在厨房里哭。"

宋慈起身奔去厨房。

秋娟是从乡下到宋家来干活儿的侍女。初来时还没有名，因说是秋天出生的，宋夫人就叫她秋娟。初来只有十岁，如今青春十六，出落得非常美丽。从书房出来，宋夫人又折到卧房取了些银子。宋慈夫妇来到厨房，只见前来报信的秋娟之弟就站在姐姐身边，宋慈的母亲与老家人康亮也在这儿。

"秋娟！"宋慈唤了一声。

秋娟转过脸来，宋慈看到了秋娟哭得泪水汪汪的面容，也不知如何安慰才好，就从夫人手中接过银子递给秋娟："你先回去照料母亲，这些银子拿去给母亲治病！"

秋娟不敢收受。宋夫人将那银子塞到秋娟怀里："你跟我们多年，不必推辞。"

宋慈一家将秋娟姐弟送到大门外，秋娟又扑通一声跪下。宋夫人忙扶起道："快去吧！"

暮色四合，秋娟姐弟才转身，小宋芘忽问道："秋姐，你还回来吗？"暮色中秋娟泪光满面。宋夫人抱起女儿道："她去去就回来了。"秋娟就这样走了，挎着包袱，不时地回头，直到消失在暮色中。

几日后，又一个黄昏，又一阵脚步声奔宋慈书房而来，门开处来的仍是宋夫人，眼里闪着泪光，没进房，也没有话。

"怎么啦？"宋慈问。

"秋娟死了！"

"什么？"

"秋娟死了！"

宋夫人落下泪水："康亮今日外出，亲眼看到秋娟他弟与乡人从柴万隆大宅里抬出秋娟的尸体。"

"是真的？"

"康亮亲眼所见。"夫人说，"秋娟家欠柴家的田租，秋娟她爸死后，柴万隆知道她家交不出租子，就派田槐兄弟去要她母亲典卖房屋，看到秋娟在家，田槐兄弟就把她给拉走了……"

"田槐兄弟是谁？"

"柴万隆家雇的两个枪棍教头，兄弟俩大的叫田槐，小的叫田榉，传闻功夫很了得，乡里人都怕他们。"

"后来呢？"

"当天夜里，说是秋娟逃走了，谁知几天后在柴家池塘里浮了上来。"

"怎么回事？"

"一定是他们欺负她了。"

"去官府告他们呀！"

"谁去告？"宋夫人说，"秋娟她弟把姐的尸体抬回家，母亲看一眼就吐血不止，也死了。乡里人帮着把秋娟和她母亲的尸体埋了，就对秋娟她弟说，如今你在乡里也待不得了，赶紧远走他乡逃命吧！她弟就逃了。现在也不知逃往哪里了。"

"为什么要逃，为什么不来找我们呢？"

"你在太学里待得太久了。"夫人道，"现在是好人怕坏人。柴家有人在京都做官，官虽不大，传闻跟朝廷吏部、刑部的大官都有联系，这里知县也惧怕他们。秋娟家就剩她弟一个人了，他们也会担心她弟什么时候杀了他们。她弟要是不逃，能不危险？"

宋慈听了，说不清是震惊，是疑惑，还是愤怒，耳中只不断回响着夫人的话音：秋娟死了……秋娟死了……

黄昏的风从窗外吹进，拂动窗帷。临窗望去，看得见庭院中一个悬着簇簇甜熟瓜果的瓜棚，那瓜果是秋娟平日精心栽种的，庭院中的梨树开始落叶了，几只归巢的鸟雀正落在枝丫上叫着，声音凄婉。围墙边是些当令蔬菜，宋慈仿佛仍看到秋娟在那儿给青菜浇水，裙摆被层层叠翠的菜叶覆着。"秋姐，快来帮我逮蜻蜓。"是小芃儿的话音。那一日，他读书读得眼睛累了，直打跳儿，站在这窗前，就听到这样一声唤。于是又看到正在浇水的秋娟抬眸一笑，向芃儿走去。

现在秋娟死了，她还只有十六岁，就这样不明不白地突然死了。只有风，摇曳着庭院中寂寞的瓜棚和瓜棚上的簇簇瓜果，还有绽开的鲜艳黄花……

2. 童家奇冤

月亮升起的时辰，童游河里浴着清光，一片凄凉。河水哗哗地流淌，撞在岸边的岩石上，溅起的破碎白沫清晰可见。秋风傍着河面吹来，撞在宋慈发热的脸颊，冰凉冰凉的。

关于秋娟一家的遭遇，是康亮听来的，宋慈还难以全信。秋娟家所在的那个村庄叫五里江，离城只有五里地。宋慈忍不住，自己去了一趟五里江，这才确知康亮听来的与自己在村里听的是一样的。同村的人帮着把他们一家三口葬在一穴。秋娟之弟的确不知去向。那悲惨的情状有如一块岩石压在宋慈心上。

从五里江到童游的小路，一直是沿着这条家乡之河走的。这天，他沿着河边的路向自家走去，走到离家不远的地方，忽然听到狗的狂吠之声，再往前去，便听到傍水的一个小竹楼内传出家什磕碰震动之响，还有一个声音在叫着："刀！刀！"

宋慈略略一惊，认准声音是从一处门悬"簸"字招牌的小竹楼里传出的，他不由得走向前去，推开了门。

只见门内六七个男人在夺一个年轻汉子手里的一把簸刀。忽然，那汉子握刀之手猛力一挣，脱开众人，向房门奔来。冷不防被人拽住后腿，汉子扑地而倒，六七个男人一拥而上。但那汉子一跃而起，又大叫一声，将刀咬在口里，开出双掌，击倒众人，再向门口奔来。

宋慈挡在门中央，汉子初时一怔，继而飞快取刀在手，夺门欲走。就这当儿，宋慈在他手肘处倏地一碰，只听得咣啷一声，簸刀掉落在地，那汉子还想夺门，宋慈又将他往里猛发一掌，汉子立脚不稳竟向门内跌去。

宋慈这一掌是猝然间发出的，怎有这般力量？从前，父亲在教他学文的同时也曾让他习武。父亲认为，当此山河破碎、国势危艰的年代，男儿也该学几招的。父亲也曾让他读过兵书，以为即使没有岳飞冲锋陷阵的武艺，能在当用的时日出谋献策也不错。只是宋慈读书勤于思辨，学武却没什么长进。不料今日这一掌竟很有力量。当下大家接住向后跌的汉子，都吃惊地望向门口，有认得宋慈的，不禁脱口叫道：

"宋慈大人！"

宋慈进屋，看着地上碰倒的竹案、竹椅，又望望众人。这些人都是童游镇上的邻里乡亲，但宋慈长期在外，居家时也很少外出，只认得其中一人是城中康宁药铺的何药师，前些时，宋慈因给父亲治病，找他配过药，其他人一概不识。

"出了什么事？"宋慈问。

几个乡亲面面相觑，没有人应。

"到底出了什么事？"宋慈望着何药师问。

这何药师是个相当精明的人，在康宁药铺不仅精于配药，对一般的风寒时疾，也敢替人问诊下药。每日里上康宁药铺找他看病抓药的不下一二十人。他只需望一望，问一问，便在药屉里东撮撮，西撮撮，捣一捣，和一和，谁也说不出那是什么汤散，让你拿去熬了喝，还少有不愈的。遇着一些疑难怪病他也有些偏方，颇能解决问题，因而镇上也有叫他"何药仙"的。他认得宋慈的父亲宋巩，知道宋巩一生为官正直，同宋慈也有过几面之交，本就料想宋慈也是个人物，此时见问，心想眼前这事若有宋慈帮助兴许好办，何不说给他听？

何药师抿了抿嘴，先讲出这汉子是本镇篾户童大的小儿子，名宫。这童宫上山伐竹，曾救过一个猎人，因那猎人会到药铺来卖猴膏、虎骨之类，自己便与那猎人交情甚厚，也由此与童宫有了交情。随后说出，前些日子，官府催收预征税，把童家值些钱的东西都拿走了。弓兵刚走，柴万隆老爷又来催收店租……

"柴万隆？"宋慈好像被蝎子蜇了一下似的。

何药师说，这一带有好几爿小店都是柴万隆老爷的。童家已钱粮两空，哪里还拿得出店租？那时，童宫不在家，跟人在山中打猎。家中只有他爸童大、他哥童宁和他嫂。柴万隆便说："拿不出钱来也罢，让你媳妇到我家做事吧！"这童宁媳妇，原是小镇上生得颇清秀的女子，做姑娘时，镇上一些泼皮无赖也没少动过她的心思。有一回，一个无赖想去占她便宜，就险些被她咬下了鼻头。

这故事传开来，柴万隆老爷听到了，曾专门来瞧她的容貌。不久，这女子就嫁给了童宁。童宁当然不能让媳妇去那虎口，当下求情道："老爷，让我去吧！"柴万隆先是不要，后来又同意了。谁知童宁去柴家后就死在柴家。说是他爬到柴家小姐的闺楼去调戏人家，被家丁追拿，逃跑中坠楼而亡。这怎么可能呢？

这事没完。童宁死后，柴万隆老爷叫人上门来一顿咒骂，叫童大去收尸。当时童宁媳妇哭得死去活来，也要同去。童大就担心柴万隆会使坏心眼，劝慰儿媳妇留在家中，与几个乡邻连夜去柴宅收尸。不料回来时，童宁媳妇不见了，四处寻找，至今没有下落。

童大气得噎了气，经众人救转后便说，这媳妇准是被柴万隆暗算去了。童宁媳妇自幼刚强，如何是好？那时，童宫还没有回来，也不知他在哪个大山里转，童大无力摸进柴宅去救儿媳，左思右想，没了法子，只好请人写了状子，告到县衙，求县大人出面做主，到柴宅去找一找人。

"后来呢？"宋慈对官府如何处理这事很关心。

"官府倒是很快就派人到柴宅去了，从柴宅出来，也很快就升了大堂，谁知却是将童大派了个诬陷罪，发了脊杖，又下了大牢。"

"怎能断定童宁媳妇是被柴万隆暗算的呢？"宋慈问。

"唉！"何药师一声叹息，"这怎么说？"

柴万隆也曾找过何药师配春药，何药师对柴老爷的了解就比旁人多些，但这些他不必说。他只说，宋大人，您没听说过吗，这有钱有势的人中，柴万隆老爷是坏得出奇的。这年头佃农穷困至极，缴不出田租还得吃官司，柴老爷见谁家妻女有点姿色，便开了这么一条让佃户妻女去他家做奴婢的路。不出一年，有肚子挺起来的，再让你回去。一些人家穷困无路，也有忍辱认了这路的，还口称谢柴老爷大恩。那日柴万隆主意打到童宁媳妇身上，童宁不肯，便有了这结果。童宁刚死，媳妇也失踪了，不是遭了暗算却是什么？

"柴万隆敢如此胡作非为？"

"您真没有听说过吗？"何药师道，"他们家养着一群舞刀弄棒的，势力大着啦！"

"谁得罪他们，不定哪天夜里，被人砍去几个手指，割去一个耳朵，那都是小事。"有人插话。

"还有被抠去一只眼睛，被害了性命的。"

宋慈被震动了。又听大家你一言我一语道，这童宫是今天才得知消息从山上赶回来的，他竟想拼死去劫牢救父。

宋慈眉间一动，仔细打量这个汉子，这才注意到他只有十七八岁，中等个儿，身上只穿一件开襟短褂，胸脯横阔，肌肉隆起，脸上怒目横眉，杀气虎虎，但咬紧的唇边还留有一丝稚气。

"你，为何要去送死呢？"宋慈问。

何药师见状接下去说："大人，您是走州过府见过圣上的人，您替他拿个主意吧！"

听何药师这么一说，邻里也纷纷请求。

"如今他只剩下父亲一个人了。"

"想个法子救救他的父亲吧！"

"不然，这父子二人的性命都难保。"

宋慈听着各位的话，又看看掉在地上那把锋刃熠熠的篾刀，将它拾了起来，走到童宫面前对他说："好吧，我帮你！只是乡有乡规，国有国法，你自己千万不能造次！"

3. 替人告状

这夜的偶遇，对宋慈来说，毕竟是他一生中非同寻常的一件事。多少年来他都颇自信，不论落第之后，还是高中进士之时。只在这些日子，他吃惊地窥见自己了：一二十载青灯黄卷刻苦求学，虽然赢得通经史、善辞令的锦绣名气，但对现实的民情世事却所知甚微！他扶起童宫的时候，似乎不是要帮他做什么，倒像是要帮助自己，他听见自己的心里在说：不必等到出山奉职，眼下就可以做些实在之事！

当即吩咐取来纸笔，这个秋夜，就在这个小篾铺里，宋慈也想起了古人曾说，读书人不到穷困潦倒时候是不帮人写状子的，现在，他并未穷困潦倒，就用自己那曾经写过不少文章，中过进士的笔，第一次替人写状子，并决定次日天明，亲自呈到县衙去找本县的知县大人。

这个秋夜，在宋慈写着"状告柴万隆"的时候，柴万隆也备了纹银，带上田槐兄弟前来拜访知县大人。但柴万隆找知县，并不是因为什么案子，而是要找知县代他催收佃租。

官府替私人催索租子，宋以前并无先例，北宋也罕见；到南宋，朝廷赋税日重，百姓难以承当，欠佃主的租子就更难缴纳了。富人便贿赂地方官，利用官府催收佃租。这样的事情日渐平常起来，富豪收租，朝廷收税，为避免收租与收税相争，朝廷竟下诏规定：每年十月初一至次年正月三十，为县令受理佃主诉讼，取索佃户租欠的日子。虽如此，这年头百姓大多膏血无余，官府出面催收，先替谁收，后替谁收，大不一样。眼下才九月，柴万隆就先来了。

柴万隆四十来岁，正当壮年，一双眼睛飘忽不定，这夜到了县衙，衙役报进去，知县就迎出来。柴万隆献上纹银道："不成敬意。"

知县姓舒名庚适，三十多岁，一双眼睛常眯着，仿佛总在微笑。他请柴万隆落座后，并不问来意，也不必柴万隆开口，便说："公门赋税，百姓已难应酬。私门租课，也为数不少啊！"

柴万隆说："是的。"

舒知县说："建阳地方，自朱熹夫子倡学以来，攫科第登馆阁者辈出，在外做官的不少。入秋以来，本县收到同僚与上司送来求索私租的帖牒连日不绝。"

舒知县说着真取出一叠帖牒放在案上，又信手拈起一封递在柴万隆面前："这是建宁府董大人的，仅此一帖，便要追索百十余家。此外，还有吏部、内侍省、枢密院来的。"

仆役献上茶来，舒知县请柴万隆用茶。柴万隆品着茶，便说自己深知收租之难，所以才求助于大人！

舒知县道："我有话在先，你不可胡来。如今缴了赋税缴不出佃租的十分普遍。听说你手下的人去收租，相当凶狠。你可得小心，不要催逼急了，佃户聚众闹出大事来，你我都不好办。"

柴万隆说大人说得对，所以这事还是由县里差公人去办为好。二人就这样坐了约莫半炷香时辰，柴万隆起身告辞。

宋慈是第二天早上到县衙去的。

门役通报进去，舒知县亲自出来将宋慈迎进县衙后厅。落座后，舒庚适先开口称赞宋慈的才学。宋慈忙欠身道："惭愧。小弟还是学生。"

舒知县说："您过谦了。"接着问宋慈，今日前来可有什么难事？宋慈说自己并未遇到什么难事，倒是……他思忖着该如何措辞。舒知县说，但说无妨，本县一定为你尽力！宋慈便说是有一个乡邻……"我这儿有一封状子，请大人过目。"

舒知县接过状子，当即展开来看，看完状子，一言不发地端坐着，好似在想什么。宋慈也就不问。少顷，舒知县转过头来，脸上恢复了笑容："惠父兄的才学，果然名不虚传。"

"舒大人过奖，学生只是想，此案恐有疏忽。"

"您是说童宁被柴万隆蓄意谋杀而死？他媳妇失踪，也是被柴万隆所劫？"舒知县的眼睛睁大了些。

"是的。"

"可有证据？"

"舒大人，柴万隆横行乡里，欺负民女，乡人谁不知道？"

"那也得有证据啊！"

"蒙冤的人，哪里都自己拿得出证据呢？此案疑点颇大，去勘查疑点，搜寻证据，也是父母官的职责。"

"您怎么知道本官没有做呢？"

"做了什么？"

"本官去验了尸，童宁是头落地倒栽葱跌死的，身上并无棍棒打伤的痕迹。他闯到柴家小姐闺楼图谋不轨，被家丁追拿，柴万隆本欲拿他来本县治罪的，奈何他逃跑时坠楼而死。"

"谁证明？"

"有柴宅仆人证词。"

"舒大人，岂能单听柴宅仆人做证？"

"惠父兄，您倒说说，这案子出在柴宅，不到柴宅去取证，到哪儿去取证？"

"舒大人，童宁如何要去调戏柴家小姐，这不是明摆着说瞎话吗？"

舒知县望了宋慈片刻，问："你怎么知道？"

宋慈一时语塞。

知县说："告诉您，他不是去调戏。"

宋慈问："那是怎么回事？"

知县说："他是要去强暴。"

"强暴？有何根据？"

"有柴家小姐的证词。"

"这也能相信？"

"您通晓朝廷法律，强暴案或强暴未遂案，不向被害女子取证向谁取证？"

"可是，这如何能相信呢？"

舒知县说："柴家小姐告称，童宁闯进她的闺房，口称柴万隆欺负民女，如今又在打他媳妇的主意，他豁出来了，要替受欺负的女子报复。莫说这样的报复，杀人、放火，实施更大报复的也不少。您能证明不是？"

宋慈愣住。他不相信，可怎么能证明不是呢？

舒知县接着说："惠父兄，此事，您还是不必过问的好。您是好心，但您心有余力不足。如今外患侵凌，内政混乱，天下案子很多，哪儿都管不过来。更何况柴家京都有人，这样的案子不管告到哪儿，都不会有人管的。"

"那还要官府干什么？"

"干什么？该干什么还干什么。您看这案子，我得去验尸，去取证，哪一项我也不能少了啊！再说还有许多上面交办的事，我告诉您，哪天，您要自己当了知县，就知道这知县可是举朝最忙的官，上上下下许多事，都得通过这一级去运转。"

然后舒知县问宋慈还有没有其他事，说宋慈自己家中有什么事需要帮忙尽管来找，本县一定尽力。想了想，舒知县还说，这柴家在地方上的势力确实不小，您现在居家守制，自己也要小心为好，万一出点什么事，本县也保护不了您啊！直到最后，舒知县也是客客气气地把宋慈送出了县衙。此时，宋慈只觉得自己脑袋空空的，脸红耳热，好一阵还想不明白，自己在县衙里怎么竟是这样一番经历呢？

童宫正在衙门外的一爿小店里候着，见知县大人把宋慈送出门来，心想大约有希望了，不禁抬脚出店迎上来问："大人，知县怎么说？"

宋慈答："回去再说。"

第三章

洗冤之誓

（1218 年）

山河破碎，锦绣成灰。他曾想，或能入朝竭尽智能辅弼君王，或去前方运筹帷幄收复河山，或在地方上整顿吏治抑制豪强，减少天下生民的苦痛，这都是人生志向。没想到，眼看着乡里一条条生命蒙冤而死，他挺身去为平民讨公道却一事无成，高远的志向落进了现实的血泊……

1. 大宋的王法

宋慈决心重修状词，告到建宁府去！

童游河是宋慈家乡这段河流的俗称，其流域雅名建溪。建溪的下游汇入闽江。建宁府即今福建省建瓯市，位于建阳之南。宋慈决定从水路顺流直下建宁府。

宋时沿建溪通闽江的水运相当繁盛，建阳城关东门外东南角码头每天都停泊着数百艘民船，宋慈带着童宫从这儿登上了一叶扁舟。

东门城楼渐渐地远了，耳边是汩汩水声。这次离家，同以往任何一回都不一样，宋慈直立船头，凭河风吹拂他的衣袂，心潮也好似那不断撞击船舷的水浪翻涌。

"慈儿，你父亲在日就曾说过，官场上以职取人，以人废言的事并不鲜见。你居家守制，有理无职，只怕是知府大人也未必能听你的。"这是母亲的话响在他耳边。

"如若不成，早些回来，另想办法，啊！"夫人把他送到门口，轻嘱他的话也响在耳边。

望着从容而去的河水，宋慈又想起了刘克庄。居家的日子，他格外感觉到了人生是不能没有好友的。去年在京中进士的第二天，刘克庄相邀他出城春游。他们出钱塘门，来到钱塘江边月轮峰上的六和塔。宋慈在京都读书多年，似乎今日才发现，这城外六和塔竟是一个如此幽静怡人的地方。

黛瓦红身的六和塔静静地矗立在这里，塔下绿树成荫，鸟雀啁啾的鸣啭声响得热闹。大约因游人不常来此，四周长了不少荒草，一条直通塔身的小径多半还是前来焚香的人踏出的。眼下，塔基前还燃着不知何人烧的束香，缕缕青烟在微风中慢悠悠地飘散。二人入塔，穿过塔身中心的小室，沿四周铺设的石阶盘旋而上，当登上最高一层凭窗远眺时，他们有过一番争论。

"潜夫兄，你自嘉定二年入仕算来，已有八个春秋，不知你何以对仕途有厌倦之感？"宋慈望着好友，起初只是随意地问。

"怎么说呢？"刘克庄说，"不过我倒以为，人生有无建树未必在于做官。古来不少颇有才学的人，数十载青灯黄卷，发奋求成，得中高科后不知不觉便陷入官场倾轧，平生所学未能报效社稷，却要效仿巴结上司、依附权贵的本事，如此一生倒是可惜了的。"

"你以为人生的建树何在？"宋慈又问。

"如前人建下这六和塔，或如李杜留下万口传诵的诗文，或如朱熹夫子，登第五十年为官仅九考，立朝才四十日，但创办书院，哺育天下桃李又何止百千。"

从六和塔上望去，钱塘江宛若一条连接大海的飘带。正是江南多雨时节，江水喧嚣而丰满，近处的江岸上，数十名纤夫的穿着烂如渔网，他们正吃力地牵拉着一艘艘运载粮食的大木船，船首站着官兵，船桅上一面迎风飞舞的旗上写有"军粮"字样。宋慈接着说：

"不过，我以为，当此山河破碎锦绣成灰的乱世，如能高科入仕，竭尽智能辅弼君王，或到前方运筹帷幄，收复河山；或在地方上整顿吏治，抑制豪强，免除天下生民的痛苦，何尝不是一种建树！"

"你胸怀大志，诚然可感。只是，自庆历新政失败，范仲淹一腔心血付水东流，冗官之弊仍是我朝之大弊。王安石变法，志夺范仲淹。结果怎样？还是被废了。如今朝野上下还是官员冗滥，而且要职多为一些无才无德的阿谀之辈所占。这次，你以南宫奏赋第三高中进士，朝廷只封你一个浙江鄞县尉官的小职，你不以为奇翅难展，神足难驰吗？"

这是去年在京都与刘克庄的一次交谈。如今居家守制，见识了一个舒知县，也见识了横行乡里的黑暗势力，宋慈依然以为有大宋的王法在，像童家这样的奇冤，岂能无处可申！

从建阳到建宁府，水路相距一百五十余里，当天夜间便到了。因城门已闭，二人别了船家，就在城外找了个旅店下榻。次日一早起来，随便吃了早饭，二人匆匆入城奔知府衙门而去。

走到建宁府衙门外官道，前面传来一阵车马之声，只见十余匹马拉着数辆空车而来。昨日黄昏，曾下过一场暴雨，路上还积有水洼。车轮碾过水洼，卷起的水花溅到不及避开的宋慈与童宫身上。童宫望着前去的车骑忽脱口道："那是梁锷！"

"梁锷？"宋慈回头看时，车骑已远去。

梁锷是建阳县巡捕都头，此时突然从建宁府行衙出来，宋慈二人都不免在心中结了个疙瘩。

这梁锷原本是建阳西路马伏乡富户子弟，生得虎体猿臂，鬓发虬须，圆眼突睛，自幼酷好舞刀弄棒，长大仍无意于田亩粮钱，终日只是打熬筋骨，练得一身好武艺。二十岁上，他就在乡里收徒授武，后因与人争斗，他将那人打翻了，倒提起来，猛一发劲，裂了那人下腹，吃了人命官司。这案子恰撞在刚来接任建阳知县的舒庚适手上。梁锷家中也上上下下四处奔走，破费了许多钱财，这才大事化小，小事化了。其时，舒庚适看中梁锷的武艺，有意让柴万隆家中的田槐、田桦两兄弟来与梁锷过招。那田氏兄弟已是江湖上颇有名气的高手，结果二人一起上去才与梁锷交了个平手。舒庚适大喜，知道自己衙门里也要有个这样的人当差，对地方的豪强恶霸也有个震慑，便让梁锷当了本县尉司的巡捕都头。梁锷很感激，加之这动刀动枪打熬筋骨的差使，正合梁锷心意，也就十二分卖力。梁锷突然出现在这儿，是奉建阳知县舒庚适之命，将本县替建宁府董大人催收的私租，专程督送到建宁府来。

建宁府董大人原本建阳马伏村人氏，看到舒知县为他催收的私租，不仅有粮、银、钱币，还有各种民居财物，便知道今年舒知县为他收租是格外费了心力的，对舒知县自然十分赞赏。这些官场中司空见惯的事，宋慈尚不知道。即便知道又怎样呢？他仍然会以为有大宋的王法在，民间冤屈岂能无处可申。现在望着远去的车骑，宋慈道："不必理会，走！"

二人来到府衙前，宋慈上去叩开大门，说明身份，呈上状子并一封写给知府大人的信。门吏听说是建阳县新科进士来访，立刻满脸笑容，拱手作揖，口称："宋大人请稍候！" 旋即转身入内去禀报。

建宁府董大人正在后院与一侍妾对弈。府内虞候进来呈上一封信札和状子："启禀大人，这是建阳进士宋慈写给大人的信，还有他替人呈递的状子。"

董大人仍看着棋盘，良久才问："状告何人？"

"建阳乡绅柴万隆。"

又过了些时，董大人在棋盘压下一子，再问："为何不告到建阳县舒大人那里去？"

虞候说："此案把建阳县舒大人也告进去了。"

"嗯？"董大人这才转过头来，接了信拆阅。看完，淡淡一笑，搁在案上，又取状子展开略略一看，忽然说："取笔！"

虞候端来文房四宝，董大人接笔就在状子上批了几行字，随后将状子递还虞候，又全神下他的棋去了。

这时候，宋慈与童宫尚在知府门外一棵大香樟下等候回音。毕竟深秋时节，秋风摇曳着府门外这棵香樟，正有落叶萧萧。二人方才一路紧走而来，都出了些微汗，在这儿干等了半天，身上不由得凉飕飕的。

"吱呀"一声，府门终于开了，门吏探出头来，宋慈二人连忙迎上。

"你们回去罢。"门吏方才的笑容不见了。

"怎么？"宋慈问。

"你们的状子，大人已批转建阳知县审理。"

"什么？"宋慈难以置信。

"你们的状子，大人已批转建阳知县审理，会派人专程送去，你们回去吧！"

"砰！"一记关门声，宋慈的心也被重重一击。再看那门，已合上，只有两个口系圆环的怪兽虎视眈眈。宋慈转头看童宫，童宫的目光也正望着他，那目光是渴求，是失望？宋慈一辈子也忘不了那目光。建宁府之行，宋慈万没有想到，他竟然连知府的大门都未进，就被碰了回来。

2. 又一条人命

一弯冷月，斜挂中天。

清冷的月光下，宋家庭院显得格外凄清。黯淡的灯光衬出宋慈呆立窗前，一动不动的剪影。窗内没有一点声音，只有虫吟浅唱在屋外看不见的地方鸣响。

如果不是回来取盘缠，打算再去福州府提刑司告状，如果不是康宁药铺的何药师及时找到他们，他们恐怕现在还不会知道，就在他们去建宁府的当天黄昏，童宫的父亲童大死了，狱卒说是猝死于疾病，又因童家无人，便做无主之尸埋了。

眼看着又一条人命沉冤不白，宋慈却一筹莫展。

这夜他完全不能入睡了。他不知自己在想什么，也许什么也没想。后来，他想到了父亲。他的父亲曾多次任节度使推官，勘问刑狱。在他童年时，父亲一度遭罢黜在家，就在那段日子，他曾听父亲讲过许多审刑断狱的故事，由此还对侦破擒拿之类产生过浓厚的兴趣。在太学时，他对律学中的《刑统》《编敕》都学得很精。这《刑统》是大宋开国以来的第一部法律大典；《编敕》则是将皇帝的诏令编成的刑令专集，他不能不精学。

现在，想到自己曾胸有成竹地对童宫说，"好吧，我帮你，只是乡有乡规，国有国法，你自己千万不可造次……"他愧疚得无地自容。突然，他将案上的书卷"哗啦"一声推落满地……

宋夫人端着一碗莲子羹进房来了。

宋夫人连玉兰，与宋慈少小相识，二十余年来可以算得是宋慈心心相印、拳拳不渝的知音。眼下，她望着散落满地的书卷，不动声色地将莲子羹放在书案前，轻声说："趁热喝了吧！"

宋慈好似没有听见，依然未动。

夫人俯下身去，拾捡起散落的书籍，才又说道："其实，你不必动怒，也不必苦恼。如今大宋天下，已非初创之日可比。河山半壁，腐败遍地，法纪荡然，天下蒙冤而死的人是很多的呀！"

夫人又说："其实，腐败也不是今日如此了，绍兴年间，连岳将军那样的英雄，都被冤杀了！"

宋慈转过身，似乎想说什么，却无话，眼睛直盯着烛光，冥冥之中仿佛又见两排熊熊燃烧的火把，两排缓缓而行的仪锽、大槊、长戟、大刀，寒光闪闪，火把的亮光映出一块高悬的亭匾：风波亭……他与刘克庄曾去祭拜过风波亭，那是宁宗开禧元年入太学的时候，太学所在地便是岳飞故宅。岳飞遇害后，家产被抄，住宅被改建成太学。出太学西去不远就是风波亭。他入太学的这年，正是大臣韩侂胄请宁宗皇帝追封岳飞为鄂王的第二年。清明时节，无数百姓扶老携幼，从四面八方聚到风波亭悼念岳飞父子的亡灵。那一日，他们全体太学生都去了。那是怎样一副悲壮的情景啊！无数的人流从清晨走到夜晚，络绎不绝；无数的纸钱香烛，从清晨燃到夜晚，星星点点，无边无际……

"你，又在想什么？"夫人似乎察觉宋慈的思维出现变化。

"我有个预感。"宋慈说。

"什么预感？"

"他要出事！"

"谁？"

"童宫。"

3. 甬道深处

夜，犬吠零猜。

一个青衣汉子悄悄来到了柴万隆宅院的围墙外。他正是童宫。父亲死了，他还活着，他还该干些什么？眼下嫂嫂生不见人，死不见尸，他必须去找嫂嫂。

此去虽然渺茫，而且难保没有杀身之祸，可他豁出去了。嫂嫂过门来不到一年，腹中正怀着小侄；嫂嫂过门以前就常来帮助童家做事，对少年丧母的童宫，冬纳棉鞋夏添短褂，也有过心细如母的照拂……他是带着拼却一死的决心来到这围墙外的，此去如果寻不着嫂嫂，也要寻着柴万隆，与他血刃相见！

柴宅就在这童游镇边上，独自扩地建起的一个庄园。四翼围墙是这样高，墙头上又都是伸出足有半尺来长的瓦檐，他绕着宅子转寻一阵，选中一棵靠近围墙枝叶尚浓的枫树，拿出儿时就学会了的攀爬毛竹的功夫，双手攀住树身两侧，双脚踏在树干正中，唰唰唰就上去了。

枝梢上一阵"扑喇喇"作响，几只受惊的宿鸟又引动邻近的寒鸦也扑翅离巢。童宫将腿勾稳了枝干，藏在叶浓处不动。少顷恢复了平静，童宫缘那枝干看准了轻轻一荡，已落在院内。

宅子是这样的大，四处楼阁参差，树影幢幢，上哪儿去寻找呢？天上一弯残月，清辉落在院内足以明路。童宫想，看看哪儿有灯光可以寻去，可四下里只有月光，不见灯火。总算寻到一处亮光，走近去看，却是厨房，里面有人在忙。一个声音说："先送去吧！"于是两个丫鬟走出门来，一个手执灯笼，另一个双手端着一只木盘，盘上托着一个砂锅、一把酒壶。童宫想，这是给谁送吃的呢？便暗暗尾随着两个丫鬟而来。

穿过回廊，沿着青砖铺就的小径走了好一阵，过一处月亮门，来到另一个院落，又走一阵，转过一座假山，来到一个去处。这是一个青石搭成的葡萄架，架上老藤的叶开始萎了，仍密不透风地覆盖着，架下便成了一个甬道。甬道两侧都是池塘。童宫望着前头的灯笼跟了进去，就嗅到一种夹杂着腐叶、青苔和说不出名的花香气息，再走几步，更觉得有一股寒意凉飕飕地直透脊背，俨如入了洞府。

正跟踪着，前面一声门响，里面透出一缕亮光，两个丫鬟走了进去，又关上门，甬道内立刻掉进一片黑暗。童宫屏住呼吸摸到门前，尚未站稳，又听门内有人走来……

"是要开门了。"童宫心里想着往旁边避去，幸而这甬道尽头的两旁有三尺来宽的土岸，土岸上傍着房子种满了花木，童宫往边上一站，隐在那花木之中。

门开了，是刚才那两位丫鬟举着灯笼从房中走出，然后带上门，沿着甬道一直走了出去。

童宫索性沿这土岸往前走，在一处窗前停了下来。这房子的窗格又窄又密，加上种在土岸上这"爬山虎"的枝叶浓浓密密爬满了整个窗牖，几乎覆得连房中的光线也难以透出。童宫小心拨开枝叶，将眼睛眯细了贴近窗棂，这才窥见房中景象。

房子很大，很深，四处都雕琢得精致，漆得光亮。一道纱幔将正屋隔成两半，前半间靠壁排放着桌几和两把睡椅，中间有一个椭圆的大木盆，透过纱幔，隐约可见后半间贴里一架雕龙画凤的卧榻，一个年轻女子四肢分别被四根绳索捆着，绑在卧榻上。

"这不是嫂嫂吗？"童宫的心几乎要跳出胸膛。

屋里还有一个男人，正是柴万隆。

童宫立刻眼里喷出火来，牙齿咬得咯咯直响，手上的解腕尖刀也被捏得不住地打战。这个恶魔就在这屋里，他好像在说什么，童宫听不见。童宫开始向房门摸来，他知道那门是虚掩的，一推就可以进去，他将神不知鬼不觉地出现在那恶魔面前，将把刀抵住他的心窝，将告诉他来者是谁，好让他死个明白。

童宫摸到了门口，便去推门，轻轻一推，"吱"一声响，裂开一道缝，亮光跳出来。童宫停了一下，听里面没有动静。他屏住呼吸，继续将手插入缝中，将门往上使劲提着推进，这就没有声响地开了门。

潜入门内，看到亮光从正屋倾泻出来，从这儿倒还看不见正屋内的动静。童宫心想，自己这一转入正屋去，如果就被柴万隆发现，厮杀起来，一时要不了他的命，倒被他从这门里逃走，岂不麻烦！或者被他叫嚷起来，有人赶来救他，也要入这门的。索性一不做，二不休，干脆把这门关死。这样想着，童宫已悄悄举起靠在一旁的闩门杠，这闩门杠约有碗口粗，上牢了，房外的人要想打入，不是一时可以得手的。

关牢了门，童宫向正屋走去。这时，童宫看到柴万隆正给那女子解绳索，已经把一只手上的绳索解开了。再看那女子，这当儿才看清，她不是嫂嫂，是一个他不认识的女子，形容憔悴，头发散乱。显然是他寻救嫂嫂心切，误把她看作嫂嫂了。

房中的女人虽不是嫂嫂，但这男人是柴万隆。

那女子发现了手执解腕尖刀的童宫，或许是惊呆了竟没有作声。柴万隆也发觉了动静，转头就看到了童宫，吃惊不浅，立刻放下正解着的绳索问道："你是何人？"

童宫一字一板："我是童宁胞弟童宫，来替兄嫂报仇！"

卧榻左侧的壁上挂有一把宝剑，柴万隆斜眼一瞅那剑，口里说道："好汉，且慢，你要多少银两？"

"我单要你的脑袋！"童宫执刀直取仇人。

柴万隆平日也学过几招，便与童宫厮打起来，他一边避着童宫的锋刃，一边大叫道："来人啊！……有刺客！……有刺客！……"

不料这外半间的侧里还有一个屋子，里头正有两个丫鬟在烧洗澡水，她们正将热水舀在桶里提出来，就听到了叫喊，惊得把桶也扔了，热汤溅洒出来。童宫没想到这屋里竟还有人，不由得一惊，就此一瞬，柴万隆拔下了壁上的宝剑。

一场凶狠的厮杀暴起，两个丫鬟吓得躲入里间，柴万隆叫道："躲什么，快去叫人，别让这姓童的跑了。"两个丫鬟于是跑到外间，见门被闩上了，二人一齐上前抬起闩门杠，开门跑了出去。

"来人啊！……来人啊！……"丫鬟的声音在屋外喊。

童宫不免心慌，右手被划了一剑，刀被打落。

柴万隆已估摸到来人功夫深浅，他开始神情镇定地舞动手中利剑左砍右刺，步步逼向童宫……童宫被逼到一处墙角，柴万隆冷笑着，举剑直刺过去，白光闪处童宫一避，左臂也被划开一道口子，鲜血透衣而出。

柴万隆紧逼不舍，童宫双眼盯住那一直在他眼前倏倏闪动的剑左右闪避，退到外半间却被丫鬟方才提出的一桶水绊倒，汤水洒了一地。情急间童宫抢起木桶抵挡，又是一阵恶斗。

柴万隆在追杀中竟也滑倒，二人厮打成一团。童宫的右手和左臂都已受伤，很快气力不支，被柴万隆压在身下。占了优势的柴万隆随即一拳一拳猛击在童宫头部。却在这时，柴万隆的头被一个圆锤般的东西重重一击，鲜血从他头上涌出，迅速沿面额漫流下来，柴万隆仰身倒去。站在他身后的竟是刚才那个被捆在卧榻的女子，女子正双手拿着一把变了形的酒壶，那是一把锡造的酒壶。

童宫惊奇不已。翻身起来，看仰面躺着的柴万隆仍在抽搐。那女子扔了酒壶，竟去捡起地上的宝剑，奔来对准柴万隆前胸，拼力插了下去，一股鲜血直喷溅上来，喷满了铸有"万事兴隆"四字的剑身……

房中骤然安静下来。那女子的目光与童宫的对在了一起。这时，二人都听见了屋外远远地传来杂沓的脚步声……

"你是谁？"童宫问那女子。

"你快逃吧！"女子说。

"要逃一齐逃！"童宫看到女子衣衫也被溅上了许多鲜血。

"那就谁也逃不走。"女子说着已去抓过卧榻前那盏八角薄纱大红宫灯，扯去纱罩，燃着了落地纱幔，燃着了房中的字画楹联，燃着了卧榻上的红罗幔帐，又将已倒在地的一个漆花衣架也放到火上。这房本是木屋，很快就烧起来，加上屋内镂空雕花的一应装饰都是上了油漆的，一经燃烧便噼噼啪啪烧得十分炽烈。女子边点火边说："快逃！你再犹豫就来不及了。"

"不行，你先逃！"童宫说。

屋外的脚步声越来越响，女子竟还去把那门再上了闩门杠，关得严严实实的，又拾起童宫的解腕尖刀塞到他手里，推他道："你快去破窗逃走！我自有办法。你不走就害了我了。"

童宫不明白自己若不先逃为什么会害了她，也不及细想，看那女子，似乎她的话不容置疑，于是去破开一扇窗牖，跳了出去。

杂沓的脚步声已入甬道，擂门声继之而起，此时火焰已蹿上楼板，风火声响作一片……

4. 深夜敲门声

宋家园外卵石铺就的街道上，由远而近传来阵阵犬吠声。紧接着，靠墙的梨树上，宿鸟扑翅惊飞，墙上黑影一闪，落下一个人来。

宋慈夫妇尚未入睡，听到街上犬吠声很紧，不由得相视一眼。宋慈忽觉得在房中待不住，想打开房门出去看看，恰在这时，响起了轻轻的叩门声……

宋慈前去开门，门开处，来人是童宫。烛光照见他满身血迹，左臂上一记绽开的刀痕，尚在淌血。

"你？"宋慈惊道。

"柴万隆死了！"童宫说。

"什么？"

"柴万隆死了！"

"你把他杀了？"

童宫迟疑了一下，答道："是我。"

宋慈回身走到房中，坐在椅子上。

童宫跟着走进房来，跪下道："大人，我知道杀人是犯法的。只是朝廷命官不能为民申冤，我等百姓就只能任人宰杀？"

宋慈的心仿佛被尖刀撩了一下，似乎想说什么，却一句话也说不出。宋夫人见童宫绽开的创口，已取出一个盛有膏散的漆盘说："你快起来，我给你包扎。"

童宫仍跪着。宋夫人道："你快起来。"童宫于是站起。宋夫人让他坐在一个瓷墩上。三岁的小芮儿也醒了，揉着睡眼从纱帐里爬出来。

街上的犬吠声又猖猖大作，一阵杂沓的马蹄声从墙外呼啸而过……童宫眉心一跳，料想是尉司的马队正追捕自己，便断然挣脱宋夫人正替他包扎的手，再次跪倒在地说："我是来告辞的。不能久留。告辞了！"言罢磕了三个响头，起身就走。

眼看童宫已出房门，宋慈道："慢！"

童宫站住。

"你往何处去？"

童宫茫然地摇了摇头。

"你等等！"宋慈的头脑飞快掠过大宋的律例条文，他想童宫所犯之案，以《刑统》论之，杀人当斩。若以《编敕》量之，则可以免死。大宋历代都有赦宥复仇杀人犯的成例。神宗元丰年间，青州平民王斌刺死杀父仇人，以仇人首级四肢祭到父亲墓前，然后自首。青州府尹看此案属于重大疑难，未敢轻易决断，报到省院，又经大理寺奏呈皇帝御前，神宗皇帝审阅案卷后，御批："论当斩，然以杀仇祭父，又自归罪，其情可矜。诏贷死，刺配邻州。"但童宫如果落在舒知县手上，必斩无疑。眼下童宫要逃走，茫然不知所向，纵使逃过了今夜，也难保日后不被人逮住……就在想着这些的当儿，宋慈的手已写出一封信来。

信写得很短，是给宋勰的。眼下只有让童宫去投奔宋勰，才是一个安全去处。宋慈对童宫道："你到莲源山如是寺去投奔一个叫宋勰的僧人，他必会帮助你！"

童宫接信，又一次挥泪跪拜在地。宋慈托起童宫："你快走吧！"杂沓的蹄声又由远而近传来，忽然，蹄声在宋家门前停下。"砰砰砰！"急促的捶门声随即而起。

小宋芪吓得一把抓住了母亲的衣裙。宋夫人一边护着女儿，一边将一个包袱塞在童宫手里，问："会游水吗？"

"会。"

"从后院下河吧！"

"对。"宋慈对夫人道，"你去后院，我去前门！"

残月的清辉下，宋夫人领童宫到了后院。按宋夫人指点，童宫爬上了高墙，就在那墙头，童宫看到远处柴万隆宅院依然大火烛天，越烧越旺，不知那个救他一命的女子此刻如何，他似乎觉得应该把这件事情告诉宋慈夫妇，但什么也来不及说了。他在墙头向宋夫人深深一揖，而后一咬牙，跳下距墙三丈多深的建溪……

宋慈领康亮来到前门，没有开门，只看那门叩得十分急了，这才吩咐康亮起了杠。门开处，火把照见领头的果然是尉司的巡捕都头梁锷。

梁都头上阶，对宋慈抱拳一揖："宋大人，在下奉命追捕一个杀人犯，方才此处犬吠声很急，不知可是躲进贵府了？"

宋慈立在门当中，问梁锷："此话何意？"

梁都头说："宋大人休要误会，狗急了还跳墙呢！只怕是有凶徒躲藏进来，大人却不知道。"

宋慈盯着梁锷，沉默有顷，忽道："请进！"

梁都头带弓兵进入宅院。此时，宋夫人已经回房。忽然，她看到房门上有一个血手印——显然是童宫叩门时留下的。怎么办？火把的光亮已经照进前厅，杂沓的脚步声近在耳边，要处理来不及了。宋夫人索性大开房门，以身遮之，可是血印在宋夫人脖颈高处，遮盖不严。情急中，宋夫人立即抱起小宋芪，站立门边，用小芪儿的后背将血印遮住。

弓兵拥入内院，一个弓兵就守在宋慈居室门前，使得宋夫人寸步不敢离门。一阵搜寻，宋家各屋的灯都被点亮了。宋母也起来了。宋母问弓兵你们搜查什么？弓兵说搜查杀人犯。宋母说哪来的杀人犯？前庭后院各处都搜查遍了，单剩下宋慈的居室。弓兵未敢擅进。梁都头走来，看到宋夫人抱着小女站立门边，不免觉得奇怪。

宋慈也不知夫人何以抱着芪儿立在门旁不动，便说："夫人何以挡在门边，让梁都头进屋去看看吧！"宋慈这话原是带有嘲讽之意，然而宋夫人哪里敢动。她道："都头要看，请进吧！"

梁都头透过房门往里窥望，房中烛光大明，料想也不至藏在其中。可是，宋宅各处都查过，单剩下这间卧房，要是就藏在这里面呢？横竖是奉命而来，不看清楚了，回头也不好交代，梁都头于是走进房去，四下里都看了看，断定确实藏不住人，这才回身出房。

梁都头走到门边，对宋慈抱拳欲做告辞之状，可这当儿，他抬起的手又放下来，他注意到宋夫人手上抱着的小女孩，盯住小宋芪，忽然问："刚才，有一个外人到你家来吗？"

小宋芪望着眼前这个鬈发虬须眼圆睛突的人，害怕地抱紧母亲，身一侧，门上的血手印露出一角。

宋慈看到了血手印。宋夫人从丈夫的目光中明白发生了什么，她抱紧女儿，就势移了一步，盖住了血印。

"你见到了，对吗？"梁锷盯住小宋芪问。幸而他的目光只在小宋芪脸上。小宋芪在梁锷目光的逼视下，要哭了，她望了望母亲，母亲镇定无语。终于，小宋芪摇了摇头。

"见过？"梁锷又追一句。

"没见过。"小宋芪稚嫩的声音说。

梁都头鼻孔里哼了一声，转身就对宋慈抱拳一揖："打扰了，告辞！"

就这样，弓兵们如同来时拥入内院又一拥而退。当康亮在前门落上闩门杠的声音传过来时，宋夫人还立在房门前。宋慈说："玉兰，你……"宋夫人这才走离房门，回眸一看，那血手印已被芪儿压得模糊了。

就这样，宋慈放走了童宫。这在宋慈的一生中却是经历了一场重要转折。他是亲手放走了一个杀人逃犯！

这件来不及细想的事，恐怕还够他想上一些时日。夫人好似明白他的心思，便对他说："别想了。童宫倒是做了一个朝廷命官该做而没有做的事呢！"

远处的犬吠声一直没有平息，柴万隆宅院的大火仍然在烧，从宋家庭院就能看见远天的红光。当宋夫人取水来亲手擦洗那个血手印时，宋慈记起近日常闯入他梦中的一幅幅图景——那是秋娟、童大、童宁夫妇一齐向他走来，没有眼泪，没有笑容，一双双大睁的眼睛直盯着他，在他们身后则是风波亭前无边无际的香火……他感觉有一种东西在他心中涌动，来到书房，在案上铺开一张宣纸。烛光下，取笔就在宣纸上落下了两个端凝的大字：洗冤。

"好吧，可以歇息了。"宋夫人来到书房。

宋慈搁笔，正准备随夫人回卧室，忽然，夫人说："你听！"

"听什么？"

"菜园……是后门，有人敲门。"

宋慈静听，似有似无："不是幻觉吧？"

"我是听见了。"

"是谁呢？"

"童宫？"

"去看看。"

书房挨近菜园，二人秉烛来到菜园，这回听确切了，是有人敲门。敲门声很轻，恍若梦境。二人走到靠近菜园围墙的那个厚厚的小门，就停下了。

"谁呀？"宋夫人轻声问。

"夫人……是我。"门外是个女声，声音微弱。

宋慈夫妇目光相视，都很吃惊。

"你是谁？"宋慈问。

"我是秋娟。"声音微如缕。

宋慈夫妇仍很吃惊，宋夫人秉烛的手不住地打战，烛火在菜园的风中摇曳，几乎灭了。难道真遇到鬼了？

"你是谁？"宋慈又问。

门外没了声音。正狐疑，听到门外一声响，好像有人倒在门前。宋慈看着夫人，忽然说："我开门！"这么说着就去开门。

门开处，果然有个瘫软在地半坐半靠在门外的女子倒进门来，女子头发散乱，身上都是血迹，夫人举烛去照她的脸，惊道：

"是秋娟……真是秋娟！"

第四章

东方书城

（1218—1219 年）

写这一章时，我想起两千多年前埃及亚历山大城的图书馆，该馆也是国家出版机构。出版方式是：一屋子誊写员面对一个高声朗读的人复制出许多副本。后人曾困惑不解，亚历山大城的哲学、数学、天文学都已相当发达，可是直到 15 世纪以前，欧洲为什么还没发明出印刷术？后来欧洲人认为，是因为可供印刷的纸还没有从中国输入以打开欧洲人心灵上的窍门。我的家乡建阳在 13 世纪已是宋代三大印书中心之一，这就给宋慈吸收前人的知识创造了机会。

1. 没有声音的哭泣

这夜，镇上许多人起来看大火。正是秋高季节，火乘风势，燃得热烈。柴家大院是一座独立庄园，镇上的人不远不近地看那大火，煞是凶猛。大火生生把柴家院落大部分都变成了灰烬。

天亮后舒知县去看现场，满眼废墟，没有倒塌的风火墙兀立着耸向天空，心里只觉得奇怪，柴家建筑多有风火墙阻隔，这火怎会蔓延得这么大呢？好像有一群人在放火似的。

镇上许多人听说柴万隆被本镇篾户童大的小儿子童宫杀死了，起初还将信将疑，到了半晌午，城门边的墙上，各大路口都悬挂着缉拿童宫的告示，大家便相信这是真的了。乡民们奔走相告，十分兴奋。

康亮的进进出出，受到尉司巡捕的跟踪。他回来说了外面的情况，宋慈听说四处贴着缉拿童宫的告示，倒是稍稍松了一口气，这等于告诉他童宫逃脱了。但童宫找到宋巩了吗？夫人说："你别操心，没别的消息，就是安全了。"

秋娟到第二天掌灯时分总算醒来了。那时刻宋夫人进她的房间去点上了灯。她突然就醒了。她是惊醒的。宋夫人马上就到她身边，让她躺下："你躺下，别怕，这是在家里。"

秋娟发现自己的衣衫已经全换了，干干净净地躺在床上，她仍然紧紧抓住宋夫人的手。宋夫人继续说："别怕，你到家了，你就睡在自己的床上。"然后秋娟哭了，哭得没有声音，却万分伤心。

这没有声音的哭泣，是让人害怕的，宋夫人待她哭了一会儿便劝道："别哭了，都过去了。前些时都传说你死了，怎么回事呢？"

秋娟更哭得嘴唇不住地战栗，泪水和汗水从她的眼睛和发际里漫出来，弥满了脸颊和额头。她的脸颊从未像现在这样消瘦，额头也从未这样突出，离开宋家后几乎换了个人儿。

小宋芘忽然转了进来："秋姐，你醒啦！"

见到宋芘，秋娟似乎想止住哭泣，可止不住。

宋夫人对女儿说："你先出去吧。"

一会儿，芘儿把父亲拉来了，宋母也来了。

"娟儿，你总算醒了！"宋母拉着秋娟的手陪她哭起来。

宋慈站在母亲身后，没有说话。一会儿，宋母说："我真高兴，你还活着。"秋娟渐渐止住了哭泣。宋母又问："前些日子，你胞弟与人从柴家抬出来的那个女尸，是谁呢？"

秋娟又哭得抬不起头来。宋母与宋慈夫妇面面相觑，都感觉其中必有难言之悲痛。宋夫人说："母亲，你们都先去吃饭吧，我在这儿。"

2. 这丫头不简单

秋娟醒来的第二天，宋慈病了，发病很急。

躺在榻上，恶寒高热，唇焦舌干，咳嗽频频。咳起来便额筋暴起，胸痛如烙，痰呈锈色，有时甚至痰中带血。不咳了，则昏昏沉沉。宋慈自己说，不要紧的，这不过是受了风寒，抓几包药吃就没事了。

康亮去城里康宁药铺抓药，何药师知道了，不请自来，看了宋慈后，对忧心忡忡的宋母和宋夫人道："不必过虑。这是去建宁府的路上遭了风寒雨淋的缘故。风寒侵犯肺经，郁而化热便有热症；肺经受灼，所以痰中带血；邪热闷在心里就不免出现神昏症候。只需辛凉疏解，宣肺化痰，再调理调理就好了。"

何药师随即回城，取了几大包药来，又拨了些穿心莲、鸭跖草、紫金牛，煎水合汤剂让宋慈一起喝下。第二天，宋慈就轻松了许多。

这天宋慈一早喝了药，发一身汗，起来刚换了衣衫，何药师又来了。他带来了不少消息。"大人您知道吗，童宫如今被传说成大英雄了。"又说，"大人，您的名气也不小。"

宋夫人问："怎么不小呢？"

何药师说："城里也有宋慈大人与童宫勾结的传言，乡民们对您自然很敬重了。"

宋夫人说："这名气可不好。"

宋慈问："还有什么消息？"

何药师便谈起前天夜里的那场大火。他说，据说是柴家大院两个丫鬟讲的，凶手姓童。可是大火蔓延开时，就顾不上捉拿刺客了，大家都帮着柴家从大火中抢救财产。这柴家养着一群舞刀弄棒的，原本就是乌合之众，起初还帮着抢救财物，后来就作鸟兽散了，连管教他们的枪棒教头田槐兄弟也不知去向。

"是吗？"宋慈问。

何药师说："是的，柴老爷平日作恶太多，就在柴家院内的奴婢中，痛恨他的人也不少。这火一烧起来，混乱中，有的人是帮着救火还是放火，就不好说了。况且那些没有烧着的富贵地方，也只有烧着了才好趁火打劫呀！要不，柴家大院的火怎么能烧得这么大呢？"

宋慈没想到那夜一把火竟会引出这许多事来，这案子不就复杂了吗？"如此，上面得派人来吧！"他说。

何药师说："不会的，舒知县聪明着呢，他不会去自找麻烦。"宋慈问："怎么是自找麻烦呢？"何药师说："要是上报说犯案的有多人，却抓不到，那不是自找麻烦吗？"

"可是，柴家不是京都里有人吗？"

何药师说："从前他家势力大，是因为有钱，而且会行贿，如今一把火烧成这样，柴万隆又死了，谁还会顾上他们呢？"

听了这番话，宋慈不禁暗自惭愧。何药师继续说："其实，真该追究的是知县大人。这些年民间多少冤案啊，知县大人都压着不管，这把火是迟早有人要放的，您说是不是？"

宋慈说是。

何药师又说："大人，我还听说一个消息，前些日子从柴家抬出来那具女尸，不是你们家侍女秋娟，是童宁他媳妇。"

宋慈吃一惊："秋娟她弟和母亲不是看过尸体了吗？"

何药师说："唉，那尸体肿胀腐烂得变形了，谁还认得真切？据说，童宁那媳妇死活不从，柴万隆就把她交给田槐兄弟，兄弟俩把她糟蹋了。"

"那秋娟呢？"宋夫人问。

"听说柴万隆一直把她藏在宅里。"

"后来呢？"

"不知道。"

秋娟还活着，就在宋慈家中。秋娟何以能在柴家被烧的夜里突然出现，而且衣衫上有许多血迹……这些，宋慈与夫人已感到蹊跷，二人与母亲商量了，也与康亮和小芷儿都吩咐了，眼下不能让任何人知道，所以也没让何药师知道。

第三天秋娟想下床来，可是浑身无力。宋夫人说，你好好躺着，你身子还虚弱得很呢！秋娟便躺着，许久，她对宋夫人说了一句："我想来再看看你们，还想知道我弟的消息。"

此前宋夫人已告诉过她，自她母亲去世后，她弟远走他乡不知去了何方，现在听她这么说，知道她是说那天夜里她为什么会来敲门。宋夫人说："你说什么来着，你和我们是一家，就该回家来呢！"宋夫人还告诉她，柴家大院的奴婢当夜也跑散了，外面四处贴着缉拿童宫的告示。秋娟忽然说："那人不是童宫杀的。"

宋夫人一时还没反应过来，随口问："那是谁杀的？"

秋娟说："是我杀的。"

宋夫人被她吓了一跳："你杀的？谁是你杀的？"

秋娟说："柴老爷是我杀的。那火也是我放的。"

"你说的是真的？"宋夫人似乎难以相信，又觉得这话不是凭空说的，究竟是怎么回事？再问，秋娟又哭得泪不能禁。当日夫人告诉宋慈，宋慈寻思，柴万隆被杀，恐怕真与秋娟有关系。又想，秋娟能活下来，恐怕便是下决心要寻找报仇的机会，这丫头不简单。如今仇已报，她倒可能不那么顾惜自己。现在要如何保护这丫头呢？把她藏在家里，恐未必安全，可不放在家里，又如何能放心？想来想去，觉得把秋娟送到宋夫人的舅舅吴稚先生那儿去，是个办法。

吴稚先生是朱熹高弟，曾在童游镇筑室讲学，如今老了，回到建阳境内的云谷山草堂度晚年。云谷山云雾缭绕，古木苍翠，朱熹曾在那儿结草堂隐居，并作诗曰："山台一挥手，从此断将迎。不见尘中事，惟闻打麦声。"若把秋娟送去那里暂避凶险，恐怕是最合适的。

可怎么送去呢？康亮平日出门还有人跟踪。宋慈去送也不合适。宋家没有人能够去送。让秋娟夜间从后门悄悄上路，自己找去云谷山？秋娟不是童宫，是万不能再让她去冒这风险的。宋慈想到了何药师，想请何药师设法去莲源山如是寺请宋巩下山一趟，只要宋巩来了，必有办法，而且也就知道童宫的消息了。可是，仍觉不妥。这何药师近日到宋家多次了，如果何药师也被巡捕注意了，他去往莲源山那不是给童宫带去危险吗？

又过了几日，宋慈身体康复。秋娟也下床来想干活儿了，宋慈夫妇便小心翼翼地与秋娟交谈。

"你现在还不能干活儿。"夫人说，"你更不能出门。你突然出现，传到县衙里去，还不知舒知县会怎么想呢？"

秋娟说："那我整天就这么藏着吗？"

宋夫人说："先小心藏着吧。我们再想想办法。"

这夜，宋夫人对宋慈说："平日，我很少出门，我在不在家中，外人不会注意的，还是由我送秋娟去，最合适。"宋慈觉得她说的这个主意，也很冒险。夫人说，只要想办法平安地出了门，就先往北去，出了镇子绕道转去西路，就可以雇车马了。那一路是去往麻沙书坊的大道，外来的商客很多，我与娟儿也可以换成男装，现在天凉了，衣服穿得多，没人会发现。我俩还可以走出一程，换一辆车马。再说去云谷山，我是回娘家，有何不妥？但宋慈没有同意，他说："再议。"

夫人想，要是与秋娟说妥了，我们俩人都不笨，互相配合，如何走不脱？第二天，她想去与秋娟试探着说说，万没想到，秋娟不见了，只见秋娟屋里的被褥收拾得格外整齐。夫人预感不妙，慌忙告诉宋慈。全家人都立刻找秋娟，前庭后院找遍了，只发现后院菜园的门是虚掩的，秋娟是不见了。

"她一定是昨晚走了。"宋夫人眼泪掉下来。

3. 夫人一番话

就像秋娟突然出现一样，现在又突然消失了。

她已经举目无亲，会去哪儿呢？

宋慈感到有一种内疚，感到自己读了这许多年书，比得上谁呢？论聪敏，论世故，论慷慨，论勇敢，自己都不如夫人。或者，及得上秋娟姑娘吗？他越发感到，秋娟是忍辱负重地活下来寻机会报了仇。如今怕连累我们，毫不犹豫就走了。自己及得上秋娟这个侍女吗？如果说，从前他的志趣中有不少书生意气，如今他不知该怎样形容自己的心境。这天，他独自兀立在自己亲手书写的"洗冤"字幅前，泪水涟涟了。

他的性情变得急躁，想起去春在六和塔上与刘克庄的那一番对话，再次感到惭愧不已。潜夫那样的人难道没有情志，却何以那般超脱？"潜夫！真是潜夫啊！"他似乎希望自己也能像潜夫那样超脱了。为此他也吟诗："自作山中人，即与云为友。一啸雨纷纷，无劳三奠酒。"这不是他作的诗，是朱熹夫子隐居云谷山中时作的诗。

家中有一把仲尼式耸肩"玉壶冰"琴，是夫人出嫁时吴稚先生让她带过来的，是琴中之宝，琴池内有朱笔楷书字样"宋绍兴二年公路金远制"。这金远的琴素以材薄声清而享誉天下。烦闷时宋慈也去抚琴，可那弦音在他手下却声如裂帛。他也放量饮酒，喝得面红耳热了竟也顿地捶石，倒是夫人对他的言高语低从不计较。

他甚至无端地感到房屋的压抑，常到院中徘徊。秋风掳下篷前无数花瓣，满地落英；梨树的叶子早萎了，在风中簌簌飘零。他不知自己怎有心思悲悯起草木来了。人生一世，草木一秋！惘然中感到天地间确乎有一种个人无法抗拒的神力。一连几夜辗转难眠。

这夜，月色极好，如盘圆月悠悠浮游在云天，也许由于几夜不曾睡好的缘故，宋慈蒙蒙眬眬地睡去了。恍惚中他来到了云遮雾绕的莲源山，见到了别去多时的宋巩，他问起童宫，宋巩一无所知，他大惊！惊愕中，又听一阵嘚嘚马蹄声和铁索磕地之声，这声音将他一下子又带回村口。他看到尉司的弓兵各持器械，夹道而行，梁都头骑在马上，马后用铁镣倒拖着一个鲜血淋漓的人，那人是童宫……他惊醒了，全身是汗，一骨碌从榻上坐起……

月光从窗棂投进迷蒙的清辉，房中的一切都像笼罩在梦中，他的目光同对面壁上那张"洗冤"字幅相碰了，一种难以名状的心情使他下榻朝那字幅走去，他在那字幅前立了片刻，忽然"哗啦"一声扯下了它。

　　夫人惊醒了，也起身下榻。无言中，两人的目光相遇，向来不肯责备丈夫的玉兰也不知从哪儿涌来了那么多话，竟向丈夫发出一连串的疑问。

　　"你有志，有洗冤之志。可是，童宁死的时候，脑壳破了，血肉模糊，人家说他是逃跑时失足坠楼，你有什么办法证明他不是？人家说秋娟跳进池塘里淹死了，可那具尸体根本不是她的，但是尸体肿胀腐烂得变形了，你能发现吗？父亲在日就曾说过，人不患没有职位，乃患没有任职的才能。不患天下人不知道你，而应追求能让天下看见你的本领。古往今来的案子扑朔迷离，无奇不有，如果真叫你去审案，你有多少把握不受蒙蔽？"

　　一时间，宋慈竟被问住。他精通朝典，对律学中所分的"律令"和"断案"都学得不错，可那毕竟是书本上有限的东西。如今夫人的一串问，倒使他从一种无以名状的情绪中有些平静下来。

　　"睡吧，别凉着了！"见他愣着，夫人拾起地上的字幅，平摊在桌上，又来推了推他。

　　"其实，你不必苦恼。"夫人又轻轻地说，"君不见武侯隐居隆中时留心世事，攻读文章，还由此被称为卧龙吗？"

　　诸葛亮是宋慈平生最为崇敬的圣贤之人，他爱武侯的"鞠躬尽力，死而后已"，更爱武侯的慎思明辨，超人智慧，而武侯也曾隐居！后人盛赞诸葛亮出山后的才华和功德，却很少提及他出山前的努力。其实，未出茅庐已知天下三分，那一定是花费了相当心血的！这夜，夫人的一番话竟有如火石碰撞发出灿光，宋慈心中倏然一亮，想到了一个去处——早就负有盛名的建阳书坊。

　　宋室南迁以来，建阳境内的书坊已渐成全国书业的中心之一，号称图书之府，所出善本嘉惠四方。那儿一定有许多记载案例的书籍，该去购来精读，想到这里，宋慈说："玉兰，我明日去书坊！"

　　"去书坊？麻沙书坊还是崇化书坊？"

　　"崇化书坊。"

　　"崇化书坊离城百里呢！"

　　"千里我也去！"

4. 书坊万卷堂

麻沙与崇化两地都在建阳西路，麻沙距城七十余里，崇化距麻沙又二十余里，两地因出书之盛且都在建阳而被海内外并称为建阳书坊。崇化书坊远于麻沙书坊，宋慈决定先远而后近。

这日清晨，他带上康亮，骑马从建阳北门入城，再穿过城关出城西景舒门而去。一路上，万木萧萧，满树满地都是黄叶，但宋慈的心境已不似昨日愁闷。阳光映在新黄的秋叶上，宛如遍地金甲。

中国至迟在隋朝有了雕版印刷，纸更早就出现了。现在，宋慈与康亮纵马向书坊去。宋时的建阳不仅能够印刷书籍，还盛产印书用的纸张。路上，他们就看到运送书纸的马车响着悦耳的铃声向麻沙、崇化两坊而去，这是因为当地生产的纸张竟不够两坊之用，建阳北路的村镇也为两坊生产书纸。

麻沙、崇化一带，梨木、枣木极多，梨木就有雪梨、冬梨、铁梨、木梨、枣花梨，都是雕版的好材料。建阳是竹乡，邓篁竹、绵竹、赤枧竹都是造纸的好材料，然而造纸和印刷术却不是从建阳开始的。

这景致令他记起童年时也是这样一个秋日，他曾跟随父亲到过一次崇化。那时父亲告诉他，崇化刻书业的兴起，始于唐末。因福建地处东南边陲，未受唐末五代战乱的影响，地方还算繁荣。学子日增，人才辈出，雕版印书业便开始在崇化出现。崇化的山上长满了雕版用的梨树、柳榉、水冬瓜；更有"黑丘"，那是乌金石层里流出的乌泉（煤层里流出的水），油黑发亮，俨然取之不尽，用之不竭的印书墨汁，可谓天成一方印书宝地。

少时的记忆常常是牢靠的，何况是对书方这种特别的地方。宋慈仍记得，那儿的乡民都以刻书为业，那儿的街市也是专门销售书籍的书市，那儿的镇上还有"仙亭暖翠""南山修竹""岱嶂寒泉""龙湖春水"等书林胜景，此外还有书院寺庙，无怪乎海外誉之为：世上绝无仅有的一座东方书城！

他曾问过父亲："市上哪里来这么多购书的人？"

父亲说："自唐宋以来，闽省陆路交通就有干线两条，一条是经江西通内地的驿道，一条是通上饶去苏杭的商道，建阳恰好在这两条干线的交会处，能不给天下书商贩者文人学士以往来之便！"

一路行去，行人络绎不绝，十有八九都是奔书坊去的。时至中午，路上的茶酒小店多了起来，这也都是供远道而来的客人食宿歇脚的。宋慈二人临近傍暮才到达崇化书坊。

呵，书坊，你这四海瞩目的东方书城，比二十年前又繁华了许多！日头方落，淡紫色的霞光尚恋着小半边天空，镇上已是五颜六色的灯火大放。大街上，跨街五坊奇耸，上面刻着的"潭阳书林"四字，在晚霞与夜灯的交辉下漾着光明。街市两旁书肆林立，雕坊相望，到处是高挑的旗幌：

　　书林擅天下之富
　　上至六经下及训传
　　字朗质坚莹然可宝
　　笔画清劲椠法雅致
　　字墨精妙光彩照人
　　……

市面上各种书籍接摊连铺，购者如织，生意正酣。宋慈顾不得远道而来的劳顿，即刻如鱼潜水般置身于人海与书海之中。在书铺中看了又看，找了又找，找着找着，宋慈眉心渐蹙："偌大一个书城，怎么连一本狱事案例之书都没有呢？"

"掌柜，有专叙案例之书吗？"宋慈忍不住发问了。

"没有。"掌柜的摇摇头。

宋慈只得又过一铺。寻了半日，又是如此，宋慈忍不住再问。这回，掌柜的倒是从书堆中抽出一本递给他，宋慈接过一看，却是《律条疏》，这《律条疏》他在太学时早就读过了。

"没有别的啦？"

"没有。"只得再过一铺。然而宋慈跑了一铺又一铺，寻了一摊又一摊，除却又看到一本《读律琐言》之外，确确实实找不到一本专门叙述案例的书。

"万卷堂①，何不去万卷堂呢？"焦急中，宋慈蓦地想起了万卷堂。这万卷

---

① 万卷堂：宋时书坊余氏家族的书肆，其经营刻书业传世悠久，技术精良，自北宋至明末，延续六百余年，年代久远，国内仅有。

堂历世已逾两百年，为书坊建堂最早、规模最大，也最负盛名的一座雕坊。雕坊主余仁仲四海知名，所刻各类书籍可称应有尽有。宋慈决定不再这般逐铺寻找，干脆直接找到万卷堂去。

万卷堂坐落在街市最热闹处，当街一方紫檀金字大匾，明晃晃，亮灼灼，耀人眼目。那上书的"万卷堂"三字更是雄巍巍，英武武，洒脱奇崛。这三字传为北宋大书法家米芾手迹，因米芾是建宁府人吴激的岳父，这吴激中过进士，曾任朝奉郎，工诗能文、字画俱佳。宋徽宗大观元年，余仁仲的祖父专程上汴京去请吴激书匾，吴激书了三字，适逢岳父大人米芾驾临，米芾阅其三字，以为过于端凝，难以同超凡脱俗创一代雕版印书奇观的万卷堂比肩，于是提笔重书三字；也就在这一年，米芾谢世，这匾遂成为米芾一生所书的最后一匾，其珍贵不言而喻。到万卷堂，不待入门，但见此匾，便令天下文人学士刮目相看。

宋慈走进堂内，果然热闹非凡，翻书声、索书声、应诺声、唱价声、笑声……此起彼落，响成一片。堂内还有几个身穿夷服的高丽人，购了书，店家又发给三枚鸡蛋般大小的木漆圆球，让他们到一个圆桌般大小的圆盘中去滚。那圆盘中呈七星状布列七个小孔穴，店家转动圆盘——星移斗转，客官便将手中圆球朝盘中滚去，若有一枚落入孔穴，店家便赏给一部插有连环图的话本。这图文并茂的书雅俗共赏，谁都乐看，是万卷堂专为愉悦顾客特地创印的无价之书。看到这番光景，宋慈陡然信心大增。

可是，宋慈在万卷堂找呀找，仍然未能如愿。他终于叹一口气，沮丧地到堂内专供客官歇坐的长椅上坐下。

"大人，跑了一日，早些找馆下榻，说不准明日就有你要的书哩！"康亮说。

宋慈没有回答，稍坐片刻，又站起身向柜前走去。这回他一口气买了许多书，举凡正史、杂史、别史、野史、稗史，乃至史钞、典志、方志、墓志、话本、传奇……五花八门，既多且杂，掌柜的不禁生奇，一边替宋慈买的书打包捆扎，一边随意问道：

"客官这是替谁买书？"

"不替谁买。"宋慈应道。

"自己读？"

"嗯。"

"不对。客官也想做这营生吧？"

"什么营生？"宋慈放下手中正翻看的一本书，望了掌柜的一眼。

"刻书呀！"

"刻书？"宋慈觉得奇怪，"不刻书。"

"唉！干这行的，哪瞒得了我。"掌柜的说着信手从架上取下一本书来，是苏轼的《东坡文集事略》，略略一翻，寻着一页，放到宋慈面前，宋慈只见那页文字写道：

> 书富如入海，百货皆有。人之精力，不能兼收尽取，但得其所欲求者尔。故愿学者每次作一意求之。

掌柜的又说："学贵专，不以泛滥为贤。客官买的书这么杂，各样都是只买一本，不是做刻书的样本，却是为何？像客官这般专门来购置样书的，我见过不少。只是，远道而来的雕版商把样书买回去做这事，尚可理解。听客官口音，像是本县人氏，您想在哪里刻书呢？"

宋慈哭笑不得。这才明白，因书坊刻的书字体精美，校勘精细，印刷精良，而万卷堂为精中之精，远道来购置书籍以做样本的外地雕版商不乏其人，这掌柜的是把他视为同行了。几句话下来，宋慈发现这万卷堂的掌柜学问就不简单。忽又想，他会不会就是堂主余仁仲呢？但他没问，只道：

"掌柜刚才说'学贵专，不以泛滥为贤'，我记得是大学士程颐的话，程颐还有一句话说：'积学于己，以待用也。'"

宋慈说的是他此时真实的想法。由于书市上没有专门记载案例的书，可前人有不少审刑断狱的案例散见于百书。他只要在某一部中发现一二例事涉审刑断狱的记载，便买下这部书。他也买《小儿方诀》《妇人良方》《图注脉诀》《外科备要》；买下这些，自是因为此类知识对于验尸是有助益的。他直将夫人为他备下的银钱花得大约刚够一日的食宿费用，这才找馆下榻。

次日，宋慈回程。经过麻沙书坊，虽囊中无银两也少不得要进去看看，看到这里的书市与崇化大致相同，仍然不见专门记载案例之书，也就取道回家了。

这段日子，宋慈把海听先生临终留赠他的那些疑难病案也翻出来细细研读，虽然他现在还说不透这些疑难病案对日后的帮助有多大，但毕竟隐隐约约感觉到了它非同一般的价值。

　　转眼已是来年春天。一日，夫人玉兰要回娘家，宋慈随她一道去看望他的老师、岳父大人吴稚，谈话间，吴老先生忽然告诉宋慈一件事：

　　"令尊大人从前与我谈起一事，说是麻沙'一经堂'蔡琪老先生那儿有一本名为《疑狱集》的书，那正是一本专门记叙历代疑狱案例之书。"

　　"真的？"宋慈眼睛一亮。

　　"不过，后来令尊大人去买时，蔡琪老先生只推说，这是讹传，不肯认有。不久，蔡老先生故去。令尊大人有一回在城里碰上了蔡老先生的儿子，又问起这事。蔡老先生的儿子告说：已被万卷堂余仁仲厚价买去。令尊大人当时对我说：人家既以厚价买去，也就不肯易手，罢了。这又过了许多年了，如今不知那书下落如何。"

　　宋慈听了又喜又疑，喜的是既有这样一部书，便有看到它的希望。疑的是，既然是天下罕见的奇书，雕坊主何以不刻出来畅销天下？但不管怎样，需要先筹集一笔厚银。可是，在哪里呢？

　　宋慈的家境因父亲去世已渐趋衰落，以至捉襟见肘，相当拮据了。宋慈在头一次到崇化书坊购书之后，又跑了几趟麻沙书坊，也是这般既多且杂地购进各种书籍，家中就到了拔簪换银，以物易书，求助友朋的地步。

　　这个意外得知的旧闻使宋慈无心再待在岳父家中，当日便要回来。夫人明白他求书心切，也随他回到家中。当夜，夫人将自己少时贴身佩戴的青玉镂雕双鹤佩取出来。这青玉镂雕双鹤佩，双鹤各现一个眼珠，眼珠的瞳孔中各有一个薏仁般大小的孔，从孔中望进去，只见内中各镂雕着一尊佛像，一为南海观音佛，一为南无消灾延寿药师佛。宋夫人将这个稀世的小玉佩送到书房，递给宋慈。

　　"不，不行！"宋慈见玉佩，立刻明白夫人的意思，仿佛这玉佩会烫手似的，他没有接，只连声说道，"不行，不行。使不得！这是你母亲留给你的唯一珍藏。"

　　"以后再想办法赎回来吧！"夫人说。

　　"不行。我有办法了。"宋慈说。

　　"你有什么办法？"

"你看，"宋慈转身一指房中的许多书，多宝格书架上卷册盈积，摆不下都堆到地下了，"可以把它也拿去书市上卖。"

"去卖，你会卖？"夫人笑了。

宋慈也笑了，想了想，又说："拿到万卷堂去换，用许多书换他那一本书。"

"雕坊主有的是书，只怕是你这些书全给他，也不稀罕。兴许这个稀世的小玉佩倒能使他动心。你还是……"话未说完，书房的门被推开，小宋芪站在门外。

"妈妈，包袱怎么放在这儿？"宋芪问。

宋慈夫妇朝地上仔细一看，房门正中，芪儿的脚旁，果真有个包袱，二人都觉得怪了，这门口怎会有一个包袱呢？

小芪儿不等父母回答，已伸手提起了包袱。包袱颇沉，碰到了门槛，居然发出一声重响。宋慈连忙去接过包袱，提到案前烛光下，解开了它。

"银子！"芪儿首先叫道。

宋慈与夫人相视一眼，越发奇怪了。

宋夫人来书房时并未看到门口有包袱，进书房后，也不过就是说了几句话儿，这包袱显然是有人刚刚放在这儿的。会是谁呢？宋慈即刻转身出房来看，夫人也跟了出来。然而房外只有一片朦胧月光，只有庭院中的梨树、瓜棚在月下拉长的黑影，只有虫儿繁如落雨般的鸣声，一切都和平日一模一样。

"看什么呀？"小芪儿也钻了出来。

是啊，看什么呢？什么也没有。三人又都回到书房。忽然，夫人的目光触到那包袱，叫了起来："童宫，是童宫！"

"童宫？"

"是他，你看，这是他出走那天夜里我给他的包袱，"夫人挪开那包袱上的银子，包袱上露出一朵茶花来，"这茶花是我绣的……你怎么啦？"转惊为喜的夫人忽然发现丈夫紧锁眉头。

"童宫哪里来这么多银子？"

"你怕他去作案？"

"明天，我去一趟如是寺。"

"非去不可吗？"

"非去不可！"

5. 莲源如是寺

这件忽然发生的事，使宋慈暂搁下去万卷堂寻《疑狱集》的念头，先赴如是寺。

在去秋那个月残星稀之夜，他曾不顾一切地帮助童宫逃走，因以为童宫杀人是为了报仇，而且所杀是该杀的人，理有可悯。他放了童宫并非图报，但如果童宫为了报答他，而去做下什么伤天害理的事，那就让他伤心了，他不能不去弄个明白。

如是寺始建于唐，坐落在建阳境内的莲源山中。翌日凌晨，宋慈也不骑马，一身香客打扮上了路。

沿建溪北行三十余里，又傍富屯溪东行三十余里，路上行人稀少，路也荒凉，不甚好走，到达雒田里昌茂村时，已是日头偏西。宋慈在路边一爿小茶店叫了一碗茶，咕嘟嘟喝下，这就开始登山。走着走着，已能看到古寺的脊檐了。

山中日头落得早，紧走几步，到了一处青石门坊，再沿着长长的石阶登到古寺前，西天的太阳只剩得半轮倚在远山巅上。古寺前一排挺拔的水杉高达数丈，枝叶如盖，摇枝合围，绿荫蔽阶。夕阳的余晖正射透这排水杉，斜映着有"如是寺"三字的额匾，正门两侧是八字红墙，门首两副蓝底金字楹联，将山名、地名，以及古寺始建的朝代都说得清清楚楚：

天竺峰夕照宝莲座
唐迄今名谷显遗迹

莲源山明水秀
如是竹影钟声

宋慈走进寺门，里面是一个方形阔坪，中间一条石子甬道。踏上甬道，走进二道门前，忽闻内院传来有人散打的"嘿嘿"之声。进得二道门，里面是一更大的空坪，这就看到坪中央童宫正将一条水火棒舞得旋风般灵转，且是棒脚并进，式式相连，一棒紧似一棒地攻向赤手空拳的宋巍。宋巍处处避之，步步退让，看来不但力不胜阵，还显得怯阵。忽然，宋巍避过童宫一记饿虎扑食，回身猛发一掌顺水推舟，童宫扑地而倒。

宋飑站下，怒气冲冲道："看到了吗，跟你说过多少回了，你身不高，体不魁，唯有首先精练躲闪术！"

宋慈暗想，宋飑这般管束，童宫不至于做出歹事来吧！

童宫从地上翻过身来，这一跤跌得不轻，鼻腔流出血来了。童宫也不擦拭，又拿双眼盯住宋飑，随即爬起，跪求道："师父，教我打的功夫吧，我不学这躲闪术！"

宋飑将童宫弃在场院中，转身走了。就这时，他看到了宋慈。

"慈公子！"宋飑依然像从前一样称呼宋慈，迎了上去。

宋慈被宋飑一叫，心中暗想，毕竟是跟随先父走南闯北二十余年，精于侦破擒拿的人，自己虽头落斗篷别样穿束，还是被他一眼就认出来了。

童宫闻声，细细一看，也认出了宋慈。这时，大家都将方才的事儿置之脑后。宋飑将宋慈迎进去，接风洗尘自不必说。

夜色降临，如是寺雾霭蒙蒙。宋慈瞅得童宫独自在天王殿外扫尘的时机，决定问他银子之事，便走了过去："昨夜，你可曾下山？"

"下山？没有啊！"童宫停住了扫帚。

"不必隐瞒。你那些银子从哪里来的？"宋慈声色严厉。

"银子？什么银子？"童宫很惊讶。

"不必装傻，那夜给你的一个包袱呢？"

听到问起包袱，童宫问："小人不知有何过失？"

"你去把包袱取来。"

童宫站着不动。

"去取！"

童宫仍站着不动。

"你……"宋慈只觉得先前的忧虑重又袭上心来，一种欲怒的情绪在心底搅动，但他没有发作，又问，"你说，那些银子，究竟是从哪里弄来的？"

"银子？"童宫的眼里又现出惊讶，"小人确实不知什么银子。"

这时宋慈觉得有些怪了，童宫既不肯去取包袱，何以又对银子一再否认，而且表现出真不明白似的惊讶。

"去，快去，把包袱取来看看！"

"呃。"童宫应道且放下扫帚，奔下榻处去了。

宋慈跟到一处小院，童宫已取出了包袱，正是那夜出逃时，宋夫人给他的那个绣有茶花的包袱！

看到包袱，一瞬时，宋慈便觉得自己脸红耳热起来。现在他不再关心那包银子的来历了，他已经明白那个完全相同的包袱是谁搁在那儿的。他觉得自己的心里正被一种惭愧充填得满满的。

这些时日来，宋慈已读了不少审案的故事，并觉得自己是挺有长进了。如果说这包银子也算是一件呈送到他面前的"案子"，那么他对这一"案子"的推断，现在无疑是错了。

宋慈没有再说什么，转身走了。他来到文殊殿。这文殊殿正中坐着顶结五髻，手持宝剑，坐骑狮子的大智文殊菩萨，东西两旁立有神态各异的二十四天神，宋飏正独自一人在那殿前的蒲团上打坐，双目微闭，全神贯注。宋慈正犹豫着要不要去打搅他，已听得宋飏平静地开了言："慈公子，进来吧！"

宋慈走进去，宋飏站了起来。

"我晓得你会来的。"宋飏说。

"你怎知道我正需要银钱？"

"你求借于友朋，不止一回了。"

"你到了家中，为何不宽住一二日？"

"我住上一二日，你还如何肯来？"

"这么说，有事？"

"不为别事，只因你托我照顾童宫之事。"

"他……违犯寺规？"

"那倒不是。"宋飏说，"他一直求我教他功夫，我看他求成心切，料他必是心中有事。问他，他先说没有。追问急了，才说，他想杀两个人。"

"田槐兄弟？"

"对。"

宋慈知道，民间传说童宫的嫂嫂是被田槐兄弟糟蹋而死的，这话最早是柴家大院被烧后，从柴家出来的奴婢说的，看来童宫也早知道了。

"我总担心，说不定哪天，童宫会突然不见。"宋飏又说。

"柴万隆死后，田槐兄弟乘乱各取了柴家不少金银走了，至今去向不明。这事你可知道？"宋慈问。

"知道。也告诉了童宫。只是复仇者大多走遍天涯也会去寻找仇敌，童宫必属这种人。可是，以他眼下的功夫，即便找到田槐兄弟，也不是对手。"

宋慈也感到这确是一件事。人们都说有仇不报非君子，要说服童宫放弃复仇，谈何容易。

"慈公子，我还有件事思忖很久了，想同你讲。"

在殿内长明灯的光亮中，宋慈看到宋勰说这话时脸面严肃。

"什么事？"

"这些时日我总在想，当今乱世，仕途也多凶险。公子日后一旦出山奉职，身边要是没有一个可以肝胆相照的人，虽有大智，也难防不测。我已经老了，再难侍奉公子，此生别无他求，唯愿能找到一个可以托志的人，将一点或能有用的功夫传下去，让他将来能为公子成就大志效一点力。我左右斟酌，细细观察，以为童宫就是一个难得的忠勇之人。可是他学武求成心切，又过于顽执，这就难以学成真功，加上他总想下山报仇，我只恐他功未练成，却先遭不测，所以把你请上山来。"

原来如此！宋慈现在完全明白了宋勰的一番苦心。想到宋勰跟随先父几十年，忠心耿耿，如今又为他宋慈日后的事业操心操劳，怎不感动！

"我看得出，童宫对你忠心不二。你的话，他听得进。这事，你恐怕还没有想过，你也不必对我说，你自己看着办吧！"

宋勰说完，重又坐上蒲团，闭目入空。

文殊殿长明灯的光焰安谧地罩着宋勰，宋慈似乎头一回这样仔细打量着他。呵，奔波一世，终身未娶的宋勰，的确老了，然而坐在那儿岿然不动，仍静静显示着坚如磐石的力量，稳如金钟的从容。他那多皱而又豁达安详的脸庞上，真可谓青筋如江河，额宽如大海啊！望着已是超然度外的宋勰，宋慈不再说什么，走出了文殊殿。

童宫正远远地候在殿外阔坪中央一只铜制大香炉前。他曾到过文殊殿阶前，听到宋慈与宋勰在说话，只恐候在门外这样听着不妥，才远远地站在这大香炉边。他仍记挂着那个包袱和宋慈问起的银子之事。现在见宋慈走出文殊殿，就迎了上来。

"大人，还有什么吩咐吗？"童宫问。

"没……没有。"宋慈答道，"没事，你去歇息吧！"

6. 怯拳

夜来的微风，带着山寺的清凉气息，从窗棂吹送进来，不时地拂着宋慈的脸。

来一趟如是寺，这些新感触到的事就让他难于入睡，对于银子之事的推断错误，他也翻来覆去地想，寻思这一判断错误是从什么时候开始的，为何会发生这样的错误。结果他认定，是自己把夫人一句判断错了的话先入为主了。继而他想起，自己读过的案例中也不乏刑官听案先入为主，终于造成冤案的成例。自己为什么也如此轻易地就掉入"先入为主"的窠臼呢！

他觉得不该原谅自己的还有：此"案"的作"案"情况实际上该是一目了然的……在仅仅不过说几句话的当儿，能够悄无声息地将一包银子放在院内的书房门前，来无影，去无踪，连犬都不吠，童宫能有这功夫吗？即使有这功夫，犬也会叫的。相同的包袱，夫人从前也曾给过宋巩一个，自己的头脑为何就不会多绕几个弯呢？

他现在明白了，方才童宫不肯去取包袱，是产生了一种误解，以为这是要取回包袱。可是当时，自己只以为童宫是取不出包袱。

"唉，如何这般不善于洞见对方心理呢？"宋慈在心里骂自己，他觉得童宫还是个不懂欺瞒的人，要是奸伪狡诈精于作案的凶徒，又将如何？

"古往今来，各式各样的案子扑朔迷离，无奇不有，要是真叫你去审案，你有多少把握，能不受蒙蔽，能明辨真伪？"夫人的这番话，此时在他想起来愈发入心。他还想到了自己这次如是寺之行，实际是被宋巩略施小计乖乖地引上山来的。诚然，这是宋巩跟随先父审刑断狱、侦破擒拿一二十年锻炼所得。相形之下，自己显得多么愚钝啊！

这夜他就这样翻来覆去地想，直到临近黎明才有一些蒙胧睡意。此时寺内的晓钟却又响了，一下一下，不紧不慢。钟声才停，接着传来的是僧人们的早诵之声。宋慈再无睡意，一骨碌爬起来，头脑里单剩下一个意识："立即回去，到万卷堂去！"

现在，他想获得《疑狱集》的愿望比任何时候都强烈！

早饭后，宋慈要走了。宋飒不留他，也不远送，甚至不问一问是不是已对童宫说了那事。只有童宫送他走出山门。

寺前长长的石阶就要走完了，宋慈转瞬看了一眼童宫，注意到他瘦了许多，黑黝黝的脸，鼻前还带着青肿的痕迹，想必就是昨日那一跤摔的。宋飒说他顽执，看来的确是一心扑在学武之上了；可他不肯循序渐进，还不知道要摔到哪一日呢。这样想着，宋慈开始发问："你为什么不学躲闪术？"

童宫毫不隐讳地答道："不学。"

"为什么不学？"

童宫咬着嘴唇，略停一息，忽然爆豆似的说出一番话来："我的父亲、兄嫂，一生做人做事，都是小心翼翼，躲躲闪闪，到头来还是落得个挨打挨杀的下场。我如今落到这步田地，来这里习武，怎么还要学这躲闪术！"

宋慈总算知道了童宫不学躲闪术的原因，他寻思着该怎样向童宫解释，在石阶上停了下来。

"你知道什么叫躲闪吗？"

童宫不解。

"躲即避也，闪即打也。看似躲避，其实是让对手的进攻失效。进而可以闪电之势击其虚处，就能以柔克刚，以软化硬，出奇制胜。昨天，师父正是这样把你一掌打倒的。"

"那是我……功力差。"

宋慈想了想，再问："你知道宋师父最深的功夫是什么吗？"

童宫摇摇头："不知。"

"最深的就是他自创的怯拳。"

"怯拳？"

"对。世人有醉拳，这醉拳之妙有二：一是借酒发力，二是借酒惑敌。怯拳也有借怯惑敌之妙，但仅有这惑还不够，师父这套怯拳造诣深处，在于他深得躲闪术之奥秘。创这套怯拳也很不容易。师父年轻时曾奉官府之命带人上山打虎，击杀公母二虎后，从穴内抱回一只虎子，把这虎子放养在后山上，建了一个虎园。每日练武，师父便与那虎子相搏，任凭那畜生扑、冲、剪、踹，只伤不了他一根毫毛。就在那时，师父便自创出一套怯拳，每与人对招，看去总像是心怯力微，对手大都以为三两下可把他打倒，谁知左右发力，上下出招，只碰不着他，最后力气大耗，稍不留神，就被师父以迅雷不及掩耳之击打倒。古人说，大智若愚，大勇若怯。师父便取这'怯'字，把这套拳名为怯拳。你要是能学到这套怯拳，日后哪怕遇到极强的对手，也可以从容不迫。"

这段故事果然说得童宫动了心。他的禀性就是这样，虽然执拗，一旦点拨通了也转变得快。须臾之间，童宫脸上已毫无掩饰地现出了笑容。宋慈明白自己基本完成宋飚师父嘱托之事了。

"止步吧，不必远送！"宋慈拍拍童宫肩膀，看着他，终于语重心长地对他说，"你听我一言，在这里专心学艺吧，报仇之事，日后再图良策。"说罢仍双眼盯住他，等他回话。

童宫笑容消失，一双圆眼也看着宋慈。过了些时候，宋慈看到对方的瞳仁模糊了，泪珠在眼眶内颤动着，终于滚落下来。童宫到底是咬着嘴唇，对宋慈点了一下头。

"我走了。"宋慈随后转身大步下山而去。走出好远了，回头一看，童宫还站在山崖那块突兀的石上。

7. 洞室奇获

宋慈又一次来到崇化书坊。

他是带着非见到《疑狱集》不可的愿望来的。他不曾想到，在他特意来找余仁仲之前，余仁仲也已吩咐了人在留意找他。

自从宋慈去年秋天买了书后，有一次掌柜的无意中对余仁仲说起了这个有点奇怪的买书人，余仁仲竟隐隐地感到有种不安。他不认为这个奇怪的买书人是想买样本做雕版生意，他有他的想法，并萌生了想见见这个人的愿望。无奈那次以后，宋慈都是只到麻沙买书，没有再到这儿来。这回来了，宋慈一迈进万卷堂，掌柜的眼睛一亮，立即就差人去报，自己也很快迎出柜来。

"呵，老主顾了快快进店来坐。"掌柜的满脸笑容，又转身对伙计高叫道，"沏茶！"

这回宋慈也算是相当精细了，他一下子就嗅到了有些异样的空气，心想店中顾客这么多，掌柜的何以单对我这般殷勤，小童匆匆奔去后堂，莫不是与我的进店有关？宋慈捕捉到这些细微的东西，并不露声色，打算继续揣摩下去，看看有些什么名堂。他穿过众多顾客走进店堂，刚刚坐下，伙计呈上茶来。

"客官这次来，不知想买哪些书？"掌柜的笑问。

"看看再说吧！"宋慈随口应道，他想那小童入去，准定就会有什么人出来，或是传出些什么信儿。隔不多时，堂后果然传出有人走来的脚步声，一步一响，结实有力，与小童方才那蹦跳而去的声响迥然不同。

从堂后转出的是个五十开外的人，中等个儿，精干结实，上身略长于下身，额前宽宽的眉毛下，一双深褐色的眼睛透着精明，从那举止与衣着看，宋慈料想来者必是雕坊主余仁仲。

果然是余仁仲，一开言便不同一般。"噢，来了贵客，敢是远道而来的吧！快快请进院内歇歇！"余老对宋慈深深一揖。

宋慈连忙站起还礼："承蒙关照，十分感激！"

"哪里的话，敝店仰仗天下客官扶助，为客官效力是本分。客官若不嫌弃，请到院内少歇片刻！"

宋慈想，这次来就是要见余仁仲，这店面上也确实不是商谈要事之处，便答道："如此多谢了！"

宋慈随余仁仲穿过店堂，进到内院，但见内院作坊工间分列，绘图、写样、刨版、雕刻、勘校、印书、裁纸、装订……童叟丁妇，各事操作，一片繁忙。

余仁仲领宋慈来到一间竹木构筑的厅堂。这厅堂十分典雅，阶前一排清一色的青花瓷盆，盆中一株株葳蕤的春兰，风韵清雅，飘散着淡淡的幽香。一入厅堂，首入眼帘的是一幅屏风画，画的是《后汉荀淑陈实郊游图》，是北宋知名画师建阳人张彦悦与黄生合画的。转入屏风，当厅悬一方朱熹的手书大匾："无所不至"，左右两侧各落一幅气势连绵的山水画，一是黄齐的《山庄自乐》，一是惠崇的《春江晓景图》。这黄齐与惠崇也都是建阳人氏，都是宋初著名画师，他们的画在当时就被世人争相收藏。尤其是惠崇的画，他是个画僧，世人说他有道家法力的神通，才能把自然山川异域活灵活现地断取入画，因而也使不少文人墨士相与题诗，眼下这幅《春江晓景图》上就落着苏轼专为此画作的一首小诗：

竹外桃花三两枝

春江水暖鸭先知

蒌蒿满地芦芽短

正是河豚欲上时

厅堂里不单有这两幅名画，更多的还是字幅，一眼看过，宋慈认得书者大都是闽北这一带的名人，建阳蔡元定、浦城真德秀、崇安柳永、邵武李纲，以及李纲的外祖父黄履、朱熹的老师李侗……诸多字幅中，独具一格的还有建宁袁枢工致的小楷，记述了他编写《通鉴纪事本末》亦曾得力于万卷堂的藏书。

一入厅堂，宋慈便觉得仿佛一下子沉浸在近乎庄严的氛围，先前意欲揣摩余仁仲要搞什么名堂的心思亦不复存在了。这块刚刚见识的天地使他看到，家乡一带的名人从前几乎都与这万卷堂有缘，自己还是个无名小辈，若把心思向余仁仲老人剖白，得他匡助，或许不难……

余仁仲见宋慈痴站着注视字画，并不惊动他。把宋慈领到这儿来，正是有意让他看看，似乎深信这个年轻人会感兴趣，现在余仁仲觉得自己的猜想是准确的，直到宋慈把目光从壁上收了回来，他才开声道："客官，请坐！"

"噢。"宋慈应着，在铺有软缎的交椅上坐下，小童端进一盆热汤，宋慈忙又站起。

"坐！"余仁仲招手示意宋慈不必站起。

小童接着拧起脸巾，递送过来。又有女童沏了青茶，所用茶盏是建阳池中芦花坪烧制的建窑黑釉兔毫盏，此盏虽出自乡土，但如今建窑已成御窑，所出瓷器就非比凡物。余仁仲确确实实是把宋慈奉若贵宾了。

"早些时日，下人曾对老朽说，客官也想做雕印之业，老朽不以为然。"余仁仲道。

"噢？"宋慈记起上回掌柜的确这般猜测过。

"客官举止不凡，是个谋求学问的人，这次前来，想寻找何种书籍？"余仁仲开始转入正题，试探地问。

宋慈见余仁仲这般笑容满面地把话问到了自己心里，心想也就不必绕圈子了，随即离座向余仁仲深深地鞠了一躬："学生此番前来，别无他求，唯望老丈能将收藏的《疑狱集》卖与学生。"

余仁仲暗想，果然不出所料，当即还了一礼，并改变了对宋慈的称呼，言道："公子不必这般。老朽从未买过此书，实难满足公子宏愿。"

"学生听说，当年老丈从一经堂蔡琪先生的孩儿处购得一本《疑狱集》，愚想老丈酷爱此书，是为弘博收藏，古人云：君子不掠人之美。学生自知有悖于古训，只是为事业计，不得已而求助于老丈。乞望老丈怜学生一片痴心，如果实难转售，也请赐学生在此一饱眼福，感激不尽！"

余仁仲目视宋慈，深思片刻，也决定不绕圈子了，开言直说："实不相瞒，老朽得过此书。不过，公子就是愿以倾家之财来换得一读，老朽也难使公子如愿。"

"这是为何？"

"老朽有一言，早想求教于公子。"

宋慈这才又意识到，余仁仲早就注意自己了，但不知余仁仲注意自己却是为何？现在听余仁仲说出这句话，宋慈连忙欠身答道："学生恭听。"

"公子专门在各类书中觅寻古今疑奇之案，不为筹谋雕版印书，可是为着著书？"

"著书？不，学生没想过著书。"

余仁仲哪里肯信，仍然诚恳地说："老朽是想，天下之大，值得著书立说之事广阔无比，以公子这般求之若渴的精诚，哪条舟楫不通大海，如何偏偏想著这样一种书呢？"

宋慈被余仁仲说得有点糊涂了。

"不，学生确实不是为了著书。"

"不是？"

"不是。"

"那是为何？"

也许从前诸多名人到万卷堂来觅求书籍，多是为著书立说的缘故，余仁仲误解他了。可是，眼下，短暂的相处，他已确信余仁仲是一位胸襟不凡的仁人君子。他想，该是自己向这位可敬长者一叙胸怀的时候了。于是他毫无隐瞒地把自己的身世、家境，以及这一二年所经历的事，和盘向余仁仲倾叙，说到最后，声音竟也哽住。

"官场倾轧，世风浅薄，学生深知这是一条险径，没有真才实学，何以为本，何以事志！乞望老丈体恤学生……”

宋慈把话打住，不再说了，只拿双目期待地望着余仁仲，成与不成，等他一句话。

厅堂里一片沉默，只有余老的踱步声。他背着双手，身不由己地在厅中踱来又踱去。多少年了，没听过这样的言辞，清明宛若山间泓泉，慷慨有如大江东去……良久，余仁仲站住了，他说：

“你跟我来！”

二人出了厅堂，踏上一处长廊，穿廊而过，转入一条曲折的巷道，巷道尽头是一个书库，这是个掘山而筑的大洞穴。

余仁仲亲开了铜锁，领宋慈入洞。

宋慈进库不过三步，顿觉凉风飕飕，寒气袭人。从洞外透进的光线中，看得清洞内一列列书橱成墙，卷册盈架，书籍之多宋慈在太学里都未曾见过。

“书库怎么筑在山洞里，不怕潮吗？”宋慈觉得挺怪，他看到库中也有若干吸潮设施。

“潮固然可怕，但更可怕的是纵火之盗、行窃之徒！”

宋慈随余仁仲走到一排书橱前，只见余仁仲忽指一橱，说：“来，搬得动吗？”

宋慈看那装满了一橱书的大橱，再看两鬓银丝缕缕的余仁仲已在挽袖，哪里敢说搬不动。

“试试吧！”他说。

余仁仲的力气大得令宋慈吃惊，宋慈则好在自幼随宋巩练身以来一直不曾荒废。要不然，这如何能搬得动！

二人搬开书橱，现出一个小洞穴。余仁仲擦火镰燃着了一支红烛，领宋慈举步下阶，来到一个小室。

室内地面有一方大石条，石条上搁着几个书柜。余仁仲将红烛在一个箱面上放稳了，移过另一个小箱，对着箱面一吹，封尘飞走一层。余仁仲开箱，递与宋慈：“你看吧！”

烛光下，宋慈大吃一惊：箱内皆书，不仅有五代时和凝父子所撰的那部《疑狱集》，共四本，前两部为父亲所撰，后两部为儿子所撰；还有王皞的《续疑狱集》，元绛的《谳狱集》，郑克的《折狱龟鉴》，桂万荣的《棠阴比事》，以及无名氏的《内恕录》《悬案集》……凡专门记载历代疑奇案件之书，几乎尽汇于此，都是市上已不见踪迹的稀世之宝啊！

宋慈瞠目无语，只觉得身上沁出汗来，过了许久才问："这……要多少银子？"

"分文不要，全送于你了！"

宋慈又是一怔，弄不明白了。

余仁仲便打开了一个个大箱，箱内所藏也都是《疑狱集》与《续疑狱集》等书，数量之多，一时难以计数。

宋慈惊诧不已："有这么多藏书，老丈何以不卖？"

余仁仲道："我岂止是不卖，数十年间，我把世间流传的这类书，差不多都买进来了。"

"这是为何？"

"唉！"余仁仲一声叹息，徐徐说道，"书能兴邦，也能乱邦。这类书若流传于世，好人买得不多，坏人买得不少。歹人习之，效仿作案，天下岂不大乱！"

宋慈一时还想不透余老怎会有如此想法。"您老，敢是遇到过什么事？"宋慈小心地问。

余仁仲说："万卷堂早年几经大窃，我的父亲也被刺。官府拿住了凶手，凶手竟供说，是看了从万卷堂买的《疑狱集》，从中学到作案本事！"

宋慈默然，又听老人徐徐说出，这崇化、麻沙两坊，虽然是私营雕坊，却也如临安的相扑艺人自行组织的"角抵社"那样，有一个"精印社"，余仁仲便是这"精印社"的社长。数十年前，余仁仲说服了崇化、麻沙两坊的雕坊主们，禁印此类书籍，对于各坊所有的旧存，余仁仲尽数购入。因而在这闻名天下的两坊，虽各类书籍几乎应有尽有，只偏偏此类书不见踪迹。宋慈万万没有想到万卷堂雕坊主余仁仲会以这样一种他自以为有益于天下太平的方式，不惜付出重银，默默地做着这样一种除崇化、麻沙两坊的雕坊主外，普天下人皆不知的事！

要出小室了，宋慈总觉得这般受人重赠有点不安，可用什么来鸣谢呢？银子和小玉佩岂算东西，但他转念又想，不妨将带来的玉佩送予余老做个纪念罢，这是宋慈一片真心！这样想着，他就把那枚直到现在还没有取出的也算是稀世的青玉镂雕双鹤佩取出了。谁知尚未开言，余仁仲便将他的手挡了回去，随即说出的话竟也有些颤抖了。

"公子，快别这样！老朽虽为村野小民，可也晓得，朝廷自靖康年后日见危艰，不但边疆吃紧，地方上更乱不可言。老朽此举不过略尽了一个大宋子民的微薄心力。难为公子胸怀洗冤禁暴匡扶社稷大志，老朽这些本想永世不与人知的书，也就是找到主人了。你一定得慷慨收下，千万别说出见外之言来。我……求你了！"余老说罢，对着宋慈长鞠一躬，久久不起。

一席话说得宋慈心潮翻滚大为动容，两串灼泪硬是止不住地扑落下地，话音也哽不成句："老丈……吾师！今日教诲，宋慈永志不敢忘记。但愿日后……宋慈能有建树，也不负你老重望！"说罢跪拜在地。

"公子言重了，言重了！快莫这般！"余仁仲也立刻跪了下去。一老一少的泪珠儿滚落到一处去了。

呵，人生最大快事莫过于结识这样的相知，这哪里是金钱所能买到的财富！顷刻间宋慈觉得自己是天下最富足的人！书坊此行，宋慈得到的岂止是几部极其珍贵的稀世之书，他又一次深深感受到了天下父老企望太平之心！

第五章

震撼潜夫

（1224—1226 年）

这年建阳新调来一个知县，竟是刘克庄。两位太学时代的好友相见，刘克庄发现从前通经史的宋慈，竟觅读了上至春秋，下至本朝的无数案例，诸如苏秦遇刺案、枯井尸案、尸立寺门案等，还潜心研究凶犯作案心理与法官破案之思维。对历史上诸多悬案，他也力图做出种种推断，至如痴如醉的地步。可是他居家已有七年，却未被朝廷起用，他琢磨这些有什么用呢？不久刘克庄遇到一桩奇案，被宋慈的断案才华震撼……

1. 刘克庄的惊讶

时光如流，一晃竟过了七年，宋慈仍在家中。

这是嘉定十七年（1224 年）三月，宋金相持了六年的战争，由于宋朝抗金军民的坚决抵抗和蒙古铁骑的日益强大，金军不得南下，终于派遣使臣到宋朝通好，相持六年之久的宋金战争暂告结束。

在此之前，建阳知县舒庚适早调升了。后来的知县，在这年冬天也调迁了。又来了一个新知县，宋慈没想到，竟是刘克庄。

刘克庄是福建莆田人氏，比宋慈小一岁，两人同一年入太学。在太学里，两人性格迥异，却因志趣相投而相互敬重情同手足。到第四年刘克庄先入了仕，两个好友才分手。不过刘克庄的入仕并非中进士第，而是以荫补官。

刘克庄的祖上并没有谁为朝廷创下什么惊天动地的业绩，他的入仕为官却是因当朝的恩荫制。自大宋开国，凡省官六品以上，州官五品以上者都有恩荫及人的机会，品级低者可准荫及子孙一人，品级高者不拘宗人、外戚、门客、侍医皆可荫及若干人。庆历年间，范仲淹任参知政事，整顿吏治，曾主张改变恩荫之滥，仁宗也采纳了他的建议，诏行全国，但新政公布才一年多又撤销了。到嘉定二年，刘克庄因所作诗词为一个做了大臣的亲戚所重而得荫入仕。

如今刘克庄到建阳，打听到宋慈仍在家中，顾不得歇息，当日下午便出城到童游来见宋慈。

一到宋家，不等传话，刘克庄径直走了进去，在书房里见到了宋慈。看到书房三排多宝格书架上的琳琅卷册，盈架竹简，刘克庄不知宋慈弄这么多书来干什么，头一句话便说："呵，想不到这许多年来你秉性不改，还是苦守书斋。"

刘克庄的到来令宋慈喜出望外。他仔细打量着好友，看到好友天庭舒展的脸上，一双眼睛仍像过去一样流动着仿佛总在嘲讽谁的神情，有棱有角的下巴蓄着尖尖的短须，也还是那样显得凌厉。他们互相打量了一番，这才坐下，康亮送茶进来，刘克庄也用不着宋慈说请，接过就喝，随后问："真不知你这些年是怎么过来的？"

宋慈自然敞言相告。刘克庄听着听着，只觉得好友身上有一种令他琢磨不透的变化。当发现这书架上都是些什么书时，他说："只怕是天下有过记载的奇案，都被你读尽了？"

"笑话我了。"宋慈说。

继续交谈，刘克庄发现好友确实觅读了上至春秋，下至本朝的无数案例。刘克庄也由此得知前人有关瞻伤、察创、视听、审断、决狱讼的记载，最早恐怕要算《礼记》。西汉时的王莽在历史上是个颇有争议的君主，但在剖尸方面做了一件有开创性意义的事，他命太医与巧屠一同剖剥尸首，度量五脏，这大约是前人剖尸之始。当然，宋慈也从《难经》中看到有关剖尸的记述，不过那可能是后人的补缀，否则剖尸之始又当推战国时的名医扁鹊。刘克庄已弄不清宋慈究竟读过多少案例，只知有相当多案例他连细枝末节都记得十分详尽，譬如《折狱龟鉴》中记载的三国时吴人张举所办焚尸案，《春秋后语》中的苏秦遇刺案，《涑水记闻》中的向敏中所破枯井尸案，《后汉书》中一例尸立寺门案，等等。他精读了，还潜心研究凶犯作案心理与刑官破案之思维。对于历史上的许多悬案，他也力图做出种种推断，真到了如痴如醉的地步。

"如今，你更以为只有做官才能有作为了？"刘克庄道。

宋慈苦笑一下。

刘克庄又问："只是，这么多年，你怎么还没有出去奉职？"

"三年守制后，我就向吏部申求奉职，吏部没有回复。"

刘克庄忍不住站起身："江山半壁，官员太多。传闻申求奉职的文书堆满吏部文案，我看还得想点别的法子。"

"什么法子？"

"我在临安有几个知交，虽不在吏部奉职，或许也能使点力气。"

两个久别重逢的好友就这样推心置腹地谈着。刘克庄也讲起了自己这几年的经历。他对于做官，跟从前一样并不十分看重。嘉定十三年，真德秀先生因母亲去世回乡守制，建西山精舍讲学，邀刘克庄任教，刘克庄就辞职到了浦城。应邀前来的还有真德秀先生的讲友魏了翁，真德秀的门人王墼宁、吕良材、刘汉弼、马光祖等。在那儿，真德秀同刘克庄讲过一桩心事，想在建阳建朱子祠宇。所以刘克庄现在头一桩事便想把先生的夙愿变成现实，在建阳考亭^①辟祠纪念朱熹夫子。

宋慈听后也很兴奋。两人谈着不觉天已入暮。宋慈的女儿宋芪前来招呼吃饭，他们才把话打住。

2. 兔毫盏奇案

岁月如流，又是一年。

这是宝庆元年（1225年）的冬天。

刘克庄派往京都送信的仆役早在年初就回来了，京都的友人欣然答应为宋慈出山奉职出力，只是至今仍没有回音。新建的朱子祠，已经在考亭矗立起来了。朱熹的长子朱塾及繁衍在建宁府的子孙、朱熹的三子朱在及繁衍在江西徽州婺源故里的子孙，都来了。朱熹的二子朱墅就在建阳，自不必说。现在只等真德秀先生到来就要举行落成典礼。这几日刘克庄真是够忙的，恰在这时，他碰到一个棘手的案子。

前来报案的是东路开源茶庄的主人朱明湖，本县大富，建朱子祠捐款最多的人士之一。门吏都认得他，立刻与他通报。刘克庄正与朱熹的三个儿子在后厅叙谈，闻报立刻出来见了他。

朱明湖三十多岁，身材结实，长脸宽胸，仪表堂堂，眼下因赶路跑得满身是汗气喘吁吁的，一见到刘克庄便叩首告道：

"刘大人，小民的胞弟怕是被人杀了！"

"怕是！"刘克庄问，"何谓怕是？"

---

① 位于今建阳城西门外，绍熙三年（1192年）朱熹在此筑室讲学，初名"竹林精舍"，后易名"沧州精舍"，朱熹去世四十四年后（1244年），宋理宗皇帝感念朱熹贡献，下诏将沧州精舍赐名为"考亭书院"。

"小民想准是。"

"你胞弟的尸首现在何处？"

"不知道。"

"不知道？"

"这……"朱明湖脸都憋红了。

刘克庄见他如此焦急，便又问他："你是见过尸首，尸首失踪了，还是根本就没见过尸首，你起来慢慢说。"

朱明湖起身，在衙役递过的一把椅子上坐下，开始有些条理地说。书吏已备好纸墨，将朱明湖的告说一一记下。

朱明湖说："石厚基是芦花坪御窑的一个管事，小民胞弟昨日从京都回来，石厚基于傍晚到我家中，约我胞弟去他家喝酒。我胞弟去了，谁知这一去就再没回来。

"今日清晨，我在院中练筋骨，听到有人叩我的大门，就去开门。一看，是石厚基。他见是我，却问我：'明潭呢？'

"我说：'他不是昨晚到你家喝酒吗？'

"他说：'昨晚早回来了。'

"我说：'那你去他房中看看吧。'

"他去了，回头说是'没人'。

"我说：'这就怪了，那我胞弟上哪儿去了？'

"他又说：'我再去看看。'一转身走了。这一去再没人来。我想，他说去看看，去哪儿看呢？这事有点蹊跷，当即叫家人去找我弟，结果找遍了乡里，也不见他人影，我只怕胞弟遭了石厚基之害……"

"慢。"刘克庄道，"你没见到尸首，怎好这样断言？你们两家原本结有仇怨？"

"仇倒没有。只有一桩事儿，不知会不会结怨。"

"什么事？"

"本乡福成春酒饭铺万掌柜有个女儿，年方二八，长得十分俏丽，人称白茶花。石厚基与我胞弟都看上了白茶花，两家都送去厚礼，可是万掌柜只收下我们家的。不知这事是否触发了石厚基杀心，乞望大人与小民做主啊！"朱明湖说罢落下泪来。

"你别急。"刘克庄说，"你胞弟或许上哪里玩去了。你先在本县门房歇下，待我派人去传石厚基，事情会弄清楚的，你去吧！"

朱明湖下去后，刘克庄果然就派快骑直奔东路芦花坪去。

半夜里，快骑赶回来了，告说："石厚基去向不明！"

这石厚基是个单身汉子，人一走，也没有家人可问。刘克庄觉得事情有些要紧了。他一面连夜叫人去传尉司的巡捕都头，一边传来朱明湖，问石厚基是何处人氏，本县有无亲戚等等。朱明湖说，石厚基原本崇安人氏，在崇安城有个大姐，此外不曾听说还有什么亲戚。

正说着，尉司的巡捕都头到了。这巡捕都头已不是当年的梁锷，梁锷在舒庚适调迁时被一并带走了。眼下尉司的巡捕都头姓魏名兹霈。刘克庄将情况告诉了魏兹霈，接着就发下捕签命道："你带人连夜追往崇安看看，要是石厚基在，即刻捕来！"

魏兹霈当夜点了二十名马兵出城追去，第二天日上三竿时到了崇安，找到石厚基的大姐家，四下里围定，叩门而入。石厚基的大姐十分惊慌。

"你胞弟石厚基可曾回来？"魏兹霈开口便问。

"不曾。"

"搜！"

魏兹霈把手一招，弓兵拥入。可是搜遍了不见人影。再问四邻，也都说没看见。魏兹霈只得回马出城。跑了约三十里，走到武夷冲佑观，马队中有认得石厚基的忽然叫道："看，那不是石厚基吗？"

只见前方岔道口的小酒店内，有个头戴毡帽的人正在那儿饮酒取暖，正是石厚基。

"抓！"魏兹霈双腿一夹，一马当先，众弓兵一拥而上，将石厚基拿翻了。一搜，竟从包袱中搜出许多金锭儿来。当下一条绳索捆了直奔建阳来。

刘克庄当即升堂讯问。

"石厚基，本县问你话，你可从实答来。"

石厚基跪在堂前，未曾答话先自有些发颤，但那双眼睛在黑眉底下转来转去不失灵敏，他毕竟是御窑一个机灵的管事。他对刘克庄叩了头，回道："大人明鉴，小人不敢半句有假。"

"你且说，前天晚上，你邀朱明湖喝酒，可有此事？"

"回大人，有此事。"

"后来，你把他弄到哪里去了？"

"小人没有。他喝了酒便回家了。"

"几时离开你家？"

"约莫三更时分。"

"他可曾喝醉？"

"有几分醉意。小人留他过夜，他只说没事，硬是去了。"

"第二天早晨，你可去找过朱明潭？"

"去过。"

"找他何事？"

"小人……想他夜里喝得有些醉，怕他路上出事。"

"你到朱家找到他了吗？"

"没有。"

"他哥反问你，他胞弟哪儿去了？有这话吗？"

"有。"

"你怎么说？"

"我说我不知道。"

"胡说！你说：'我再去看看。'是吗？"

"是。噢，不……小人没说过这话。"

"传朱明湖！"

刘克庄厉声一喝，众衙役唱一声应和，堂下将朱明湖带了上来，两下一对质，石厚基哑了。刘克庄再问："你再去哪里看？"

"……"石厚基答不上来。

刘克庄又厉声问道："昨天为什么突然逃离御窑？哪里得来这许多金锭儿？即使是平日积攒，又为什么偏偏这时带在身上？"石厚基越发答得支支吾吾，语无伦次。只是问他是不是杀了朱明潭时，他一口咬定："不曾。"

刘克庄恼了，将惊堂木一拍，喝道："大刑伺候！"

刑具刚刚套上，石厚基便大呼"认招"。刘克庄命人去了刑具，令朱明湖也退下堂，回转头再对石厚基道："你说吧！"

石厚基定了定神，开始招道："大人在上，小的逃不过，全招了，不过小的确实没有杀人……"

前面说到石厚基是御窑的管事，这案还得从御窑说起。

宋时盛行斗茶，无论达官显贵文人学子，兴趣所然风靡天下。其中武夷山的武夷岩茶最为资深茶友推崇，著名的品种就有铁罗汉、半天妖、白鸡冠、水金龟。斗茶之盛，对茶具也格外讲究。建阳东路芦花坪建窑中出了一种黑釉瓷茶盏，此盏釉水绀黑如漆，温润晶莹。盛满茶，入夜以烛照之，全身浮现大大小小的兔毫花纹，花纹中跃动晕色蓝光，那灿蓝光晕随饮茶者观赏角度的变化而变幻无穷。这时蔡襄著《茶录》，对茶具已研究颇深，说用兔毫盏饮茶"久热难冷，最为要用"。黄庭坚则赞之："兔褐金丝宝碗，松风蟹眼新汤。"用这茶盏饮茶还有不易发馊等优点。以至北宋时宋徽宗皇帝就赐名"兔毫盏"①，并定建窑为御窑，所出兔毫盏尽为御贡，禁传民间。凡物皇家一禁更身价百倍，便有人走险，便要弄出案子来，这个案子便与兔毫盏纠缠在一起。

这时，又有日本人慕名渡海南来，想得到兔毫盏的制作工艺，但这是皇家御窑，如何能进？日本人就找到了在京都销售名茶"白牡丹"的朱明潭。

再说这"白牡丹"，原是开源茶庄老庄主朱开源培植的一个著名品种。这芦花坪地处丘陵，山势蜿蜒溪涧如网，气候温暖雨量充沛，本是种植茶叶的天然宝地。自汉唐盛行饮茶以来，芦花坪一带已成远近闻名的茶乡。兔毫盏问世后，朱开源培植出一种奇异的小白茶，外表白毫披覆，泡后呈灰白色，滋味甘醇清香满堂，因叶瓣酷似牡丹，得名"白牡丹"。用兔毫盏冲泡白牡丹，茶水有如雪花涌起，黑白相衬色泽愈艳。兔毫盏与白牡丹可谓珠璧双联，相得益彰，朱开源由此成为当地首屈一指的巨富，开源茶庄也声名远播。

朱开源死后，留下两个儿子。老二成婚后暴亡于时疾。老大传下三男二女，次子又死于霍乱，剩下长子和三子。这时，白牡丹的种植技艺已为其他茶园主所获，白牡丹不再是开源茶庄所独有，其经济收入也受到削弱。朱开源传下的这两个孙子便将茶的生意向京都发展。老大管理茶庄，老三往来于京都经销白茶，也仍是当地大富。

---

① 世界陶瓷史上的杰作，已失传六百年之久，1969年由中央工艺美术学院倡导，经国内有关陶瓷研究所多方协作，建窑成功烧制出了仿古建窑特产兔毫盏。

石厚基供称，此案起于今夏，朱明潭忽然找上门来，对我说，他因在京都销白牡丹，有从日本渡海来的商人愿出重金索买兔毫盏，问我能不能弄到一些。我想，这事虽然要冒大险，可是人无横财不富，就动了心，商定事成后对半分成。

入冬，我总算伺机弄到一批兔毫盏。前天知道朱明潭又从京都回来了，便去找他来。饮酒中他又告说，这货现在不必弄去京都，只需销往武夷遇林禅院便成。

我问缘由。他说在遇林禅院就有两个随道元禅师渡海来闽的日本人，一个叫加藤四郎，一个叫左巳门景正，这二人都在遇林窑学习制瓷技艺。这次回来途中，他在冲佑观馆肆见到这二人，已经谈好以重金购买兔毫盏真品。

我听了当即记起一事，嘉定十六年，就是这二人，便想到御窑学习制瓷，只因御窑已是皇上诏定的瓷窑，制瓷技艺对本国其他瓷窑尚且十分保密，何况夷人。所以这二人未能来此，没想到去了遇林窑。

当下，朱明潭把这事告诉了我，又说这事赶早不赶晚，要我第二天就与他同去，做这事儿两人同去也安全些。我想那遇林禅院与遇林窑我也很熟悉，就应下，并约定天明之前我在家中候他。我家在村头，会齐了正好上路。

不料天已放亮，朱明潭还没来，我只恐他睡过了，便去唤他。到他那里一看，不见人。他哥问起时，我只想他必是已经出门去会我，在路上与我跑岔了，随意随口应道："我再去看看。"不料回到家，仍不见他的踪影。这时天已大亮，我又想，只恐他是看到我家门上落着大锁，以为我先自去了。如此他必追去。这样一想，我也就上路追去。

谁知一路追，一路看，都不见他的影子。这时，我也管不得他是否在我前面，既来了，就一直去。这样一直跑到遇林禅院，仍然不见朱明潭。我就自己找了那两个日本人，做成了买卖。之后，我就离开遇林禅院，出来找个馆肆住了一宿。今晨正想去大姐处走走，不料却在路上被拿来了。

石厚基说："此供句句是实。那朱明潭的去向，小人确实不知。杀人的事，断断没有。求青天大老爷明鉴！"

招罢，大堂上一片安静，刘克庄沉思片刻，忽将惊堂木一拍，喝道："大胆逆徒！以你方才招供，怎见得你不是独占这笔买卖，遂起杀人之念！"

"青天大人在上，"石厚基招了一通后，不似先前那般惊惶失措了，见县大人发怒，又低头供道，"小人是犯了盗卖御贡之罪，杀人断断没有。这些金锭儿，小人并不想独占，是想与朱明潭平分的。"

"平分？平分如何不照直南来，却带着金锭儿北去？"

"大人，小人招过，是想去看看……"

"住口，你招与不招？"

"小人都招了，实在没有杀人，大人明鉴！"

"你这逆犯，只怕是不受皮肉之苦不肯认招。来人，与我用刑！"

众衙役一声唱和就要动手，石厚基又叫唤一声："慢！"随即抬头望着刘克庄道："青天大人，小人有几句话，万望大人容小人讲完了，死也无怨。"

刘克庄道："讲！"

"小人只恐受刑不过，便要认招。大人势必还要叫小人供出尸在何处，刀在何处。这刀倒是好说，家中任拿一把都能作案。可这尸首……小人确实没有杀人，哪里去找？到那时，大人你只道小人又是不招，发下大刑，小人就是死在堂上也没有法子。"

"小人这命，横竖是犯了盗卖御贡之罪，死了也是活该。只是几日后，那朱明潭要是回来了，只恐有误大人清名。依小人想，大人不妨将我发下死牢暂押，横竖我是跑不了的。一面再差人去找朱明潭，说不定三五日间就有了下落，那时大人车稳道平，自然路路顺风。大人肚量宏深如海，望大人三思再断。"

石厚基说罢又叩头。刘克庄寻思：这番话也有道理的，那朱明潭好歹也算是个同谋盗卖御贡的案犯，不妨先差人即行巡捕，如果仍不见踪影，再审这小子也不迟。于是，刘克庄又命石厚基详招了如何弄到那批兔毫盏，多少数目等一应情况，令他画了押。再命人取来一把二十斤重的长枷，当场钉了监下死牢。又传上朱明湖来，吩咐他先回去也着人去找找他的胞弟。但有消息速来禀报。接着再令魏兹需速带弓兵前往遇林禅院，传押买主并兔毫盏前来对质，随后退堂。

回到后厅，刘克庄仍在寻思这宗案子，心想如果找到了朱明潭，这案子就好办了。但如果一直捕不到他呢？刘克庄觉得自己的大脑有些累，这比填词费劲多了。这时他想到了好友宋慈，于是一拍自己的前额，自骂道："真是傻了，何不借惠父兄那头脑一用呢？"

3. 游刃有余

宋慈来到县衙，听了刘克庄的简述，看了原告状词和被告供录，放下卷宗，便对刘克庄说："不必追捕朱明潭了。"

"为什么？"

"他死了。"

"死了？怎见得？"

"如果没有意外，这凶手很可能就是他亲哥。"

"你是说朱明湖？"刘克庄问。

"只能首先疑他。"宋慈翻开卷宗，递到刘克庄面前，"你看，这是朱明湖的报案笔录。他说，这日清晨有人叩门，他去开了门，是石厚基，石厚基问：'明潭呢？'朱明湖答：'他不是昨晚在你家喝酒吗？'你想想，不觉得这话问得蹊跷吗？"

"你说说？"

"依常情，去别人家中喝酒，自然要回来。何况今晨来叩门的正是昨晚请他弟弟喝酒的人。按说他该回答：'明潭恐怕还在睡觉。'或问：'这么早，你又来找他，有何要事？'可是他一开口就反问对方，说弟弟昨晚在对方家中喝酒，可见他知道弟弟已经不在房中。"

"慢。"刘克庄思忖着说，"假如他已到过弟弟房间，晓得弟弟尚未回来，现在见了石厚基，自然要那样反问。"

"可他表示的恰恰是没有去过弟弟房间。你看，对方说他弟弟昨晚就回来了，他说的是：'那你去他房中看看吧。'当然，他也可能已经到过弟弟房中，知道无人，现在只恐对方不信，要他去看看。可问题在于，对方去看了，说没人，朱明湖甚至感到惊讶。你看，记在这儿，他说：'这就怪了，那我胞弟上哪儿去了？'这不是说他没去过弟弟房中吗？"

刘克庄不再追问了，觉得自己先前的思索被打乱，他不能不相信好友相当缜密的推断，但也还有不少疑点，他说："眼下尚未见着尸体，你怎能断言朱明潭死了呢？"

"出手这批兔毫盏，对朱明潭来说，恐怕眼前没有比这更炙手可热的事儿，既已约定，如何不来，能跑到哪儿去呢？当然，世间之事无奇不有，或也会有意外。问题是，他胞兄朱明湖偏偏还有不少迹象表明他有重大杀弟之嫌！"

"此话怎讲？"

"你再看，这是堂讯笔录。这儿记着，你讯问石犯：朱明潭几时离开他家、可曾喝醉等。朱明湖是兄长，发现胞弟突然失踪了，要是真想找到他，怎能不问问这几句十分要紧的话，除非他是痴呆，可他不是。"

"再说，就算当时石厚基很快就走了，朱明湖还顾不得问，他也应该再去找他，问个明白，可他没有再去。"

"你是说，他来报案之前，石厚基已经离村先走。可他来报案时，并没有告说石厚基潜逃。"

"对呀，假如他去找过石厚基，必然发现门已落锁，报案自然不肯遗漏杀人潜逃一节。像这样也不细问，径直就来报案，一报便怀疑石厚基杀害其弟，可见他是确知其弟已死。如此，不是他杀，还能有谁？"

"这么说，石厚基确实没有杀人了？"

"你想，如果我是杀人犯，我会怎样？就算我想独占这笔买卖，我也绝不会当此凶险之日就去出手，我可以好像无事一般，看事态发展，再图吉日。从供词看，那石厚基思路清晰、毫不愚笨，且有胆量。绝不可能在杀人后，立刻又去出手兔毫盏。因而可以认定，他那些供状大抵为真。"

刘克庄顺着宋慈的思路听去，觉得不无道理，点了点头，又问："那么，朱明湖杀害胞弟的原因何在？"

"这在诉状中也有所表现。"

"怎见得？"

"朱明湖没有提及兔毫盏一事，不见得想替弟弟隐瞒，极可能是他弟根本没有将这事告诉他哥。可见他们兄弟在经济上各有自己的一片天地。再说，朱明湖提到，石某杀其弟，缘由可能是为了争夺福成春酒饭铺万掌柜之女白茶花，可见其弟尚未成婚。一旦成婚，兄弟间不免有分家之虑。朱明湖在其弟结婚之前将他除去。这样的事，历代以来并不鲜见。"

刘克庄听到这儿，感到被好友打乱的思索，又被好友丝丝入扣，层如剥笋般的推断重新组合。他思忖着好友的分析，又发现此案原告与被告在诉状中提供的一切言辞，不论真假，几乎都被好友利用。好友不过是把双方那真真假假的言辞先行打碎，而后有如一个高明的建筑师，将这零碎的原料从容不迫地组建，真也罢，假也罢，都放在合适之处，那真实便层次分明地显现出来。他仿佛头一回发现好友的眼睛竟是这样深不可测似的，盯着宋慈的双眸又问：

"只是，我不明白，你是如何一下就找到切入口的？"

"这不奇怪。"宋慈说，"你晓得，我读过许多案子，而世间之案常有相通之处。类似的案子也不乏成例。你要是读了那些案子，只恐比我要灵透许多。"

刘克庄算是真正体味到，在断案方面自己同好友的距离了。能够瞅准一点，迅速切入，上下腾飞，左右驰骋，于深藏其中的许多曲折游刃有余，非达炉火纯青之境不能企及。如果说初来建阳，见到宋慈，曾对好友这几年的经历感到惊叹，如今则是敬慕了。

两个好友直谈到天已落暮，方才分手。

送走了宋慈，刘克庄回到府内，不知怎的心中竟有种怅然若失之感。他觉得有些疲劳了，在椅上坐下，又想起宋慈出山奉职的事，心中道："像这样的人，真该让他出山啊！"

就在这时门吏来报，说有个从京都来的人求见。

刘克庄一听，倦意全无，心想准是京都的友人来消息了！"快请他进来！"他说。

门吏转身就去，刘克庄又叫："慢，叫他进来后，你立刻再去把宋慈大人追回来！"

门吏应声去了。不一刻那人一身骑装进来，果然是京都朋友派来送信的门客。刘克庄欣喜非常，激动地启开信袋，取信展读，岂料读着读着，敛了笑容。

宋慈才走不远，也很快被追回来。走进后厅，看到刘克庄愁眉紧锁，案几上搁着一封信，不待发问知得几分了。刘克庄把信递给宋慈，一句话也说不出。宋慈看了那信，放回案几，也沉默了。

原来，京都的朋友来信说，在吏部名册上宋慈早已被除名，原因是有个在建阳任过知县的官员通过某大臣弹劾过宋慈，道其居家守制期间曾与杀人凶犯如何如何。遭此弹劾，即使宋慈眼下正在职上也难免罢职，既未奉职，吏部就不再考虑宋慈的奉职之事了。又说京都各部人事变动朝秦暮楚，加之冗官之弊一直是南渡以来的顽症，总之此事虽经努力，无奈力薄，实在帮不上忙。

暮色四合，凉风也从天井里悄悄袭进。两个好友默默无语，谁也不必多说什么，都知道那个弹劾宋慈的知县是谁。至于宋慈，更是尚未出山已颇深地体味到了仕途的凶险。

4. 考亭朱子祠

次日黄昏之前，魏兹霈回来了。石厚基盗卖兔毫盏的事儿均得到了证实。刘克庄就命魏兹霈明日再往芦花坪去捉拿朱明湖归案。

也就在魏兹霈去捉拿朱明湖这日，真德秀先生到了建阳。

刘克庄已打定主意，这回无论如何得请真德秀先生亲自出马，为宋慈出山奉职出力。过去，刘克庄只知真先生守制三年后即受诏出任湖南安抚使知潭州，没想到这次差人去请真先生来主持朱子祠落成典礼，快骑辗转潭州、临安，才知真先生已于今年八月奉诏进京为中书舍人，旋升礼部侍郎直学士院。

"早知道，请真先生相助，说不定早办成了。"刘克庄想。

真德秀先生到来时，十分简朴，没有锣鸣鼓乐，没有旗扬旌动，一身微服，两个骑从，不声不响就到了。刘克庄慌忙出迎，看到先生这副模样，虽知先生一贯从简，仍觉得也过于寒素了。

时已黄昏，刚刚抵达的真德秀竟不想歇息，执意要先去看看朱子祠，刘克庄理解先生对朱熹夫子的仰慕之情，陪他去了。

考亭书院坐落在建阳西南五华里一个名为沧州的洲岸之上，北负青山，东西南三面溪水环绕，方圆五里山水邃曲，十分清幽。邻近考亭，迎面一座石坊，造型别致，上刻了凤凰、仙鹤、麒麟、雄狮等珍禽异兽。

过石坊入仪门，便是新建的朱子祠，建筑略同于山东曲阜的孔庙。外有宫墙，不染赤色，正殿悬一大匾，上书"集成殿"。入内，但见熏香飘渺，祥光满殿。上首端立朱熹夫子于绍熙五年孟春良日对镜写真的自画石刻像，下方锲一排字道："太师文公遗像"。像上的朱子头戴纶巾，身着儒服，端肃凝神，可谓将朱子晚年的龙钟风韵跃然石上。

面对朱子石像，真德秀该有多少感慨啊！他在朱子石像前跪了下去，泪水涌出。他想到了朱熹夫子一生七十一年生涯中，绝大部分时间都用于倡兴教育。二十四岁首踏仕途，赴福建泉州任同安主簿，即创同安县学，此后又在漳州建州学，在江西庐山建白鹿洞书院，在湖南潭州修复扩建岳麓书院，在福建武夷创紫阳书院。到绍熙三年六十三岁时，又在建阳考亭创建沧州精舍。谁知就在这以后的第五年，朱子学说被权位居于左右丞相之上的平章军国事韩侂胄斥为"伪学"而遭取缔，为此同受贬逐的竟达五十九人。多么残酷的庆元党禁啊！朱子被列为"伪学之魁"。面临危厄，朱子仍在沧州精舍与学生讲学不辍，临终时眼睛几乎全盲，臂膀肿痛不已，仍编修讲学著作，直到泪干思绝谢世而去。

真德秀就是在他十四岁，朱子沧州精舍创建那年来到考亭求学，此后于二十一岁一举高科入仕。朱熹夫子谢世时的葬礼，真德秀也来了。人们在朱子墓前立起两根石烛，便是感怀他一生照人的光彩。朱子的葬礼遭到官府歧视和限制，但从四面八方拥来的天下学子仍有数千人。正是从那时起，真德秀萌发了要在建阳辟祠纪念朱子的夙愿，以使天下学子不时前来瞻仰遗风，叹岁月之匆忙，发思古之幽情，为民族昌荣发奋求学。

岁月流逝，禁朱子学说的韩侂胄早已死了，门人刘克庄在此辟祠祀师，真德秀不只是感到多年夙愿终成现实，也更看到了自己今后的去路。

出集成殿，刘克庄领真德秀进了启贤祠。在启贤祠落座后，不无性急的刘克庄就伺机同真德秀谈起宋慈。真德秀记忆很好，立刻记起了当年在太学作《时光赋》的那个学生，只是听完刘克庄的话，真德秀苦笑一下，平静地说：

"潜夫，你恐怕不知，我已经落职。"

刘克庄简直难以相信，可是先生说得十分清楚，无须再问。像先生这样的人更无戏言，刘克庄这才想起先生今日到来，那过于寒素的光景原也事出有因，惊得半晌说不出话。

而真德秀听说宋慈还丁艰在家，倒十分关心，当即对刘克庄道："你愣什么，如此难得的人才，我要。你回头领我去见他，我将回浦城故里扩建西山书院，我要聘他到西山书院讲学。"

刘克庄晓得先生已将心事都倾注在办学之上了，但刘克庄还是说："不行。他只要做官。"

"只要做官？"真德秀说，"天下可以尽其才智的事儿很多，如何只要做官？"

"是的，先生，你还不大了解他。"

真德秀望着刘克庄，心想自己对宋慈虽不十分了解，对做官可是了解得透彻至极呀！

从前，真德秀因反对史弥远向金求和而为其所不容，在朝中无法立足，出为江东转运副使，临行时还对宁宗皇帝谏道："国耻不可忘，邻盗不可轻，幸安之谋不可恃，导谀之言不可听，至公之论不可忽。"去到江东，时值江东旱蝗交困，百姓饥饿而死者不计其数，真德秀亲领灾情最重的广德、太平两郡，开仓赈粜，惩办污吏、缓解了民之倒悬，以至于朝中那些曾讥之为"迂儒"的官员也不得不叹服。嘉定十三年，真德秀回乡守制未及三年期满，又赴任湖南安抚使知潭州，在任内"励四事，去十害"，这"去十害"即断狱不公、听讼不审、淹延因系、残酷用刑、讯滥追呼、重叠催税、科罚取财等等，由此逐渐形成他以民为本的系统施政方略。宁宗驾崩后，理宗皇帝又召真德秀进京参与机密要政，负责起草任免将相等机密诏令，真德秀可谓遂了平生理想，可以毕生学问去辅弼君王。可是理宗皇帝的登位也是史弥远发动宫廷政变的结果。史弥远对真德秀依然如喉有鲠，暗使侍御史、谏议大夫等对真德秀攻讦，弹劾纷至沓来，终致真德秀落职南归。

这次回来，真德秀一路就想，如今朝廷的官员虽然众多，可是真正才德兼优，励精图治者却太少，因而这次南归真德秀别无他愿，唯想从教，以培养一些才德兼优者，好让他们将来能扑身忘己地去为国家效力。

"潜夫，你还是劝劝宋慈，不妨一同来谋造就人才的大计。"

"先生，这是断断不行的。"刘克庄说。

"怎么不行？"

刘克庄只得更详细地道出宋慈这几年的经历，又把最近发生的疑案与宋慈轻而易举地推断，都和盘托出。真德秀听着听着，由不妨听听到不禁惊叹，被刘克庄说得动心了，只是想到自己的处境，他说："我已爱莫能助！"

"不。只有先生能助他。"刘克庄说，"当今许多事儿，从公去做未必奏效，从私谋之倒往往得成。先生虽然去职，但在朝中说得起话的相知何止一二，择其一二恳请相助，没有不成的。"

真德秀知道这话不无道理，他也开始感觉到这宋慈是他还不很了解的一种人，觉得他的知识结构同自己有很大不同，同许多朝臣也不一样，甚至隐约觉得这是个奇人，正想说不妨试试，恰在此时，一个重重的脚步直踏进启贤祠堂来，是魏兹霈回来了。

"启禀大人，凶手已押到捕房，不是朱明湖，是个六十岁的老头儿。"

"什么？"刘克庄问。

"我等刚到芦花坪，就碰着那老头儿来投案自首。"

"朱明湖呢？"

"在下不敢擅自做主，一并拿来，都押在捕房。"

刘克庄转眸望了望坐在一旁的真德秀，发现先生也正看着他。两人的目光中都不无惊诧：难道宋慈那丝丝入理的推断只不过是虚无缥缈的空想？

5.　白虎历节风

明日就要举行朱子祠落成典礼，刘克庄当夜升堂审讯。宋慈也被请来了。真德秀对这案子也发生了兴趣，一并听审。

"你为何要杀朱明潭？"刘克庄问。

"去年，"犯人也姓朱，名百佑，是开源茶庄的茶农，相当羸瘦，说话时仿佛有虱子在咬他似的，不时地耸肩蹭背、挪动身子，声音小得只比蚊蝇之声略大些，而且沙哑。

"大声！"刘克庄喝道。

"去年，朱明潭奸杀了小人的女儿。"犯人加大声音，那声音越发沙哑，仿佛不是从口里说出，而是从咽喉里直接压送出来的。

"去年奸杀了你的女儿，你如何不告官？"

"告也无用。"

"为什么？"

"小人的女儿遭朱明潭奸淫后，自投水而死。"

"那你如何不告他奸淫之事？"

"小人并未当场拿着，如何告得动。"

"那你又怎么知道？"

"女儿曾向母亲哭诉……"

刘克庄就这样细细问去，又问他何时杀的朱明潭，何以选在这日，用何凶器，杀在何处，创口如何，血流如何，尸首在何处，凶器在何处，血衣在何处……犯人一一供诉。刘克庄又问为什么前来自首。犯人答说：只恐冤了别人，况且女儿大仇已报，自己死也无怨。最后，刘克庄问杀人是否受人指使。犯人答说：积恨已久，无人指使。

刘克庄几乎是挖空心思地问着，竭力想从犯人的供词中找到破绽，然而并未发现前后矛盾。他转眸看看真德秀，听得格外认真的真德秀没有表示什么。再看宋慈，一直默不作声的宋慈摆了摆手。刘克庄令犯人画了押，又命取一面团头铁叶护身枷当堂钉了，监下死牢。

这时，跪了半日的犯人突然站不起来了，双腿不住地打战，衙役只得将他架了下去。

案子审到这儿，那一并拿来的朱明湖也就暂不必审，刘克庄也命暂寄禁房。当一干人等都退下去后，刘克庄问宋慈：

"惠父兄，你看……"

"速往芦花坪去取那尸首凶器，再做计议。"宋慈果断地说。

次日，都头魏兹霈奉命往芦花坪去挖掘尸首，取凶器血衣等物，果然在凶犯供诉的地方——找到，运了回来。宋慈会同县衙仵作看验了朱明潭尸首，填了《正背人形图》《验状》[①]。

此时，刘克庄忙于朱子祠落成典礼，没时间过问此案，好在有关人犯都已收监。这案子一搁就搁了三天。

三天后这日上午，县衙议事厅外远远站着众多衙役，任何人都不许靠近。议事厅内，除了尸首不便摆到这厅中，凶器、凶衣都已摆在议事厅的案几上。这一切都是按宋慈的建议布置的。

议事厅内，只有真德秀、刘克庄和宋慈。

"凶手不是朱百佑！"宋慈平静地说。

刘克庄似乎觉得好友会这样说的。可是，朱百佑的供诉，被害人尸体、凶器等一应证据都摆在面前。真德秀看完了刘克庄递过的《正背人形图》《验状》，听宋慈继续往下说。

"朱百佑供诉：是用瓜斧从背后照朱明潭脖颈猛力劈杀，朱明潭朝前跌冲几

---

① 《正背人形图》《验状》：南宋时由刑部镂版印行的一种专供验尸填用的表格。

步，扑地而倒，随后翻过身来，仰面朝天，矢百佑又照他面部补了一斧，朱明潭才不动了。

"从尸检看，行凶步骤确实如此。脖颈处的创痕，血迹流向由脖颈往后背流，颜面一记创痕，鲜血朝四面溅开。

"可是，欺诈之处在于，这两处创痕，受刃处细长而齐整，尤其脖颈一痕，后端刃尽处尤细，加之创口裂处底部平阔不凹，可以肯定这不是斧劈之痕，而是用一把锋利之刃，从背后就被害人脖颈拉了一刀，随后在被害人翻转身时，就其颜面劈下一刀。这是第一疑点。

"其二，脖颈一痕，刃在左侧，刀刃呈上左下右斜横走向，可以肯定凶手是个左手持刀者。而朱百佑那日在公堂上画押，用的是右手。查问，朱百佑善用右手。

"其三，这件染有血迹的凶衣，虽为朱百佑平日所穿，却不是杀人凶衣。"

"如何见得？"听到这儿刘克庄已松一口气，他是希望宋慈原先的推断不出差错的。

"朱百佑供诉，这血迹，大多是他背死者往后山去埋时从死者身上流到他身上的。可是，这凶衣既是穿在凶手身上，中间隔着他的身子，怎会出现这样怪的迹象呢？"

宋慈说着展开了血衣。真德秀与刘克庄就看到了那血衣前后两面有诸多血迹，无论形状、大小都可叠合得完全一样。

"这是伪造之迹。因中间未隔人体，前后叠合自然盈开如出一模。血从何来？一头鸡，一头狗足矣。人血为咸，禽血为淡，这衣上的血是淡的，必是禽血。"

"如此说，凶手……"

"还是朱明湖！"

"讲下去。"真德秀道。

"我以为，从尸检看，此案还可排除仇杀。自古以来，仇杀者多有在仇敌临死前要让仇人晓得，是谁杀了他，方觉杀得痛快。可是这具尸首，颜面那记刀痕，上方恰劈中左眼，下方也紧挨在右眼之下。如此不难想见，当被害者突然遭到袭击之后，扑跌在地，转过身来，是想看看这个杀他的人究竟是谁。而这个杀人者，恰是不愿让胞弟看到杀他的竟是他的亲哥，所以手起刀落，直向眼晴劈去，这是特有的心理使然。"

真德秀听了，不住地点头。

"此外，我已问过，朱明湖补来的状子可是自己执笔，潜夫兄说是，而那字迹清楚表明，那是出于左手运腕者。"

"可是，这个朱百佑，为什么要来替人担这杀身之罪呢？"刘克庄又问。

"这不奇怪啊！"宋慈轻叹一声，继续说道，"自嘉定十年冬，金兵再次南侵，这战又打了六年，边关将士捐躯流血，后方百姓承受前所未有的繁重赋税，也无异于遭剥肤摧体膏血无余。如今战争虽已结束，百姓元气仍难恢复。朱百佑是个茶农，家中贫穷，其饥瘦可见一斑，如果欠人重债，或是家有大难急需用钱，被人买来替人受罪，舍老命而救家小，这并非不可理解的事。"

"这么说，朱百佑的供词全是朱明湖事先所授？"

"不错。朱明湖没有把杀人的刀交给他，恐怕那把刀颇有特征，有人认得。而朱百佑家中没有那种刀，如果诈称用菜刀，还恐失却分量，于是选了板斧这样的凶器。至于血衣，朱明湖自然更不能交出，唯有取朱百佑的衣裳进行伪造。"

"那么，"真德秀问，"朱明湖已状告那个御窑管事是杀人凶手，那管事已被捕来。而放朱明湖回去时，并未怀疑他是凶手，他为什么要再找个替罪的呢？"

"这正是我今日要潜夫这般戒严一番的缘故。我敢肯定，县衙中必有一个小吏与朱明湖有牵连。必是那天下午，我与潜夫兄谈说此案时被这人暗中听去。这人连夜赶去告诉了朱明湖，才引出这段曲折。我看，现在也不必多说，将朱百佑提出审问一番，可以大白。"

刘克庄与真德秀想想，都觉得这番推断确实有理，于是同意提审朱百佑。

不多时，厅外传来杂沓的脚步声和有人呻吟不绝的沙哑之声。是衙役用一块门板抬着朱百佑走了进来，那朱百佑两眼发直，全身直挺，躺在板上时不时抽搐一下。三日不见，原先羸瘦的身体却变成了一个"胖子"。被抬进议事厅后，朱百佑不叫了，却将牙根咬得铁紧，大喘着气，胸前还湿着一片，一股尿臊味儿直冲入鼻。

刘克庄喝退众人，命传来狱卒，问："怎么回事？"

"回大人，"狱卒答道，"他被监入死牢后，第二天早上便有些不一样，一阵一阵嗷嗷叫着在地上打滚，那滚儿打得也有趣，就好似滚木头般，直来直去，不弯不曲。问他话，也不会说。第三天，饭乜不会吃了。给他水喝，便张嘴喝个精光。喝过安静一阵，不多时又嗷嗷叫着在地上滚得更紧。今天不给他水喝，他便将尿桶撞翻了……"

"这三天，有谁进过死牢？"刘克庄严厉地问。他担心是不是那个尚未查出的小吏弄了什么药给这老头儿吃了。

"回大人，没有。饭也是小人直送进去的。"

"潜夫兄，不必问了。"宋慈道，"你可记得，那天过堂时，他跪了一阵就爬不起来，是被人架进死牢的。"

"难道说……"刘克庄同时记起他那日的沙哑之声。

"不。"宋慈明白刘克庄想说什么，"不是来之前就有人给他吃了什么。"

"那……"

"这是一种病。"

"一种病？"

"对。我在一个老郎中记录的病案中，见过与这几乎一模一样的病。"宋慈眼前仿佛又看到了海听先生，先生当年留给他的那部《疑难病案手札》，如今在这儿有了用场。

"这是什么病？"见宋慈停下话来，刘克庄急切问道。

"患这种病的人，多有筋骨肌肉酸痛的病史，且经年不愈，绵延不绝。大发之时来势凶猛，数日间关节、肌肉都可肿大，不能屈伸，不能行立，兼全身发热渴如火烧，如果进水，不到一个时辰，疼痛加剧，如有虎狼在咬，所以这病就叫白虎历节风！"

"白虎历节风。"刘克庄重复一句，转眸与真德秀目光相碰，显然这名儿，他们二人都没有听过。

"我想，他那天跪在堂上，不时地耸肩蹭背，正是肩背酸痛。后来监在牢中，地牢最为潮湿，加上这大寒时日，他衣服单薄，就暴发这病了。"

"那，这病有救吗？"真德秀关切地问。

"如不及时治疗，很快消竭而死。"

"这么说，有治？"

"有治。"

"你会？"刘克庄问。

"那医案中写有治疗的方子，并记有治愈的成例。"

"你还记得那方子？"

"记得。"

"你快写出方子来。"

刘克庄说着已起身为宋慈备笔墨，但宋慈拦道："不必处方。"

"为什么？"

"大多是要出城上山去砍、去挖的。如桑枝叶、柳枝叶、枫枝叶、杨枝叶、槐枝叶、樟枝叶、海枫陈、过山龙、鸡血藤。要到药铺去买的，只有硫黄。你可多吩咐些人，分头去弄。"

"不不，"刘克庄说，"我叫他们都来，你吩咐他们。"

刘克庄真奔出厅去，把立于厅外的衙役都叫到近前来。

"你们听着，宋慈大人将吩咐你们去做一桩要紧的事，你们立刻分头去做，不得有误！"

众衙役齐声唱喏。宋慈就把他们两三个一组地分配了，让他们立刻去办。

接下来，宋慈命狱卒就在狱内空坪上锄了一个长七尺、深七寸的地坑，坑底平坦，状如卧席。

中午前后，出城去的衙役们都带着各自负责采摘的枝叶藤蔓陆续回来了。宋慈把这些枝藤亲手均匀地铺入坑内，随后喷上白酒，撒上硫黄，点火燃之。

顷刻间，枝叶吱吱燃烧起来，直烧到枝藤燃尽为灰。宋慈吩咐立即去灰，然后喷上黄酒，但见黄酒落处，坑底冒起白气，吱吱有声。隔了些时，宋慈蹲下身去以手摸了摸坑底，随即站起来，吩咐道："把朱百佑衣裤都脱了，抬入坑中，以软被熰之。"

几位狱卒一齐动手，把朱百佑直挺挺地弄下了坑。那朱百佑正疼痛发作呻吟不绝，一入地坑，叫声停了，合嘴闭眼，不叫不滚。

"医案中写道，患者一入地坑，可顿觉通身发麻而疼痛渐止。想必他是不痛了。"宋慈说。

"但愿如此。"刘克庄道。

就这样一直候到坑冷地凉，宋慈才又吩咐把朱百佑抬出来。当天下午，朱百佑穿上棉衣棉裤被安置在一间板房里，着专人看护。宋慈又以猪、牛骨髓烤干研粉，和海听先生留下的方散让朱百佑调酒代水慢饮。这夜，朱百佑不再呻吟，也不打滚，饱饱地睡了一夜，直到第二天日透窗棂，醒来竟咂着嘴儿，东张西望。

"他想吃了。"来到窗外的宋慈见了，这样说。

于是送进好酒好菜。朱百佑睁大了惊骇的双眼，看看酒菜，只道是送来那最后一餐了。"死了也得做个饱鬼。"他准是这样想的，就挣扎着要起来吃，可是还爬不起来。

"你喂他。"刘克庄对狱卒道。

狱卒遵命喂朱百佑，朱百佑犹豫一下，张开嘴吃了，直把送来的好酒好菜都吃光。

正午，朱百佑又如昨天那般入了一次地坑。出来时，晓得扭动脖子，挪动身子，手肘也能弯一弯了。他又被抬回那间板房。

宋慈对真德秀和刘克庄说："可以去问讯了。"

三人于是同往朱百佑睡的板房去。经过这番努力，刘克庄没再花什么力气，就从朱百佑的口里掏出了真情，果然与宋慈的推断几乎不差毫厘。

从老人口里获得证词后，刘克庄决定立刻升堂提审朱明湖。不料，就在老人开口这天，又发生了一件意外的事，前去提人的衙役匆匆回报道："启禀大人，朱明湖死了！"

6.　风雪落梅诗

转眼已是宝庆二年（1226 年）初春。建阳下了一夜南方罕见的大雪。清晨起来，窗外一片耀眼白光，远远近近的屋瓦都覆上了茸茸的雪花，有如白毯，梨树枝儿变得肥厚了，宛若眩目的银条。地面上的积雪，一脚踏下去竟没了鞋子。

已长到十二岁的宋芪，还未见过这样的大雪，格外兴奋，早饭后便同侍女奔到庭院中去堆雪人，滚呀，爬呀，直玩到午后，毫不知倦。

这是一个难忘的日子，这日午时有人踏雪来到宋家门前，叩响了他家的大门，送来了一个非同小可的消息。

侍女前去开门，只见叩门的是本县衙役。

“知县大人有请宋慈大人。”衙役说。

“何事？”正在庭院石阶上看女儿堆雪人的宋慈问道。

“宋慈大人。”衙役拱手一揖，“刘大人说，朝廷要你去做官了。”

“你说什么？”

“刘大人说，朝廷要你去做官了。”

这个消息的确非同一般，自嘉定十年宋慈高中进士后回乡至今，已是第十个年头了，宋慈终于盼来了这一天。

不用说，这是真德秀先生努力的结果。

宋慈立刻记起，去冬真德秀先生临回浦城时与他的那次促膝长谈，先生对他说本欲邀他同往浦城执教，如今不了。因为人的才能各有不同，应当人尽其才，物尽其用。

“我一定要设法让你出去奉职！”先生说。

因为去冬那个案子，真德秀先生确实对宋慈非常器重。“可是，”宋慈想，“那个案子，自己也有疏忽，以致未能避免那本不该发生的事儿。”

朱明湖死在监房里，是被人毒死的。当然下毒者不会有别人，一定是那个不知名的小吏。挖出这个小吏也不困难，不出一日就查出来了。招供的结果是：那家伙与朱明湖原本毫无关系，朱明湖也没有事先贿赂他，是他在听到宋慈与刘克庄的谈话后，自己星夜去找朱明湖，敲诈他，于是引出了这一段曲折。这“敲诈”一节，是宋慈没有想到的。

对于朱明湖之死，宋慈总感到这毕竟是个不该有的疏忽，既然已想到了要保护朱百佑，想到了衙中尚有一个与朱明湖有瓜葛的险恶之徒，如何就没想到该对要犯朱明湖也加以特别监护呢？这事，宋慈至今想来，心里还觉得不是滋味。

“你回告刘大人，我立刻就到。”

宋慈对衙役吩咐一声，立刻进去告诉了母亲和夫人，又匆匆吃了午饭，套上靴子，这就准备出门。

“父亲，我也要去。”芪儿忽然从橱间里奔出来，挽住了他，嘴里还嚼着饭。

“芪儿，别去。雪这么大！”宋母追了出来。

“不，奶奶，我要去！”芪儿噘着嘴。

宋夫人玉兰也出到院中，双手自握着无话。自听到宋慈出山的消息，宋夫人一下子就不知该做什么好了。

"好吧，我带你去！"宋慈想到自己出去奉职，也不知几时才回来，他牵起了芘儿的手。

大雪黎明时已停，天空一片白茫茫的，没有太阳，空气寒冷而清新。大道上的积雪不似庭院中的厚。芘儿边走边将那积雪踢得四下里纷飞。

宋慈带着芘儿进到县衙，刘克庄正在庭院观赏他的梅花，见宋慈到，就告说："是刚从京都送来的消息。遗憾的是，给你派的官职太微小了。"

"什么职？"

"江西信丰主簿。"

"不错了。"宋慈说，"当年也只封个浙江鄞州的尉官。"

"芘儿也来了，来来，先观赏一下雪中之梅吧，这可是建阳难逢的佳景。"

刘克庄酷爱种花。梅标清骨，兰挺幽芳，茶呈雅韵，菊傲严霜……在千姿百态的花中，刘克庄犹喜梅花。他的爱梅，当初或许多少有点受陆游的影响。他是在陆放翁谢世的前一年得识放翁的，曾读过放翁一生中写过的一百多首咏梅诗，十分赞许放翁推梅花为"花中气节最高坚"。眼下，在他的花园里，单是梅花的品种就有玉蝶梅、馨口梅、红点梅、绿萼梅、送春梅、黛梅、墨梅、骨里红。盆栽梅花更有游龙梅、飞凤梅、屏风梅、疙瘩梅等。这些梅花都是他亲手培植，从不用仆人帮忙，总是自己精心设计，亲自动手，引为一桩赏心悦目的快事。

像刘克庄这样，早年就不肯把时间花在经籍训诂上，甚至连赋诗填词都不肯在音韵格律的推敲上多磨时间的人，却又如此潜心于种花，在一般人简直难以理解。但宋慈晓得，他的热衷于不断培植出新盆景，与他的不肯墨守旧章是相通的。每当培植新盆景时，他那专注之情，用功之度，绝不亚于作一首诗一阕词。他愿将自己的晨夕时光花在这些小小盆景上，并不是为了消愁解闷；他愿将自己的思索与灵智一而再、再而三，不知疲倦，不厌其烦地奉献给这些小小盆景。在这上面可以品尝到构思的苦恼和创新的甘甜，在这些小小盆景上精心励志。他的词也因此有冲破音韵格律之束缚，盘旋胸臆的雄直之气，以倾倒赣江供砚滴之势，唱出惊倒邻墙的狂言大语，被认为与陆放翁、辛稼轩犹鼎三足。

不过今日，刘克庄不说别的，只叫观赏梅花，宋慈心里推想，好友准是醉翁之意不在酒，还有什么别的话儿要说。

"惠父兄，"果然刘克庄接着说道，"你可认得，那天井里，花架左边的那株梅叫什么名来？"

"那是湘梅。"

"有何特点？"

"记得你说过，此梅多花，一朵可达二十余瓣，也叫千叶黄香梅。"

"多花？那不是最没花吗？"宋芪叫了起来，她看到父亲与刘叔正说着的这盆只有光秃枝丫披着冰雪的梅花，兀自挺向空中，一朵花也没有。

"芪儿，"刘克庄笑道，"它昨夜尚开着许多花儿，只是遭一夜风雪的袭击，花瓣都被掳尽了。不信，你去那积雪中找找看。"

"当真？"宋芪睁大了眼睛。

"当真！"

宋芪果真到那枝下的积雪中去掏，掏出好多鲜艳的花瓣。

"你再看看右边那株梅。"刘克庄又说。

"那是古梅。"

"你看它老干皴曲，遍体被薜苔封护，只在苔隙之间才能发花，所以花少。"

"虽然花少，但遭一夜风雪，依然举着花儿，漫不经心地傲雪挺立。你是想说这些吧？"宋慈道。

"正是。"

同刘克庄在一起，常常总是这样，即使你的性格与他不同，也得暂时变一变你的性格，把你急于想说的正事先搁下，与他扯点别的什么。不过今日，宋慈料定刘克庄不会扯太远，要讲的准是与自己出山奉职有关的事儿。他觉得，刘克庄马上就要把想说的讲出来了，他干脆问道："你还想对我说什么？"

"我想说，人有才华，固然是好。可在当今仕途，往往是才华多，苦恼也多。你看，就是傲霜寒梅也会多花早落呢！"

刘克庄说罢一手悬向虚空，似乎就要向高天诵出一首诗来，但他的手在空中停了一下，又放下了，转而对宋慈说："今晨，我推窗见这雪景，见这落梅，又接到你的消息，偶成一首《落梅》诗，去看看吗？"

"去！"宋慈早想到他书房去坐下好好叙谈一番。

芪儿手里捧着从雪地里捡出的花瓣，也随后跟进。

书房布置得淡泊，书橱上一盆台阁梅，东窗的紫檀架上一盆罗汉梅，西壁随便压着主人平日随手写下的一些辞章诗句，地上有一个白铜火盆，新添了炭，燃得正旺。刘克庄说的那首诗已经书写成一幅条屏，横在桌案，上压一块不曾琢过的璞。

那字刚写不久，墨迹莹亮润湿。一手狂草，有如骤雨旋风，逸势连绵，直欲跃出纸面。刘克庄拿起那璞，将字屏挂上西壁。宋慈读那诗，写道是：

> 一片能教一断肠
> 可堪平砌更堆墙
> 飘如迁客来过岭
> 坠似骚人去赴湘
> 乱点莓苔多莫数
> 偶粘衣袖久犹香
> 东风谬掌花权柄
> 却忌孤高不主张

读这诗，宋慈知道刘克庄是借梅花的飘零，隐喻屈原等志士怀才不遇，英雄失路，报国无门的凄况，以表自己对那些妒贤忌才排斥异己者的愤慨，其中自然也包含了为真德秀先生受贬逐而愤慨的心情。

"惠父兄，"刘克庄说，"要分手了，我本想写首诗送给你。但这首《落梅》诗不吉利，我不能送你。"

宋慈直觉得心中有一种东西在滚动、在沸腾。这些年来，他的思维已锻炼得越来越冷静，不容易激动，但今日不同。不过也不知要说些什么，倒是宋芪忽然说出一句话来，打破寂静，而且引起了刘克庄很大的兴趣。

"刘叔，你这狂草挺有张伯高的笔意。"

"张伯高，"刘克庄望向宋芪，"你怎么晓得张伯高？"

"当然晓得。"宋芪说，"唐代草书家，姓张名旭字伯高，颜真卿还向他请教过笔法哩！"

"你还晓得什么？"刘克庄越发来了精神。

"张伯高以狂草最为出名。"宋芪看看父亲，又说，"世人都说他是'挥毫掣电，随手万变'。他的狂草与李白的诗歌、裴旻的剑舞，时称三绝。"

"那，怎见得刘叔的字有张伯高笔意呢？"刘克庄又问。

"张伯高的字不蹈前人轨辙，还往往在醉后呼喊狂走，然后落笔，所以他的字如醉如癫，世人还称他为张癫。我看刘叔这字……"

"怎么？"

"也有点'癫'意。"

"好啊！"刘克庄开怀畅笑，"莫非你也爱好书法？"

宋慈看看女儿，说道："诗书未通，酷好翰墨。我从前收藏的那些古字，早被她取出来临摹尽了。"

"好，好！你父亲走后，你可以常到刘叔这儿来，刘叔教你学书。"

"我才不学你那'癫'书哩！"

"啊！痛快！"刘克庄爽朗地笑道。他知道宋慈平日收藏的多为字幅，少有法帖，于是取出一卷淳熙年间翻刻的泉州本《淳化阁帖》，举了起来："如何，这里有羲献父子、唐太宗、唐玄宗、欧阳询、颜真卿、柳公权等许多人的书帖。"

"快给我！快给我！"宋芪欣喜地立刻取过，自己翻看去了。

接下来，刘克庄告诉宋慈，今信丰知县姓单双名梓林。单梓林是江苏常州人氏，与刘克庄共过事，也有交情。他打算写封信让宋慈带去，一来算是还记得朋友，二来对宋慈也有好处。

白铜火盆中，炭火渐渐燃尽了，只剩下白白的灰卧在盆底。读倦了阁帖的芪儿此时已合上帖，双手衬着腮儿，静静地听父亲与刘叔谈话。天色悄悄暗下来，这个下午不知不觉地过去了。

7. 天高路远

宋夫人玉兰觉得白昼和黑夜都变得短了。

这天晚上，她默默地为宋慈整理着行装。整理来，整理去，一向做事麻利的夫人也变得手脚迟钝，心中直觉得总是有些什么还没有给丈夫准备好。

从前，当看到丈夫在家因无所作为而苦恼，她也曾盼望丈夫能出山奉职；当听说有人弹劾了她丈夫，以致遭除名之祸，她也曾愤愤不平。可是现在，临到丈夫将去奉职，她的心里又乱得仿佛没处搁似的。仕途的艰难，玉兰虽未亲身经历，却也屡闻不鲜，这其中不仅有官场倾轧，也有许多意想不到的事。她记得公公就曾说过，有好几回，为着追捕案犯，还险遭案犯所算，要不是宋巩，公公早就客死他乡了。于是玉兰想到了童宫。

"你，带上童宫吧！这些年他已学得一身武艺。"

"不行。哪有主簿出任带随从的呢？"

夫人一阵心酸，眼圈儿就红了。

"等到将来吧，将来要是当了知县，就把你与母亲、芘儿都接去。就叫童宫送你们去。"

临行的这一日终于到了。宋母、宋夫人置酒为儿子为丈夫饯行。一家人，连同侍女和男仆都坐上了酒桌。

宋母已经老了。这十年，宋母老得格外快。虽然她也不过六十余岁，满头银灰色的柔发松松地覆着，已显得稀疏，老人斑星星点点地压在额前细密的皱纹上，牙齿也落得所剩无几了，在她身上再也找不见年轻时候的丰韵。

也许由于宋巩故去的原因，老人还常常有一种孤独感，这种孤独感又使她的脾气变得有些乖戾。尤其是对于儿媳妇还没有生下一个男儿来，常常莫名其妙地发脾气。宋慈现在要离开年迈的母亲去远方了，他的心里怎不牵肠挂肚，道不出是何滋味。

宋慈童年与少年的时光都是在家乡同母亲一道度过的。那时，父亲在遥远的地方做官，是母亲一人将他慢慢养大。童年时经历的许多事大都忘了，有一事他将一辈子也不会忘记，那便是儿时同母亲一起对远在他乡做官的父亲的深深思念。那真是一种难以表述的深远情思，一种好似平凡却又神圣的期待。

不知道父亲在天下的什么地方，只知道父亲在很远的地方随军奉职。庭院中的梨树开花了，结果了，母亲和他留了好多好多的香梨，等待着父亲回来；池塘里的青莲开花了，又结蓬了，母亲和他留下好多好多的莲子，等待着父亲归来。无数个寂静的夜晚，他靠在母亲膝前，入神地听母亲重复着已经讲过了无数遍的关于父亲的故事，而后略略满足地睡去。无数个天空绚烂的晨夕，母亲和他常常要到门前的小石桥上去走一走，站一站，怅怅眺望着远天中的飞雁和归鸟，幻想着父亲就要出现在那遥远的天边。可是，父亲总是没有出现。

四岁那年，有一回，母亲教他吟诵杜甫的《春望》，当诵到"家书抵万金"时，他忽然问："父亲有家书来吗？"

母亲说："有的，只可惜你现在单知吟诗，却不识字。"

从那时起，他就开始跟母亲识字。如今四十岁了，回想自己这数十年来，他都是只知读书，几乎没有躬亲家事，即使在家境衰落而日见拮据时，也说不上对家中的生活有些什么实在的补助。这四十年来，母亲可谓全身心扑在他的身上，默默地奉献出了她的全部心血。可是自己，何曾像母亲爱护体贴自己那样去体贴母亲的艰辛和苦衷，去慰藉母亲那深深的孤独感。现在，自己又要走了，到云山远隔的地方去，就像父亲从前离家出去奉职一样，母亲又将怎样地盼想思念她唯一的儿子呢？

多年来，宋慈虽盼着早日出山奉职，可也一直害怕分手的这一日，他真不知该对母亲说些什么，该怎样安慰年迈的母亲……然而这时，宋母已微笑着站了起来，举起了媳妇斟满的酒盏，手儿微颤着送到了儿子的面前。

"慈儿，男儿有志，母之福也。你当慷慨赴志！你父亲九泉之下有知，也将无比快慰！来，慈儿，喝了母亲这杯酒，你放心去吧，不必挂牵！"

宋慈接过酒盏送到唇边，泪水落进殷红的酒里，一饮而尽。

从不饮酒的宋夫人连玉兰亲自把着壶，又为丈夫斟了满满一盏。现在，是她将这盏酒送到丈夫的面前，晶亮的眸子直视着丈夫，她要对即将远行的丈夫说什么呢？

她也有万句言辞，满心要说，却只管怔怔地瞅着丈夫，不知从哪句说起。也许什么也不必说了，她怔了半晌，只对丈夫轻轻地说了声："喝了吧！"

宋慈接过酒盏，也一饮而尽。用那酒盏，夫人又自斟了一盏，仍一言不发地举到自己的唇边，而后望着丈夫满盏饮尽。

刘克庄也置酒为宋慈饯行，并亲自把他送出西门城外十里的接官亭。这次，宋慈走的是经邵武入江西的驿道。正当两个好友依依话别之时，忽闻一阵蹄声由远而近，一匹快骑沿着来路飞奔而来，骑在马上的正是童宫。

童宫滚鞍下马，对宋慈单膝跪道："大人，带上我吧！"

"你怎么来了？"宋慈问。

"师父让我来的。"

"师父如何知道？"

童宫踌躇未语。

"这……就是童宫吧？"刘克庄问。

"是的。"宋慈说。

"取酒！"刘克庄对仆役高声叫道。

刘克庄亲自斟满三盏，把酒送到二人面前，自持一盏："来来来，如此忠勇之人，招之犹恐不及，岂有拒之之理！"

宋慈拿过一盏酒送到童宫面前："好吧，你起来！"

三只盛满酒的银盏碰在一起，发出一声脆响。

其实，童宫的到来是宋慈预料中的。他深知夫人一定会托人把消息送到莲源山去，而宋巩必定会打发童宫前来。既然如此，宋慈自己就不说什么了，只待童宫前来！就这样，宋慈带上童宫出山奉职。这是宋理宗宝庆二年，岁在丙戌。四十岁的宋慈从此才真正开始了他的仕官生涯。

在宋慈离家半个月后，一件谁也没想到的事突然出现：秋娟回来了。七年前那个深夜，秋娟姑娘一身血迹回到宋家，说柴万隆是她杀的，火也是她放的。宋慈夫妇非常惊讶，把她藏在家中。可是秋娟怕连累宋慈一家，几天后不辞而别，从此失踪。七年后再次出现，宋母与宋夫人惊喜交加。这个女子忍辱负重的生命力显然很不寻常。她是在得知宋慈大人出去做官了，想到宋家也需要有人照护，就来了……

第六章

躬亲检验

（1226 年）

中国法医检验学萌芽于春秋时期，为世界最早。经汉唐到宋代，检验制度进一步发展，具体规定了检验官的职责以及初检、复检之程序以及免检的条件，形成了验尸格目、验状与检验正背人形图等完整的验尸文件。但如果在验尸这一关就被案犯贿赂，则冤案必出。1226 年，宋慈出任江西信丰县主簿，虽有满腹断案学识，仍要遭遇学问之外诸方面的严峻挑战……

1. 熏香炉前

信丰坐落在赣南，桃水江畔。气候比建阳略暖些，但一样多雨，宋慈与童宫一路上没遇几个晴天。到信丰时天放晴了，满山杜鹃花殷红。

知县单梓林读了刘克庄的信，很高兴。当即命府内一干人员都来与宋慈见面。单知县四十余岁，方形的脸上精神饱满，容光焕发，两撇浓眉粗粗短短的，略呈八字排开，这使他的脸显得很生动。宋慈不禁想起好友刘克庄曾说，单梓林也是以荫补官的，"为官未必很精明，为人却很厚道"。

不多时府内一干人已到齐，单知县先把宋慈介绍给大家，随后把本县的县丞周安平、押司黄进泰、孔目吕贵尔、都头曹汝腾等都逐一向宋慈做了介绍。末了，甚至不忘把站在厅门口的一个差役叫进门来，介绍道："这是本县仵作，姓袁名恭，临场验尸向来不避秽臭，替本县解过不少疑难。"

袁恭三十五六岁，长得精壮、黝黑。仵作专事搬动尸首，比量创痕的事，在衙中是个下等差事，单知县却对他颇欣赏。这也使宋慈想起刘克庄说单梓林"为官虽不善谋，却很能采纳下人意见"。

当晚，单梓林设宴为宋慈接风。酒过三巡，单知县颜面生春，话也多了。也许是想到刘克庄信中对宋慈的赞誉未免过了，他说："潜夫兄说你才志奇伟，可见……"

"惭愧！"宋慈说，"学生虚度多年一无所为，今初来，早晚还望大人多多指教！"

"不敢,不敢。"单知县指着在座的县丞、押司、孔目等,"不过,衙里几位兄弟倒是都还精干,地方上倒也还算安宁。"

县丞周安平接过话去:"信丰地方,这些年来府库殷实,不虚粮饷,这都是单大人勤政有方!"

"哪里哪里,"单知县脸上漾着红光,"信丰地方,民风朴实,崇尚勤俭,这是百姓自足之本。"

押司黄进泰也说:"单大人初来时,信丰地方也颇有刁民犯案,但大人及时勘断,严刑重罚,法不徇私,近年来兴讼生事的就极少了。"

席间,宋慈注意到只有孔目吕贵尔除了笑笑,极少出言。

晚宴便在这样的气氛中漫饮了约一个时辰。宋慈大致了解了信丰与县衙的一些情况,晓得单知县对手下一班人都还挺看重,刘克庄对单梓林为人厚道的评价看来也是中肯的。

清明之后,赣南的天气便日比一日地燥热起来。天上只有缓缓移动的白云,池塘边柔嫩的柳丝无声地低垂着,催得人直欲要睡。一切都是静静的,静静的。宋慈到信丰不觉间已一月有余,衙中除却一些几乎不需费动脑筋的日常事务之外,的确没有什么疑难讼事,宋慈几乎感到奉职的无聊了。

忽一日,有人擂动了堂鼓。报案人是个老汉,被带到单知县面前,跪下便气喘吁吁地告道:"小人在城外南山苦竹坪,发现两具尸首。"

"你可认得是谁?"单知县问。

"认得,认得的。是同村人,昨天上山开荒种粟,就死在山上了。"

"是昨天发现的?"

"不,是今晨发现的。"

"昨晚没有人找他们?"

"不必找的。"

"为什么?"

"离村远,上山时就准备在山上住上几天。"

"你是如何发现的?"

"小人在那片山上也有地,今天上山,不料撞见了尸体。"

"你来报案,与死者有何关系?"

"没有特别关系,他二人都是小人乡邻。"

"死者可有亲属？"

"有的。"

"为何不来报案？"

"他二人，一个家中唯有一个新婚不久的女人；另一个家中唯有一个生病在家的老父。因而托小人前来告官。"

此时正是半晌午，单知县问明了一应基本情况，当即点衙内一干人出城勘检。宋慈向那老汉补问一句："死者亲属现在何处？"

"都往山上去了。"老汉说。

宋慈一听，转而对单知县道："如此，先派快骑去山上保护现场。"

"好的。"单知县当即允了。

死者死在城外南路约二十里的荒山上。当日头斜过中天之时，单知县一行也到达山上。只见现场是一片新垦出的荒地，荒地上一东一西搁着两把锄头，一东一西还各有一个茶罐，茶罐上都盖着一只茶碗，不远处有一个放置草木灰兼歇夜的小茅屋。两个死者一个死在小茅屋前，尸旁落着一把柴刀；另一个死在小茅屋内。

单知县抵达现场后，被拦着不许近前的两家亲属都止住了哭泣。单知县当即吩咐一边验尸，一边勘查现场。

袁恭取出一个小小的熏香炉，放在距尸有丈余的地方摆好了，接着便在炉上烧了檀香木。

"祛除尸臭当烧苍术、皂角，为什么用檀香木？"宋慈问。

"古书上虽这么写，可檀香木香啊！"单知县答道。

衙役端来两把木凳，放在离熏香炉有丈余的地方，单知县自己先坐下去，随后对捧着《正背人形检验格目》的宋慈说："来，不必靠得太近，就坐这儿记吧！"

宋慈明白这是单知县对自己的关心，也就坐下了。

此时熏香已经燃起，一股浓郁的檀香木香味随风弥送过来。袁恭在炉前站起，取出一小块生姜，在嘴边吹了一下含进嘴里，又掏出一个小小的细颈胆瓶，去了塞，倾出少许香油，抹了抹鼻端，然后将香油交给另两个协同验尸的衙役，便向尸体走去。

两个衙役接了香油，用一张草纸搓成纸芯，蘸上香油，截两段塞入鼻孔，也向尸体走去。二人刚走到小茅屋前，手脚麻利的袁恭已把屋内那具尸首抱出来，置于阳光下，三人于是开始验尸。

死在茅屋外者，身材略矮小些，首先受验。

"发髻宽松……顶心无损……左额一刀，长四寸，皮肉开阔……"袁恭大声地唱报出来。宋慈认真记下。

尸体验完后，现场四周也都搜索遍了，没有发现任何他人遗下之物。接下来便是根据尸检结果判断死因。单知县详细看了《正背人形检验格目》，沉思良久问左右道：

"依各位看，死者是怎么死的？"

一阵沉默后，县丞周安平先答："死者身上有多处刀砍之痕，恐怕是被他人砍杀。"

"我想也是。"押司黄进泰说。

单知县又问宋慈："你以为如何？"

宋慈第一次出来佐理案子，心想还是不忙就说，想到单知县说过袁恭常能协助释析疑难，便转问站在圈外的袁恭："你以为呢？"

袁恭用胳膊肘擦擦鼻子，思索有顷，似乎想说，但看看刚才谈过见解的县丞、孔目、押司等人，又不开腔了。

"你说罢。"单知县直言道。

袁恭迟疑了一下，小心地说道："小人以为，这二人是互相斗杀而死。"

宋慈不由得对袁恭格外认真地看了一眼。与此同时，县丞、押司同声问出："何以见得？"

袁恭说："原因有三。其一，二人身上虽然都带有多处刀痕，但死在茅屋内那个身材略高者，左颈下有一处三寸长的刀刃之痕，此痕起手重，收手轻，这是自刎之痕。而且这人持刀的右手，手肘内侧有一路血痕从'合谷'向'曲池'方向溅流，足见是自刎时鲜血喷溅而出留下的痕迹。

"其二，死者身上的创痕，都是柴刀所刃，身旁各有一把带血的柴刀，刃口都带有缺痕，这是刀刃相击所致。

"其三，死者是上山开荒种粟的，身上没带银钱，不至于有人谋财害命。就是那带上山来的几斤米，也还在小茅屋内。

"所以不妨设想，这二人或许是因事发生争执，引起斗殴，一方失手，误杀另一方后，因惧怕而自刎死了。"

句句在行，丝丝入理。宋慈对袁恭不由得刮目相看了。

"两条人命，非同小可，如果不是互相斗杀而死，走了凶手，就不妙了。"押司黄进泰说。

"我想，也还得谨重考虑。"孔目吕贵尔也开了口。

单知县想了想又征求宋慈意见："你以为如何？"

宋慈想，现在如果再不出言便不妥了。不过，说什么呢？袁恭的判断是有道理的。他并非听了袁恭一席话后才这样想，他在填写着《正背人形检验格目》时就这样想了。此外，他觉得尚需斟酌的是：这二人纵使发生争执，可能导致这么凶的斗殴吗？假如可能，是因了何事？但这一切，还需要对二人的日常生活从细调查，非一时所能推知。想到这里，他便说道：

"检验如此，也只好先做此种推想。"

单知县不禁皱了皱眉，对宋慈只简单地说出这么一句别人已经说过的话，似乎有些失望，不过转念一想，也许案情就是如此，还苛求什么呢？当下，单知县又问县丞、押司等人对袁恭的推想能否说出具体的反驳见解，各人相互望望，一时也挑剔不出什么。单知县就这样把案子决断了。

"单梓林为官不做模棱两可之言，决事果断。"宋慈不禁想起刘克庄这句话。不过像这样"决事果断"，宋慈觉得也未免太"果断"了些。有那么一瞬间，他想对单知县说，就此决断尚嫌早些，但他没有说出。

死者亲属与一群乡亲被衙役拦在远处，眼睁睁地等待着县大人的决断。当单知县把这决断告知死者亲属时，众人顿觉意外。一阵短暂的沉默后，一个年轻妇人忽然爆发出痛哭之声，挣脱了两个扶住她的村姑，冲到单知县面前双膝跪下，泣道："不！不会！青天大老爷，我丈夫与他无仇无怨，他二人断断不会相互斗杀，不会！……"

哭声凄厉。她姓邱，那个被定为自刎而死的是她的丈夫。

一个面容憔悴，头发黑白参半的老人也跌跌撞撞地跪在单知县面前，哭道："我儿……不会……不会！求大人三思再断，捉拿凶手，为我儿……为邱氏她男人……报仇！"

单知县被这一哭，很是为难。可是检验如此，有何办法？出言干脆的单知县一时间又变得仿佛短舌似的，不知要如何同这些悲伤至极的乡民说清楚。倒是原先不甚同意此种决断的县丞周安平、押司黄进泰等纷纷上前解说，又差随来的地厢、里正、邻佑一干人等，好生劝慰，这才使得单知县不必亲自为此事劳神费舌。再说童宫到信丰后也补了个衙役，此时他早已到那近处的竹林边，齐刷刷砍倒几根半大不小的青竹，用自幼做篾的本领三两下扎出两个竹架儿，乡邻们就用那竹架收了尸体，帮着抬下山去。

2. 一夜之间

赣南暮春的夜晚，既无春寒，又无燥热，沿桃水江拂送来的南风，轻轻吹得满世界都是温凉参半的清新气息。

这正是一年中最好睡觉的季节。但这个夜晚宋慈与童宫都未能入睡。二人住在一室，都在回想着日间发生的事。童宫的耳里总是鸣响着那妇人与老者叠合在一起的哭声，终于，他忍不住问宋慈道："大人，他们两个，真的是互相斗杀而死吗？"

"如果没有意外，应当是。"

"那么说，也可能有意外？"

"很难设想。检验得到的结论，不同于告状与口供，这是直接可见的证据，比有人告说'亲眼所见'都更可靠。我只是想……"

"想什么？"童宫急急地问。

"如果真是互相斗杀，那该是为一件很不一般的事，这事也可能会涉及二人之外的人，不管这人在不在场。此外，那个个头高的，是否真是误杀了对方后，因惧怕而去自刎的呢？会不会还有人胁迫他？"

"那你白天怎么不说？"童宫蓦地一下从榻上撑坐起来，凭着窗外透进的一点微弱星光直盯着宋慈。

昏暗中，宋慈感觉到了童宫那咄咄逼人的目光，理解这个心眼儿透直的血性汉子，懂得他心里想的是什么。可是勘断刑案，单凭这点透直心眼儿是不够的，想到童宫今后将长久地跟随自己，宋慈忽然感到，自己既带上了童宫，就该迪他灵智，这样想着，便对他说："我来与你说一个古案，你就清楚了。"

童宫在昏暗中等待着。

"在《新唐书·刘政会传》中载着这样一案。审案人是唐朝一位名叫刘崇龟的官员，此人任过起居舍人、兵部郎中、户部侍郎、检校户部尚书、广州刺史等职，但断这个案子却是在镇守南海时……"

"南海在哪儿？"童宫问。

"南海是郡名，为广东一带。刘崇龟在那儿任广州清海军节度使，是镇守一方的大吏。一天，他遇到一案，是个住在江岸的女子被人杀死在家中，满地是血，其家人曾顺那血迹追到江边，血迹不见了，于是来告官。

"刘崇龟便派人查问江岸居民，居民告说：'近日有一条客船泊于江边，昨夜突然开走了。'刘崇龟就差人追捕，拿到了船主，是个年轻的富商子。这富商子穿着华丽，面容白净。开堂一审，这富商子供道：那天，在他泊船的岸边，他看到一处住宅的高门中有一美姬，长得妖容艳态。他用眼睛盯着美姬，美姬全不避讳，这富商子便乘隙调戏她说：'晚间我到你房中来！'那美姬听了也面无拒色，只是微笑。

"是夜，这富商子果真去了。到那美姬家门前，门是虚掩的，一推就开了。富商子溜了进去，可是才一入门，便踏着血，滑了一跤，起初以为是水，用手一摸，闻闻有血腥味，这才发现有人倒卧在地，还听到有颈血的滴答之声。富商子连忙逃出，连夜解缆开船。

"再说，那美姬的尸旁遗有一把屠刀，这种屠刀通常是屠户宰杀牲畜的，这富商子怎会有这样的刀呢？刘崇龟决定先监下富商子，另寻凶手。

"此时，刘崇龟使了一计，从死囚牢中提出一名本该处死的囚犯，充作富商子斩了，诈称此案已经结了。于是，那已经藏匿起来的杀人真凶不再顾忌。刘崇龟经过一番努力，很快就把真凶拿住了。"

宋慈说到这儿把话打住，旁的不打算说了，奈何童宫已对这案发生兴趣，忍不住又问："那这真凶是谁？"

"凶手其实是个盗贼，"宋慈说，"那夜去到美姬家中盗窃，见房中无灯，门一推却开了。因那美姬是虚掩了门候那富商子的。此时，美姬见有人在黑暗中闪入门，只道是那富商子来了，立刻迎上去，岂知那贼却以为是来抓他，便朝来人脖颈砍了一刀，惊慌之中又把刀掉了，想找，听到门外有脚步声，怕被人逮住，就逃了。好了，这案子的细枝末节也不需说了，我说此案的用意，你明白吗？"

童宫静静地想了一阵，说："你是说，把此案定为'互相斗杀而死'，也是为着惑诱真凶？"

"不管是与不是。这般定了，也有益于进一步访察出案由。"

童宫恍然大悟，总算明白了宋慈白天为什么不把话都说出来的原因。稍顿，又问："如此，不知大人有何打算？"

"我想，明天寻个时机，与单大人详细谈谈，请他让我微服出城去探访一番，或有新的发现。"

"那，你得带我去。"童宫道。

"那是自然。不讲了，睡吧。"

二人于是不作声。不多时，宋慈听到那边榻上传来均匀的呼吸声。

这夜，宋慈仍未睡着，他又前前后后地思索了很久。遗憾的是，他压根儿就没想到，就在这个静夜中，案子又有了进展，那位日间被断作自刎而死的妻子——邱氏，也神鬼莫知地死去了。

次日早晨，都头曹汝腾领着昨天那个报案的老头儿匆匆奔入县衙后院，向单知县禀报了邱氏之死。

单知县大惊："什么，也死了！……怎么发现的？"

老头儿叩道："今天，本是她男人出殡的日子，我等邻居过去相帮，叫不开门，翻墙进去，就发现了。"

"怎么死的？"

"不晓得。有人怀疑是服了砒毒。"

"快！"单知县命曹汝腾道，"令衙内一干行人速来集合，去现场！"

死者在南门城外十里的黄泥村，这小村有二三十户人家，村前村后都是碎石荒滩，土壤是黄色的，十分贫瘠，房院的围墙也都是清一色的黄泥墙，墙头都用苇草遮护。

单知县一行赶到黄泥村，只见死者家门前早围了许多乡亲，门是被打开后，又虚掩着的。乡民们见知县大人来了，纷纷让开一条道。袁恭走在最前，推开院门，众人就跟了进去。院内空无一人，鸡还关在圈中，咯咯叫着，啄栅欲出。进到房内，厅中摆着一副正待出葬的棺木。

东面一间是住屋，袁恭撩开一块遮在门前的青花门帘，就看到邱氏仰卧榻上的尸身了。因死者是个妇人，这次验尸还带来了一个坐婆。单知县命袁恭与坐婆一同进去翻验尸首。

邱氏云鬓散乱，衣着不整，一身穿束甚是奇怪。上身是红色春衫、红绫抹胸；下身着绿裙、红内裤和花膝裤；脚上是红色绣花鞋，鲜艳夺目，俨如新婚装扮，只少了脸上涂抹胭脂和香粉。坐婆将邱氏衣裤一件件剥了，先看了她的两乳、阴门、肛门各要害部位，未见异常，而后遮严了，与袁恭一道看验头顶、颜面、躯干、四肢各部，由袁恭一一唱报出来，宋慈也一一记了。

这少妇的死，宋慈也很吃惊。这一点，连平日粗心的童宫也感觉到了。因而现在，童宫尤为注意的倒是宋慈，他不时地注意着他所信赖的大人，希望他今日能拿出些有用的主意。这种观察也使童宫注意到，大人今日记这正背人形图谱与验状之时，有一瞬间微皱起眉头，这是什么意思？

袁恭和坐婆很快把尸身看验完了。袁恭又取一枚银钗放进邱氏口中，随后就用榻上的棉被盖住尸身，从地上拾起破碗走了出来，那碗内尚存少许酒液。

"单大人，这妇人恐怕正是服了砒毒。这碗，恐怕就是调砒霜的碗。我再试试。"袁恭说罢向灶间走去。

此时，童宫注意到宋慈忽然举头看了袁恭一眼，那目光很不一般。转眼间，手脚麻利的袁恭已从灶间出来，一手执碗，一手在碗中拌着一小把米粒，边拌边向院中走去，单知县与县丞等人也都跟了出去。

宋慈没有跟出，却是立即进了邱氏房中。在榻前，他掀开盖住邱氏尸身的软被看了一眼，眉头立刻皱得更紧。略一思忖，他取邱氏项下之枕，翻转了也看了一下，旋即放回原处，这才出房向院中走去。

经过厅中之时，宋慈看到那副棺木，停了下来，一直注意着宋慈的童宫，仿佛晓得宋慈心思也走到棺木前。宋慈看那棺木，已经上了棺钉，便对童宫轻声说道："启开它！"

童宫拿指在那落有棺钉的四围猛一发力，只见棺板塌下几个窟窿。童宫随即以指捏紧了那钉，只听得"叭叭叭"一连声轻响，棺钉已被拽了出来。如此一连拽下几个大钉，棺木的盖儿就打开了。宋慈伸过头去，朝棺内之尸略略一看，随即一摆手，童宫就放下棺盖，把那几枚钉儿也插进去，随宋慈一同出到院中。

"倒也！倒也！"

只听袁恭在院中这样叫道。原来，他早已把那关在栅中的雏鸡放出两只，那雄鸡饿了一宿，一经放出便去啄食碗中的米。眼下，这两只雄鸡已立脚不住，在地上扑翅打旋儿……

"再看看那银钗吧！"袁恭说。

"去取！"单知县一挥袖。

众人重新跟入房时，袁恭已取出了少妇口中的银钗，又泡一盆皂角水，把那银钗放入皂角水中反复搓洗，洗了一阵，取出来，擦干了，递给单知县道："单大人，你看！"

只见银钗一端洁白光亮，一端已呈青黑之色。单知县长长呼出一口气，似乎就要说出："果真是服毒而死！"但他还是抿住了嘴，又把周安平、宋慈等叫到一处，问道："各位都有什么看法？"

县丞、押司没说什么，倒是平日里极少开言的孔目吕贵尔忽然说道："我总觉得死得蹊跷。"

"怎么个蹊跷，你说。"单知县望着他。

"这妇人，"吕贵尔说，"昨天死了丈夫，不着素服，怎么这种嫁人般打扮，只恐与人有奸情。"

单知县又问："有奸情又怎样，接着说。"

"如果有奸情，昨天那男子……"

单知县眉心蹙得更紧，他似乎明白吕贵尔那没有说出的下半句话是什么。

"大人，小的有一句话。"袁恭在旁插来一句话。

"讲来。"单知县说。

"这妇人要是死了，家中再无别人。即便有人给她收尸，可是会替她换上什么衣裳，却很难说，也不好事先吩咐。因而这妇人就挑了结婚时的最好衣裳，先自穿了，好与丈夫同去。小的以为，事情恐怕是这样。"

"如此说……她还是服毒而死？"单知县盯着袁恭，又看看左右。就在这时，单知县的目光同宋慈的目光相遇了，他看到一种灿亮如炬的目光，接着就听到一种完全不同的话音。

"这妇人并非服毒而死！"

袁恭似乎一震，蓦然转头，怔怔地望着宋慈。

"你有何高见？"单知县问。

宋慈道："这妇人云鬓散乱，衣裳丽而不整，虽然很像服毒后临死前挣扎所致，但既然是服砒毒而死。毒性发作必然导致翻肠倒胃，吐出污物。可是这妇人榻前并无呕吐之物，这是首疑之处。

"其次，在你们刚才出到院子去时，我已看了这妇人尸首。妇人面部暗紫，口鼻内有血荫之痕，脖颈与前胸呈青黑色，这也是服砒毒而死的征象。可是，这妇人腰身以下肌肤雪白、无半点小疱，指甲也不青黑，这就绝不是服砒毒而死！"

"那上半身的征象，做何解释？"单知县又问。

"大人可来亲眼看看。"

宋慈说着与单知县一同进房，揭去榻上的软被，又去了遮住邱氏两乳的红绫抹胸。这时单知县看到，少妇脖颈与前胸的青黑色呈条状朝两乳的正中向下延伸，向外弥散，两乳房内侧见微青，两乳房外侧仍是雪白的。

宋慈说："人刚死时，血液尚未完全凝结，这时投入砒霜，毒气仍可从咽喉攻入气管，透发前胸。"

"你是说……这是死后投砒霜入口，假作服毒。"

"是的。"宋慈肯定地说。

"依你之见，这妇人……是怎样死的？"

"这妇人不单面部暗紫，口鼻内有血荫，门牙也断裂，这是被人以他物压塞口鼻，出气不得而命绝身死。"宋慈说罢托起妇人头项，取出枕头递给单知县，"这便是凶犯用以杀人之枕。"

单知县取过细看，就见枕上果然有一处被牙齿咬破之痕，且有血迹，不禁脱口道："如此，真是被杀了！"

"不单这妇人是被杀，山上那两个男人，也是被杀！"宋慈说。

单知县吃惊不浅，现在他算是开始掂量到刘克庄信中那些话的分量了，稍顿，他望着宋慈："你慢慢说来，如何见得？"

"大人，你再来看！"

宋慈又领单知县到棺木前，童宫不待吩咐，如刚才那般三两下取出本已松动的棺钉，揭起棺盖。此时单知县也不避尸秽了，顺着宋慈手指的地方，认真看去。

"这尸身刚才我也看过了。大人你看，生前被砍之痕，当是皮卷肉凸，花纹交错，血荫四畔，这些都是生前被砍之痕。可左侧项下这处刀痕，大人看看有何不同？"

单知县凝眸看着，似乎区别不出来，嘴里说："我看着，你说吧！"

"这处刀痕，割处齐截，皮肉不缩，血不灌荫，刃尽处无血流痕迹。这是死后用刀切割的假造之痕。"

"哦。"经宋慈这么一点拨，单知县看出分寸来了。

"既然有人在尸体上造假痕，不是他杀，却是什么？"

单知县吃惊得不知说什么好。

"你再看头上，毛发遮盖住的这记刀痕，深已透颅。这是致命的一刀，是凶手乘其不备时从后面砍下的第一刀。死者正是死于这一刀。"

"那，凶手……"单知县好似如梦方醒，又好似仍堕五里云雾。

宋慈回身一指袁恭："可以问他！"

"我？……"袁恭大惊。

"对！你翻验尸身，本应如实唱报。可你为什么匿真报假？"

"匿真报假？"袁恭摇摇头，"小人……不知……"

"这是常识。以你这两天来条理清晰的解释，你焉能不知？"宋慈的目光逼视着袁恭，又断然说，"你岂止是知，那一记死后切割之痕，也是你做的。"

袁恭方寸大乱，言语也颤抖了："主簿大人，何出此言，小……小人，如何担当得起？"

宋慈沉静地说："如果凶手要造此痕，在砍死对方后，乘其气未尽、尸未寒之时便可下手。那样，可以跟生前自刎之痕更相似。可是眼下所见这刀痕，是死后多时，尸首僵冷之后割下的。试想，凶犯怎么会在远离现场之后，再返回去割？道理十分简单，因为大可不必。没有此痕，同样可以被看作互相斗杀，乃至流血过多相继死去。你割下此痕，只因为，你以为造下此痕，可隐去第三者，更容易被看作互相斗杀。可是，恰恰是这一痕，画出了蛇足。"

"主簿大人，小……小人那天与众人同去。验尸之时也有三人同在，如何下得手？"

听袁恭这样说，宋慈明白他已言尽词穷，便接着说："诸位都记得，昨天你是一人先进茅屋，那茅屋内死者身旁也有一把柴刀，如此，在你把尸首抱出来之前，用那把柴刀，就死者项下一抹，不是轻而易举吗？"

袁恭垂下了头，果然再无话说，也不敢正眼再看宋慈。

这突然间发生的一切，对单知县来说，也委实太意外。这个袁恭，过去衙内各人都瞧不起他，倒是他知县大人对他刮目相看，却谁知他是这样一个东西……仓促之间，单知县确有些不知眼下该先处置什么。

"单大人，"宋慈说，"如今不难断定，这三条人命都是同一人或同一伙人所害，而且都与袁恭有关。审讯袁恭，可得凶手！"

单知县连连点头，心里也清醒起来，举头怒视袁恭，猛喝一声："押回衙去！"

3. 窗外飞来的银子

审讯在县衙的公堂上开始了。

现在不仅是单知县，就是县丞周安平、押司黄进泰、孔目吕贵尔等，也都不得不承认宋慈是个不凡的人物。他们想象不出这个人的头脑里怎会想出那许多他并未看到的事儿，惊叹他对这些事儿的推断。这种推断简直严密有如铁壁，坚固好似铜墙，以致犯案人想推也推不倒，只得在铜墙铁壁之前垂首认罪。

这使得宋慈在这次审讯的公堂上也成为众人注意的对象，从单知县问出第一句话开始，他们就不时地看看犯人，又看看宋慈，不知宋慈还将说出一些什么不同凡响的话。

宋慈几乎毫无表情。此刻他都在想些什么呢？那些注意他的人大约谁也不会想到，当宋慈发现了此案的欺诈之时，心里就为一种深深的自责填满。他很悔愧自己昨天验尸之时，未曾像在建阳检验朱明潭的尸首那样，亲自去看一看。如果看一看，昨天就可能把袁恭抓出来了。那样，那位少妇或许就不至于被杀。不管怎么说，宋慈现在觉得这少妇之死，自己也是负有责任的。但现在悔也无用，愧也无用，要紧的是尽快拿住那仍隐藏在背后的凶手。

对于审讯袁恭，可获凶手，宋慈差不多是毫不怀疑的。现在，他正全神贯注地听审，每当这样的时候，他的精力和智力都能发挥到最佳程度，他那用形形色色古往今来刑狱案事编织而成的知识之网已经张开，任何一个微小的疑点都很难漏出网去。可是不久，他又发现，他以为审讯袁恭可获凶手的判断，出现了意外。而且这意外，并非由于袁恭的不肯招供。

"小人……受了贿买。"袁恭跪在堂前第一句便这样供道。

"凶手是谁？"单知县问。

"小人不知。"

"胡说，哪有受了贿买，不知凶手？"

"小人委实不知。"

"啪！"单知县将惊堂木一拍，"事到如今，胆敢不招，来人！"

单知县充分显示出了他审案严惩不贷的尊严，众衙役一声吆喝，两个衙役上去就架住了袁恭。

"慢！"宋慈插话道，"单大人，不妨先让他说说，何以受了贿买而不知凶手。"

"好吧，你招！"

两个衙役放下袁恭，袁恭叩道："大人，只因验尸前夜，有人从墙外朝小人家中扔进五两银子……"

"啪！"又一声惊堂木响，单知县怒道："又是胡说，五两银子，你就肯担此风险？"

"大人，事到如今，我……实在说不清了……"

"说！"

袁恭瞄一眼堂上，单大人的目光正盯着他。他摇了摇脑袋，定定神，接着战战兢兢地讲出了一件发生在两年前的事。

两年前，袁恭还住在城东一家小巷内，独自一户人家，三间房子，一个小院。上有老，下有小，妻子尤氏长得胖大结实，胆子却小。一天夜里，他与妻子在房中睡得正酣，妻子尤氏突然惊叫一声将他抱得紧紧的。他醒来，就见妻子惊得说不出话，只拿手指着摇窗。他朝摇窗看去，也吃惊地看到那摇窗还在来回摆动……

他霍地一下坐起，只听得"啪"的一声响，有个东西从榻上掉落下地。低头看去，隐约可见是个包袱。他立即掀被下榻，擦火镰点亮了灯，这才看清是个挺漂亮的绢帕包袱。解开一看，里面竟是一包白银和一柄亮闪闪的短刀！

尤氏吓得全身抖个不停，只将丈夫抓得更紧。袁恭也大惑不解，旋即推开尤氏，开门出房来看。

月亮即将西沉，是天将拂晓的时辰了，门外是一片清幽的月光，月下空无一人，只有一棵老树在月光下拉出长长的黑影，树后是一堵高墙。夫妻二人再没入睡，不知道还会发生什么事。

天终于大亮了。不久，有衙役匆匆来叫验尸，道是本城巨富冯老爷家的仆人来报，冯老爷的夫人杨氏死了。

"冯老爷？"听到此，单知县不禁插问。

"正是。当天，小人到县衙，接着就随大人你去冯老爷家中验尸。冯夫人杨氏住在东厢房。进到房中，大人你也看到，杨氏房中的陈设，与冯老爷这样的大富人家是不相称的，未免寒碜。窗前那竹帘的缝隙间落着灰尘，好像很久都不曾拉起过。幔帐也旧得变了色，妆台上空空的，一面铜镜倒扑在妆台上。再看杨氏尸体，卧在榻上，云鬓散乱，衣裳不整，脚上着鞋……"

"可是与昨夜这妇人死的情形相似？"宋慈插问。

"大体相同。不同的只是，杨氏穿着同平日穿着没啥不同，昨夜这妇人却是一身艳装。"

"说下去。"

"小人看后，虽不明何物致死，但已晓得是被投砒霜入口，假装服毒的。小人联想到昨夜那包银子，有谁肯白送银两与我呢？必是凶犯作案来贿买我了。"

"慢，"宋慈又插问，"你怎么能肯定是有人贿买你？不怕有人栽赃陷害你吗？"

"不会。"袁恭回道，"小人这行当，终日只是翻弄腐尸，虽是下等差事，被人瞧不起，可在案犯眼里不同。即使豪门作了案，也会来巴结，甚至不惜以重金贿买。"

"你再说！"

袁恭看看宋慈，又看看单知县，他的供词现在无形中是对着两个大人说的。

"当时，小人回头朝房外看，就见单大人你远远地站在门外，正同冯老爷说着什么。我看那冯老爷不甚悲切，冯老爷身旁还站着一个肤如白玉的美貌小妾。小人就想，这杨氏虽为正房，但年过四旬，体弱色衰，况且一直没有生下一男半女。冯老爷共有三个小妾，如果妻妾不和，这杨氏之死还不清楚吗？

"小人又想，冯老爷不单是本城巨富，其二房生的儿子还在外做官。何况大人你与他也很有交谊，小人要是揭露出来，后果也难料想。再说……再说……"

"快说！"

"再说那包袱里还有一把刀，那用意十分明白，如果小人不吃他的银钱，说不定什么时候，便要神鬼莫知地让小人吃……吃刀子。因而，小人何不干脆卖个顺水人情，就验作服毒自尽罢了。"

"啪！"听到这儿，单知县将惊堂木一摔，几乎是吼道："你吃了他的银钱，欺骗本县，知法犯法，就不怕本县割了你的脑袋？"

"这……只……只因……"袁恭口齿喏嚅。

"因什么？"

"因……因……"

"说！"

"只因大人你……临场验尸，向来都是香烟熏隔，高坐远离，听凭小人唱报。小人要匿真报假，不甚困难……"

单知县呆住了，幸而他还是个晓得自咎的人，没有恼羞成怒，只是半晌不能出言。

"依你说，凶手便是冯家的人？"宋慈接下去问。

"不。"袁恭摇摇头，继续供道，"此类案事，后来又发生过几起，乃至一有人往小人房中扔银钱，小人便知明天要验尸了。只是，后来的死者多死在城外，从窗外扔进的银钱至多不过十两，有时竟是一把铜钱。小人想过，这数案也必是同一个凶手作下的。他所以要贿买小人，是因为害怕追捕；一旦追捕，他就有被逮住的危险。但奇怪的是，这些案子都很难同冯家相联系了，就是杨氏是否被冯家人所杀，小人也怀疑。"

单知县大汗都听出来了，他万万没有想到，这两年，信丰境内那几起所谓失火被焚，落井而死，跌崖而亡的自死事件却原来是这么回事！想到凶手至今逍遥法外，而且不知还会作下什么案来，单知县直觉得如坐针毡。他立起身来，喝问道：

"你一次都没有看见投钱入窗者？"

"没有。那以后，小人也实在不想再替那凶徒隐瞒，极想抓住他。可是一旦抓住他，他必供出我来。因而小人又极想能亲自逮住他，杀了他了事。小人备了刀，日日藏在枕下，可就是一直也逮不住他。

"再后，小人还想避他，就与内人搬到她娘家去住，那是一幢深宅大院。我把住房的窗牖都钉死了。可是，那凶犯照旧轻轻松松地就能把银两放进我的房中。第二天验尸，我也不得不仍一马当先，不避秽臭，替他作弊。如今遇到宋主簿，如神仙一般，直将小人这两天做的手脚断得毫末不差，小人再难隐瞒，实在已把一切都招出来了，愿各位大人明鉴。"

这是宋慈终生难忘的一次审讯。他没想到会出现这样的情况：很明显，袁恭已经供认不讳了，可是凶犯是谁，仍不能知。

审讯暂告结束，袁恭在宋慈记下的供词上画押后被监下大牢。这时，单知县目光十分恳切地问宋慈道："惠父兄，这案子，你看，怎么办？"

宋慈想了想："只有广布耳目，多方察访。"

单知县道："好！衙内一干人等，都听你调遣！"

"不不，我可为大人出些主意，一切还听大人定夺。"

"你现在可有主意？"

"我可带上童宫，今日便去黄泥村探访。"

4. 黄泥村探访

这个荒凉小村，也不知从哪个年代开始，不分贵贱，不分男女，不分老少，人多好赌。尤其在挂镰之后，入冬之时，甚至南来北往，各种各样的赌徒都会到这儿来碰运气。于是，这个黄泥村几乎家家户户都很忙碌：供人赌房，招呼吃住。那赌的花样儿也多，正赌、旁猜、掷色、撷钱……或围着赌桌，或蹲在地面。输了的，剥衣典裳，褫巾卸袜；赢了的，饮好酒，食佳肴，寻女人过夜。战乱之年，村中贫困潦倒的农家妇女遂了赢客需求的不乏其人，村人也不以为然。

因为如此，南来北往的赌徒不论输赢，总有些银钱往这个村落的人们衣袖里流。这赌，倒成了这个小村人们的一条生计。

也不知从何时开始，这个村落中的人们约定俗成，好赌，却本村人不与本村人赌，只是陪客助兴。女人们也是如此。

平民女子原本不像富家闺秀那样深居高阁，何况这样一个荒凉地方的农妇。逢着合该吃饭的当儿，不见男人回来，她们便将饭菜炖在锅中，洗净了手，用香熏出浓郁的气味，然后到赌桌前去唤丈夫道："去吃饭吧，我来。"于是，丈夫去了，她们补了丈夫的位。或是男人们输败了兴，去唤女人熏香了手来，也常有翻本的。

至于那些赌红了眼的外客，多有到了吃饭时间不肯下桌的，于是就有女人们做了馍馍、煎饺、葱饼儿，送到赌桌前去。赌客们饿了，拍出几个钱头，便有女人们将好吃的放到他们手中。

到这儿放赌的外乡人都晓得这村中还有一个规矩，这儿的女人虽说夜间有肯陪夜赚钱的，但日间却比别处的女人更碰不得，哪个大胆的要是敢毛手毛脚，被喊将出来，全村人都会亮出器械，舍得拼出命来捍卫那女人的尊严。而那个胆大的就注定要被狠揍一顿。

宋慈来到黄泥村，这一切对他来说，就不是什么秘密了。

"邱氏做姑娘时，双亲已故，没有生计，也做过陪人过夜的事，后来嫁了人，便不做了。"又是那个曾来报案的老人告诉宋慈。

"嫁了人后，她家中也开赌坊吗？"宋慈又问。

"开的。全村没有一家不开。"

"她家这段日子，发生过什么异常的事没有？"

老头儿的住屋窗破了，门朽了，有几处地方瓦可洞天，阳光从那小洞隙中漏进来，落在地面，光斑如鸡蛋般大，或如小碟儿大。举目四望，房中的一应用具及被褥衣履都很破旧，唯有厅上一张赌桌，很是光鲜，过了漆。宋慈就坐在这张桌前向这户农人了解情况。

"可疑的赌客，这就难说了。好像……也没发生过什么大事。"老头儿说。

"去年冬天，她家不是有个赌客挨打了吗？"屋里一个年轻女子插话道，她是老头儿的媳妇。

"那有什么奇怪，那事，别人家也有过。"屋里一个汉子说，他是那插话女人的丈夫。

"什么事？"宋慈问。

"有个叫葫芦的赌客在邱氏家中挨了棒。"老头儿说。

"为何挨棒？"

"犯了规矩。"

"你且详细说说。"

"那天，葫芦又到邱氏家中去赌，那葫芦也是老赌客了，时输时赢。那天大发，赢得眼都红了。邱氏烙了葱饼儿到赌桌前去换钱头，葫芦直叫要好酒好菜。邱氏便回转灶间去做，忙了一阵，凑合了几盘，唤那葫芦来吃，葫芦去了。约才半顿饭工夫，邱氏在灶间大嚷起来，人们奔进去看，就见葫芦喝得满脸通红，正强抱着邱氏亲嘴，口里直嚷道：'我有钱，有钱……'有钱也没用，这规矩是不能坏的，葫芦当场就遭了一顿打。事情就这样。"

"打得很厉害？"

"不轻。葫芦当时走不动了。是村里人用他那赢来的钱使人把他抬走了。后来也不知他去了哪儿，至今也没看到他来过。"

"他遭了打，还会来吗？"

"照说会来的。挨打归挨打，打了便了。他要再来，村人一样欢迎。这也是规矩。"

"当时都有谁参与打？"

"多啦，谁碰上谁打。"老头儿的儿子说。

"邱氏男人打得最狠。"女人又插话道。

"葫芦是哪里人？"

"听讲是北路人。"

"原是个姓胡的大富人家的子弟。"老头儿说，"他父亲也好赌，很早以前也常来我们这儿赌。"

"他父亲现在……"

"早死了。"

"怎么死的？"

"被人杀死。"

"凶手是谁？"

"不知道。"

"没拿住吗？"

"不知道。"

在老人家中，宋慈所了解到的就是这些，觉得那葫芦是个应该查一下的线索。宋慈面前茶碗的水面上，正落着一线从屋瓦漏进来的铜钱般大小的光斑，他端过那碗茶饮尽，然后起身告辞。

第二天，他回到县衙，就给单知县带来了诸般情况。

葫芦的确是信丰北路一个姓胡的大富人家子弟。那个村子是个小镇，比黄泥村大，也有赌坊，但赌风远不及黄泥村盛。葫芦长到八九岁上，便常常在赌桌前替父亲买吃的，端喝的，要是输了，就奔跑于赌坊与住家之间，去取银钱。就这样，尽管有输也有赢，家境还是日渐衰败下来。终于有一回，葫芦的父亲大赢了，然而就在那回，他的父亲半夜里被人杀死在榻上，赢来的银钱全不见了，凶手也一直没有拿到。

葫芦长大之后，袭了父亲好赌的恶习，却没有学到其父管理田产的本事，家境日见窘迫，终于连所剩不多的田产房屋都输光了。

落魄下来，葫芦依然只是要赌。他四处游荡，输得身无分文时，旁的事儿也不会做，倒乐于替人做些收尸、守灵、替尸首更衣沐浴，乃至敲丧锣、挖墓穴之类的事。做这事除了不大好看之外，妙处在于从死者身上剥下的衣裳，东家不要了，他可以裹了去排个地铺叫卖。此外，有人怀疑他暗地里做过盗墓的勾当。

"可是，这些只能说明他是一个好赌的人。"单知县说。

"不错，一个好赌成性的人。可是这几年，他不再做替人收尸、守灵、敲丧锣、挖墓穴之类的事了。有时输得精光，又不知从哪儿弄来许多银钱。输光了，过一段，又是如此。这钱从哪儿来呢？此外，还有人说，他具有相当了得的攀爬登高本事。"

"怎么见得？"

"有一回，镇上有个卖肉的在地上撒了一把铜钱，让葫芦上一棵高树去掏个鸟巢。只见葫芦往手心里啐两口唾沫，双手攀住树干，两脚踏树如地，并不费劲就上去了。不一刻，那鸟巢从树顶上被抛下来。随后，葫芦双脚夹住那梧桐树光滑的树干，唰溜溜地一下滑落地面。"

"如此说，你以为这葫芦有作案嫌疑？"

"你看呢？"

"你决定吧！"单知县极诚恳地说。

"我想，可以先拿来问问！"

"好！"

可是葫芦游荡于四乡邻县，行踪不定，也无固定宿处。要拿他，还得先查知他的行踪。于是广布耳目，多方探访，到底有人来报：葫芦正在东门城外一家小酒肆中与人会赌。

得报时天已入暮，宋慈带上童宫等人出城奔那个小酒肆去。到小酒肆前，天已完全落黑，酒肆内透出灯光，赌钱的吆五喝六之声夹笑带骂也清清楚楚地传出。

酒肆的门是关着的，透过门板的缝隙，可窥见里面赌得正酣，庄位上一个光顶秃头正当壮年的人，双手捧一个对开的圆木盒，使劲摇晃……

"他就是葫芦。"报信人说。

灯光下，只见葫芦光秃的脑袋上大下小，下巴尖上留有一小撮短须，果真恰似一个倒悬的葫芦。此刻，葫芦的光额上青筋暴起，两眼放出鹰一样的利光，牙齿咬得两唇塌进一丝儿不见，颜面憋成了紫色，那双摇盒的手抱紧木盒旋风般地晃着，越摇越快，终于，那葫芦似的脑袋一抖，木盒停住，往桌面一放，葫芦又双手紧紧地压住，拿眼目视桌前各位，就在这一刻，葫芦猛地揭开盒盖，睁圆了眼睛望向盒内，一瞬时，只见葫芦全身一个战栗，就像一头被割倒的鸡似的歪下了光脑袋，那一脸干瘦的皮肉也随即抽搐痉挛起来。与此同时，围在桌前的赌徒们爆发出直欲掀翻屋顶的狂喜之声……

"进！"宋慈一声令下。不一刻，葫芦就被童宫擒住了。

5. 不得不亲历尸检

"真没想到，两年前那夜，他跑到冯老爷宅里去，原本没想过要杀人。"

"世间之事，真是无奇不有。"

审讯已经结束。当葫芦在火把的亮光中被押上大堂，衙中的人们都用一种异样的眼光打量着他，把他看作一个有着非凡作案手段的案犯。然而，审讯却实在不如人们想象的那么困难。当枕头、柴刀以及当年扔进袁恭房内的那把短刀等物一并扔在葫芦面前时，葫芦难以抵赖，用不了几回合，就一一招了。所供贿赂之事，与袁恭的招供相合；他在城外荒山连杀二人，以及闷杀邱氏之事，也在宋慈的推断之中。

于是人们惊叹宋慈的神断，惊叹葫芦那些令人意想不到的作案过程。待到案子审完，退堂之后，人们都禁不住这般谈论，倒是宋慈在辞别了单知县后，一声不响地往下榻之处走去。

宋慈有宋慈之想。他想的是，这葫芦实际并非一个手段高明的案徒，可他又确确实实地做了这许多令人发指的事，确确实实成了一个视杀人如儿戏的要犯。这是为什么呢？他觉得这葫芦的作案史委实值得一个审案官认真思索一番……

两年前的那天夜里，葫芦是在三更过后潜入冯宅，进到宅内，听得正厅中尚有女人们的哭泣吵架之声，偶尔也听到一个男人的声音。他并不去理会那吵骂，只乐得更好行窃。

他看到东厢房的门正开着，里面有灯无人，就溜了进去。手脚利索地偷窃一阵，将窃得之物打成一个大包袱，背了正要溜时，忽听到一个妇人的哭泣之声直往房里来。要溜，来不及了，葫芦忙将那包袱往榻下一塞，人也待钻进，但脑袋扑下时，眼睛朝后一溜，却见一个被他掏空了的大箱笼还大张着盖，葫芦忙起身去盖。到那箱笼前，脚步声就在门前了，要去钻榻下已来不及，情急中葫芦索性钻进箱笼，扣上盖子，就藏身箱中。

差不多是落下盖子的同时，葫芦在箱中听得"砰"的一记关门声，也不晓得这进房来的妇人是否看到了他，葫芦在箱中禁不住打起抖来。

接着，他听到呜呜的哭泣之声，这才松一口气，料想妇人准是没有看见。可是妇人一直哭着，就在这时，听到妇人的脚步声……脚步声是朝箱笼来的，并且就在箱笼前停下来了。

"坏了！"葫芦在箱笼里大气都不敢出，接着又听到妇人的手触动箱笼上铜扣的声音，葫芦惊骇到极点，根本来不及思量对策，箱盖已经打开。出于本能，葫芦霍地一下从箱笼里站起来——就这一瞬间，他听到那妇人无力地"啊"出一口气，便倒下了……

葫芦清醒过来时，低头看一眼躺在地上的妇人，这一看，倒真把他吓坏了！

他这个收过不少尸首，见过各式各样死人的棺夫子，还从未见过这样一双睁得这般大的惊恐万般的眼睛，那变了形的脸，世上找不到什么来比拟！

"死了？"葫芦这样想着，就抖颤颤地伸过手去试了试她的鼻息……"完了，一点气儿也没有了。"

葫芦木然呆立在房屋中央，仿佛房屋正向他塌压下来。他现在是杀人了，把一个活生生的人给吓死了！惊愕之中，又听有人正向房间走来，并且停在门前，开始叫门。

"夫人！夫人！"是个小丫鬟的声音，轻轻的，像是不敢大声，怕被谁听见似的。

葫芦马上想到要去吹灯，可双腿又好似被钉住，只挪不动，好一阵，才移过步去，噗的一声吹灭了灯。

"夫人，你可要保重身体！你打开门，老爷让我送来一碗参汤，让你喝了。"

葫芦伏着，不敢出气。那个丫鬟在门外唤一唤，停一停；停一停，又唤一唤，也不知候了多久，终于叹息一声，走了。

葫芦怯生生地站立起来，早已满身大汗。这夜，月色很好，月光从那落着竹帘的窗牖里透进来，居然还将房中照出一片银灰的光影。此时，葫芦忽然窥见妆台上有一帖白色的粉末，他轻手轻脚地走过去，端起那粉末来嗅，又举到窗前仔细辨认，认得那粉末并非他物，是砒霜！

"莫非这妇人本来就想死？"

葫芦又注意到妆台上还有一把酒壶，壶边一只小盏，里面已斟有大半盏酒液。

"是了，准定是了！"

葫芦先前替人收尸，也收过那样的尸，晓得这自去寻死的人，大抵临死前，多有去自寻一套如意的衣裳，换得一新，再去死。刚才这妇人去揭箱笼，必是为此。

"她横直是要死的。"

葫芦忽又这样想。这一想，心也宽了许多。随后，他像从前替人收尸那样，把那妇人轻轻地抱上了榻。稍停片刻，又把那砒霜调入酒中，然后熟练地在那妇人的"启齿穴"轻轻一按，打开了她已经紧闭的嘴巴，又捏紧了她的"通咽穴"，把那调了砒霜的酒灌了下去。他做这事并不费劲。这一套，本是这一带棺夫子们端饭碗的本事。人死了，沐浴干净，主人家多有要在死者咽中灌下少许酒，而后含上一粒煮干三壶水的蛋。

葫芦做完了这一切，那本已打上包袱的衣裳之类也不敢要了，从榻下拉出来放回箱笼。只是那些金银首饰之类，舍不得放手，到底还是打了个小包带走了。

回到家中，葫芦又害怕起来。他见过服砒霜而死的人，晓得那是什么模样，而今自己这一番作假，怕只能瞒住一般的人，衙门里那专事验尸的仵作绝瞒不过。如何是好？

思来想去，葫芦记起早先听人说过，从前某人如何如何贿买了仵作的事……终于领悟到好处：要是能堵住仵作的口，自己那番功夫就不白费了。于是从窃物中分出一半银子，外加一把短刀，悄悄地来到袁恭宿处……

这以后，葫芦又犯了数案，多是因作案手段不高，陷入险境而顿起杀心，乘人不备时将人杀害。但渐渐地，葫芦竟视谋财害命不以为然了。于是尸也不去替人收，灵也不去替人守，丧锣也不敲，墓穴也不挖了，单知道赌，赌，赌……

他杀城外荒山上开荒种粟的两个人，正是由于如前所述那挨了揍的原因而起杀心。被揍之后，他有好几个月没来这儿。虽然这儿的人揍了他之后不记恨，下次再来，依然好生招待。葫芦不来，一者因为被揍得不轻，二者因为隔些时日要去报复。

养好了伤，葫芦终于来了。夜间潜入那数月前在这儿挨过揍的房子，他那受过伤的地方好像依旧疼痛，他咬紧牙，只等这房子的主人睡着了便好下手。不料听到这房子的女主妇邱氏对她男人说："你明儿上山，至多只待三日便要下来，留我一人在家，好不寂寞。"邱氏没说她男人明日上山是干什么，但葫芦已决定今晚不下手了。

"留到明儿伺机将他杀在山上，回头再寻这小娘子……岂不更妙！"葫芦想。

到了次日，葫芦看到邱氏的男人并非一人独自上山，但他还是尾随去了。他在暗处，他们在明处，要寻个机会杀了其中一个，并非没有可能。何况杀了一个后溜走，那另一个就有口难辩……哪里去找这样的好机会呢？

到了山上，晓得二人是来开荒的，狡猾的葫芦不急于下手，心想：做这事，何不等这二人累了一天，精疲力竭了，再下手？于是候到黄昏。

日头将没入大山，葫芦先伺机取了搁在地边的一把柴刀，潜入小茅屋，藏在那儿。不多时，邱氏的男人到底独自一个先向小茅屋走来了。葫芦屏住呼吸，一手抓住自己的前胸，一手捏紧柴刀，倒恐惧起来。有那么一瞬间，葫芦想："假使他就此返回，我一定溜走，不杀他了……"

然而那脚步声毫不迟疑地一直响进小茅屋。于是不幸的事儿发生了，受害人连吭都来不及吭一声，头上就挨了那致命的一刀……

杀了人后，葫芦就要溜。可是才溜出小屋，被另一人发现了。"逃吧，不！逃走了，被人一告，拿住是死！不逃吧，与他拼杀，若杀不过，也是死！但如果能赢，便有生路！"

葫芦于是横下了杀心！

这时葫芦身上的血，已引起对方警惕，要杀对方，谈何容易？

一场殊死的柴刀搏杀，就这样在血红的夕阳下开始了。这里远离村落，没有人家，不会有人听见，也不会有人来帮忙。远远近近，只有一片红光罩住的荒凉山地。生死存亡，一切都得靠他们自己。

可怜的农夫，也许由于毫不吝啬地使了一天的力气，终于左额挨着一刀，刀也掉了……而后，葫芦确实想到了要造个"互相残杀"的现场，于是重入茅屋，在那还在血泊中呻吟的人身上砍了几刀。不过，他没想过要在那人项下割下一刀。此时，天暗下来了，他连忙下山，按惯例向县城赶去。到了城下，攀那吊桥的绳索入了城，奔袁恭宿处扔了五两银子。次日果然风闻山上有两个农人"互相斗杀而死"。

是夜，他又来到黄泥村，潜入邱氏房中，要讨昔日那笔风流账。无奈邱氏不从，要嚷，他就抓起榻上的枕头往邱氏面门压去，可怜邱氏一会儿便不动了。邱氏被闷气绝死了，葫芦仍不甘愿，摸摸邱氏身体，尚有余温，便剥去邱氏衣裤，做了那事。事毕，他记得大凡自死的人多有生前穿了好衣服的，于是就像从前替死人穿衣一样替她从里到外穿上了最艳的服装……

这就是一应案情，现在一切都大白了。可宋慈总觉得还有什么事儿没弄清似的。回到居室，他仍在室内踱来踱去，就像还有许多路儿没走完。童宫望着他，直想问他还在考虑什么，又不好开口。

宋慈想什么呢？他想的是：一个作案手段并不很高明的赌徒，竟能如此连害数命；一个仵作，竟能这般轻而易举地蒙蔽了主审官，这是为何？……不是服砒霜暴死，而验作服毒，可以从外表一眼辨出；但妇人曾遭奸淫，没有细验，不就这般藏匿过去了？……

"刑官要是满足于在正背人形图与验状上断案，恰恰给凶犯和仵作以行诈之机，而一旦遭了仵作欺伪，失却可靠的尸检凭据，纵有再多勘审知识，也是枉然啊！"

现在，宋慈算是亲身体察到：当此政风腐败，法纪荡然的年代，亲事验尸之于审案，该有多么重要！

这不是一个简单的思索。人的一生中常有这样的事，一个思索可能给人的一生带来重要的影响。现在宋慈笃定了一个决心。

"你说，假如今后我亲手去验尸，世人会如何看？"

"会认为大人你有失体统。"童宫说。

"如此说，我就验不得尸了？"

"验得。今后可由我来翻动尸体，大人你在边上看就是了。"

宋慈笑了。

"不行吗？"

"行。"

现在可以安心入睡了。宋慈宽衣在榻上躺了下去，却又想起一事，仿佛又见邱氏那从脖颈朝两乳之间延伸而下的条状青黑，邱氏的尸首与其他死后投砒毒入口者略有不同，是由于葫芦能轻松地开启她的口齿，顺利地将拌有砒霜的酒液灌入死者食道的缘故，想到这儿，他抛被而起，对童宫道："走，到死牢去！"

"去找葫芦？"童宫蓦然间也猜到了。

"对。"

"还有什么事儿没弄清？"

"去问问他说的那个'启齿穴'与'通咽穴'在什么位置。"

"明日去不行吗？"

"那今晚怎睡得好！"

第七章

衙鼓声声

（1226—1227 年）

城外苦竹坪双尸案并邱氏遭人奸杀案一破，信丰境内近两年来的几件自死案也一并水落石出，轰动全县。先前，本县被称作"近年来兴讼生诉的极少"，现在衙门却忽然热闹起来，前来申诉的乡民络绎不绝。各种案件扑朔迷离，无奇不有。真真假假，假假真真，均考验着宋慈，也令单知县大开眼界……

1. 光怪陆离

这宗双尸案并邱氏遭人奸杀案一破，信丰境内近两年来的那几件自死案也一并水落石出，一时间轰动全县。先前被称作"近年来兴讼生诉的极少"，现在衙门却忽然热闹起来，前来申诉的乡民络绎不绝。

最先递来诉状的是本县衙门当差的一个衙役的父亲，姓冯，状告本县大富，也即他的同族长辈冯老爷如何谋了他家田产。

这个案子，单知县曾经断过。事情似乎很明白，田产属于谁，不能凭口空说，当以田契为证。可是告状人拿不出田契，说是失火被烧了。曾经失火，这是事实，可是否真被烧掉，如何晓得呢？问冯老爷可有田契，冯老爷却拿出田契。

"那是假造的！"告状人曾这样指着冯老爷的那张田契说。

可是，冯老爷这田契是祖宗手上传下的东西，年代久远，已是十分陈旧之色，如何便能假造？上面白纸黑字，分明写得清楚，这田产是冯老爷父辈手上的东西，父传子，自然属于冯老爷。所以，单知县把田产断给冯老爷。

现在这宗案子重又告来，单知县见了蹙眉愠目直欲发火。不过，他还是把冯老爷传来，又令其取了田契，请宋慈再审一番。

这日，宋慈接了单知县递过的田契，还没有去辨真伪，倒先自心中一阵感动。心想，这样的事儿，要在别的官员，能这样做吗？

"单大人，"宋慈目光也十分恳切，"假如我把这件已定的陈案推翻了，大人……"

142

"推翻了便推翻了。"单知县说，"为官若不能解民之倒悬，梓林于心何安？惠父兄若把此案断个清白，也是梓林之幸啊！"

宋慈心里又一阵感动，心想刘克庄说他厚道确实不虚。当下，宋慈取田契前后左右细细看辨一番，未见破绽；随后把田契撕开一角，只这一撕，宋慈道："这是假契。"

单知县一惊："如何就晓得？"

"田契纵使年代久远，十分陈旧，但这旧，只在外表，内里则不然。你看这契，"宋慈掰开了撕口，"表里都是一样颜色，可见是假的。"

"那，这契……"

"是以茶水染浸的，所以表里同色。"

"你怎么知道？"单知县仍有些疑惑。

"检验是多方面的。"宋慈说，"可分为验尸、验证等。所谓验证，即检验证据。尸体及尸体上的创痕有真有假；证据及证据上的各种痕迹也有真有假。像这种伪造田契之事，古已有之，我居家时也曾亲手浸染过空白契纸，以明确否。所以我敢断言这是一张假契。"

单知县恍然大悟，当即毫不犹豫地开堂审问冯老爷。冯老爷不服，单知县就令取其他旧契撕角甄别，果然真契外表虽旧，内中尚白。又令取茶水浸染空白契纸，果然与冯老爷那张假契色泽一般无二。冯老爷这才服罪了。

这件事又被迅速传遍全城，在百姓眼里，宋慈几乎成了一个奇异的人。于是，一些稀奇古怪的案事也冒出来了。

第二天，当单知县与宋慈等人仍忙于审理其他案事时，门吏匆匆进来禀报。

"启禀大人，衙外有个乡民，遍体是伤，被家人抬来告状。"

单知县只得先放下陈案，说："让他们抬进来。"

不多时，两个汉子就把那伤者抬进，搁在堂前。

赣南的气候此时已大热，伤者身着开襟短裰，身上到处可见青紫棒痕，呻吟不绝。单知县发话道："快呈上状子来。"

两个汉子跪在堂前，其中一个年岁稍大些的叩道："回青天大人，小民没有状子。"

"那你状告何人？"

"不晓得。"

"不晓得？"

"回青天大人，事情是这样。昨天夜里，有人爬进小民家中偷窃。家父听见响声，起来去拿那贼，不想被一阵棍棒打成这样。"

"家中被窃走什么？"

"贼人打了个包袱，但不及取走。我兄弟二人听到响声起身，贼人已逃走了。"汉子说着取出一块布条呈上，"这是家父从贼人身上撕下的一块袖布。"

单知县取过看了看，是一条青黑色的袖布，就递给宋慈。宋慈认真看了袖布，抬起眼，碰到单知县等待的目光，但宋慈没说什么。他走到被伤者的身旁，蹲下身，捏了捏伤者身上伤痕，那人立即嗷嗷地叫起来，宋慈便对他说："你不必叫。"

"痛啊！"那人说。

"你不痛。"宋慈直视那人的眼睛，"我问你，你是昨夜遭的贼？"

"是的。"

"贼人有如此充足的时间，把你打成这样？"

"是的，这伤……"

"是假的。"宋慈说着已经站起来，当堂揭出诡秘。

他说出，这是以榉树罨敷而成的假痕。以榉树枝叶涂抹皮肤，可致青赤，如同殴打之痕。如果剥下树皮放在肌肤之上，以火热熨，便可出现中间黑色，四周青赤，由内向外扩散的痕迹，用水洗也不褪去，几乎如棒伤之痕一模一样。只是殴打之痕，因血液凝聚而变得坚硬。这假造之痕，唯见痕迹，按捏却毫不坚硬。

单知县见宋慈说得如此清楚，如此肯定，自然信了。当即惊堂木一拍，对那个仍躺在门板上的人大喝一声道："呔！还不起来招认！"

那人翻滚起身，跪下："青天大人，小人说真话。"

"真话？你还敢说是真话？"

"不不，小人是说，现在要说真话。"

"说！"

原来，这人家中曾经进了贼人是真，但事情不是发生在昨夜，而是半月以前，这人遭了贼人的打也是真的，但挨的并非棍棒。那夜，他听到声响起来时，与贼人撞个照面，那贼人是蒙面壮汉，贼人照准他的左额狠狠两拳，他的左额当即肿起，左眼出血，就什么也看不见了。当时，他本也想过要来告官，可再想想，贼人什么也没有偷走，纵使告官，只恐官府未必当一回事，这就算了。

说是算了，心里又极不情愿。事隔多日，如今突然想到要来告状，却是因为本县新来的主簿大人声名大振，这人只想新来的主簿准能拿住那贼，何不将伤痕弄得重些，以使官府日后对那窃贼加重刑罚……便是这样，一宗可笑的案事演出来了。他们没有想到，窃贼尚未拿住，自己先遭了审。

这宗案子，真真假假，假假真真，也可谓特定条件下生出的一宗奇案。当下告状人被暂押下大堂之后，单知县蹙了蹙眉，又问宋慈道："惠父兄，你看，这窃贼是否逮得住？"

"我想，逮得住。"

"困难吗？"

"或许，不困难。"

"那，你……"

"我试试。"

宋慈带上童宫数人出衙而去。

约莫午时，宋慈押着一个汉子回来。这汉子就是窃贼，不用审，什么都招了。这使得全衙上下，对宋慈越发钦佩不已。

午饭后，单知县来到宋慈居室，问是如何逮住他的。

宋慈请单知县坐下，接着说："这也仰仗于检验。"

"你是说那一小块布条？"

"对。你已知道，那从窃贼身上扯下的一条小布片，那是袖布，那袖布上满是油垢，投入水中，便浮起一层斑斓的油污，由此可推想，窃贼是个屠户。

"午前，我带人出去，一查问，知道了告状人住房附近共有三个屠户，三个屠户中，两个好用右手，一个好用左手，好用左手者可排除。"

"你是说，告状人挨打之处在左额？"

"一般如此。"

"可是用右手者还有两个人呢？"

"两人中有一个是单身汉，也可以排除。"

"为什么？"

"从袖口上扯下的这一小块布，是个补丁，细察那匀秀的线脚，可以想见穿衣人家中有个善用针线的妇人。搜查，果然从这屠户家中得到了那件青衣，虽然破处又被他女人重新缝好，但拆开了，那旧痕与这一角袖布完全吻合。证据确凿，窃贼怎能不服罪？"

单知县听了茅塞顿开，想到连日来审的一些案子，案犯之所以都供认不讳，实在是因为宋慈已取得各种犯案佐证，案犯才无法抵赖。

"惠父兄，看来，审刑断案，重审莫如重断？"

"是的。"宋慈笑笑。

单知县叹出一口气，为官多年，似乎只在这些日子，才对"审断"二字有了这样一番理解。

一连半月，宋慈都在协同单知县审理此类陈案中忙碌地送走了一天又一天，审断了一案又一案。这些一般的案子，都不容易难住宋慈。单知县待宋慈也不只是器重而是敬重，在感情上也与宋慈更亲近。

2. 衙鼓稀鸣

经过一段时日的繁忙后，宋慈又闲了下来。

一个月过去了，两个月过去了，三个月过去……转眼夏去秋来，宋慈终日只在衙门里闲着。现在，信丰真可以说是警鼓稀鸣，宋慈又觉得寂寞了。

也不知从哪一日开始，衙门里县丞、押司等人对单知县不那么恭敬了，对宋慈却是另一番模样。

"惠父兄，日后你一定可成大器！"

"宋大人，日后别忘了提携小的。"

"宋大人……"

县丞周安平甚至有意无意地在宋慈面前说些单知县的不是。这使宋慈警觉起来。他晓得，如果把单知县从前审误的那些案子申知朝廷，单知县无疑要被贬。他发现他们正谋划着一桩对单梓林不利的事情，并想让他宋慈也一同参与。

宋慈冷静思量，觉得自己为单知县操心并不因为他是刘克庄的朋友。这些日子以来，他看到单知县是个心思透真，且能以民命为重的朝廷命官。每逢验尸，他虽以香烟熏隔，高坐远离，毕竟都能及时亲临现场，比起许多连现场都不去的官员要好得多。最可贵的是他知错必纠，并不顾忌自己的面子，这是古来一些被称作贤明的官员也难以做到的。

宋慈也想过那些窥探、挑剔单知县毛病的佐官们，他们平日也有正确的见解，却大多不肯坚持，多是奉迎，恭维得单知县飘飘然；一旦出了事儿，却又历历如数地能把你的不是说得明明白白。这样的佐官不可怕吗？

宋慈决定要保护单梓林。他开始暗自努力，童宫不很理解，忍不住问道："大人，你访察这些，有什么用？"

"有大用。"宋慈笑笑，"慢慢，你就晓得了。"

几日间，宋慈把那些佐官们的劣行了解了不少，并委婉地使他们知晓。宋慈做这些的时候，单知县全然不知。单梓林的夫人也在信丰，做得一手好菜，单知县时常要请宋慈煮酒慢饮，宋慈也不推辞。他晓得单梓林出于诚心，而他以为，让那些人晓得他与单知县关系甚密，未必没有好处。衙门里，大家又都相安无事，那些佐官们又都对单知县恭敬起来。

然而日子毕竟一天比一天漫长起来。

每当在单知县家中吃到单夫人做的赣南甜酒酿，他就不免想到夫人玉兰常为他熬煮的建阳莲甜羹，他的心思也就飞回云山远隔的故乡，越来越想念母亲、夫人和女儿。

有时他觉得自己仿佛一辈子都像在盼望中度日：儿时同母亲一道盼望父亲回来，后来是盼望结婚，盼望生儿，盼望赴试，盼望入仕，再后来又盼望出山……如今又盼什么呢？盼望与家人相聚。可是自己才离家多久？

记得五岁那年，有一天，忽然收到父亲从远方托人送来的一封家书，晓得父亲是到京都临安做官了，并很快就要回来把他们母子都接到临安去。母亲高兴得一连几夜都睡不着了。他每天都随着老祖母到门外的小桥旁去观望。全家都认真地准备起来，只等父亲回来，他们就要举家搬迁到京都去。不久，父亲果然回来了，还带回了一个陌生的大汉，这个大汉就是宋飖。

但父亲回来后却不再走了。父亲被罢了官。这些对小宋慈倒没什么，他只要父亲在家，就够喜欢。多年后他才晓得，父亲那次被罢官，是由于宋飖在京都瓦子里因保护一个不知名的女子免受几个军汉侮辱，动起武来，犯了命案投到父亲门下，父亲为保护他而受累。

他至今记得，就在那次，父亲告诉他这样一句名言："大丈夫无义而生，不若有义而死；邪曲而得，不若正直而失。"

他对父亲深笃的感情正是同父亲在一起的那几年建立的。那几年，他听父亲讲了多少古往今来的故事啊，从朝廷到地方，从官场到民间，从随军打仗到缉捕凶犯，几乎无所不至。他的记忆力非常好，常常能将父亲讲述的故事相当完整地复述给前来看望父亲的大人们听，这使母亲非常得意。

然而对往事回忆最多的，还是同夫人玉兰相处的那些时日。记得十岁那年，有一天他在外遛马回来，才到门前，宋飐一把拉住他的缰绳，对他说："快下来，老爷要送你去念书了。"

"念书？"他觉得奇怪，"我不是在家念得好好的吗？"

"老爷要送你到吴稚先生那儿去念。"宋飐把他抱下马来。

他奔入家中，才知道朝廷重新起用父亲了，虽然是个职位并不显赫的推官，但父亲很珍视，已决定出山。

在他幼时，建阳因朱熹夫子的倡学，早已是书院林立，讲帷相望的学乡，考亭书院、云谷书院、卢峰书院、鹰山书院、鳌峰书院、云庄书院、瑞樟书院等等，都是声名远播的书院，但父亲偏偏选中了吴稚先生的潭溪书屋。也就在这一日，父亲把他送去吴稚先生的潭溪书屋。

吴稚先生，字和中，是建阳名士，朱熹弟子。一路上，父亲一再嘱咐他："先生学识渊博，你到那儿要好好听从教诲，再不能像在家里那般顽皮……"

"嗯。"他一边漫不经心地应着，目光却被先生门前的一片荷塘吸引。正是荷花盛放时节，朝霞染遍了一片荷花的海洋，水波在晨风的簇拥下闪动着奇妙的光亮。过了荷塘边的石桥，便是先生的草堂了。

草堂前是一个竹篱围成的小院，柴扉半开，篱边种满了层层叠翠的青菜，院中有几棵梨树，还有一个不大的瓜棚。"这倒像我家庭院哩！"他想。

后来，当他在草堂内向先生跪行大礼时，就听到一阵铃儿般的笑声从门外传来。他就势从自己的腋下朝后看，只见门外挤着好些个与他年岁差不多的孩童的小脑袋，那笑他的竟是个比他要小好几岁的唯一一个女孩。

"快看，快看呀！驼背哥哥，驼背哥哥！"小女孩开心地对小伙伴们嚷道。他记起什么，伸手朝自己后背一摸，摸出一卷书来。于是更多的笑声更响了。

然而笑声停了，他再从腋下朝后看，不知为何，围在门外的小孩哄的一声散了，也许是先生瞪了他们一眼吧，但小女孩没走。

"这是……"他听到父亲这样问。

"外甥女。"吴稚先生说。

便是从这时开始，他认识了玉兰。童年的时光一天天过去，只记得小玉兰常常跑来替他研墨，还常把家中的糕儿、饼儿取来与他同吃。有一回，她对他说："慈哥，我舅父说，这班学生，你最聪明，日后准有大出息！"

"是吗？"他盯着她，觉得她挺美。

两小无猜的时日不知不觉过去了，不知从哪天开始，他们不敢单独在一起。二十岁，宋慈宛若当年入学时向先生跪行大礼那样，又跪拜在草堂门前的荷花塘边与先生道别，他要到临安上太学去了。

荷花塘边多么安静，风儿轻轻拂来荷莲的幽香，玉兰默默地停立在舅舅身后，当他抬起头来就碰到了她那张含泪的笑脸，那是他成年后第一次深切地体会到了离别的忧伤和惆怅。

他常常忆起从前的许多事儿。秋天里，有人忽然来报一宗血案。对这一案事的审理，又使宋慈对家人的思念越发深切。

3. 又一宗血案

是个清晨，匆匆来报案的是两个年轻男人。告说邻居卞大娘不知被媳妇以何物谋杀在榻，满身是血。

在去往现场的路上，紧走急问，宋慈向两个报案人粗粗了解到如下情况：卞大娘四十余岁，年轻时丧夫，此后守寡，把一个三岁的男儿辛辛苦苦抚养成人。孩儿二十岁，娶了城外黄泥村村姑姚氏为妻，一家三口平静生活一年有余。一年之后，婆媳间渐渐不和，时常口角。但有一段日子，这婆媳又好得令人称奇。

那确是一段奇迹。媳妇偶染时疾，婆婆终日守在榻前。煮吃的，端洗的，熬了药，也吹得不凉不烫，亲口尝尝，再一匙一匙喂进媳妇口里去。婆婆忽然闪着了腰，媳妇病恰好了，也每日端了热汤热食，送到榻前，替婆婆擦洗，喂婆婆进食。那亲切的情状，亲昵的称呼，直让左邻右舍见了心暖。邻里们不由得背地里议论，只担心突然亲热到这般田地，要出事。

约莫过了一月时光，一天半夜，忽然发生了这样一桩事——也不知是谁先听到卞大娘家传出"霍霍"的磨刀之声，那声音在静夜里一下一下，十分清晰。不止一人爬起身来，扒上墙头窥探，看到卞大娘的儿子独自在厅上磨刀。不一刻，卞大娘和姚氏的房中都亮起了灯，接着两边房门一响，都开了，卞大娘与姚氏先后脚都出到厅中，一时间三人都呆住。少顷，卞大娘唤儿子到房间，儿子将那刀搁在厅上，随母亲进了房。从母亲房间出来，他就与妻子一道回房。后来，两边房里灯光都暗了，一夜无事。

这以后，过去了许多个月，婆媳仍然相敬如宾，人们几乎不再怀疑这婆媳间的亲密关系，更没有人再担心这婆媳间还会发生什么不测。大约延续一年，不知从哪日开始，婆媳二人的关系又有了变化。卞大娘常怨媳妇结婚两年只不见有孕，姚氏对婆婆也语重气粗起来。情势急转直下，到了昨日，这婆媳二人终于爆发了一场口角，霎时钵盘碗碟砸得山响，也不知到底哪个摔的。后来就听到卞大娘痛骂儿子不孝，儿子遭骂出门而去，至夜未归。

当夜房中只有婆媳二人，灯光一直亮到天明。黎明时分，卞大娘儿子仍未回来，媳妇姚氏却拎个包袱出门而去。有人碰见她，问去哪儿，答说回娘家。

这姚氏刚走不久，卞大娘家中的黑犬忽然扒开大门，跳进跳出地吠个不停，有人在那黑犬的嘴上又发现了血，这才想到准是出事了，连忙进房去，见卞大娘卧在血泊之中……

卞大娘的家就在本城西街一条小巷内，说话间，众人已到门前。宋慈推门进去，径直到卞大娘榻前俯身一看，急呼："没死，有救！"

这一呼，把众人的精神全都唤起。宋慈随手取下卞大娘头上的一支银簪，就着手针刺她的关元穴，同时吩咐道："快，取灯芯草，蘸饱食油，烧着它。"

红红的光焰烧着了，宋慈接过吱吱燃烧的灯芯草，开始烧灼卞大娘的隐白、大敦两穴。

"艾条，快！"宋慈又说。

又有人取来了艾条，宋慈便又加灸卞大娘的百会穴。不多时，卞大娘果然醒过气来。

"你们，来，来。"宋慈又指着正拥在房外观看的左邻右舍的女人们说，"弄点热水来，帮她净净身，换上软衫，再抬到那洁净的榻上去。"

　　女人们都走进来，立刻按照吩咐动作。宋慈又吩咐童宫快去中药铺取棕榈炭、人参、熟附子。童宫奉命去了。

　　"你在开处方？"见宋慈坐下来，在纸上又写出一味一味的药名，单知县这才插上话。

　　"嗯。"宋慈继续在纸上写着。单知县看到处方上写着：

煅龙骨	八钱	煅牡蛎	八钱	山萸肉	八钱
茜草根	三钱	地骨皮	六钱	炒山楂	四钱
五倍子	一钱	益母草	八钱……		

　　单知县把目光移向宋慈专注的脸，不由觉得眼下宋慈不像县衙的主簿，而俨然是个郎中。

　　宋慈写好药方，又差人去取药。不多时，女人们已将卞大娘换洗干净，童宫也取棕榈炭、人参、熟附子回来了。宋慈就把那已经研成细末的棕榈炭五钱以温开水调匀了，让卞大娘服下。又吩咐把人参、熟附子加水急火快煎了，也给卞大娘服下。这一切都忙完了，宋慈仿佛很累似的，找张凳子坐下，仰目直瞅着那天井里一片高远的天空，长长地叹了一口气。

　　"惠父兄，你看……"单知县不明白宋慈今日何以不再问旁的事儿，忍不住发问。

　　"哦。"宋慈轻声道，"这不是谋杀。"

　　"不是谋杀，那是……"

　　"是病。"

　　"什么病？"

　　"回去细说。"

　　"那现在……"

　　"需立刻差人去把她的儿子和媳妇找回来，令好生侍候，待康复了再做计较。"

　　"那我们呢？"

　　"可以回衙了。"

　　单知县不免觉得有点匆忙，但他现在已习惯于采纳宋慈的意见，相信宋慈所做事情都有个分寸，大抵不错。于是，单知县也不踌躇，当即按宋慈说的安排下去，又请地厢、邻人先好生看护卞大娘，随后启道回衙。

"现在你且说说，那是什么病？"回到县衙后厅，方才落座，单知县就迫不及待地问。

"血山崩。"

"是妇人特有的病？"

"是的。"

"为何恰恰发在这个时候，你肯定她媳妇不曾做过手脚？"

宋慈思索有顷，徐徐说道：

"古人说，人生之大悲莫过于有三：其一，少年亡母；其二，中年丧夫；其三，晚年失子。这妇人是否少年亡母，我们不知，但她中年丧夫，是实。那以后她一直辛辛苦苦将孩儿养大，一切指望都系于孩儿身上，谁知娶了媳妇没生下孩子，岂不与失子相差无几。

"再说，这妇人才四十多岁，已鬓发如霜，皱纹满额，且形体瘦弱，可见是十几年操劳过度致气血两虚，素体甚差。

"血山崩，是因妇人冲、任二脉不固所致。这妇人精神、素体原本不佳，又恰在更年衰弱之期，加上昨日爆发吵闹，如此内外触引，必致肝火妄行，热侵冲、任。冲、任二脉又与肾经密切相关，肾主闭藏，肾气受损则闭藏失职，以致冲、任二脉失于统摄，热血外溢下流，终于暴发血山崩。这一切都与妇人素体相符，经抢救，也醒转来了，所以不必怀疑那媳妇做过手脚。"

这段时日，单知县也变得好谋多思。他又想，假使这妇人死了，假使自己独立审理这案，自己势必要追究这妇人的儿子和媳妇，要过问一年前这婆媳之间何以忽然好得出奇，要追究那惊动了四邻的夜半磨刀之声……可眼下，自己对这些迹象还理不出一个头绪来，就又问道：

"惠父兄，你可晓得，她们婆媳间一年前何以好得出奇？"

宋慈想想，似乎答非所问："清官难断家务事。所幸的是，这事毕竟没有触动刑律，从前那事，也不必细究了。"

可是单知县哪里肯放："这毕竟是个谜，你不能推想吗？"

"推想只是推想，未必确切。"

"你只管说。"单知县兴味极浓地双眼盯牢了宋慈。

宋慈想了想，开始往下说："我想，或许有一日，那卞氏之子曾对母亲说过类似这样的话：母亲，你且忍着，好生与媳妇相处一月，我便杀了她！"

"杀妻？"

"是的。母亲难以相信。但儿子又可能说些兄弟如手足，妻妾如衣服，衣服弃之，还可以再置，手足断了不可再有。兄弟尚且如此，母亲更是天下只有一人等诸如此类的话。除此之外，他还可能说：母亲，你且好生与她相处一月，也让邻里看看，你待她是如何好，她如果突然死了，世人也不疑是我母子合谋做下什么，说着说着，还可能触动母子真情伤心落泪。这么一来，母亲就有点将信将疑了。

"在这同时，卞大娘之子也可能对妻子说出几乎完全相同的话，譬如你且忍着，好生与婆婆相处一月，我便杀了她！妻子自然不信。但做丈夫的同样可以海誓山盟，同样可以在说着假话时触动夫妻感情而落泪，以致妻子也将信将疑。"

"那以后呢？"

"以后，这婆媳二人都揣着这桩心事，真也罢，假也罢，二人可能都会想，且好生与她相处一月罢，于是便出现了四邻们有目共睹的突然好得出奇的事。"

"如此说来，那段日子，这婆媳二人的言行都是道给四邻听，做给四邻看的？"

"想必是的。一月时间转眼就到，磨刀那夜，想必是到了说好一月之后要杀人的日期。那霍霍的磨刀之声连左邻右舍都惊动了。他一下一下不慌不忙地磨着，显然是在等待他的母亲和妻子来拦阻他。"

"他母亲和妻子一定会出来拦阻他吗？"

"是的。她们不能不担心：要是真杀了人，怎么办？结果，两边房门一响，她们真的出现了，所以三人待在厅中。当时，卞氏之子很可能替自己寻个何以深夜磨刀的托词。但是老人仍不放心，所以把儿子叫到房中去说话。儿子临入母亲房中，又恐妻子顾虑，所以把刀弃在厅中，空手进母亲房里去。我猜想，母亲准对儿子说：千万杀不得啊！

"从母亲房中出来，卞氏之子随妻回房去睡。我猜想，妻子也说了类似杀不得的话……"

"你是说，这婆媳之间原本没有不共戴天之事，而一月间的互相照顾，倒使婆媳间有了真感情。"

"这很自然啊！"

"所以一夜相安无事后，婆媳间又和睦相处了一年。至于后来又生不和，那是另一码事。"单知县推想道。

"想必是。"

单知县长长地松出一口气，仿佛卸掉一个沉重的担子。他差不多毫不怀疑事情就是这样的。稍顿，他说："如此，那做儿子的夹在当中，还很费了些心计。"

"谁晓得呢？"宋慈笑笑，"这不过假想罢了。"

"对了，还有一事，"单知县说，"那媳妇是在婆婆暴发血山崩之后离家而去，还是媳妇去后，婆婆才发血山崩？要是前一种，媳妇便是见死不救，这也不可不查。"

"不是。"宋慈颇有把握地说，"是媳妇先走，婆婆后发血山崩。"

"肯定？"

"此病来势甚骤，要是媳妇出门之前已暴发，我等赶到，早救不转了。"

单知县满足地点了点头，想到宋慈刚才那一番应急处理，不由他不信。面前的案几上，泡有香茶，单知县端起来饮去了半盏，这才发觉那茶水早已凉了。放下盏，他站起身想去替宋慈换茶。宋慈在他站起来那一瞬明白他想干什么，于是自换了热茶。单知县便又原位坐下。现在，单知县对宋慈的钦佩可谓已达无以复加之境。在此之前，他只把宋慈看作一个勘查、检验、审刑断狱的超人，不知宋慈连医道竟也有如此造诣。

"惠父兄，此案要是没有你，全凭我自己审处，必不能救活那寡妇。而寡妇一死，我势必拿她媳妇问罪，还有她的儿子。这样一来，此案所系就不是一条人命。可现在，完全是另一番天地。"

宋慈说："我也是在前几年才突然发现：这古老的医术，竟与审刑断狱有如此亲密的缘分！"

4. 地北天南

日子一天天过去，衙门里照例很清闲，宋慈仍感到无事的苦恼，虽然他并不希望地方上多发案事。这似乎很矛盾。于是暗想，他应该到天下各地去审刑断案，禁暴洗冤！

可是，他的官职实在卑微，连一个知县都不是。渐渐地，他有些难以安于职守了。他嫌官职太小，想任重职，这又是一种盼求，这种盼求一天天地强烈起来。

第二年开春后，又逢多雨。过了清明节，过了端午，气候照例一天比一天热，终于又到了萧索的深秋。就在这个深秋，宋慈远在故乡的母亲忽然重病卧榻不起了。

到了这年冬天，知县单梓林三年任满，就要迁官了。这一日，他照例来找宋慈攀谈古案。他对那些疑奇古案的破解欲，已达非常地步，只是想达到宋慈那种触类旁通的驾驭力，需要多方面广博的学识为基础，而单知县青少年时期的积累不够，因而他几乎对每一个案子都能保持着差别不大的新鲜感，听一案，是一案，很难有什么新创建。尽管如此，他仍明天和今天一样，兴致勃勃。但这天，他一踏进宋慈的居室，呆住了……

宋慈坐在椅上泪水盈眶，边上站着童宫和一个陌生的汉子，书案上卧着两个信封，信封旁散着信笺……

"出了何事？"单知县问。

宋慈说出半句话："家母……"

"怎么？"

"去世了……"

一颗原本就很坚强的心是很难安慰的。

家书，正是单知县不曾见过的这个汉子专程送来的。宋慈直到现在才知道，在那个已经过去的秋天里，家中曾经发生了多么哀伤的事！

深秋的建阳，气候比信丰要凉冷许多。太阳黯淡了，花草萎谢了，宋家庭院中的梨树也落尽了叶子。秋风起处打着哨儿，将落叶卷得满院飞旋，接着又是绵绵秋雨……这期间，全靠玉兰在家请医侍药，精心照料。城中的何药师每日都跑一趟宋家，也可谓精心之至，但宋母身体依然每况愈下，不见转机。

玉兰不得已，曾想托人到信丰叫宋慈，然而宋母有话在先，不许去叫慈儿，玉兰也未敢擅定。许多回，玉兰守在宋母榻前含泪对婆婆道："母亲，还是让人去一趟江西吧！"

"不必！"宋母总是这样说，眼里盈盈的只是流不动的浊泪。

"母亲……"玉兰仍苦求着。

"不必！"老太太很坚决。

玉兰讲得多次了，忽一日，宋母下意识地抓住了儿媳妇的手，紧紧地抱在胸前："兰儿，从前你曾背着慈儿托人去喊童宫下山，今时你可不能瞒着我去叫慈儿。"

玉兰点着头。她确也曾萌过此想，但她也理解老人的心，因而才屡次下不了决心。

"兰儿，"宋母又说，"这几日，我只梦见你公公，他直唤我，看来为母是寿禄已到，要老了，叫慈儿回来也是无用。况且你公公逝后，慈儿居家多年，已把他困苦了，要是再拖累他，老爷九泉之下也难心安。"

"奶奶！……"十三岁的宋芪也泣出声来。

"兰儿，我还有话。为母去后，你还得告诉慈儿，母亲愿他专心事志，千万不必为母丧而回乡守制，耽误前程！"

玉兰的泪珠滴落在婆婆枯槁的手上，不知如何对答。

"母亲，你……很冷？"玉兰发现婆婆双手簌簌地抖个不停。她想将婆婆的手放进软被中，可是婆婆倒使劲抓住玉兰的手，又伸出另一只枯槁的手颤抖地摸着儿媳那仍很细润的双颊，像要交代什么不同一般的话。果然，宋母说了，说的是她此生唯一尚感不安的一番话。

"兰儿，"宋母却才开言，那好像流不动的浊泪已横溢出来，"宋家数代都一线单传，如今你仅有一女而无子出，为母去后，你可速到慈儿身边去，还可望得子。如果仍无子出，你就早日替慈儿择一女子为妾。兰儿，你我皆为宋家之人，无后为大。母亲拜托你了！"

玉兰泪水串珠般涌下，连连点头应诺。就在这日夜间，宋母谢世了。

宋母走得很平静。一个世间了不起的母亲，在山河破碎、锦绣成灰的乱世，为世界哺育了这样一个了不起的儿子，临终时甚至没有企望看儿子一眼，就这样安心地去了。

宋母逝后，玉兰将她安葬在公公的墓旁，而后权衡再三，只让人到信丰为宋慈报丧，并捎来了家母的遗嘱和她对丈夫的嘱咐。她说，她也愿丈夫不负母望，不必回乡守制。她也深知丈夫事母至孝，母逝后无人守制会不安，因而她说自己暂时还不能到丈夫身边去，权让她在家替母亲守制吧！每年有人祭扫坟前之草，也不至于让老人太过寂寞，对生者也多少有些慰藉。

所有这些，宋慈都是刚知道的。这一切来得这样突然，从此宋慈再无机会报答母亲的恩情！宋慈一生中有过为父亲守制的经历，自四十岁出山奉职之后，确实没有为母亲守制的经历。

宋夫人信中还告知，秋娟回来了，多年前那次秋娟不辞而别是担心连累我们，她出走后自己去了庵山，在灵泉庵待了这许多年，直到知道你去奉职后，她想到家里需要人，就来了。这姑娘在她出走的时候就想到她有一天还要回来的。现就在家中，也不嫁人。宋夫人接着就说到宋母要宋慈纳妾之事，她说自己不在丈夫身边，不能对丈夫有些什么帮助，等到日后再去丈夫身边，岁数也就大了。因此要丈夫考虑，娶了秋娟，秋娟实在是一个非常好的姑娘！

宋慈看了非常感动，也感到秋娟这个姑娘的忍辱负重确实是非常了不起！他也一直为她操着心，现在想来，这样的姑娘是不会轻易去结束自己生命的，终于回来了就好！

来人给宋慈带来的还不止这些消息。宋慈拿起案上静静地躺着的另一封信，递给单知县："这是潜夫写的。"

"潜夫兄？"

"你看吧。"

这是一张印有暗梅的花笺，一手行草依然如骤雨旋风，足以使人窥见运笔者不平静的胸襟。谁会想到，在宋慈出山之前曾一再告诫宋慈，要宋慈谨慎而又谨慎的刘克庄，自己却遭到罢官！

单梓林展读那信，只见写着是：

后村书晤吾兄惠父：

可记得去春余有感而作《落梅》诗，孰料言官扼举诗中"东风谬掌花权柄，却忌孤高不主张"之句，指为讪谤，遂遭罢职。余不足惜，将往浦城西山精舍佐教，置身于山水之间，神游于宠辱之外，吟诗作赋自得其乐。惠父兄心悬国门，以洗冤为志，诚然可敬。然天下积弊日深，清官难做，直可比太白《蜀道难》之诗曰难于上青天！兄虽有奇伟大才，余固持当年赏梅之见，即令傲雪寒梅亦会多花早落。愿兄慎自珍重！梓林兄不另函，望为承转敬意！

单知县阅罢长叹一息，将花笺搁回桌上，连连摇手说道："想不到，想不到！"

想得到也罢，想不到也罢。宋慈此刻心中是乱不可言，他哀伤母亲，情挂妻女，也为刘克庄深鸣不平！他望着窗外迷蒙的天宇，又仿佛看到一片混沌的大雪，仿佛自己正行走在一片无边无际的冰天雪地之中……

第八章

仵作世家

（1232—1233 年）

一天，有位老人领宋慈到城外荒山，指着岗下一片蒿草说："看，那是什么？"只见那片蒿草长得格外油黑，茂盛处恰似一个躺着的人形，头颅四肢清晰可辨。老人说：人体被焚，脂膏必渗入地下，第二年长出的草便是这样。这地方必是焚尸灭迹之处。又领宋慈踏入草坪细看，确认：这被烧的是个女子。再搜寻附近，无任何可疑的遗物。这案子如何侦破？

1. 斤盐之劫

宋理宗绍定五年（1232 年），时已四十六岁的宋慈奉命赴福建汀州任知县。

汀州地处闽粤赣边陲，是个贫穷的山区小县。一条清澈的江水不向东流，却往南去。按八卦图示，南属丁位，因而这条江面称丁水，后名汀江，汀州郡名由此而得。

宋慈带着童宫取道会昌、瑞金、直抵汀州，一路又逢多雨的季节。到达汀州，时值春末夏初，端阳水一过，汀州的上空又开始漫长而晴朗的夏天。

宋慈抵达汀州的当日，头一件事便是打发童宫火速回建阳老家接夫人连玉兰和女儿宋芪。童宫深晓大人心情，没有二话，当日在衙中换了马匹，就往北门而去。然而童宫才出北门，却为道旁一宗吵吵嚷嚷的事儿吸引了，他勒住了坐骑。

北门外，一群人正围成一圈。圈中的两个年轻汉子扭作一团，两人都已是鼻青脸肿，衣破血流。一个身材高大的中年汉子，费了好大的劲儿才使二人住手。

"怎么回事？"中年人立在两个青年汉子中间，亮开喉咙喝问道。

"他抢了这卜卦先生的盐。"两个青年中，个头略高些的抬手指指对方，又指指旁边一位卜卦先生。

"不，是他！"另一位个头略矮些的叫道。

"是他！"个头略高的又叫。

“怎么回事？”中年人圆睁双眼，又问卜卦先生。

卜卦先生是个睁眼瞎子，一手拄根竹竿，一手提个小袋袋，舌头打了结似的，支吾半晌，才讲清了事情的经过。

原来，这卜卦先生刚在城中买了一斤盐，用小钵盛了，又以一小布袋装好，再放在背囊中。不料出城不远，忽遭一人抢劫而去，他于是大呼有人抢盐。这时有个过路人闻声追去。不久，他听到有一声音高叫道：“先生，快来！”

卜卦先生于是拄了竹竿，颤巍巍地循声追去。走到近处，就听到两个人相互扭打之声，越打越凶。卜卦先生不禁开口叫他们别打，就在这时，他又听到那个声音说道：“先生，拿去！”

话音刚落，一包东西噗的一声落在他的脚上，滚到地下。他拾起一摸，就是他那个被抢的盐袋。可是两人还在厮打，卜卦先生只听得他们气喘吁吁的殴斗之声，却看不见，心急如焚，一再大呼：“别打啦！别打啦！”而后就来了很多过路的人。

为一斤盐而行劫，童宫并不以为怪。

就在今日午前，他已同宋慈大人有过一番经历，晓得这食盐在汀州地方贵重到何等田地。事有凑巧的还在于，这鼻青脸肿、衣衫破碎的二人中，童宫还一眼认出了其中那个头略高些的，就是他午前刚刚见过的一个人。那么，抢盐的会不会就是他呢？

午前，童宫伴宋慈扮着游方郎中一路进入汀州。

这些年来，有事无事，宋慈常会这样：头戴一顶乌皱纱抹眉巾，身穿一领皂沿边麻布服，又让童宫一身仆从穿束，肩上搭一药囊，上书“起死回生，华佗再世”八字，双双走村串巷。如今做了知县，头一回来汀州，宋慈又这样一身穿束进城，他觉得另有一番情趣，很是惬意。午前进城后，行不多远，果真有人找他诊病。这头一个找他们的就是眼下这位个头略高的斗殴者。来人走得很急，迎面碰上他们，开口便叫道：“郎中，快，快！我的母亲……”

“头里带路！”宋慈当即回道。

来人住在本城临街的一幢木屋里，他们急急赶到那儿，只见他的母亲已经昏晕过去，面色苍白，形容憔悴，但除了身体十分虚弱之外，一时还看不出有什么十分要紧的病。宋慈先取患者人中穴朝上斜斜扎下一针，又解开她的发髻，在头顶正中的百会穴横下一针……如此应急处理一番，她就渐渐苏醒过来。

这户人家姓秦，患病的女主妇四十开外年纪，共生有三个男儿，两个女儿，前去寻郎中的是老二，此时五个儿女全都守在榻前。男主人五十有余，也木木地立在榻边，见他妇人醒来，眼睛一亮，仍没有话，只一招手，领着五个儿女一齐跪下向宋慈叩谢！

在宋慈看来，把这妇人救醒并不困难，实在算不得什么。但宋慈却对妇人的病发生了兴趣，确切地说，是这妇人的病因引起了宋慈的关注。

"这是什么？"

宋慈一眼窥见这户人的大女儿端着一碗正打着旋儿的清水送到母亲面前。显然这碗水刚刚搅过，可这碗水毫不烫手，何以搅之，一定是碗中搁进什么，是什么呢？宋慈少不得要问。

"是盐水。"女人答道。

"你母亲平日没有吃盐？"

"正是，正是。"一直没有吭声的男主人说，"她平日，把盐都省给我们父子了。"

"这是为何？买不起盐？"宋慈问。

"唉！"男主人叹息一声，又没有话。

"郎中恐是远道而来，不知汀州地方食盐贵重如银啊！"还是这户人家的大女儿一边将盐水喂母亲喝下，一边说。

"哦？你说给我听听，食盐何以贵重如银？"

"好的。"她果然说，"这汀州之盐一向是由福州经闽江溯流运来，都说是路途遥遥难行，往返一回常常一年有余，盐价岂能不贵。"

"为什么不从潮州径取韩江、汀江运来？"

"也有人这样运过，只因汀江上出了一伙强人，人虽不多，听说只十来个，可领头的本领十分了得。盐船遭劫几回后，盐商再不敢走那条水路。"

"官府都不晓得吗？"

"晓得的，只是那伙强人常出现在两县交界之处，两县的官府都不管哩！"

宋慈听她讲话时，注意到她不但口齿伶俐，说话从容，而且又白又胖，一身穿束也与父母兄妹都不一样，细软多了。头上别一朵绸织小白花，一望而知是个已经出嫁的女人，而且其夫已逝，从那小白花崭新的程度还可推知其夫去世不久。那么，这女人该穿得素些，可她上着紫花春衫，下着绿裙……这些年来宋慈好观察和揣摩有悖于常规的人与事，眼下这年轻寡妇的装束自然成了宋慈观察揣想的对象。

这些都是午前童宫随宋慈遇见的情形，走出这户人家之后，宋慈也曾对童宫说过他对这户人家大女儿的存疑。现在，这户人家的二小子，又在这儿，以这种模样让童宫撞见了。秦氏人家如此缺盐，又如此急需用盐，这劫盐的莫不就是……然而童宫转而又想，不可这般认定。

"先入为主，往往塞了思路，铸成大错。"这是宋慈大人一再告诫他的。这些年来，经验也曾告诉他童宫：世间之事千奇百怪，往往事有意外。正想着，人丛中那个身材高大的中年人又开始了盘问，几乎像个主审官似的，童宫不由下了马，在圈外认真听起来。

"依你所说，"中年人问卜卦先生，"刚才叫'先生，快来！''先生，拿去！'的人，便是帮你的人喽？"

"是……是的。"卜卦先生应道。

"好，那我叫二人都再说一回，你听听是谁？"

"好的，我听。"

"你二人再说一遍，不敢说者，便是抢盐之徒！"中年人厉声道，那神情确有几分威风。

"先生，快来！先生，拿去！"个头略高些的又先自说了。

"先生，快来！先生，拿去！"另一个也说。

众人都看卜卦先生。卜卦先生睁着看不见的双眼，脖颈微伸，不难看出是在努力分辨，然而半晌无语。

中年人又对两个年轻人道："再说！"

"先生，快来！先生，拿去！"

"先生，快来！先生，拿去！"

……

二人如此交替着又连续说了好几回，终于，一直抿嘴细听的卜卦先生开口了，他说："我……实在分不清啊！"

"唉！"中年人一扼掌，"你也真是，常言都说，盲人耳灵，你眼看不见，难道还耳聋？"

卜卦先生头上渗出汗珠："这……一个是拦路抢劫的恶徒，一个是仗义助人的好汉，要是错怪了好汉，叫我瞎子……"

众说纷纷，围观的人们都在动脑筋。然而，这桩瞎眼人亲身经历却看不到，明眼人不曾目击，而抢劫者又颇晓得玩弄花招，以致仗义人也有口难辩的案子，一时无人能断个水落石出。

"诸位乡亲，"童宫走进圈中对众人道，"今日本县新来了个知县大人。我看，不妨将他二人都带到县衙去，交由知县大人审断，或许很快便能断出真伪。"

众人见童宫一身公人穿束，都道有理。中年人说："如此，这二人就交给你了。"

"不。"童宫面对众人拱手道，"实不相瞒，我有要事在身，还请诸位协同这卜卦先生，将此二人带去县衙。"一边说，一边留意到那个头略高者似乎见了自己有些慌张。不过，他仍不敢断定这是否由于自己的错觉。

"好，好的。"中年人接口应道，又对那二人说，"走吧，不敢走的，便是劫盐之徒！"

二人于是都道要去县衙，只是伤势不轻，行走都不甚方便，众人便将这二人都小心地扶起往城中去，因其中毕竟还有一个仗义者哩！

童宫立在大道中间，直看到他们入了北门，才又翻身上马，纵骑往北，奔建阳方向而去。

2. 月儿圆

明媚的仲夏来到了汀州。天空灿烂，大地明丽。万物在骄阳的熏陶下，四面八方都洋溢着融融的魅力。

骏马踏出轻快的蹄声，舆铃摇动悦耳的清音，车轮卷起南方驿道上泥土的温馨气息。南方田野上略带潮气的禾苗清香随风拂面，分外浓郁。这次童宫回乡，见到秋娟不禁一惊，这不是那位曾经救了他一命的女子吗？秋娟则已经知道，这个当年企图去杀柴万隆的青年已经跟随在宋大人身边了。现在宋夫人和女儿宋芪，还有秋娟，都随童宫往汀州来……汀州古城终于出现在车骑面前了。

"来了！来了！"

当车骑来到县衙门前时，宋慈已迎出衙来。从太平车上跳下来的是一个亭亭玉立的姑娘，一瞬间，宋慈有些不敢相信自己的眼睛，虽然他已想象过芪儿长成大姑娘了，可大脑中经常回想，梦里见过的，毕竟还是从前那个天真稚嫩的芪儿……宋慈凝眸注视自己的女儿，十八岁的女儿。

带着一路风尘，这风尘遮不住她青春的风采，肌肤细润而白皙，身材袅娜而丰满，五官端丽，两颊一对浅浅的笑窝，酷似她的母亲，比她母亲年轻时更妩媚，更富朝气。只是纤细的柔发大约因覆有尘土的缘故，看去不如她母亲年轻时乌亮。一绺柔发坠在右额，为汗水黏住了，倒又使她平添了几分飘逸。女儿下车后，一眼看到父亲，也停住了。

宋夫人玉兰接着跨下车来，随夫人而下的是秋娟，这年三十岁了，看上去也只有二十余岁。宋慈走下台阶先与秋娟说道："娟儿，你让我们好操心呢，总算又见到你了！"

秋娟道："谢大人！"

夫人看去跟宋慈离家时没有什么大的变化，似乎还比以前纤瘦了些，这使她同女儿、同秋娟站在一起，倒像是她们的大姐姐。

宋慈走到女儿面前，又端凝半晌才道："芪儿，你长大了！"

宋芪望着父亲，叫出："父亲！"

"芪儿，这是你的闺房。"

宋慈早为女儿准备了一个十分典雅的闺房：窗外一树芭蕉，绿倚飞檐。几蓬修竹，随风摇曳。窗内的紫檀花架上一盆四季常青的天冬草，那香藤似的草茎透迤垂挂，绿色的小叶漾着窗外照进的阳光。闺房内有妆台、书架和书桌。书桌上搁着宋慈近几年收集的几本名人法帖，一叠安徽宣纸，两方肇庆端砚，数锭千秋光徽墨。笔筒内插着大小不一的十余支笔，都是浙江兔毫湖笔。此种笔，笔锋锐利，笔身饱满，书写起来刚柔相济，极富弹性。所有这些都是父亲为女儿特意购集来的。女儿自幼喜爱书法，女孩子家不能出仕为官，在攻修学问的同时，能练得一手好字，毕竟是一件大好事！

芪儿一入闺房，首先入她眼帘的就是书案上的诸般陈设，她立刻欣喜得直欲跳将起来。这些年芪儿在家，读书之余确实仍然酷好书法。父亲从前收藏的名人书帖，如王羲之的《乐毅论》，颜真卿的《大唐西京千幅寺多宝塔感应碑文》，柳公权的《玄秘塔碑》《神策军碑》，欧阳询的《九成宫醴泉铭》，苏轼的《丰乐亭记》以及后人选取王羲之手迹摹写的《千字文》……她都一一取出临摹尽了。先摹后临，摹得位置，临得笔意，先求形似，继追神似，渐渐练得一手奇秀的好字。此刻，芪儿见到这宣纸、端砚、徽墨、湖笔，那胖胖的手指就不由得痒痒地搓起来。宋慈笑着就拿起了一锭千秋光，亲手替女儿研起墨来。

"芪儿，来，写几个字吧！"

"哎！"

女儿一是想写，二来也极想在父亲面前表现一番。她嫣然一笑，就说："这不是四尺丹吗？"

"是呀！"父亲说，"芪儿，写吧！"

四尺丹是宣纸的一种，传为东晋时一个名叫孔丹的青年所造，此名是为纪念孔丹而取，一直传下来。女儿信手取出一支中号兔毫笔，看了看母亲，母亲笑着对她点了点头。

芪儿的笔在砚上抎饱了墨，旋即虚掌实指，悬腕挥毫，在四尺丹上乍徐乍疾，从从容容落下了几排大字：

生当作人杰

死亦为鬼雄

至今思项羽

不肯过江东

这是芪儿少时父亲教给她的李清照《夏日绝句》。宋芪一口气书完了。宋慈举头望着女儿，目光甚是惊喜！他虽也料想芪儿的字会有长进，但不曾料及已达到眼下这般光景。

宋慈的目光从女儿惬意的脸上又移向那字。宋慈自己的字虽不入名流，但因酷好收藏，倒也精于鉴赏。他看到女儿的字，已能做到因字立形，该长即长，该宽即宽。思、肯等字，为上下结构，女儿做到了上下两部俯仰分明，承载稳定。雄、羽等字，为左右结构，能达到左右平衡，向而不逼，背而不离。人、不等独体字，笔画少，重心难以安排，也能注意点画呼应，顿挫分明。一眼览去，一纸文字虚尖不生，藏锋隐骨；争让得当，收展从容；紧而不闷，松而不散；有变化，能和谐。笔画势足力饱，圆满丰润，意连势全，神采飞动！实在难以挑剔出败迹。

"不错！很不错！"宋慈连声说着，一会儿看看字，一会儿看看女儿，一会儿又看看夫人，心中的确喜悦不尽。

"父亲，"宋芪忽然记起一事，"你从前买的轴帖，有一幅字受人骗了。"说罢就要到她带来的那箱轴帖中去找。

"你是说那轴王羲之的《兰亭集序》摹本。"宋慈立刻明白女儿学到这步境地，已是个能够识别粗劣的人。

"那绝不是米芾临摹的。"

"我知道。"

"那你为何买来？"

"怎说呢？"

"你说啊！"

宋慈看着女儿好奇的目光，怎能不说呢？

"那是在京都翰林画院的书画肆门外买的。那日，你刘叔也在场，我和你刘叔从书画肆一出门，就被一个兜售字画的人拦住了。"

"兜售字画的人？"

"对！偌大的京都，什么样的人都有。那人竟然对我和你刘叔神秘地说，他已注意我们许久，晓得我们是要真货的，而他那儿有王羲之的《兰亭集序》帖，乃是天下第一行书，说罢还真亮出了囊中的轴帖。"

芪儿扬眉笑了："《兰亭集序》真迹早随唐太宗葬入陵墓了。"

"所以，我和你刘叔没有搭理。可是那人又紧走几步赶上说，那是大书家米芾临摹的，还说米芾极善临摹，可以乱真，你们读书人怎不晓得呢？"

"这人真有意思。"芪儿又笑道，"米芾的临摹真迹何须这样唤卖呢？"

"是的。我们仍不理会，继续走。可那人又跑到前头，唰的一声抖开轴帖。我们只得停了步。那帖子，乍地一看，还真是王羲之字形，凡二十八行、三百三十四字，有重者皆勾别体，帖子左下角还真有'襄阳漫士'字样。"

"唉！"芪儿叹息道，"其实只要细细一看，它太完整了，并非燥润相杂，浓淡有致，也没有重毫叠墨的字迹，太工匠了，怎么会是出于大书家米芾之手呢！"

宋慈看着女儿不无遗憾的眼睛，也笑了："芘儿，你以为父亲刚才说的'知道'，是在受骗之后才知道，是吗？"

"嗯。"芘儿点头。

"不，我们当时就看出来了。那人见我们还真识货，卷起轴儿就走，是我把他叫住了。"

"为什么？"

"多年来，我一直想要王羲之的《兰亭集序》摹本，却没有得到，眼下这轴帖子虽是赝品，也还有些样子。那人见我们真要买，知道没有好价，想溜，被你刘叔一把拿住，吓了他一下，他只得随便要点纸墨费。我们就这样买下了。"

黄昏悄悄地降临。整个下午，仿佛眨眼间就过去了。宋慈又对女儿讲了京都翰林画院书画肆内的繁盛景象，女儿听得入迷。

"父亲，将来你有赴京都的机会，一定得带我去。"芘儿说。

"好的。"

夜幕降临。

南方的夏夜，天空又高又远。这夜月亮也圆，暖风吹得庭前院后的花草芬芳氤氲。县衙内有两株参天古松，相传还是唐初留下的，树身英伟挺拔，三人始能合围，古枝联臂互抱，纹紫如纤，若伞若盖，如烟如霞，那苍劲令人肃然起敬。夏夜在此乘凉，树大荫浓，凉风习习，实在是最可心之处，宋慈同女儿、妻子，还有秋娟在这儿一直坐了许久，谈了许久。不知不觉，夜深了，要歇息了，这才各自回房。

玉兰终于又同丈夫在一起了。她凝视着阔别六年的丈夫，看到丈夫眼角那细密的皱纹比过去深了，肌肤也比过去黑了，人也瘦了。

"我已经四十三岁。"玉兰说，"母亲嘱咐你那事，你要考虑。我看秋娟姑娘合适。她这一辈子，你要是没娶了她，我看她是不会嫁人了。"

宋慈问："你跟她说过了？"

"没有。"

"那就千万别说。"

"为什么？"

"她救过童宫的命，我看她跟童宫有缘，嫁给童宫很合适。"

"那你呢？"

"你不是来了吗？"

"我不会生产了。"

"会的。"

"你也不小了，还是娶了秋娟吧！我看她会愿意的。"

"我跟她说说，她嫁给童宫也会愿意的。"

"你还是娶了秋娟吧，没有比秋娟更好的姑娘了！"

"童宫也不小了。你想，宋巩终身未娶，我不能让童宫再终身未娶。"

"你可以给他找一个别的姑娘呀！"

"不说这个了。"宋慈把夫人拥在怀里。

3. 霍氏爷孙

次日上午，童宫瞅个空儿问起那宗抢盐案。

宋慈道："你还想着那宗案子？好吧，我告诉你！"

宋慈说，那日，两个斗殴者被乡民们推推拥拥地送进县衙，我一边问着前后经过情况，一边就想起了唐代房玄龄在《晋书·苻融传》中所载的一例抢劫案。那宗案子与这抢盐案大致相同。

童宫问怎个大致相同。

宋慈道，不同的只是，被抢的是个老太太，辨不清人的原因是天色已黑。当年苻融处理的方法是令二人赛跑，慢者便是抢劫者，因为那个跑得慢的被跑得快的抓住了。但是，眼下这二人都受伤不轻，跑是跑不动了。其实，未必需要跑，既然受伤，何不验伤呢？

"将他二人上衣统统褪去！"问明案由经过，宋慈便一声令道。

堂上一声唱应，就有四个衙役上前脱去二人上衣。宋慈起身离座，来到二人身旁转了一圈，随即和颜悦色问那位个头略矮但颇精干的青年道："你姓甚名谁？"

青年答道："小民姓霍名雄。"

"好，你且起来吧！"宋慈回身对衙役道，"取椅！"

立刻有衙役端过椅来，这个自称霍雄的人也就坐下了。宋慈转过身，峻厉的目光逼视着堂上跪着的另一人——就是那户秦氏人家的二小子。宋慈说："你，还是招了吧！"

那秦姓青年一入衙门就认出了宋慈，心里不免吃惊，此刻被宋慈一喝，又申辩道："青天大人，小民家中缺盐，可大人万不能据此断定小民抢盐。乞望大人明鉴啊！"

"汀州地方缺盐者甚多，哪里都会抢盐。本县认定是你抢盐，并不以此为据。"

秦姓青年愕然，仿佛听不懂宋慈的话似的。

宋慈就指着他身上的伤痕说："你二人身上虽然都有伤痕，但你身上的，是如此明显的被抓之痕，可见你们相殴打时，他只恐你逃了，还不得不伸出手来抓你，才留下了这被抓之痕。你再看他身上，唯有遭拳击之痕，也可见，你打他时，那是力图让他放手，你好逃走，所以也不曾想过要抓他。你还有什么要说吗？"

一席话明明白白。众乡亲再看二人身上伤痕，果真如知县大人说的，击打之痕与被抓伤、被手指甲划破之痕都清清楚楚。抢劫者不得不马上就认罪了。

案子审完，宋慈吩咐将霍雄领到后厅去敷药，霍雄只说不必，但还是被衙役领到了后厅。然而当宋慈亲自取了膏散来到后厅时，就见衙役在找霍雄。

"人呢？"宋慈问。

"不知哪儿去了。"

"怪事，我还想奖赏他呢！"

宋慈向来认同明赏罚的重要，如今当了知县，头一回亲主案事，对这位见义勇为的后生，的确打算要奖赏他，可惜他竟走了。

这就是那宗案子审理的全过程。童宫都认真听在心里。宋夫人和芪儿也在场听得饶有兴致。只是对那青年的不辞而别有点遗憾。宋夫人想：他要是能敷上宋慈熬制的膏散再走，准会好得很快。芪儿也问："父亲，那以后再没有见过他吗？"

"没有。"宋慈说。

"父亲，"芪儿又问，"这汀州地方，真有为一斤盐抢劫的事吗？"

"怎么，你听了半天，还不信？"

宋慈见女儿那将信将疑、不无惊奇的眼睛，接着就把童宫离开汀州这段时日自己接连审理的几宗案子也说了出来。这些案子，大都发端于盐。宋芪听着听着，怀疑的神情消失了，惊奇的目光渐变得仿佛是忧郁。在她十八年的时光中，还从来没有为盐的事儿犯过愁，也不会想到世间竟有人为了一点数量不多的盐去偷、去抢、去斗殴、去凶杀……当然更不会想到，就这食盐，为什么许多朝代，一直由官府专卖；为什么数百年间，因盐事而起的兵戈烽火屡屡有之。就在绍定二年，这汀州还爆发过一场走私盐贩发起的揭竿大事，起事者推举晏梦彪为首领，迅速占领县城。那当任知县若不是弃官而逃，怕早被杀死在这县衙里了。随后，起事队伍迅速扩大，声势大振，连克宁化、清流、将乐、连城、上杭诸县，又北上攻取了建宁、泰宁、绍武军，一直发展到泉州、兴化军沿海一带，以致朝廷不得不从淮西抗金前线调集精锐，直到去年春天才平息此事。

在宋慈对女儿说这些的时候，宋夫人一直皱紧了眉头在听。待宋慈讲完了，夫人说："如此说，在汀州地方，要是能排解百姓吃盐之难，便是一桩大事。"

"当然，民以食为天，这盐如何能缺？"

"能排解吗？"芪儿也格外关心。

"世间的事，只要专意求之，想必能行！"宋慈说。

但宋慈也深知，要解决这"食盐之事"并非易事，比他审断一桩错综复杂的疑案还难上许多。为此，他感到确实需要好好地向真德秀先生"励四事，去十害"的施政方略学习。他已着手去做，向皇帝上呈申求蠲免半租的奏疏，张贴奖励躬耕的告示，以利发展地方生产，富郡强民。与此同时，他还筹划招募了一班擅长水上功夫的壮勇船夫，只等童宫从建阳回来，就可以让他率船队往广东潮州方向去运盐。

三天后，船队出发了。

童宫头一回独立去担这重任，站在船头向送行的宋慈抱拳拜别。宋芪也随父亲到汀江渡头，望着渐渐离岸的船只，她忽然心中有种忧虑，轻声问父亲道："这样去，会有危险吗？"

"不会的。"宋慈说。

三个月后，童宫回来了。船队满载而归，运来了盐，还抓来了几个劫盐之徒。

这三个月中，宋慈又办了几个与盐相关的案子，拿住了案犯，也拘捕了从中渔利的盐官。现在，宋慈把这些互有关联的案子开堂一并审理，把案犯或刺配远州牢城，或断个几十脊杖便让他们归田。自此盐的售价骤降，百姓生活多少有了一些改观，汀州境内也渐渐安定，宋慈又开始闲下来了。

有几回，夫人又跟丈夫讲到了娶秋娟的事，宋慈仍是说到应该给童宫与秋娟说媒，夫妻二人意见不一，也就没有对秋娟开口。

这一年的时光过得很快，转眼已是第二年初夏。

这年初夏，宋慈忽然见识了一桩难以侦破的奇案，这案子正是一年前那个不辞而别的仗义青年报来的。

初夏的清晨，天亮得很早。这一日，山城上空还弥动着薄薄晨雾，从汀江上吹来的风儿也带些潮湿的凉意，县衙后院的争晨亭上有一副楹联："鸟雀鸣翠柳　露珠衔绿竹"，恰是此时此地此景的极好写照。

宋慈照例一早就起来练他的内家形意拳。童宫则更早就在练他的怯拳了。这段时日，芘儿也起得很早，总是与秋娟远远地站着，看童宫那龙腾虎跃般的避闪跃扑，时不时以手在虚空中做书写状，几如当年杜甫见公孙大娘舞剑那般十分欣赏。原本惯于楷书、行书，最不爱狂草的宋芘，也似乎从童宫那套怯拳中受到启发，喜欢上了狂草。

就在这时，门吏入院来向宋慈禀报："启禀大人，有个名叫霍雄的人候在衙外，说有要事求见。"

"霍雄？"宋慈收拳一想，立刻记起来了，是那个见义勇为的青年，"叫他进来！"

不一刻，霍雄匆匆进来。童宫也走了过去。宋芘暂且回避，却又忍不住悄悄窥视，对这个去年突然不辞而别，而今又突然不请自来的人，宋芘自然要用好奇的眼光打量他：霍雄个头中等，面容黝黑，唇上长有细细的茸毛，估计有二十多岁，蛮有精神，像个机灵人。

"宋大人，"霍雄一见宋慈即施礼道，"我爷爷想请你去看一桩奇事，不知大人是否愿去？"

"你爷爷？"

"嗯。"

"你爷爷是谁？"

"一个卖药的老人。"

"哦，怪不得你去年不用我的膏散，就溜了。"

"我……"霍雄道，"我爷爷治跌打损伤颇有功夫。"

"是吗？"宋慈又问，"你爷爷要我去看什么奇事？"

"大人见了就知道了。"

"是吗？"宋慈觉得像这样来请知县大人的事儿也有些奇怪，"好吧，我去！"

"那你得换上微服。要出城，很远，还得爬山。"霍雄又从从容容地说。

"换上微服，这也是你爷爷吩咐的？"

"嗯。"

宋慈似隐约觉得这霍雄的爷爷有些不同一般，当下叫童宫也去换了衣服。

"你爷爷现在何处？"

"汀江酒楼。"

汀江酒楼坐落在离东门城楼不远的当街，门前一副隶书楹联，写道是：

玉井秋香清泉可酿

汀江春色生涯日佳

雕檐前竖一望竿，竿上悬一面蓝边白底酒旆子，上书"汀江风月"。此时朝阳方出，璀璨的光辉抹到那面酒旆子上，把那"汀江风月"四字映得格外精神。

三人来到酒楼前，刚欲踏进酒楼，门内走出一个手提竹篓，腰间挂一特大酒葫芦的老者。

"爷爷！"霍雄兴冲冲地喊了声，接过老者手中的竹篓。

老者对宋慈抱拳一揖："谢大人不以愚陋见弃！"

"哪里敢！"宋慈也抱拳回道。

只见老者目光烁烁，颔留银须，身上一领青灰直缀已洗得发白，虽然陈旧却很整洁，说话的声音也格外清朗有力，俨然一个苍颜清奇的古稀长者。这时，宋慈还发现老人那皱纹如刻的脸额上有一块虽不显眼却挺奇怪的疤痕。这种位置和形状的疤痕使宋慈想到：这老人很可能受过刺配，那字是用相当的技术处理掉了。这疤痕使老人更带了一种神秘味道，但宋慈且不管他是否曾被刺配，只问道："请问老丈尊姓大名？"

"有辱垂问。老朽姓霍名靖，世居汀州，多年来采药山中，兜售市井。昨天上山偶见一片奇观，我听说大人平生最喜疑奇之事，想必大人会对那片奇观感兴趣，所以冒昧叫孙儿去请大驾，不料大人来得这么快。"

"老丈垂爱，宋慈不敢怠慢。"

"哪里敢当。山野之民，冒失之处还请大人见谅。"老人说罢举头望了望天，"还有不少路，我们就慢慢走吧！"

4. 蒿草人形案

虽言慢慢走，老人举足却大步流星。宋慈在后跟着，要紧步快行才能跟上。

四人出东门，过东郊观音桥，直奔通济岩。这通济岩是一座奇岩危耸的大山，分作上岩与下岩，山顶建有一座通济寺。山上虽多奇岩，但并非纯粹的岩山。时值初夏，一路行去，仍见得青山葱茏，山花竞秀；素洁如玉，殷红似火。曲枝窈窕，伸手可摘。四人翻山越岭，涉过一条清澈见底，水上满是碎石的小涧流，来到一处名为乌石岗的峦岗。这儿上倚巉岩，下瞰涧流，怪石百十成群拔地而起，磊落嵯峨，险峻而隐蔽。霍老停了下来。

"大人你看，那是什么？"

顺老人指处望去，只见一片蒿草坪中有一处草长得格外高大油黑而肥润，从高处俯瞰，那格外茂盛处恰似一个卧倒的人形，头颅四肢清晰可辨。

老人又说："这草坪准焚烧过一具尸体。这里焚尸，必是凶犯作案，移尸至此，焚尸灭迹。"

宋慈顿觉分量，连忙拱手一揖："你老如何知道？"

霍老回了一礼："人体被焚，脂膏必渗入地面，来年长出的草就格外油黑、肥润，有如人形，且可经年不衰。"

老人又领宋慈下岗踏入草坪，置身于这片蒿草人形之中细细辨看，他们又确认——受害人是个女性。

但是，除此之外，什么异物也不见。那么凶手是谁，此案如何能破呢？

宋慈惊讶了，不仅因为这个从未见过的蒿草人形，他问："你老怎么知道这些？"

霍老迟疑了一下，似乎有些难言，抬眼看到宋慈期待的目光，说出："我的祖父见过这种案例。"

"你祖父？"

老人点了点头，又说："我的祖父是个仵作，曾跟随大理寺丞李若朴多年，很得赏识。绍兴年间，岳元帅遭陷害后，狱卒隗顺连夜背着岳飞遗体逾城潜逃，秦桧派军士遍掘城外新坟，并遣仵作随同辨尸，我的祖父不愿效力，潜回老家。不久就听说，曾诏任岳飞一案主审官的何铸并大理寺左断刑少卿薛仁辅、大理寺丞李若朴、何彦猷均遭罢黜。"

宋慈听了，对霍靖老人不禁越发刮目相看。

这段案事，就是在岳飞冤狱终于得到平反之后，朝廷也一直讳莫如深，霍靖老人却说得如此清楚，可见老人的祖父当年与李若朴确实关系不凡。对这一桩时隔近百年的案事，宋慈也有未明之处，不禁又问："你老可知道，当年何铸原是秦桧党羽，怎么也因审理岳飞一案被罢黜？"

"这事，我也听祖父说过一二。"

"你且说说。"宋慈对岳飞被害这个天底下特大的冤案自然想有更多的了解。

"何铸原本的确是秦桧党羽，也曾参与弹劾岳飞，正是如此，朝廷特诏他为岳飞一案的主审官。但何铸毕竟与秦桧不同。何铸在审讯中亲眼见到岳飞背刺'尽忠报国'四字，甚为惭愧。此后转而力辩岳飞无辜，并与秦桧面折廷争，所以在受理岳飞一案一月有余之后，秦桧又让高宗皇帝诏何铸为……什么职……"

"可是端明殿学士，签书枢密院事，充大金报谢使？"这何铸诏外之事，宋慈知晓，便补充道。

"对。"霍老又说，"此举实为明升暗降，要把何铸调离诏狱主审官的位置罢了。何铸走后，右谏议大夫万俟卨才奉诏接任御史中丞，完全按照秦桧之意，办下这一旷古罕见的冤狱。"

"那薛仁辅、李若朴、何彦猷诸位大人也遭贬黜，又是为何？"

"薛仁辅大人同情岳飞，曾隐晦曲折为之开脱；而李若朴、何彦猷则不惜拼却乌纱，力主正义，但势单力薄，怎挽狂澜？末了，自然更为秦桧所不容。"

"我记得，"宋慈说，"那次同审此案的，还有大理寺正卿周三畏……"

"周三畏大人是副主审官，也同情岳飞，但在审案之中畏首畏尾，犹犹豫豫，不吭不声，所以在此案了结之后，在万俟卨升迁参知政事的同时，周三畏也升迁刑部侍郎，旋又升刑部尚书。唉，此事，不说他了。"

霍老说罢，从腰间拔下酒葫芦，咕嘟咕嘟喝起来。放下酒葫芦，霍老一抹花白的胡子，抬手指了指头上高悬的山崖，又问宋慈："大人还想登到上岩去看看吗？"

宋慈道："去！"

炎炎骄阳，高悬天空，加上这日没有一丝风儿，天气十分闷热，好似要下雨。四人刚刚踏入上岩地段，早已汗透脊背，口干舌燥。幸而进入上岩之后，他们是傍着流泉往上登攀，岩间泉流时窄时宽，时散时聚，随手可掬在掌中，送入口中解渴。但霍老却是滴水不进，以酒解渴。

"大人，你见过胡蔓草吗？"霍老边走边问，声音还是那样清朗雄浑。

"听说过，又名野菊、黄藤、火把花，也称断肠草。但没有亲眼见过。只知其草剧毒，服三叶以上即死。"

"老朽认得，前面断崖前有一处瀑布，离瀑布不远就长有那草。"

行不多时，果然听见了飞瀑之声，转过山坳，就见一处浮空泻下的瀑布飞挂崖前，宛如云中泼下的神水。四人紧走几步，到了断崖边，已是喧声如雷。俯视上下，仿佛身在半空，眼底景色均在白绿之中翻动。抬头望上，瀑泉高不见顶，估摸正身处在飞瀑的中段。真可以上观天降之水，下览飞去之瀑。雪翻珠溅，云影波光，其磅礴之势，壮观之情，非亲临其境莫能感触。宋慈在此略观片刻，即催霍老去看胡蔓草。待跟随霍老走到一处草藤之前，只见那草忽然间自行微微颤动起来。

"大人你看，这就是胡蔓草，其草近人则叶动。叶片狭长尖细，藤蔓柔细苍黄，开花艳似火把，花落状如野菊，如果取晒干的茎叶研为齑粉，毒杀力也极强。"

"有解法吗？"宋慈一边细细辨认，一边就说，"古书上说，此草吃下不久，用人粪汁灌之可解，不知确否？"

"以人粪汁灌之，意在催吐。其实，急取抱孵未生的蛋中鸡儿，碎研，合麻油灌入口中，则不单可以催吐，也有解毒之功。不过这一切都要及时，稍慢便没有救了。"

"你老见过经此得救的人吗？"

"没有。不过……"

"怎么？"

"我父亲救过服胡蔓草中毒的人。"

"你父亲？"

"我父亲也当过仵作。"

"是吗？"宋慈不无惊异而惊喜。

"有一年，我父亲遇着一件世间罕见的事。有一个乡民，因与人结仇，又斗不过仇人，就决心以死与仇人相拼，于是自服了胡蔓草去仇家寻衅。结果，双方刚交上手，这人便因药力攻发扑地而倒。当时，恰好被我父亲撞见，翻看他身体时，发现他衣袋里还有两叶胡蔓草，知道他是自服了胡蔓草来的，忙向四邻寻取蛋中鸡儿碎研，合麻油灌下，果然得救。否则，这人要是死了，遇到不明其中诡秘的官儿，那个仇家倒也真是难逃偿命的。"

宋慈认真听着，心想此行真受益匪浅。童宫不待吩咐，已动手将那胡蔓草连藤带叶采摘一些下来。他知道宋大人是要取样留存的。

夏日的天，阴晴不定，说变就变。刚才还热得没有一丝风儿，眼下高天中的云儿却又飘动很快地从远方流来。蔚蓝的天空暗了，霎时间已是狂风大作，变幻莫测的流云更似千万匹怒起的野马奔涌而来，穿峰裂谷，伏草弯树。雷声隆隆地滚动，眼看就要下暴雨了。

霍老又问："大人，山顶有座通济寺，寺后的一处岩壁下长有一种茜草，不知大人可曾见过？"

"茜草？"宋慈摇了摇头，这种名儿的草，莫说看过，他连听都没听过，忙说，"不曾见过。"

"江南一带，有歹人用它浸醋，出卖与人，用它涂抹在伤损之处，伤痕便会隐而不见。但用甘草汁解之，可使伤痕再现。大人还想去认一认吗？"

"去！"

对世间一切千奇百怪的事，宋慈都有兴趣；对与断案有关的一切奇事，宋慈更是不遗余力地广征博取。焉能不去！

峭壁插云，高耸入天。雷声仍轰轰地响，撞得山崖四壁都在颤动。沿着长长的石径，他们继续向上攀去，仰视苍天，仅呈灰白一练，四人未到山顶，暴雨已倾盆而下，霍老领宋慈奔入悬岩下的一个洞窟。

洞窟中凉风飕飕，岩露从头顶的石缝中滴滴答答落下，发出清脆的溅声。霍老领头径向深处走去，穿越岩露滴落的地段，里面倒是挺干燥，各人就选了块平坦的岩石坐了下来。

"喝一口吧！"才坐定，霍老取下酒葫芦，拔了盖，递给宋慈，"这是老朽自酿的，颇有祛风化湿、通经舒骨、活血壮身之妙。"

宋慈也不推辞，接过葫芦咕嘟咕嘟喝起来。几口酒下肚，宋慈顿觉那酒果真不同一般，香气高雅，柔和甜润，酒力通臂透体，直抵丹田。

宋慈喝罢，霍老接过葫芦又递给童宫，童宫也仰脖咕嘟咕嘟几口下肚。接着，霍老便独自一人坐在一块岩石上只顾自饮了。

洞外雨仍在下着，宋慈坐在霍老斜对面的一块岩石上，很注意了老人一阵，忽然问："霍老，恕我冒昧一问，你老……敢是想起从前在官衙里做事的遭遇了？"

霍老蓦然举头，拿眼望着宋慈。宋慈继续看到，老人的目光里似深藏着许多内容。他继续问道："你老是仵作之后，且有如此高深的检验真知，一定也当过仵作，只是……为什么又不干了？"

"……"

"敢是吃了什么冤屈？"

霍老嘴唇翕动，讷讷欲言，忽又咕嘟嘟几口酒下肚，额上那块奇怪的疤痕也胀红起来。

宋慈的目光仍期待着老人。终于，霍老开言了。

"老朽……当过仵作。"老人的话匣子一旦打开，便似有涌流不绝之势，他又说，"大人你办案重证据，轻言供，想必平日听人言语也喜欢辨识虚实真伪。但我今日这番语言，只恐无法为你提供依据，不过……你会信的。"

"你老说吧！"宋慈殷切地望着老人。

霍老拔开葫芦塞，先饮了几口酒，接着就开始了叙说。他一边讲，一边饮酒，首先道出的是他传奇般的家世……

还是五代闽国王审知时，汀州城内住着一对母子。儿子擅长捕蛇，以此为生，二十岁上娶了乡姑谢氏为妻。一家三口生活虽不宽裕，却也相处得亲密和睦。

岂料天有不测风云，新婚不到半年，丈夫在一次捕蛇中被一条眼镜王蛇所伤，很快就死了。年仅十九岁的谢氏成了寡妇。

谢氏腹中已经有孕，负着亡夫的哀苦，日常的劳苦，以及婆婆时不时说她"克夫"的恶语恶声，谢氏顽强地生活着。孩子毕竟一天天在母腹中躁动，谁知，忽然一天，孩子早产了……大难之后，谢氏又顽强地活了下来。然而孩子没有了。从此，婆婆更视媳妇为"克星"。

度日如年般熬过了五个寒暑。婆婆一天天衰老下去，终于有一天泪眼瞎了。在这五年中，谢氏忍受着巨大悲痛，做女红度凄凉岁月，侍奉婆婆唯孝唯谨，又过了两年，婆婆患病卧榻不起了。在这两年中，谢氏对双目失明的婆婆越发照顾得入细入微。

婆婆的病一拖又是两年，谢氏索性与婆婆卧同一榻，日夜侍奉。她一片黄金般灿然的心终于照亮了婆婆不见光明的心。忽一日，婆婆抚摸着守寡九载，时年不过二十八岁的媳妇，浊泪横流，颤声劝媳妇道："……你还年轻，早日改嫁吧！"

婆媳抱头痛哭了一场，谢氏抹去眼泪，仍执意对婆婆说："我不。"

也就在这天，婆婆趁媳妇外出时，摸索着用一根绳子把自己就挂在榻前，死了。死的时候，双膝还是屈着跪在地面……婆婆一死，族亲将谢氏扭到官府，告她勒杀了婆婆。

知县审讯谢氏，问她："哪有人脚不离地而能自缢身死的呢？……说呀！"

"民女……不知。"谢氏摇着头，已经吓坏了。

"大胆逆妇，竟敢不招。来人，大刑伺候！"

可怜一个弱女子哪吃得住那大刑，屈招服罪了。案子结解到知府。谢氏的胞弟因百般不解，更感姐姐昔日对他的恩惠，漏夜赶去状呈知府鸣冤。知府大人调审人犯，谢氏只求一死，并不翻供。此时，独有一个知府衙门的老仵作向知府大人进言道：

"双膝弯曲地面，自缢而死者，从前就有过。仅仅以此断为勒杀，不足为据，恐有冤屈。不妨差官把那老妇的尸体复检一番，可知分晓。"

知府大人采纳了这个仵作的建议，派出官员带着这个仵作前往复检。复检的结果，这个仵作以足够的尸检征象为据，确证老妇确自缢而死。谢氏的冤屈得以昭雪。

获释后的谢氏，很想报答那个不知名的老仵作，可她再也没有见过他，也不知如何能报答他。两年之后，谢氏三十一岁，仍然年轻貌美，嫁给了一个比她长十岁尚未娶妻的山里人。这山里人姓霍，以采药为生。此后谢氏生下了三个儿子，儿子长大后，谢氏仍然不忘当年那个救她一命的仵作，便设法让她的小儿子去当了仵作。因三个儿子中，小儿子最为机敏。

谢氏一直活到七十岁上，此时她的男人已先她而去。谢氏临终之时，就把自己那当了仵作的小儿子唤到榻前，把自己一生的坎坷告诉了儿子，最后，含泪恳求儿子道："儿啊，仵作之事，是可以为天下蒙冤受屈的百姓平冤的大恩大德之事。你答应我，日后也一定在你的孩儿中选择一人去当仵作，子子孙孙……传下去……"

母亲说罢，便眼睁睁望着儿子，等待他的回答。儿子含泪应诺了母亲，劳苦了一生的谢氏这才欣慰而去。从此，霍氏家族充任仵作，就由谢氏的小儿子开始，代代相传。

岁月更替，江山易主。后来闽国灭于后唐，后唐又灭于宋，朝代变更了，霍氏家族每一代皆传一男儿充任仵作。北宋大臣向敏中当年在西京破获朝野闻名的"枯井尸案"时，就是霍靖的先人名为霍刚的充任此案仵作。这宗案子，北宋史学家，世称"涑水先生"的司马光在《涑水记闻》中曾有记载，宋慈也读过，只是其中没有霍刚的名字出现。不过，这也并不奇怪。一个小小的仵作在这一宗案中的作用，除却主审官知晓之外，实在也难为他人所重。

到了霍靖的祖父这一代。当年，他的祖父去职还乡后，还是把自己的技术传给了儿子。到了霍靖这一代，霍靖不但继承了祖辈数代都希望以此技术为天下百姓平冤的理想，更尽萃祖辈数代尸检技术的精华。代代以来，在衙门里，尽管这仵作之事，总不免被人轻视，但他们以精湛而特有的传世技术也总能得到一些励精图治的朝廷命官，乃至大臣所重。只可惜这样的官员太少了。当他们不在这些官员手下做事的时日，他们的忠于职守、磊落耿直，他们的不肯昧着良心唱检，就使得他终不免在衙门里难以立足……

"说真言常常难免遭厄运，道假言则往往好运亨通。这……唉！"霍靖老人说到这儿，叹息一声，停了下来。

洞窟中一片沉默。只有岩露滴落的脆响和霍老仰脖饮酒的咕嘟声。宋慈明白，霍老将说到他自己的那番经历了。

老人喝下几口酒，把葫芦压在腿上，长长地叹了一口气。此时，老人额上沁出许多汗珠，头上热气腾腾的，脸额上那块奇怪的疤痕也越发红得紫了。稍顿，老人果然说出数十年前他遇到的一宗案子。他言说这一案子以及自身的遭遇时，表面看去十分平静，声音甚至不如先前清亮，可这案子仍足以使听案人心灵不免颤动。在宋慈那不知容纳了多少古今疑奇案件的头脑中，也不能不使他暗自感到了震惊！

5. 游湖案

狂风震撼着通济岩。洞外的雨依然在下，雷鸣夹着电闪，不时射透有如帘子般垂挂洞前的密集雨点，亮进洞中。霍老执着酒葫芦，开始从从容容地往下说：

"四十多年前，我遇到一宗十分罕见的案子。对案子，我照例不说得太细，诸如凶手何人，被害人姓氏，起因为何等等，就不说了。我只说大人感兴趣的案形。这案子，凶手作案之残忍，可谓至极。大人你想象一下吧：凶犯做一个木桶，约如人身之高，在桶里装满了水，放进石灰数升搅浑，把人头朝下倒置于桶中，再压上盖，片刻，其人即死。这种案形，不知大人可曾见过？"

"我还是头一回听说。"宋慈如实地说。

"此案古已有之，从我曾祖父口里传下来，就称为'游湖案'。"

"游湖案？"宋慈不禁想，各种见诸记载的古代疑奇之案，自己几乎是读尽了，可对此案一无所知。足见古往今来，一定还有许许多多疑奇之案未曾入书。这使他突然感到眼前呈现出一片尚不得而知的广阔天地。

"被害人进入木桶后，必然要被石灰呛出血，但血见灰气即回，血凝滞于面，也由于石灰的药力尽解。其人死后，用水洗净，毫无伤痕可验，面色微黄而白，一如病死。"

"那，你当时如何检验？"

"此案发生在一个计有五六十口人的名门望族大院之内。当时，此尸由其他仵作检验，检验结果断为病死。我因另有一案去检验了另一具尸首。但我回来时，听说这个案子，颇疑。初时不为别的，只因死者生前是当地蹴鞠第一高手，身体很好，何以突然病死呢？

"那时，我很年轻，对所疑之事总想弄个明白。加上这所疑之事，很可能系着一宗人命重案，我便打算趁那尸首还未入葬，在当夜潜入那户人家大院去勘验尸体。

"我去了。那夜的曲折，我也不必说了。勘验之后，当我启开死者嘴巴嗅嗅，忽然嗅到一股石灰味，使我顿时想到曾祖父传说下来的游湖案。我知道，此案被害人必从口鼻内呛入大量石灰，口鼻内的石灰虽可洗净，但石灰之味在尸体腐烂之前尚清晰可嗅。不但如此，我还用细绢裹竹签从死者耳穴中擦出了石灰。此外，我还知道，死者挣命时，从鼻窍内也可将石灰呛入颅中，灰最沉滞，呛入颅内必不能出，要验得确实，只需剖开死者头颅，必将真相大白。于是，我就潜出大院，回衙禀报了知县大人。

"谁料知县大人勃然大怒，训斥我道：你可是吃错了药，道此谵言狂语。

"我说，大人，这绝不是谵言狂语。

"知县大人又说：你可知，擅自夜入他人住宅，这是违法之事，要不是念你平日倒还忠诚，本县当拿你问罪。

"我当时全然无惧，认定这是一宗极其残酷的冤杀案，再说我这也是诚心为知县大人着想。我便据理与知县大人力争，我说：大人，断错了案，你也要遭贬的呀！

"知县大人越发大怒。我仍苦苦争辩。末了，知县大人果真把我断了个夜入他人住宅之罪，处杖刑九十，将我贬逐出衙。

"那时，我一腔热血，岂能甘休，就把此案告到知府去。知府大人听了后，很感兴趣，当即派员下来复检。

"掘墓验尸那天，我很激动。知县大人一同来了，那个大富人家的户主也被指令到了现场。我看他们仿佛无事般的神情，心里只想，等着瞧吧，墓一掘开，一切都会大白……"

霍老说到这儿，停了下来。

宋慈望着老人那由红而变得铁青色的脸，接下去说："结果，墓掘开了，头颅不见了。"

"是的。"霍老顿了顿，继续说，"当时众人一片大哗，我还是冷静下来。我说：'独独少了头颅，正说明案犯心虚，取走了头颅。可以立案侦破了。'没想到……"

"案是立了，可被审的是你。"

"不错。"霍老淡淡一笑，"案情急转直下，知县大人当即断言是我盗墓取走头颅，以混淆视听，图泄私愤。我仍然全无惧怕，因为我已看到那内棺外椁完全没有被人掘启过的痕损，毫无疑问，死者头颅是在下葬之前就被取走了的。这更说明凶手就在那户大富人家之内。我指出了这一切，可是……"

见霍老又把话顿住，宋慈心想，对游湖案，自己虽是头一回听说，可对打官司的事儿并不陌生，听到这儿他觉得对案事的发展，自己已基本心中有数，就又推测着问：

"如此说来，你被贬出衙门那天，那具尸首还没下葬？"

"是的。"

"那他们完全可以说，是你在被贬出衙门的当天夜里，再次潜入那户人家宅寓，盗走了头颅。"

"正是如此，我被拿到大堂，诸般大刑都用上了。那个大富人家清查棺内之物，又诬我盗走了棺内陪葬的钱财……唉，那时，我有多傻啊！"

"但你……毕竟在大刑之下清醒过来。"

"丝毫不错。直到那时，我才明白，他们何以临场掘墓，依然无事一般。我也想，凶犯何以知道在尸首入葬之前就取走了头颅呢？'检验头颅，可知端的。'这话我只对知县大人说过。此中曲折，我有些清楚了。至于新来复检的官员也与知县大人言同声，行同步，又是为何？要不是那个大富人家上上下下使转了银钱，还能有别的原因吗？毋庸置疑，他们已是串通一气，要我性命来了。"

"后来呢？"童宫在旁听得攒拳叩齿，忍不住插问道。

"后来……我认了。"霍老平静地说。

"什么……你认了？"童宫又惊诧道。

"是的，我认了。不过，我只认了头一回去看验尸首顺手盗了财物，不认有第二次盗取头颅的事。"

"为什么？"

"问题已很明白，我要是不认，他们必将我拷打致死。我不能不想，如果我死了，从我的先人传下来、每代皆传一人当仵作，就将在我霍靖这一代断了，那我有何面目去见列祖列宗？我想，我不能死。

"那时，我变得聪明了。我知道，我如果认了盗取财物之罪，按神宗熙宁四年所订的《贼盗重法》：'凡盗窃，罪当徒……'至多是被判个刺配南远恶州军牢城。而他们也知道，要叫我招出头颅藏于何处，我即便招了，也断断拿不出来。现在我已招出了盗劫，何不就以此定罪？即便要我性命，与其当堂打死在衙门，何不到发配途中下手来得无嫌……

"就这样，我认了盗劫。他们也果然以此定罪，将我先具徒流脊杖四十，接着唤文笔匠黥刺面额，又当厅取一面二十五斤团头铁叶护身枷钉了，押一道牒文，发配岭南。"

"后来，你逃走了。"宋慈直视着霍老叙说中渐渐由青变红的面容，微笑着说。

霍老摸摸面额上那块发红的疤痕，也笑了笑，继续说："大人说得不错，要真轮到我作案，倒也不算太难。那时正值大暑，赤日炎炎，往岭南去的大道上，脚踏下去，步步冒烟。我便与两个押解公人说：'如此狂热气候，要揉些解暑药儿熬汤喝喝，要不准得热杀在路。'他们也认得一些解暑草药，便一起动手采撷起来。

"我出这个主意，因为我少时从父亲那儿认得一种名为'蒙汗姑'的草药。这种草药十分罕见，大人要是没见过，日后我一定采来给你辨认。那时，在路上，我就是看到了这种草，便采了杂在祛暑的草药之中。当晚在一个小客栈熬了，我自然想法子没喝。而他们喝下去不久，就如同死去一般。我就摸索着取了他们的钥匙，开了枷，逃了！"

霍老说到这儿，耸耸肩，拔取葫芦盖儿，饮下几口酒，接着摸摸面额上那块疤痕，微笑着又说："我知道，大人刚才对我诸般经历的推断，怕就是源于我这块疤痕。不错，我要是不做特别处理，那黥刺便将一辈子跟着我。好在那宗冤案不是发生在汀州，否则我还回不到老家来，此生也就遇不上大人这样的贤明了！"

"你老说哪里话。"宋慈诚恳地回道，"宋慈今日能听到你老这一席谈，深得教益，实在是宋慈之大幸！"

"大人！"霍老目光炯炯，语音又分外清朗，接着就道出一番久蓄胸中的肺腑之言，"实不相瞒，大人你到汀州的当日，轻而易举就把那宗抢盐之案断个清清楚楚，雄儿回来一说，老朽便好像遇到了久违的贤人。再后又见大人布告蠲免半租，又从容替汀州百姓解决了食盐大难之事，老朽对大人更是思慕弥切，渴望一倾积压多年的胸中郁闷。昨天上山，偶见'蒿草人形'，便不揣冒昧把大人请到这深山古洞里来，深望见谅！"

霍老把心中的话都尽情吐出之后，又仰脖举起那酒葫芦，直将葫芦里的酒咕嘟咕嘟喝尽，方才放手。

宋慈听了老人这番言语，也好似喝下一坛醇厚佳酿，心中暖热无比。老人一身浩然正气，满腔平冤之志，从五代时那个平凡女子开始，也可谓源远流长，令人肃然起敬！看着一生坎坷、经历不凡的老人，宋慈真不知还该说些什么。

"你老，好像十分好酒。"宋慈说。

"呃，不会喝酒，算不得好仵作。"喝尽酒后，霍老格外精神，一抹唇边花白的胡须，真是神采飞扬。老人又说，"验尸之前，喝上一口，可使正气内藏；验尸之时，含上一口，能避秽气；验尸之后，喷酒于炭火之上，打从上面走过，更可保邪恶不入。"说罢，四人都发出爽朗的笑声。

不知不觉，洞外已是雨过天晴。四人出得洞来，立即觉得山风带着润湿的水汽从身旁轻轻流过，清爽无比。放眼雨后天空，分外清丽。一弯彩虹，高悬天穹，光灿夺目。

四人继续向云山深处攀去，当他们绕过通济寺，在一处古藤盘结的崖壁上终于采摘到茜草时，正处在那帘飞瀑的顶端。宋慈站下，怡然骋目大自然的壮美雄姿，心中不禁暗自感叹：巍巍华夏，卧虎藏龙，民间也蕴藏着好多无价之宝啊！

第九章

飞蝇识器

（1233—1234 年）

用狗协助破案，如今全世界都不陌生。七百多年前，中国已能调动苍蝇协助破案，这是利用生物破案之首创。同时期欧洲处于中世纪，宗教裁判取代法庭，人的刑侦断案能力尚且被抑制、被废弃，哪里还谈得上利用生物协同破案呢？中国法官临场勘检此时已可分为验伤、验尸、验地、验器等等，这个飞蝇识器案的验器方式，堪称法医学史上的一个经典。

1. 烟火下的碎尸

盛夏已过，天气并没有稍凉。日头初升，暑热便开始在大地荡漾了。县衙内那两株古柏树偶尔带来的一阵风，也是热烘烘的；日头蒸烤得屋脊上的两头独角兽都仿佛在喘息。

这段时日，宋慈也去过霍靖爷孙的住处拜访。汀州自唐代以来就有汉人与畲人杂居的村落，霍靖爷孙是汉人，居住在城外一个畲族人居多的小山村。山上多竹，同村上所有人家一样，霍老的房屋也是竹木构筑的，屋内的家杂用具几乎全为竹质，这使篾户出身的童宫一踏进去就有种"如归"之感。

家境清贫，房中空洁，四壁悬挂的全是各种各样的草药。同霍老促膝长谈，宋慈每能拾得书本中难以见到的知识。

宋慈对乌石岗那宗"蒿草人形案"依然耿耿于怀，无奈现场没有留下其他可资追索的东西，每与霍老磋谈此案，霍老也拿不出什么妙法。

终于有一日，出没于大山之中的霍靖爷孙忽然在乌石岗那个焚尸坪附近，又发现了一起新焚尸案。

这日，霍靖爷孙照例天未破晓就出门进山，走到乌石岗附近，天刚放亮。薄明中，霍雄忽然看到山道侧翼的乌石岗下冒起一缕青烟。

"爷爷，你看，那是什么？"

"火，是火！快！"

霍靖甩开大步，两手分开树丛，朝青烟起处奔去。转上峦岗，就见是与上次焚尸坪相去不远的又一处草坪上燃着了一堆火。看那着火的偌大一堆柴草，足可以燃上半日。

"莫不是又有人焚尸？"

爷孙俩目光碰在一起，彼此明白是想到了一处。再四下里看，却不见人影。可那方燃未久的火光又表明放火人一定还在附近。怎么办？

"灭火！快，灭火！"

爷孙二人飞奔下岗，去扑那火。此时火已大着，火借风势，烧得噼噼啪啪，呼呼作响。幸而爷孙二人赶得及时，一阵猛扑，虽弄得衣破体黑，总算把火打灭了。

"快，扒开看看。"

"欸！"霍雄动手去扒那尚冒青烟的柴草，没扒几下，果然看到一个鼓囊囊的布袋，袋上溢出成片成点的紫黑斑痕。

"血，是血！"霍雄叫道。

"解开它！"

袋口扎得很牢，霍雄用一把锯齿形的采药刀割开绳子，袋口一开，果真露出一具尸首来，一具被人以刀肢解了的尸首，尸身一丝不挂，一目了然，是具男尸。

爷孙二人又举目四望，头顶上是峥嵘的怪岩，脚下稍远处是一片不曾砍倒的足有一人多高的蒿草，除了潺潺的流泉轻响，除了青烟仍在这一块草坪的上空慢悠悠飘升，山谷四处只有一片令人琢磨不透的幽静，不见人影……

"不管他！"霍老说罢，与孙儿一同开始验尸。二人却才动手，霍雄忽然发现尸身上还有并非刀砍的创痕，又叫出来："怪了，爷爷，你看，这人身上还有镰刀割杀之痕。"

"正是。纹路清晰，是一把新镰。"老人平静地说，显然他早已看到。

"是生前割杀之痕。"

"对。你看这里，项下这一痕，割断脉管，刃及项骨，足以致命。"

"从镰痕走向看。这人还是平卧着被割杀的。"

"一、二、三……"

爷孙二人继续看验下去，那镰刀割杀之痕，细细算来，计有一十六处，或重重叠叠，或相隔甚远。但都是一口气割下的，创口内没有丝毫碎布断纱，可见这人正是赤裸着身子被人割杀。二人把一应情况都看个明白后，霍老道："雄儿，你快去禀报宋慈大人！"

霍雄看看这个阴森幽僻的谷地，担心年老的爷爷在这儿会遭遇不测，哪里肯去："爷爷，你去，我在这儿！"

霍老也是不肯，但霍雄坚决不去，霍老想想，还是自己去了。

半上午时，宋慈正在看女儿写字。霍靖老人匆匆赶到县衙，门吏认得他，听说有要事，也不通报，就让他径直进了后院。

老人浑身大汗，热气腾腾，身上尽是一道道火炭划过的痕迹，见到宋慈，尚未开言，先自扯下腰间的酒葫芦，拔去塞，仰脖喝下几口，然后就把所见的情况一口气告说出来。

宋慈听着，心想确有些怪了，尸体是以刀肢解的，凶手有刀，可凶手又是以镰杀人，可见凶手对死者有切齿之恨。要么，就是凶犯十分残忍，待听说霍雄还一人留在山上，宋慈立刻从座位上站立起来，叫道："芪儿，快去找童宫，叫他带上两人速往乌石岗去，先找到霍雄！"

"好的。"宋芪应声奔出门去。

宋慈从芪儿房中出来，又唤人传令，集合衙内一干行人，准备立刻出城。回转头，宋慈才问霍老："十余处镰痕，如何分布？"

"集中于脸部和下体。"

"可还认得死者是谁？"

"就是山下东畲村的巫师。"

"尸身肌肤如何？"霍老明白，宋慈是问他案发的时间。像这样的大热季节，尸体只需经过一两日，颜面、肚皮、两肋、胸前肉色均会发生明显变化，但那具尸体未见明显变化，霍老这就回道："发案时间，当是昨晚。"

"你看这宗焚尸案与去年那宗，凶手是不是同出一人？"

"地点相近，又同是焚尸，可以这般联想。不过……"

"你是说，尸体不同。那是一具全尸，这是碎尸。"

"但是，如果凶手也发现那个蒿草人形，恐露马脚，这次焚尸，也可能肢解尸体。不过，凶手也可以把那蒿草人形割掉。可是……"

"那个蒿草人形还在。"

"是的。两地相距不远，不可能是来不及割去。"

"你刚才说，肢解创痕并非割处齐截，这表明是在死者刚刚被杀之后紧接着进行的，而不是进山之后。"

"这点我敢肯定。"

"这么说，如果凶手肢解尸体是由于发现那个蒿草人形，早该将蒿草人形灭去。现在蒿草人形还在，表明凶手肢解尸体与那蒿草人形无关，凶手也可能不是同一人。"

"我也有此疑。"

"嗯。"宋慈随即对霍老一招手道，"走！"

"大人，"霍老随宋慈向厅外走去，又问，"去哪儿？"

"东畲村。"宋慈毫不犹豫地说。

"大人认定凶手必在东畲村？"

"只能做此推想。"

"可是……"霍老说，"我下山时，特意折进了东畲村，看到巫师家中炊烟如旧，织声吱吱，我索性叩门进去，佯称请那巫师降神，他的妇人正操纺车，亲口说：'昨日外出了！'老朽窃想，这巫师时常在外与人占卜跳神，祈福禳灾，怎见得凶手不会是外村人呢？"

宋慈答道："如果其妻与别的男人合谋作案，自然佯作无事一般。再说，你老验过那尸，镰痕多集中于颜面与下体，又是裸身被杀，想必与奸情有关。如是，即使其妻不是凶手，也可能还蒙在鼓里。"

霍老这才明白，宋慈没有打听巫师家里的情况，原是已经料定：不管凶手与巫师之妻有没有关系，眼下她都会一如往日。

"这么说，大人以为作案原地也在东畲村？"霍老又问。

"我想是的。东畲村离通济岩最近。汀州地方处处是山，何处不能处理尸首。很难想象凶手把人杀在他乡，却把尸首远途背到通济岩去。"

"那，大人将从何处入手？"

"先找那把行凶之镰。"

"怎么找？"

"传出话去，让乡民都交出各自的镰刀。"

"可是，凶犯要是不交出那把镰刀呢？"

"那个小村，不过三四十户人家，村头有个小铁匠铺。村里农夫用的镰刀，都出自这家铁铺。村子小，谁家有几把镰刀，铁匠师傅一般都记得，即使记不清，村上人也彼此清楚。何况你老已经断定，那是一把新镰，当地农人购置镰锄刀耙之类，多是赊账，谁家新近赊过镰刀，铁匠那儿清清楚楚。把这些话都传扬出去，谅凶手不敢不交。退一步说，即使凶手已将凶镰丢弃，恐怕也想倒不如找出来，仔细刷洗之后再交出。如果找不回来，那倒真有杀人之嫌了。如果交出，不是正可以用你也说过的那个法子，辨识出来吗？所以我想，只要凶犯确在东畬村，他交出镰刀也罢，不交也罢，终归难逃。"宋慈说完，已听得厅外一干人俱已集合齐整，又抬手对霍老道，"走吧！"

在这样短的时间里，就有了如此胸有成竹的思索，霍老对宋慈的确钦敬之至。他想，宋慈的这些思索，所用的不过就是自己提供给他的那些零零星星的目睹耳闻，而他就用这零星点滴编织成一个丝丝相连的大网，看来凶犯是难逃此网了。

这使得一生坎坷的霍老禁不住有些激动。如果说从前他只是听别人说宋知县断案的神奇与精明，如果说从前他只是在与宋慈的攀谈中深羡大人思维的敏捷，现在他对于宋慈断案的非凡能力，则是亲耳所闻，亲身所感！

然而世间的事，常常也会这样，当一件错综复杂的事陡然间仿佛准确无误地呈现在面前时，你往往又会突然间对它产生某种怀疑。

"果真如此吗？果真会像大人预想的那般发展吗？……"现在霍老就这样在心中暗自问道，同时也大步向厅外走去。

2. 调动苍蝇

日头爬上中天，阳光愈发酷烈。南方金秋炎热的天空下，田野里寂静无声。放眼望去，田垅耀着金光，到处都是成熟的稻禾，也有动了镰的，留下一片光亮亮的稻茬儿。快马从大道上奔过，成群的阳雀从那收割与没有收割过的田垅里腾空飞起，发出清亮的鸣叫。

在乡民歇晌的当儿，奉命先来鸣锣传话的快骑赶到了这个山脚下的小村。这样做当然是要让凶手有个准备的时间，如果能促使凶手交出凶镰，对于断案自会省却许多麻烦。

宋慈一行抵达小村，日头已越过中天，向西斜去。村中那喤喤的锣声仍在不停地敲着，每响两下，便是皂隶的高声唱报："各家镰刀，众皆有数……哐哐……大人有令，快快交出……哐哐……若有藏匿，必是凶手……哐哐……"

宋慈一行踏上了村前的一个晒场。不多时，乡民们三三两两地各执镰刀来到这儿。书吏将各家呈交的镰刀都在小柄上一一标上户主姓氏，然后由衙役依次摊排在晒场边的一个凉亭内。铁匠为避嫌疑，把铺里尚未售出的镰刀也尽数抱来。这镰全是没有上柄的，自然不必标记，衙役接过，就做一堆搁在一边。

交出镰刀的乡民全候在晒场一侧的树荫下，巫师的妻子也来了。由于还没有说明死者是谁，巫师的妻子也跟别人一样候着，看去仍无特别之处。

全村的人都到齐了，没有人再交镰刀了。霍老提出一条不知从哪儿弄来的鳝鱼，在凉亭里剖杀开来。他用一把锯刀两用的采药小刀从鳝鱼前腹直划下去，鳝鱼很快不动了，鲜血四溢在板上，霍老便起身候在一旁。

所有的乡民都注视着木板上那条仍淌血的鳝鱼，不知杀之有何用意，再看知县大人一动不动地坐在另一侧树荫下，也不知还在等待什么。乡民们不由得面面相觑，交头接耳。

宋慈确实是在等待。很快，他已看到那条鳝鱼之上飞来了苍蝇，一只、两只、三只……越来越多，转眼间就铺满了那块溢着鳝鱼血的木板。此时，候在一旁的霍老对宋慈望了一眼，忽抖开一块布，前去驱起苍蝇，然后把那木板用布一包，取了就走。陡然间失去美餐的苍蝇，便在凉亭内嗡嗡地飞转着，寻找着……

只有霍老与宋慈才明白这群苍蝇的意义：死者身上有十多处镰割之痕，镰刀必沾满血迹；人的血迹虽然可以洗去，但血的腥味却难尽除；何况那是镰刀，上面有许多齿儿。退一步说，就是洗刷得人的鼻子嗅不出了，嗜血的蝇类的嗅觉要灵敏得多。当然，凶手也可能用火烧之，但那样会留下火烧的痕迹，反而不嗅自见……现在且看那把镰刀是否真在其中，那些嗜血的小东西是不是真能找到它！

苍蝇仍在空中嗡嗡地飞着，终于有几只落在镰刀上了，但不止落在一把镰刀上……飞飞停停，停停飞飞，毫无留意，毫无目标，难道这一切都只不过是儿戏？

终于，奇迹发生了。

"那儿，在那儿！"霍老叫道。

只见是铁匠那堆没有上柄，也未曾排开的镰刀之上，飞集了许多苍蝇。

宋慈从椅上霍然站起："排开，把那堆镰刀排开！"

霍老奔向前去，把那堆镰刀统统拉开距离排列在地。不一刻，苍蝇都齐集于其中一把镰上。

"是了！肯定是了！"霍老说。

乡民们也都注意看那镰刀。最吃惊的自是铁匠，他尚未反应过来，已听得"哗"的一声，一条锁镣早套上了他的脖颈。

晒场附近，一个大户人家的厅堂上临时设起了"公堂"。宋慈端坐正中，衙役分班站定，乡民们全都按吩咐候在大门之外，等待随时传问。

铁匠到底反应过来，忽然大声呼道："青天大老爷，小人冤枉，冤枉啊！"

宋慈把这个胳膊粗壮的铁匠打量了一番，开始讯问："你冤在何处？"

"小人没有杀人。"

"没有杀人，这镰刀怎么会招苍蝇？"

"这……小人不知。"

"你先说说，今日早晨，你都去过何处？"

"小人都在铺中打铁。"

"可有人证明？"宋慈问。这铁匠铺就在面朝大路的村头，从今日早晨开始，这铁匠是否都在打铁，极易找到证人。

"有！有！"铁匠道，"小人的徒弟，可以做证。"

"你那徒弟可是一直同你在一起？"

"在的，在的！"

"他不能做证，你可还有证人？"

"有，有的！"

铁匠就报出了一串可以为他做证的人名。宋慈一一传进来问，虽然没有一人能证明他从早晨到中午，始终都在铁匠铺里，但综合起来，足以证明他今日从早晨起就没有去通济岩的时间。难道杀人者是一人，移尸的又是另外一人，亦或铁匠不是凶手？

镰刀上又聚来了不少苍蝇，宋慈拂去苍蝇，拿起镰刀仔细辨看，忽然，他眉心一耸，发现这镰刀上柄处的孔眼里，有残存的木屑，孔眼边缘也留有被钝器敲击过的痕迹。这个发现足可证明这把镰刀曾经上过柄，是被谁刚下了柄的。毫无疑问，有人从铁匠铺里换走了一把没有用过的镰刀，这人是谁呢？

宋慈略一思忖，又问铁匠："锣声响起时，你在何处？"

"小人正在铺中打铁。"

"可有谁到过你铺中？"

"没有。"

宋慈又命衙役道："去，到凉亭里去找还没有用过的镰刀。"

显然，宋慈认为凶手的换镰时间是在锣声响起之后，否则，没有换的必要。现在，铁匠说没人进过他的铺子，就只好到乡民们交出的那些镰刀中去找了。霍老领悟宋慈的用意，也随衙役去找。镰刀仍排在原处，霍老与两名衙役分段辨识，很快就找到了。只是，又出现了麻烦——尚未启齿之镰共有三把。

宋慈仔细看这三把镰刀，看到都是新安的柄，其他也没有什么异常，就传下话去，把这三把镰刀的户主都带上来。

片刻，押进了三个人：一男一女一孩童。男的身材高大，壮实有力，女的身材瘦削一副病容，孩童只有十余岁，一脸稚气。三人中，除那孩童还不知惊骇，一男一女都很紧张。

宋慈和颜悦色地先问小男孩："你先说说，你怎么是户主？"

男孩跪在堂前，睁大了眼睛，答道："父亲病了。"

"你母亲呢？"

"一早随人上城去买药。"

"你父亲生病多日了？"

"是的。"

宋慈又转问那妇人："你呢？"

妇人跪在堂下，臀部已垫靠在腿肚，足见身体之虚弱，她低着头，回道："民女的男人，去年死了。"

宋慈又问："你的镰刀为何还没有用？"

妇人忽然泣不能言。

"大人！"跪在堂前的另一个男人忽然说，"你不用再问她了。"

"为什么？"宋慈盯住这个身材壮健的男人。

"人……是我杀的！"

一语道出，满堂皆惊。不只是因为找到了凶手，还因为这个凶手不待审问，先自招了。

宋慈不为人察觉地点了点头，随即对那妇人和男孩说："你二人先下去吧！"

妇人叩了头，起身就走了。那男孩却还跪着不想起来，直到衙役走过去将他一提："走啦！"他才爬起来向门外走去，待走到门口，还留恋地回头望了一眼，才消失在门外。

3. 杀仇与杀奸

月亮还没有升起，繁星闪烁着幽远的光。

秋夜毕竟不同于夏夜，从汀江上吹来的凉风很快就将暑热荡去了。这夜，宋慈与夫人、女儿、秋娟、童宫等人都坐在县衙内那两株参天古柏下。当宋慈讲完白天破的这宗案子时，大家都陷入了沉默。

又是一宗复仇案！

宋慈原以为死者就是在东畲村被杀的，不会有人远道移尸而来。这点，他判断错了。

死者被杀在邻村一个姓秦的寡妇家中，并在那儿被肢解。这秦寡妇就是宋慈初到汀州那日见过的那个头上别一朵绸织小白花，上身穿紫色春衫，下身着绿色绸裙的少妇，也就是那个抢盐案犯的大姐。这个案子同样引起了宋慈的沉思。当然，他所关心的已经不只是案件本身的扑朔迷离……

案犯姓雷，名三泉，身世极不平凡。他出生在一个畲汉通婚的农人家庭，这在当地也毫不奇怪。在他刚刚操得动锄耙刀斧时，父母相继染病去世。那时，在他家隔篱住着一个姓赵的汉族孤老头儿，老头儿自愿承担起关照他的责任，他也与那老头儿在一处过日子了。

有一年，老头儿忽然从外乡买来一个五岁的小女孩。到雷三泉长到二十六岁上，那小女孩也有十六岁了，老头儿就给他们做成了一桩婚事。不久，老头儿寿终正寝。一年后，雷三泉的女人生下了一个男儿。又过一年，小男儿已能蹒跚行走，母亲也从一个纤小瘦弱的小女子出落成一个丰满美丽的少妇。这时的雷三泉，不但身材健壮，力大无穷，上山下地也是村上最棒的耕种好手。一家人生活虽不宽裕，日子却也过得安定。

198

可是，去年秋天的一日，雷三泉的女人把小儿寄在邻居兰氏家中，出门去给丈夫送饭，一去再没有回来。

雷三泉发狂似的到处寻找妻子，可是遍寻不着。这期间，他的孩子一直托邻居兰氏照看。这兰氏就是白天那个体质不佳的寡妇。

村上有人猜想，会不会是那女人碰到了自己的父母，跑回家去了。可是她的父母是谁，家在哪儿，赵老头儿生前从未漏过半句，谁也不知。而雷三泉怎么也不信那话。他女人的家就在这儿，这儿有她的丈夫、她的儿子。他深信，她对她的丈夫和儿子都有情有义，绝不会弃他们而去。

雷三泉仍奔走于四乡，不论是深山僻岭中只有两三户人家的小山棚，还是通济岩山顶的空门佛地通济寺，他都寻遍了，直找到今年春播时节仍不见踪影。他只得先回来匆匆把田种下，然后又去寻找。

入夏后的一天，终于寻到一点踪迹了。这天，雷三泉在汀州城内忽看到有人兜售一副嵌珠铜锁，他眼睛一亮：这不是他妻子的贴身佩饰物吗？取过来仔细看，果然是。他双目睁圆，心儿直欲跳出胸膛。他正要拿住卖主盘问，不料卖主在他辨认铜锁的当儿已注意到他的神情，急忙混于人流之中，一眨眼工夫就不见踪影了。

整整一个夏天，雷三泉又在追踪那个卖主和寻找妻子的日日夜夜中过去。转眼到了收割季节，雷三泉念着仍寄在邻家兰嫂那里的小儿，只得又回来收割，就在昨天，当他准备去开镰的时候，在村外的大道上忽然撞见了那个卖主！

真可谓冤家路窄。雷三泉就像老鹰叼小鸡似的把那人拎进了道旁的林子里。雷三泉那睁得目眦欲裂的双眼，令那个卖主看一眼就发怵；那捏得骨节都会发响的巨大拳掌，也足以打碎他的头颅。但雷三泉没有揍他，只亮出了崭新的镰刀，横在那人的脖颈上，又掏出了那副他每时每刻都带在身上的嵌珠铜锁，喝令对方道："说，哪儿来的？"

"是……是……偷……偷的。"

"偷的？"雷三泉是个头脑憨直的人，很快信了，又问，"哪儿偷的？"

"是……隔壁村，秦二娘家。"

"秦二娘？"雷三泉认得那寡妇，那是个方圆几里颇有些名声的女人，但认得归认得，在还没有得知自己女人的下落之前，雷三泉是不会把这个小偷放了的。他双眼一睁喝道："走，领我去！"

那人不敢怠慢，爬起来摸摸脖颈，脖颈已被镰刀压出一道齿痕，血也溢了一些出来。但他没有吱声，看看面色铁青的雷三泉，只好乖乖地领他前去。

两村相距不过十里之遥，匆匆走去，不足半辰即已到达。秦寡妇的家在村子中间。此时乡人都去下田，村子很静，偶尔从人家半掩的门户内传出妇孺的说话声。秦寡妇的门院虚掩着，那人领雷三泉到了房前，以手指了指："就在这儿。"

"进去！"雷三泉道。

那人本能地有点犹豫。雷三泉将他胳膊一拿，那人立刻疼得五官都变了形。叫也不是，哭也不是，只得抬腿朝门里移去。雷三泉就势一送，门矸的一声开了，那人倒进去，跌进院内。

"谁呀？"

院内的房子里传出一个女人软软的声音。那人跌在地上不敢作声，雷三泉也不作声，进院后回身关好门，又拽起那人向房里去。

刚到房门前，只听那门儿一响，房门开了，果然是秦寡妇出现在门前。她穿一身浅红对襟秋衫，翠色裙子，圆脸白胖得耀人，这使她的眼珠子也愈显得黑亮而深陷。一见到来的两人，她那原本轻松的神气不见了。

"二位……"

雷三泉不答话，也不容那自称小偷的人住步，又将他往里推去，秦寡妇只得往门里让。雷三泉进了门，又回手把那门也关了。秦寡妇惊魂未定，正不知来者何意，雷三泉已将那锁佩取了出来，亮在她的面前，喝问道："说，哪儿来的？"

秦寡妇打一寒战，认那锁佩，接着摇了摇头："没见过。"

"没见过？"雷三泉双目瞪得更圆。

"是没见过。"

雷三泉霍地一声右手从腰间拔下镰刀，左手如擒鸡般捏住了那男人脖颈，那人脚一悬空，立刻惊得哑声呼道："慢……慢……听我说……你听我说！"

雷三泉又把他扔下。那人跌坐在地，就势一滚却跪在了秦寡妇面前，不住地叩头道："秦二娘，救救小人一命，你快与这人说了，这东西是哪里得来。要不，小人就没命了。"

秦寡妇此时也惊得身上颤抖。那人旋又双膝在地打了个转儿，向雷三泉叩道："好汉，这东西，小人确实是从她这儿偷的。你要知道这东西来自哪里，只有问她。要不，杀了小人，小人也说不出别的来处。"

雷三泉额上冒出大汗，孰真孰假，这叫他好难分辨。他还能有什么办法呢？陡然间将牙根一咬，他照那男人腿上猛发一脚，只听那人"啊"地怪叫一声，直向房里飞去，跌在一处角落，直在那儿抱腿呻吟，不敢动弹。

雷三泉一双喷火的眼睛转而盯住了秦寡妇，执了镰向她走去。秦寡妇已惊得方寸大乱，兀自软跪在地："别杀我……我讲……我都讲。"

秦寡妇断断续续，遮遮掩掩的总算讲出来。然而她只是与东畲村的那个巫师有染，锁佩是那巫师所赠，旁的她不知道。

一个女人招出了与别的男人有染之事，自不是一桩小事。他雷三泉就此告到官府，这女人也少不得要遭大罪。因而这女人的话不由得雷三泉不信。倏忽之间，雷三泉想起去年春天里的一件事，他的妻子患病，发热不退，时发谵言狂语，他也请了巫师。巫师只说她是被鬼迷了心窍，须领她到仙人那儿去，听候仙人开导才能康复。于是巫师把她关进一间黑屋，由巫师单独进去，跳舞祈神，闹着闹着，屋内就不响了。约有半个时辰，屋内又有了谁也听不懂的念念有词之声，随即飘出一股仙香之气。后来，巫师出来了，告诉他，他的女人已从仙人那儿回来，现在安静睡了，不可惊动。那以后的一些时日，他都觉得妻子神情恍惚，但渐渐地，妻子的病毕竟好了，他也就忘了那事。如今记起，他心里直火烧火燎地痛。再想那称有仙风道骨的巫师，却在这儿与这女人不干不净，雷三泉不再踌躇，认定妻子就是被这巫师所谋。

雷三泉撇下房中二人，没再说一句话，转身走了。他要去找巫师算账。

没想到出村不远，竟遇到那巫师远远地迎面走来，不过不只他一个人，另有一人。雷三泉避进了道旁的林子，先让过了他们，然后尾随着。

巫师是被人请来跳神的。他随那领他来的人进了村子，又进了一个大户人家院落，在里面跳起神来，热热闹闹地直忙到日头西下，又在这户人家中吃饱喝足，这才起身告辞。

月亮尚未升起，村外的大道上静悄悄的。巫师已走到村前的那棵大榆树下，再出去，就是大道了。雷三泉尾随其后，只待他走出村子远了就可以抓住他问个究竟。可是，巫师竟没有出村，他在大榆树下转了转，折向了另一条进村的路。他悄悄地又来到了那个寡妇的门前。接着响起了轻轻的叩门声。只一眨眼工夫，巫师又消失在寡妇门内。

雷三泉追到门下，就用那把镰刀插进门去，拨开了闩，可是门内还有一根杠儿顶着，不能进。毕竟雷三泉身材高大，总算瞅准了一个可以攀爬的去处，翻墙进入小院。

"你今日怎么啦？"

房中，巫师已将秦寡妇拥在怀里。然而秦寡妇毫无兴致，也没有作声。她倒是想把日间遭遇那事赶紧告诉对方，好让对方想点法子对付，可是转而又想，要是告诉眼前这个男人，说不准现在就会被这男人杀掉……正踌躇着，巫师已将她抱上榻，又把自己的衣裤都脱了，来剥她的对襟衫儿。就在这时，一把崭新的镰刀横在了巫师的脖颈上……

接下来的事儿用不着细叙，那巫师在见到雷三泉的一瞬间就瘫软了。反抗是没有用的，雷三泉力大如牛，何况还有一把镰刀压在脖颈上，那镰齿已把他的颈项咬蚀得鲜血横流下来。他听到雷三泉咬牙切齿地说，你要是不道出我女人的下落，我雷三泉将不仅杀了你，还将杀死你全家。巫师明白雷三泉是个说得出，做得出的汉子，终于把眼睛一闭，道出了雷三泉妻子的下落……于是，雷三泉就在肝胆欲裂的状态下猛力将镰一拉割断了他的咽喉，接着又在他的颜面和身体上一口气割下了十余处创痕。

秦寡妇早吓昏了，雷三泉毫不理会。他坐下来喘着气，饮泣一场，然后去寡妇橱下找了一把刀，将巫师肢解了，又找了个口袋，把碎尸装进袋中，扛起尸袋出了村。

下弦月升起来了，踏着惨淡月光，他把尸首扛回了东畲村，但是没有进村，又径奔通济岩去。他来到乌石岗，割了许多蒿草，捡了许多柴火。他的妻子是在这里被巫师焚尸灭了迹，他也要在这里将巫师的尸体焚了，祭祀他的亡妻。

天渐渐地亮了，当他终于燃起柴草的时候，火势尚未大旺，忽然听到有人朝这儿跑来的脚步声，他本能地躲了起来。后见有人扑火，他踌躇一阵，想到家里还有小儿子，就潜回村去。再后来听到皂隶鸣锣，要村民交出各自的镰刀，晓得本县大人厉害，又想到儿子尚欠安置，他不愿就在今日被抓住，于是潜入铁匠铺趁其不备换了镰刀，没想到铁匠把还没有卖出去的镰刀也全部搬了出来……

这天下午，案子审完，日头已经西沉，一片紫红与银灰色相间的天空渐渐黯淡下来。雷三泉起初只想招出自己杀人一节，不想说到小偷与寡妇，但在宋慈的严密审问之下，还是招出了一切。

有那么一阵子，宋慈也沉默着。尽管现在凶犯、凶器俱获，他还是想到了自己有些推断是错的。譬如凶犯对巫师虽有切齿之恨，但以镰杀人却是因为当时身上没有别的凶器；肢解尸体，是凶犯为着祭妻，才把尸体肢解了远道移来。可见世间案事纷繁曲折，即使是思谋之中以为相当准确的事，也常常出现意外。这使宋慈一再体会到，推断虽为侦案的重要手段，定案却必须握有确凿的证据。他接着问道：

"雷三泉，除了你的小儿之外，你可还有亲人？"

雷三泉眼里布满血丝，摇了摇头。

"你原打算如何安置小儿？"

雷三泉咽下一口唾沫，似乎欲言又止。

"你只管说来。"

雷三泉跪直了身子，到底说出："不知邻居兰嫂可肯收养？"

"这事，本县与你去办。"

听此一言，雷三泉目中一亮，连连叩头："谢大人，小人死而无憾！"

此时，童宫等人已奉命把碎尸取下山来，那焚尸现场可不必再看护了。接着，宋慈带上案犯直抵邻村去看了杀人现场，又审得秦寡妇的供状与雷三泉完全相合。这样，宋慈于近年来一直耿耿于怀的"蒿草人形案"，也由于今日这一"镰杀案"的破获而一并破获。

在回县城的路上，宋慈又想，人间的案子，即使是大奇之案，常常都会这样：当尚未侦破之时，你会觉得它万种疑奇不可思议，一旦大白于天下，你又会觉得它原来也不过如此简单。

现在，宋夫人、宋芪和秋娟，听宋慈讲完这个案子，也都不再只是对这宗案子感到惊奇，那些弯弯曲曲的细节，都退到后面去了，渐渐清晰出现在他们头脑中的却是对主犯雷三泉产生了某种说不清的同情和惋惜。

"父亲，"宋芪忍不住道，"这雷三泉，要是昨天来告状，多好！"

宋慈望了女儿一眼，没有作声。

"小姐恐怕不知，"童宫道，"大仇在身者，常常只想亲手杀死仇人，才能解恨。"

宋慈瞪了童宫一眼。他虽然理解童宫道出此话的心境，但他早已告诫过童宫，在这个天空下，如果有一天突然遇见了田槐兄弟，或者得知田槐兄弟下落，都不许你童宫擅自胡来。

"父亲，雷三泉是无罪的，就像宫哥当年……"

"芘儿！"宋慈打断了女儿的话。

"我还记得，父亲从前说过，本朝历代皇帝都有赦宥复仇杀人者的成例，雷三泉以杀仇祭献亡妻，也属于情有可矜，理有可悯，父亲就宽宥了他罢！"

"从前那些被赦宥的复仇者，都是自来归罪的。"

"雷三泉不也是还没审到他，他就先自招认了吗？父亲，你帮帮他吧，他还有个孩子呢！"

"人命重案，非同儿戏，这案子初审完毕是要上报的，知府大人看了也还要报去省院评审定谳。不是不想帮他，这不是父亲权力所能做到的。"

女儿的目光这时似乎不是只有同情，还生出了困惑，她说："父亲身为一县之主，只要有心，何尝不能拯救一个落难乡民于水火呢？"

"来，你拿起笔，父亲报与你写，就把雷三泉写作'自来归罪'。要是能得到宽宥，可免一死。被发配几年后，他可以回来与孩儿团聚。"

宋芘到汀州后，因写得一手奇秀的好字，她也曾帮助父亲抄写公文，经她书写出来的文字，父亲每每视为珍奇，欣赏不尽。每当父亲叫她做此类事时，她也无不欣喜。可是这晚她听到了父亲的话，全没欣喜之意，反而说："我不想写。"

"为什么？"宋慈问。

"我……想睡了。"

芘儿说着，向父亲投去一瞥，真的转身走了。十九岁，真是个父母也难以完全理解她的年龄。自幼在父母的教育下长大，她对经史、对官场积弊，也算是知道不少的。在建阳时，她就很钦佩刘克庄那敢作敢为，不怕丢官去职的气魄。现在她是以为，父亲为官也未免太正统了。

当夜回到卧室，宋夫人也问丈夫，还有什么法儿救那雷三泉吗？宋慈一声轻叹，良久，说："还能有什么别的办法呢？"

这一夜，宋慈夫妇也没有睡好。直到下弦月的清辉将与晨光弥成一片时，宋夫人迷迷糊糊地才有了睡意，就在这时她被宋慈摇醒了。

"玉兰，今晨，我就把雷三泉开释回去！"

"你说什么？"玉兰疑自己是在梦中。

"今晨，我就把雷三泉开释回去！"

玉兰清醒过来，侧着身，凭着窗棂上透进的微光，望着丈夫那沉着的眼睛，觉得丈夫说的必是经过深思的，但也未免令人感到意外。难道是芘儿的话起了作用？不可能。宋慈不是可以因女儿的几句话而轻易改变自己主张的人。

"你是怎样想的？"玉兰问。

"当今世道也确是法纪荡然，百姓有冤申诉无门或申诉无用，不是一郡一县如此，所以这种自己动手杀仇的事才时有发生。"

"你是说，这不能全怨复仇者不信任官府。"

"算是吧。我也想，国法原是为着保护百姓安居乐业的。雷三泉原本就是安分守己者，理当受到法典保护。可他现在因杀仇祭妻而犯案，即使把申解公文写作'自来归罪'，也难保不遭杀头之罪。那么，我费了许多心力，却是把一个原本安分守己，且被真正的杀人犯夺去家庭幸福的人送上刑场。那我不如就此放他回去同孩儿团聚。"

"可是，"夫人又不能不关切地问，"这案子，你将如何交代呢？"

"我真傻，"宋慈道，"我本该想到，按刑典，通奸者当场被杀，杀人者可不负刑事责任。那巫师正是与孙寡妇通奸时被杀的，我只需避开'杀仇'，把此案定作'杀奸'，开脱雷三泉就名正言顺了。"

"哦。"宋夫人大悟，"今日，芘儿真不知有多高兴哩！"

宋慈在榻上躺平了说："兴许芘儿是对的，这也是洗冤罢！"

4. 秋娟之生

端平元年（1234 年），宋慈在汀州任知县的第三年。这年正月，春节刚过，在大宋曾辽阔的天空下，发生了一件大事。

早在去年，蒙古军挺进到金朝的国都南京（今河南开封）城下，金哀宗完颜守绪挡不住强悍的蒙古铁骑，弃都城逃往归德（今河南商丘），旋又逃到蔡州（今河南汝南）。成吉思汗第三子，蒙古合罕皇帝窝阔台派使臣来宋，要联宋灭金。理宗皇帝决定联蒙灭金，以雪国耻。

去年七月，宋军由大将孟珙率部北出襄阳（今湖北襄樊），全军将士同仇敌忾，军威大震，一举大败金军于马镫山。八月，攻到蔡州城下，与蒙军会合。到今年正月，金朝末代皇帝完颜守绪终于在矢尽粮绝、孤军无援的绝境中自尽于蔡州。至此，金军覆灭，金朝在北方统治了一百二十余年的历史宣告结束。

从京都临安直奔出来的黄骑，举着皇帝的敕诏分奔各路，以最快的速度钦告天下。一时间，举国上下，军民共庆，陶醉在一片胜利的喜悦中。

小小的汀州城，百姓也自发地拥向街头，不分贵贱，不分男女，不分老少。那些敞着天足的农家少女也一群一群穿红着绿地拥进城来。舞龙放灯，银花火树，直庆祝了三日。

这三日，宋芃都拉着母亲、秋娟一同上街去玩。皇帝大赦天下，监在牢中只等批文下来就要行刑的秦寡妇也遇赦出狱。在街上，芃儿碰到了秦寡妇。秦寡妇这日身着一件淡青棉袄，元色裤，比先前瘦多了。芃儿见到她竟也主动上前与她打招呼，心里很是高兴模样，也不知芃儿怎么想的。

仲春一日，宋慈忽然收到好友刘克庄托一个商人捎来的一封信。读着好友的信，宋慈又惊喜，又忧虑。

信是从福州捎来的，刘克庄首先告知了他自己与真德秀先生的近况。去年，史弥远死后，真德秀先生已被诏为福建安抚使，知福州。刘克庄也随真德秀先生到了福州，任参议官。这个消息使宋慈全家都感到分外高兴，特别是刚满二十岁却还不知掩饰的芃儿，欣喜之情无异于过年。

接下来，刘克庄谈到了他对国势的忧虑。宋慈读着读着，心情也不由得沉重起来。

刘克庄以北宋联金灭辽而后却遭金人所灭之惨痛教训，言及当今联蒙灭金，未必是值得陶醉的胜利。虽寥寥数语，宋慈犹觉如雷贯耳。这使得他联想起当年诸葛亮隆中对策，讲道只有西进入蜀，以谋立足之地，而后东联孙权，北拒曹操，使成三国鼎立之势，然后才能在三国鼎立之势中求得生存和发展。后来，形势果然像孔明料想与运筹的那样，三国鼎立势成。那以后三国中仍属曹魏最强，但要灭蜀、吴却是不易。蜀有诸葛关张那样的谋臣骁将，吴有淮水长江那样的天险。但在关张诸葛去世后，蜀国被魏首先攻灭，而蜀亡后，局势变了，东吴也很快被攻灭。

而今，天下局势不也正相似吗？成吉思汗崛起于漠北，起兵伐金，这就钳制了金人南侵的军力。嘉定十年，金宣宗企图在南方扩地立国以拒蒙，发起的那场大规模的南侵战争之所以遭到粉碎，不仅由于宋朝军民顽强抵抗，实在还因为金军的后面有一个强蒙。本来，屡遭大劫的宋朝可以在三国相峙的局势下，善治金人侵扰带来的创伤，布施垦田之政，缮修城池，节冗费以富邦财，严法律以安郡县，招疆勇以壮国势。今日南宋都城临安一带就是春秋时越国所在，如果能像越国那样悄悄地发展到资粮充衍，士马精疆，本根壮固，用兵未为晚矣。可是今天，腹背受敌的金朝已灭，宋朝面对的实际上是一个对宋朝早已虎视鹰瞵，在军力上又远比金朝强大的邻居，这种局势实在已不容乐观。

"国势危如卵"，"北风吹面急"，刘克庄这些话也确乎不是危言耸听。这种局势，对于通晓经史的宋慈来说本也早该料想得到，但这些年来他专心致力于地方上的刑狱案事，对国家大事倒思之不多，以致今日见到好友寥寥数语，不啻振聋发聩！

可是，自己能为国家做些什么呢？"严法律以安郡县"，他所能做的就是这些，而且是在一个很小的范围。也在这封信里，刘克庄告诉宋慈，真德秀先生正在为他努力，要荐他到福州任福建提刑。福建提刑，这是主管福建各州司法、刑狱及监察大权的一省最高法官！这是宋慈所期望的。若能如愿，他就可以在一个不小的地域施展他的才华，尽一个大宋臣子的心力。

日子又变得长起来，一月仿佛变成了六十天。

这年宋夫人四十五岁，业已停经。夫人感到宋母临终前交代的事儿自己还没有完成，深想起来，为丈夫再续一房的事儿恐怕还是与自己心底里不是非常愿意有关，所以并不是很坚决。如果跟丈夫商量，丈夫大约也是顾着夫人而推辞。现在再不能含糊了，也不必再跟丈夫商量了。一天，她把秋娟独自叫进房来，就跟秋娟说了这事。

没想到，秋娟立刻跪下，惊道："夫人，你和大人待我就像女儿，别这么说。"

宋夫人说："你快起来，我说的是真心话。你要帮助宋家。我寻思了很久，你是最合适的了。芘儿对你也早已亲如一家。"

秋娟只不肯起来："小姐与我就像姐妹。夫人，恕秋娟不能从命。"

夫人说："你且起来说话。起来呀！"

秋娟就起来了。

宋夫人拉着她的手坐下，发现秋娟的手冰凉。夫人又问道："你且说说，为什么不能？"

秋娟道："我愿意侍候夫人全家人一辈子。"

夫人道："我们早就亲如一家了，你体贴体贴宋慈，兴许还能为宋家生个男儿，为何不行呢？"

秋娟道："万万不可。"

夫人道："我不明白。很好的一桩事儿，为何不可？"

秋娟泪如泉涌，只不说话。

"娟儿，你有何难处，只管说出来。"

秋娟便小声啜泣出声来，仍然没有话。

夫人紧紧地握住她的手道："孩子，你有何苦处，说吧，大娘是疼你的。"

秋娟便说出，自己十六岁那年，曾被柴万隆那禽兽糟蹋，她要是不从肯定得死，她不想就那么死去，所以那几日她忍辱活着，只想伺机一定要杀死柴万隆。那个夜晚，碰上宫哥去刺杀柴万隆，他险些被柴万隆所杀，但那时柴万隆全部精力都在对付宫哥，就给了她机会，她终于得以杀死柴万隆报了大仇。那时，她就可以死了。"可是，那时柴家的女仆看到了宫哥，柴万隆一死，都说是童宫杀的，官府也在追捕他。万一宫哥被抓住了，除了我，没人能证明柴万隆不是他杀的。我不能连累宫哥，我的贱命就还有用，不能死，我就去了庵山……后来大人出来做官了，家里只有夫人你与芪儿，我放心不下，就去找你。我不说，夫人也会想到秋娟姑娘的耻辱。夫人不弃，秋娟就一直偷生下来。夫人在建阳时就劝过秋娟嫁人，秋娟只担心夫人是不要我了，我暗自哭过。看夫人没有要赶我的意思，我也舍不得离开芪儿与你……秋娟从十六岁那年起，就再没想过要嫁人，活一日算一日。我弟弟一直没有下落，秋娟再没有亲人。秋娟十岁到夫人家中，这么多年，你们待我如亲人，秋娟一生都报答不尽。需要秋娟做什么，秋娟万死不辞，还有什么不能答应呢！只是夫人方才说的这事，秋娟万万不能。"

秋娟哭诉着早成了泪人。宋夫人把她拥在自己怀里，也哭得泪流满面，心中非常感动！她仍然说："娟儿，我就知道，你是世上最好的人！那件事早过去了，你也报仇雪耻了，哪里还有什么耻辱呢！我与宋慈一直没有问你那些日子是怎么活下来的，就是怕问。但宋慈当年就对我说，你非常了不起，对你一直很尊敬！你应该知道的。你如果嫁给宋慈，那是宋家几世修来的福分！秋娟，世上再没有你这么好的姑娘了！"

宋夫人说着捧过秋娟的脸，泪水汪汪也盯着秋娟泪水汪汪的眼睛说："秋娟，答应我，嫁给宋慈吧，啊！"

秋娟再次跪下："夫人，以秋娟的贱身，秋娟万万做不到。夫人，你再给宋大人另找一个好女子吧！"

夫人忽然也不自禁地面对秋娟跪下："秋娟，你就是最好的女子了，天下再没有比你更好的女子了！"

秋娟慌忙立起身来，把夫人也拉起来。秋娟用手抹着眼泪说："夫人，宋家的后代，不可以由我来生。恕秋娟做不到。夫人如果坚持，秋娟……"

夫人问："你想说什么？"

秋娟又哭道："秋娟就只好再离开你们了。"

宋夫人没有料到她对秋娟说的这事，会是这样一个结果，令她非常感动，也非常遗憾，非常无奈。当晚，她忍不住把这件事告诉了宋慈，再次泪流满面。

宋慈听了也非常感慨，他说秋娟整日勤快，总有笑容，看起来不像有多少苦恼，没想到那么多年前柴万隆对她的伤害会深到如此不可治愈的程度。

夫人说："你去给她说说吧！"

宋慈问："说什么？"

夫人说："向她求婚。"

宋慈想了想："我是要给她说说。"

几日后，宋慈在花园的小径上散步，见到秋娟就把她叫住了："娟儿，过来，陪我走走。我给你说件事儿。"

秋娟就走过来了。

"你可不要吃惊。"宋慈话虽说到不要吃惊，但表情并不严肃，还好像轻松的样子。

秋娟说："秋娟听着。"

宋慈与秋娟散着步，边走边说："我想告诉你一件事儿，这件事儿没人跟我说过，是我感觉出来的。"

"什么事？"

"有一个人，一直很感念你对他的救命之恩。你知道我是说童宫。但我想对你说的，并不是童宫对我说了什么，你知道他那个人不会说什么。这是我自己这样想，童宫比你大一岁，也早该成家了。如果我给你们做媒，你愿意吗？"

秋娟一时不知该如何回答，只觉得马上就说不，会对大人不敬，还可能对宫哥不敬。那该怎么说呢？看大人满脸慈祥，也不是说要她如此，而是在问她是否愿意。她便鼓足了勇气，笑着答道："谢大人关怀！但秋娟永不嫁人。我过得很好。大人就不用替秋娟操心了。"

宋慈站下："你真的想好了？"

秋娟说："真的想好了。"

宋慈没有再问，只说："好吧，不说这个了。"

但宋慈离开花园时又留给秋娟一句话："不过，你还可以再想想。"

5. 霍靖之死

宋慈全家都在等待着真德秀与刘克庄的消息。这段日子，表现得最为急切的自然又是藏不住心情的芘儿。字也不想练了，拳也不想学了——前些时日，她还热心于向童宫学几路拳，以为防身。一天，她拉着秋娟去跟父亲说，她要与秋娟一道去一趟卧龙山金沙寺。

"要是离开汀州，只恐永不再来了！"芘儿说。

宋慈同意了，并让夫人也一起去，童宫也陪着去。

这卧龙山就在汀州城北，四面田庄而一山突起，不与邻峰相接。山势巍峨，蜿蜒盘曲，形如卧龙。山上古松参天，每当雨后天霁，轻烟远翠，白云缭绕，又有"龙山白云"之称。上金沙寺祈愿的香客，平日总是不断。一路上，秋娟都照顾着宋夫人，登山的时候，更是跟在夫人身边寸步不离。

宋芘自由自在，走在前头。登到半山，遇见一个上山进香的农家少女瘫软在一处石阶上，前头就是一处凉亭都走不上去了，与她同行的另一少妇也扶不住她，不知如何是好。宋芘见了，立刻上前帮着把那少女扶到了凉亭。在扶她的当儿，宋芪发现那少女在发烧，便对那少妇说："她病了，别上去了，往下走吧，带她去看医生。"

宋芪四人登到了山顶。山顶金沙寺危楼重重，犹如府城半壁高挂山巅，磊落雕镂，蔚为壮丽。登楼俯瞰，全汀在目，心为之阔。这一日芪儿玩得挺高兴。

没想到回来后，宋芪竟也发起烧来，渐又恶寒、胸闷、呕吐、遍体酸痛，尤以头痛与喉痛为著。接着，芪儿那原本白净细润的颈项上出现了隐隐的痧点，渐次及于前胸、后背、小腹、四肢，一日之间，蔓延全身，或为琐碎小粒，或呈片状突起。手臂与大腿皱褶处，赤痧聚集成线。一个体丰貌美好端端的芪儿，顿时变得令人不敢辨认。

芪儿染上了当地人称之为"疫痧"的严重时疾。

宋慈慌忙会同本城郎中，立即为芪儿诊治。一连三日，皮疹虽然消退，但芪儿却出现了神昏谵妄之症，亦且咽喉红肿溃烂，痛如刀割，汤也难咽下，皮肤更是纷纷脱屑剥落，越发令人目不忍睹。

由于会传，从芪儿发病的第一天起，宋慈就不让夫人接触女儿，因夫人的体质也弱。秋娟则无论宋慈怎么对她说你也要如何如何注意，秋娟完全不顾自己，日夜守着宋芪寸步不离。从芪儿幼年开始，芪儿对秋娟的感情就非常深笃，秋娟此时的忧心和惊恐丝毫都不逊于宋慈夫妇。

前来会医的郎中面面相觑，不敢出言。宋慈明白，芪儿的病是由于疾毒内陷，发生变症，而此病最忌发生变症。一旦毒盛入里，自攻营血，则引起心、肺、肝、肾诸脏病变，势可危及生命。

"快去找霍老！"一向遇事沉着的宋慈也慌了手脚。他转身对童宫说这句话时，竟将榻前的药盏也碰翻了。

童宫转身即去。

日暮时分，蹄声从远处直响近来，去了半日有余的童宫回来了，汗水淋漓，肌肤上有一道道被树枝划破的血痕。

"找到霍老了吗？"宋慈急急地问。

"找到了。"童宫说是在茫茫大山中把霍靖爷孙找到的。霍老当即扔下手上所采的药，就领霍雄去寻找给宋芪治病的药。

"什么药？"

"没说。他只让我立即赶回，要大人不必过虑，他明儿天亮之前，可赶到这儿。"

只好等。

这夜，宋慈夫妇与秋娟都守在宋芷房中。童宫也立在门外。芷儿时不时发着谵妄之语，神志不清。她那双曾是那样晶莹的眼睛一直闭着，深陷进眼窝；曾是那样红润的嘴唇，现在斑斑驳驳地向里抽缩。霍老说要宋慈夫妇放心，可是临到这时，做父母的岂能放得下心。

宋夫人禁不住泣出声来，她的担心已到了极点。女儿才刚刚二十岁。二十年中，从有了芷儿，直到将芷儿抚养成人实在不容易。那年蒙海听先生拯救，芷儿总算死里得生，可是未足月产下，不到五斤，头一个月，芷儿一直在母亲怀里度过，很少哭，也不知吮乳。等到一月有余，芷儿会在母亲怀中寻找乳头了，谁知玉兰却又由于这一月中无人吮吸而不再来乳。二十年细心养育，二十年撒娇撒痴，二十年中芷儿与父母，父母与芷儿，忧愁相共，喜乐相共，难道……宋慈夫妇不敢往下想。宋慈夫妇又万分追念海听先生，遗憾先生留下的《疑难病案手札》中也没有关于此种病案的记载。

天渐渐地明了，霍靖爷孙还不见来。

天亮之后，辗转呻吟了一夜的宋芷出了一身大汗，又渐渐睡着了。宋慈不时地在女儿那皮屑剥脱的手腕上寻找着女儿的脉搏，只有女儿那尚在跳动的脉搏，使他感到女儿的心还在同父母跳在一起。

"童宫，你再去寻找霍靖老人！"宋夫人说。

"要快！"宋慈说。

又去了约莫一个时辰，童宫回来了，带来了一大篓霍靖爷孙采摘的草药，也带来了一个不测的恶讯。

"大人，我在山道上遇到霍老，他被人抬着，浑身是血……"

"你说什么？"宋慈夫妇同声惊道。

"霍老昨天半夜，在回程中失足跌落山崖。霍雄靠着几个在山里蒸樟油的山人帮助，直到今天早晨才在山沟里找到霍老。霍老快不行了。"

"现在何处？"

"已被抬回家。"童宫指着篓里的药，有枝叶、有块茎，又说，"这些药或煎服，或外用，霍老都一一对我交代明白。最后说……"

"说什么？"

"盼望见大人一面。"

这个消息太意外，太突然。宋慈又问："霍老给你说的，这药的用法，你都记得明白？"

"不敢记错。"

宋慈旋即抓住夫人的手："芪儿就交给你了！"

"你去吧，"夫人含着泪，"早些回来！"

就这样，宋慈骑上快马，飞也似的去了。

还是那个竹木构筑的小屋，还是那样清贫空洁，四壁悬挂着药材。宋慈被霍雄接进小屋，就见老人挣扎着想从榻上坐起身，可是已无气力。

"酒……给我酒！"

老人努力叫道，因失血过多，他的脸上已毫无血色，声音也很微弱。宋慈连忙上前轻按着老人的肩膀："你老躺着，躺着吧！"

"酒……酒……"

霍老嘴唇又动着，声音依然很小。霍雄已取过酒葫芦，递到爷爷唇边。

宋慈看到葫芦上已摔出裂痕，口也缺了，显然是从崖上同老人一起跌落而下的。老人的手抖颤颤地扶着葫芦，咕嘟咕嘟地喝着。

殷红的酒，顺着葫芦口的缺裂处流泻，流经老人花白的胡须，注入胸前。忽然，老人推开葫芦，双手一撑，坐立起来。

"大人，"霍老紧紧地抓住宋慈的手，断断续续地说，"我的儿子……不是仵作，他也早逝了。霍门子弟充当仵作，不该断于我……"老人喘着粗气，又颤颤地抓住霍雄的手，"大人……若不嫌弃，日后带上他……"

宋慈握住老人冰凉而抖颤的手连连点头："宋慈拜谢了！"

"大人……"霍老又说，"以大人之才，清断平民之案，不难。难在……审断豪权之案，大人……保重！"

宋慈的眼泪止不住滴落下来。

霍老又颤巍巍地从枕边捧起一个形状古雅的陶罐，递给宋慈，豆大的汗珠已渗满了老人多皱的脸额。

"麝香少许……细辛半两……甘泉一两……川芎一两……研细末和蜜团成丸子……用它验尸……能避秽气……"

　　宋慈接过这一陶罐，老人艰难地说完最后一个字，就长出一口气，安详地离世了。宋慈双手捧起陶罐，泪眼模糊。许久，他才看到罐上贴着一个纸标，上书三个大字：辟秽丹。

第十章

焦尸奇案

（1238 年）

　　这年宋慈赴任福建南剑州通判，时值罕见饥荒。丞相李宗勉奉旨南巡内地粮赋，遇见饥民夺食于路，于是丞相将抓获的抢劫者交宋慈处理，宋慈的处理方式令丞相吃惊。宋慈告诉丞相，如今这里日未落路上行人已稀，市中杀人以卖，奇案迭出。一日夜间，又出一件焦尸案。宋慈令验尸。死者已成焦炭状，体无完肤，如何验？其检验法也是中国法医学史上的经典方法，迄今仍为验生前死后的重要依据。

1. 赤地弥望

嘉熙二年（1238年）春，时年五十二岁的宋慈，由福建绍武军通判移任南剑州（今福建省南平市）通判。

这一年，距端平元年，又过去了四年。四年前，在汀州任上，正当他等待着去福州任福建提刑时，他接到好友刘克庄让人从京都送来的又一封信，始知情况有变。

真德秀先生又被召进京任了户部尚书，把刘克庄也带去了。真德秀又想再做些努力，举荐宋慈进京，到大理寺奉职。然而秋天过去，冬天又过去了，直到第三年夏天，他们一家接到了真德秀先生病逝的噩耗。

这一回，刘克庄只在信中说到他自己因真德秀先生的举荐，已在朝中任枢密院编修官，没有提先生举荐宋慈的事。宋慈明白，真德秀先生一定是做了许多努力，没有成功。

先生逝去了，时年五十七岁，从此再听不到先生教诲，见不到先生慈容。宋慈全家北望哀悼先生亡灵，为江山社稷失去这样一个才德俱佳的大臣而深深痛惜。

然而这年冬天，宋慈又意外地奉命升任绍武军通判。这是真德秀先生的好友魏了翁努力的结果。魏了翁与真德秀同是庆元进士，后来与真德秀同一年被谏议大夫朱瑞常诬劾降职，又同一年与真德秀一起为朝廷重新任用。其时，魏了翁以枢密使督视京湖军马，宋朝以枢密使为枢密院长官，与中书省之同平章事等合称"宰执"，共同负责军国要政。魏了翁正求贤若渴，初时曾欣然提携宋慈来任他的幕僚。魏了翁本人穷经学古，很有学问，且自成一家，深受当时学者敬重，宋慈亦曾前往。但宋慈的心事不在军帐，相处中，博学的魏了翁也惊叹宋慈的才华乃在审刑断狱，安抚地方，召到军中就有悖人尽其才之理。魏了翁权衡再三才忍痛割爱，改荐他为一路提刑，无奈种种曲折，难以如愿，于是就荐宋慈去任绍武军通判。

通判之职，也并非专管审刑断狱，职位次于知州，但握有连属州府公事和监察官吏的实权，号称监州，权力毕竟比知县大。

宋慈在绍武军通判任上一年有余。如同霍靖老人临终所言，以宋慈的才华要清断平民之案，并不困难。一年多，少不得也遇了不少案子。尽管有些案子相当疑奇，但宋慈也没费大力都断得清清楚楚。如今是嘉熙二年，宋慈又举家搬迁，前往南剑州去任通判。

车骑在驿道上行驶着，一路满目荒凉。宋慈端坐在车骑内默默注视着，似乎预感这将是不平静的一年。

南剑州气候温暖，雨量丰沛，且有建溪、沙溪、富屯溪三大溪流经此汇合注入闽江，东流入海。南剑州自古以来便极适躬耕，历史上虽有过灾害，也多是水灾。灾甚之年，江水泛涌，高可数丈，漫城郭，湮室庐，毁田园，居民物产，荡然无存，溺死者无数，以至乡民但有水忧，几无旱虑。可是去年，南剑州却遭百年不遇的大旱，自四月不雨到十一月，赤地弥望，颗粒无收，继之而来的是罕见的饥荒。

眼下正是春播时节，田野里寥无农夫，也不见秧苗。去年龟裂的土地上，枯萎的荒草仍覆着地面。山坡上荒冢累累，闽江上饿殍顺流而下。一种好于审刑断狱的职业敏感，使宋慈不由得想："这些死者不完全是死于饥饿罢。"

注视着这一片荒凉的并不只是宋慈的一双眼睛。

紧随着宋慈车骑，是一辆太平车，车上坐着宋夫人连玉兰、女儿宋芪，以及秋娟。童宫与霍雄纵骑跟在车骑左右。

生活会改变人、铸造人。成长中的芪儿变化尤为明显。四年前，她在服用了霍靖老人采撷的草药后，恢复了健康。只是这场疾病之后，芪儿比过去持重多了。旧日的天真已不大在她的目光中闪现，有时沉默下来，一双蛾眉微微皱着，像在思索着什么。现在，望着驿道两旁的凄凉景象，她又是微蹙了蛾眉，目光中满是凄婉的忧郁。

一群肩挑车推，逃荒行乞的人，迎着车骑走过去了。宋慈唤车骑停了下来。他想把他们都拦回去，可是他有什么办法填饱他们饥肠辘辘的肚腹呢？他们无不是面黄肌瘦，身倦神疲，这是已经同饥饿抗争了许久的征象，如今一定是熬不过才背井离乡去逃荒。

宋慈一行将车骑让在道旁，直望着他们走出好一段了，才令车骑继续前行。

临近城池的时候，又见有两个乡民用一块木板抬着一具芦席裹着的尸体迎面走来，跟在后头的是一个矮个子中年男子。走得近了，只见那矮个子中年男子眼睛红肿，目光呆滞。当他们走过去时，宋慈注意到那矮个子中年男子破旧的衣裳背部，有三块补得方方正正的大补丁……

"死者，是他的妻子。"宋慈想。

宋慈轻叹一息，合上眼睛。行不多远，当他重又睁开双眼时，看见道旁立着一男一女两个衣衫褴褛的孩童，女孩稍大，约有十岁，背上挎一破烂的小铺盖卷，细细的绳子勒进了她的脖颈；另一个是男孩，大约八岁。二人相抱着，惊恐的目光望着车骑，脸上挂着泪痕，显然刚哭过。

车骑驶过去了。宋慈听到身后传来那个男孩的哭声，他不禁前倾着把手一抬，叫道："停车！"

宋慈下了车，就向两个孩童走去。那男孩又止住了哭，抱紧了女孩，一双泪汪汪的大眼睛惊恐地望着宋慈。

宋慈蹲下，慈和的目光打量着两个孩子。由于饥饿，他们的头和眼睛都显得格外大，头发枯黄干焦。宋慈问那小女孩："你是他的阿姐？"

小女孩看着宋慈，点了点头。

"你二人，也去逃荒？"

小女孩又点了点头。

"父母呢？"

女孩停了好久，终于说道："饿死了。"

宋芪与秋娟也下车走过来了，芪儿忍不住道："父亲，把他们带回去吧！"

宋慈站起身说："带回去！"

宋芪于是同秋娟一道，一人牵起一个孩童，向太平车走去。童宫也下了马，把他们抱上了太平车。现在，当车骑继续向前方的古城驰去的时候，宋慈的脑海里所想的已不只是审刑断狱之事。"治病求本",他想眼下欲安郡县,正有一件迫在眉睫的事情要去做,那就是与知州大人磋商如何赈济放粜,以解燃眉。

不是每一件事情,宋慈都容易办到。

这个朝廷讲究君臣佐使,位级森严。就连开一张小小的药方也体现此种思想。首药为"君"药,次之为"臣"药,再次之是为佐使之药。君臣佐使,各居其位,各司其责,循规蹈矩,不得逾越。如果居尊位者不想做、不愿做,或不敢做的事,位次者要想做成,难乎其难。

眼下,宋慈的境遇与前些年不同。当年信丰任上,他虽也是佐理之官,但知县单梓林是个心清德正的人。至于汀州任上,他自己是一县之主。如今来任通判,职位虽高于知县,但次于知州,而南剑州知州恰是当年在建阳任过知县的舒庚适。

"难呢。府库存粮,没有圣裁,谁能动之?"在知州府议事厅内,舒庚适听完宋慈的建策后,便这样说道。

"我讲的是,可以当地富豪之存粮济粜灾民。"宋慈说。

"兄弟何出如此戏言?"舒庚适微笑着,用眯细了的眼睛望着宋慈,"乡绅藏粮,乃私人积蓄,岂可随意侵犯?"

接着便是一片附和声,府僚们显示了各自的辅佐之力。一时间,宋慈差不多成了一个可笑的人。但宋慈仍说:"舒大人,眼下正值春播,农夫结队出走,如果不使他们归田,明年……"

"我知道。可是,"舒庚适收住笑容,也肃然说道,"你说以当地富豪之存粮济粜灾民,这是行不通的。你可知当地首富乡绅是谁?"

宋慈望着舒庚适那不可名状的神情,料想是个豪门望族,他问:"是谁?"

"当朝左相李宗勉的大舅爷。何况,李相爷这次奉诏南巡,已从广东路到福州府,不日即将途经本州回朝,这杜家的存粮,却是动得的吗?"

又是一片附和声,宋慈孤立至极。

如同足陷沼泽,拔步不得,宋慈陷入了比他审断疑案还难十分的窘境。当然他不会罢休,多少年来,他认定要做的事,就一定会去做。他也未必没有法子。通判之职,虽次于知州,却握有监察官吏的实权。他望着议事厅上这一张张仿佛并不陌生的面孔,就思忖要访察一下这些官吏们,兴许可以从中寻着缺口，到那时便能化被动为主动，做成赈济放粜之事。他就是带着此想离开知州府的，然而未及着手，他碰上了一件棘手的案子。

发案这日，正是李宗勉途经南剑州的时日，李宗勉不想惊动当地官员，只想在内兄杜贯成宅中歇上一宿，以了却临行时少夫人要他"回家看看"的嘱托，因而他只在临达之前派人告知了杜贯成。

杜贯成闻知，喜不自胜，当即带上在家的长子和三子并枪棒教头等人，匆匆备上佳肴佳酿，出城十里去迎接。可是他们不曾料到，当他们一行快走急行出城未足五里，挑担抬轿的累得刚刚停下歇息之时，忽听得半空一片呐喊，一群手执锄刀木石的乡民呼啸着从山上俯冲下来……

"饥民！……饥民！……"

杜贯成撩起轿帘，从轿中滚爬出来。如此大饥之年，成群的饥民是什么都不怕，什么都做得出来的。

"逃……快逃！"

杜贯成又叫道，可是腿已迈不动，他的两个儿子慌忙护着他，朝来路往回跑，一时间家丁也都弃轿弃担撒腿逃散，只有杜贯成的枪棒教头睁圆了双目，站着未动。

这枪棒教头不是别人，正是当年在建阳乡绅柴万隆家中做过事，并辱杀了童宫嫂嫂的田槐！杜贯成把他请在家中，杜家三个儿子就跟他舞刀弄棒，打练功夫。当下，他毫无畏惧，只对逃散的家丁呼道："站住，别跑，别跑！"

可是无济于事，他们早跑得远了。

俯冲下山的都是正在山上挖食草根树皮的饥民，有五六十人，各持器械，把执着水火棒的田槐团团围定，有人在圈外将家丁弃下的食担挑了就走。

"放下！"田槐大喝一声，将一条水火棒舞得风响，直向众乡民排头打去。

一时间，棍棒相斗之声乒乒顿作，驿道上爆发了一场厮杀。乡民虽众，却不是田槐对手。未交几合，众乡民们都被打得东倒西歪，手中器械纷纷飞落，终于招架不住，哄的一声也跑散了。

田槐却不罢休，又执了水火棒追赶上山。那挑担遁逃的情知挑了担子，绝逃不脱，也只得弃担而逃。那担子在陡坡上搁置不住，一经弃下，立刻沿着陡坡扑喇喇滚下山来，在驿道旁的路沟上一碰，担盖都开了，美味佳肴撒得满沟满路一片狼藉。

此时，驿道上响起了嘚嘚的马蹄声和叮当悦耳的舆铃之声，一队人马开了过来，但见前有导骑，后有步卒，夹道而行，好不威风。

"相爷！是相爷！相爷来了！"

早已避在远处的杜贯成见状立即跑出来，朝相爷跌跌撞撞地奔去。他领儿子拜见了相爷，便讲了刚刚发生的一切。李宗勉看到地上一片稀里哗啦的酒菜，震怒了。

"抓！"李宗勉令道。

只这一字，李宗勉带来的亲卫甲士立即钢刀出鞘，上山围捕。一个时辰后，便捕得二十余众，都押到李宗勉车骑之前。杜贯成咬牙切齿，要相爷亲自重重惩办他们，但相爷说："不行。"

"为何不行？"

"事涉内亲，不宜自处。"

李宗勉传令，把这二十余名案犯，押交当地通判审理。

时值正午，春阳高照。通判府前庭大院，二十余名衣破体伤的乡民被绑缚一串送到这儿。乡民中有不少人或因饥饿，或因失血，出现了无法抗御的寒冷，瑟瑟抖颤。

宋慈问明了案情，便在厅中徘徊。这自然不是什么疑奇之案，可是如何审办，却是大难。

聚众抢劫！无论怎样衡量，都明明白白地触犯了法典。可是，造成此种暴行的原因何在呢？身为父母官，能不体恤民隐？如果从重发落，怎样发落？如果从轻，丞相面前如何交代？诚然，历史上不乏宁可博取杀身之祸，亦不肯趋炎附势的贤臣。自己要是对他们从轻发落，得罪丞相，至多不过遭到罢职，还不至于掉脑袋的。不敢为吗？不，不能不想到罢职。这"不怕罢职"，实为自欺之举，一旦遭到罢职，这些乡民也难逃劫难，自己则是徒做了无益的牺牲。是的，他不能被罢职，他还有许许多多要做的事。他已经五十二岁，人生转瞬即过……他必须谨慎。

举目望天，日头已经过午，阳光斜斜地照进飞檐，在那檐下有一窝春燕，正呢喃碎语，这使宋慈的心里愈觉烦急。然而，当这一切都思索过后，他忽然拧紧双眉，像是下了最后的决心，一转身，即对众衙役命道："放了他们！"

众衙役都疑是听错了，没有人动。

就连童宫、霍雄也没有反应过来。

"放了，都放了！"宋慈又说。

众衙役这才上前替乡民们松绑。就这样，宋慈算是办完了丞相大人交给他的案子。当下，饥民们三拜九叩，相搀着离去了。而乡民去后，宋慈的麻烦也就来了，虽然这是在他意料之中的事。

当日下午，先是相府通事虞侯领着四个相府军士来到了通判府，见过宋慈，音匈言厉地道出四字："相爷有请！"

"相爷现在何处？"

"杜家楼。"

"走吧！"

宋慈实际早已候着，当即带上童宫、霍雄，随相府通事虞侯朝府外走去。宋夫人却充满了忧虑，这忧虑是自午间得知宋慈放了丞相大人交来的案犯，就强烈地感到了。现在，宋夫人与女儿把宋慈送出门来，心中更觉着不安。

"夫人不必顾虑！"宋慈在阃门外的阶前站下了，回身笑慰夫人道。

望着随相府虞侯渐渐远去的宋慈，宋夫人直把芷儿的手捏得紧紧的。陡然间，她觉到女儿的手也是凉凉的。

2. 杜家楼

杜家楼在南剑州山城之北，是一座比州府还要豪华阔绰许多的宅院。院内三排楼阁，分属三个儿子。杜贯成自己则高居后山楼屋。他妻妾成群，深居简出，租佃诸事都由下人去办。院外一个宽阔的大坪，终日空空荡荡，少有行人过往，今日比之往常，愈发森严。

走近宅院，远远便见大门洞开。门外虽无一人，可门内的前庭大院夹道肃立着李宗勉带来的亲卫甲士，一顶顶头盔、一件件兵器、一面面护心镜，寒光闪闪。

宋慈随相府虞侯踏进大门，才过门槛，便听得"铿锵"一声，两把伸出的长戟将紧随在他身后的童宫与霍雄挡在门外。宋慈回眸一视，没说什么，继续穿院而入。

一路行去，宋慈倒是看到这杜家楼内的三排楼阁，高低不等，错落有致，果然不同一般。宋慈来到正院厅前阶下，虞侯先进去禀报："启禀相爷，宋通判来了。"

宋慈在外只听得厅内传来浑厚而简短的二字："请进！"

宋慈上阶入厅，对上坐厅首的李宗勉叩道："下官宋慈叩见丞相大人！"

"看座！"李宗勉又是简短二字。

虞侯搬过一把缎垫交椅，宋慈从容坐下，等待大人的发问。

一阵沉默。宋慈注意到李丞相的脸上没有一丝笑意。杜贯成坐在一旁，似笑非笑。宋慈还注意到中堂上悬挂着一幅巨大的"虎啸图"，那虎神形俱佳，真欲跃出画面。两侧是一副行草对联，也不知出于谁人手笔，写得却是骨肉丰满，洒脱奇崛，写的是：

> 时来宝树连天发
> 运到金花遍地涌

"宋慈，你凭何律典，把聚众抢劫之徒都放了？"一阵沉默之后，李宗勉开门见山。

"回大人，"宋慈欠身答道，"那是一群挖食草根的饥民。"

李宗勉皱起眉头，似乎不解宋慈的话。

"依你说，他们却是抢劫有理喽！"杜贯成插话道。

"不。"宋慈说，"只是造成这种暴行的缘由，也不可不查。"

"你说说。"李宗勉又开口。

"丞相大人，眼下正值南剑州大荒，万民饥饿垂死，城外可供充饥的树皮、草根也将食尽。但城内并非无粮，酿成此大饥的另一个原因，还在于当地豪门强宗趁天灾囤积居奇以牟利，弄得斗米万钱，饥民确实到了山穷水尽才铤而走险！"

"按你说，不要追究了？"杜贯成道。

李宗勉的眉心微微皱了一下，对杜贯成的插话似不喜欢。

"追究自然是要的。"宋慈又说，"只是，当取一良策才好。"

"你只管往下说。"李宗勉道。

宋慈没有就答，稍顿才说："下官不敢隐瞒。释放这群犯案之徒，下官也曾苦苦思索，反复斟酌。释放他们，确实有悖法典。但下官初来乍到，与这些案犯非亲非故，他们穷困已极，也不可能给下官送礼。下官之所以甘冒违背法典之罪斗胆放了他们，实只为心存一虑，不知此虑是否杞人忧天。"

"你说。"

"丞相大人，南剑州之大荒，不是下官故作耸听之言，实是已达非常之境。大人可想想，南剑州地方，如今日未落而路上行人已稀，市中杀人以卖……"

"杀人以卖？"李宗勉不禁脱口道。

"是的。"宋慈继续陈述，"这杀人以卖的案子，下官昨日已抓捕凶手在案，可另行详告大人。相比之下，夺食于路已不足为怪。直面眼前局势，下官窃以为，像这样的灾年大饥，豪强囤积，官府如果没有非常的赈济安抚措施，反倒予以苛逼，往往酿成激变，成为致盗之源，这是代有前车可鉴的。何况我朝江山百余年来屡遭金兵侵扰，如今金朝虽灭，可是亡金之后只有一年，蒙人又大举入寇。我朝旧创未得善治，残躯又添新伤。举朝上下，孰人不忧，孰人不虑！"

宋慈说着，自己也按捺不住心中激动，原本徐言缓语，不知不觉变得慷慨激昂起来。他又说："大人，边关吃紧，而我朝内地大荒又岂止南剑州一处，如果民生穷蹙，怨愤莫伸，啸聚山林，裂衫为帜，岂不麻烦！"

说到这儿，宋慈把话打住，厅堂里又归于一片沉静。

李宗勉依然微皱着双眉，但眉宇间已不见了方才的盛凌之气，目光也含而不逼了。"亡金之后，只有一年……"是的，仅仅只有一年，对于身居要职，也算是饱经忧患的老臣来说，宋慈的话也引发他的忧虑……

亡金之后第二年，端平二年年初，蒙古窝阔台汗便结集蒙古铁骑，亡金汉军，兵分两路大举南侵。此后，又是只有一年，由窝阔台次子阔端率部入侵四川的蒙古军已攻破天府大门，长驱入蜀。危亡之际，无数的平民百姓投军征战，与官兵共同扼守边关，直至人城俱亡，全军覆没，血可漂橹。与此同时，由窝阔台三子阔出率部入侵襄汉的蒙古军也夺郢州、克襄阳……襄阳，这个自岳飞从金兵铁蹄下收复以来，缮修积蓄了一百多年的军事重镇被摧毁，城中财粟三十万，军器二十四库，悉为蒙军劫掠殆尽，宋朝损失惨重！……

"昔之所虑犹在秋，今日所虑在旦夕。"不久以前，李宗勉就曾在朝廷面君时，对理宗皇帝这样直言。他并且剖心沥血地对天子谏道："昔之所虑者在当守而冒进，今之所虑者在欲守而不能。何地可控扼，何兵可调遣，何将可捍御，何粮可给饷，皆当预作筹划……"正因为此，深为所动的天子才诏令他南巡内地粮赋。

途经南剑州，遇见这桩聚众抢劫案事，他想的是，如今边关这样吃紧，地方上犹需安定。似此聚众抢窃之民，大有作乱之嫌，当扼之于星火未燃时，岂可轻轻松松地释放。没有想到，同是担心酿出激变，而这个州府通判，却道出了一番比他更深一层的见解。

宋慈是头一回认识李宗勉，对他为官为人也所知甚少。他只知，李宗勉，字疆父，富阳人，开禧元年进士，同当年真德秀先生一样，也任过太学正，国子博士，但这已是宋慈离开太学以后的事。宋慈之所以敢释放那些夺食的饥民，到这儿来面见丞相，只是因为他考虑到：在这非常岁月，李宗勉能奏请皇上让他来南巡资粮财赋，他风尘仆仆地走了许多地方，而今亲眼撞见了这宗聚众抢劫案，拿住了凶徒，却又能考虑到此案事涉内亲，不宜自处，转交给一个地方通判审理，可见丞相大人当此存亡之秋，不仅心有图强之志，大约还是个清守法度的老臣。既如此，当可理喻。现在，他注意到丞相大人已渐渐舒展的眉宇，相信自己可以把所想到的一腔言语尽管倾诉出来。他便又从容不迫地往下说：

"丞相大人！闽、赣两路，乃我朝内地近十年中发事最多的地方。十年前，赣州农民陈三枪在松梓山起事；九年前，汀州盐贩梦彪在潭飞祭起事，无不是由于官府苛逼甚急，滥杀无辜，以致百姓据险地而揭竿。

"而我南剑州，扼闽江上中游之咽喉，自古为兵家必争之地，进可以纵横应援各属，退可以自成一方之固，当年王审之割据称王，就是在这块地盘上立国成事。

"所以下官倒是想，当年前往平乱的主将，头一桩事就是诛杀了当地几名官吏，这事在朝中虽有哗然者，但实属明智之举。民心一失，江山则危。为官不能安郡县，要这样的官员何用？何况民事如水，疏之可以受益，阻之也会自取灭顶。宋慈不敢轻忽。所以下官窃想，眼下南剑州饥荒已达到这种境地，燃眉之急，要使饥民得到赖以生存的粮食，才能使百姓归田，南剑州地方今后才能随时以应国家之急，随力输赋，以佐调度。不然……"

宋慈没有再说下去，余下的话似乎不言而喻。说这些话时，他的话音已很轻很缓，然而句句如重槌响鼓，擂得李宗勉心中轰轰直响。李宗勉听罢，沉思片刻，接着问：

"以你之见，有何良策？"

"下官以为可行济粜。"

"行济粜？如今军需甚急，以府库之粮行济粜？"

"不必动用府库存粮。可按南剑州民户五等以富济贫。"

宋朝民户是按五等入户籍的，一等为大地主，二三等为中小地主，四五等为自耕农。李宗勉知道宋慈说的民户五等就是指户籍上早已登记在册的划分，但怎么个以富济贫呢？他问：

"一等怎样？"

"一等乃巨富，可征其存粮半数赈济灾民，半数以官价平粜灾民。"

在旁听了许久的杜贯成，脸上早已不见了笑容，他盯着宋慈，想说什么，但没有说出，只是咽下了一口唾沫。

"二等呢？"李宗勉继续问。

"二等，可征其存粮官价平粜。"

"三等？"

"济粜俱免。"

"四等？"

"受半济之惠，兼得官价之粜。"

"五等？"

"全济之。"

李宗勉听着听着，渐露喜色，听完已忍不住扶椅离座，走到宋慈面前，以手叩其肩道："好！好！从前唐太宗曾反复引用荀子的话，君如舟，民如水，水可载舟，亦能覆舟，的确值得记取。难为你想出这个办法，以当地富豪之囤积，济粜当地之灾民，无须动用府库，也无须奏请圣裁，你就从速做吧！"

就这样，宋慈借了这个案子，借了李宗勉奉诏南巡粮赋的机会，不仅改变了那群饥民的命运，还得到李宗勉首肯将去做成济粜之事。

这日，李宗勉又详问了"杀人以卖"的案子，宋慈也细细告知。当着宋慈对李宗勉详述此案的时候，田槐从宅内出来，他与童宫在杜家楼门前相遇了。

田槐停下步，把童宫与霍雄各扫了一眼，他并不认得童宫。当年他随柴万隆老爷到童宫家里去催租时，童宫在山上打猎，后来童宫潜入柴家大院企图去杀柴万隆，柴家女仆说是童宫所杀，他也没见过童宫的身影，也不知道眼前的这个人早萌了要杀死他报仇雪耻的决心！

由于田槐兄弟在建阳十分出名，童宫却认得田槐兄弟，现在仇人就站在眼前了，而且用这样一种蛮横的眼光看着他与霍雄，童宫热血腾的一下就上了脸，然而没有发作。是因为大人此刻还在杜家楼内，凶吉未卜，还是因为大人这些年对他的训导？总之他将双拳捏紧了却没有发作，只由田槐放肆地看了一阵，又眼睁睁地看着田槐出门走远了。

宅内，李宗勉听着宋慈谈案，不时地提出问题，宋慈都一一答出，李宗勉心下不禁对眼前这个通判的思维之敏捷暗自称奇。二人问问答答，答答问问，不觉天已入暮。直到宋慈起身告辞，李宗勉把宋慈送出厅来，仍觉得谈兴未尽。

李宗勉只在南剑州住一宿，第二天一早又传来舒庚适与宋慈，当着二人的面，吩咐了济粜之事，就走了。

由于这个政体历来位级森严，一级管一级，一级服一级。行济粜，这件要想让知州舒庚适点头原本难乎其难的事，第二天由于丞相李宗勉的几句话，又在一片唯诺声中变得容易了。

说是容易，但具体施行还有许多曲折。丞相大人走后，宋慈与舒庚适及府僚们又费了许多口舌，直磋商了三日，才终于基本按照宋慈意见定下了具体的条陈。于是，一面修书快呈李宗勉丞相，一面撰出《告示》。

《告示》总算就要见诸于市了，宋慈想象得出百姓一旦得到粮食之日的喜悦情状，他自己的喜悦也是不言而喻的。可是谁曾想到，就在即将贴出《告示》的前夜，宋慈又意外地遇到了一宗案子，那将是宋慈出山奉职后遇到的最严酷一案……

3. 三更火警

夜色与往日一样，并不特别。

二更时分，下弦月尚未升起，星光明灭不定。衬着广漠的夜空，巍峨的南剑州古城显得黑魆魆的。在魆黑的城堞上，悄悄地出现了一个青衣人的剪影。青衣人从城堞上放下一根绳索，随后攀绳悄无声息地滑落城下。

初春夜来的风，轻轻吹着。远处的荒山上，悠悠缓缓地浮游着鬼火似的磷光，四下里都是虫的鸣唱，和着那磷光，犹如凄切的啼泣。偶尔，从闽江吹送来的风，拂动着城外一户酒家门前高挑着的酒旆子。在这个月末明星也稀的春夜，是谁这样匆匆出城而去？

悄悄的夜风也拂动了通判府后院的柳丝。有一扇窗牖里还亮着烛光，是谁，也还没有入睡？

这是宋芪姑娘的闺房，银烛台上数烛齐燃，放着璀璨的光。烛光照见宋芪婷立的身影，她已是一身入睡的穿束，非常素洁：一件雪白的薄绸春衫，衬着满是青春的身躯；一条浅翠缀边膝裤，下半截腿肚子光光地露着；蓬松的柔发随意绾了个如意髻，上面的发簪儿也拔去了。在这样的少女心中，春夜的清凉也能使她觉出一种柔和的温暖。她正手执一管硕大的湖笔，唇边抿着沉思，眉间凝着冥想，一双晶亮的眸子正望着壁上一方巨大字幅出神。

字幅上写着是苏东坡的《念奴娇·赤壁怀古》，也不知多少回了，宋芪姑娘又从字幅的头一个字细视默吟下来：

> 大江东去，浪淘尽，千古风流人物。故垒西边，人道是，三国周郎赤壁。乱石穿空，惊涛拍岸，卷起千堆雪。江山如画，一时多少豪杰！遥想公瑾当年，小乔初嫁了，雄姿英发，羽扇纶巾，谈笑间，强虏灰飞烟灭。故国神游，多情应笑我，早生华发……

整个儿看去，这字写得造型奇特，既具一泻千里之势，又寓深沉昂扬之气。也不知是受了词的熏陶，还是字的感染，宋芪自己都觉得仿佛听得见大江拍岸的涛声，看得见故国弥天的烽火。逐字逐字地看，也似有咀嚼不尽的味儿。只是写到"早生华发"，以下便是一片空白。现在，宋芪就盯着那一片空白，把笔在砚上捵了又捵，是姑娘将以下的词句给忘了？……

"想什么呢？"静谧中传来秋娟的声音。

是芪儿把秋娟叫到房里来看她写字，很多年了，芪儿喜欢让秋娟看着她写字，似乎有秋娟的眼睛存在，芪儿就能写得特别自在。现在芪儿说："秋姐，我写不下去了。"

"为什么？"

"我不理解东坡先生的意思。你看，东坡先生这词写得多么有气魄，写到这儿又说'多情应笑我'，这'情'是什么情呀？后面还叹'人生如梦'，我感觉东坡先生此时的心思一定很不简单，但我想不明白，不知该怎么写了。"

"那就等想清楚了再写，先睡吧，时辰不早了。"

"好吧，"宋芪说，"今晚你别走了，跟我一块儿睡。"

在这个静谧的夜里，通判府内也还有人没睡。在另一间居室，有人下榻走到窗前，"吱呀"一声打开了窗牖，将窗外那点蒙蒙的星光放进屋来。

"老爷，你今儿怎么啦？"是宋夫人玉兰的话音在榻上说。

"你睡吧！"宋慈站在窗前。

"济枭之事，已经如你所愿，还想什么呢？"

宋慈也不知自己还要想些什么。今日，他本意是什么也不想，只希望好好地睡一觉。为此，他比往常早得多就上了榻，谁知偏偏睡不着，而且愈来愈没了睡意，干脆起身推开窗牖，望那窗外闪烁不定的星，吸一点清凉的空气，再重回卧榻。

平静的夜，平凡的夜，然而就在这一片静谧中，屋外传来一阵刺耳的马嘶之声……是宋慈的坐骑在厩中引颈长嘶，跃跃欲出。引得厩中的几匹马都此起彼伏地嘶叫起来。

宋慈一惊，立刻起身下榻，光着脚板开门出房来看。几乎与此同时，在另一处房间里，童宫也如弹丸般从房内弹了出来。透过楼角的飞檐，二人都看到北面天际一片通红的火光。

"大人，是城北起火！"童宫首先出言。

"糟糕！"宋慈望着天空说了一句，旋即对童宫道，"快，传府内行人都起来，立赴现场。"

童宫应声而去，宋慈又追上一句："传了话，你先去看看！"童宫把手一扬，以示听见。宋慈也回房更衣，出房，霍雄已从厩中牵出了宋慈的坐骑。

宋夫人、宋芪与秋娟也都出房来了，三人一同走到前院。不多时，众衙役也衣束齐整，齐集院中。一个通判府虞侯见宋慈要骑马，禀道："大人，府内有轿！"

"不必了，马快！"

宋慈说着已从霍雄手中接过缰绳，牵马向衙外走去，众衙役随后跟着。一出衙门，宋慈翻身上马，朝光亮处放骑而去，众衙役便跑步跟随。

现在，通判府前院就剩下宋夫人母女和秋娟，还有一个看门的老仆役，芪儿上前帮那老仆役一同关上了闾门。宋芪陡然间觉得有种空虚之感，回身问母亲道："出了什么事？"

宋夫人说："你父亲只恐有人烧粮。"

"怎么会呢？"

"乡民饥饿垂死，富豪库中却有虫蛀鼠啮之粮，如果因事触发，有人一把火烧了富家存粮，这种危险在行济粜的《告示》贴出去之前，时时都在。"

宋芪领悟地点了点头，转而挽住了秋娟的手臂。芪儿这个动作也使秋娟想到，芪儿一定是想起秋娟当年一把火烧了柴万隆宅子那事了。

北面天际的火光更红了，由于一行人马穿街而去，引得远远近近的犬吠声响成一片，宋夫人母女与秋娟在前庭稍站片刻，然后一起向内院走去。当她们进到院中，竟看到小青青领着小弟也起来了。这小青青就是数日前从城外驿道带回来的那小女孩。她本没有名字，在家时她妈叫她小猫，叫她弟弟小狗，宋芪觉得这名儿真不好听，就给她取名青青，她弟弟就叫健健。

青青姐弟俩衣服都穿得好好的，互牵着手，就站在居室的门前，似乎随时准备应付一切突发的情况．这使宋芪很感慨："劫难中生存的孩童，其自理能力该有多么强啊！"

4.　现场勘检

失火现场，浓烟滚滚，烈焰烛天。

站在北门城头，看得见火光中到处是挑水救火的乡民，高架的木梯，扑火的长竿、麻塔、火叉、大索、铁矛……忽然轰隆一声巨响，起火的房屋倒塌了，一股烟火飞腾着直扑天空。

单调的蹄声疾如暴雨般叩打着路面……已从城北折转回头的童宫单骑奔驰在街市上，一会儿童宫就与迎面而来的宋慈打上照面。

"启禀大人，是城外民房失火。"童宫在马上禀道。

宋慈闻报，似乎略略松了一口气，但起火之事也是他历来尤所关心的事，他的坐骑嘶叫着，四蹄敲打着地面，宋慈一抖缰绳说："去看看！"

"城门还关着。"

"开城门！"

童宫勒转马头，放蹄而去。

吊桥缓缓地落下了，城门大开，宋慈一行出城直奔失火现场。此时，火渐被扑灭。宋慈一行赶到现场，听到的是一片哭声。见官府人来，乡民们纷纷让开一条道，宋慈翻身下马，穿过人群，就看到几个乡民从火光中抬出一具烧焦的尸体。宋慈上前抬手止住了抬尸的乡民，问道："死者是谁？"

"是个泥瓦匠。"有人答道。

"姓张，大伙都叫他张矮。"又有人说。

"他家没有人了？"见死者身旁没有人哭，宋慈又问。

"半个月前妻小都饿死了。"

"这是他家房屋？"宋慈指着那抬出尸体来的地方。

"正是。"人们回道。

宋慈一边问着，一边已把现场的四周都打量了一番，看到抬出尸体的地方正是失火中心，两边的房屋也大都毁塌，料想大火是从这死者家中起的。一问，果然是。宋慈又询问大家可知起火原因。乡民们面面相觑小声嘀咕着，少顷有一个上了年纪的老者说道："恐怕是失火吧！"

"怎见得呢？"宋慈望那长者。

"张矮平日跟人无仇无怨，又穷得锅底朝天，不会有人来害命，也无财可谋。"

宋慈又问抬尸乡民："这尸体抬出之前，在房内什么地方？"

"就倒在门边。"一个中年人说。

"头朝哪儿？"宋慈又问。

"头……朝里，脚朝外。"

听这一言，宋慈的面容严肃起来。他很清楚，大凡活人被烧，当有外奔情势，即使来不及逃出门，死的时候，也应当是头朝外，脚朝里。要是被人杀死，推入房中，放火焚尸，死者就呈内跌情形，头朝里，脚朝外。现在这具尸体正倒在门边，头朝里，脚朝外，不是他杀，又是什么呢？

但也不能排除会有意外，假如这人已逃到门边，忽然想到要进房去抢一件什么，恰在这时，房顶崩坍，也可能出现眼下这种情状。可是他有什么要去抢出来呢？宋慈转身对霍雄道：

"验尸！"

众衙役开始把乡民们都拦出圈外，霍雄从腰间拔出一柄亮闪闪的锯刀两用尖刀，与童宫一起在焦尸前蹲了下去。看到官府的人要验尸，乡民们都很惊讶。

"都烧焦了，怎么验啊？"

"是啊，体无完肤，像个焦炭！"

……

但霍雄只用那把尖刀撬开死者口腔部位，宋慈躬身细看了一眼，就有结论了。因活人被烧，必挣扎呼吸，使口鼻咽喉内呛入大量烟灰，死后被焚则不然。这尸首口腔咽部不见丝毫烟灰，必是被他杀后焚尸灭迹！

死者是被杀，凶犯又是谁呢？

当务之急，需要勘查现场。

现场燃起了数十支火把。乡民们虽不明白这一切是怎么回事，也都踊跃相帮。他们同众衙役一道搬开烧毁的断木，小心翻理废墟，对毁坏的坛坛罐罐也检查得十分仔细。废墟中，有人发现一把铁器，是一把泥水匠用的砖刀。又发现了缝钩、粉刷器等，这些东西都放在同一部位，不像是凶器。

勘查时，宋慈首选的部位，就是门内死者卧地而死的地方。在约莫离门一人之距的位置，宋慈发现了一个烧坏的灯盏，这使他那思维活跃的脑子里立刻如走马灯似的转出一幅幅画面：

夜深人静，有人叩响了泥瓦匠的房门……泥瓦匠执着灯盏来开门……门刚开一条缝儿，叩门者扑蹿而入……灯灭了，黑暗中响起一人扑地而倒的声响，或者还有一声低浑的惨叫……不久，屋内亮起了熊熊的火光……杀人者跃出房，关上门，潜去……火越烧越旺，照见被害人掉落在自己身旁的灯盏……

勘查继续进行。按照宋慈的布置，凡是毫无可疑之处的一切东西，包括毫无意义的碎砖断木，统统都被以排除之法排除出去，搬放得远远的。不多时，死者住屋废墟上的一切被搬光，最后连积灰都被耙扫出去，成了一块扫净的空地皮。

任何可疑的东西也没有发现。人们清理完毕，都直起身来，可以肯定，凶手没有遗下任何东西。

"大人，再做什么呢？"童宫问。

"验地，只好验地了。"宋慈说。

是的，验地，这不是一般的现场勘查。

这是宋慈独有的检验法。这些年来不断博采广集，潜心探索，不单使宋慈汇集到许许多多精湛的检验技法，也使他在某些地方挺进到前人没有达到的出神入化之境。正因为他有各种各样神奇的检验技法，才使他在各种各样看来几乎毫无头绪的疑奇之案中，毫不茫然，至少是知晓应当先做什么，后做什么，一步一步，既快又准地直追寻下去。现在，当确认凶手未遗下任何物品之时，宋慈便决定验地，通过验地，可望窥出死者是如何被杀的，创痕在什么地方。

宋慈对童宫附耳吩咐几句，派他速去做几件准备工作。童宫刚走，宋慈就在已被清理一空的地基上，看看约莫尸首被焚的位置，着手画出验地范围。忽然，宋慈目光凝聚，望定一处地方，又立刻从身旁一个衙役手中举过那盏上书"通判府"三字的大纱笼，蹲下身去仔细辨看。这时，他确信自己是发现一个重要线索了。他决定先由此线索追查下去，于是马上对一个衙役吩咐道："先叫童宫回来！"

"大人！"恰在这时，霍雄也从那堆已经搬出去的废墟那边奔过来，手里执着一把已被砸压得变了形的酒壶，递给宋慈，"大人，你看！"

宋慈接过酒壶，看一眼，倾倒之，尚有一两滴残存的余液落在手心，又置于鼻翼前嗅了嗅，一股酒的醇香味儿直入鼻息，并无异味，一个疑点也随即落到意识中。他看了看霍雄正期待他发话的眼睛，轻声道："你想得不错，泥匠家中早已断粮，哪里来的银钱买酒？"

这样说着，宋慈已望到百步之外一处酒家门前高挑着的酒旆子，决定立刻查一下酒的来源。

"传酒家！"宋慈道。

北门酒家店小二姓赵，此刻也在围观的人群中，听到传他，不知怎的，竟吓得身上发颤，到被人们推拥出来，他便扑通一声跪在宋慈面前，口称："青天大老爷在上，小人叩见大老爷！"

"你且起来。"宋慈说。

赵小二跪着没动。

"大人叫你站起。"霍雄一旁说道。

"哦。"赵小二不无忐忑地抬起了头，但仍跪着。因刚才救火，清理现场，他也参加了，此时满身满脸都还是黑不溜秋的。

"大人叫你站起来！"霍雄又说。

"你不必担心。"宋慈说，"大火再烧过去，你的酒店也没了，所以本官并不怀疑你会放火。"

"唉。谢青天大老爷！"赵小二叩了一下头，这才立起身。

"本官问你的话，你要照实讲来。"

"唉！唉！"

"今日，这泥瓦匠可到过你店中买酒？"

店小二一怔，迟疑了一下。

"快说！"宋慈声音不大地催促道。

"唉……到过，到过。"

"什么时辰？"

"天已入暮。"

"他是用银钱买酒，还是以物换酒？"

"他起初不是来买酒的，是……"

"你只管放心说来。"

"是来还钱，还早先欠小人店中的酒钱。"赵小二的舌头灵转了些，开始回忆着，边说边比画，完全有一副生意人的好口舌。"到了小人店中，他拿出一锭十两的大银，小人甚是惊奇，问他：'老弟，何处发了财？'他尴尬一笑，不语，稍后才补一句：'不是偷的。'小人又说：'老弟，今日有银两，可得喝几盏！'他直摇头：'不，不。'接着，我找还他碎银，他接过就走了。不料他走后不久，又来，还带来一把酒壶，买了一壶酒去。不过……小人实在没有想到他会酒后误事啊！"

赵小二说罢叹了口气，一副沮丧的样子，但只停一息，他忽又叫了起来："哎呀，怕是有人谋财害命！"

"你是说银子？"宋慈已明白对方要说什么。

"对。银子，银子！"赵小二叫道，"怎的连小的找还他那些银子也不见了呢？就是烧熔了，也有块儿烧熔了的呢！"

"你找还他多少银子？"

"扣还所赊旧账，小的找还他七两。"

"你还有什么要说吗？"

"没有。"赵小二想了想，又补了一句，"没有。"

接下来，宋慈又问赵小二近日内可曾见有一个姓田的人与泥瓦匠往来，小二摇摇头，答说，据他所知，当地并无田姓的人。宋慈就说："杜家楼枪棒教头不是姓田吗？"那日，宋慈在杜家楼也看到了田槐，并认出了他。赵小二又回说田教头不是当地人。再说，田教头怎会与张矮有交往呢？宋慈不吭声，也不再问了。当即对赵小二摆了摆手，说他可以走了。可赵小二仍站着没动，仿佛没有听清，等到霍雄再催一句，他才慌忙跪下，叩了两下头，口称："谢青天大人！"而后起身退入人群中。

宋慈又命霍雄向众多乡民传话，问近日可有人看到一个姓田的人与这泥匠往来否。事情进展颇顺利，很快就有个十一二岁的娃子钻出人群，开口便说。

"三日前，田教头进了这间屋。"

"田教头？"宋慈问那娃子，"你看错了吧？"

"错不了，"娃子说，"我在杜大老爷家放过牛。他们是叫他田教头。"

"你在三日前什么时候看到？"

"太阳落山时。"

"你那时在干什么？"

"正赶牛回来。"

案子追查至此，宋慈以为初见端倪了。他所以要找一个姓田的人，并把这个看来与杜家楼田槐毫无联系的案子，与田槐联系在一起，并非凭空假想。如前所见，在霍雄发现酒壶中尚有残存的酒液之前，宋慈已在死者被害处发现了重要线索——就是在他最初拾到灯盏的地方，因灰烬扫去了，宋慈看到泥地上有一个歪歪扭扭，合不拢口的"田"字。这"田"字横粗竖细，处在这一位置，当是泥瓦匠临死前拼将最后力气用灯盏画写下的。泥匠不种田，画之有何意？只能推想，大约是泥瓦匠想留下凶犯姓名，奈何才写出姓氏，已命绝身死。或者是，只知凶犯姓氏，不知其名，也就只能画下一个"田"字。而后从酒家赵小二那儿得知，泥瓦匠于本日黄昏后从身上掏出一锭十两的大银，可见这宗案子，大约同一富户有关。加上当地没有"田"姓的人，宋慈自然要想到田槐。当然，这只是一个怀疑；现在又有小童看到田槐近日与泥瓦匠有过交往，如此，酒、银子、田教头……综合一想，就有些明白了。这时童宫已被叫回，宋慈把童宫、霍雄叫到一旁，便轻声对二人说："凶手可能就是田槐！"

听此一言，童宫早热血沸腾。

"你得忍着点。"宋慈当即对童宫道，"眼下田槐是杜贯成的枪棒教头，杜贯成非同一般乡绅。这你清楚。"

"那，现在该干什么？"霍雄问。

"需立即到杜家楼，一是看看田槐是否在家。案子发在夜间，城门关闭，以其功夫，他可能已经回去，也可能尚未回去。如果已经回去，那就需得搜索犯罪佐证。要审此案，关键在证据。而眼下，我们毫无证据。"

童宫听了咬紧牙，咽下一口唾沫。想到杜贯成非一般乡绅，他还是晓得冷静下来。不是对杜贯成惧怕三分，而是这些年来跟随大人所见所闻多了，对这个世界的复杂也所知不浅，因而他实际上早已从跟随大人无所操心，变得时常都晓得为大人操心。现在听说要去搜索杜家楼，他就有点儿为大人担心。

童宫想，去搜索杜家楼，是为了取得犯罪佐证。可杜家楼的主人是杜贯成，不是田槐，而杜贯成是当朝丞相的大舅爷。这地方上知州舒庚适也护着他，省院的官儿也会如此。此去搜索杜家楼，且不论万一拿不着他们把柄，日后会不会招来不测，依他童宫想来，也似可不必前去搜索。

"大人，"童宫道，"我看，此去只要看看田槐在或不在。不在，就等天明捕他；在，把他先传来审讯一番，再做计较也不迟。"

"那就迟了！"宋慈说。

"为什么？"童宫、霍雄都问道。

"要抓的只恐不只是田槐。你们想，那田槐为何要杀一个穷泥匠，只恐是受人所差，其中另有图谋。所以对其主子杜贯成也不可不疑之，如果只是传来田槐，岂不打草惊蛇？"

"这么说，还要捉拿杜贯成？"童宫脱口道。

"可是，眼下，还只是怀疑……"霍雄也有些吃惊。

"怀疑可以证实！"宋慈说。

"证实？"

"对。如果田槐不在杜家楼，自然可在明天捕他。如果他已作案回去，当有所动静，那么可乘其尚未料及之时……"宋慈说着就对二人细细叮嘱一番，二

238

人这才大悟，领命而去。

二人一走，宋慈留下两位衙役看守现场，自己带上众衙役也上马取道回城。

宋慈一行走后，北门城外仍不平静。一家起火，殃及四邻。那些遭了大火的乡民也开始清理各自从火中抢出的东西，有妇人呜呜咽咽地哭泣，也有那些未被烧着房屋的则关心起这个新来的通判大人何以一问到杜家楼的田教头就不再追问并且回马收兵。可是，又为什么还要留下衙役看守现场呢？

第十一章

验地显形

（1238 年）

在中国法医检验学中，不仅辨生前死后等致死原因，还要通过检验以追索凶犯。验伤、验尸乃至验焦尸，都有活人或焦尸可验，然而面对烧焦蜷缩之尸，古代没有 DNA 技术，怎知道死者究竟是谁，能不能还原其生前高矮胖瘦形状？宋慈便验地，这"验地"的概念不完全是勘查现场的概念，而是形同验尸，并试图找出致命伤在何处。此种"验地"堪称中国古代法医检验学一绝，足以令今人也叹为观止。

1. 星夜追捕

三更已过，下弦月刚刚升起，苍白的清辉给无边的夜色增添了恍若梦境般的神秘。

通判府内，宋夫人与女儿尚未入睡。两个小孩子由秋娟陪着，重新入睡。宋芪陪母亲在一起。

"母亲，你不必操心，不会出什么事的。"宋芪望着母亲忧思的面容说。

"我不操心。"母亲淡淡一笑。

说不操心，其实心里总有些七上八下的。也不知是年岁大了还是怎的，近年来，宋夫人常常要为宋慈操这样那样的心。在芪儿看来，母亲有时的操心几乎是无端的。

不过，今夜芪儿自己也睡不着。先是那幅字没有写完，后来碰上不知何地何因起了大火，转眼间府内的男人们几乎都走光了。现在又看到母亲忧心忡忡的样子，宋芪自己心中虽不想操心，但也确实不想睡了。

月亮上来了，青烟似的薄雾漫进房来，芪儿越加没有了睡意。她走到壁前，想将那张玉壶冰琴摘下，以琴声驱赶一下不安的情思。然而她才触响一下弦音，母亲便对她喝止道：

"芪儿，你疯了，现在是什么时辰。"

见母亲不悦，芪儿只得撇撇嘴，停下了手。

"不必等他们了。我们睡吧！"这回，倒是母亲对女儿说。

母女俩于是吹灭了烛，上了榻。不过，仍不能睡。宋夫人倒是将眼睛合上了，芪儿则干脆睁大了眼，就像她父亲二更时分躺在这儿直瞅着窗外那样，去瞅那一弯刚能见着一角的下弦月。

　　缺月挂疏桐
　　漏断人初静
　　谁见幽人独往来
　　缥缈孤鸿影
　　……

蓦然间，宋芪心中冒出苏东坡的这首《卜算子》来。她知道，东坡先生的这阕词作于寓居黄州时，以孤鸿自喻高洁自赏，不与世俗同流的生活态度，也传达了在仕途上失意后孤独、落寞的心境。宋芪不明白自己何以会想到这阕词，也许只是这"缺月"和"静夜"的相同景致使她触发联想罢。想到这儿，她也不打算多想了。

"可是，父亲他们此刻在干什么呢？"这个念头，她总是驱赶不去。

此刻，童宫与霍雄踏着淡淡的月色，来到杜家楼前。

杜家楼前，一片开阔，弥耳尽是虫的和鸣之声。银灰色的月光飘漫在天地间，仿佛张开一张无边的网，将世间的一切都罩在神秘的薄雾里。在杜家楼大门外飞伸而出的屋檐下，悬着两盏大红"杜"字纱笼，夜风吹来，晃晃荡荡的。

童宫、霍雄绕墙转到后院的围墙之外。二人巡视高墙，在一处院内长有高树的墙下停下了。童宫解去身佩的腰刀，递与霍雄，而后二人配合着，童宫跃上墙头，再轻轻一跳落在墙内的树影下。

院内，一间房中亮出烛光。童宫轻轻跃过凭栏来到窗前，俯身看向窗内，只见窗内一张圆桌上杯盘狼藉，酒盏却只有一只，竹箸也只有一副，一个丫鬟正在收拾。不难看出，刚才有人在此用过酒菜。童宫执出解腕尖刀，悄声入房，忽然出现在丫鬟面前，压低了声音："莫怕，不会伤害你！"

丫鬟一惊，几乎叫出声来，但手中的盘碟到底端不住，失手掉去……然而没有听到盘碟落地之声，那盘碟早已托在童宫手上。

"刚才谁在此饮酒？"把盘碟小心放回桌上，童宫又小声问。

惊魂未定的丫鬟手半举在胸前，半晌，终于吐出三字："田教头。"

童宫又问："他今夜可是外出刚回来？"

丫鬟点了点头。

"你可知他外出去做什么？"

丫鬟摇摇头。

"他现在何处？"

"回屋去睡了。"

"多谢了！"童宫收起尖刀，取出一锭银子放在圆桌上对丫鬟道，"还劳大姐切莫声张。"说罢出房，消失在夜色中。

霍雄候在墙外的树影下，眼睛一直守望着墙头……终于，他看到一粒小石从墙头上飞出来，"噗"的一声落在地上，紧接着，又一粒小石飞出……霍雄下意识地拾起二石，飞速回报。

从墙内投出二石的童宫，此时也飞速折回去看那丫鬟。见她仍然在橱下洗刷盘碟，无事一般，童宫放下了心。回身出来，就听到前院的叩门之声已和着犬吠之声响成一片。他知道是大人带人来到了杜家楼前。

一个"杜"字纱笼晃晃荡荡地来了，执着纱笼的是一个看门家丁。童宫避在假山之后，让过家丁，随后又暗暗跟定了他。

家丁穿过回廊，又沿石阶登上后山一幢翠竹掩映的楼屋。楼屋前有一个小巧别致的水池，池中燃着两盏荷凫灯，那水也不知是从何处来的，一泓细流如丝般注入池中，发出玲玲珑珑的轻响。池边尽是葱郁的各样花卉，虽辨不清那鲜丽色彩，却嗅得到沁心沁脾的芳香。楼屋两边的好几间房里都还亮着微弱的灯光，家丁在楼屋前踌躇了一下，而后向东面房叩响了一扇精雕细镂的门，口里轻呼道："老爷！老爷！"

稍顿，屋内传出一个妇人的声音："老爷不在这边。"

家丁旋又折到西面，叩响了另一扇也是精雕细镂的门，口呼："老爷！老爷！"

稍顿，屋内响起了一个娇嫩的轻声，也在呼："老爷！老爷！"

"什么事？"杜贯成被唤醒了。

"有人叫你。"娇嫩的轻声说。

"老爷，"家丁在外答道，"通判大人来访，现候在大门外。"

"什么？"听这声音，杜贯成像是从榻上坐了起来。

"通判大人要见老爷，正候在大门外。"家丁又说。

童宫已转到另一侧，贴近窗棂，他看到房中悬着一盏半明不暗的八角薄纱大红宫灯，将房中的珠帘绣幕都映成一片绯红。帐幔上绣着各色金银丝线，手一掀动，闪闪亮亮的。杜贯成正裸着身子掀帐走下榻来。

"老爷，你要干什么？"又是那个娇嫩的声音说。

杜贯成在榻前痴站了一下，开始穿衣，随后只对门外的家丁叫了声："六合。"

"在！"

"你去告诉田师爷，叫他但闻动静，只管睡觉，不必起来。"

"唉。"被唤作六合的家丁应道，"小的去了，还有何事吩咐？"

"你再告诉田师爷，老爷我自去迎那通判进来。你去吧！"

家丁应声而去，童宫便又暗暗跟定了他。现在，是要到那田槐的卧室去了，要到那个与他有杀嫂之仇的仇人那儿去，到那个十有八九是杀死泥瓦匠的凶手那儿去。童宫听得见自己的心跳，额上冒出汗珠，胳膊上的肌肉也禁不住地抽搐，全身鼓动起不可遏止的怒火。然而他一边跟，一边又将自己的眼睛时不时地闭着一会儿，他在努力约束自己，耳中响着大人的吩咐："……关键在证据！"

2. 五指金刚爪

田槐宿在前院一间独立的小屋，屋前一株三人未能合抱的古榕，那须叶蔓披的枝梢繁盛地伸展开，虬蟠纵横如盖，直将小屋都覆了大半。树下散漫地偃卧着几块突兀大石，酷似伏着几只狰狞怪兽。

家丁走近小屋，树上"扑喇喇"飞起一群宿鸟，接着又有一群蝙蝠飞旋，在月光斑驳的树影下扇起奇形怪状的阴影。

"谁？"小屋内传来一人惊起的话音。

家丁一惊，定了定神，随即上阶到窗牖下说："是我，小的六合。"

"什么事？"田槐问。

"老爷要小的告诉师爷，宋通判半夜来访，老爷去门外接他了，你可不必起来，只管睡觉。"

"知道了。"

"师爷，那小的去了？"

"去罢！"

六合提着灯笼跳跳地去了，窗外又恢复了昏暗与寂静，只有夜风拂动古榕繁茂的须叶，发出瑟瑟声音。月光从颤动的须叶间筛下来，闪闪烁烁的光斑，跳跳跃跃地洒了童宫一身，使得童宫那一再压抑着的情绪又难以遏制地躁动起来。

忽然，窗内亮起了灯。童宫抬足抢上石阶，径到窗下，眼贴窗棂朝里窥去，只见田槐下榻正仿佛寻找什么似的，双手在身上摸了摸，从衣内摸出一把银子。

"呵，果然是他！"童宫在窗外将牙咬得铁紧。

田槐将银子放在榻前的小茶几上，随即从枕旁提出一件东西来，也放在茶几上，这是个"五指金刚爪"！

童宫继续窥望，只见田槐又掀起卧席，露出一个大卧柜来。揭起柜盖，田槐把那金刚爪"哐当"一声扔进去，又从柜内提出一个描金木匣，把那木匣也搁在榻前的小茶几上，接着从小几暗屉中摸出一把钥匙开了铜锁。铜锁一去，揭开匣子，只见匣内都是金银珠翠诸物……田槐抓起茶几上的银子，就要搁入匣内。就此当儿，童宫大叫一声破窗而入。田槐一惊，握银的手早被童宫抓住。眨眼工夫，田槐双手一抱，一个中门下式，脱开童宫之手，跳出圈外。童宫乘势把茶几上的匣子一盖，又飞快地落上了锁。

一声冷笑，是田槐的鼻息中迸出来的。田槐下意识地把手中的银子重又放回衣内，也不说话，深运一息，一个跃步双劈掌就向比他稍矮的童宫直劈下来。

童宫一避疾如闪电，"啪"的一声，田槐双掌击在茶几上，茶几碎了。与此同时，田槐嘴里发出"呃"的一声响，不是因为双掌打疼了，而是背上早挨了童宫迅如电击般的一掌。

一场你死我活的恶斗在房内爆发了。两强相搏，非同小可。一时间屋内板裂橱塌，灯灭月昏，地覆天翻。自嘉定十一年至今，整整二十年，童宫终于同他的仇人交上了手。在童宫，现在与他相搏的不只是他的宿敌，也是官府要捉拿的凶手，童宫便是拼死也不会放过他。在田槐，一仗杜家势力，二仗一身功夫，三还不把眼前这个比他略矮半头的小子放在眼里，直欲三下五除二便废了对方，因而出手凶险，招式狠辣。二人自房内打出房外，直打到院中……

此时，杜家楼前朱门开启，杜贯成出迎，见了宋慈，双手当胸一揖："通判大人深夜来访，快快请进！"

"不必了。"宋慈说。

"那？"杜贯成似乎一愣，"宋大人深夜来访，有何赐教？"

"是想请教一事。"

"什么事？"

"尊府教头田槐今晚可曾出门？"

"哦，大人是问这个。不曾不曾，他此刻尚在睡觉哩！"

正说着，屋顶上传来霍霍的散打之声。众人抬头望去，只见屋瓦上，童宫与田槐酣战正烈，月下一招一式皆见分明。童宫连连发着轻猿般的跳跃闪避，且战且走，正一步步将田槐引向靠近大门的屋顶。田槐陡然窥见大门外大书着"通判府"三字的纱笼和众多衙役，略一分神。童宫看得真切，瞅准破绽，带住腿，欲退忽进，旋抢入前，一个瞒面摘瓜正中田槐面额，直打得他眼冒金星。

田槐脚步尚未立稳，又见童宫双掌向他劈面打来，双手连忙向上一封，岂料童宫只将双掌在他脸面虚影一影，足下一锥兔子穿洞却照他的心窝里直飞而来，射个正着。这一脚非同小可，童宫口里只一声"下去"，那田槐再立脚不住往后便倒，身子挨着瓦面，仍停不住，又连人带瓦"唰啦啦"一连声倒冲下檐，恰落在杜贯成脚旁一尊"四不象"的上马石上，而后歪倒在地。

童宫收住腿，立稳了，跃步檐前，纵身往下轻轻一跳，也落在上马石上，就去田槐衣内取银子。田槐此时已跌得半死，不能动弹，只好睁着眼凭童宫把银子搜取去。

宋慈接过童宫递过的碎银，在手中掂了掂，知道与那赵小二说的分量不相上下。又听童宫把院内所见略说一遍，宋慈便对杜贯成道："杜员外，打扰了，我得派人去察一察田教头的住屋。"

"这……"杜贯成仿佛对眼前的一切都弄不明白似的，张开双臂，似想阻挡。

宋慈容不得他拖延，一摇头，对童宫道："快进！"

童宫抬手一招，霍雄与数位衙役都随他飞步上阶入门。杜贯成还想阻拦，但刚一抬手，自己倒被衙役拦住了。

童宫数人进入前庭，直奔田槐住屋，忽然，童宫停下，抬手止住了霍雄等人，瞪直了眼睛听，就听到月亮门外有一个脚步声正向远处跑去，虽然很轻，在静夜里却也听得清晰。童宫立时对霍雄道："快，你带几人，追！"

霍雄带人直追到后花园，果然看到月影下，有一个人正慌里慌张地把一团什么塞进了池塘。霍雄一行追去，拿住了那人，又捞起塞进池塘的东西，是一件糊满泥浆的衣裳。

此时，童宫已在田槐屋里取到了那个"五指金刚爪"，那是个套在左手上的五指金刚爪。置于灯笼下细看，只见爪上尚有一丝血迹未曾揩尽，嗅之，有血腥味儿。童宫在房中又搜寻一阵，没有发现其他可疑之物，就取了那个"五指金刚爪"出房直奔后园来。

刚入园门，霍雄已押着那人出来，童宫一看，认得就是那个名唤六合的家丁。

从童宫入杜家楼开始，到碎银、金刚爪、泥衣，连同杜贯成、田槐、六合都一起呈送在宋慈面前，前后大约不到小半截香的时辰。

杜家楼外阔坪两端的街路上，此时已有一些闻得动静的乡民远远地开了门，出来看热闹，人们见平日骄横跋扈、不可一世的杜大老爷被官兵围住，虽不明白出了何事，心下却都窃喜。这样的事儿虽在夜里，却传得很快。转眼间已有不少大胆的乡民走到这平日都不敢涉足的阔坪上来，围拢了看，一片语声。

宋慈看着全身簌簌发颤的家丁，决定先讯问家丁。

"你姓甚名谁，从实招来。"

人们立时安静。家丁跪着，伏地不敢举头，磕磕巴巴地供道："小人姓胡，名六……六合。"

"此衣从哪里拿来的？"

"傍晚时分，田师爷扔给小人的，对小人说：'六合，拿去洗净了，给你家的纳鞋底去罢！'小人接过，看这衣裳虽破，洗净了，倒也还可以御寒，这就……留下了。"

"又为什么要扔掉？"

"小人看官兵捉拿田师爷，料想此衣是个凶多吉少之物，贪之不得，所以想拿去扔了，不料，反被拿……拿住了。"

"是血衣吧！"

"不不，不是血衣，只是一件……很……很脏的……破衣。"

招供只是招供，未可轻信。要证实这糊满泥浆的衣裳是否凶犯杀人血衣，还需洗去泥浆。

"取水！"宋慈命道。

早有乡民闻声奔去自家，用一管竹筒取来清水。一缕清水从竹筒内倾泻出来，冲洗着泥衣……不料泥浆冲去，衣裳上未见丝毫血迹，倒现出许多补丁来。

宋慈见那补丁——背部三块补得方方正正的大补丁，不禁双眉一聚，立时想起初来南剑州的那日，在城外碰到的一个送殡的矮个子男人，那男人背上的补丁，就与这补丁一模一样。而北门泥瓦匠人称张矮……这衣裳，莫不就是他的？

"挑起衣裳，让乡民们辨认。"宋慈果决地命道。

撑开的衣裳被高挑起来了。

"各位乡邻，有谁认得，这是谁的衣裳？"霍雄举着衣裳，高声叫道。

短暂的静寂后，继之而起的便是乡民们争先恐后的声音，那声声句句都证实了这就是北门泥瓦匠张矮平日所穿的衣服。

案情至此，已有十之八九明白。可是讯问田槐，田槐一声不吭。童宫怒得咬牙切齿。杜贯成在一片喧哗之后，倒是不慌不忙，全不在乎地说出了一条条理由。

"这不足怪。"杜贯成说，"三日前，是我差田槐去找个泥瓦匠来修房，这衣裳就是泥瓦匠遗下的。如此破烂衣裳，于我何用，自然弃之。至于银子，上面未铸任何人姓氏，怎见得不是田槐自己的？金刚爪上，尚留一线血痕，是因田槐日间用它击杀了一条狗，纵有血迹，何足为怪？"

宋慈听着，并不去打断地。可是杜贯成说到这儿，又把话儿打住了，随即语音平和地反问宋慈道："请问宋大人，那泥瓦匠是怎样死的？"

宋慈盯着他，知道他话中还有话，略一权衡，决定照实回答他："被杀。"

"尸首上，有这金刚爪之痕？"杜贯成又问。

"已被火焚尸灭迹"。

"烧得如何？"

"已成焦尸。"

"焦尸?"杜贯成惊讶道,声音又变得格外柔软,"宋大人,自古以来,烧焦蜷缩之尸无从辨认。既成焦尸,怎见得必是泥瓦匠的尸首?如果泥瓦匠谋了过往客商,焚尸外逃也未可知。大人你素来英明,相爷也对你十分器重,我看,如此难断之事,大人还是谨慎为之吧!"

宋慈明白了他问泥匠之尸,目的是要说出后头这一通话。这家伙的确不是一般作案之徒,更兼朝中有人,断不会轻易招供。确实还需要再取证据,把此案定得如钢似铁,以便官司打到哪儿都推翻不了。宋慈略一思忖把霍雄唤到近前,与其附耳轻嘱一番,霍雄领命去了。然后宋慈对杜贯成说:"杜员外,本通判要把田槐带到杀人现场,相烦你也走一趟。"

"你要把人带走?"

"是的。"

"我不去。"

本已憋着一腔怒火的童宫一声不响地站到了杜贯成面前。杜贯成略睥睨着立在面前这个钢浇铁铸般的身躯,旋又转了开去。宋慈明白,杜贯成那睥睨的目光已不是轻视,而是骇然。

"还是走一趟吧!"宋慈又说。

杜贯成嗒然合目,情知不去是不行的了。与其被人架着走,不如索性自己走,也还不至于失去体面。于是说:"好吧,走。"

童宫上前扯起田槐,两个衙役上去一条索子捆了,推着便要走。就在这时,杜家楼那原本半掩的大门忽地訇然大开,门内一声呐喊:"留下人来!"随即冲出一群手执刀枪棍棒的人,为首者正是杜贯成的三个儿子。

原来,杜贯成的妻子宿在后山楼屋东房,原本只顾蒙了头自睡,不愿多理窗外之事。杜贯成的小妾们虽也有知道通判大人半夜来找老爷的,但也不便多管杜家的事,都只顾自己睡。杜贯成的三个儿子各居一处,各有妻妾,早睡得梦沉深海。后来杜妻闻前院声响不对,下榻推窗来看,就见官府的人已到宅内,还捉了家丁,情知不妙,忙将楼屋内杜贯成的四个小妾都唤起来,叫她们各去传唤杜贯成的三个儿子与众家丁。三个儿子都惊起后,又依母亲之言,伏在大门内静观事态,现在见宋慈要把人带走,再也伏不住了,于是猛发一声喊,杀将出来抢人。

童宫听那一声喊,一回眸早抽刀在手,未及大人作声,他已飞步抢上前去,一把钢刀铿锵作响，与冲杀出来的众人接上了招。宋慈仍不作声，霍雄与众衙役都已钢刀出鞘，要向前去，也被宋慈挥手止住，直到童宫一把钢刀就把杜贯成的三个儿子和众家丁们都压进大门，宋慈的脸上仍无表情，只命众衙役道：

"走！"

杜贯成被衙役推了一下，开步走了，走出两步，又回身对儿子们嚷道："犬子！这不是办法，还不快进去！"

杜贯成的儿子们，平日只是跟田槐学些刀棍，现在被童宫一把钢刀就压进了大门，又见师傅田槐尚且被人这般擒住，情知要抢人也确实不是办法，只得眼睁睁地看着宋通判把人带走了。

杜家楼门前围观的百姓，已聚了不下百十余人，众人执着各式各样的火引、灯具，也纷纷随官府的人马向北门拥去。谁不想亲眼看看这场平日谁也不敢料想的官司，谁不想亲眼看看这个新来的通判大人将如何发落杜家楼的田教头，如何发落这个丞相的大舅子呢？

仍站在阶上，持刀而立的童宫，此时也收起钢刀，从容下阶，跟上了队伍。

3. 神奇的取证

下弦月尚悬中天，星星依然闪耀，深邃而辽远的东方却露出了第一抹蓝幽幽的晨曦。

通判府内，灰蒙蒙的高树上，早起的鸟雀悠徐鸣啭着。破晓时清清淡淡的雾气从窗外漫涌进屋。一夜未曾入眠的宋夫人再躺不住，从榻上起身。怕弄醒女儿，她从榻上起身的时候，动作很轻很轻，然而她在榻上尚未坐稳，宋芘也一骨碌爬起来了。

"你再睡吧！"母亲说。

"你都不睡，我更不睡了。"女儿说。

有好长一段时日了，芘儿的确每日都起得比母亲早。看童宫练拳，跟童宫学剑，已成为她晨时一件快事。

"祖父当年让父亲学文的同时，也曾让父亲习武。"她曾这样对母亲说。

"可你父亲是男儿呀。"母亲说。

"女儿又怎样？本朝安国夫人、韩世忠之妻梁红玉不也是女儿吗？"芘儿回道。

不过今晨起来，芪儿寂寞了。父亲与童宫、霍雄他们都还没有回来，她干些什么呢？“母亲，我想去北门看看。”

“不行。”母亲严肃道，“你别担心。要有什么意外之事，童宫他们会回来报的。”

“我才不担心呢！”女儿噘起了嘴，“我只是想去看看。”

“不行，天都没亮，一个女孩子家，你怎么去？”

“等天亮了，我与秋娟姐一块儿去。”

“天亮了再说吧。”

芪儿不吭声了。她眺望着东天上那一缕渐次伸展的晨曦，只盼它快些放亮。

北门城外，已是另一番景象。

无数的火具汇成了一片灯火的海洋，将失火现场照得灿若白昼。火烧地基上，尸首被焚处的四周燃起了一圈干柴，山风呼呼吹来，火乘风势，烘烘燎将起来，一瞬时便噼噼啪啪地爆响着，烧得十分炽烈。田槐被绑缚在火堆旁，杜贯成立在一边，往日威风，荡然无存。熊熊的火光，照见他们在朔风中一边簌簌发抖，一边额冒冷汗。

宋慈稳坐一旁，一言不发。

越来越多的乡民，从远远近近闻声拢来了，围得里三层、外三层，七嘴八舌，话声不绝，直将北门城外热闹得有如集市。

“听讲把杜员外也捆了。”后来的人们在圈外说。又有人道：“听讲要把那两人也扔到火里去烧。”还有人合掌拜天，鸣谢“老天有眼”。也有人击掌叩地，喜称“恶有恶报”。更多的是一片“烧死他！”的喧声。杜家素日骄横跋扈，霸道一方，以致民怨沸腾，由此可见一斑！

“让一让，让一让。”人群外围又有人挪动起来，继而让开了一条道。是霍雄手里提着一只袋并一把小帚，同一个衙役合扛一块金漆门板，穿过人群，直走进圈来。

宋慈看看赤焰飞腾的火圈，立起身令道：“撤去围火！”

衙役上前，拽的拽，扑的扑，不多时，火光灭了，黑烟在渐次微明的晨光中升腾冲天。乡民们又是一片语声，只不知通判大人为何把那烧得正旺的围火又撤去。

宋慈对霍雄一招手，又令："撒！"

霍雄立时解开他带来的那个袋，袋中装的是他依宋慈吩咐去药铺里弄来的胡麻。这胡麻味甘平，入肾经，原为益精润肠的滋养阴血之药，因多油脂，也称脂麻，有黑白两种，入药多用黑胡麻。此时，霍雄拎起袋，就把袋中的胡麻均匀地向地面撒去，转眼间，出现一方芦席般大小的胡麻地面，黑压压的。

"取帚轻轻扫之。"宋慈又令。

霍雄扫着扫着，就见扫帚过处，胡麻扫之不去的地方，渐渐现出一个胡麻结成的人体躯干，双手前伸，黑漆漆地扑在地面，煞是吓人。

格外引人注目的是，当小帚拂过人形头部，头顶上出现一个由胡麻黏结而成的怪异圆堆，小帚反复轻轻扫之，不易扫去；小帚拂过人形右手，则见右手近处傍着一个"田"字……

被衙役挡在圈外的乡民，沸腾起来。人们无不大睁着惊异的双眼看向地面，后排的乡民更是使劲踮起足尖朝前探望。看着这幅图景，宋慈对死者是如何惨遭杀害的已然心中有数。但仅仅自己心中有数是不够的，还要取到可供其他官员目所能见的证据。于是，他又对霍雄发话道："再以猛火烤人形！"

圈内重又燃起的火把之焰，超过攒动的人头，当那火光落下去，后排的乡民看不见时，传来了胡麻被烤得噼啪作响的爆裂声。

"取门板，小心覆盖其上。"宋慈又说。

霍雄又与另一衙役各抬一边门板，拉开马步，小心翼翼将门板如落印章一般对准黑森森的人形盖了下去。少顷，宋慈又令道："起！"

门板应声而起。奇迹出现了：但见门板起处，那胡麻结成的人体躯干早印在了板上：矮个子，瘦身躯，酷似北门泥瓦匠张矮；人形头顶部显出一摊血浆痕迹，用不着任何人解说，谁都能一眼看出，那是凶犯行凶部位，也是死者被害致命之处。尤令人惊诧不已的是，泥瓦匠的右手正指着一个"田"字！

因门板是竖着的，有如人立地面，原先看不到地面人形的乡民现在也都看到了板上人形。如此奇观，乡民们不单前所未见，即使是在专说仙灵神怪的话本传奇里也不曾听过。乡民们怎不惊愕不已！

接下来又是验尸。既然已知死者的被害致命处在头部，就验焦尸的头部。霍雄以那把锯刃两用尖刀熟练地剔刮去死者头上烧焦的表层，不多时，死者的头颅骨即呈现在外：天灵盖上，五个形如指爪的小圆洞清清楚楚展露出来。宋慈取那左手五指金刚爪，往死者天灵盖上那五个小洞一套，不偏不倚，套个正着。

外围的乡民又拢来许多，圈子愈来愈大，愈来愈挤了。少不得有人你踩着他，他撞了你，但这时谁也无暇横眉，不屑理会。人们来不及回顾这一切神灵般的奇观是怎么出现的，更无法知道，这一奇观是怎么回事。人们惊诧、赞叹、愤慨、激动的情绪交加撞碰着，不断增长。北门城外如一泓开锅的水，热闹，沸腾，人声一片，一片人声，嘤嘤嘤嘤以致什么也听不清了。

如此多乡民汇集而来，是宋慈也不曾料及的。现在是要阻也阻不住，要赶也赶不走。但宋慈一招手，这一片喧哗还是很快安静下来。先是内圈的乡民闭了口，后面的乡民但闻前面静下来，知道大人要说什么了，也立刻缄口待听。于是喧哗不已的火坪内外，又很快安静得几如无人一般。

这也是一片奇观。人生能亲历几次这样的场面啊，宋慈的内心也不禁为这一片民心民情所感染！

曙色已弥越半边天空，东面天际渐由乳白色变成了浅蓝色，整个天空即将大亮。此时，宋芪与秋娟也到北城门来了。出了城门，当她们在视野所及的地方忽然看到前方黑压压如此多人，竟然毫无声息，几乎吃了一惊。这使得也很善于幻想的宋芪忽然觉得，前方这群人就像是激战前夕潜伏在此，等待着去攻城陷阵的大军哩！

但此刻人圈之内并非毫无声息，现场审讯正不失时机地进行。当一应证据都摆在田槐面前之时，宋慈只对他轻轻一言道："田教头，杜员外差你去请泥瓦匠，并非为了修缮房屋，你且说说，是做什么？"

田槐倒也算得是条汉子，到此时，他也无所谓惧怕了。从三更之后到现在，搏杀有过，惊骇有过，一千种他从没想过、没见过、没经历过的事儿都一齐来袭。虽然他也不明白，这完全不见影儿的地面何以会再现出人影，这一切都是怎么被弄出来的，但自己那曾在黑暗中干过的事儿毕竟这般昭然若揭、无法遮藏。他斜眼望一下杜贯成，又见杜老爷颜面失色，惊骇、恐惧使得他颌下的亮须都在颤抖。尤其是宋通判刚才对他田槐的那一声问，仿佛被讯的不是他田槐，而是杜贯成。

"田教头，到这时，你还不肯招吗？"宋慈注视着田槐的表情，又问。

　　一阵沉默。田槐抬起头，就地一叩，说道："回大人，田某闯荡半生，从未见过大人这样料事如神的官员，田某服了！"

　　此时，宋芪与秋娟已快步赶到现场。与许多乡民一样，她们看不到圈内的审讯，只能在外圈听。宋芪希望听到父亲的声音，可是没有。她听到的只是一个陌生的声音在源源不断地招供。那声音虽然不大，倒也一字一板，并不含糊。

　　原来，正如宋慈所料，田教头杀一个穷泥匠，确实是受人所差，其中果然另有图谋。案情与"赈济放粜"密切相关。

　　那日，李宗勉召见宋慈的结果，竟是相爷支持了宋慈提出的济粜之事，这使杜贯成大感意外。杜贯成情知相爷为官为人，也能料想州府不日内即将举行济粜之事。这使得杜贯成当时就坐立不安。就在宋慈与李丞相谈那个"杀人以卖"的案子时，杜贯成抽身出来，找了他以为最可托事的人——田槐，吩咐他立刻就去找北门泥瓦匠张矮，约其明日午间即来府内做事。因杜贯成还知道，相爷明日上午就要离去。

　　也正是在那日，田槐走出杜家楼时，恰好同候在杜家楼大门外的童宫打了个照面。

　　次日晨，李宗勉传来舒庚适与宋慈面谕了济粜之事后，果然启道离开了南剑州。丞相走后，泥瓦匠张矮于午间来到了杜家楼，即被领到后院，于是目睹了杜家楼内异于往日的一片繁忙。

　　南剑州本是一座山城，许多房屋都参差不齐地筑在山上。就在杜家楼后山杜贯成居住的那座楼屋之下，也早掘有一个大洞库。当张矮来到后院时，正见家丁忙着把袋粮移入洞库。

　　杜贯成吩咐张矮，要在石洞前砌上乱石，佯作假山模样。杜贯成找张矮，因为他不但会造房，也是垒砌假山的好手。

　　张矮按要求办完此事，正是第三日的黄昏，杜贯成本想就杀张矮于杜家后院，但一转念，恐杀在院内不甚吉利，有碍日后宅院安宁，因而反赐大银一锭，百般交代不可泄露此事，而后于落暮时分让他回家。

　　大饥之年，无人顾及建房修漏之事，张矮已经无事可做多时，因而临走之前，杜贯成见他满身泥浆，恐出去遭疑，又叫他脱下泥衣。

　　张矮一走，杜贯成便吩咐田槐夜间去了结此事。满以为夜间杀在城外断乎神鬼莫测。至于出城进城都需要攀爬城墙，对善于用五指金刚爪的田槐来说，不是问题。

是夜，下弦月尚未升起，田槐已轻而易举地出城来到张矮门前，透过破屋门板的缝隙，田槐窥见屋内案供灵牌，白烛点燃，束香袅袅。张矮正跪在香案之前，洒酒吊祭他半月前饿死的妻子。田槐在门外站了一下，有那么一瞬间，他也曾动了一点怜悯之心，但他到底还是抬手轻轻叩响了房门……这以后发生的事，就与宋慈发现那个灯盏之后所推想的别无二致了。

当下，书吏记下田槐的供词，宋慈令田槐画了押，又一鼓作气审得杜贯成的供词，也令其画了押。

此时，天光早已大亮，绚丽的朝晖如火花般洒向大地，映得城外一大片荒芜的田原也有了生机。宋芘听到这儿，拽了拽秋娟，对她努了努嘴。秋娟会意，小姐是要回去了。

是的。父亲一夜未归，母亲还在家中焦虑地等候消息哩！宋芘与秋娟双双携着手，朝人圈内投去一瞥，转身离去。

可是走出未远，忽听到城内传出一阵喤喤的鸣锣开道之声。凝眸间，就见一面面"回避""肃静"牌举出城门，跟着而出的是一乘官轿，一行人前呼后拥而来。不用问，是知州大人舒庚适来了。

在轿子的前面，有一个骑马的人，身材魁梧，威风凛凛，走得近时，宋芘只觉得这人好生面熟，愣了一下，终于记起，自己在儿时曾在建阳街市上见过这张鬈发虬髯、碧眼突睛的面孔。

尽管宋芘那时还小，但她能记得，当年秋娟的父亲是被他抓走，关饿而死；秋娟的母亲是被他踢得吐血，而后也死；秋娟的不幸也正是由此而产生的……他就是曾在建阳任过巡捕都头的梁锣。

宋芘直觉着一种无可名状的恶心，一双怒目只盯了他一眼就转开去不再看。这时，她也看到了秋娟仇恨的目光，二人于是不约而同地转回现场去。谁晓得知州大人的到来，又会出现什么事儿呢？……

4. 不平静的一日

人群一阵骚动，很快裂开一条道。宋慈明白，这是杜贯成对儿子们的那句骂起了作用，是杜贯成的儿子把知州大人给搬来了。

可是，舒庚适此时到来，能做什么呢？舒庚适抵达现场，下了轿，宋慈与之见过礼，便将一应证据与凶犯画了押的供词都呈递给舒庚适过目。

舒庚适看了供词与证据诸物，只有与乡民们几乎毫无二致的惊诧。一夜之间，不，只是"半"夜之间，如此短暂的时间内，宋慈已将案子审得这样条理清晰，脉络分明，而且一应证据俱全，完全无懈可击。舒庚适还能说些什么呢？

舒庚适也不得不暗自称绝。至于那块金漆门板上的人形，他更如丈二和尚摸不着头脑，怎么也想不透那究竟是怎么回事。

在舒庚适直盯着那板上人形发愣的当儿，宋慈的头脑也在运动。他知道，舒庚适受杜家之托，也是不敢不来，而此刻到来又只能是一筹莫展；想到行济枭的《告示》尚未贴出，想到今后还将同舒大人在一个地方上共事，他觉得，在这么多乡民面前，他不能让众人看到自己与知州大人之间有什么摩擦。这样思忖着，宋慈决定将舒庚适眼下尚解不开的这个谜直率地告诉他。

"舒大人，此种小技，并不奇怪。"宋慈只轻声地对舒庚适道，"尸首被焚时，人体脂膏必渗入泥土；若用火烤，自然要从地面溢出；撒上胡麻，胡麻必黏结于上；至于'田'字，胡麻也会填于字缝之中；此时若用火烤，胡麻又受热出油，最后覆上金漆门板，便取得目所能见的证据了。"

的确，世界上任何疑奇之事，当昭然若揭之后，便不那么奇。然而此时舒庚适所感所想到的，并不是奇与不奇的问题。

舒庚适虽然没有什么高深的学识，但他绝不愚蠢。在当今仕途上争权失权屡见不鲜的局势下，多少饱学之士都难避不测之厄，而舒庚适自恩荫入仕以来，却安安稳稳，毫无闪失，不但如此，还能稳步高升，实在就因为他有一种极善审时度势的才能。

当年，他并不把居家守制的宋慈放在眼里。不久前，他也仍对位次于他的宋慈不以为然。但是几日前，当看到这个几乎仍和以前一样有点不知天高地厚的宋慈居然说动了李丞相，借得丞相之力，使济枭之事即将付诸实施，他便觉到这个与他共事，且握有监察官吏之权的人不可小看。现在又亲眼见识到宋慈办案的惊人才华，他几乎是立即体触到了眼前这个人物的慑人声威。

如果说，当他抵达现场时，第一眼看到杜贯成被衙役押着，颓然有如将死之囚，到看到杜贯成画了押的供词，情知杜贯成已是在劫难逃，他曾暗自感到这事情的十分棘手——因为李丞相的大舅爷在他的辖区之内成为阶下囚，日后毕竟有些不好向丞相大人交代。然而现在，他在经过一场惊诧，经过了一番权衡之后，原本杂乱的心反倒平静下来。他明白，眼下审此案的是一个非凡的人，一切的一切都有他去抵挡，自己既不能与其争斗，也不必自寻苦恼。于是他的愁思飞远了，面容也变得温和起来，又如往常一样，眯细了一双相距略宽的眼睛，一边听着宋慈的话，一边微笑着。

"舒大人，你再看这个。"宋慈说着又示意童宫、霍雄展开一张大宣纸。

大纸展开，赫然呈现在眼前的是从金漆门板上印摹过来的死者人形。宋慈说："如此，便可以存入卷宗，可呈报提刑司，也可进呈圣上明鉴。"

舒庚适明白，宋慈这是在暗示自己："像这样的官司，就是打到圣上面前去，也是万无一失的啊！"

终于，舒庚适什么也没有说，什么也不会说，只好听凭宋慈将杜、田二犯收监伺候，等待发落。末了，宋慈又与舒庚适商量，眼下如此多的乡民集在这儿，何不就将行济桑的事儿在此告知于众，让大家立刻进城去看《告示》，然后到衙门领取号牌，尽早承办此事呢？

舒庚适同意了，不过，他仍不想由他来说什么，于是只对宋慈说了句："好吧，你来告说。"

宋慈推托不过，便唤霍雄传话。当霍雄亮开嗓门，将这一消息传告出去时，霎时间，南剑州北门城外数以千计的百姓欢呼之声，似春霆，似潮涌，震动城郭，回旋数十里……

这一日，是南剑州极不平静的一日。

人们奔走相告，全城立刻沸腾。

《告示》终于贴出来了，人们蜂拥而上，以至贴《告示》的衙役贴罢《告示》竟走脱不出，虽然围在《告示》前的多是目不识丁的百姓；当快骑驮着《告示》奔向南剑州所属四乡，四乡也立刻沸腾起来。

此时，杜家楼内又怎样呢？

同样不平静。杜贯成之妻，四十多岁，原本就是个颇有心术的妇人。在以往的日子里，她有办法使杜贯成其他小妾所生的孩子一个也养不大。这日，当杜贯成的其他小妾，甚至杜贯成的儿子们也已六神无主时，她已修好了一封家书。这是写给李宗勉爱妾、杜贯成胞妹的。她把信亲手交给善骑的次子，口里嘱道："火速赶去临安，不得有误！"

"舒大人，你再想想办法，救救我父亲吧！"这是在知州府后厅，杜贯成的长子依照母亲吩咐，又来苦苦求助于知州大人舒庚适。

舒庚适刚从城外回来不久，他能说什么呢？听杜家长子一连求了数句，他才叹息一声，说道："宋慈太厉害了！"

"舒大人！你身为一方之长，岂能受制于他？"

舒庚适索性闭上了眼睛，他不是一个容易为人所激的人。

"舒大人！"

"你不用叫。"舒庚适又慢声说，"莫道是我，只怕是相爷此刻前来，也未必有用！"

"为什么？"

舒庚适没有立刻作答，沉吟良久，睁开了眼睛。然而像是仍在权衡着什么，他眼里的光还是内含而不外放的。他的嘴唇动了一下，像是要说什么，却又闭上。又是一阵沉默之后，舒庚适抿了一下嘴唇，像是下了最后的决心，随即他说："大凡案事，要想通融，当在未有足够证据之前。可现在，是无法推翻的。"

"那，如何是好？"

"你……"舒庚适踌躇一下，"还是回去与你母亲商量吧！"说罢把头靠在椅背合上了眼，不论杜家长子再说什么，他只不作声了。

杜贯成的长子只得再回家中与母亲商量，到底是颇有心术的妇人，在听完儿子的叙述后，她像是听懂了舒大人的弦外之音。一个险恶的谋划在她心中萌生了……

这都是这一日内发生的事。

在这一日里，负责主办济枭之事的宋慈，繁忙更不必说。至于宋芪，当她与秋娟回到通判府后院，将所见所闻都一股脑儿告诉母亲之后，就径直回到了自己的闺房。

她又重新站在那幅尚未写完的字幅面前，又注视起壁上的字，现在，她的一双眸子，是这样莹黑而敏亮。她从笔海里重又取出了那支硕大的湖笔，秋娟知道她要写字了，帮她揭开砚盖，砚起墨来。构字在胸，抟饱了墨，宋芪终于在这幅尚未完成的字幅上，乍徐乍疾，从从容容地续下了最后十个字：

人生如梦，一樽还酹江月。

收罢锋，护尽尾，宋芪退而视之，她自得地笑了，笑得这样欢愉，这样柔媚。然后，她又取了小笔，走上前去，在左面那片空地落下"嘉熙戊戌年季春宋芪恭录东坡学士乐府词章"两排小字。

5. 花信年华

下弦月尚未升起，星星闪烁着明灭不定的光。热闹了一天的南剑州安静了，但人们仍然难以入睡。富人也罢，穷人也罢，都在小院里、卧榻上，谈论着日间所碰上的事，筹划着今后的日子。

俗话道："好事不出门，恶事传千里。"其实未必尽然。也不知是哪个晓得内情的人传扬出去，这一日，几乎南剑州的每一个人，都晓得了这济粜之事，是由于新来的通判大人一番苦苦努力，才得到施行。于是恶之者有，敬之者更有。

通判府内，花草透着一层洇洇的濡湿，到处是一片温馨而柔和的静寂。这一日宋慈忙着济粜公务。吃过晚饭，稍坐片刻，谯楼里的二更鼓响已在这一片静寂中传来，宋夫人催促宋慈道：

"老爷，你已有一日一夜没睡了，快去歇息吧！"

可是宋慈仍很兴奋。

人的精力有时会迸发出超常的能量。当要办一件格外重要大事之时，即使连续几日几夜地奔忙着，也不觉得怎样，只有这几日过后，才会突然感到一种仿佛瘫软下去的疲惫。宋慈现在正处于释放出超常精力的时候，他觉得眼下还有一桩相当要紧的公事要做，哪能安睡得下呢？他于是向女儿的闺房走去。

昨晚也是一夜未曾睡好的宋芪，这当儿却是想睡了。她一身睡装，照例非常素净：一件雪白薄绸春衫，一条浅翠缀边膝裤，蓬松的柔发随意绾了个如意髻，上面的发簪儿也拔去了。听到父亲的声音，她心里一喜，随手在头上斜插一根翡翠簪儿，又拽了条翠绿百褶长裙系在腰上，立刻前来开门。

"父亲，"芷儿开口便说，"你快来看看，我的这幅字也完成了。"

看着女儿纤娜飘逸，满心欢喜的神情，父亲的心也觉得暖融融的。宋慈知道女儿指的是哪幅字，他也喜不自禁地走进了女儿的闺房。

晶亮如漆，气势连绵的字迎着宋慈，把他的眼睛映得灿亮。"芷儿，"父亲问道，"你不是说，那几个字不知该如何构形吗？"

女儿蛾眉一耸，又嫣然一笑，随即像是要对父亲发一通感慨，却又抿上了红唇，也许是一时没有想好措辞吧。

这最后的十个字，宋芷实际就是被前头的四个字卡住了。她想，东坡先生这阕词，气吞山河，感人至深，实为旷世绝唱，可临到末了，却来了个"人生如梦"，她只觉得未免泄气。这就使得这几个字儿只在她的心窝里打滚，翻来覆去，就是觉得不论如何构形布局，都未能同已经写好的字浑然一体。这样的事儿要对别人去说，恐怕要遭人笑，可父亲是理解女儿那细腻之心的。现在，他就满心欢喜地等待着倾听女儿的心音。

"昨日，我想，"芷儿说，"东坡先生这老头儿，把这'人生如梦'四字用在别的词中，倒也罢了，可偏偏落在这儿，真没劲。"

"那现在你怎么看？"父亲问。

"我不以为没劲了。"

"说来听听。"宋慈这日，真也是兴致格外好。

"这阕词，"女儿说，"是东坡先生谪居黄州，觉游赤壁时所作，我想东坡先生未必是泄气。"

"何以见得？"

"人生如梦，"女儿凝思着说，"东坡先生所叹，当是自己的功名事业尚无成就，却已经年岁渐老。可谓叹人生之短暂，发思古之幽情。如此想来，东坡先生这'人生如梦'四字，用在这儿，不单掩盖不了他追求功业的博大情怀，而且恰将他身临逆境，仍不忘报效社稷的心思表现得情真意切！"

"所以，你把这四字泼写得润燥相间，如诉如泣！"父亲接下去说。

芷儿笑了。多么舒心而甘甜的笑啊，能有一个这样理解她的父亲，女儿觉得真是幸福。

父亲的确是了解女儿的，常常细致入微。可女儿是不是也细致入微地了解父亲呢？芷儿有时则是粗心的。也许，她刚才就没有想到，自己的一席话是如何使得父亲心中訇然一震。女儿说的是东坡先生自叹功业未就，年事已高，可父亲想的是自己如今也已年逾半百，却又为江山社稷做了些什么！这种思考使得宋慈那原本愉悦的心忽添上了一些略沉的重量。这也使得他想起自己来女儿这儿是要干什么的。他于是对女儿说：

"芪儿，走，今晚再去帮父亲写一纸文字。"

"是要把那宗杀人焚尸案具例成文，奏谳去省？"

"正是。"宋慈说，"这案子毕竟非同一般。一者需要尽早具结为好，免得夜长梦多；二者行文如何措辞，不可轻忽，父亲必须亲撰此文。"

"好的，走吧！"

于是，女儿就这样身着雪白春衫，腰系百褶长裙，出闺门随父亲向外走去。

夜，该有多么寂静啊，听得清草虫的微吟，轻风的呼吸，几只萤火虫在夜空中放出悠悠荡荡的光，更增添了春夜恬适迷人的氛围。

"父亲，"出房后芪儿已经走在父亲面前，她边走边说，"辛弃疾的'明月别枝惊鹊，清风半夜鸣蝉'之句，可算是把夜色写得出奇的静了。"

"是吗？"宋慈随口应道。

"当然。你想，明月原本无声，可是明月的突然升起，却能将枝头的夜鹊惊得别枝而去，可见这夜该是静到何种境地。"

"可是，你怎么会忽然想到这些？"

"我也不知。"芪儿转过身来，面对父亲，倒着步走，思索着又说，"我只是想，这夜晚，实际也不是安静的。我也想吟上那么两句，可是……可是我怎么想，也没有词儿。"芪儿说罢，又转过身去，一边走，一边凝望着那深不可测的夜空。

这些年来。旧日的天真已很少在芪儿的目光中闪现，她比过去成熟多了。然而，当着那充满儿时天真的热情，重又在她渐次成熟的身体上燃烧的时候，芪儿就比过去更加动人。

是的，在这样一颗细腻而又热情的少女心中，这样静谧的夜晚，也许真是别样的一番景致，即使半轮月亮尚未升起，仍有无数微渺的小星星在以各自的努力，穿透漫吹的风幕，把有限的光洒遍大地！即使是在看不见的地方，花草也在低语轻吟，飘来温馨气息……可是谁曾想到，就在这个夜晚，芪儿将走完她人生的全部旅途。

书房到了，芯儿推进门去，一片芳心沉浸在能为父亲做点事情的幸福之中！多么专意的聆听，多么认真的书写，运腕如流，一丝不苟，为的是协同父亲洗雪天下冤屈，严惩世上罪恶，伸张人间正义！

夜色愈浓，窗外的世界正出现意想不到的严酷现实！书房一侧的屋脊上，闪出了那一个蒙面青衣人的身影。书房窗牖上灿燃的烛光，以及烛光衬出的一切，立刻成了青衣人窥视的目标。

蒙面人猫身而起，踏瓦而行，如履平地。

蒙面人自屋顶轻轻落到地面，悄无声息。

蒙面人窥视的眼睛贴近窗棂。

一缕白光在夜色中晃了一下，那是蒙面人手中的凶器。

如同历史上曾演过的无数次凶险案情，眼看一桩于正义者、善良者的巨大不幸就要发生，廊庑下传过有人走来的脚步声……蒙面人一怔，向暗处潜去了。廊庑下，从容走来的是童宫。

他走近书房，听见宋慈在房中专心致志地口述，曾在书房门前停了一下，但还是推门进去。进到房中，正端坐在案前专注地执笔属文的宋芯曾举起眸子对他一笑。童宫略一点头，继而对宋慈道："大人，夫人要你早些歇息。"

宋慈点了点头，一边踱步，一边口里继续道出文章字句，倒是宋芯又对童宫微微一笑道："很快就好了。"

童宫知道，大人一件事儿没做完是不会放下的。他曾在书房里站了一下，想到也得回宋夫人的话，就又退出书房，带上门，离去了。他真该后悔一辈子啊，为什么要离去呢！

当女儿书罢全文，芳容满面地将一纸文稿递给父亲的时候，曾说："好了，父亲，你坐着看吧！"说着站了起来，把踱了许多步，走累了的父亲推到椅边，按着他坐了下去。

就在这时，就在父亲专心致志看着这一纸不曾涂抹一字的清丽文字时，书房的门忽被推开，白光闪处，飞刀似离弦之箭，自门外向宋慈的心脏处嗖嗖直飞而来。正伫立一旁等着修改的芯儿首先惊见，她连叫都来不及叫一声就扑向父亲，以身挡住了飞刀……当宋慈明白过来发生了什么，大呼："有刺客！"门外又嗖嗖飞进两把直冲面门而来的短刀，宋慈一一避过，随即打灭了烛光。

房外的廊庑下，童宫方去未远，闻呼蓦然回身，飞步追来。此时刺客已攀上屋顶遁逃，童宫顾不得书房内的情形，穷追而去。

黑暗中，宋慈感到女儿已瘫倒在自己怀里，他抱住女儿，又触到一把直插在女儿后心的刀柄！刹那间，一种冰凉的恐惧直侵心中，宋慈一个冷战，又摸到还有一把刀也插在女儿后心，接着就摸到了血，温热的血，正汩汩地从女儿的后背流到他的身上。宋慈全身如同汤烧火灼！

"灯！灯！快拿灯来！"宋慈疯狂地叫着。

举府惊动，宋夫人奔出，秋娟奔出，霍雄奔出，众衙役奔出……房顶上，刺客正向追击的童宫投来疾如飞箭般的飞瓦，童宫一一避过。刺客旋即纵身一跃，出府而去。童宫也跳下房顶，紧追不舍……

府内，霍雄与众衙役看得真切，开了大门，追寻出来。可是，早已不见了刺客与童宫的身影。

此时，宋慈书房烛光大亮，宋芪躺在父亲怀里，已是弥留之际了。

"父亲……你……没事罢……"宋芪艰难地说着。

"芪儿！……"

"芪儿！……"

宋慈夫妇声泪俱下，肝肠寸断，他们看到女儿鲜红的血已经染遍了那件雪白的薄绸春衫，翠绿的百褶长裙也变成了暗紫色。

"芪儿！……"母亲颤抖的双手也紧紧地拥住了女儿的血染之躯，悲痛欲绝。

宋芪睁着半合的眼睛，无限深情而留恋地望了望母亲，又把目光移向父亲，喘息着说："父亲……往后……别让母亲……太替你……操心……"

"芪儿……你要……活下去……"宋夫人一只颤抖的手又抚着女儿的胸口，泣不成声。

宋芪垂下的目光触到胸旁一张正夹在她与父亲之间的纸，一只手颤动着，想去取。宋慈就将那纸取出，摊开，放在女儿面前。这正是芪儿刚才书写的那纸案文，娟秀的蝇头小字上也已洇上了殷红的血。芪儿又抬眼望着父亲，说："父亲……我真想……去临安……看看……翰林画院……书画肆……"宋芪说着，忽然身子一抽，双眉拧紧了，闭上眼睛。

"芪儿！……"

"芪儿！……"

宋慈夫妇悲恐已达极点。站在身旁的秋娟再忍不住泣出声来了。这一泣，宋夫人也失声痛泣……芪儿好似被哭泣声唤了回来，叹出一口气，又慢慢地睁开了眼睛。

"秋……娟……姐！"芪儿道。

"在这儿。"秋娟跪在宋芪面前。

"娟姐……答应……我……"

"什么事？"秋娟哭道。

"一件……事……"

"小姐……说……"

"你……答应……我！"

"答应！"

"要……做到……"

"做到！"

"嫁给……宫哥……"

秋娟点头。

"宫哥……一直……念……念你……救他……性命……你不嫁他……他……一辈子……不娶别人……你……答应……"

"我……答应！"

宋芪笑了，望着母亲，又笑了笑，而后目光不动了，像是再不想移开。良久，芪儿眼睛眨了一下，随后目光朝远处移开去，似乎在寻找谁……"宫哥……"芪儿喃喃地说。"芪儿，他就来了……"父亲说。终于，芪儿又将目光停留在父亲的脸上，启动她那血色愈来愈浅淡的嘴唇，声音极其微弱地说："父亲……东坡先生说……人生如梦……你……要……保重……"

宋慈紧紧地抓住芪儿的手，那手心分明还汗津津的。可是，芪儿去了。纤长的睫毛下滚出两滴晶莹的泪珠，是痛苦，是悲伤，还是对生的留恋？就这样，芪儿去了，年方二十四岁！

"啊！芪儿！芪儿！……"宋慈声悲气噎，老泪纵横，久久地伏地不能自起。宋夫人悲恸失声，抱住女儿，泪水如注……此时，童宫一身大汗，两手空空，回府来了。刚到府门前，就有门役拉开了衙门。从那刚开一线的门中，童宫听到通判府后院隐约传出的哭泣之声，一种极端的惊骇立刻袭上他的心，他猛一把抓过门役的衣襟，喝问道："什么声音？"

"是……是……"门役惊呆了，"是小姐……"

如雷轰顶，童宫猛一下扔开门役，那门役跌坐在地，不能立起。童宫飞步朝后院奔去，当奔入书房看到眼前的一切，他欲哭无声，扑通一声跌跪在宋芪的尸体之旁……满屋吏胥佣婢尽皆跪下。

这一个夜晚，举府未眠，人皆哀泣。

宋慈万万没有想到，在自己五十二岁之年，如此飞来之祸竟落在芳华正茂的女儿身上，瞬息之间便夺去了女儿的花信年华！

宋慈夫妇，在这一夜之间，苍老了十岁。

从此，他们连唯一的女儿也没有了！

天，不知不觉中又露出了微明，东天洁白而破碎的云儿随风飘荡，时而又化作缕缕漫飘的轻丝。迎着晨光，新的一日又开始了。万物都醒来，芪儿却永远也不会醒了。

悲怆已极的宋慈甚至不知接下来该如何料理女儿的后事。凶手跑了，没有逮住，宋慈也未能立刻振作起来寻思追捕之事。也就在这日清晨，愤怒已极的童宫悄悄地离开了通判府……

第十二章

万民相送

（1238—1239 年）

　　这期间欧洲落后的不仅是
法制。蒙古铁骑横扫欧洲从未
被有效阻挡，当蒙军撤出欧洲
也并非被打败。1241 年蒙古在
王位继承上发生纠纷，远在欧
洲的蒙军随即回师，他们旋风
般的马队横穿匈牙利和罗马尼
亚返回东方，就像在自己的草
原上演习；此后蒙军主要对南
宋征战。直到这时，被后人称
为积贫积弱的南宋仍然比欧洲
各国都更具抵抗力，因蒙军在
欧洲能长驱直入，对南宋尚不
能。为什么？如宋慈在国势艰
危中清狱事、平冤案、化矛盾、
聚民力，亦属非常重大之要务。

1. 茫荡酒庄

带着一定要杀死仇人的决心，童宫不顾一切地找田桦去了。

是的，刺客不是别人，正是田桦，田槐的胞弟田桦!

也许是多年来头脑中常有田槐兄弟身影儿的缘故，昨晚，当他在屋顶上连连避开对方掷来的飞瓦时，就感到对手极像田槐之弟田桦。他追奔出府，在空幽无人的街巷上追了许久，到底在一条死巷内追上了刺客。那时，下弦月刚刚升起，凭着那灰蒙蒙的月光，二人接着厮杀。

要在平日，童宫遇上强手，总能从从容容地避其实，击其虚，最终耗尽其锐而擒之。可是昨晚他恨不得立拿刺客尽快地回府，他还挂虑着书房内是否发生了不幸。因而，尽管他一交上手就知道对手不凡，还是一对招便出手迅猛，发劲刚烈。岂料心中有事，更往往欲速而不达。童宫非但未能制住对手，反倒连连吃招。一场恶斗，童宫最大的得手是终于扯下了对方的蒙面巾，认清了对方的确是田桦! 也就在这一瞬，他又被田桦猛发一记横身踹腿，击中心口。

这一脚十分结实，童宫被反弹出去，直撞在死巷的一方青石上，坠跌下地。待他一骨碌爬起，田桦已跃墙出去，不见踪影。

童宫本想再追，可那时，他感到有一种无形之力将他往回拉，想到已知刺客是谁，不怕日后逮不住他，童宫到底收住步，转身往回路奔通判府来，刚刚赶到府门前，就听到了那使他顿觉肝胆欲裂的哭声……

一夜悲痛，他寸步不离宋慈。因为凶手刺杀宋慈未成，难保不会再来。天亮之后，他再按捺不住，到厨下吃饱喝足，瞅个空儿，独自出府去了。

在南剑州这个并不很大的山城里，几乎没有人不认得田槐。至于田榉，童宫也很快就问到他在距城十里之外的茫荡山路口开一座酒肆，称茫荡酒庄。

这茫荡山位于南剑州西北面，是个风物宜人的去处，山上流泉飞瀑，芳草奇花，怪石趣岩，可谓天然胜境旖旎如画。早在嘉定十五年，南剑州知州陈宓就在茫荡山东面的石佛山上锓下一幅摩崖石刻，赞叹此山堪与庐山、天台、雁荡、武夷诸名山媲美。自茫荡山路口往西行，山上辟有溪源庵，建庵虽才百余年，但远近闻名，香客不绝。从路口往东北行，便是当年杨家将自赣入闽时开凿的险峻古道"三千八百坎"。这"三千八百坎"如今已成连接闽赣两省的交通要道。在这样的路口开酒肆足见是个赚钱的好所在。

然而在这通往茫荡山去的路上，开店的不止田榉一家。童宫一路寻去，只不见田榉的店。童宫问询了两家，才又听说，这一路田榉的酒肆最是阔大，开在行将进山的路口，门前悬一面"茫荡玉液"酒望子的便是。

童宫照直奔去，到底在行将进入大山的地方看到了人们告说的这个酒肆。酒肆开在路口一处阔坪之上，面迎大道，背临一壁悬崖，前店后院独立一座，方圆之大，俨然一座酒庄。寻着了去处，童宫稍停一息，然后大步流星向那大门走去。

大门之前有一株红豆杉，这是一种罕见的树，似杉又不像杉，因每年重阳过后枝上会生出红果形如赤豆而得名。现在，那上书"茫荡玉液"的酒望子，正是从这株红豆树上悬挂下来。童宫走近，也不作声，一把先扯下那酒望子，裂作两半，甩入店去，而后跨进店中，踏着那酒望子，目光四顾地寻人。

两个伙计上来要拦童宫，被童宫开出两掌，立时跌飞出去。

"不干你等事情，快叫田榉出来！"童宫喝道。

早有伙计奔进去报田榉。田榉一夜奔波回到酒庄，还在内院小妾房中睡觉，闻报从榻上滚将下来，只当是官府追捕来了。寻思自己昨晚做下的劣迹，知道是杀头的勾当。三十六计走为上。只要从后门顺那崖间的一条小道溜循上山，再沿"三千八百坎"古道入赣，世界对他就照样是无边的宽大。

"快叫你家主人出来！"

又一声断喝从前店传来，接着是翻倒肉案、砧头、砸破酒缸、碗盏的声响。田榉觉得蹊跷，只想这不像是官府捕人，倒像又有仇家来打店，不由得问：

"来了多少人？"

"只一个白衣壮汉。"

田樗这才略略定下神，心想，也是的。他并不认得昨晚与他厮打那人，以此度之，自己的面巾虽被对方扯下，谅对方也认不得什么，何必自惊？这样想着，田樗便举步出来。

当店二人打个照面，田樗这才大吃一惊。眼前这个白衣壮汉不就是昨晚那个追捕他的人吗？但他仍不明白，"他怎么独自来呢？"如同田槐不认得童宫一样，眼下田樗也不认得童宫。

"你听着，我要杀了你！"童宫咬牙切齿地吼道。

田樗又一愣，不知对方出言何以不是要捕他，却是要杀他！但容不得他多想，对方已奔他而来。此时，十来个伙计见主人出来，也壮了胆，早亮出家伙，先接住了厮杀。

一场好打，伙计们虽有家伙，却哪里是童宫对手，不一刻就被打得东倒西歪。田樗看得性起，大喝一声："闪开！"跃入圈内便与童宫接上了招。

此时的童宫已不似昨晚，他定下心来，非拿田樗性命不可了。因而步步扎实，招招不乱。那田樗看看来的只这白衣汉子一人，倒想迅速制住对方，以便尽早收拾一番再谋远逃，因而出招甚毒，发力极狠。奈何使尽功夫只伤不着童宫丝毫，反倒连连被琢磨不透的闪击打得晕头转向。他于是稳住步，倏一转身，往店后逃了。

童宫哪里肯舍，拔腿就追。

田樗且跑且打，童宫且打且追。一路打去，前店后屋，诸般家什碰着便倒，砸着便碎。田樗的妻妾与店中伙计们虽都在场，谁也不敢上前。

田樗似被追得无路可走了，跑进一座酒库，又将库门砰的一声关上，童宫不容其把门关牢，稍一驻步，运足气力，大叫一声，跃身抢上前去，但听得"啪"的一声巨响，童宫连人带门进了酒库。

可是，不见了田樗。

偌大的酒库，除了酒坛便是酒缸，童宫睁圆双眼在库内谨慎搜寻。忽然，只觉得身后一阵风响，童宫回身双手一封，一个空坛已经飞到面前，那坛在他手肘上一碰，立刻砸碎。碎片尚未落地，又见一个坛儿打着旋儿向他飞来，他侧身避过，那坛儿砸在一个大酒缸上，缸坛皆破，酒液涌流满地。

酒库内又是一场好打，几个回合下来，田樺依然不能得手，只得又逃。童宫照例紧追。可是，童宫万没料到，就在他穷追不舍的时候，脚下突然踩空，"啪"的一声，瞬息间就从地板上消失了。

田樺收住了腿，大口呼吸着，回身径到童宫掉下去的黑洞前看了一眼，咬牙切齿地举起一个盛满酒的大坛，照那黑洞砸了下去……砸罢，田樺拉起黑洞内悬吊着的盖儿，把那黑洞重新密封了，这才大步走出库来。

此时，田樺的妻妾和伙计们都已候在酒库外，见田樺走出来，用不着问，都知道里面发生什么事情了。因田樺这酒家，早年本是几户人家的小酒肆。田樺来后，先在附近盖了片小店，而后三日两回上别家店中去寻衅，将他们都打跑了。仗着他哥在杜家楼当枪棒教头，官府又与杜家楼关系甚密，那些落难酒家告状无门，田樺便肆无忌惮地拆了别家的店，在这儿盖起了这座前店后院阔绰的大酒庄。

田樺霸了这一方地盘，这些年来却也并不安宁。树争一张皮，人争一口气。尽管告状无用，却有不甘遭辱的店家，请江湖上的义士上门报仇。如此，这些年还真斗过几回。虽然前来报仇的都未能挫倒田樺，但也很使田樺受损。今日田樺听得前店的砸缸倒橱之声，还疑又是仇家来报打店之仇。也正是这缘故，田樺早在酒庄设有暗道机关，一来可防来者中功夫在他之上的人，二来选择这样的地方开店，也想做谋财害命的勾当，而那颇有盘缠者，常有功夫不浅的保镖同行。

现在，他这暗道机关已发挥了作用，那个白衣壮汉对他的威胁被解除了。但田樺知道自己的危险依然存在，他认定这个白衣壮汉是通判府的来人，也许顷刻之间，官兵就会围了他的酒庄，眼下当务之急，仍必须立刻准备逃走。

"站着愣啥，还不回房收拾细软！"

他对妻妾大声吼道。他的妻妾仍不明白，她们的男人今日既已制住了对手，如何还惊慌？她们仍以为今日这个白衣壮汉就是来打店的，但也不敢多问，慌忙各自奔回房去。田樺从地上拾起一把钢刀，又自领了伙计先奔门外大道来看。

童宫从酒库中倏一失足，掉落下去，并没有就死。他跌落在洞底，抬头上望，就看到顶上一方约有箱笼般大小的口子与那一块悬板，知道遭了暗算。他浑身一阵疼痛，尚未立起身来，又见田樺双手举起一个坛子朝下砸来，他连忙一挪身子，双手向那直朝前胸飞来的坛子猛力一扑，只听得砰的一声响，那坛子砸在近在咫尺的面前，像是砸在岩壁上，碎片、酒液立刻溅了他一身。与此同时，他的身子也向后弹去……就在这一瞬，童宫身不由己地大叫一声，顿觉身后有如万箭穿背似的巨疼，他尚未明白过来怎么回事，眼前什么也看不见了——田桦在上封闭了洞口。

童宫咬着牙，猛一下朝前挪出身子，他大喘着气，感觉到后背有什么东西在流，不像是溅在身上的酒，他反手摸了一下，湿湿的，有点黏，把手送到鼻前一嗅——血，是血，的确是血……他确认无误地想。

眼前仍是一片黑暗，什么也不见。他坐在满是酒液的地面上，闭上了眼睛。少顷，睁眼再看，这才看到朦朦胧胧的一点暗影，这是由于头顶那块活动板的缝隙间漏进一丝微乎其微的光。凭着这点微乎其微的光，他能看到眼前的黑暗并非完全漆黑一片。他摸索着，挪动身子，面朝刚才使他后背剧痛的一面，看到眼前是一片深浅不一的条状的黑，像有一个铁栅门。他用手去触摸，就碰到了扎手的铁刺。他明白了自己的后背刚才就是扎在这些铁刺上。但又觉得奇怪，这是一种怎样的铁刺呢？以往既未见过，也未触摸过，形如锯齿，又不像锯齿。顺那尖刺，他小心摸索着，仔细再看，将触觉与视觉相加起来，他断定眼前确实是一个特制的铁栅门。这条状的深黑正是铁栅，较深黑略宽些的是铁栅，条状浅黑是虚空。这铁栅并非圆形，而是三角形的，三面都打成相当锋利的锯齿形尖刺。他摸索着立起身，发现这特制的铁刺栅门不足一人高。再上，都是坚硬的，凸凹不平的岩石。

他又转向身后摸索，身后是个圆不圆、方不方的所在，一片浓黑，也都是坚硬而凹凸不平的岩石，整个洞窟大小约如一个卧牛之地。他重又转回身子，面向铁栅门。

"有这栅门，在看不见的栅门外，想必就有一条洞路可通地面……有这栅门，想必也是可以开的。"他想。

他继续摸索着，果然摸着了一圈墨黑、冰凉的铁索，顺那铁索，把手小心地从铁齿之间伸出去，果然又摸到一把牛头大锁，像是铜的。这仿佛给了他一线生的希望。他于是运足力气去挣那铁链和铜锁，可是费尽功夫，一双手在铁齿之间磨锉得鲜血淋漓，那粗大结实的锁链只纹丝不动。他于是从鞋履间拔出一把短刀。这把短刀他平日一直带在身上，今日他本欲用这把短刀去结束田桦性命的，不料自己倒先落到这个境地。现在他得设法用这刀使自己脱离这个境地。可是这把短刀有何用呢？切、割、砍、刺均毫无意义。

"撬！"他想。

他只能试着用它来撬。把短刀插进了铁链之间的当儿，他曾想过短刀会断，可是没有别的法子，他咬紧牙，猛一发劲，只听得嗵一声脆响，短刀果然齐柄儿断了。

随着那一声脆响，刀身落在地面，他的心随之一沉。但他还是很快蹲下身去，找到了那把断刀。执着它，又开始摸寻铁栅门四周，想寻找一处是否可以撬挖的岩石。然而，他很快发现，没有可能。四面都是坚硬连片的巨岩。

这一来，他不能不感到事情的严重了。在这个不过卧牛之地般大小的洞窟中，如果不能出这栅门，他就有如笼中困兽。

死，他想到了死，想到他将被人杀死。也许，在眼前那看不清的栅门之外，很快就会出现灯火，很快就会传来人走来的脚步声，他的仇人很快会出现在他的面前，就像他原打算要面对面痛快杀死仇人那样，来到这栅门外，轻而易举、痛快地把他杀死。

他童宫似乎并不怕死。宋芪姑娘已经死了，她才二十四岁，毫不踌躇，死得壮烈，胜过须眉！他童宫似乎也没什么可后悔的。他早认定，这条命，那年若不是遇到宋慈，早就随父亲、兄嫂一道去作了古。如今又过二十年，他觉得这一辈子还是过得很快意。虽遭大劫难，却没苟且生。痛痛快快地做人，痛痛快快地做事，他都做得光明磊落。只是想到未能亲手杀死仇人，有些遗憾。不过，他完全相信，他的仇人田梼是断断乎逃不脱法网的。他童宫的突然不见，很快就会被宋慈大人发现，而凭着大人的超人才智，大人很快就会找到这儿来的，那时大人会以另一种方式替他、替他的兄嫂、替宋芪姑娘报仇。总之这仇一定可以得报！如此他童宫也大可以放心地死！

背上仍火辣辣地痛，兴许血还在流，他已不去理会了。地面是一片冰凉的潮湿，四周是一片死一般的安静。不知什么地方落下来一滴岩露，相隔一息又落下第二滴、第三滴……那清脆的滴落声忽然使童宫产生一个欲望，他想找到那一滴水，他感到唇舌之间异常的渴。

他伸出手去，找到了那一滴水，把嘴张开，仰脖去接……他到底接住了那一滴水，是清凉的，甘醇的，一滴一滴滋润着他的唇舌。这感觉使他的意识又清醒起来……得活着出去！是的，不能死。多少年来无数个晨昏，他都同宋慈大人在一起，而今大人失去了唯一的女儿，他不能让大人在悲痛之中又添悲痛……不，我不能死！我必须回到大人身边去！

可是，怎么活着出去呢？他热切地盼望大人尽快出现在这酒庄门前……可是，他能等到那时候吗？

此时，田桦已从大道上折转回来，他没有发现官兵。他决定要立刻进那洞窟中去，他要看看那个曾扬言要杀了他的白衣壮汉，到底死了没有！

2. 又一个被刺女子

"他会去哪儿呢？"

早饭后，霍雄到底发现童宫不见了，连忙禀报宋慈。一同在场的宋夫人听了，悲痛中又添无限忧虑，立刻将目光投向丈夫。

失去女儿的巨大悲痛，的确曾使宋慈犹被击倒。现在他开始警觉到，童宫此去有可能遭到不测。一阵极短的思索后，他说："他是去杜家楼了！"

一向多谋善断的宋慈，在如此关键的时刻做出了这样的错误判断，原因或许是多方面的。但昨晚童宫对宋慈隐瞒了一件相当重要的事，不能不是一个重要因素。

"宫哥，没有追上刺客？"

"没有。"

"一点儿也没有认出对方？"

"没有。"

昨晚，当着宋慈夫妇的面，霍雄焦急地问童宫，童宫就是这样答的。多少年来，跟随宋慈，童宫从没有对宋慈隐瞒过任何一点应当禀报之事，宋慈怎会疑之！既如此，对于童宫的失踪，宋慈就只能判断他是去杜家楼，是去找杜贯成的妻儿算账！

问题似乎很明白，行刺者，如果不是出自杜家楼，也必是杜贯成的妻儿所请。那么，童宫此去，必是要寻刺客，为宋芃报仇！而为了替宋芃报仇，他什么事都做得出。可是凶手能在童宫的追捕下逃得无影无踪，足见身手不凡。况且凶手情知刺杀宋慈没有成功，必有防备。如此想来，童宫这般冒失前去，将遭遇的危险实在已是显而易见。

"召集府内一干人马，立赴杜家楼！"

蹄声急促地响着，穿过街市，穿过杜家楼门前的阔坪，宋慈一马当先，领人径入杜家大院。

杜家楼内昨日已遭开仓放粜。眼下，前庭后院为众多乡民踏倒的花草依然如故，无人收拾。遗在地面的零星谷粒，也还无人清扫。楼院内外，一片寂静，一片凄清。查点人数，除了不见杜家次子，杜贯成的妻妾和长子、三子等人都在。没有发现童宫，也没有发现童宫来过的迹象。似乎今晨这里什么事也没发生过。

宋慈忧虑更深了！他当即唤来几名家丁、丫鬟单独盘问，凭经验，他深知此类事从家丁、丫鬟入手，要容易得多。可是，家丁、丫鬟都告说：没有看到有人闯进杜家楼来。

难道童宫已遭毒手？难道杜家妻儿已有布置？或是此中有家丁、丫鬟们不知之隐？宋慈决定再传讯杜贯成妻儿！

在宋慈的意识中，他原本信奉案涉内亲就当如李宗勉那样自觉回避，但宋慈也不是一个墨守成规、纹丝不变的人。非常时刻该怎样行动，他不含糊！现在他想的就是；不管怎样，杜贯成妻儿晓得刺客，这绝对无疑；而审讯他们，一定能找到童宫！

带着失去女儿的巨大悲痛，为着童宫的生死安危，宋慈一声令下，转眼间杜贯成的妻小们都被拿下，押到宋慈面前。

杜贯成的妻儿们，自然是晓得刺客的人，只是今晨在宋慈一行突然出现之前，还确确实实不知行刺的情况如何。天亮后，不见田桦前来他们就已坐立不安，待听到院外马蹄声响，宋慈一行突然出现在他家宅院，他们便立刻惊骇得汗水透背，被衙役拿着推到前院跪下，更骇得面色全变，牙床打战。

"快说，你家次子何处去了？"宋慈喝道。

杜贯成之妻，平日虽颇有心术，可临到这时却也难以自持，她跪坐在地，答不上话来。

"快说！"

杜妻在惊骇之中，眼睛仍不住地转动，这个女人毕竟比杜贯成的小妾，甚至比她的儿女们都要强许多，临到这时，怕也无用。她想，通判大人必是来追

捕刺客的，眼下次儿不在，自是嫌疑，不说不行。于是打起精神，战战兢兢地
说道："次儿于昨日上午，离开本城。"

宋慈明白，昨晚刺客的功夫，断非杜家次子所能企及。他所以选择这话，
破题问去，目的在于尽快迫使他们道出刺客。他甚至无暇再问她的次子离开本
城是去哪儿，索性把手直指着杜家长子，厉声说："如此说来，刺客便是你家长
子了。来人，把他带走！"

众衙役一声吆喝，霍雄早将一条锁链儿拴上了杜家长子的脖颈，拉了就走。

"我不是……不是……我……"过惯了安逸生活的杜家长子吓得灵魂出窍，
双膝瘫软，双手自抓着颈前的铁索，迈不开腿。

"带走！"宋慈斩钉截铁地说。

两个衙役上前架着杜家长子，连拖带拽，拉了就走。

"母亲！……母亲！……"杜家长子不住地回头叫道。

"通判大人，"杜妻突然冲宋慈磕了头，"请慢！"

"你有什么话要说？"宋慈招手止住了衙役，转问杜妻。

"大人刚才说刺客……不知所刺何人？"

宋慈料知她想说些什么，以开脱她的儿子了，便顺其所问答道："欲刺本
官。"

然而杜妻问罢，又无语。宋慈知她犹豫也不容她多思，诱导着问："你，知
道刺客？"

"不……不知。"

"那，你是有何想法？"

"我只是想对大人说……"

"你说！"

"大人断言我儿行刺，想必是因为昨日那事，可是我儿既无行刺之功夫，也
无行刺之胆量……"

"那么说，刺杀本官，另有高手？"宋慈听着，明白这女人眼下就是杜家楼
最有心计的人。

"我只想，昨日那事，被捕的不只是我家主人，还有田教头……"

"你只管说下去。"

"田教头有个胞弟，名唤田桦，功夫在其兄田槐之上。昨日那事，南剑州城

里城外无人不晓，田樨想必也会听到家兄之事，会不会……"

女人说着，把话打住，拿眼瞅宋慈。而宋慈听到这儿，脑中犹如闪电似的一亮，终于捏拳扼腕，恍然醒悟。他现在明白了，童宫的确没有到杜家楼来，而他没到杜家楼来，表明童宫昨晚一定追上了刺客，交过手，并且认出了田樨……

"你快说，田樨现在何处？"宋慈立时直喊出来。

"他在茫荡山路口开酒肆。"

"走！"

宋慈撇下杜家妻儿，带着霍雄等人立刻出杜家楼，往北门奔去。一路上，宋慈只在心中暗自叫苦。童宫是在情知苊儿遇害之后，又隐瞒了认出田樨一节，突然不言而去，可见这个血性汉子是带着什么样的决心去的。旧仇未报，又添新仇，童宫此去，无疑抱定了要亲手杀死仇人的决心！

童宫的骁悍勇武，宋慈晓得，可他从来不让童宫去做冒险之事。现在童宫竟不言而去，单独而去，并且是在头脑尚未冷静的情况下……两虎相拼，必有一伤。童宫若能平安，实为万幸。要是万一……日头高挂，童宫出去已有半日，凭直觉，宋慈感到情势之急已非杞人之忧。

终于看到了茫荡山路口的田樨酒庄。

远远地，已见前店门破板裂，柜倒箱掀。进到店前，更看到门内一应用具东倒西歪，一塌糊涂。一望而知童宫确实来过了。

店内鸦雀无声，不见一人，进到店后院落去看，到处可见相搏后留下的痕迹，仍不见人影，宋慈情知来迟，心中愈发叫苦不迭。

"搜，快搜！"宋慈命道。

众衙役分头搜索，立刻有人在一处墙角发现一把带血的剑。

霍雄看到一处厢房窗牖破得粉碎，便朝那厢房走去，刚刚走近，一股浓重的血腥味儿自房中飘来。霍雄急奔上前，透过破窗，果真看到了血！不只是血，他还看到地面上一条青花门帘盖着一个人，那血正是从门帘下流出的……霍雄大惊，立刻推门进房。这房子还有一个内间，也是毫无声息。霍雄奔上前去，揭起了门帘——他看到了一个云鬓散乱，面色苍白的女人，把手一触，肌肤尚软，试试鼻息，"尚有一丝气儿。"霍雄想着，又见里屋床倒橱翻，一应摆设都破碎得不成样儿。显然，宫哥在这儿与那田桦有过一场生死拼杀。可这女人是怎么回事？他想不明白，连忙出来禀报了宋慈。

宋慈吃惊不浅。不明田桦去向，不见童宫踪迹，却发现了一个濒死的女人。他的忧虑更进一层。当下，他一面命人到距此一里外的另一客店去唤店家和几个伙计来，一面立即进房去看那女人是否还能救活。

女人二十来岁，霍雄揭去门帘，见这女人是腹部被刺，也不知谁已将她被刺之处的衣裙都扯开了，创口暴露在外，宋慈看了一下，立刻说："有救！"他看到女人的腹腔虽被穿透，但并未刺破脏腑，只是由于疼痛，流血过多，加上惊吓才昏死过去。他连忙将随身带来的合用膏散立即与那女人敷上，又取加味人参还阳药末和汤灌她喝下，然后小心抬到榻上。

应急处理一阵，那边客店的店家和伙计也赶到了。宋慈令他们认人，几个人一看，几乎是同声告说："是田桦新娶的小妾。"

宋慈心中一震："难道这是童宫干的？"

"这一定是仇家所杀！"那个被唤来的店家说。

"仇家，什么仇家？"宋慈问。

店家于是把田桦如何砸人酒店，霸道一方；那些受害的又如何不肯罢休，找上门来拼命诸事告诉了宋慈。宋慈听着，心中似抱一希望，希望今日在这儿与田桦交上手的不是童宫。然而他很快发现这是自欺，那希望只在头脑中一闪即过，他确认在这儿与田桦生死相搏的必是童宫。

宋慈又问得田桦店中的一应情况，晓得这茫荡酒庄，原有十数个伙计，一块儿过日子的，除了这小妾，还有一妻、两个小儿。可是现在，伙计们都不见了，田桦之妻和两个孩子也都不见了。"难道举家而逃？"这样一想，宋慈的忧虑可谓至极。

事情是这样严酷地摆在他的面前。田桦如果能携带家小一并逃走，这就意味着童宫……不……不……宋慈晃了晃脑袋，他想，这一定是自己忧心所致，只往坏处去想。

"大人，快设法寻找童宫！"霍雄望着怔住的宋慈，催促道。

是啊，不管怎么说，眼下尚未见到童宫。宋慈强迫自己立即冷静下来，重新思索……

3. 溪源峡谷

萧萧飒飒的风声在耳边渐渐清晰起来，鼻子里嗅到了苔藓的清香、泥土的气息。是什么温软的东西一下一下地舔着前额？那轻轻的、暖暖的热气也一下一下喷到脸上，眼前蓦地见着一线光亮……他猛地动了一下，醒来了，看到是一头山麂伫立在他的面前。

脊背凉如冰浸，腿臂疼如火灼，他又动了一下，想坐起身来，但使不上劲，山麂倏地一下跑走了。

"这是什么地方，怎会躺在这儿？"

他又看见天空只有不很宽阔的一条光带，两边都是壁立的山峰，惨白的下弦月正悬在茫茫苍天的正中，是天将放亮的时候了。那残缺的月儿也仿佛疲倦得走不动，等待着东升的太阳，接替它微弱的辉光。

耳边又听到潺潺的水响，这使他想到不远处有一条涧流，喉中也越发觉得干渴。他哑着焦唇想去寻那涧流，只是仍爬不动。

然而意识毕竟愈来愈清醒。这是溪流峡谷，是的，在十里清溪，万树深林的溪源峡谷里。他还活着，没有死。这不是梦吗？不是的。可是，昨日上午，当他从酒库那个窟窿中直掉下去后，所经历的一切，倒有点像梦……

那时他犹如笼中困兽，几乎就是处于完全绝望的境地。是一种一定要活着回到宋慈大人身边去的愿望，是一种一定要报仇雪耻的决心，使他在那么一瞬间，突然对脚下碰到的破坛产生了某种希望……他立即蹲下身去，在黑暗中拾拢了一块又一块破坛的碎片，又立起身，迅速脱下上衣，撕成布条，然后取那瓷片，用布条密密地缠在整条右臂上。他决定要用这整条肩臂去撞那布满尖齿的三角铁栅门。缠好了，他立稳在地，运足力气，成与败，生与死，皆在此一举。他不顾一切地向铁齿门撞去，一下、两下、三下……不知撞了多少下，缠在臂上的瓷片变成了瓷碎，甚至变成了瓷粉；缠在臂上的布条愈来愈破，瓷碎连同瓷粉随着一下又一下的猛烈碰撞，簌簌掉落地下。然而，动了，终于动了，他能感觉出来，那铁栅门的四周动了。此时，那铁齿已触到了他的手臂，咬进了他的肌肉。他全然不顾。一线生的希望有如阳光已经照进他的心扉，他就将迈出这死亡的栅门，他拼将全力，大叫一声，有如一头疯狂的雄狮，再向铁栅撞去。霎时间爆发出的力量，猛不可挡，只听得啪喇喇一连声响，他连人带门撞出了那个卧牛般大小的洞窟，倒在另一处洞路中……

肩臂是一片钻心的疼痛，心上是一片挣出死地的欢欣。也就在这最后的一撞中，缠在手上的布片完全碎断，连同那坛瓷的碎粉一起掉落，掉不下的早已粘在血肉模糊的臂上，这也不在乎了。

眼前仍是一片黑暗，他大喘着气，稍觉一定神，开始朝外摸索着去。他能感觉到路洞是在向上延伸。终于，他听到了有人走动的脚步声，有人在翻箱开橱，继而又听到有人说话：

"还没找到吗？"

"没有。"

"到柜中再找找。"

是两个女人的声音。童宫明白自己已经接近洞口，或许上面是厢房。他踏着向上的石阶，手也终于摸到了一块压在洞口的东西，是木板。不，是一个木柜。他分明又听到有人在柜中搜寻着什么，那声音与他仅有一板之隔。

"实在没有。"女人的声音就在他头上的柜子里。

与此同时，童宫又听到一个结结实实的脚步声正奔房中来，事不宜迟，他立稳了，双手托住柜底，屏住呼吸，猛力向上一托，只听得"啊"的一声惊叫，木柜翻飞起来，早将那个正探身柜内寻找东西的女人倒扣在地。童宫纵身一跃，蹿出洞，在房中站稳了。

眼前是一片刺眼的白光，耀得童宫什么也看不清。

"啊！……啊！……"

又一个女人惊骇的叫声。眼下，这个女人所看到的童宫，也确是骇人的：裸着上身，全身尽是斑斑点点的血迹，右臂更是血肉模糊，轰然一声从地底直冒上来，又如铜浇铁铸般立着不动，俨然一个从阎罗爷那儿跑出来的活鬼。女人惊叫着，不顾一切地向门外奔去……

向房中奔来的重重脚步声正是田榉的。从店外大道上折转回来，他头一桩事便是执了剑直奔这房中来，打算从那柜下的洞穴中去取那白衣汉子的性命。可是当他刚踏进外间，已听得里屋的头一声惊叫，不由得怔了一下，不知里面发生了什么事。待听到又一声惊叫，他预感不妙，慌忙自屋外抢进屋来。就在这时，不幸的事情发生了——只听到"啊"的一声凄厉惨叫，正往外跑的女人在门帘边撞上了田榉的利剑，就地倒了下去……

一只手扶那女人，一只手撩起门帘，田桦看到了童宫。这一看，田桦吃惊匪浅，他猛一下打了个寒战。童宫也看清了田桦，他的眼睛已适应过来，但童宫仍站着不动。他在呼吸，饱饱地呼吸这洞外的新鲜空气，一声不吭，任凭田桦愣着。

田桦摇了摇头，似乎还没醒悟过来，不明白这一切是怎么回事，但他还是很快就放下了那女人，执起剑，掀开门帘，走进屋，而后大叫一声向赤手空拳的童宫连连劈杀过去。

又一场天昏地暗、你死我活的拼杀。死里逃生的童宫，面对仇人，恨得两眼喷火，又很知珍重性命。他在利剑之下，与其周旋，全然步法不乱，功夫尤精。二人从里屋打出外屋，再从外屋打出房来。

这时，童宫什么也不见，什么也不想，只认准田桦厮杀。也不知拼了多久，他感觉到田桦渐渐势怯，开始逃了。童宫哪里肯舍，紧追不放。

他们出酒店往东面大山追打而去，不知追了多久，追着就打，打打追追，也不知都追到了什么地方。后来童宫明白了。这狡猾的田桦没有往三千八百坎去，却转向西面来到了溪源峡谷。

田桦在山林中奔跑的速度是惊人的，好在他童宫也原本就是在竹林中长大的人，腿力相当、武力相当。二人从岗上到岗下，从林中到林外，从午前到午后，从午后到黄昏，也不知爬了多少坡，跑了多少路，跌了多少跤，斗了多少回合。二人都打得鼻青脸肿，血流满身。二人滴水未沾，粒米未进，一个没命地逃，一个死命地追；打着跑，跑着打。两人都已精疲力竭，站下来，相对而立，互相盯着喘大气。

太阳落下去了，峡谷里一片寂静，只有鸟儿归巢的鸣声和林边潺潺的水响。山风吹来，凉飕飕地拂着发热的身躯，二人盯着喘息一阵，想跑的已提不起腿，想追的也迈不开步。就这样，两人相互盯着都不能动。但这仍然是体力的对抗，精力的对抗，生命的对抗！最后，田桦忽然向后一仰，轰然一声朝天倒下。童宫松了口气，也就在这一刻，他觉得天空骤然暗了下来，随后就什么也不知道……

现在是天将放亮的时辰，童宫醒来了。也许是由于山麂的轻舐，也许是由于强烈的报仇意识的驱使。当他清醒地明白自己所处的环境和曾经发生的一切时，他的意识又是：

"那仇人就在前头……他还活着！……"

这一意识给予童宫极大力量，他努力一撑坐起身来，凭着凄清的月光，他寻找着田桦的身影，可是他什么也没有看到。

他仍然站不起来，仿佛腿已不是他的了，他咬紧牙向前爬去。他确认昨日黄昏仇人倒在地上，而且确认他现在仍躺在那儿。

他正处在峡谷底部一条迷津似的小径上，沿着小径两旁，长满了葱茏的野草、灌木，成团成簇的杜鹃花。身体从小径上爬过，碰着了青草，冰凉润湿；碰着了杜鹃，那花瓣和水滴纷纷落在他的头上、身上、手上和脚上……白日看去相距不远的地方现在却也很让他爬得吃力。终于，他在前方小径的边缘发现了一只脚趾朝天的脚，是他——田桦，身子没在草丛之中！

这个发现使童宫顿生无穷之力，竟挣扎着站了起来，蹒跚地走了过去。童宫终于整个儿看见他的仇敌了——他仍然一动不动地躺在那儿，就像死去一般。

带着仇恨、蔑视、胜利的微笑，童宫吃力地走到了田桦的身旁。他想蹲下身去，可是双膝颤抖，怎么也不能弯。他猛一咬牙，扑通一声跌跪在田桦的一边肩上。田桦仍毫无动静。他用手摸了摸田桦的身子，冰凉冰凉的。

"不好，死了？"这冰凉的感觉立刻袭到童宫心上，他连忙用手去摇田桦的脸，嘴里叫道："田桦……田桦！"

依然毫无动静。

"田桦！……你不能死，你不能就这样死啊！"童宫抓住田桦的双肩使劲摇着。

是的，他要让他明白，他田桦是怎么死的，为什么死，死在谁的手上！童宫不住地摇着、叫着。终于，田桦叹出了一口气。童宫于是停下手来，注视着田桦的脸，又用手压在他的鼻孔前，他果真触到了田桦的呼吸：田桦没死，还活着！

严惩这个恶贯满盈的仇敌的时候到了，童宫感觉到自己的心正激烈地跳动。他下意识地去摸腿上那把一直随着他的短刀，然而那刀早没了，断在那个洞窟中了。他看到近旁有一块大小适中的尖利岩石，便捡了操在手中。他把膝盖又稳稳地压上了田桦的心窝，而后只等田桦睁开眼睛。

田桦到底慢慢睁开了眼睛，像是早料到会有这么一刻似的，他的眼里并没有非常的吃惊。他皱了一下眉，似乎想挣扎，但是完全失去了挣扎之力。

"田桦，你好好认认，我是谁？"童宫望定了他说。

田桦看了看童宫，反而闭上了眼睛。

"你好好看看，我是童宁的胞弟童宫！"

田桦果然睁开了眼睛。这回，他的眼里闪出了异样的神情，像是惊骇，也像是终于悟出眼前这个汉子为何单独一人这样死死地追着他不放。

"你快说，我的嫂子是怎么死的？"

田桦盯着童宫不语。

"你快说！"

田桦叹出一口气，说："一连几日，她不吃不喝，就饿死了。"

"为什么？为什么？"童宫死拽着田桦的前襟。

田桦盯了童宫好一阵，要动已全身不听使唤，情知必死无疑。他的眼里渐渐露出了垂死的凶残本色。

"你一定要知道，我就告诉你吧！你家嫂子，她不依柴万隆老爷，柴老爷就把她交给了我们兄弟，我们兄弟俩就轮着……"

"啪！啪！"一连两记耳光打断了田桦的话，童宫接着吼道："她的尸首，现在何处？"

田桦被童宫打得又闭上了眼，见问睁开眼睛又说："你可到柴万隆庄园那葡萄架下去找，只可惜……早烂了。要不然，你可看到你嫂子的两个奶子，被……"

"啪！"随着童宫那执着石块的手当面一击，田桦的话音未落，脑袋歪向一边，嘴里涌出了鲜血。

此时，山上传来袅袅的钟声，那一下一下的钟声仿佛就是沿这条迷津似的小径从那看不见的地方传送过来。是溪源庵敲响了晨钟。童宫这才注意到东天已经放出了一片曙色，那弥漫过来的亮光，替代斜挂中天的月色，天就要大亮了。

童宫再次去摸了摸田桦的鼻翼，晓得他尚存一息，还没有死去。现在是可以结束这个恶棍、歹徒、凶犯性命的时刻了，童宫绝不想让他再看到今晨的太阳。

于是，他扔掉手上那个半大不小的石块，双手抱起了近旁另一块多角的大岩石，庄严地举起来……

4. 迎着朔风

沿着这条弯弯曲曲迷津似的小径，宋慈领着霍雄一行，随一个和尚，来到了高树林立、绿竹掩映的溪源庵。

溪源庵殿宇分上殿和下殿，上殿当峰面西，殿前正中迫近处，有一奇峰自谷底拔地而起，约与殿齐，高并插天，十分险要。从下殿仰视上殿，相去石阶二百多级，只见得曲槛朱楹的半面，从那儿正传来隐隐的钟磬悠扬之声。下殿临溪而北，溪流水激石声，淙淙潺潺，悦耳动听。因处于四合山岚之中，下殿颇有一种深藏之势，加之云雾起处，缈似轻纱，更使得下殿俨如洞府，天然清幽。宋慈一行随和尚匆匆来到了下殿。

过步云桥，在殿东隅一间小室，宋慈见到了童宫。早已盼候着的童宫听得急促而熟悉的脚步声，忽地一下从竹榻上坐了起来。

到底见着了。宋慈与童宫，童宫与宋慈，从昨晨到今晨，分别仅仅一天一夜，可是在这二人之间，却仿佛分隔了十年二十年！

四目相对、凝视良久。童宫似乎要说什么，然而唇翕动，没有出声。

不必出声，宋慈已经知道了曾经发生过的一切。

昨日，在搜索中，很快发现了房中那个洞穴。搬开柜子，霍雄一手执着快刀，一手执了火引，首先钻进洞去，沿着那路洞，霍雄一直搜寻到底，忽然，他在那处倒塌的铁齿栅门之内，发现一男一女伏在岩壁上，一动不动。

"谁？"霍雄执刀大喝一声。

"啊……饶命！好汉饶命！小人是店中伙计，好汉饶命！"那男人闻声离开岩壁，转身跪在地上，忙不迭连声地告饶，那女人也随即跪下。

"出来！"霍雄又叫。

那人望着霍雄手上的刀，犹豫着，又连连磕头："饶命，好汉饶命！"

霍雄执着火引，看看洞中确实别无他人了，始先自徐徐退出，同时口中继续说道："出来，快，出来！"

就这样，霍雄将这一男一女引了出来，一出洞，那被请来的店家便认出这一男一女，男的是这店中管账的，女的是田桦小妾的丫鬟。

这时看那男的，只见他双手是血，身上也沾有血污。宋慈并不问这一男一女彼此之间有何瓜葛，一开言只直视着他们，喝道："这女子是何人所杀？"

"不是小人，"那男人又跪下，口里连称，"不是小人……不是小人。"

"是谁？"

"是个……白衣汉子。"

宋慈一惊，再问："你亲眼所见？"

"没有……没有。"那人摇着头。

"你可知？"宋慈转问那丫鬟。

"民女不知。"丫鬟也是跪着。

她正是那个被童宫掀起木柜，倒扣在地的女子。因躲在柜中，早吓坏了，什么也没看见。宋慈听她说不知，也不细究，又问："白衣汉子何处去了？"

"与店主人厮打着，夺门而去。"男人说。

宋慈望着房中散乱的衣物，都压在倒塌的橱几之下，晓得在爆发一场厮杀之前，这儿曾整理过衣物，是准备逃的迹象。他又问丫鬟："主人可曾讲过打算逃往何处？"

"听夫人讲过，"丫鬟说，"是要从三千八百坎逃去江西。"

宋慈听了，觉得和自己所想倒也吻合，当即命霍雄领几个腿脚快捷的衙役往三千八百坎古道火速追去。

霍雄等人去后，宋慈又命那男的从头讲来，这儿都发生了什么。于是大体知道童宫是如何到来，如何与田桦相搏，如何掉进洞窟，至于如何能从洞窟中逃脱，他们二人都不得而知。待田桦与童宫直打出酒庄去后，田桦之妻与伙计们都十分惶然，慌乱之中，是这男的发现了田桦的小妾倒在血泊之中。接着，田桦之妻与其他伙计也都过来了，众人都认定必是白衣汉子所杀。这时，房中忽又传来声响，也不知是谁喝了一声："快逃！"于是大家一窝蜂地逃散。但这管账的跑到院中，又重回头，他所以折回头是因为平日里与田桦的小妾有私，现在还想看看能不能救她。他重回房中，忽听屋里像是有女人的声音，就斗胆往里窥探，果真看到木柜在动，是丫鬟正从倒扣着的木柜内竭力向外爬。他立刻进去，掀起木柜，扶她起来，因他平日与田桦的小妾私通，这丫鬟也晓得，从中帮过忙。他于是唤丫鬟一同设法救这女人。正是他动手撕开了女人的衣裙，窥那剑口。他只看到鲜血不断涌出，还看到肠子，正不知如何是好，就听到大道上蹄声骤急，一眨眼工夫，已有人疾步奔进酒庄，他二人要逃已出不去。情急中，男的拾起地上的门帘盖在已经昏死过去的女人身上，拉起那丫鬟就往内间退去，二人于是入了洞窟，又盖上了柜子……

这时，在外搜索的衙役也押着田桦之妻与几个伙计进到酒庄。他们实际是刚刚逃出，并未走远。当宋慈又从他们口中得知他们亲眼看到田桦与童宫"追打着往东面大山去"，这东面大山正是"三千八百坎"，宋慈于是立刻撇下酒庄的这些男女，又领衙役往三千八百坎方向继续追去。

可是宋慈再一次判断错了。他忽视了对田桦这样一个罪犯的潜逃心理做足够的思索，轻忽了其逃跑路线的多种可能，这就使得他自己以及先行而去的霍雄等人的苦苦追索，只能是一无所获。当宋慈追上了霍雄等人，确认童宫与田桦实际并未踏上此道时，天色已黑，他们旋又漏夜赶回，再往西面溪源峡谷来寻找。天明之后，碰上前来报信的和尚，这就匆匆地赶来了。

在相邻的另一间小屋里，躺着田桦，活着的田桦。换言之，是童宫终于没有杀死他。

有谁能知道，在童宫将那块大石高高举起，在向田桦闭上眼睛的脑袋即将砸下去的一瞬时，他在心里想起了什么？是什么力量居然能使这个血性汉子将那块大石砸向了别的地方？

看着宋慈，童宫嘴唇翕动，仿佛要说话，可是，他又反将嘴唇咬紧了，且把目光移开去。

不必说，一句也不必说，望着童宫那像是痛苦，也像是欣慰的面容，宋慈能明白，一切都能明白。

田桦行刺，真是因为其兄的被捕而自发进行报复吗？如果另有原因，也属受人所差。那么，杀了田桦岂不是替那个在他背后更阴险的人灭了口！在田桦家中，倒下的那个腹部被刺一剑的女人，是不是死了呢？如果她死了，田桦又死了，这事再没有别人看见，他童宫就有杀人之嫌。同理，杀了田桦，却又未能取得田桦的任何口供，能不为处理此案带来麻烦？他童宫也许无所畏惧，可是他童宫已不是从前那个无牵无挂的童宫了。他是宋慈的亲随，而此案最重要的一个人物是杜贯成，杜贯成又是丞相的舅爷，如果由于他童宫做下的这些事，被人家钻了空子，由此而向宋慈发难，那后果可能是难以估量的啊！如果那样，叫他童宫活着没有面目再见宋慈夫妇，死了也无颜去见故去的亲人……或许正是意识到了这些，他才在举起大石，行将砸下去的那一瞬，心上猛地一震，于是力不由己地向外使去，让那块大石砸在空地上了。他跪在地上，面朝家乡痛哭了一场，再后，他遇到了几个溪源庵下来的和尚，靠着他们的帮助，他和田榉被抬到这庵里。

看着将目光移开去的童宫，宋慈把手按上了他的肩，只轻轻地说："我们回去！"

在经历了一番非常之险后，童宫终于回来了。

霍雄骑着快马先赶回来告诉了宋夫人。已经两夜一天不曾合眼的宋夫人，闻报立刻出到府门外迎接，泪眼汪汪的。由于田榉活着，很快察知谋杀宋慈一案是怎样策划出来的。杜贯成之妻与杜家长子也被捕来了，宋慈不会饶恕他们。尽管这刺杀宋慈一案，还得申去省院审理。

"只有除去宋慈，才好再事通融！"这话，正是从杜贯成之妻的口里说出的。当她看到往日大权独揽的知州大人舒庚适尚且惧怕宋慈，相爷李宗勉更是远水救不了近火，便拿定了主意，唤长子去找来田榉。本来，田榉与其兄田槐，早于前些年就因兄弟反目而分道扬镳，各奔东西，未必肯为其兄去做此杀头勾当，但是颇有胆魄的杜妻却许下了重金。

这田榉原也是个够灵活的人。他自己也明白，杜妻找上他，一是看上他的武功，二也正因为他是田槐之弟，万一被抓拿——"为胞兄案事行刺"，遭罪的也就是田榉一人，不比拿住别的刺客，非得追查"主子"不可。所以，找他田榉行刺，是最合适不过的人选了。

田榉情知此中奥秘，但并不认为自己会被拿住，因而顺水推舟。可是现在，他落到这个下场，眼下虽还活着，但终归必死无疑。他也不想为那把他"送"到这儿来的杜贯成的妻儿遮掩，这就一股脑儿全招了出来。

济粜仍在进行。

就在童宫平安而回的同日，又有一名巡捕领着一个中年汉子来到了通判府，这中年汉子是小青青姐弟俩的舅舅，是宋慈早几天就派出巡捕去，将他找了回来。

"大人，"中年汉子见到宋慈跪地便拜，"这次大灾，地域甚广，所过之处荒芜一片。逃出去的乡亲得知大人恩行济粜的，都跑回来了。"

这多少是对宋慈的一点安慰。他点点头，半晌才说："你今日就可去领粮。领粮时，可将你外甥与外甥女的一并领去。你要好好带大他们！"

"谢大人！谢大人！"中年汉子连连叩道。

小青青姐弟俩见到了舅舅，禁不住都扑在舅舅怀里，伤心大哭。当着要随舅舅回去，小青青又拉着弟弟，同到宋芪的棺椁之前，跪着哭得半晌不肯起来。这使得宋夫人又淌下许多泪。

为了哀悼芪儿，宋慈夫妇为女儿举哀祭祀。院前扬起长幡，堂上建起灵帏。溪源庵的僧众们也都下山为宋芪诵经拜忏做超度。所有这一切，内内外外，远远近近，招呼安置，全靠霍雄办得有条不紊。

这日，知州舒庚适也领着府僚们过来举哀，看望宋慈夫妇。

出殡的日子到了，宋芪的墓地，选在南剑州城外的九峰山上。

九峰山坐落于闽江南岸，与南剑州山城隔水相望。山上峰峦九叠，旋绕萦回，为城南群山之冠。宋慈所以要将芪儿葬在那儿，是因为九峰山上有一座延平书院。这延平书院原是朱熹夫子的老师李侗先生讲学之地。李侗逝后，人们在那儿建起一座李文靖公祠宇。嘉定二年，知州陈宓来后，又在祠宇左右，仿庐山白鹿洞书院模式，重建书院为奉祠讲学之地。宋慈想，女儿短暂的一生，虽未进过正规书院求学，可毕竟是从做小姑娘的时候开始，便酷好翰墨，衷情诗书。女儿逝后，让她安卧在书院的后山，倘若人真有魂灵的话，女儿亦可日进书院观瞻字画，夜冥幽地耳闻书声。现在，这只是父亲能够尽到的唯一的心意！

这日清晨，天空像每一个晴朗春日一样，蓝得像江水，像宝石；朝晖升起，依旧把大地映成一片浓浓的金色。水鸟闪着白色的翅膀，在闽江上空翱翔，时而掠过水面，时而飞入云端；江水轻柔拍打着江岸，就像孩童顽皮地与母亲嬉戏；远山中正盛放着簇簇血红的杜鹃。然而这一切，在宋慈夫妇的眼里都变成了梦一般的朦胧。

在这碧蓝碧蓝的天穹下，迎着水天远地吹来的朔风，一支出殡的队伍行进在闽江边，因获济粟而重新开始耕种的农夫们，纷纷搁锄而来，自愿相随在官府吊唁的队伍之后，送者无数……在许许多多自愿送殡者中，有一对腰束麻绳的少儿，他们正是青青姐弟，一步一哭，非常伤心。

九峰山到了。在通往延平书院的路上，种有古梅百株，干枝屈铁，叶嫩尖红。当宋慈行走在这一片漾着生命之光的绿墙之间时，不禁又想起了好友刘克庄的那首《落梅》诗，心中感慨无可名状……

5. 阳光射透风雪

送走了芘儿的第一个夜晚，悄悄地降临了。

再也看不到芘儿亭亭玉立的风姿，再也听不到芘儿锦心绣口的叮嘱。只有到迷迷蒙蒙的梦中，去追寻自幼颖悟的女儿，去同女儿攀谈、相晤……

宋夫人猝然病倒。夜风呜呜吹着，宋慈守在夫人身边。三更时分，宋夫人在迷蒙中又听到遥远的地方随风飘来轻轻的啜泣之声。宋夫人猛地从榻上半撑起来，侧耳细听。她确认这不是梦，那啜泣之声仿佛还离得不很远。

"老爷，你听——"

"听什么？"宋慈应道，其实他早已听见。

"哭声。是谁在哭？"宋夫人问。

"你且安心躺着。"

但宋夫人执意下榻，要去看个明白。宋慈拗不过夫人，只得扶着夫人，双双出了房。

没有月，只有繁星发着蒙蒙的光。宋慈夫妇来到院中，听那哭声清晰起来，是个男子的饮泣之声，从月亮门外断断续续传来。宋慈扶着夫人悄悄来到月亮门旁，往里一瞧，只见不远处的拜月亭前燃着香烛，一个男子正跪对九峰山，强抑哭声，伤心饮泣。

"是童宫！"

宋慈夫妇不由得相视一顾。他们在月亮门边止住了步，伫立良久，未去惊动童宫。可是，童宫的哭声却深深触动了宋慈夫妇，二人不禁又泪落下来。

女儿二十四岁，要在民家女子，早已婚嫁，可芘儿仍是黄花闺女。并非父母不关心女儿的婚事，实是因为总想为芘儿择一他们以为可与芘儿相配的男子。可是多年未遇合适的。

此类事儿，到底是做母亲的心细。有一回，也就在这个拜月亭前，当宋慈夫妇双双站在凭栏内，看女儿跟童宫学剑时，宋夫人就曾对宋慈轻轻言道："老爷，不知你有没有感觉？"

"什么感觉？"

"芘儿对童宫很关心。"

"呃，"宋慈听了，不以为然，"童宫与我们亲如一家，芘儿对他自然比较随便。"

话虽这么讲，可有一次，当宋慈独自看见芘儿跟童宫学剑，看到芘儿那般由衷欢欣和喜悦，看到歇下来时，芘儿主动端来一碗茶水，送到童宫面前，叫一声："宫哥！"童宫一愣，芘儿倒是一笑，又对他说："愣什么，喝吧！"童宫于是接过一饮而尽……当时，宋慈也曾暗自想道："童宫，就童宫如何？……"

然而宋慈又总是把秋娟和童宫想在一起，觉得他们要是结合，更为合适，而且这两个人的婚事自己是有责任的，如果他们结合了，也就完成了两个人的大事。

现在想到芘儿，宋慈也似乎有所醒悟。二十四岁的花信之龄，二十四年恬静而又不无孤寂的闺阁生活，伴随她的，除了卷帙翰墨之外，便是窗前的春花秋月。从未与外界男子接触，只有时常看到童宫进去，间或跟他习练拳剑，芘儿对童宫或许有了恋情也未可知啊！

然而这一切都成为过去，芘儿与父母、与童宫都成千秋永诀了！这时宋慈夫妇又想起芘儿临终前要秋娟答应务必嫁给童宫，现在想来，那不仅是为秋娟着想，更是女儿爱童宫的最后表达。

童宫的饮泣之声渐渐平息，宋慈夫妇仍未去惊动他。二人悄悄回房，想到秋娟是应了芘儿的，那就一定会做到，二人便说到一定择时与童宫和秋娟完婚。

光阴荏苒，转眼已是冬天。

在这过去的大半年中，宋慈仍常有精神恍惚。虽然在那以后，他没再遇到什么麻烦事。此案中，凡触犯刑律者，该申解去省的，申解去省；该就地正法的，就地正法；该远配牢城的，远配牢城，他都依法行事。杜贯成一家翘首以盼的李宗勉也没有出现。

而失去女儿的创痛是久远的。由于李宗勉一直没出现，宋夫人老是忧心忡忡地守候着什么，仿佛有一日，就会有种莫名的大祸从天而降，落到丈夫身上。

转眼就到了这年岁末。一天，宋慈夫妇问秋娟愿不愿做他们的义女，秋娟跪下道："二十多年，大人与夫人待我如同己出，小姐走后，我自己就想，我就是你们的女儿。"

接着，宋慈夫妇为童宫与秋娟举办了婚礼。新婚之夜，秋娟在洞房里忽然痛哭，童宫问她为何，是否不愿意？秋娟哭道，自己是非常感念宋芘小姐的恩情，感念小姐的成全，秋娟愿意！

除夕之夜，南剑州忽然下了一场南方罕见的大雪。大年初一，清晨早起放爆竹祈"开门大吉"的人们，一眼便窥见了门外的奇异世界。一夜的风雪早把整个山城包裹在一片苍茫之中，悄悄降下的雪花覆满了屋瓦和地面，天地之间到处都是耀眼的白光，飘动着萧寒的气色。

这是一年中最受重视的节日。家家户户，老少妇孺欢聚一堂，热热闹闹。通判府内，家在当地的吏胥、衙役都告假回去与亲人团聚了，府里愈显冷清。

这也是一年中，晚辈向长辈拜年，长辈赏给橘子或红包压岁钱的时日。这一日，宋慈夫妇一早起来，又感到一种难言的寂寞。尽管童宫与秋娟、霍雄等一早就过来拜见他们，也未能给他们多大的安慰。好在这一日，大家都得说吉利话，宋慈夫妇也尽量显出高兴的样子，气氛倒还暖融。

早饭是吃除夕夜做的"岁饭"，取的是"连年有余"之意，连年有余，宋慈祈望自己什么东西连年有余呢？他自己也不明白。早饭后，他钻进书房去了。

太阳直到临近中午时分才从苍茫的天空中耀出澄澈的光辉，此时，雪地里漾出含有多种色泽的柔光。通判府内，留下来的军士、佣婢都忍不住跑到雪地上去观赏雪景。

"老爷，雪景真好，你也去看看吧！"宋夫人来到书房，看到宋慈脚旁的火盆内，炭火已覆上一层白灰，她蹲下身，一边拨着，一边这样说。

炭火经此一拨，又发出毕毕剥剥的轻响。宋慈在火盆上烘了烘手，到底掩卷起身，与夫人一道走了出来。

庭院中，新来的侍女婷儿与一个厨娘的小女儿在堆雪人，一片银铃般的笑声在雪地上滚动。宋慈不禁又想起了自己出山奉职那年，家乡建阳也曾下过一场这样罕见的大雪。那时芠儿年方十二，在雪地上堆了雪人，还把爆竹塞到雪人手里去爆，好不欢快。

也是那个大雪天，他接到了即将出山的消息，携女踏雪去县衙见好友刘克庄，刘克庄邀他们父女观赏了雪中之梅……

他忘不了那盆昨日尚开着许多花儿的"千叶黄香梅"，遭一夜风雪袭击，花瓣落尽，单剩下光秃的枝丫披着满肩冰雪，兀自挺向空中。他也忘不了另一盆老干皱曲，藓苔封护，本就了无几朵花儿的古梅，依然举着丰肥的花蕾漫不经心地傲雪挺立。

"惠父兄，人有才华，固然是好，可在当今仕途上，也往往是才华愈多，苦恼愈甚。你看，即令傲雪寒梅也会多花早落呢！"

好友之言，犹在耳边。想着十二岁的芘儿当年在那洁白的雪地上翻找出一片片被风雪掳落下地，且被深深掩埋的殷红的梅花瓣儿，宋慈眼前就像看到二十四岁的芘儿身上那件雪白春衫上的殷红血斑……

"父亲……东坡先生说……人生如梦……你……要……保重。"这是女儿留下的最后一句话。

在这个大年初一的中午，当阳光射透迷茫的风雪，将灿烂的光焰洒向色彩斑斓的世界时，宋慈也踏进庭院中的积雪中，他甚至开始动手去跟侍女堆雪人，他在清新的寒冷中呼吸着搔痒他鼻子的凉爽空气。就在这一片时光中，府门外忽然震荡进一句仿佛从天而降的长声："圣旨到！宋慈接旨！"

宋夫人闻此一声，顿觉全身都凉了……

6. 心为之洁

这是宋慈夫妇难以料及的事。

早在数月之前，当杜贯成的次子一路马不停蹄地赶到临安，在相府见到了姑姑杜氏，呈上家书，杜氏看了大惊。流了一阵泪，杜氏泪人儿似的到大娘房中去，叩请大娘相帮救其家兄。大娘原是个心地极软的女人，被杜氏这般一哭，当即应允愿为出力，还一再好言相慰。

其时，李宗勉也刚刚回到京城，先往宫中复旨，尚未抵家。两个女人商量好了，只等老爷回府。待家丁匆匆来报，两个女人立即起身出到前院，双双跪在中道上，泪眼汪汪地迎候宗勉。

李宗勉离京多时，而今复了旨，回到家中恰似刚刚卸下一副好沉的担子，不料刚进大门便见眼前这幅景象，不由一惊："家中出了何事？你们快快起来！"

大娘立起身来，杜氏仍跪着呜呜咽咽地哭，待李宗勉再问，她就拿出了嫂嫂的那纸家书，呈给李宗勉。李宗勉读着，只见写得十分简单，仅言及南剑州城外民房失火，烧死一个与杜家毫不相干的泥瓦匠，南剑州通判宋慈却言此泥瓦匠乃贯成差人所杀，如今贯成已被拘捕下狱，乞望相爷火速派人主持公道，如此云云。

　　李宗勉读罢，一时想不透究竟出了什么事。传来杜贯成次子问了一番，只知当地知州大人也是听宋慈的。李宗勉不由暗想，这事儿恐怕真有点玄了。他刚同宋慈见过面，知其才德，知道像宋慈这样的人，是不会轻举妄动的，敢如此动作必有一定原因。李宗勉略一思忖不想过问此事。但是，李宗勉架不住夫人和爱妾的苦苦哀求，只得答应立即派人去查清此事。

　　当然，李宗勉是相当谨慎的人，知道自己一旦派出人去，地方官若见风使舵，完全可能把案断成另一番模样。他于是选派了相当可靠的人，密令去暗访，不许惊动当地官员。

　　不久，派去的人回到相府。其人到南剑州做了暗访，又到福州，潜进提刑司内，神鬼莫知地亲眼目睹了宋慈呈报的案卷，以及那张"验地显形"而得的《泥匠遇害图》，果然没有惊动地方官。李宗勉听了详细的禀报，当日便唤来爱妾杜氏，告知详情，而后严肃告说："此案无可干预，无可通融，你也再不要提起。"

　　这事看起来就这样过去了。李宗勉再不肯让此事分他的心。这次南巡，亲眼所见内地空虚之状，百姓艰微之苦，官吏不明之弊，已够他深虑。联想全国局势，蜀之四路，已失其二；成都隔绝，莫知存亡；两淮之地，井邑丘墟；国势委实危哉。尽管如此，宗勉仍需为皇上详作运筹。此次南巡，从中央到地方，又从地方到中央，看到朝野上下，但知做官而不晓理事的官员实在太多，再看看皇上也常在声色之中打发时光，李宗勉甚至直言进谏，乞望皇上："诚能亟下哀痛之诏，以身率先，深自贬损。服御饮宴，一从简俭，放后宫俘食之女，罢掖廷不急之费，止赐赉，绝工役……"如此繁多的事情的确很够李宗勉操心操劳。他早把杜贯成之事抛之脑后了。

　　然而对宋慈，他却没有忘，更时时记起他来，包括他那双深纹环绕的眼睛，那不怒、不喜、不惊、不骇、不惑、不愁，令人无法琢磨的表情。

　　边关与内地每日都有许多文书呈进京来，皇上不能详细尽阅，须将文书撰成"引黄""贴黄"供皇上批阅。这"引黄"即用黄纸把文书内的事言简意赅地写出，贴在文书之前；"贴黄"即用黄纸把内容摘要写出，贴在文书之后。李宗勉日理万机，忽一日，他看到一帧广东来的奏牍，详陈了广东监狱积案已为全国之首，且多为历年遗留难以勘断的疑奇案，百姓怨声载道，诚望朝廷委派得力京官赴广东提点刑狱。

望着这纸文书，李宗勉陷入沉思。他想自己到广东时，也有不少官员向他陈述此事，但那时，他首要的事是巡察钱粮财赋，以资军备，对狱乱之事没有多加用心。现在读着这纸文书，他又想起在南剑州遇到的那宗饥民夺食案，想起宋慈那些安郡勤民，以资边关，以佐朝廷调度的见解，似乎只在这时，他才格外感到清狱事、平冤屈，亦属当今非常之要事。于是，一个仿佛早有的想法，在他心中成熟了。

一向老成持重、精于谋算的李宗勉在有了此想之后，又考虑到金殿上官多嘴杂，难防不测，于是不等次日早朝，便决定立刻进宫去面君。

这已是入冬时节的事，临安早落了雪。这日午后，雪停了，阳光明丽。年轻的理宗皇帝正与嫔妃、宫女们在德寿宫中打马球。

这打马球运动本源于军中，是军队用以锻炼骑兵，增强作战技能而兴起的一种马上运动，而今早在宫中盛行。德寿宫则原是由秦桧旧宅拓建而成的，金碧辉煌，豪华至极，宫中有座万岁桥，全用白玉砌成，雕栏莹澈，满目生辉。桥下原有碧池十余亩，种植千叶荷莲。理宗皇帝虽正年轻，却时有腰膝酸软，耳背目眩之感。太医要他多事运动，他便下令填平数亩碧池，建了个马球场。在球场的两边各设一龙门——两根圆柱加上横梁，双龙伏于其上。这日一场薄雪后，天又放晴，与宫女们在薄薄的雪地上打马球，别有情趣。眼下理宗皇帝正自站在那龙门之下，做了一方的守门员，他的一名淑妃做了另一方的守门员。但闻一通鼓响，两队宫女跑马进场。中场开球之后，两队跑马相击，球赛便开始了。场外随即鼓乐齐鸣，以壮声势。

双方战得正酣，一个脸上有褶无须的执事老宦官领着李宗勉进德寿宫，过万岁桥，来到了马球场前。

马球场前，凤羽扇下，坐着谢氏皇后。谢氏皇后因不会骑马，也不愿学骑，所以从不参加比赛。尽管如此，她倒挺喜欢看，眼下就看得凤眼大睁，微张红唇，喜不自禁，以至李宗勉跪在地上，向她请了安，她才发现李宗勉，转过眸来。

理宗皇帝赵昀，时年三十三岁，虽好玩乐，但这位年轻君主从他十九岁登基以来，一直是在朝廷局势的不断动荡中维持他的政权，对大臣们启奏的要事，倒还是重视的。因而他早有旨谕，但凡大臣有要事启奏，可直领进宫，立即奏明。当下，不喜多言的谢氏皇后见到左丞相，只道是又有要事，立时对场上司锣的把手一扬，李宗勉知是吩咐鸣金，连忙告称："不急、不急。"可是锣声已响，双方宫女都勒住坐骑，歇了场。

理宗皇帝立身转眸，也看到了李宗勉。不知发生了什么事，走了过来。李宗勉连忙上前叩请圣安。理宗赐其平身，接着问道："爱卿有何急事？"

李宗勉本想等圣上打马球终了场再奏，但眼下圣上已到面前，只好双手呈上那帧广东送来的奏牍，同时口中奏道："陛下，此事乍一看，并不急，然细细一想，却甚急，微臣不敢怠慢。"

理宗接过奏牍，先看了一下引黄，再看贴黄，随后轻轻皱起眉头，几乎觉得老臣是在开他的玩笑。但他想到李宗勉刚才的话，他没说自己看不出此中有何急要值得这样急急赶进宫来，只说："朕愿闻其详。"

李宗勉于是就像今春宋慈从一宗区区夺食之案，言及朝廷存亡大计那样，对理宗皇帝详陈了此事的要害，理宗听着听着，眉头由皱渐松，又由松渐皱，终于感到了广东积案如此，民怨如此，的确有如箭在弦上，不能谓之不急。末了，理宗问：

"依爱卿所想，朝中派何人去担任这职为好？"

"臣以为不必在京官中物色人选。"

"为何？"

"臣为陛下举荐一人，可当此重任。"

"何人？"

"福建南剑州通判宋慈。"

"宋慈……"理宗恍惚觉得这个名字有点儿熟悉。

李宗勉又力奏："此人官职虽然不显，但才华奇精，且听讼清明，决事刚果，临豪猾甚威，抚良善甚恩。近年于江西、福建等地明赏罚以示劝惩，严法律以安郡县，所破诸多疑案，堪称奇绝，实为旷古罕见！"

理宗听老丞相将一个小小通判说到这般境地，不由问道："何以见得？"

李宗勉想了想，便将宋慈于一夜之间迅速侦破的焦尸一案，摘要讲出。理宗皇帝原想这人的断案才能难道还精得过北宋的包拯，不料听着听着，只瞠目结舌而又兴味无穷，本想快些理完此事，再去打马球的，现在却将打球之事搁在脑后；谢氏皇后与嫔妃们听了也啧啧连声，惊叹不已！

李宗勉见皇帝心动了，又说："陛下，宋慈虽非京官，但精通古往今来难以计数的疑奇之案，近年又屡屡躬亲尸检，博得真知，其审刑断狱之才，非朝中诸官所能企及。如此人才，用之可为陛下安定一方；不用诚如有弓而不使，有马而不骑。一切只待陛下即降天恩。"

听这样一说，理宗皇帝记起来了，就是这个宋慈，从前真德秀曾在金殿之上竭力向他举荐过，但又有大臣奏说真德秀网罗私党。理宗晓得，这其实是大臣之间的不睦，而不睦双方又都是他的心膂之侣、股肱之臣。当时理宗只觉得，如果为了起用一个并不出名的小官而使大臣之间结怨更深，争端不休，于朝于己皆不利，于是便不用真德秀举荐的人……如今李宗勉又这般举荐，这李宗勉在朝中可是几乎与谁都和睦，又与谁都不过往甚密的，朝中人几乎公认他不立私亲党，谨守法度，堪称公清之相。若起用李宗勉举荐的人，是不至于引起廷争的。当下，理宗又问李宗勉如何认得宋慈，宗勉无法回避，也不敢隐瞒，旋将南剑州之行的亲知亲见，以及宋慈所破焦尸一案的案犯即自己的舅爷诸事，照实禀出。理宗皇帝听了，顿时因宗勉的赤诚之心大为感动，当即把手一挥道：

"朕准了！"

李宗勉谢过皇恩，想到现任枢密院编修官兼权侍右郎官的刘克庄当年也为举荐宋慈一事奔走，该是前往传旨的最好人选，又为刘克庄叩请了一个传旨的事儿，理宗也准了。

从宫中出来，李宗勉径直往刘克庄府宅去，当日便将此事告知了刘克庄。刘克庄欣喜之情，实难言喻。他拜谢过丞相，又替好友再拜丞相，而后不待在京度过岁年，便马不停蹄，直往南剑州报喜来了……此中许多曲折，宋慈夫妇均一无所知。

当刘克庄来传旨的黄盖车在通判府门前停下，当宣宋慈接旨的长声传进府来，当刘克庄执着圣旨走进前庭，宋慈夫妇怎么也不会想到，前来传旨的竟是刘克庄；不会想到圣上降旨竟是加封他为广东提刑！更不会想到，竭力举荐宋慈担此重任的竟是李宗勉！

当宋慈明白了这一切是怎么回事，心中真是百感交集，是惊，是喜，还是悲，自己都分不清。掌管一路各州司法、刑狱与监察大权，这是他多年的夙志！他只觉得这个重任中，有他儿时的梦，青年时的理想，有多年来的心血和奋斗，有老丞相的照人之心，有最心爱女儿的青春热血，还有天下无数父老的重望！

嘉熙三年，岁在己亥。去岁的宿雪尚未消融，宋慈夫妇带上童宫与秋娟、霍雄数人，刘克庄也一同去了，到九峰山去吊祭了宋芪的亡灵，与芪儿作别。

在芪儿的墓地周围，也不知是谁移来了二十多株古梅，干枝铁骨，正届发花时节，雪梅斗洁，无处不白，伫立墓前，心为之洁。

从九峰山回来，宋慈启程赴任了。出行这日，南剑州百姓扶老携幼，倾城而出，拦道相送。宋慈骑在马上，强忍着眶内之泪，向百姓双手抱拳，频频致意。

到了城门，宋慈在送行的人群中忽然看到了青青姐弟，他们正同舅舅站在一起，也来送行了。宋慈忍不住在这姐弟俩的身前下了马，抚着那姐姐的头，似有什么话想说，然而一言未发，又上马继续向前走去。宋慈一行上了驿道，万千百姓瞬时间全都跪在雪地之上，挥泪相送，泣声动地。宋慈泪水再难抑止，如泉般奔涌出眶……

第十三章

赴任提刑

（1239 年）

这年宋慈五十三岁，一生中首次出任提刑，这是掌一路司法、刑狱和监察大权的最高法官。广东监狱积案之多已居全国之首，大部分是疑难积案，早已无尸可验，发案现场也时过境迁，宋慈的断案实践与学识，就挺进到掘墓验尸骨。如此便积累了当时世界上最丰富的验骨知识，对多年沉冤疑案审断得一再令人惊叹不已。

1. 番山牢城

广州，是宋慈父亲任过职的地方。儿时听父亲讲述广州的风土人情、历史掌故，他对父亲说的"通海夷道"尤感兴趣，总想去看看每年都有数千艘从遥远的波斯、婆利①、狮子国②，还有许多记不清名字的国家开到广州来的番夷船舶；总想去看看那些红头发、蓝眼睛的番夷人。他还记得父亲说的：海中番夷、四方商贾骈集广州，珠玑、玳瑁、香药、玛瑙……各色珠宝，应有尽有。而那些发生在这块地域上蒙着珠光宝气的离奇之案，更使少时的宋慈听得入迷。

如今，他五十三岁了，作为广南东路提刑，掌广东一路司法、刑狱和监察大权，将去审理"积案已为全国之首"的诸多案子，他将有什么样的经历呢？

轻舆快骑，一路行去，宋慈一行很快经闽西南进入粤东。这片土地上没有冬令，深秋过后，就是早春。宋慈一行经此再往西南行进，眼前所见是愈来愈浓的春色。

天上，云雀在飞，不时清丽鸣啭。道旁，芭蕉、葵树迎风摇曳，棕榈、槟榔亭亭玉立，玲珑剔透的细叶紫荆，吐着万点猩红。东江两岸，更有无数道不出名儿的繁花绿树，将南国大地装饰出千万幅锦绣。一路春风，一路快行，宋慈一行很快抵达广州。

提刑司坐落在广州南门内的番山上，一应建筑还是唐末割据时凿平番山

① 婆利即今婆罗洲。
② 狮子国即今斯里兰卡。

修建的，如今辟为提刑司。司内同时建有广东最大的牢狱，地势天然，建筑险要。宋慈抵达提刑司，接了任，宽歇一夜，第二日便开始审阅案卷。

司内宾佐遵嘱抱来了一册一册的囚账（囚犯名册）和一捆一捆的案卷。看得出，卷册是刚刚拍打过的，但仍有不少尘灰和霉斑粘在上面。展开翻上几页，蠹虫也爬出来了。童宫他们不得不再加意吹拍擦拭，才把卷册递给宋慈。这使宋慈不由得想："看来粤路狱事之乱，也由此可见一斑。"

宋慈开始认真看阅，看着看着，眉头渐渐皱紧了。他看到许多案件要么状验未明，要么自相矛盾，要么疑错百出。他竭力使自己情绪镇定地往下看，仍禁不住时时有欲怒的情绪往上冒，这使他不得不隔些时就把案卷放下，闭上眼睛，让心平定一下，再往下看。

"唉！"他叹息一声，又将案卷放下，仰靠在交椅上。

"大人，喝点茶吧！"霍雄为大人换了盏热茶。

"来，你看看，这填的什么《验状》！"

霍雄晓得大人并非真要他看，只不过是心里着实生气，他没有近前去看，只说："怎么啦？"

"这宗人命重案，检验尸首竟含糊写作'皮破血出'，这算什么尸检实录？大凡皮破就血出，不详细比量创痕，标明形状、深浅、长短诸般尺寸，何以为断案根据！"

"大人，你歇歇吧！"霍雄说。

然而宋慈喝了点茶，又继续往下看，随手也在卷面标上一些他自己才能看懂的符号。就这样，看了整整一天，到掌灯时分终于看不下去，他不得不放下案卷，陷入思索。

多少年来，他曾热切地期望有一个大展宏图的机会，能有相当的权力，能审许多疑奇案子。如今机会来了，权力来了，案子来了，一切都摆在他的面前，他能胜任吗？

虽然只翻阅一天，就这一天，也足以窥见自己面临的局面：认真翻阅了整整一天，只不过动了堆积满库案卷的一角；就这些案子，也无一例可直接从案卷中辨明真假是非，如果重新调查，则不仅因时隔多年，难寻证据，难以调查，而且数量如此之多，远非他当年在汀州、在南剑州断数量十分有限的"蒿草人形案""焦尸案"所能相比……他必须认真想想，从何入手，怎样入手？

"大人，该吃晚饭了。"霍雄又进来说道。

宋慈立身起来，吃晚饭去了。晚饭后，宋慈的心里又在翻腾，明日如何动作呢？再看案卷，或是召集府内宾佐吏胥，听听众人的见解？"倒不如先直接去见见人犯！"他想。

这个念头没有上来倒也罢了，一旦上来，宋慈便等不得明日，于是一拍椅扶站起身，对童宫、霍雄道："走，到牢城去！"

宾佐领路，霍雄执一盏上书"提刑司"三字的大纱笼，童宫跟在大人身后，另有四名军校相随，一行人沿着寂无声息的冰凉石阶，来到了司后的牢城。

一串昏黄的狱灯，照着紧闭的牢城的门，那门不大不小，门外无人，城头依稀可见守狱的军士。宾佐上前执着门上那怪兽口系的圆环，叩响了门。

好一阵，门上一声响，开了个方形小洞，一对眼睛出现在洞口，声音也随即传出："啥事？"

"提刑大人察狱，你没长眼吗？"

"唉！"

布满护钉和铁叶的厚重铁门訇声一响，很快开了。值狱官不在，狱卒惊魂未定地告说，日落之前值狱官便下山去了，多半要很迟回来。宋慈并不想等谁，他是来看人犯的，便唤狱卒领路，直去大牢看人。

穿过一个空旷的场院，转过一堵高墙，狱卒领宋慈一行到了一个偌大的木栅门前，众人忽嗅到一股刺鼻的异味。狱卒费了好一阵工夫才打开落在门上的牛头大锁。

宋慈一行下阶，那异味越发浓了。狱卒蹙紧鼻翼，领宋慈踏上一条长廊，长廊两侧便是一间间粗木栅隔开的牢房。

宋慈巡视着两侧牢房，只见一间间宽不过五步，长不过四尺的牢房，都关押了二十余名囚犯。他们密密匝匝地躺着，躺不下的便坐靠墙角，一个个体瘦发长，憔悴不堪。

宋慈问随行宾佐："诸多人犯，是按犯案类科分关，还是混关？"

宾佐竟然不知。

"回大人，"狱卒答道，"是混关的，里面还有不少留狱待查的嫌疑人犯。"

"嫌疑人犯？"宋慈站下，又问宾佐，"嫌疑人犯，怎么关到这儿来？"

"都是这样。"

"嫌疑人犯已留狱多久？"

"久者四五年，短者也有三四月了。"

一丝不易察觉的怒容在宋慈眉宇间掠过。这儿的官吏竟是这样不奉法守律！像这样天长日久拖下去，即使当初十分简单的案子，也会拖成难决之案！

在宋慈问话的当儿，牢中已有人犯爬了起来。当宋慈继续往里走去时，牢中忽然有人大呼："青天大人！小民冤枉啊！"

这一呼不得了，立刻有人跟着呼喊，顷刻间，喊冤之声此起彼落，响作一片。狱卒与宾佐慌了手脚，忙也高声喝道："不许嚷！不许嚷！"随来的四个军士嗖的一声执出钢刀，随时准备听候吩咐。但宋慈站着不动，童宫与霍雄也不动不响。宾佐与狱卒喝了一阵，到底把这一片喧哗喝住了，牢中重又归于平静。一双双眼睛都盯住宋慈。

宋慈认准了头一个喊冤的人，走近前，隔着栅门问他："你有何冤？直说出来。"

这一问，不止一人争着要说，宋慈皱起了眉。童宫见状，走向前去，蓦然大喝一声："住口！"吼声如雷，几个争着要说的人惊得没了声音，童宫就又指着那头一个喊冤的人说："你讲！"

这是一个瘦长个儿，一头毫无光泽的长发，乱蓬蓬的，脸上因没有血色越显瘦削，乍一看去至少有四十来岁，实际年龄不过二十五六岁。

"小人没有杀嫂。"就这一句，他便仿佛说完了。

"你为何被关进来？"宋慈只得再问。

"小人的嫂子不见了。"

"这与你有何关系？"

"有……有个女人被杀了。"

"这与你又有何关系？"

"她死在小人睡觉的地方。"

"她是谁？"

"不认得。小人还当是嫂子。"

"你嫂子你不认得？"

"头没了。"

"死在你榻上的女人的头没了？"

"是的。哦，不，不是死在榻上……"

如果不是耐心地发问，这个囚徒实际根本无法独立将案情完整地叙述出来。宋慈很费了些周折，总算大致问明了这个囚徒被抓进来是因为发生过这样的事：

他有个嫂子，嫂子有个弟弟在乡下要娶亲了，他的哥哥因事外出不能前去，由他陪嫂子到乡下去庆贺。回来那日，路逢大雨，他与嫂子避入一座古庙。庙很小，听说从前还在此吊死过几个人，有男也有女。大抵因这庙不洁不灵，庙宇年久失修，荒草掩住石阶。他与嫂子跑进破庙后，他因酒力发作，在殿中躺倒便睡了。醒来之后，惊见嫂子已被人杀，而且不见了头。惊骇至极，他慌忙赶回村里唤人，后被扭送官府。公堂上，断他为因奸不从而杀嫂。他吃不住大刑，屈打成招，又佯称刀与头都抛到江中，遂被判了大辟之罪。

可是第三日，他哥从外赶回家中收殓妻尸，与妻更衣时，发现这个身穿其妻衣裙，形体也与其妻相似的女人，并非其妻。这不难辨认，因为其妻双侧乳头边上，还各长了一个略小些儿的乳头。于是，他立刻将这具女尸抬到衙门，再三叩求放还其弟，并查寻失踪之妻。

这人妻子双乳上的体征是自幼就有的，其岳母自然也晓得。当下，主审官传来问过，又复检定了，伹并不肯放人。因不管怎么说，有一个女人死在这个在押的囚徒身边，能否排除杀人之嫌，也得等到找着了那个失踪的女人，弄明真相，才能定案。

这事传扬开去，又有人来认尸。邻乡有个大户人家的女儿忽然不见了，已经多日，这大户人家找来了，细细一认，果然是他家女儿，因那女儿的背上有一块铜钱般大小的青色胎记，也是自幼就有的。这大户人家的女儿怎会突然死在这村外的破庙呢？这又是一个谜，只有找到那个失踪的女人才能知道。知县于是差巡捕四处寻找，这囚徒的哥哥更是辗转四乡，找了许久，可是三年过去，没有下落，这案子也就一直悬着。

宋慈耐心问明了一应缘由，觉得这案子与《疑狱集》中所载一例"无头女尸案"颇有相近之处。不过，他不敢先入为主，又记下囚徒姓蒋名庆，是惠州博罗乡下的农民等。问完这一切，那其他囚徒早等不得，又争着要说，宋慈便选了个一言不发、看去相当文弱的人，问："你不作声，可是没有冤屈？"

"不，大人，小生冤深如海！"

被问人迅速回答，口齿清晰，果然是个书生。他挪动身体，似乎想跪下磕头，但被人挤着，挪不出位儿，便在栅栏前的缝隙间将头点了点。宋慈又令他讲了冤在何处，他便又词清语快地讲出，才讲几句就全讲完了。

他刚刚二十岁，家在乡下，两年前进城参加取解试，宿在本城光塔街一家客栈，那家客栈隔壁是个专纳番夷人食宿的番坊。那夜，一个番夷女子被人奸杀在榻，人家顺着血迹找到他的宿处，又在他的枕下寻得一把血刀，在他书箱找到几件番货，他就被拿来了，事情就这样。

宋慈听完书生的短诉，对男牢及囚徒的基本状况可谓初见一斑，他暂不想再问什么了，便对宾佐等人发话道："走吧！"

只这一声走，囚徒们又呼喊起来，狱卒忙又喝止。但这时宋慈只顾走去，直出了那个偌大的木栅门，还听得见牢内的嘈杂喊声：

"大人，那个人死在小人家门口，跟小人没关系……"

"大人，小人只是跟老婆吵架，没杀她……"

"大人……"

"大人……"

出了男牢，宋慈决定再去看看女牢。

女牢与男牢又隔一阔坪，原是关押死囚之地，如今因狱满而改为专押女囚。宋慈由狱婆子领着，向女牢走去，方进大门，宋慈忽停住步，他听到一个小孩的哭泣之声。

"可是小儿哭声？"宋慈问。

"回大人，是的。"狱婆子忙答。

"牢狱禁地，哪来小儿哭声？"

"回大人，那是一个女囚的小男孩发了牢疮，不时啼哭。"

"女囚的小孩怎能带进牢内？"

"不是带进来的，是那女人在牢里产下的。"

"多大了？"

"已有三岁。"

宋慈眉心一颤："为何不把他领出去？"

"他狱外已没有亲人。"

"你去,"宋慈说,"把那妇人领到讯房里来。"

狱婆子应声沿回廊向女牢走去。比起男牢,女牢毕竟不像男牢那般拥挤,女囚们都能躺着,见狱婆子执着纱笼进来,大都爬了起来。

"你们听着,都穿好衣服,说不定大人要进来察狱。"狱婆子叫道。女囚们窸窸窣窣地动作起来,灯光照见她们多有裸胸就席而卧的。狱婆子走到一处栅门前,一边开锁,一边对那牢中的一个少妇叫道:"阿香,你来。"

这间牢里只关着一老一少两个妇人并一个小孩,那少妇抚着已止了哭泣的小孩,没有立刻起来。

"你来呀,老爷要问你的案子。"狱婆子又叫。

少妇于是把小孩交给同牢的老妇,起身来了。

讯房是个颇为宽敞的石屋。一盏三头吊灯,上结蛛网,油也干了,狱卒添上了油。房内刑具杂陈,阴森可怖,一张案桌,几只杌子,都蒙上了厚厚的尘灰。随来的宾佐不知从何处搬来一把狱卒平日办事的交椅,那交椅竟也落满了灰尘,宾佐用自己的衣袖擦拭一番后,送到宋慈身后,宋慈就坐下了。不多时,房外已响起狱婆子领那妇人前来的脚步声。

也许是讯房的冰冷阴森,也许是不明白为何突然夜里单独提审她,妇人一进门便打了个寒战。宋慈审视着女囚,陡然间,他觉得这女囚有些像女儿宋芪……难道是思念女儿竟达这个地步?他又仔细看了看女囚,感觉是有几分像:女囚年方二十三四,虽形容憔悴,却五官端庄,面容娴静,云鬓散而不乱,衣裳虽十分破旧,却也补缀得清楚……

"提刑大人在此,还不跪下!"狱婆子叫道,声音却不凶。

女囚不敢正视,连忙跪下。

"刺——"的一声,女囚跪下时,膝盖压住衣摆,扯了一下,那陈旧的衣裳于肩头处裂开一个新破的口子,露出雪白的肌肤。女囚立刻显得局促不安,连忙以手遮住破处……

"你且站起来回话。"宋慈说。

女囚眉睫动了一下,仍未抬起眼来,也没起身,似乎没听见。

"大人让你站起来回话。"童宫补了一句,他也感觉到了女囚的相貌与宋芪颇为相像。

女囚这才抬起眼睛,望了一下面前的大人,又垂下眼去,随后怯生生地站起。宋慈开始讯问，声音平和："你姓什么，可有名字，何处人氏？"

女囚停了一下，答道："民女姓宋，只有乳名阿香，东莞人氏。"

"因犯何案入狱？"

女囚不响了，忽然呜呜地哭起来。

"大人问你，你哭什么？"狱婆子道。

宋慈对狱婆子摆了摆手，开始认真地听哭。在宋慈听来，这哭声也是囚犯的一种重要供诉。他善辨各种哭声：是蒙冤伤心而哭，是犯案悔恨而哭，抑或是企图蒙蔽主审官的作假之哭……可是女囚才哭两声，却又以手自捂了嘴，强抑哭声，并且努力使自己平静下来。

"这是新来的提刑大人，你若有冤，只管说来。"童宫说。

女囚慢慢抬起了头，但依然胆怯。当觑到大人的目光，她忽然觉得这是在别的刑官那儿未曾见过的目光，是威严？是慈和？她猜不定。然而求生的希望毕竟在这女囚心中萌动。女囚抬起目光，想认真看一下眼前的大人，然而泪水又如泉似的涌出来，反而什么也看不见了……

2. 阿香姑娘

浩浩荡荡的珠江水日夜奔流着，滋润着这四季常青的土地，给这片土地的人们带来了无限好处，也带来过灾难。端平元年，也就是宋慈到广州的前五年，珠江发过一场罕见的大水。这场大水从上游的西江、北江、东江，三江之上浩浩荡荡向广州涌来，沿江两岸，房倒屋坍，百姓遭灭顶之灾者不计其数。广州位于珠江三角洲的顶点，正处于三江之水的汇合处，洪水一来，加上台风袭击，海水内灌，冲毁城池，就连广州也成为泽国。

东莞县位于广州东南方向，发大水那年，当东江之水汹涌而来时，顷刻间浊浪排空，阿香与父老乡亲都被卷进了洪流……阿香醒来的时候，正躺在一棵老榕树粗大的枝丫上，身上盖着一个男子的衫儿，面前有个裸着上身的青年男子。这男子她认得，是本城一个落第秀才。她甚至知道他双姓司马，单名鼎，而她是个糊裱匠的女儿，曾替他裱过字画。司马鼎见她醒来，先是一笑，继而又别转脸去。阿香姑娘想要掀去盖在身上的男子衫儿，但刚一抬手，她又不由自主地将那衫儿盖得更紧。

广东气候暖热，春夏之交，姑娘原本只穿一件薄薄的衫子，被大水一冲，衣裙早破得不成样儿，哪里还遮得住青春勃发的身体呢？一霎时，阿香忘记了自己的处境，脸红耳热。然而此刻羞也无用，怕也无用。四下里都是一片汪洋，浊流就在距着不到一尺的地方，风仍呼呼地刮着，水面上还不时漂过陌生的尸体。不用多想，阿香明白是因了这个陌生男子，自己现在还活着。可是父母没有了，兄弟没有了，饥饿、寒冷、惊骇、悲伤，一齐向她袭来，阿香姑娘呜呜地哭了。

司马鼎默默地向树的上端攀去，他开始像鸟儿垒巢似的，折取树枝，在一个最适合建"巢"的地方，建起一个大"巢"，对阿香说道："姑娘，你到这儿来吧！"

司马鼎说罢，自己又建另一个巢去了。也许是为司马鼎的沉着和镇定所感染，人在非常时期的求生本能与适应力往往也是非常的，阿香不哭了，并且穿起司马鼎的衫儿，果真顺从地攀到那个为她建的巢前，爬了进去，看看那巢竟还能躺，毕竟比树丫上舒适许多、安全许多。

夜幕渐渐降下，寒气更重了。朦胧中，有一具尸首向大树漂来，是具中年女尸。司马鼎又向下攀去，截住那尸，什么也不顾地将那女尸衣裙都剥了下来，然后放其裸着随波流去。

衣裙尚好。真可谓"中河失船，一壶千金"，此时此地能得这样一套衣裙也是千金不换的。司马鼎重又往上攀来，将那衣裙扔给了阿香，而后背过身去。阿香接过衣裙，禁不住打了个寒战，但也顾不得那是刚从死人身上剥下来的了，迅速地换上衣裙，又将司马鼎的衫儿放在巢边，说道："这，你拿去吧！"

司马鼎提起自己的衫儿，套上身，又建他的巢去了。

天完全暗了下来，脚下只有喧嚣的水声，也不知什么时候，他们望见水天连接处有一个红点儿，那是火光，那火光会移动，像是船。他们大呼，先是你呼罢她呼，她呼罢你呼，而后是合作一处呼："喂——喂——这儿有人啊——"他们呼喊得身上都出了汗，声音也哑了，但那红点儿反而渐渐不见了，眼前又是冰凉的黑暗。

天又下雨，雷声隆隆，雨点敲着树叶响个不停，闪电耀出惨白的光，不时照见雨脚如麻的水面打着旋儿，水像是又上涨了，阿香姑娘的心仿佛又坠进冰凉的海底……在这个可怕的、漫长的暗夜中，如果没有这个好心而淳厚的男子，如果不是这个男子就在离她不远的地方，她不知怎样才熬得到天亮。

雨终于停了，东方渐渐露出熹微的晨光，水天笼罩在一片浓重的雾霭之中，黎明到来了。

水又涨到了离他们建巢处仅有一尺的地方，天空仍是阴的，没有太阳，但白天毕竟使他们的心里充满希望。身上的衫儿渐渐被风吹干，水面上什么船只也没有发现。偶尔有几只水鸟飞来，在树上歇了歇脚，又凄凉地啼叫着飞走了。

一天一夜没吃任何东西，饥肠辘辘，他们必须喝水。虽然蹲在最接近水面的树丫上，弯下身去，便能够到水面，但为着不掉进水里，他们还得互相拉着手儿，轮着喝。尽管手的接触又使她心跳脸红，可是没有办法，命运把他们安排在这样一棵树上，要活下去，岂止是喝水，一切都是无法回避的。

整整一天，在盼望中过去了，没有船。又一个黑夜降临了，没有雨，水开始退了些，但风仍不停地吹。这晚，司马鼎对她说："你放心睡吧！"

她果真睡了。是饥饿，是疲倦，她盖着他为她摘来的许多树叶，直睡到大半夜，她忽然"啊——啊——"地连声尖叫起来，一群蚂蚁爬进了她睡觉的地方，钻进她的衫裙，爬满她的身子，咬得她全身发抖，无处躲藏。此时，司马鼎在他自己的那个巢中歇着，闻声连忙摸索着过来，问道："什么事？什么事？"

"啊——啊——"她喘着大气，说不出话，叫声听了令人毛骨悚然。司马鼎摸到她的身边，她已从巢中爬滚出来，一失足，险些儿落下水去，司马鼎一把拽住她，只这一拽就有几只蚂蚁爬到司马鼎的手上。咬得他疼出冷汗，他明白了，这是一种南方大蚁，它们群起而上，可以在很短的时间将一头活活的老蛇咬食得只剩下一堆骨骸。司马鼎一边扶她逃得远些，一边果决地对她叫道："快把裙衫脱掉，脱掉！"

分不清是她自己动手，还是他帮着她，在黑暗之中，她的衫裙一瞬时就脱光了……正是从这天夜里起，她认定，司马鼎就是她现在唯一的亲人。

又一个黎明到来了，曙色为他们照见了生的希望——他们看到，水已经落下约有一尺。可她病了，全身发烫，唇儿干裂，喉中痛如火灼，她喝着他为她取来的水，那是用他的破衫儿伸进已经落下去的水里，吸饱了水，再拧出来给她喝的。

终于有万千缕阳光从空中穿射出来，透过颤动的树叶，照在他们身上，给他们带来了仿佛已隔绝了几千年的温暖。天要晴了，可是又一天过去，除了仍是一些水鸟飞来了又飞去，没见船儿。

这一个夜晚，她是在他的怀里度过的，她感觉到，他的身上也在发抖，他们紧紧地相抱着。天又亮了，又是晴天，水又退了些，但仍不能下树，也不知过了多久，她忽然听到他惊喜无比的话音："船！船！……"

惊喜之中，她举目四望，可是水天连处苍茫一片，什么船也没有。她知道，他也病了，那是他的幻觉。

他们互相照拂，但都倒下了，饥饿、寒冷、疲倦、疾病，仿佛已结出一个死亡之网，将他们罩在其中……然而终于有船来了，真正的船，是一艘贩运莞香的大船，就是这条大船将他们救了上去。船上有个莞香巨商，姓郗名淦，闻知司马鼎原是个小有名气的落第秀才，又决定聘他到府上去做他爱子的私塾先生。

灾难终于过去了，活下来的人们开始重建家园。司马鼎开始做起了商人之子的私塾先生，阿香也从此与马司鼎一起过日子了。

司马鼎待人和气，教书却挺严厉。那商人的孩童顽劣得出奇，在此之前，已有好几位先生被他气走了。马司鼎为报被救之恩，耐着性子认真课之；不料，有一日，那顽童却将粪便屙在先生的座位上。马司鼎气不过，便用戒尺狠责了他。这下可了不得，那商人之妻与老爷吵闹起来，非得辞了先生不行。晚间，那顽童又悄悄地摸进先生下榻处，用一石块把先生的头敲了一个窟窿，血流如注……于是，司马鼎也和先前的几位先生一样，再待不住，离开了商人之家。就在这日，那顽童也失踪了。

两日后，渔人在下游网到一个孩童之尸，正是那顽童。商人之妻于是怀疑司马鼎将其小儿杀害后，抛尸入河，告到官府，司马鼎被拿了去。公堂审讯，屈打成招，司马鼎被判了杀头之罪。

阿香在家，哭得死去活来，而只要一想到遭洪患的那些日夜，司马鼎对她的照顾，她怎么也不相信司马鼎会杀人。她不顾一切，屡到官府鸣冤，而后不知怎的，又被以"有同谋之嫌"捕捉入狱，解到这广州来了。司马鼎被斩首之后，阿香绝望了，也欲了却此生，但就在这时，肚痛不绝，临盆早产，婴儿的哭声把母亲从末路上唤了回来，终于，她舍不得弃儿子而死，活到了今日……

讯房里油灯跳动着红红的火焰，只有女囚伤心的低泣之声。当她把话都吐诉出来后，再也抑制不住，放声痛哭。没有谁去劝她，狱婆子也不响了。

宋慈沉吟片刻，问道："你可有什么证据，能证明你丈夫不是凶手？"

女囚无力地摇了摇头："民女只是信他不会杀人。"

宋慈没有再问什么，就让狱婆子送她回牢。狱婆子领女囚走后，宋慈忽又对童宫说："你去，把那患病的男孩领回府。"

踏着冰凉的石阶，宋慈一行离开了牢城。也许是女囚的那番经历给宋慈留下了深刻印象，也许是因为这女囚还有一个在狱中出生的小男孩，现在宋慈头脑中所想的就是这个女囚的案子。如果说对于别的案子，他一时还理不出十分清晰的头绪，但对这女囚所述之案，宋慈觉到可望通过检验较快断出答案。

回到府内，宋夫人见到这个年方三岁的小男孩，不只是惊讶，也立刻动了怜悯之心。

"秋娟，去取热水来。"

宋夫人叫道，已自挽起袖儿，取出浴盆，秋娟很快取来热水，她们一齐动手，十分小心地帮助那身上长着牢疮的小男孩洗了个痛快的澡。

洗罢，府里的厨娘找来了一套孩儿的衣衫让他换上，这小男孩就变了个模样。面容虽瘦，五官却秀，一双大眼睛水灵灵的。宋夫人又吩咐给孩子取来吃的，由秋娟喂着，看他狼吞虎咽地吃了个饱。

从出娘胎起，就没有洗过这样舒服的澡，没有穿过这样柔软的衣裳，没有吃过这样可口的甜点，更没有睡过这样舒适的软榻，望着那也是从未见过的大红纱灯，这个还没有名字的小男孩很快迷迷糊糊地进入了从未有过的梦乡。

宋慈又细细嘱咐侍女婷儿，这男孩若醒来该如何给他服药，这才同夫人一道回到自己的卧房。宋慈在榻前坐下，觉得有些累了，但还没有睡意。夫人走来为他宽衣。

"老爷，你该歇息了。"

宋慈伸开双手，让夫人替他宽衣，同时说道："我要到广东各地去走走。"夫人停下手来，盯着他："你刚从福建远道而来呢！"

宋慈触了触夫人停住不动的手，又说："这么多疑积案，究其原因，不外有二：一是玩忽职守拖成，二是官场舞弊造成。如今要审，必有阻力重重，如果不亲赴各地，是极难审清的。"

夫人默不作声。

"再说，你也知道，如今各地的审案官员，不乏毫无检验知识之辈，若差之毫厘，则谬之千里，而执掌生杀大权者，却是我这个堂堂的提刑大人，如果错杀无辜，何慰冤魂呢？"

夫人叹了一口气，她还能说什么呢？几十年过来了，她还不知道他吗，还能拉得住他吗？夫人替他脱下外裳，安置他睡下，自己也在他身旁躺下。

"老爷，"隔了一会儿，夫人想起什么，又说，"这都是陈年积案，可供检验之尸早已腐烂，你下去还验什么呢？"

宋慈扭过头来，看着夫人，心想，这不是明摆着的事儿吗？他答道："那就验骨吧！"

3. 木棉花开时

次日一早，宋慈召集宪司全体办案书吏，与大家见面。

面对如此多的疑积之案，宋慈知道单靠自己的力量是难以办得好的。司内人倒不少，相继前来，黑压压地站满了前厅。昨夜外出的那个值狱官也被霍雄请来了，他已闻知提刑大人昨夜察狱的事，见了宋慈，忙先跪下请安。

"你昨夜哪里去了？"宋慈问。

值狱官心中原已忐忑，被这么一问，更是七上八下，他迟疑了一下，答道："友人相邀，到波罗庙会看杂耍。"

波罗庙一带建有番坊，是外商居住之地，那一带入夜以后，灯火通明，繁华喧闹，贸易者有之，卖艺者有之。宋慈并不细究值狱官所言真假。"你且起来。"宋慈又对他摆了摆手，示意退下。值狱官连忙起身退下，与众人站在一旁。

宋慈又巡视众书吏良久，直到厅上无一人小声言语了，这才说道："从前韩非子说，法乱则国乱。诸位都是食公门俸禄的人，当知道，若狱事不清，百姓何安！若百姓离心，国家何安！今日我先告知诸位，凡有渎职者，本官严惩不贷，愿诸位好自为之！"

厅上一片安静，听得见宋慈在案前翻动名册的声响。书吏们原也听说新来的提刑大人昨日翻了一天案卷，昨夜又察了牢狱，这会儿听了大人这番话，谁还敢随便出声。接着又听提刑大人传下令：自今日起，全体人员都参与整理案卷，谁负责哪一方州县，谁负责哪一类案子，都分工明细，职责明确。众人面面相觑，虽未出言，但彼此都对这位新大人的办事神速、果决暗自称奇。等到宋慈吩咐完毕，道一声："你等都分头去办罢！"众人谁也不敢怠慢，立刻动作去了。

宋慈要查端平年间东莞秀才司马鼎谋杀小儿一案的卷宗，书吏们也很快就从案卷的千峰万壑中翻找出来了。

这一日，宋慈在审阅一个案卷时，目光忽然停在案卷中的"四珠娘子"四字之上。

"四珠娘子？"宋慈头脑中倏忽之间反映出察狱那夜，那个名叫蒋庆的人说他失踪的嫂子两乳上共有四个乳头的体征。宋慈认真审阅下去，这是一个发生在本城的斗殴杀人案——两个嫖客为争夺一个被称为"四珠娘子"的妓女，发生斗殴，当时双方均受了伤，并无大事，但数日之后，其中一人忽然死了，另一人就被捕了进来，又因证据不足而悬着。

宋慈立即提审这一囚犯，问得这"四珠娘子"果然是个有着四个乳头的女人。"是否就是蒋庆的嫂子呢？"宋慈又问明妓院所在，乃是光塔街的点花楼，当即命童宫、霍雄同去传那"四珠娘子"。

童宫二人到了那点花楼，方才入门，便有数名小鬟茉莉盈头不呼自来。二人把手一挡，叫传鸨母。鸨母来了，一身锦缎，光鲜耀目。鸨母告说："有这人，但已被人买去为妾。"

鸨母所言是真是假呢？这点花楼内，每楼各分小阁十余，各处均有十数妓女，这样的地方不比别处，也不好逐一去搜。霍雄便问买主姓氏地址，童宫则瞪圆了双目，干脆望那鸨母厉声喝道："你领我们去！"

鸨母领着童宫二人到了买主那儿，这是一个珠宝商人的大宅院，在这儿，果然找到了"四珠娘子"。童宫二人亮出传牌。商人不敢阻拦。他们把"四珠娘子"带到提刑司，宋慈传来蒋庆一认，蒋庆当即哭道："嫂子，你叫我哥找得好苦啊！……"

没想到，这个案子就这样破了。

问讯之后，很快顺着踪迹找到了杀死那个富家女的真凶。那日，那个富家女也是进庙避雨的，因何独自跑来避雨，没人知道。而这凶手是惯于劫卖年轻貌美妇人勾当的，这凶手甚至就监在牢城，是一年前因犯了别的案子被捕进来的。至于蒋庆嫂子，是被凶犯胁迫着与那被杀的富家女换了衣裙，然后被带到广州，卖入娼门。此后，她自觉无颜，也就再不思回家之事……

于是，蒋庆成为宋慈接任提刑后获释的第一个囚徒。

自此，宋慈审阅案件越发入微入细，不敢有一毫轻慢之心！

嘉熙三年暮春，宋慈总算审阅完全部疑积案卷，对狱中人犯，也都一一审得口供。如此，他又发现了一些甚至尚未立案的嫌疑人犯，对这些人犯，他进行了谨慎审问之后，对其中确认为没有必要立案的，果断予以开释，一下子就放了八十余人，狱满状况也随之得到一些改善。

对于早已立案而状验未明，释析不清的案子，宋慈或批回原官重审，或转委他官复审，且根据难易程度分别限期审清。这期间，每日都有快骑驮着批文分送各州。当做完了这一切后，宋慈就决定离开广州，去循行部内。

这一年，宋慈已是五十三岁之龄，他带上童宫、霍雄一行人马，将部分重点案卷也装上车骑，取道上路了。

出了南门，宋慈头一晚宿在广州南郊的庄头村。这庄头村有个素馨坡，南汉割据时，诸王皆好宫女戴素馨花，这些宫女死后，多葬在这南郊庄头村的山坡上，诸王又派人在墓地周围遍植许多素馨花，这坡也被叫着素馨坡。此后，这一带的农人也多以种素馨花为业，"采之于灯，贩于城市"。宋慈这头一日审断了两个疑积案，其中一案便是一个卖花女子的陈案。

离开庄头村，宋慈向东南方向的东莞县进发。

暮春时节，沿途行去，仍可见得满枝红花的木棉树开得如火如焰。宋慈坐在车骑之上，眼见那木棉树魁伟挺拔，拨云探天，无论同何种树木长在一起，总是努力向上，高出一头，不禁心为之热。

一路轻车快行，东莞县不日已出现在车骑前方。宋慈一行抵达东莞，未赴县衙，先往那个名唤郗淦的莞香商人住宅而去。

"员外！员外！"看门的老仆连奔带跑，一路喊进，"提刑大人到……到我们家门口啦！"

郗员外四十余岁，正在内院浇花，听到老仆人喊叫，仍疑所听有误，执着浇壶，转出来问："你喊什么？"

"提刑大人，要进大院了。"

"进谁家大院？"

"就是我们这座大院。"

这莞香巨商也是见过一些世面的人，但提刑大人亲自来到他家，毕竟前所未有，连忙奔迎出来。

"你就是郗员外？"宋慈问。

"小民正是。大人远道而来，小民不知，失礼了！"郗员外作揖道，将宋慈迎进了厅堂。

宋慈在厅堂里坐下，不待郗员外吩咐，仆人们已陆续端进了上好的龙凤团茶、一盘盘时令鲜果、精制糕点。宋慈看那茶具，是江西吉州窑白釉黑褐花瓷茶壶茶盏；那果品是荔枝膏、蜜姜豉、寿带龟、真柑、乳梨之类，非一般人家随时端得出的。晓得这确是一个战乱之年少有的南国巨商之家。

"郗员外，"宋慈开门见山，"本官这次前来，是想问问端平元年，你的孩儿遇害之事。"

"噢，"听宋慈说起这事，郗员外敛了笑容，眼圈儿也有些红了，"那是好多年前的事了。"

"五年前。"宋慈说，"你还记得发案前后的详情吗？"

"记得。"

"你且细细说与本官听听。"

"那事，是这样的。司马鼎原本……"郗员外脸上满是忧伤与愁容，他不明白提刑大人为何突然为这件陈年案子而来，莫非有什么蹊跷？他开始以一种商人的谨慎小心地往下说。

"且慢，"宋慈敏觉到屏风后有十分轻微的窸窣声，又看到妇人的裙摆，料想是这商人之妻藏在那儿听，他便对商人摆了摆手说，"此事，想必你的夫人也记得清楚，不妨请她出来，帮着一同回忆。"

"她……"

"你未必都记得，可由她做些补充！"

"噢，好的。"郗员外随即对一位老家人道，"去请夫人。"

这老家人并不愚笨，他原已知道夫人就在屏风后，便从另一方向转入内院去。宋慈也只做不知，一边唤那商人继续往下说，自己认真听着，一边仔细分辨他所说与那女囚的供述有何异同。隔了一会儿，老家人领着商人之妻从屏风后转了出来。商人之妻才三十多岁，一身珠翠琳琅，见了宋慈，又是行礼，又是道安。

宋慈说："你且坐下，一同听听。"

郗员外继续谨慎地往下说，宋慈间或向他们夫妇提出一些问题。待觉得要问的事情都问了，宋慈便站起身来说："你家后院那段河，且领我去看看。"

"好的。大人请！"郗员外道。

郗员外领着他们穿过厅堂向后园走去。后园里种着许多奇花异草，色彩缤纷，香气袭人。红绿之间，掩映着一间独立的青瓦房屋，门楣上挂着一匾，上书"百诵堂"。

宋慈问："那可是读书之处？"

"是的。从前，司马鼎和他的夫人也住在那儿。"

出了后园的门，就看到了那条河。一条青石小径通向前去。小径上有些泼洒在地的水滴，像是有人刚担过水。众人行不足百步，已到了河边。这儿河面宽阔，靠近岸边的水面是黄绿相间颜色，水面打着皱，间或也卷起一个小小的漩涡。岸边有几丛道不出名儿的南方灌木，藤葛缠蔓；又有几棵椰柳树，弯弯的绿枝垂向了水面。还有从泥岸边生出的细长水草，伸向水中，顺流俯伏。这些树木和青草的影儿落在水里，都晃乱成模糊的一片，足见这段河水流湍急，水下不深，但也不是很浅，河床当是黄沙居多的底。河边还有几层石阶，临水之处有几块条状洗衣石，显见这儿还是这个商人家中的男佣女仆们担水洗衣之处。宋慈举步走下石阶，又看到相隔不远的上下河岸边也有相同的洗衣石，那是邻人们担水洗衣之处。宋慈将这一切都看在眼里，正想发话，那商人之妻倒先开了言：

"大人，你看，从这儿抛尸下水，一会儿就冲不见了。"

"因而此案没有证人。"宋慈转过目光，看那商人之妻。

"杀人者，哪有都让人看见的呢？"商人之妻也快捷地说。

"好在一过大堂，司马鼎就招供了。"商人补上一句。

"不过，这是一条平日也有人来担水洗衣的道，我想知道，你们何以不疑，司马鼎也可能把你们的孩儿诓骗到此，再推入水中，以致淹死？"宋慈说。

"不会。"商人道。

"为何不会？"

"犬儿遭先生责打之后，见了先生就避，加上犬儿也曾做下逆事，以石击破了先生的头，司马鼎若要诓犬儿到此，不可能。"

"你看呢？"宋慈又问商人之妻。

"想必是的。"

"那么，渔人网到你儿尸首时，你儿口中可曾塞有异物？"

"没有。"商人说。

"人已死，不会喊叫，不必塞的。"商人之妻说。

"那会不会是司马鼎把你儿捂住嘴，活活推入水中？"

商人想了想，摇摇头："司马先生不是愚笨之人。我儿是午前失踪的，这个时辰若将活人推入水中，万一一时淹不死，被人救起，司马先生岂不自误。"

宋慈听着，点了点头。他就这样在河边看了一阵，问一阵，最后对这莞香商人夫妇说："好吧，你二人且随我往县衙走一趟。"

商人夫妇一惊，女的忍不住问道："大人，要我们去，有何事？"

宋慈没有回答，已举步沿那青石小径朝商人的后院之门走去。商人夫妇没敢再问什么，只得随后紧跟而来。

4. 掘墓验尸骨

车骑在县衙门外停下，门役飞报入去，东莞知县也吃一惊，慌忙出迎。

"大人亲临东莞，下官不知，有失远迎！"

"你就是卢腾？"

"下官正是。"

卢腾即当年经审司马鼎一案的主审官。进到县衙，宋慈让郗淦夫妇在阶下候着，自己与卢知县进了大堂，落座之后便问："月前批下，让你复审的这桩司马鼎勒杀小童移尸入水案，审得如何？"

"回大人，下官已遵嘱复审。"

"案卷呢？"

"在。"卢知县转而命书吏道，"快去取。"

书吏很快取来案卷，呈上，宋慈接卷即阅，看着看着，他终于忍不住将案卷重重放下。

"你这是把案卷誊抄一遍，哪里是复审！"

卢知县惊愕。本来，他以为新来的提刑大人将旧案批下复审，不过是例行公事，过场文章，哪里想到宋慈对原卷的案子熟悉得几乎可以背诵。

"审理案件，须得将一应案情梳理清楚，状验明白，证词俱备后方能结论。你说，《检验格目》上，那小童之尸，何以填得如此含糊不清？"

"小童尸体捞起之日，已肿胀腐烂，无法检验。"卢知县口齿嗫嚅。

"怎么无法检验？不论如何肿胀，指甲总是在的，头发总是有的。"

卢知县瞠目无言，不知指甲与头发与此案有何联系。

"既然无法检验，你又怎能断定司马鼎是把那小儿勒杀后抛尸入河？"

"尸首上不见刀杀棒打之痕，想必是……以手勒杀的。"

"想必？"

"犯人也招供了。"

如此定案，宋慈也很惊愕。他接着说："如今，只好再去检验一回了。"

"如今？"卢知县愈发茫然不解。

南方暮春正午的太阳已很炎热，烤晒得大地若有烟雾蒸腾。由那莞香商人夫妇领路，宋慈带着卢知县并当年检验尸首的仵作以及网到尸首的渔夫，一行人出了南门，直往商人的祖墓而去。

郗员外夫妇一路行去，现在心中不只是七上八下，郗员外眼圈红了，他的妻子亦挂着泪水。当他们听说提刑大人要去掘墓检验他们孩儿的尸骨时，也曾跪下叩求宋慈道："大人，作古者入土为安，想那犬儿已入土数载，如今还要骚动尸骨，为父于心也不安。"

宋慈正色道："开棺重验于死者何损，于生者却是干系重大。司马鼎死了，尚有司马鼎之妻悬于此案，如何能不将你儿死因断个明白？"

郗淦夫妇于是不敢作声，只得匆匆备了干鲜果点，香烛酒肴诸物，领路前去。

郗氏祖墓坐落在东郊一个名龟丘的山岗上，四周绿树葱茏，绿草茵茵。到了墓地，守墓人忙着去烧茶水，军士们开始掘墓，霍雄则在坟前的空坪上燃着了一个白铜火盆。因这林子里凉风飕飕，炭火很快烧旺，火炭之上，置一瓦钵，钵内煮起醋来，又往醋中入了盐与白梅。醋的沸点低，一会儿就开了。空气中弥散着醋的香味，随风荡开，不免令人牙床上都溢出酸水来。

不多时，墓掘开了，露出一副漆光发亮的楠木棺。这楠木棺因是用上好的南方生漆漆过三三得九道，树根经此都得改向，所以通体仍完好无损。霍雄仔细地看验了棺钉，因被生漆包封在内，也是光亮如故，没有损痕，足见下葬后绝无人动过。霍雄接着扫去棺盖上的泥土，起去棺钉，小心地揭起了棺盖。这时，只见一股白气直冲上来，霍雄口含白酒，喷洒数口，而后又含着避秽丹，开始检验棺中之尸。

尸身早已腐坏，尸骨完好，卧于棺底的织锦之上，这孩童入棺时，无疑已经修剪过指甲，沐洗过身，梳洗过头发的，此时复检，只有从棺内单取出颅骨来。

颅骨腐肉黏稠，一股恶臭，众人掩鼻，商人夫妇侧脸泪流。霍雄神色如常，一手托起颅骨，一手不时地将一块白净纱布浸到煮沸的醋钵中，再取出置于颅骨之上，把那颅骨擦拭干净。如此处理一番，当着把颅骨放在一只雪白的瓷盘之上，呈送到宋慈面前，便是一个脱了脂的白净净的人头颅骨。

宋慈接盘在手，置于坟前一块大青石上，霍雄转而取一个盛了清水的颇大的细颈花瓷胆瓶，也递给宋慈。宋慈接过胆瓶，便对知县卢腾与郗淦夫妇说道："你等都过来，过来。"

卢知县不敢怠慢，立刻就过来了。商人夫妇也不敢不从命，双双走近来。

"你等都仔细看着。"

宋慈说罢，执起胆瓶，开始把瓶中的清水从颅骨脑门穴的缝隙间细细灌入，一会儿，那水又从七窍中徐徐流出……这时，答案出来了，只见从鼻窍内流出的水中，带有细沙泥屑缓缓而出，清清楚楚地沉淀在雪白的瓷盘之中。

"你等都看清楚了吗？"宋慈问。

卢知县等目瞪口呆，不知如何作答。

宋慈放下细颈胆瓶，目视卢知县，断然地说："这孩童绝非遭他杀后移尸入河！死后落水者，颅内断无细沙泥屑。唯生前落水，沉到水底，搅动泥沙，才从鼻腔内呛入泥沙。泥沙一旦呛入便不能出，况且多年之后，颅内之物腐尽，泥沙却不会腐。因而把司马鼎判为勒杀小童移尸入水，断不能成立！"

卢知县方寸大乱。断错一案，以致误斩无辜，这后果不言而喻。郗淦夫妇也很惊骇，男的已说不出话来，倒是女的又小心翼翼地问："那，我儿，是怎样死的？"

"你的儿子，"宋慈说，"既然不是被人杀后抛尸入水，也不可能有人把他活活推入河中，那就只有一种可能：他是在司马先生离去之后，无人管束，独自跑到后院河边戏水，不慎落水，而遭淹溺！"

这时，所有在场的佐官、书吏、军士、衙役，以及仵作、渔夫，无人不是屏住呼吸，仔细凝听。仿佛石破天开，听到从天而降的神音，无人不被宋慈的神思慧眼所惊服。一个时隔数年的案子，宋慈在到达东莞之后，总共不过半日的时辰里便轻而易举断得如此清楚。处理起来，也易如反掌，好似探囊取物。

这一夜，宋慈歇在东莞县衙之内。当他处理完应该处理的一切后，便在灯前坐下，亲手草拟了一纸文书，他的心里很不平静。他想起了数年以前曾发生在这儿的那场大水，想起了大水中那个名叫司马鼎的青年救起那个名叫阿香的少女的日日夜夜，想起了司马鼎曾是个落第秀才，想起自己当年也曾经两次落第……也许，像司马鼎这样的青年，如若健在，他还会继续谋求长进，说不定有朝一日，还能为朝廷为黎民做一番业绩，但他死了，无辜地被斩杀了。

他又想起了牢房、镣铐、恶臭和那个结着蛛网的三头吊灯，想起那个因下跪在地，膝盖压住衣摆，破了衣衫，露出肩头而以手遮之的少妇，想起她那个年方三岁却已在狱中待了三年连路都还走不稳的小男儿，想起自己明日就将派出快骑，把这纸文书送到提刑司去，让宾佐们立即开释那个少妇，想起她们母子将从此走向阳光，开始新的生活……他的心里便涌动起一种轻松的快慰。

他起身走到窗前。窗外是明丽的天穹，星光点点，一弯半月从前院一幢房子的飞檐上刚刚升起，将窗外鲜花盛开的葱郁花园照得明亮。广东地方真是多花，他呼吸着那飘散着素馨花、月桂、白兰、米兰糅合在一起说不出味来的空气，久久眺望云星广阔的天空。不知什么地方，一只夜莺似乎不愿辜负这月夜的宁静，在花丛中鸣啭起来，那声音清亮而单调，蓦地，宋慈又想起了自己的女儿来……

"芃儿！……"他在心中轻轻呼唤，记得女儿逝去的那个月夜，原也是这样的宁静，记得女儿那仿佛能听见虫儿对话、花儿呼吸的细腻心境……他永远记得那一夜的一切细枝末节。无论走到哪儿，一想起女儿，就会记起女儿对苏东坡"人生如梦"之句的理解。是的，人生很容易过，人生也很艰难。明天，他们将上路，路途遥远，但他要大刀阔斧地去做许多事，他将辙迹遍及南国，去做许多事……

月亮已经升高，远天传来隐隐的几声雷响。起风了，宋慈觉得身上有些酸痛，但仍无睡意。

"大人，你该歇息了！"是童宫的话音。

不知什么时候，童宫与霍雄从屋外练完几套拳，洗了身子，走了进来。每逢外出，他们总是同大人宿同一屋的。

"你们先睡吧！"

他们没有动。

第十四章

辙迹所至

（1239 年）

广州狱犯来自各州县，宋慈不是坐在提刑司衙门办案，史称之"循行部内"，虽"恶弱处所，辙迹必至"。这是说他对职责范围，不论险恶之地，还是穷乡僻壤，都去调查追访。此记载并非小说的虚构。一个高级法官如此作为，在 13 世纪的西方各国都无迹可寻，堪称人类法官楷模与法医先祖。历史还记载他八个月决断数百疑存积案。他做到这些并不全靠检验学识：官府办案对疑之有罪者便抓来，宋慈认为这是许多冤案之源；他坚持，对"疑犯"只要找不到有罪证据就视之无罪。这便是极宝贵的无罪认定思想了。

1. 井下墓中

离开东莞，宋慈继续前行。

红灿灿的凤凰木花接续木棉花，报告着广东夏季的来临，长叶蕙兰、大叶紫薇，也伴着夏风而至。气温随着太阳升高了，尘土纷纷扬扬地跟随车骑在驿道上滚动。

嚣城闹市，深巷僻弄，草堂茅舍，竹扉柴门。他们到过许多古郡大县，也到过太多穷乡僻壤。所到之处，广为访察，就地复审，对于非检验不能定夺的案子仍重检验，对于尸体早已腐烂者，也力图通过掘墓验尸骨以寻找可靠的定案实据。一路上，栉风沐雨，宿过文庙，破了不少疑案，也缉拿到一些真凶。

这期间，宋慈仍不断将开释无罪囚徒的文书发回广州，同时也命当地官府将拘捕的罪犯解去广州牢城。

离广州渐渐远了，他们已走完东路，转向北路。

这一日，他们的车骑向真阳进发，将去真阳复查一个"杀妻案"。在宋慈夜查牢狱的那个晚上，曾有人高喊"大人，小人只是跟老婆吵架，没杀她……"现在宋慈将复审的就是这个案子。

从广州出发之前，宋慈详细审过那个囚犯，反复阅过案卷。从案卷看，虽然也有许多不明之处，但宋慈倒还觉得曾经审过这个案子的真阳知县和英德知府，都是有自己见解的人。真阳知县在案卷中甚至引录了北宋大臣沈括在《梦溪笔谈》中所载的一例旧案，这使宋慈对此案格外关注。

前方出现了岔道，车骑往一条落有"真阳"界碑的大道驶去。宋慈在车上又取出了那宗案卷，虽然他对这案卷已经十分熟悉。

……妇人死在自家门前的一口井中，那井因先前死过一人，不曾再用，井上盖有一块石板。一日，邻人发现石板倒在井栏边，探头往里看，惊见水面浮着一只妇人的鞋，喊叫起来，这妇人的丈夫奔出来看，便惊呼这是他的妻子。打捞，果然井下有尸，捞起尸首，也果然是这男人之妻……"那鞋并无特别，当地妇人多穿相同的鞋，其夫何以未见尸体便知是其妻？"这是真阳知县的思考。宋慈觉得，真阳知县没有穷尽别种可能：其夫必是原已发现妻子不见，忽闻井下有尸，又见妇人鞋，就很容易联想到是其妻。

当然，真阳知县并非仅仅据此断为"杀妻"。那妇人尸首捞起后，人们又见妇人颜面头额有利刃之痕，都带血。加上这对夫妇反目已久，死者的父亲也怀疑是女婿作了案，移尸入井，遂告到官府。

官府来人验尸，发现妇人头上也有一处创痕，伤及颅骨，形如刀劈，遂断为凶杀。升堂审讯，犯人便也招了。

可是案犯解到英德府，犯人却又翻供，道是屈打成招。"既是以刀杀人，留上痕迹，却又移尸入井，一旦捞出尸首，岂不是不打自招？若要造投井自尽之假，又何需用刀，设法活活投之于井，岂不来得干净？"这是英德知府的思考。英德知府也正是因有此疑，将案子批下复审。

然而真阳知县不因上司之疑而改变己见。他认为："那是一口废井，上盖石板，平日无人涉足，难以乘其不备。倘施强力，则活人当挣扎、呼喊，作案人还须揭去盖板，这都很难做到。所以作案人不考虑此举。现颜面头额都有利刃之痕，只能是杀后移尸，别无他故。"真阳知县直言不讳地撰出成文，复报上来。

英德知府却又以为："若塞其口，缚其身，就其井，揭其盖，再解其缚，去其塞，投之于井，有何不可？因而大可不必杀后移尸。"可是终究无法解释死者颜面头额的利刃血痕，加上真阳知县又在复报上来的案卷中，录有沈括所载一例成案，以为参考，英德知府于是左思右想难以定夺。

现在，宋慈的目光又落在沈括曾载的那则案文：

张丞相，知润州，有妇人夫出数日不归，忽闻菜园井中有死人，即往视之，号哭曰："吾夫也！"遂以问官。命属吏集邻里就其井，验是其夫否？皆言井深不可辨，清出尸验之。曰："众皆不能辨，妇人独何以知其为夫？"收付所司鞫问，果奸人杀其夫而与闻其谋也。

阅罢此案，宋慈长叹一息。他想，这个真阳知县录得此案，平日也是个有心读书的人。只可惜，恐怕是因知此案而先入为主，对穷尽别种可能便有妨碍。当然，最大的差缺还是检验未精，勘查未全。"至少，也要淘看水下啊！"

当年，英德知府因视此案为重大疑难，未敢便决，遂将全案卷宗奏谳去省，而解到广州，提刑大人仍未能决，这案一拖便过了四载有余。如今要断此案，最为可靠的也只有检验尸骨了。

车骑继续向真阳驶去。对断此案，宋慈并不茫然，现在他需要的是通过检验，得到证实。当年经审此案的英德知府与真阳知县都已迁官他处。车骑抵达真阳，宋慈携当任知县吏胥人等，来到凶犯所在的小村，先往那口井看了一番。那井已经不废，乡民们早于数年前就淘洗了使用，因而现在淘井毫无意义。宋慈便传来地厢邻佑，问了当年淘洗井下的情形，而后径往那妇人墓地去。

又是掘墓，同时在墓地近旁锄开一穴地窖，长五尺，阔三尺，深二尺，又令以炭火烧煆。不多时，墓掘开了，霍雄揭去棺盖，头一声便向宋慈报道："大人，死者双手呈握拳之状。"

"噢。"宋慈也已看到，随即说，"且把骸骨一一穿定。"

这是一项十分细致的工作。童宫就近伐下一根半大不小的竹，破出细小如线的篾丝，霍雄以水酒净洗了尸骨，然后用篾丝穿定了身体各部骸骨次第，用一方芦席盛好。此时，那地窖已烧得地面见红，宋慈就令去火，以好酒二升，酸醋五升，泼于地窖，接着趁热气抬骨骸置于坑内，以草垫覆之。此项工作称为"蒸骨"。蒸骨约一个时辰，候地冷，霍雄揭去草垫，与童宫一同将骨骸抬出放平，这时便可以检验了。

只见死者颅顶呈现出一记"半弧"形裂口，最是显目，这是什么凶器做下的呢？

"不会是刀。"当任知县道。

"会不会是做圆木的弧斧呢？"当任县丞道。

宋慈没有作答，只对霍雄吩咐道："取伞。"

霍雄取过专备验骨的红油纸伞，罩在骨骸之上。日头正大，宋慈迎日隔伞，把死者骨骸沿身细细看过一阵，这时，他对死者的死因完全清楚了。他立起身，望着知县、县丞等人说：

"来，你等都来看一看。"

知县、县丞走近骸骨，也仔细看了看，然而除了看到骸骨上那个半弧形裂痕，别的什么也不见，二人抬起头来，又互望一眼，不知提刑大人要他们看什么，也没有话。

"颅顶裂口边缘呈现淡淡之血痕，可曾看到？"宋慈说。

知县、县丞又看了看，果然裂口边缘有淡淡的血痕，但这说明什么呢？二人仍不明白，只得先后说：

"对，是有血痕。"

"有血痕。"

"那是淡淡的血痕。"宋慈把"淡淡的"三字说得格外重。

二人仍无反应。宋慈想了想，就把他的检验所见，以及妇人的死因，耐心地对知县等人说出来。

"狱事之重莫过于定杀人之罪，定此大罪最要紧的莫过于弄清初发之案情，而要弄清初发之案情，最重要的又莫过于勘检。所谓慎思明辨，亦在于此。

"当初，如果仔细检验，就会发现这个弧形创口，而发现它，便不会断为刀砍。捞起尸骨，既然已知死者是头部坠井的，对于颜面的利刃之痕，便当考虑井下或有瓷锋之物。这并不奇怪，人初入井，气尚未绝，挣扎之时完全可能为井底破瓷利石之类所伤，不但如此，头面也可能因砖石磕擦而破。

"此案，原断为杀后移尸入井，这实际不可能，因活人被杀，伤及颅骨，血洇侵之，裂口边缘的骨质内便当留下明显的暗红血痕。这血痕，井水是泡之不淡的。像这种不甚明显的淡淡血痕，当是活人投井时，撞上井底瓷锋之物，撞破脑壳，流出血浆，又因井水稀释的缘故，才留下的。那井很深，邻佑方才告说，淘洗水井时，曾捞起不少残破瓷钵。那么此案的结论就只能是：这妇人因夫妇反目，自行投井。"

宋慈说罢，知县人等都听呆了，唯年轻的县丞看来是个思维活跃的人，少顷，他问："能否排除闷杀之后，移尸入井呢？"

"你问得很好。"宋慈格外注意地看了看县丞，说，"但你要知道，人已死，气血便凝，那样扔下井去，即便撞上瓷锋之物，只会在颅骨上留下裂口，不会在骨质内留下血痕。"

"那，能否排除强行扭到井边，将她活活投下井去？"县丞又问。

"如果强行扭到井边，"宋慈道，"势必挣扎，那样就会在骨上留下红色纹路微印，尤其在胳膊处。现在这副骨骸，除却颅顶一痕，全身四肢骨殖完好，毫无纹路微印。再者，大凡活人被推入井的，眼微睁，手张开，而自投井者，眼合手握。如今眼虽无法检验，但那手，你完全可以从骨骸中看出，是握紧双拳而死！"

2. 向凶犯学技术

不知不觉，白菊、黄桃、木芙蓉都孕起了花蕾，季夏将去，孟秋将临。宋慈一行已走完北路，又转往西路。

虽然终日奔波、繁忙不已，但离家久了，宋慈仍不免常常想念老妻，尤其是天阴天晴、肩酸骨痛的时候。他知道，夫人也一定是挂念着他，担心他的安危。有时他想，玉兰作为他的夫人，这一辈子也没度过多少舒心的日子，尤其是芪儿逝去之后，玉兰更一下子就老了许多。

循行部内，或走坦途大道，或入险山恶水，宋慈也的确不是一帆风顺。审断旧案，经遇新案，缉拿真凶，追捕逃犯，他们也遇到过拒捕的亡命之徒。在梧州与封州交界处的猿居山一带，他们为大雨所困，宿在一座古庙中，甚至遭遇一个被他们缉捕中作案团伙的袭击；在那次大雨滂沱的夜战中，有两名军士倒下，再也没有爬起来。宋慈若不是自小习得一些武功，若不是童宫、霍雄拼死相护，他身为案徒们的主要刺杀目标，不死也免不了被伤。但总算安然无恙，总算把那个团伙大案也审办清楚了。当然，他调动了当地巡捕和官兵。

然而更多的是疑积旧案，更多的仍是通过检验尸骨来取得定案实据。

"大人，从前我们只知服毒而死者，其骨为青黑色。"

"如今我们还知道了，穿青衣入棺者，腐烂之后，其骨也可以呈青黑色。"

"但这种青黑色只在表面，以刀一刮便知端的。"

无论谁提起话题，无论是谁插话，宋慈与霍雄和童宫，常常沉浸在每一个哪怕是微小新发现的喜悦之中。

他们又发现以醋煮骨不可见锡，接触到锡，骨就变黯，伤痕也就难以辨认了。他们也见过被殴致死者，被殴致命处不至骨损的，这种情况多是肉紧贴在骨上，用水冲激也不下来，以指甲刮剔才掉。此外，也有原尸外表确实无伤，而验骨窥出伤损的，那么此种骨损，多只有头发丝样痕迹，须得仔细辨认才能发现。

他们在肇庆府还认识了一个老作作，从他那儿学到了一种颇为便利的验骨法。

"其实，浓磨好墨涂抹于骨，候干，洗去墨，如果无伤损，黑墨便不侵入，洗之即去。如果有伤损之处，黑墨一定侵入，洗之不去，其痕自见。"老人说。

宋慈如获至宝，当即以重银奖励之。

"骨折之处，细窥之，必有芒刺，而且必是一面芒刺朝里，一面芒刺朝外，朝里者，必是受击之处。"这是老人的又一贡献。

他们还遇到过偷尸换骨的案子，为此，不得不学会善辨男骨、女骨，乃至兽骨，他们已能在整副骨骼中断无差错地辨出任何一块混杂的有伤或无伤之骨。

"骨上青晕之痕，长形是为物伤，圆形是拳伤，大块乃头撞伤，小块多为足尖踢伤。"这是宋慈纵观许多成例，得出的一般结论。

……

"快说，你究竟是用何物染骨，以致黯黑之痕几乎与真伤相混？"这是宋慈在审问一个因拒捕而被拿获的犯人。

犯人连眼皮也不抬一下。

"你快说！"

"……"

"说！"

犯人的嘴唇动了一下，终于说："我快死了，不会告诉你的。"

染骨之事，是另一个同案犯在临死前告说的，可惜那个案犯已死，若眼下这个主犯也死去，宋慈可能这一辈子也难以解开这个染骨之谜。他把牙一咬，双手扶住全身是血的案犯，对他说：

"我给你治伤，免你一死，你说！"

"此话当真？"犯人睁开了眼睛。

"本官绝不食言！"

"那是一种毒草。"

"什么毒草？"

"名叫贱草。"

"你认得。"

"认得。"

"愿意教我？"

"只要你不食言。"

"松绑，取药！"

宋慈果真没有食言，尽管这是一个死罪人犯。宋慈终于认识了贱草，并且懂得了验此真假难辨之骨，可用新棉絮在骨上拂拭，如遇伤损之处，必定牵惹绵丝，否则，纵有黯黑之痕，也非损骨。除此之外，也还可以用油灌之，向光明处照看，凡伤损之处，油到便停住不动；若通骨明亮无异，便是无伤。

"呵，古人验骨，其验域大多只在检验是否中毒，如今我正扩大这个验域。"宋慈不无得意地想。是的，如今，岂止是验服毒，举凡凶杀、病殁、火烧、水溺、汤泼、跌死、塌压、闭闷、雷震、蛇伤、马踏、自缢……宋慈几乎无所不能检验。

自古以来，最难断的案子不外就是疑积多年的悬案，其所以难，也就在于尸腐境迁，难以勘验。然而这些，对宋慈来说已不是无可企及。那么还有什么常规之案，能使宋慈茫然呢？

"循行三月，胜读十年书啊！"宋慈想。

是的，广东的疑积之案，确实为这样一个人展开了一片广阔的世界，这实在是一片神奇的世界，宋慈在这一片神奇之中忘情驰骋，有许多地方已经跨越了前人未竟的领域。

"能见人所未见，做人所未做。能辙道所至，禁暴洗冤！这该是人生多么可心之事啊！"

离广州越来越近了，他们将结束这次循行。这一日，宋慈坐在车舆之内，令车役撩起了车帘，让他舒坦地看着车外。他想，这次回去，一定得把所见奇闻都说与夫人听听。

3. 糊裱匠家的翰墨女

"老爷，你等会儿说，有件事，我想先告诉你。"

当宋慈沐浴后，夫人抖开叠得整齐的衣衫，一边替宋慈穿上，一边打断了他滔滔不绝的话。

"什么事？"

"这件事儿，本该先征得你的同意。"

"究竟什么事？"

"你不会怪我吧？"

"你就直说吧！"

"不，我要带你先去看几件东西。"

"什么东西？"

"走吧！"

说话间，宋慈已经穿好衣衫，夫人又替他结好衣带，领着他出了房门。

他们来到了一间厢房，门一推进，宋慈眼前一亮。他看到房中有卧榻，有妆台，有书案，书案上搁着芄儿过去用过的砚墨笔。临窗的地方，一个紫檀花架，架上一盆秋兰，花开正秀，色清香溢。尤为使他惊诧的是房中还挂着的那几幅字画。

一眼望去，靠壁的一幅是他已知的名画：《野水无人渡，孤舟尽日横》。这是徽宗皇帝创立画学时广招天下画生，考取头名的学生的构画。当年，许多考生在这考题之下，画的多是一只孤舟泊于岸边，或拳鹭于舷间，或栖鸦于篷背，唯有这名考生不拘题中的"无人"之句，大胆地画一船夫躺在船尾，再横一根孤笛。意为并非没有船夫，乃是无人过渡，所以船夫才这般清闲。此画以其深邃的理解和不凡的构图领一代画生之风骚，从而传为天下画学美谈。

傍着这画的是一幅上书"六榕"两个大字的条陈。这"六榕"二字是当年苏东坡被贬惠州时，经广州，应净慧寺住持道综之请，挥笔书下的墨宝。如今，净慧寺早已易名为六榕寺，那"六榕"二字也被摹刻于匾，悬于寺门，所以也是宋慈见过了的。

再过去是一幅花卉图，题为《鸣春》，画的是一树吊钟花。这吊钟花花色与桃花相近，也是先开花后长叶的；画面将树身隐去，枝干若隐若现，只剩得花树的一角，既不见花枝从何处生出，也不见鸟雀鸣枝，然而这全不要紧，满树绯红的吊钟花儿酷像金铃似的倒挂着，喜气洋洋，仿佛无数个妙龄少女执着金铃，载歌载舞，鸣唱春天的来临。这幅画宋慈从前没见过，但他还是立刻便脱口道出：

"这是马一角的作品。"

"正是。"夫人说。

马一角即南宋画院著名画家马远，与李唐、刘松年、夏珪一同并称"南宋四家"。但宋慈说："这不是真品。"

"知道不是真品，没落上马一角的画章，就是不敢骗你嘛！"

"这是哪儿来的？"

"笔法不好吗？"

"几乎可以乱真。"

"这都是出自那个可怜的女囚之手。"

"哪个女囚？"

"阿香。"

"阿香？……怎么回事？"

"老爷，你且坐下。"宋慈被夫人轻按着坐下，夫人开始细细地往下说。

"老爷，你听了千万别生气，这样的事儿也不会常有的。你到了东莞，就发回了三纸文书，要释放三个无罪囚徒。这三个囚徒是同一日开释的。那另两个囚徒都是南郊人，他们的亲属都到狱前迎候他们的亲人来了。

"那日，他们三人获释一同被从牢城中领出，那一对在南门外卖艇仔粥的老夫妇一眼就认出了他们的儿子；那个在南郊素馨坡以种花为业的男人也立刻认出了他的女人，他们的两个儿女和父母都来了，一时间，父母泣着奔向儿子，小儿哭着扑向父亲，妻子哭着跑向丈夫，那情景，叫人见了真想落泪。

"那时，我也领着那个小男孩到了牢城外。我得把小男孩还给他的母亲。你知道，小男孩生在牢里，缺乏营养，很少活动，三岁了还走不稳，可他一看到母亲，就伸出手去，要跑向母亲。秋娟放开了手，他果真跑去，可没跑几步就摔了一跤，秋娟赶上扶起他。这时，他的母亲也奔到近前，看到儿子，停下来竟有些不敢认了。当她从秋娟手里接过变了个人儿似的孩子时，母子俩哭作一团……"

"后来呢？"

"后来，是秋娟告诉她，我就是宋夫人，于是他们全都到我面前跪下谢恩，弄得我不知如何才好。再后来，那两个获释的由亲人们拥着，都走了，牢城外就剩下阿香母子。他们举目无亲，向何处去？当时，我吩咐婷儿把准备好的两封银子并一些衣物一齐送到他们母子面前，让他们作为远归故里的盘缠。阿香望着银子，又泪如泉涌，她没有接，却是携子再次跪下，对我说：'老夫人，你与宋大人的大恩，民女不能报答，你就收下民女做个侍女吧……'我怜她母子，也舍不得那小男孩就这样走了，便同意了。"

"那以后，你怎知她会书画？"

"有一日，司内一个宾佐送来一幅古画，说是听说你酷好收藏，愿将那画送给你，我不敢收，只推说：'等大人回来，你自己给他吧！'便回了他。那张画，那日阿香也看见了。待那宾佐走后，阿香便告诉我：'夫人，那不是真品。'

"我说：'你怎知？'

"阿香说：'那画名为《正午牡丹》，画的是一丛牡丹与一只猫，那猫眼狭长，便可见是一张复制得变了形的摹品。'

"我又问：'如何见得？'

"阿香说：'这画名为《正午牡丹》，画的是牡丹，又辅之以猫，可谓匠心独运。因猫眼早晚睛圆如丸，日斜天穹时渐变得狭长，正午则眯成一线。这幅古画的真品，猫眼是眯成一线的，否则便经不起推敲，而经不起推敲又怎能成为传世珍品？我想，那张原画的猫眼处，要么是破损了，要么是模糊不清，而复制者如果不了解原画构图的用心，以为将猫与牡丹画在一处，只是猫看牡丹，就容易给猫添上一对狭眼，这样的事儿在复制古画时，是常有的。'

"当时，我很惊讶，想不到她能道出这样一番话来。阿香见我直望着她，又不好意思地对我一笑说：'夫人，我不过信口胡说，你不必当真。等大人回来之后，自能辨识。'"

"不是胡说。"宋慈道，"这幅古画，沈括在《梦溪笔谈》中有记载，所画之猫，的确是一只双眼如线的猫。"

"那时，我还不知她的出身。你查狱回来那夜，给我讲了许多关于她在大水那年的奇遇，也没讲过她的出身。"

"她出身于一个糊裱世家。"

"可我当时想，她举止言谈，皆超凡脱俗，恐是出身于名门闺秀。我问了她，她便告说：'我只是一个糊裱匠的女儿。'我再细问，才知她的祖辈、父辈都是辨识古字古画的高手，还在她的龀齿之龄，她的祖父说她天资聪颖，便无意于让她学习绢裱之业，而有心让她习字习画，并请了名师课之。后来，到了及笄之龄，她祖父和母亲都因病先后故去，她的父亲续了后妻，家境也日渐衰微。这时，父亲常让她协同精工绢裱，可是她已不安于绢裱之业，仍酷爱那些别人送来绢裱的翰墨，时常习之，又过几年，她虽未学好父亲的糊裱工艺，倒能操得动替人复制书画的行当，间或自己作些字画，出卖与人，反倒更见收入，父亲也就随她自便。

"那时，我忽然想看看她的字画，便对她说：'阿香，你且作几幅来与我看看。'

"她迟疑一下，便说：'不敢说作，夫人要看，我就摹几幅前人之作，供夫人一笑吧！'

"我立刻吩咐秋娟取来纸笔，她就默画了这幅马一角的《鸣春》图。我又对她说：'你且随意写几个字，让我瞧瞧。'她就写了一纸端凝的楷书，才一行字下来，我就惊住了。她那铁树银钩、纤巧有致的楷书，多像芷儿的字啊！再看秋娟，秋娟已经泪水盈眶。

"那日夜里，我久久不能入睡。天将亮时做了一梦，梦见芷儿独自一人到临安翰林画院书画肆去买字画，忽然遭到歹人袭击，一个女子将她救进书画肆内，这个女子就是阿香。后来也不知怎的，芷儿带着阿香回转家来，说是与阿香结拜了姐妹……此时，朦朦胧胧的，我便疑这不是真的，不料就此一疑，清醒过来，果然是梦，便再没有睡。

"那以后，我常叫阿香写字，每读其字，见其人，闻其声，便要想到芷儿。你知道，这阿香与芷儿同龄，模样儿也有相像之处，日复一日，我竟把芷儿的容貌与阿香的混为一体。我吃不下，睡不着，就病了。阿香与秋娟，还有婷儿，都日夜不离地守着我。那时我就想，如果我迷迷糊糊睡去，如果我神志不清讲胡话，说不定就会把阿香当作芷儿来叫唤，可我的神志一直很清醒。后来，一天夜里，阿香一人陪着我时，我便对她说：阿香，你也姓宋……"

宋夫人说到这儿，把话打住了，觉得余下的不必说了。她望着宋慈，只等他的回话。

宋慈坐在那儿，没有作声。夫人还只说到一半的时候，他已猜到夫人要对他讲的便是这回事儿，并且明白今日回来到现在还没见到阿香母子，必是夫人有意要他们先回避一下，等夫人把此事先告诉了他，才唤他们出来相见。可这件事儿毕竟来得突然，他哪能不想一下呢？

良久，他说："你唤他们母子出来吧！"

夫人道："我这就去唤。"

夫人出门唤着侍女婷儿的名，接着是婷儿的应声。夫人吩咐婷儿去叫阿香母子，自己又转回房来。不多时，婷儿领着阿香母子来了。

尽管在宋慈善察细微的眼睛里，一个人的禀性气质往往难被衣饰遮掩，但宋慈此刻看阿香，确实已不同于狱中。阿香身着一件翠色衣裙，肌肤比狱中光亮细润多了，一双清泉般纯净的眼睛含蓄着柔和的光亮，唇儿轻抿，嘴角边挂着一丝笑意。只是她见着宋慈，仍不敢正视，而且仿佛比在狱中时更拘谨，甚至没等走到近前，便携儿子跪了下去，也没有话，大约是不知该称呼什么才好。

"起来吧！起来吧！"宋慈说道。他仍仔细观察着他们母子：小男孩比他离开广州时又白胖了，脸上健康红润，但阿香的脸色仍有些苍白，眼睫边也有一圈青晕。他必须认真看她，才不至于把她的年岁看得比芪儿大。

阿香携孩子站了起来，仍无话。宋夫人本想就叫她称父亲，可是老爷并未说他已经同意，也便不好开口。

"你知道马一角？"还是宋慈打破了沉默。

"听祖父讲过。"阿香说。

"也知道他的家世？"

"只知道他出身于绘画世家，一门五代，画家七人，都是画院中的高手，而尤以他的画构图最为别致。"

"何以见得？"

"他所作水墨画，或峭峰直上，而不见顶；或绝壁直下，而不写脚；或近山参天，远山则低；所作之画，大多只画山水的一角半边。"

"所以，你喜欢他的画？"

"嗯。不，"阿香旋又改口，并抬眼看了宋慈一下，又垂眸说，"马一角的画多以构图别致夺人，小女的笔法稚嫩拙劣，要想摹得或有些像，只好去取马一角构画的'形'，至于其他名家看似平淡之作，平中蕴满的'神'韵，非有传神之笔不能得之一二，小女不敢贸然。"

宋慈不禁为阿香的坦诚所感染，又问："如此说来，你摹这幅《野水无人渡，孤舟尽日横》也是如此？"

"是的。"阿香点了一下头，"这画笔法未必苍劲成熟，而是以独到的构图取胜的。"

"类似的考画，还有《深山藏古寺》《踏花归去马蹄香》《竹锁桥边卖酒家》，这些你都摹过吗？"似乎兴趣使然，宋慈也说出几个画名来。

《深山藏古寺》也曾摹过，但都不是从真本摹，是从摹本中再摹的。不过，那些摹本都是出自京都画院的画师之手，笔法甚至超过原画。另两幅只是听过，未曾见到。"

阿香的话说得已很自然，在这样博学慈和的长者面前，或许她已忘记了拘谨，或许她已不再为宋慈大人是否愿收她为义女而忧心。能够同无异于自己再生父母的宋慈夫妇这样一起无拘束地谈字谈画，她已感到喜悦不尽。这种喜悦甚至使她掩不住自己少女时代的天真。

宋夫人在一旁听着，看着这一老一少的对话，心中也暖融融的，心想："没错儿，老爷准是允了！"

"另外，我还摹过一张考画。"阿香又说。

"什么题？"宋慈问。

《嫩绿枝头红一点，动人春色不须多》。"

"好！好！"宋慈从座位上站了起来，望向夫人，似乎一语双关地吟道，"《嫩绿枝头红一点，动人春色不须多》，这题好！夫人，这事就这样吧，阿香只是乳名，今后，我们也叫她——芪儿！"

一语道出，夫人的眼里蓦地涌出泪水来。那小男孩尚幼还不晓事，而阿香的瞳子里，也早为水汪汪的光亮把眼眶填满了。是啊，阿香在少女时代也是个热情的姑娘。"娉娉袅袅十三余，豆蔻梢头二月初"。在她十三岁豆蔻之龄时，还滚在祖父的怀里撒痴。后来，生活的不幸曾使她脸上泯灭了热情，再后来，当她有机会提笔摹一幅《鸣春》图，也只将这种热情深藏在心，燃烧于画。而今，给予她新生的宋慈大人，不仅同意收为义女，并把自己最心爱女儿的名字命之于她，可见所爱已深，她如何还能掩饰得住内心的喜悦！是的，当少女时代的热情重又在她成熟了的脸上燃起的时候，她会比从前更热烈。她几乎忘记了自己的儿子，忘记了自己是有了孩子的母亲，再也忍不住地扑进宋夫人怀里，放情痛哭……

4. 一支飞来的响箭

这天夜里，宋慈夫妇久久没有睡着。是想逝去的芪儿，是爱新得的芪儿，夫妇二人躺在榻上有说不尽的话。后来，夫人说：

"芪儿有病，你得给她治。"

"什么病？"

"带下。"

"带下，属何种？"

"是黑带。"

"黑带？"宋慈知道，妇人带下色分五种：白、黄、赤、青、黑，而尤以黑带最为顽固。这带下的病因主要是湿，芪儿这病显然是在牢里蹲出来的。

"有好几年了。"宋夫人说，"在牢中生产、哺儿，后来就得了这病。出来后我请人给她诊过，服了不少药，虽有好转，但未愈。"

"还有什么症状？"

"除了带下淋漓，下腹还时时胀痛，小便频急而短赤，阴痒也颇严重。你有办法吗？"

"明日给她诊治。海听先生的《疑难病案手札》中载有不少类似的病案。"

芪儿的病使宋慈又想起了狱中还有一大批尚待面审一次、澄清一些问题才能开释的囚徒，这些囚徒中也大多是疾病缠身的。他想这件事儿也得明日就开始做，切不可再拖了。

窗外的天空已渐渐放亮，宋慈一早就起身，照例到院中去练一套内家形意拳。经过芪儿窗外的时候，他听到房中有动静，晓得芪儿也起来了，便在窗外唤了声："芪儿。"

"唉。"房中立刻传出甜甜的一声应，随即门也开了，芪儿出现在门前，见到宋慈也唤了声，"父亲！"

"你也一夜没睡？"宋慈看到她眼里红红的血丝。

"我睡不着。"芃儿说。

宋慈进了房，看到小宝还在酣睡——这小宝的名，是宋夫人已经叫顺口了。宋慈在榻前看了一下，便对芃儿说：

"来，我给你把一下脉。"

"哎。"芃儿挽起了袖子，她原已听宋夫人说过，等老爷回来了，就会给她治病。

"把手放在这儿。"宋慈在书案上取过一本厚厚的阁帖。

她将腕伸出，掌心向上，自然地在阁帖上摆平了。宋慈便开始覆手取脉。他把中指往芃儿掌后高骨隆起的地方小心地按了下去，那是关脉所在的地方，随即将前后两指尖也自然地落在"寸、尺"二部，可是，宋慈却摸不着脉的搏动。他于是转向芃儿手臂外侧，于"寸口"上方寻着了她的脉，宋慈不禁心中一热，对芃儿说道：

"你的脉，竟也与芃儿一样。"

她举起眸子，知道父亲所说的是他亲生的芃儿，也忍不住问："这是为何？"

"你这是'反关脉'，世间很少人是这样的脉，你芃姐是双手'反关'，你把那只手也伸出来让我看看。"

她于是伸出另一只手，宋慈按上，稍顿又叫出："你也是双手'反关'！"

"世上竟有这样巧的事。"芃儿笑道，心中油然而觉一种非常的幸福之感。

"古人创出'缘分'二字，看来，你作为我们的女儿，还真真是有缘！"宋慈说。

芃儿不知还该说什么，只是笑，心里真是为幸福填满了。

宋慈开始仔细切按，他感觉到芃儿的脉一往一来，一前一后，有如圆珠，流利搏动，这是滑脉。滑脉本为阳气有余的脉象，但也有元气衰少，不能摄持肝肾之火，以致血分有热，邪气内盛，而脉见滑象，芃儿当属后种。关部脉滑，多见于下瘀而成蓄血之症。继而，宋慈又摸到芃儿尺脉弱寸脉盛，而女子本当以尺脉盛寸脉弱为宜。看罢两手，宋慈又看了芃儿的舌相，舌苔黄厚浊腻，舌尖舌边红赤，可见芃儿腹痛还有邪气犯脾胃，因而治疗起来除了清热、利湿之外，还以健脾为要。接下来，宋慈也不好再问什么，就在案上取出纸笔，写下一纸药方：

炒白术	五钱	制苍术	三钱	淮山药	五钱
广陈皮	一钱	车前子	四钱	荆芥炭	钱半
杭白芍	三线	北柴胡	钱半	生甘草	钱半
银花藤	一两	蒲公英	八钱	椿根皮	五钱

写过此方，宋慈又对芘儿说："另外，还可取贯众，削去外层叶柄残留部分，切碎，白醋泡透，焙干，研末，每日早晚各服三钱。这是单方，父亲会替你制作。现在，你把这个药方去交与母亲，你们自己去置办吧！"

要出房门时，宋慈又说："今晚，我还会让你母亲替你炮制些坐盆熏洗汤，睡前趁热熏洗。你放心好了，很快就会痊愈的。"

"唉。"芘儿应道，脸上不禁有些飞红，她想对父亲称谢，但终于没有说出。

宋慈又忙于复审那批行将开释的囚犯去了。一连十日有余，终于弄明白所应该弄明白的一切，宋慈决定在同一日开释这批迟放的囚徒。

开释之日到来了。当破晓的晨钟刚在微光中徐徐敲响，宋慈已起床来到了牢城。

南方的日头出得快，当朝暾初升，霞光耀染城楼之时，那三百余名获释者已被从牢中领出，齐集于牢城之内的大院中。守狱的军士或立于城墙之上，或站在院落四周，一个个肃然直立，精神饱满。

宋慈一声令下，三百余名获释者都列队向牢城外走去。牢城外，千余名家属亲友与无罪获释的亲人相见、相拥的情形，是很动人的。忽然又有人折转回头，面向牢城跪下，口称："谢宋提刑大人！"一时间，所有的人都跪下，那种去而复回，长跪不起，久久未去的情景，那"谢宋提刑大人"的呼声震动城郭，是非常动人的！

宋夫人却隐隐地有种不安，她说："你放了这么多囚徒，不会有问题吗？"

宋慈说："有什么问题？不放才有问题。放了，为朝廷缓解怨声载道，防止激变。"

如果细察宋慈在广东审理积案，可以看到他通过检验勘查，多数是为囚犯寻找可以证明他们无罪的证据，从而为之平反冤狱，开释囚徒。可是，积案年深日久，找不到无罪证据的仍然很多，怎么办呢？继续关押下去吗？那要我宋慈来干什么呢？一个臣子如何为朝廷排忧，如何为百姓解难呢？

在他的广东经历中，在他通过检验为囚徒寻找无罪证据的努力中，已经可以看到他逐步形成"无罪认定"的出发点和指导思想，与当时许多法官的"有罪认定"出发点已有明显不同。这应当被看作中国刑官断案执法中萌生的重大进步。

看看这些各地辗转送来的囚徒，所以积案甚多，除了当初忽略检验和勘查，案子办得太过粗糙之外，多由于被疑为作案者，没有人能拿出肯定他们无罪的证据，就被官府一直关押着。宋慈以为如此办案实在是非常可怕的！

"主审官，拿不出他无罪的证据，就关押他，这不是把自己的无能侵害到嫌疑人身上吗？"宋慈说。

"主审官，也拿不出他有罪的证据，就靠用刑取获口供，如此审案，要到什么朝代才能改变呢？"

宋慈这些话，在平日，与童宫、与霍雄、与夫人、与秋娟、与芘儿都说过。没有别的意思，就是无处可说，随便说说，并在多年后将体现在他的著作中。

也许应该说，宋慈赴广东提点刑狱，清理积案，所以做得轰轰烈烈，卓有成效，并不仅仅因为他精湛的勘查检验才华，更因为他认定的审案原则：一是只要拿不出有罪的确凿证据，就视为无罪。二是不以口供为主要定案依据，只有口供而没有其他确凿证据的，对口供不予采信。有这两条，才是他可以大规模平反冤狱，释放囚徒的重要因素。

事实上，宋慈处理这一大批积案，未必件件都有检验依据，但凡从原始案卷中，从本次复审中，只要没有足够证据能证明其有罪的，就视为无罪，就予以释放。

获释者走后，狱中空多了，但是仍有囚徒二百余人。这些囚徒大多愁眉深锁，长吁短叹，都是已经拿到他们有罪的证据，不能排除他们无罪的囚犯。宋慈决定，立即着手审判这些囚犯。

二百多囚犯中，按律量刑，有一批是犯偷窃之罪的，被打了若干脊杖以示惩罚，也就放了。还有的算上他们被关押的时间，不少人也够得上刑满了，如此又择日释放了百余人。

被审定确实犯了杀人害命之罪的囚犯也有一批。

判斩的日子到来了。秋日的广州，天空清丽，万里无云，高洁而深远。粤秀山西麓猪虎洼岗下，这昔日曾集合过数万南汉军队的校场如今作为法场；法场之上，旌旗迎风，军士林立，戒备森严。百姓观者无数，人们看到被判斩刑的一批囚徒中多有豪强劣绅，心中无不大快！

宋慈的车骑驰进了法场，万众欢呼，群情鼎沸。

宋慈走上了阅台，望着此情此景，他想到了自己从年轻以来的追求和奋斗，也想到了这次自闽入粤近八个月来的风风雨雨，二百多个难忘的晨曦。他仿佛又听到霏霏雨声，看到自己在绵绵细雨中与军士一同推动陷入泥泞的车舆，看到破庙飞檐下晃动的风铃，看到庙内彻夜不熄的篝火，看到自己与军士一起赤裸着身围在篝火旁烘衣，看到那两个在雨夜中倒下再也没有爬起的军士……他的眼睛湿润了。

从此，宋慈的名字更传遍委巷穷闾，深山幽谷。他使那些恶霸歹徒，豪滑权贵，闻其名而胆寒；无数的平民百姓，则将他洗冤禁暴的神奇事迹传扬得越来越神……

秋兰、秋菊都开了，黄槐、木芙蓉争相斗妍。

这日，同许多个清晨一样，当天空尚处在深邃微白之时，提刑司内的晨鸟已开始鸣喧。就在这时，有一支不知从何处飞来的响箭不偏不倚地射在宋慈居室的窗棂格上，箭头还带着一个信笺。

刚刚来到庭院准备练拳的童宫听见声响，吃了一惊，立刻警觉起来，可是四处里看，不见人影。此时，宋慈也走出房来，他看到了箭，去拔下来，就见信封上写有"绝密"二字，又有"宪司提点刑狱公事宋慈大人亲启"字样。宋慈取下信封，那信封糊得很紧。宋慈撕开一角，剖开一边，取出一张纸来。把信展开，尚未及看，那信中掉下一绺头发。宋慈捡起那柔细微黄的头发，头一个感觉便是："这是一个少女的头发。"

宋夫人也出房来了，她看到宋慈正看那纸文字，便问："出了何事？"

"这是一封揭章。"

"谁写的？"

"匿名。"

"所告何人？"

"本任帅司经略安抚使大人。"

宋夫人不免吃惊，这经略安抚使大人，总揽广东军民两政，为广东最高长官，职位在宋慈之上。

"告他什么？"宋夫人又问。

宋慈没有回答。

"这事……你，打算查吗？"

宋慈看着手里的一绺柔细微黄的头发，答道："查！"

第十五章

发愤著书

（1239—1248 年）

从前司马迁说，文王被拘演《周易》，孔子困厄修《春秋》，屈原放逐作《离骚》，左丘失明写《国语》，……宋慈任广东提刑不到一年就被调离，迁任江西提刑也不到一年，再迁江苏常州府任知州，一晃就是五年，他六十岁了。想到天下冤案甚多，自己所作甚微。渴望竭尽心力去为天下人洗冤却不能，也如同被困在这知州任上；即使皇上还让自己去当提刑，又能够审理多少？由此萌生著述愿望……

1. 人到花甲

淳祐五年（1245 年）的一个春夜，热闹了一天的江苏常州知州府安静了；知州府大厅的中堂悬着一个大大的飞金"寿"字，煞是传神，厅堂四周挂满了寿联：

> 德如膏雨都润泽
> 寿比松柏是长春

> 甲子重新如山如阜
> 春秋不老大德大年

这是宋慈的六十大寿。这年他虚岁六十。古代，人们是算虚岁的。这些寿联都是本城文武官吏、商贾富豪、名流居士，以及邻县的官吏们送来的。然而这个寿辰之夜，宋慈却为一种难以名状的不愉快感觉所困扰。

热闹了一天，客人们都走了。宋慈送走的最后一个客人是单梓林。这单梓林就是宋慈十九年前出山任信丰县主簿时，他的上司单知县。如今单知县已不是仕途中人了，他早于几年前回到老家来，经营起了父亲留下的"千亩雪"织锦坊，这是常州最负盛名的织锦坊。

送走了单梓林后，宋慈心中忽然感到有种空虚之感，这种空虚之感很快又

348

变作烦乱，而且乱得异乎寻常。不愉快的感觉从四面八方袭来，一会儿就占据了他的心。这种不愉快的感觉源于什么，难道是因为单梓林走了？当然不是。那又是什么呢？宋慈自己也想不清楚。

对夫人这次为他做寿，宋慈原是极欢喜的。为了高兴一番，他给单梓林和本城"无凡草"药铺一老一少两个药工，以及"千行锦"雕坊的一个掌柜等几人发了帖子，可是不知怎么，城里所有的大小官吏几乎都于十日前就吹吹打打送礼来了，弄得他请帖未发，倒不得不先坐下来给这些人写了谢帖，并差人将礼物一一送回。

谁知今日，他还系着围裙，亲自动手在后院宰了一头大肥猪，并亲自剖腹开膛，剥取内脏，剔骨下肢，芪儿在旁做了他的帮手，他还兴致勃勃地问芪儿："你看父亲的手艺如何？"

"父亲拿出了剖尸的技术，那还用说。"芪儿笑道。

就在这时，府门外传来一阵急管繁弦的鼓乐之声，霍雄匆匆奔入后院："大人，今日不但本城的官吏富豪，就连邻近各县的官吏也都备了厚礼，相继而来。"

"岂有此理！"宋慈怒了，他将手里的宰刀一扔，那刀尖深深地插进了宰架。

"外公！外公！"小赓儿喊着，同小宝还有小萱儿一道跑了进来。小宝接着说："来了好多好多人呀！"

这小赓儿已经五岁，小萱儿三岁多，小赓儿是童宫与秋娟的小男孩，小萱儿是霍雄与芪儿的小女孩。五年前，也是在这知州府内，宋慈夫妇做主，让芪儿与霍雄成了婚。小赓儿出生后姓宋，取名赓，有承接宋门一线香火之意。

这时，宋夫人也匆匆来到了后院："老爷，人家既然来了，怎好拒人于门外？"无奈，宋慈只得做了让步，不得不出来招待大家。

然而，这是他心情不愉快的潜在原因吗？似乎不是。

"老爷，你累了，先去歇息吧！"宋夫人也没有察觉到他心里的变化，当送走客人回到厅上时，夫人就这样对他说。

他没有回卧房，却来到了书房，他觉得自己不是累。

他在藤椅上躺了下去，微闭了双目，不知怎的，日间众官员赞誉他的许多话，在耳膜中撞响：

"大人谦挹峻厉，威爱相济……"

"大人德为世重，寿以人尊……"

"大人才智冠世……"

"大人……"

"大人……"

"噗——"宋慈不禁鼓腮长吹了一气，似乎想吹散耳边的余音。他并不因此而陶醉，对这些"赞誉之辞"，他那贯于思索的头脑在宴间就细细揣摩过了，认为倘若把它分类，大抵可分为三：一是出于真心，二是出于礼貌，三属阿谀奉承。

月亮上来了，皎洁的月光从楼角那棵老桂树的叶缝筛进房来，那碎影使他的心里更加烦乱，思想愈不能集中了。终于，他在房内坐不住，起身出到庭院中去。

"花好月圆庚星耀彩，兰馨桂馥甲第增辉。这幅字，写得最好。" 厅堂里传来芪儿的话音。透过窗牖，宋慈看到，是芪儿与母亲等人在厅上欣赏那些寿联。看得出，他们心中都充满了喜悦。宋慈没有惊动他们，下阶来到了庭院。

庭院四周，花草木石在月光下愈发显得清澈，宋慈也沐在那月光中。但此刻他却是凝神注视着月光在自己身旁拉出的瘦长身影……蓦地，几日前夫人让他试穿新衣时说的话又在他耳边响："老爷，这几年，你老多了！"

"老多了？"

那时，他还不以为然，可是今日宴间，看到那些年高过他，却仿佛比他"年轻"许多、保养得相当好的官员，他感到自己确实老多了。

"父亲，母亲说要给你做寿了。"

"做寿？"

"是的，过几日，就是你的六十大寿。"芪儿说。

"我六十了？"

"看你，连自己的年岁都不记得了。"

这是更早几日的事。

"啊，六十，六十了……都做了些什么？"

想到老，他倒渐渐冷静下来，开始反省自己的一生，而且像从前审理案件那样，逐年加以严格审查。

他想起了少时的苦读，那时父母和先生对他只有一个要求：刻苦求学谋求入仕。他自己也曾这样认为；只有首先谋求入仕，才好竭尽才智上报社稷下安黎民。他努力了，也入仕了。因而入仕以前的生活，应该说是无悔无愧的。

入仕后，因守制而丁艰于家，虽一事无成，但继续谋求学问，所能尽到的努力他也尽到了。那么出山奉职之后呢？

想到奉职之后，他的心里又渐渐激动起来：初任信丰主簿，官职虽微，但并不因此而觉得羽翅难展，足履难驰，循着仿佛是注定的路一步步走来。从主簿、知县、通判到提刑……在广东提刑任上，风尘仆仆走遍了广东的穷乡僻壤，审清了大批疑积案，平反了许多冤错案，辙迹所至，禁暴洗冤！回想这些，他的眼前就会跃动扑面而来的荒林野店，耳里震响驰奔的蹄声。然而想过之后，他便又陷入了一种空虚……他又听到了已很遥远的话音：

"老爷，查不下去了？"

"阻力非常之大。"

"安抚使大人知道你在追查吗？"

"他耳目众多，岂能不知？"

"那……"

"总能查个水落石出的！"

五年前，当他不肯置那支响箭上的匿名揭章于不顾，当他虽遇到种种困难仍坚决要查个明白，可是后来，他毕竟陷入了难以逾越的窘境。一日，他正独自坐在广州提刑司的集断厅内潜心阅卷，童宫匆匆奔入："大人，圣旨到！"

"圣旨到？"他不无吃惊。

府门外，一彪人马拥着一辆黄盖车向提刑司驰来了……他甚至记得宦官抖动圣旨的窸窣声。他跪在堂前，听宦官高声宣道：

"制曰：奉法者强则国强，奉法者弱则国弱。朕闻宋慈奉诏提点广东狱事，尽勘检之妙，所至雪冤禁暴，岭海晏然，可喜可嘉。今颁降此诏，迁宋慈为江西提点刑狱公事兼知赣州。诏书到日，即时诣赣。故兹诏示。"

宋慈跪在地上，是感动，是疑惑，是惊喜，是忧愁，他自己也分不清楚。

"宋慈接旨！"宦官道。

宋慈这才慌忙起身，接了圣旨。

这是嘉熙三年深秋的事。从官职看，他倒是提升了，但一宗大案尚未审清便要不了了之，他担心自己走后，这些日子里协助他审案、为他提供过案情的人要遇到麻烦……他想向皇上启奏，可是尚缺足够的证据，而没有足够的证据，或所奏有误，岂不是"欺君"？加之皇上诏令在身不可延误，宋慈只得放弃那案，赴江西就职。

在江西任内，又怎样呢？日出日落，月缺月圆，足迹又遍及赣江两岸，审理了不少疑积之案，也审办了不少新遇之案。

又是秋天，秋花开遍赣江沿岸时，一日清晨，渔民从江中捞起了一具无名女尸。多年轻的少女啊，至多不过破瓜之龄。云鬟散乱，发梢黑中透黄，体态匀称，肌肤洁如羊脂。头面有被磕破之痕，口鼻内有水沫及淡色血污，身上只穿一件薄薄的绯红衫裙，早破了，水淋淋地粘紧已有些肿胀的躯体，虽已有人替她拉平了衣服，仍遮不住高耸的乳峰，腹部鼓起……人们惋惜，嗟叹，议论纷纷，不忍离去，却又没人认得这女子是谁。

宋慈来到江边，看了看女尸的乱发、白皙的手、脚上的鞋，以及鼓起的腹部和微露的乳头……他立刻看出了问题：这女子并非如乡民们所报称的那样——死在水里，而是死在上游某地一个住宅里，是死后被人抛尸入水的。

看出这些，对宋慈来说，算不上困难。

死者口鼻内有水沫及血污，虽似落水遭溺的征象，但死者发际、指甲、鞋帮内均无泥沙，足见不是生前落水。死者形体丰满，肌肤润泽，这可以排除病逝后被人抛尸入水。死者面色苍白中透出暗紫，这是气血逆行所至。死者头面有磕擦之痕，腿脚有被人指捏之痕，这可怜的女子是被人倒提着塞入水缸呛死的！至于腹部鼓起，那也并非"吃水"的缘故，而是因为腹中有孕。

两条生命，就这样死了，宋慈焉能不管，他当即立案侦查。

当他费了许多周折，好不容易查到这女子竟是下游一个曾为朝廷立过显赫战功，如今已骑不动战马的老将军家的侍女时，他忽又接到皇上的圣旨，莫名奇妙地被调到这常州来任一个知州。

他记得，那时的情景就远不似头一年在广州接旨的情景了。在广州，他奉旨迁官毕竟还是任提刑。在赣州，他奉旨却是被降为一个知州。

那一日，他的郁闷似乎比今晚更浓。厅中案供香火，案上端放着圣旨，他就在那案前来回踱步，仿佛有走不完的路……芪儿、童宫、霍雄都伫立窗外，默不作声，夫人就站在那供着香火的案旁，也不知过了多久，夫人对他说：

"老爷，你不要生气了。"

他停下步，似乎自语："圣命难违，气也无用。"

在广东任上不到一年，那一回是在查案查到广东安抚使大人身上的时候，他就突然被调走了。任江西提刑也不到一年，这一回是在查到一个老将军住宅的时候……这个老将军虽已赋闲在家，可他有五个儿子都在朝中补了职，其中一个儿子就在吏部为官，尽管官职不显；为什么偏偏都在这样的时候，他就会突然接到皇上的圣旨呢……

2. 困窘中萌发

来常州倒是一晃五年了。似乎只有在这时，他才体味到好友刘克庄关于为官奉职的那些见解。

他便又想起了刘克庄因作《落梅》诗而遭罢职，而今想来，他觉得潜夫兄不仅是个通脱的人，潜夫有他的理想，他的情志。官场之弊，所见极深。但他从不肯趋炎附势。端平初年，他复入朝为枢密院编修官兼权侍右郎官时，也就是那次到南剑州传旨回朝后不久，他又第二次被人疏劾罢官；后来，再次复出知袁州牧后，又第三次被劾罢官。所有这些，潜夫兄似都不在乎。光阴年复一年地过去，他依旧为官便秉正，做人总磊落。真可谓"任他年华如流水，依旧豪情似大江"！

联想自己，他觉得自己有不少地方比潜夫幼稚，而且无法做到像潜夫那样通脱，自己还未曾落到罢官的地步呢！

"可是，不同啊！"宋慈感到，自己的一生实际早已同勘查检验、审刑断狱结下不解之缘，去了他的提刑之职，改任知州，实在无异于罢官！

想到罢官，他又想到了单梓林。

"惠父兄，想不到我们会在这儿见面！"那是他到常州后不久的一天，单梓林忽然来看望他。

他立刻记起单梓林就是常州人氏。但看到单梓林穿一身崭新的商人服饰，他忍不住问道："梓林兄怎么穿起这一套服饰来了？"

"我就是织锦店的商人嘛。"梓林说。

"那……"

"我已经回乡多年了。"

"为何？"

"在湖南郴县任上，有一个案子，我断错了，就回来了。"

"罢职？"

"这没什么，我是该回来的。"单梓林顿了一下，又说，"从前，我父亲说我天庭宽阔，兄弟中就数我办事公道，人也灵活，要我去做官。说家里也该有个做官的人，这生意也才更好做。他设法让我的大妹子去做了一个二品大臣的小妾，到底给我补了个官。那时，我也觉得做官不错。到后来我才晓得，我单梓林根本就不是做官的料。"

"为何这么说？"

"真的。做了几年官，尤其是那年遇到你后，我就晓得了，要在这世间做官，至少得有两种本事才做得起官。"

"哪两种本事？"

"一是肚里得有花花肠子，晓得巴结，精于变诈；其二便是像惠父兄这样，拥有真才实学，什么事儿也难不倒你。可我既无其一，也无其二。就做不了官了，不如回家做生意。"

宋慈望着满面红光的单梓林和他说话时的轻松劲儿，感到他确实比从前精神多了。因想到单梓林那位善于烹调的夫人，宋慈又问："嫂夫人呢？"

"在家里。"单梓林又乐哈哈地说，"她为我生了三男二女，如今四个又都有了儿女了。只是……"说到这儿，单梓林忽又敛了笑容。

"怎么？"

"我那可怜的大妹子，做了人家的小妾后，也不晓得染了何病，不出两年，还怀着一个孩子，就死了。"

这是宋慈初来常州那年的事，现在想起来，宋慈心中也说不出是何滋味。常州五年，他苦恼于不能如那两年那样，大刀阔斧地断处案子，于千种疑奇、万种疑难中游刃。常州五年，他常想的是：广东、江西、天下……人世间有多少不白之冤！他甚至大言不惭地对夫人说过：倘若他不是知州，而是提刑，凭着他的勘检知识，走到哪里便可把刑案断到哪里，真正实现他青年时期洗冤禁暴，上报社稷下安黎民的情志。可是现在，他的官职太小，权力十分有限，他只能空想而已。

"啊……"他长叹一声。多少年来，他都是充满自信，有时自信得甚至不屑于耳闻夫人要他"不妨谦虚些儿"的言辞。虽然世人多视谦虚为美德，但他不会生发出诸如"其实我也没什么真才实学"之类的谦想，尽管他表面上也很少表现出如刘克庄那样的"狂傲"。他对官场上那些并无真才实学，而常以"谦虚"做外衣掩饰自己的官员早看得腻了。他以为人生本应无所束缚，不遗余力地去发掘自己的才能和力量，唯其如此，于社稷于黎民才有裨益。他从小就不自谦，从小就相信自己，为什么不呢？一则长文，在相同的时间里，别的同龄孩子背诵不下的，他能背诵得精熟。他只在看到眼前是一片己所不知的天地时，才会感到自己某一方面的欠缺；面对这欠缺，他就充满自信地去变无知为有知。一旦他已能遨游于他原本不知的一片天地，他的内心又充满了骄傲。为什么不呢？他所能企及的天地，不是很多人都能企及！可是现在，他不能不感到天地于他竟是多么狭小，天地间也确乎有靠自己的努力无法企及的东西。他确确实实地感到了自己的渺小和可悲，似乎这才憬悟。今日心里的不快，正是觉得自己这一生努力到六十岁上，却怎么仍似青年时被困家中那般无法事志？他已经六十岁了，这一生委实还没有做出什么值得庆贺的事情，却已经老了。而且，也不知今后还能做些什么。对他来说，人生最可怕的莫过于这种茫然的落寞，莫过于他从前那种"什么也难不倒"的自信受到动摇……

"啊，啊……"大寿之年，真可谓乐极而生悲，宋慈想不下去了。他举目向天，凝望着。月光依然在云天中浮游，那高旷的天宇，那月亮从容不迫的神情，又反添了他心中的空寂。现在他觉得自己确实有些累了，终于举步踏上了庭前的石阶。

"母亲，你看，这是一副女寿联：'玉树阶前莱衣竞舞，金萱堂上花甲初周'。他们用错了。"

厅堂里仍传出芘儿他们的说笑声。宋慈皱着眉心，一言不发地转上回廊，来到书房，躺到了藤椅上。回廊里响起了有人走来的脚步声，这脚步声在宋慈听来仿佛格外响。

是童宫送茶进来，不知怎么，宋慈忽然在椅边猛拍一下，喝道："退下！"

童宫一愣，把茶搁在书案上，莫名其妙地退下了。

听着童宫退下的轻轻脚步声，宋慈郁郁的眼睛忽又怅惘了，很长一阵，他才似乎意识到自己方才一声断喝的可笑。然而心里还是烦，便又起身踱步。不多时，回廊里又响起了有人走来的脚步声，那是夫人的。在夫人身后，还有一个脚步声，是芪儿的。脚步声在书房外停了一下，接着是夫人独自走进书房来。

"老爷，你不必动怒。那几份厚礼，我已吩咐过了，明日——退回便是。"

宋慈站下，没有作声。

"老爷，你还在生气？"

宋慈重又踱到书架前，抚着架上的许多书。少顷，夫人方有所悟。"其实，古来不少有才志的人，也未必都能如愿。譬如武侯七出祈山，志在进取中原一统天下，但终于未能实现，可又有谁会以为武侯是个没有建树的人呢？"夫人说。

"武侯鞠躬尽瘁死而后已，武侯是奋斗到死的。可我还活着，活着……"宋慈吼道。

夫人有些被惊住了，稍顿，她想说："武侯有君主委以重任，可是你……"然而没敢说。她知道，这正是老爷陷入郁闷的根源。他想做提刑，圣上却让他来当知州，这有什么办法呢？五年来，玉兰不知讲过多少慰言，都无法使他做到权且随遇而安。玉兰痴站了一会儿，只说了声："早些歇息吧！"便退了出去。

月亮依然在云天中穿游。秋娟与童宫、芪儿与霍雄都领着孩子候在房外的庭院中。方才宋慈陡然喊出的那些话，他们都听到了。见宋夫人朝他们走来，他们都迎了上来。

"母亲！"芪儿叫道。

宋夫人握着芪儿的手，感觉到自己的手很凉。宋夫人说："我本想趁此大寿，让老爷高兴高兴，谁知……"

"外婆，外公怎么啦？"小赓儿说。

"没什么。"宋夫人抚着几个孩子的头，对大人们说，"你们都领孩儿先去歇息吧！"

皎月西斜了，秋娟、芪儿安置了孩儿睡后，又来到了书房外的庭院，宋夫人与童宫、霍雄都还在原地。书房的窗牖上，烛光也仍然映出宋慈踱步的身影，不住地长短变幻……

起风了，凉风飕飕地吹着，宋夫人身上又感到了阵阵的凉意。"老爷若再不去歇息，也该添衣了。"

"芪儿。"她轻唤了一声。

"唉。"

"你再去劝劝父亲吧！"

"我？"芪儿眉睫动了一下。

"有时，你的规劝，父亲倒是会听的。"

"可是，讲些什么呢？"过去，在宋慈为此很不愉快的时候，芪儿的几句话确也曾使宋慈渐渐安静下来。但几年来芪儿的话也似乎讲尽了。现在，该说什么？

"你就拿件衣服过去，让父亲添上，再随意说点什么吧！"宋夫人说。

"好吧！"芪儿转身而去。

一会儿，芪儿从父亲卧房取了一件衣裳出来，就这时，书房内忽然传出宋慈的叫声："玉兰！玉兰！"

"哎！"宋夫人连忙应道。这些年，宋慈只在单独同夫人一块儿时才直呼其名，如今大呼出来，是忽然想到什么事儿？宋夫人与芪儿一齐朝书房奔去。

"著书，我可以著书！"见夫人进来，宋慈第一句话便这样说。

"著书？"夫人问。

"对！"宋慈目光灿亮，"我也该有些自知，天下之大，案件之多，我纵有三头六臂，又能审理多少？何况我已经老了，光阴十分有限。再说世间许多冤错案，究其原因虽多，但有相当一部分是司法官缺乏经验所致。我若能把一生中亲所经历和所见所闻的疑难案撰写成书，以示同寅，供后人之鉴，那……"

夫人笑了，芪儿他们都笑了，真正会心的微笑。他们想，老爷此后有事做了，他将不会因无事可谋而困闷。

宋慈也笑了，十分舒心的微笑。

这是宋慈一生中真正值得庆贺的生日！

3. 初版于湖南提刑任内

一部惊世之作，便这样萌生于宋慈的著述愿望！

从此，宋慈开始著述。无数的案例涌到他笔端，一发而不可收。白日，府里无事的时候，他便伏案疾书。至晚，榴花窗前，更夜夜映出他秉烛沉思，运腕挥毫的剪影。然而，过了不多久，他的身体渐渐不支，最恼人的是头时常晕而且痛，这使他无法敏捷地思考。夫人常常不得不限制他伏案，乃至禁止他晚间动笔。因晚间一动笔，这一夜即便上榻也甭想睡了。

宋慈也曾"抵抗"过几回，但次日他的头就痛得更厉害。渐渐地，他对夫人的规劝与限制，倒也还是听的。

这期间，夫人每日都到书房里来阅读他当日写出的手稿，偶尔也说几句自己的看法，因为这是老爷要她这样做的，她要不说，老爷就会生气。人老了，脾气也变得怪。当然，她还得回答老爷随时可能提出的问题，虽然那多是宋慈自己就能定夺的问题；但夫人的一些见解也确实每每能使宋慈越发肯定自己的想法，而且夫人的记忆力非常之好，有许多案子，宋慈从前曾对夫人讲过，夫人都能记得相当清楚。

这期间，芪儿也帮上了大忙。所有手稿都是芪儿用她那娟秀的小楷誊正的，不论多乱的手稿，经芪儿一誊，便如雕印般清晰端丽。古柏书案上的文稿，渐渐越积越高。

窗外，落雪了，细雪静静覆满了屋瓦。雪融了，雪水滴滴嗒嗒地在檐前落个不休。花开了，温馨的气息，飘满庭院。万物葱茂了……枫叶欲燃了……一年耕种，到了收获的季节，宋慈以为可值一写的疑难大案，几乎全都回忆书写出了，宋慈觉得可以筹划付梓印书之事了。这时，不论宋慈，还是夫人与芪儿他们都好似远涉而归，深深地松了一口气。

这日，霍雄把常州"千行锦"雕坊的掌柜与雕坊主都请进府里来了。宋夫人很高兴，见宋慈没有出来见人家，忙对霍雄道："你快去书房告诉大人吧！"

"嗯。"

霍雄应声而去，不料一会儿即转回来禀告道："大人在书房里发愣，说是此书不刻了。"

"不刻了？"宋夫人从椅上立了起来，眉头立刻蹙紧了，她想了想，对"千行锦"雕坊的雕坊主与掌柜道："二位请稍候。"说罢亲自向宋慈的书房走去。

书房里，宋慈果然立在案前，呆呆地望着案前的文稿。

"老爷。"夫人小心地唤了一声。

宋慈似乎没有听见。

"早晨，不是你自己吩咐去唤雕坊主来的吗？"夫人又说。

"那是早晨的事。可现在……"

"现在怎么了？"

"你想，像这样叙述疑案，与前人所著《疑狱集》《谳狱集》《折狱龟鉴》有何不同？"

夫人听罢，不解似的定睛瞅着老爷。

"你总知道，"宋慈从多宝格书架中分别抽出《孙子兵法》和《伤寒杂病论》，"孙子修兵法，并不叙述战例；仲景著医书，也不尽叙医案；我为何不写一部指导检验的专门著作呢？"

"专门著作？"

"对！这是前人尚未做过的事。而我可以博采前人之长，荟而萃之，厘而正之，总为一部，于后世定然更为合用！"

"可是……你又要从头写起？"夫人想到这一年多来老爷付出的心血，不知是喜还是忧。

"写！"宋慈说。

星移斗转，叶落花繁，又过一年。

这一年，宋慈的鬓发几乎全白了。他的著作终于再次全部草创成稿。

全书从检验步骤、尸体识别、四时尸变、死因剖析，从凶杀、自刎、绳缢、服毒、火烧、水溺种种辨生前死后到辨真假伤痕……涉及内科、外科、妇科、儿科、伤科、骨科诸方面的知识，以及生理、病理、药物、诊治、急救、解剖诸方面的学问。内容之广博，阐述之精微，连他自己也很觉陶醉，他反复修改之后，准备付梓了。

就在这一年，湖南狱事又乱得难以收拾，百姓怨声载道，连宫中嫔妃们都时有议论。而在这前一年——淳祐六年，刘克庄又因理宗皇帝赏识他"文名久著、史学尤精"，特赐同进士出身，刘克庄奇迹般东山再起，入朝任了秘书监，中书舍人。于是，由于刘克庄的再次推荐，宋慈也被再次诏为提刑，派往湖南。

又是举家搬迁，宋慈怀着不知是激动，还是感慨的心情，登上车舆，沿着六年前他到这儿来的路，往湖南方向奔去。一路上，宋慈将著作稿每时每刻都带在自己身边，这就是他来常州的最大收获！

"父亲，还是让我来替你携带吧，何必你自己抱上抱下的。"芪儿说。

"不。"宋慈说,"你得照顾两个孩子,还是父亲自己来吧!"

是的,就连细致入微的女儿愿为他专门携带书稿,他也不甚放心。他将他的著作稿带在车骑上,放在卧榻前,他必须随时随地眼能看到它,手能触及它,才能放心。他生怕在这举家搬迁的长途中,稍有疏忽而将书稿遗失。"万一遗失,还能再写出来吗?"他不敢自信。

抵达湖南任上,他又将夜以继日地沉埋于审刑断狱。在此之前,他决定先安排一下刻书的事。虽然此时,仍有一篇《序》尚未写定,书名也还没有想好,但他总感到必须抓紧时间,尽快把书刻出来,生怕自己哪天会等不及看到印出的书而突然谢世。于是,抵达潭州(今湖南长沙)的头一日,头一件事,他便是差霍雄去请本城的雕坊主。

雕坊主来了,宋慈百叮咛千嘱咐,万分慎重地把书稿托付给了雕坊主,那语言、那神情,完全不像平日精明果决的宋慈,倒像一个啰唆的老头儿。

雕坊主把书稿取走这夜,宋慈整整一夜无法入睡。翌日天明,宋慈一早起来,便又唤来童宫、霍雄:"你二人快去把书稿取回来。"

"为什么?"童宫问。

"快去,让那雕坊主也来。"

二人去了。

芘儿也听见了,来到父亲身旁,问:"父亲,你还要修改?"

"不。"

"那是为何?"

"要是雕坊突然遭了火灾,或有其他不测,怎么办?"宋慈看着女儿,又自笑了笑说,"芘儿,你会觉得父亲老了,也未免太多虑了吗?"

"不过……这书怎么刻呢?难道……把他们都请到府里来刻印吗?"

"我就是这样想的。父亲已经老了,这部书必须万无一失。"

雕坊主来了,他听从了宋慈的意见。

雕匠们来了,来了几十人,宋慈要他们尽快尽好地把书刻印出来。提刑司内,前所未有地辟出了一个临时雕坊。

这一日,是淳祐丁未嘉平节前十日,宋慈在府内的书楼上又精心地写成了一篇序。为这篇序,他花了不少时间。

他视这"序"为一本书的"眼",不可不慎。

于是，写好了，觉得言犹未尽，又添几句。添着添着，变了原来的样儿，就又重写。而写着写着，发觉太长了，啰啰唆唆，又去掉……没想到竟写了数十稿，十几种模样儿。但今日这篇"序"，他似乎满意了，数一数字，总共三百四十三字，字不算多，意也像表得恰到好处了，于是放下了笔。

"啊！"他长长地叹出一口气，真好似一个长途跋涉的旅行者，终于到达了目的地，心中觉着一种说不出的畅快。

他又移步窗前，怡然骋目于橘子洲头波光粼粼的湘江水。这时，他又体味到了入仕之年在临安钱塘江边登六和塔时的那种心情！

不知什么时候，夫人与芃儿走到书房来了。宋慈听到她们的声音，转过身来，看着她们问："你们想好了书名，是吗？"

芃儿的脸上现出了动人的微笑，她举眸望了望母亲，母亲也微笑着，示意她尽管说，她于是说："我和母亲想，父亲这书，是帮助天下司法官勘查检验审断刑狱的，依我们……妇人之见，可否就叫《审案要览》呢？"

"《审案要览》？"宋慈权衡了一阵，说，"也行吧！"

"不好吗？"芃儿问。

"可以吧！就叫《审案要览》！"

宋慈提笔掭饱了墨，就要写到封面上去，可是……笔将要触到封面上时，那笔尖又停住了……

"怎么啦，这名不行？"敏感的芃儿立刻问。

宋慈落下了笔，写道：《洗冤要览》。

宋夫人看着这四个字，皱起了眉头。

"你觉得不行？"宋慈问。

"不行！"夫人肯定地说。

"怎么不行？"

"你知道，何谓冤案？被官府判错的案才叫冤案，未经官府审断的民间冤屈，则不叫冤案。你身为朝廷命官，写一本书，什么书名不能取，公然把'洗冤'写上书名，什么意思？是不是公然要跟朝廷拍案，说本朝冤案很多，所以才作此书！"

"朝廷不也是希望天下官员慎思明辨，避免冤案吗？"宋慈说。

"你呀你！从前刘克庄大人还只是写一首《落梅》诗，就被言官指为毁谤，遭弹劾而被罢官，你这书名无异于公开说本朝冤案太多，能不被言官弹劾吗？"

"天下冤案确实很多，我觉得称'洗冤'最好！"

"我岂能不知！可是，你这书，分明是讲检验学问，帮助天下官员审刑断案的，为什么不大大方方地正声称之《审案要览》呢？你看，孙子写兵法就叫《兵法》。是什么就称什么，是帮助审案的就叫《审案要览》，顶多人家说你自视高明，不至于惹来犯上的麻烦，你为什么偏偏要加上'洗冤'之意呢？"

"你既然强烈反对，我想想吧！"宋慈说。

4. 奉使四路勘问刑狱

书名还没有确定，宋慈亲笔书写的序，送到了提刑司内的雕坊。这日下午，宋夫人原本安置宋慈去好好地睡一觉，什么也别做，宋慈也躺到了榻上。谁知夫人才离了一下身，转回房来，宋慈不见了。

"去哪儿了呢？"

宋夫人又跑到书房去看，宋慈果真在这儿。宋夫人进了书房，宋慈仍站在窗前，望着窗外出神。宋夫人走到书案前，看到案前一张空白的文纸上落着"检覆总说"四字，她脱口问道：

"老爷！你又在想什么？"

宋慈转过身来："我在想，这书虽给审案官员提供了勘检知识。可是，官员本身舞弊营私故作冤假呢？"

"那有什么办法？"

"我想在开卷写个《检覆总说》。"

"什么意思？"

"规定审案官员所应遵守的若干条律。譬如，凡检覆之类，不得委派同本案有亲嫌干碍之人；凡上官驳下或转委他官重审之案，若承委官员不以人命为重，或恐前官怨恨，或因犯者富豪，知错不纠或包庇犯罪的，其罪重于初审……"

"你倒是想得挺好。可是……这有用吗？"夫人不禁插话道，"这又不是朝典。"

"你总知道，如今律敕并行，甚则以敕代律，皇上的诏敕都被官员看重。我想，这书问世，对于振颓风，兴法纪，安定社稷，作用匪浅。如果皇上看到，或得赞赏，降旨颁行天下，不就具有同朝典相当的效力了吗？"

这时，宋夫人注意到宋慈已把书名改为《洗冤集录》，便问："这是你改的书名？"

"是。"

"为什么这么改？"

"你说人家可能说我自视高明，说得有理。避免张扬，我把'要览'二字去了。再说，这书，不仅总结我一生审刑断狱的亲知亲见，还汇集了自春秋以来诸多先人的经验，还有不少学问出自村夫野老之口，该叫'集录'。至于'洗冤'的意思，我反复想了，不能丢。想想从前李宗勉丞相何以要举荐我出任广东提刑？我相信皇上要是看到了，也会重视的。"

"要是适得其反呢？"

"书印出来，留给天下。不论遭遇什么，我也没有遗憾了！"

一辈子与宋慈共同走过来，事实上，知宋慈也莫如连玉兰了。夫人听到这儿，说："你这么说，那就叫《洗冤集录》吧！"

淳祐七年（1247年），世界上第一部法官勘查检验学专著《洗冤集录》终于在中国湖南潭州提刑司内问世了。这是中国古代灿烂的法官勘查检验学的精湛总结，是宋慈一生心血和智慧的结晶！

刘克庄最先得到了宋慈派人专门送给他的著作，激动得不忍一下子读尽而又不能不一口气读尽。他明白，自古以来就有人们为幸福与安宁去劳作，也总有心性险恶之徒要破坏人们的幸福与安宁，而宋慈所写的这部著作，是为捍卫天下人的合法利益、反对犯罪、洗雪冤屈而建树的一门学问。

可是，喜欢这"洗冤"二字的刘克庄，也认为书名这"洗冤"二字有风险，为此犯愁。思前想后，他觉得这书不能让言官们先看到，补救的办法是要让皇上先看到，设法让皇上赞同，说出"洗冤"，皇上便可得到洗冤爱民的美名。加上书中精湛的学问，皇上未必不喜欢，让皇上赞同是可能的。

不清楚刘克庄用了什么办法。在这个重大的史实上，我也不想虚构。历史事实是，同年冬，《洗冤集录》果真深得理宗皇帝的赞赏，从而奉旨颁行天下，成为朝野审案官员案头必备之书。

惊人的学问，震动了朝野！

同年岁末，宋慈奉诏进京面君。宋慈不敢怠慢，带上童宫、霍雄二人去了。抵达临安，已是翌年孟春。这年，宋慈六十二岁。

"真是岁月不待人啊！"宋慈三十一岁那年在京都高中进士，而后惊悉父亲病危赶回故乡，时光一晃过去了三十一年，如今再次来到阔别的京城，京城仍是这样繁华喧闹，可自己已是鬓白如霜的老人了，怎不感慨！

宋慈来得太急了。孟春正月，朝中放假，这期间，理宗皇帝除了十万火急的军机要务，别的事儿一概不闻不问，终日只是与嫔妃们看灯看戏。宋慈进京面君这事，算不得十万火急，进不了宫，也就只得在刘克庄那里先住下来。

两个好友又在京都会面了，这也不是容易的事啊！刘克庄也老了，虽然他的鬓须不像宋慈那样白。老友相逢，重游旧地。

"这是天下最繁华的都市！"刘克庄说，"这话不是我说的，是夷人说的。"

也许是罢。都城背依巍峨蜿蜒的天目山余脉，面迎烟波浩渺的钱塘江水域，水域之东连接辽阔的大海，可谓川泽沃衍，海陆丰饶。而随着指南针用于航海，海上丝绸之路的开辟，四海楼船蚁聚于此，这儿更是珍异相聚，商贾并辏。在御街上，他们能看到身着奇装异服的番商。

临安的御街之宽天下罕见。御街中心，是巨幅石板铺就专供皇上通行的御道。御道两旁，用砖石砌出两条人工凿成的御河道。河中栽荷花，岸边遍植桃李。桃李之外森严地布列黑漆椽子，禁人超越。在这椽子之外，方为繁华的御街。

临安的御街也是京都繁华中之繁华。一眼望去，官营店院屋宇高森，接栋连檐，私营作坊遍及深巷僻弄。举凡珍异饰物，名贵药材，奇葩珍卉，南货番品，花色繁多，应有尽有。只是街东的人要想购买街西之物，只能隔着椽子，望望而已。那时，他望着那被隔成两半的繁华街市，就陡然想起早已被切割成两半的大宋江山。

"望那边干啥？"刘克庄问。宋慈看到御街对面的翰林画院书画肆，想起女儿曾渴望来京都看看翰林画院的书画肆，却始终未能如愿。"去北瓦市看看如何？"刘克庄又说。

"去吧！"

北瓦市距此有一里之遥。瓦市也称瓦肆，说俗了便是瓦子，早先盛行于北宋都城汴京，是京都特有的贸易娱乐大世界。靖康之变后赵构建都临安，数年间瓦子也在临安兴盛起来；如今京城内外的瓦子已达二十余座，最大的就是北瓦市。他们一到那儿，便被一处勾栏内紧锣密鼓的轰响声吸引了。

有人大呼起"嚣三娘""黑四姐"的名儿。他们抬眼看时，就见台子上出来两个妇人，一个身着红披风，一个身着黑披风。

"要演一场女子相扑了。"刘克庄道。

话音刚落，只见台上两个女子都似男人般拱手见过礼，随后忽然解去披风。披风一去，台下的喝彩声轰然大作。只见两个妇人都长得高大肥壮，一个肌肤雪白，一个肌肤微黑；一个上身只束一条红绸抹胸，一个上身只束一条黑绸抹胸；二人的下身也只在腰胯束条短裤，裸臂露背，光腿赤足，拉开架势，就要交手。宋慈蓦地记起北宋司马光曾特别写过一篇《论上元会妇人相扑状》，要求禁止这种女子"裸戏于前"的妇人相扑；他正想对刘克庄说这事，可是还没开口，随着阵阵喝彩声不断拥来的看客已挤得他们连站都站不稳了，直到鼓锣之声三起三落，两个女子相扑手比完招式，互见高低，重归帐幕，人群才稍稍松动。他们也才得以挤出勾栏，向别处去。

在瓦子里，他们身不由己地被人推送到一处处勾栏前。瓦子里娱乐的项目繁多，杂剧、影戏、歌舞、傀儡、杂技、说书，乃至对商谜、教飞禽、练虫蚁、讲诨话、鸟鸣兽叫、装神扮鬼，五花八门，无奇不有。诸多看客游人，居雅座的不乏拥着艺妓的朝廷命官；而喝得脸红耳赤的军官士卒，被那些春花盈头凭栏招邀的靓妆妓女们迎进瓦舍里去的，比比皆是。加之酒炉茶灶、杂货零卖、接铺连摊，壅塞内外，更是人山人海，寸尺无空。整个瓦子就像一锅沸滚的水，到处闹嗡嗡，乱哄哄，怪味熏熏。

却待想走，又见有人朝一处台子拥去，刘克庄拽了拽宋慈的衣袖，他们于是也随人流到了那儿。但见一处台子前的粉牌上赫然写着的说书回目是《霍去病大战河西》，台子上是个瞎眼艺人在说书，讲的是汉时骠骑将军霍去病抗击匈奴的故事。听客甚众，秩序却是最好，人们不但屏声静息地听，脸上还有一种近乎庄严的神情。望着此情此景，宋慈心中也涌起一种兴亡之叹。他与刘克庄站着听了一阵，因那人所讲的大抵与史实相去甚远，他们于是出了瓦子……

在等待天子临朝的日子，由刘克庄陪着，宋慈携童宫、霍雄也去栖霞岭看了岳飞墓及现时的功德院。从前的功德院是在西湖的显明寺，宋慈也曾去过，现在的功德院是宋慈离开京都的第五年——嘉定十四年，由宁宗皇帝下诏将北山智果寺改建而成的，所以，宋慈这次也是头一回去。他们也去过灵隐寺，见了当年韩世忠为纪念岳飞在"灵隐飞来峰"上建造的"翠微亭"，以及世忠之子韩彦直为此在岩壁上题的那些字。他们还去游过西子湖，西子湖仍像过去一样的美丽，潋滟的水光映着远远近近的亭阁水榭，映着轻风拂动的沿岸桃柳，水面上的石桥画舫，望之如绣。只是听着远处画舫里随风荡过红男绿女们的嘹亮笙箫欢歌笑语时，宋慈心中又不禁涌起一种连他自己也琢磨不透的情思与喟叹。游人也比过去更多了，地摊上随时可用钱引①买到导游地经②，卖串糖葫芦儿的游贩肩驮狼牙棒似的麦秸棒，沿路唱卖。他们又在西湖边上叫了辆专供游人唤用的马车，而后右傍西子湖，左靠五代吴越都城古老的城墙，去月轮峰重登过一次六和塔……可后来，宋慈就什么地方也不想去了。

一连半月有余，皇上仍未上朝，刘克庄又听说从宫中传出的消息：皇上因在雪地与嫔妃们打马球，衣服脱得多了，受了风寒，病了。

转眼孟春已过，时入仲春，皇上仍未临朝。

仲春又过，时入季春，皇上还未临朝。

在刘克庄这儿一住就是两个多月，宋慈心中渐渐急躁起来，而且简直有点坐不住了。他一面盼望着早日面君，一面又十分想念远在湖南的亲人们。

然而朝见之日终于到来了。

皇城坐落在凤凰山麓之东。这凤凰山北畔松涛飒飒的万松岭，西望绿竹摇曳的南屏山，背依碧波荡漾的西子湖，晨光衬出它奇秀的剪影，恰似一只引颈展翅、跃跃欲飞的凤凰。皇城方圆究竟多大，宋慈不知，但知道皇城四面各开一门，东西两面各称东华门、西华门，北门称和宁门，南面是皇城大内正门，称丽正门。这日清晨，宋慈就由两名监察御史领着，从大内丽正的掖门进入宫中。宫门内外列队肃立着不计其数的禁军亲卫甲士、左右羽林飞骑，那各色兜鍪金铠、兵仗鼓角、旌麾旗幡都在春阳下耀着五彩。宋慈一路行去，直过了三道掖门，眼前所见皆金钉朱户、画栋雕甍，巍峨壮丽。他一边走，一边想起当年参加殿试时，亲主殿试的是宁宗皇帝。如今他将要见到的是另一个君主理宗

① 钱引即纸币，其前身称交子。交子出现于北宋真宗大中祥符四年（1011年），发行九十二年后，朝廷下令易名为钱引。

② 导游地经即导游地图。

皇帝。他也想起了自己当年赴试，有如一个匆匆的赶路人，无暇观望宫中流光溢彩的繁华，可是今日，他也同样无心观赏左右的金碧辉煌，只顾脚不停步地朝前直走而去。

他终于见到了理宗皇帝，龙凤障扇下，穿一身绛纱衮龙袍的理宗皇帝。倏忽之间，他又想起自己那年参加殿试，连宁宗皇帝的眉目都尚未看清，就开始了殿试，而后就出宫了。然而今日，可也是多么快啊！似乎什么都还没看清，什么也没来得及想，朝见又过去了，只留下一种连他自己也琢磨不清的激动。

是的，他有些激动。就在这次朝见，理宗皇帝当殿赐给他一个镌镂龙凤飞骧之状的御书盒，里面还装有一部盖了皇帝玉玺的《洗冤集录》，并且当殿封他为资政殿学士①。

能从此得在君王身边，为辅弼君王尽自己的才智，这原是宋慈三十多年前就有的理想啊，宋慈怎能不激动！可是今日，宋慈的激动渐渐地又变作了沉思，非常冷静的沉思。这天夜里，他把自己沉思的结果告诉了刘克庄，他觉得这件重要的事必须找好友商量。

在刘克庄满壁随意挂着各种词章诗句的书斋里，红红的火焰映着两个好友的脸庞，两人都很严肃。

"你的选择兴许是对的。"刘克庄说。

"你真也这样以为？"

"其实，"刘克庄停了一下，又说，"像我这样身为中书舍人，实际只不过是皇上身边的一个摆设。本来，我也想过，应当再向皇上荐你为大理寺正卿，可仔细想想，朝中有许多曲折，未必就好。现在，你的这一选择，当是明智的，皇上也可能恩准。"

"你以为有这可能？"

"皇上封你为资政殿学士，实际也旨在使天下知道，天子是如何爱惜人才，重用人才。而你的这一选择，也同样可以满足皇上的愿望。"

"就这么定？"

"就这么定。"

两个好友又一直谈到晨钟远鸣。就在这天夜间，由宋慈自己执笔，两个好

---

① 资政殿学士：官名，宋代资政殿学士与观文殿、端明殿学士，以及龙图阁、天章阁等学士，均与大学士同为优礼大臣。

友斟字酌句，写了一封奏牍。如果说，三十多年前，宋慈的最高愿望是能够在天子身旁，为辅弼君王奉献才智，如今他却对从前在广东、江西职内悬而未决的那些案子耿耿于心。这次进京，他已听说，那位广东经略安抚使大人已在两年前被人刺杀，这使他立刻想起了从前的那支响箭。他还听说，被疑为刺客的人共抓了三十余名，很快都被统统杀了。至于江西那个案子，他没有听到什么消息，那个老将军大约还活得挺好罢。此外，他还对天下许许多多的案子耿耿于心，因而，如今他最大的愿望便是能够走遍天下，去禁暴洗冤！

两个好友又一同上朝了。望着金殿前高大的古铜熏香炉中升起的悠徐青烟，踏着大内阁门两侧钟鼓楼中飘出的轻快鼓乐，宋慈从从容容地向前走去。

就在这年，淳祐八年暮春，理宗皇帝果然恩准了宋慈的奏请。六十二岁的宋慈于是进直宝漠阁，奉使四路，勘问刑狱。

宋慈谢过天恩，辞别好友，又带上童宫、霍雄立即离京奔湖南而来。他将把这一喜讯尽快告诉早已翘首盼他们归来的亲人们，他也将开始他一生中最后的一次转徙各地，禁暴洗冤！车骑在浙南大道上疾驰，蹄声惊起了道旁树上的群鸟，惊起的群鸟迎着天空展翅高飞……

第十六章

纳无所穷

（1248—1249 年）

1248 年，宋慈奉使四路勘问刑狱，辙迹所至，洗冤禁暴。这是他一生中最渴望竭尽全力去做的事。史称他"听讼清明，决事刚果。抚良善甚恩，临豪猾甚威"，使所到地区贪官污吏豪强恶霸闻风而惊，"穷间委巷，深山幽谷之民"则深觉亲切。不料历时不到一年，宋慈再次到广东时病倒了……恰在这时，发生了一桩异常复杂离奇的凶杀案，作案手段超出了《洗冤集录》论及的范围……

1. 宁馨的早晨

宋理宗淳祐九年（1249 年），岁在巳酉。

季春三月的一个清晨，广州六榕寺的晨钟在薄薄朝雾中徐徐敲响，邻近的广东安抚司也随着钟声，徐徐开启了厚重的阁门。

这是广东最高军事、行政机关。安抚司内，石道如矢，古柏虬曲，燕语呢喃。绿草如茵的阔坪上，龟驮碑刻，石兽奇耸，各色花卉环绕四周，在晨雾中散发着沁人的芳香。

草坪上传来霍霍有力的演武之声，那是童宫、霍雄在打练筋骨。这些年来，霍雄跟着童宫也学得挺不错了。他尤喜用一根特制的细环钢链，常用它来捉拿那些拳脚与他相当的拒捕人犯。

"啊，府内的风光，竟也这样宜人！"是宋慈的声音在石道的另一头响起。

"那是父亲平日无心观赏的缘故。"芘儿说。

父女俩漫步在石道上。宋慈已很久没有出来散步了。去春奉旨巡行四路勘问刑狱，他原打算要用几年的时间跑遍南方各地，遗憾的是，去冬抵达广州时他就病倒了，一直头眩且痛。

关于头痛，他自己也知道头为清阳之府、诸阳之会，五脏六腑之气血都上会于头；五脏六腑若有病变，也都可影响到头而生病痛。海听先生曾将头痛分为外感与内伤两大类。像他这样的慢性头疾，当然不是外感。而内伤头痛，则大抵多因肝、脾、胃三脏的病变，或因气血虚损所引起。宋慈认为自己的肝、脾、胃都不会有什么毛病。他终日头痛绵绵，走动则加剧，卧下则减弱，当属气血虚损，不足以上养头部的缘故。至于起因，当与思虑过度而伤心脾不无关系。可要宋慈不思不想，谈何容易。但宋慈既知自己的病因，还是决定躺下好好休息几日，什么也不想。谁知这一躺就躺了十天半月，接着又是一个月、一个半月……他不得不派人向皇上如实禀报了自己的病情，而理宗皇帝闻报，却又下诏封宋慈为广东经略安抚使，兼知广州。这样，他就在广州长住下来。

如今三个多月过去，他的身体渐渐康复，又能起来走动了。这日清晨，他与芪儿在庭院中散步，就觉得精神格外的好。

"走，去登六榕花塔。"望着庭院中鲜嫩濡湿的花草，又望望邻近那高耸的六榕花塔，宋慈忽然产生了一种登高望远的欲望。

"去登花塔？"芪儿问。

"对，那儿可以看到全城。"

芪儿犹豫了一下，似想阻拦父亲，然而话没说出，又不由自主地点了点头。"那，我去跟宫哥他们讲一声？"芪儿说。

"不用了，我们自己去吧！"宋慈说着已举步先走了。于是，父亲在前，芪儿在后，他们出安抚司，来到了府门外不远的六榕寺。

六榕寺始建于南北朝梁武帝时，当初取名宝庄严寺，到南汉时更名为长寿寺，北宋重修又改为净意寺，如今名为六榕寺，是由于苏东坡题字的缘故，而苏东坡题字又是因寺内长着六棵古翠浓荫的老榕，甚为雅致，欣然命笔。现在，宋慈与芪儿已来到了这六棵古榕下。

古榕下，小和尚正在晨扫，彼此道了早安。宋慈与女儿穿过古榕，径直来到了六榕花塔前。这花塔原名为舍利塔，是用以镇藏从真腊（今柬埔寨）求得的佛牙的。如今被叫为花塔，是因这八角形九层佛塔的塔角飞檐翼然伸展，形同张开的花瓣，而那顶端伸出的塔尖，恰似花蕊。举目望之，那"花蕊"的顶端还缀一颗五金合铸的宝珠，在晨光中熠熠生辉。

"父亲，听说初唐时《滕王阁序》的作者王勃到这儿，也曾写过一篇三千余言的《宝庄严寺舍利塔碑》，可惜原刻毁于南汉，要不，父亲也一定乐于欣赏的。"宋慈望着女儿，心里很高兴。两个女儿都这样酷好书法，实为难得。

花塔高约十七丈，外观九层，内部实为十七层。父女俩到了塔前，芪儿又犹豫了，她生怕父亲登这高塔会头眩，到底劝道：

"父亲，我们还是……不上吧！"

"没事。"宋慈说着已举步登塔。

又是父亲在前，女儿在后，他们到底沿着外台的盘旋通道登上了古塔的最高一层。

"芘儿，你看，父亲还是可以吧！"宋慈兴奋地说，就像今晨来登塔正是为了试一试自己的健康究竟恢复得如何。

"嗯，还好！"芘儿真心地说，她感到父亲的身体确实好多了，虽然她看到父亲还端着气，可自己不也是一样吗？她自己的后背都汗水津津了哩！

广州的清晨原是极短的，登上高塔，太阳就出来了。凭栏远眺，硕大的日轮将天空中自由翱翔的飞鸟衬成金色的剪影，也给父亲的皓首银须缀上了金光。俯瞰四面，全城果然尽在眼底。芘儿的心也顿时为之宽阔。忽然，她的目光为南面一座也是凌空而起的古塔吸引了——那是古阿拉伯伊斯兰传教士和古阿拉伯商人捐资兴建的光塔，造型与这佛教之塔不同，塔身为圆筒形，高十余丈，那登塔的阶梯大约是在塔内吧，塔身外壁浑圆光洁，塔端有一段套着双环，顶部渐小的塔尖，尖上还举着一只金鸡，随风转动，可为海船指示风向。宋慈眯细了眼睛，心想："这塔像什么呢？"

"父亲，你看，"芘儿忽然失声叫了出来，"那光塔多像一支银笔巨毫，穿云插天，多有气势！"

"像，像，真像！"宋慈也连声说，"只是那'笔尖'处多了一只随风转动的金鸡。"

"那不可以是那支笔画出的金鸡吗？"

"可以，可以！"

这个清晨，父女俩非常愉快。也许由于久病初愈的缘故，宋慈对春天尤感亲切，兴致也格外高。由眼前光塔所在的怀圣寺，宋慈又对女儿讲到福建泉州的麒麟寺和京都的凤凰寺，这是大宋沿海三大清真寺。而站在这六榕花塔上，遥望比光塔更远些儿的珠江，宋慈又想到钱塘江，由此又对女儿讲起了六和塔，讲起了京都临安的书画肆和其他诸般繁华……芘儿都听得入迷了，谁也没有察觉晨光是怎样溜走的。就在他们谈得十分高兴的时候，童宫由六榕寺的一个小和尚领着，也沿这花塔的盘旋通道登上了最高一层。童宫是时时都留心着宋慈安全的。

"大人，你怎么跑到这儿来了。"

"春光这样好，为何不想来看看？"

"那也无须爬到这么高的地方来呀！"

宋慈习惯地用手指叩了叩前额，这是他前些时头痛养起的习惯，又耸耸肩。童宫接着禀道："番禺学宫，今日行释菜典礼，可以委派什么官员代理？"

"学宫释菜？"宋慈重复一句，忽然说，"不必委派他官了，我自己去。"

"你自己去？"芘儿说，"不可。"

"还是委派其他官员代理吧！"童宫说。

"依惯例，这大典须由当地长官主持，我怎能不去？"

"不，不行！母亲不会同意的。"芘儿又说。

"你们也真是。数月来，我凡事都依了你们，如今学宫开学，这是令人愉快的事，走一走，对身体有益无害。你看，这十数丈高的塔，我也登上来了，不是好好的吗？"

宋芘望着父亲，不置可否。少顷，讷讷而言，那声音小得也只有她自己才能听见："嗯……我想是的，这也不是审刑断案。"

"走吧，童宫，备马去！"宋慈已准备下塔。

童宫没动。"你不想走？"宋慈说，"我自去罢了！"说罢抬脚就走。

2. 马蹄声声

宋夫人也拦不住他，便说："要去，就坐轿去！"

宋慈没有坐轿，他一生中最不喜欢坐轿。

他登上马车上路了。霍雄驾车，童宫单骑随行一侧，威严的一队卫士拥着车骑，夹道而行。蹄声嘚嘚，舆铃盈耳。听着这已有好久没有听到的声音，宋慈心中着实很愉快。

他不爱坐轿，并非不喜欢人抬，而是嫌轿子太慢。这许多年来，经验也罢，习惯也罢，总之，他认定干什么都得快，快，快！有不少事儿，慢了，便要误事。他至今仍很后悔，十年前在广东提刑任上，审理的那桩"响箭之案"，速度实在不够快；要能快些，或许就能有个结果。那么大抵就不至于有后来"刺杀经略安抚使"之事，也就不至于有数十位被疑为刺客的人遭一股脑儿地砍去了头颅。

去年奉使四路，他的速度可谓快了，要不然也跑不了那么多地方。在奔往江西的路上，他在一个小村镇上遇到过两个争斗的少妇，其中一人是孕妇，忽然腹内刺痛不止，血流如注，急死于地，用手取息，一点气息也没有了。宋慈赶到，先把那没有了气的少妇扶着盘屈在地，如同和尚打坐模样，再令霍雄将她头部微微仰起，用生半夏末以笔管吹其鼻内取嚏，少顷，妇人鼻内气通，打着喷嚏醒转。那生半夏是有毒的，宋慈又以生姜炖汁灌之，解半夏之毒，这样便救了孕妇。

孕妇活了，可另一个与她争斗的少妇以为对方已死，因惊骇，找一根绳子把自己挂上梁，也绝了气。宋慈只得又赶去救这少妇。把手一摸，少妇心头还温。宋慈便令将她抱举起来慢慢解下，放之仰卧。此时救人要紧，自然顾不得羞避。宋慈亲手解去了少妇的上衣，命童宫用双膝顶住少妇双肩，以手牵其发髻使脖颈平直通顺；宋慈又亲手微微揉动少妇喉咙，并在她的胸上按摩，又按其腹；再命霍雄裂了她的膝裤，直接按摩她的腿臂，使之曲伸。如此作用一顿饭工夫，少妇终于气从口出，恢复呼吸，再以少许官桂汤灌之，最后取笔管吹其两耳，少妇便活了。

以上这两个妇人，三条人命。要不是赶得及时，如何能救得她们的性命。至于抵达赣州那日，要不是赶得及时，那个还只及笄之龄的少女，就将死得惨不忍睹。

宋慈一直对江西任内那个悬而未决的案子耿耿于心，为了使之能有结果，宋慈一路疾赶快行，径奔赣州下游那个早已解甲归乡的老将军家乡去。不料，那老将军也死了，是"遭人谋杀"，刚死。又是谋杀！谁杀的？"一个侍女"。又一个侍女！怎么谋杀？反复细问，始知是精赤条条地死在这个侍女的身体之上。宋慈一听，即行验尸，只见那老将军死而阳器不衰。这就一目了然了。这绝非谋杀，而是这老头儿淫欲过度，精气耗尽，脱死于少女身上。再细鞠问，当年那宗案子也浮出水面。原来这老将军希图谋求长生，有人告之，衰老之人，若能常与黄花少女相交合，便可吸取少女之阴以壮补老年之阳。于是这老头儿买了许多妙龄侍女，长期与之交合。当年那个少女因美貌非常，为这老头儿十分宠爱，竟怀了身孕，之后又为这老将军的妻妾十分妒恨，于是被塞入水缸中呛死，而后扔进前往赣州运货的船只，到赣江上游投之于江。

宋慈断了此案，又急急赶去救那个已被捕去提刑司的少女。提刑司对断这个谋杀老将军的案子倒是神速，已审得少女供词，将其判了凌迟之罪，关进站笼，押去市场行刑示众。当宋慈一行马不停蹄地赶去之时，但见街市上人头攒动，观者无数，那可怜的少女已被剥去衣裙，赤条条地绑缚于柱，发髻就系在那圆柱的环子上，正待开剐……这个案子给宋慈留下了一辈子也难以抹去的印记。多日过去，宋慈只要一合眼，仍会看到那个可怜的少女。天下父母谁没有儿女，这可怜的少女还不到破瓜之年便遭此大难！宋慈也怨自己还是来迟一步，要能更早一些，这少女也不致遭此裸露于市。从那以后，宋慈做什么事，更是笃求神速，一刻也不肯拖延。无奈后来因病，他在广州一躺便躺了三个月，如今他自觉已好，还有谁能拦得住他呢？

蹄声嘚嘚敲打着街市的路面，舆铃盈耳，富于节奏，动听怡神，在宋慈耳里，实在无异于一曲极美的音乐。

番禺学宫坐落在本城禺山以东的大东门内。宋慈的车骑驰过了光塔街，转向东去。今日学宫释菜大典，必有不少文武官员应邀前来，借此机会可认识一下在广州的诸位官员了。宋慈在车上想。是的，自任广东经略安抚使兼知广州以来，他还是头一回出来主事，这是一个尽快认识自己部下的好机会。一阵急管繁弦的鼓乐齐奏之声和着噼噼啪啪的爆竹声在车外响了起来。学宫到了。

学宫门前，两排高大的木棉树正开着红灿灿的花，宛如万盏红灯举向空中。围墙也是红的，高大的石雕坊门上镌刻着"番禺学宫"四字，石坊之下，果然有不少鲜冠明丽的文武官员候在那儿。

又是嘚嘚的蹄声敲响在街市。

释菜大典结束了，宋慈没有忘记夫人的嘱咐："切切不可留下饮宴。"他记得夫人是担心他的身体进不得那些丰腻之食，尤其不宜饮酒。大典一结束，他就起身回程了。

释菜大典在春秋时是贵族子弟入学的开学典仪，到南宋时这种开学仪式也仍存在着。这样的大典，宋慈还是头一回主持，他很兴奋。从前，在临安的太学参加释菜大典时，他是个学生，他的同窗都是仕宦子弟；这番禺学宫的学生们并不都是仕宦子弟，但这并不妨碍宋慈从他们的身上看到了自己的过去。想到真德秀先生当年在释菜大典上讲的那些给他留下深远影响的话，宋慈也在番禹学宫的大成殿上，慷慨地对学生们讲了诸如"潜心求学，刻苦自励，将来，你们中有不少人会成为国家的栋梁……"之类的话。他以为，那实在不是套话，自己就是这样耿耿于怀地记取了几十年的啊！

送他上车后，最后一个返回学宫去的是在学宫执教的中年教授，这教授从前曾是宋慈辖下的囚徒，但宋慈认不出他了。

"大人，你忘了，我叫海文泰。"

那是在大典结束后，宋慈巡视学宫各处，忽然有一个教授向他躬行大礼……宋慈的确忘了，他一生中审过多少案子，见过多少囚徒，哪能都记得住呢？

"十年前，大人在广州，头一次就开释了一批尚未立案的囚徒。"海文泰又说。

"哦，"宋慈记起来了。"你就是那个……到广州赴试，住在客栈，因隔壁番坊死了一个番夷女子而被抓来的……"

"正是。"

宋慈看着眼前这个完全变了模样的教授，又问了他一些出狱后的情况，晓得他出狱后也曾到过京都赴试科举，但未得中。虽未得中，番禺学宫仍聘他前来执教。宋慈听了很高兴，心想，自己当年只是思忖："哪有杀了人却将血淋淋的凶器藏在自己枕下的呢？"凭借此疑，再加上当时并未立案，就把他头一批释放了。

车骑继续向前驶去，又快到喧闹的光塔街了。宋慈峨冠博带，端坐车中，的确感到今日这样出来走一走，看一看，身心更舒服多了。

车骑忽然慢了下来，前面街市上有人骚动，继之响起数骑奔来的蹄声，须臾之间，就见是个身着孝服的青年公子纵骑而来，在这公子的身后跟着两个佩腰刀的骑卫。霍雄见状，勒住了车骑，童宫纵马迎上，立于宋慈车前。与此同时，两边的车前骑卫也铿锵一声，伸出了戈戟，拦在道中。

径直奔来的三人到了近前，也骤然勒骑停住，旋即滚鞍下马，跪拜在地。喧闹的街市仿佛随这三人跪下忽然安静下来，人们都屏声静息地挤在街市两旁，注视着这突然间发生的事。

"你是何人？"童宫在马上问道。

"我乃市舶司许提举之子许弘。"

"因何拦车？"

"家父昨夜不知被何人勒杀在书房。"

"那你应立即禀报提刑司。"童宫打断了许公子的话。宋慈大人身体不过刚稍微好转，他怎能让人在这半路上把大人拦去破案。

可是许公子并不站起，仍哭诉道："已禀报提刑司，提刑大人也差官检验过了，断为自缢。家父为官一生，从不徇私枉法，无负于朝廷，何致突然自缢？况且我听人说，吊死者口开舌出，我父亲却舌头内含而不出，定然有冤。母亲命我来叩求经略安抚使宋大人！"

此时宋慈在车舆内已听得清清楚楚。他知道朝廷在广州、泉州、明州（今浙江宁波）设市舶司，那是掌检查出入海港的船舶，征收商税，管理外商的官署。市舶司许提举是朝廷派出的一个大臣，怎么就突然死了呢？这事不可不查。

"那……"童宫还想再说什么。宋慈未曾多想就撩开舆帘，打断了童宫的话，传令道："打道市舶司！"

童宫一顿，回过头来："大人，你……"

"打道市舶司！"宋慈又说一句，放下了帘子。

"谢大人！"许公子就地一叩，立即站起，与另两名骑卫迅速跨上了马。

霍雄本也想劝阻大人，但见大人决心已定，也就不好再说什么了。于是，嘚嘚的蹄声与盈耳的舆铃之声又响了起来，车骑径向南街的市舶司驶去……

3. 案发市舶司

黄昏，殷红的夕阳从西面天际的云层中隐去了，天空依然绚烂，浩渺的南海上升腾起一片淡紫色的雾霭。

粤秀山之南的安抚司内，宋夫人站在内院楼厅的榴花窗前，眺望着落日辉映下变幻莫测的流云，愈来愈不安。老爷去学宫主持释菜典礼，已去整整一日了，怎么到这时候还没回来？老爷出门时她有过诸般嘱咐。"但出门由路，要是人家挽留得紧，被人多留半日也未可知的。"她这样想。中午时分她还想："有童宫与霍雄在老爷身边，总不至于让老爷饮酒罢！"可现在已是黄昏，老爷还没回来，会遇到什么事？

厅外，又传来六榕寺里的晚钟声，那钟声一下一下，在庄严肃穆的安抚司的黄昏中显得格外响。庭院中的柳丝也仿佛随之拂动起来，是晚风起了，夫人又觉到阵阵的凉意。天空中方才还显得色彩斑斓的流云也渐渐阴晦了。终于，宋夫人唤了一声："芃儿！"

"唉。"

宋芃自傍晚起便一直守在母亲身边，看到母亲忽而站起，忽而坐下，忽而又走到窗前，深知母亲心存忧虑。她也曾想对母亲说："派个快骑去看看吧！"可又担心说了反倒添母亲的不安，于是踌躇着没有开口，现在听母亲叫她，她立即应道，同时知道母亲是要对她说什么了。果然，母亲说："要不要叫人去看看？"

芃儿此时心里也颇有些忐忑，也后悔早晨真不该赞同父亲出去，但她又努力显得镇静，只对母亲说："童宫与霍雄都跟去了，不会出什么事的。不过，不妨叫人去看看，要是父亲还在学宫用晚宴，就让童宫劝他立即回来。"

"好吧，你叫人速去速回。"

"唉。"宋芃应道，转身出厅吩咐去了。

芃儿刚出到外厅，就听阁门外响起一阵杂沓的蹄声和急促的舆铃之声，她似乎一惊，径直向外走去。她万万没有想到，母亲和她虽有所虑，但仍属意外的事发生了……

躺在榻上，对面书架上锃亮的景德镇花瓶反射出蜡烛上下跳动的火舌，宋慈只觉得那烛光仿佛也在痛苦地挣扎，又觉得似有无数的火舌正围着他团团地转……他很想能够睡一会儿，像往常那样，睡一会儿便会好得多。然而头总是眩而且痛……昏昏沉沉的，好似腾云驾雾一般。

宋慈像是下了决心要睡，他闭稳了眼睛。

可是，马蹄声、舆铃声又在他的耳边隆隆震响，他好似自己仍坐在马车上，向前驶去，驶去，想停也停不下来……后来，车终于停下来了。随着一声马儿的嘶叫，车像是停了，是停了。蹄声住了，铃声息了，车儿不动。怎么回事？恍恍惚惚中，他记得，是市舶司到了。

接着是许夫人的声音，话音粗而沙哑，还带泣。说了些什么，记不大清了。像是早已料定儿子准能把宋大人请到，许夫人是早已候在市舶司门前的。许夫人将他迎进府内，穿过前庭，领向靠近居室的许提举书房。一路上，许夫人哭诉百十句，不外就是一句话：许提举绝不是自缢而死！是不是自缢而死，要看检验结果。宋慈已审理过数不清的缢死疑案，任何自缢而死或被勒杀，或被以异物伤害致死而假作自缢的种种征象，在他看来都是明白地"写"在死者脖颈上的，检验起来就像读书一样容易。他自信：只要细细检验一番，便可知分晓。

许提举书房外，早团团地站立着许多兵士。

"自昨夜出事之后，除了提刑司派来的检验官与仵作，这书房就没有人进过。"许夫人告说。

书房的门虚掩着，童宫跑前一步，推开门先进去，宋慈随后跟进，霍雄随后跟进——多少年来，不论去哪儿，此种"入房法"已是老习惯。

进了书房，但见案上熏香袅袅，一股浓郁檀香木的香气扑鼻而来。这不利于嗅闻房中或许提举身上是否留有他物致死的异味，宋慈立刻吩咐："撤去熏香！"

许夫人令仆役照办了。

房内一侧的楣梁上悬挂着一圈勒帛，勒帛之下立着一把交椅。一眼望去，宋慈从那交椅的软垫上看到重重叠叠地落着同一个人的鞋印，那印证着死者临终前曾上了椅又下椅，下了椅复又上椅的犹豫心境。在那重重叠叠的鞋印上还依稀可辨——落在最上的一双鞋印呈前重后轻之状，这也印证着死者临终前踮足的情形。宋慈看到了这些，但并未在椅前停留下来，他甚至没有多看一眼便对童宫、霍雄道："验尸！"

房内一角，帷幔低垂，隔着紫罗纱幔，隐约可见榻上用白绢盖着一尸。宋慈径直来到榻前，童宫掀去遮盖，霍雄掏出软尺等物，验尸便开始了。

顶心、发际、乘枕、颈项、额、眼、耳、口、齿、舌……指尖、脚尖，沿身逐一检验下来，宋慈眉心微蹙了。现在，他从尸身上得出了与提刑司检验官相同的结论：自缢而死！

"宋大人，我家老爷一定是被人勒杀，绝不会自缢！"许夫人在旁，又这样说。

宋慈没有回答。他也在想，这样一位朝廷命臣，怎么就突然自缢了呢？稍顿，宋慈问许夫人："谁最先发现？"

"是我。"许夫人道。

"如何发现的？"

许夫人声音哽塞，呜呜咽咽，宋慈听了一阵，总算听清她所说的：许大人近来偶染小疾，昨夜时交三鼓之后，仍未回房歇息，许夫人只好去叫他。平日里，许大人要是独自一人在书房用功，最恼人打扰，就连他的夫人和儿子也不得随便进去。昨晚，许夫人亲自到老爷窗外，房中还亮着灯，许夫人先是轻唤了两声，无人应；又重唤了两声，仍无人应；这才推门进去。推开门后，也没看到老爷，许夫人又唤两声，还是没有人应。房里静悄悄的，红烛即将燃尽，跳动的光焰照着书案，在地上拉出长长的黑影，许夫人忽然害怕起来，她又说："老爷，你快出来，别吓着我了。"还是没有人应。她于是心惊胆战地打算退出书房去唤儿子，就这一回身，她看到了，老爷就挂在她身后靠门一侧的梁上……

"尸首由谁放下来，当时可曾解救？"宋慈又问。

许夫人呜咽着，答不上来了。许公子接着说："回大人，是我与家人一同放下的，放下时，气脉已经全无，无法解救了。"

说这些话的当儿，霍雄已将许提举足上的鞋脱下，去对那椅上的鞋印，宋慈一边听着叙说，一边也走到那椅前，只见那鞋底与鞋印完全吻合。霍雄又比量从椅面到勒帛的距离，也与许提举身长相符。

"宋大人，这一定是凶手假造的，切不可信，不可信！"许公子见了，又连声说。

宋慈没有作声，甚至脸上也无反应。

"大人，悬梁处尘土滚乱。"已经攀上楣梁的童宫从梁上禀报下来。

这是只有宋慈与霍雄才听得懂的答案：如果梁上系帛处只有一路无尘，便可知不是自缢，而大有死后被人吊挂之嫌；这种尘土滚乱之状，大抵是自缢者临绝前挣命所致。

"会不会是凶手假造下的呢？"宋慈也这样自问。

当然，这迹象也可以假造得下，但眼下的情况是，诸般迹象都与尸检所示的结论相吻合。就这样定了？"还是将尸首再复检一遍吧！"宋慈想。

这回验得更加入微，许提举身上的每一处皱隙都注意到了，可那结论仍是明明白白地"写"在死者身上：许提举之尸，面色赤紫，项上绳痕黑瘀，斜入发际，八字不交。这与被人勒杀后假作自缢的——项上留下绳头走向相交的勒杀痕明显不同，与死后被吊挂起来——项上留下并不赤紫的白痕更不同。不但如此，许提举之尸发不乱，手不散，两手臂两脚尖皆垂直朝下，全身未见其他伤害之痕。至于许公子所说，"吊死者当口开舌出"那必须是绳索吊在喉头之下才会口开，舌尖出齿门二至三分，并在口吻两角及胸前有吐出的涎沫；但许提举舌头内合而不出，那是同为绳索吊在喉头之上，以致口闭，牙关紧，舌内抵齿不出的缘故。至于许提举裤裆上有尿溺之痕，那也属自缢者之常见……凡此种种，全都是自缢而死的征象。

"宋大人，我父亲不会自缢，断断不会自缢！"许公子仍说。

宋慈还是没有回答。若告诉死者家属，这是自缢，也需找到自缢的缘由，岂可轻率回说一句，以为了结！

于是详查许提举近来饮食起居之常情。细问了许夫人及其子女，又传问宾佐吏胥、军士佣婢，仍未发现任何有可能发生自缢的理由。宋慈眉心渐渐皱紧了。"没有自缢之缘由，就这般定下自缢之结论？"他踌躇着。

童宫与霍雄又梁上梁下，房里房外，到处攀爬探看，寻找有无他人曾潜伏其中留下的痕迹。结果，处处尘封如旧，未见任何可疑迹象。

太阳不知不觉西斜了，光线暗了下来，时已傍暮。许夫人母子唯恐宋大人也说一声"这是自缢"而放弃追索，又一再说：

"我父亲绝不会自缢！"……

"老爷定是遭人暗算！"……

宋慈还是没有回答，他只觉得自己还从未有过这样狼狈："怎么连自杀与他杀都断不定？"就在这时，他忽感到一股热流倏一下直冲脑门，犹如雷击电闪，他的眼前花了，悬挂着那一圈勒帛的楣梁也旋转起来……他站不住了，向一旁跌去……

啊，又是嘚嘚的蹄声震响在宋慈的耳边，仿佛每一声都踏在他的脉穴之上，头脑也随那车轮飞旋起来，愈加眩得厉害，疼得厉害了。

"老爷！……老爷！……"

宋慈听到夫人充满焦虑的轻轻呼唤，并感觉有一只轻柔的手正抚摩着他的太阳穴。

"父亲，你要安心静养，千万别再想了！"

宋慈也听到了女儿的泣声，虽然很轻。"是啊，是不能再想了，得睡一会儿，睡一会儿……"

4. 隔物勒杀

　　居室外间，秋娟泪眼汪汪地正在窗前扇炉煎药。炉火呼呼地燃着，在黯淡的晚间亮着红红的光，发出毕毕剥剥的轻响，一缕细细的蒸汽在空中散乱地飘忽。

　　芪儿走出外间，来到秋娟身旁，去接她手中的蒲扇。秋娟本想说："不必。"一抬眼，见宋芪的泪珠儿正不停地涌出来，没再说什么，将蒲扇递给了她。

　　芪儿在义父母身边也有十年了，十年相聚，朝暮不离。她阅尽了义父审刑断狱的难和险，也分尝了母亲时常为父亲操持着的忧和虑。现在她总在想，本来父亲已经好多了，正是久病初愈的缘故，父亲对春天是那样备感亲切！站在六榕塔上，遥望珠江，父亲还说，想起了家乡那条只有在春洪来时才会波涛汹涌的童游河。"芪儿，得带你回家乡一趟，你还没到过建阳哩！"父亲就是这样对她说的。

　　她还想到父亲今晨的话特别多，想到今早父亲进餐时还吃得很香，后悔自己不该成为父亲外出的赞同者。"我真傻，太傻了！"她骂自己，似乎这才想到，父亲一旦外出，遇到有人拦车报案，是经常的呀！她也想到就在刚才，母亲用手指轻轻地替她抹去了眼角的一滴泪珠，讪讪地对她说："芪儿，别难过，你父亲想做的事，谁也拦不住的。"

　　母亲这句安慰她的话，反倒使她再抑不住满眶的泪水，跑到了这儿来……她就这样在炉前扇着、想着、抹着泪水。她希望能止住泪水回到母亲那儿去，可泪水就是老抹不净……

　　"让我来吧，可以滗了。"秋娟说。

　　宋芪这才发觉药已开了，溢出罐来，她想找个什么垫垫手，将药罐端下，秋娟已用一块巾帕蒙在罐耳上把药罐端到了案儿。通红的炉火映着芪儿的泪眼，烘得她脸儿发热。秋娟对她说："你送去吧！"

　　时交初鼓，安抚司沉浸在一片浓重夜色中。童宫这个身体极壮的汉子竟也感到了几分寒冷。是南国夜来的风，也带着几分凉意。他一直站在宋慈居室外的窗前，一会儿遥对星空发愣，一会儿讷对内间出神。他很想能走进去看看大人，却不敢。

当他回府把大人从车骑上一直抱到榻上时，大人醒来，认出他后的第一句话便是："……去……再去……"

他知道，大人是要他一定去查个水落石出。他何尝不想。可是今日这案，大人亲自仔细勘查过了，尚且找不到丝毫他杀的迹象，他童宫还能从何入手？

他苦苦思索，想过从前侦破的一切缢死疑案，实在也未能从任何一案中得到启发。后来，他的眼前到底现出一个人来——舒庚适。是的，就是当年在建阳任过知县，后来在南剑州任过知州的那个舒庚适。如今是广东宪司长官舒提刑。

今日早上，当他随大人在一片鼓乐齐奏声中抵达番禺学宫，大人一下车就被迎上来的众官员包围了。

"老大人身体可好，愿老大人健康长寿！"

"学宫释菜，区区小事，何劳老大人亲自前来。"

"老大人亲临大典，实乃学宫大幸！"

"老大人……"

"老大人……"

在一片语声中，大人一边向众人致意，一边向学宫大门走去。童宫与霍雄随行在大人身后。这时，他们看到在众多官员中唯有一人非但没有朝前挤，而且把头转向别处去。"这人是谁？"宋慈也一定注意到了这人，朝他走去。

"大人安康！"当宋大人将走到那人身边时，那人转过头来，拱手施礼。于是，他们都认出他来了。大人点了点头，正想说什么，边上立刻有官员说道："这是宪司提点刑狱官舒大人！"

"舒庚适，对吧？"大人笑着接下去说。

"下官……正是。"舒庚适也笑了笑。

在此遇到舒庚适，是意外的事。舒庚适依然像当年那般眯细着眼，红光满面，眼角也有一些细细的皱纹。大人又对他说："一晃十年，你还很年轻啊！"

"哪里，哪里。"舒庚适一边应着，一边就抬眼瞅了瞅跟在宋慈身后的童宫。虽然是过去几十年的事了，可他童宫只要一看到舒庚适，就心里不痛快。这时，许多官员见安抚使大人与舒提刑原本认识，都好奇地互瞪着眼。宋慈大人便对诸位挥了挥手，道："走吧，走吧，进学宫去！"

就这样一事，有什么可值得思索的吗？想着想着，童宫又不自觉地摇了摇头。他以为自己此刻想到舒庚适，仍是因为三十年前那件旧事使他耿耿于怀的缘故。而许提举之死，同舒庚适能有什么联系呢？这是难以硬扯到一块儿去思考的，虽然他曾派员检验断为自缢，可我们也没发现任何他杀的迹象。

"唉，大人！"童宫遥对星空，不由暗自言道，过去所破一切疑案，无一不是在你的具体指点下才侦破的啊……

星光在远天中闪烁，窗外的亭台楼榭，花草木石全朦朦胧胧的，仿佛罩着一层薄纱。霍雄也在外屋候着，他一会儿在屋中站站，一会儿在门口站站，有几回还蹲到屋外的廊庑下，走到庭院的树影里。他也很想能为大人做点什么，可是能做什么呢？他反复思索了今日之案，回想很久很久以前，爷爷对他说过的各种疑奇之案，可是想来想去，也想不出个所以然……

面对星空，有一阵，他的眼前似曾看到一片茫茫的大海，仿佛听到海水的拍礁之声和外国人叽里呱啦的说话之声；又仿佛看到虎门外的珠江口，荷枪执戟的官兵正检查着出入海港的船舶，看到海山楼院 ① 上，许许多多穿戴各色服装的外国商贾正同一个峨冠博带的宋朝官员举杯畅饮，这个官员正是市舶司许提举……

他想起了市舶司许夫人曾说，数日前有几个身着异装的夷人来请许提举赴宴，许提举因身染小疾没去，也叽里呱啦地对他们说了一通夷话，就把他们打发走了，此案会不会是夷人？

他知道，许提举管理外商，时常得同夷人打交道，间或也不免要没收夷人走私过致 ② 的商品。许提举要是引起一些不法夷人的痛恨，那也不是没有可能的。如果这案子萌发于此，那这个案子的背后就还隐藏着一宗更大的案子。否则，夷人何至于冒如此大的风险呢？可是……夷人，要想进入许提举的内书房而不被发觉，甚至不留一点痕迹，谈何容易！可是……许提举掌管外商事宜，夷人会宴请他，这是常事，又何足为怪呢……

"噗——"霍雄仰头长长地吹出一口气，他的思索转了一个圈儿又回到原来

---

① 海山楼为广州最早接待外商的一座酒楼，当时宾主常常在这儿举行招待宴会。

② 帮助走私称过致。

的地方，眼前仍是一片深邃的星空……

浮云遮蔽了星光，凉风吹得安抚司庭院中树叶簌簌作响，夜色愈浓了。内院的厩栏里依稀传来声声马的嘶鸣，那是宋慈乘骑的那匹棕红马的嘶鸣之声。马解人意啊，这声声鸣叫直使人心愈加不安。

房中响起轻轻的脚步声，是宋芪从内间走了出来，童宫连忙迎了上去："大人……"

"睡了。"

童宫这才与霍雄一同轻轻地走进了内间。

榻前，老侍医也守在这儿。童宫、霍雄二人重又守在大人榻前，心里似乎略略安定了些，望着大人昏睡中微蹙的眉心，他们觉得大人好似仍在思索。

不知不觉，银烛台上的蜡烛即将燃尽，宋芪上前添了几支，屋子里顿时亮了许多。转回身来，宋芪看到母亲一只手抚着前额，已显得很是疲倦。

"母亲，你先去歇息吧！"芪儿劝道。

宋夫人把手放下来，却说："芪儿，你先去歇息吧，小萱儿醒了，要找你的。"

"不必，秋娟姐都照看着。"芪儿坐下来同母亲靠得更紧了。

宋夫人搂着芪儿，不知怎的，忽觉得一阵阵辛酸涌上心来，搂着芪儿的手也微微颤抖了，泪水落在芪儿丰腴的手背上。聪敏的芪儿立刻感觉到母亲是想起她的亲生女儿来了。芪儿多想安慰母亲啊，可说什么呢？又担心越发触动母亲的感伤，她于是只将自己的手加在母亲的手上，轻轻地抚摩着。

童宫、霍雄目睹此情，都无言，各人又都默默地坐着……

刮风了，宋慈朦朦胧胧地听到"砰"的一声响，一扇窗牖被风吹开，一股急风直灌进来。他觉得有些寒意，睁开眼睛，想叫芪儿去关窗，可是榻前空无一人。

"这是什么时辰，他们都去哪儿了呢？"

又一阵凉风灌进来，银烛台上的蜡烛只剩下一支烛光，荧袅摇曳，黯然欲灭。这时，窗外黑影一闪，跳进两个人来，两个各持短刀的蒙面人。

"啊，这一回难避凶手之刃了。"一丝意识掠过宋慈的脑际。

可是，两个刺客钢刀一晃，又都收将起来。一刺客忽从怀中抖出一条绳索，二人就向宋慈榻前一步步逼来……宋慈想，现在只有等二人近前，冷不防开出双掌，击他们个措手不及，再作计较。可是二人已近，宋慈只觉得自己的手被绑缚住了，动弹不得。他想喊，也喊不出来。一双大手猛一下托起他的头，又迅速竖过他颈下的枕头，垫在他的脖颈之下，连同枕头一起捆了就要勒杀他……

啊，憋闷……

"老爷！……老爷！……你怎么啦？"宋夫人忽然发现宋慈头上渗出了细密的汗珠，呼吸也粗了，连忙呼道。

宋慈醒来，费劲地睁开双眼，蒙眬中辨认出眼前坐着的是夫人，一旁还站着芪儿、童宫、霍雄、侍医……顿了顿，宋慈又蹙起眉心，微合双眼，仿佛仍在搜寻已经消失的梦境……好一阵，他忽然睁大双眼，放出光芒——那种在深思疑案忽得要领时特有的光芒！

"去……快去……"宋慈看着童宫、霍雄，声音虽细，却一字一珠，很是清楚。"许提举……之尸……再去……检验一回……极可能是……隔物勒杀①！"

童宫、霍雄听此一言，都觉眼前一亮，血液也仿佛随之沸腾。童宫当即低头附在宋慈耳边，轻声说道："我们懂了，这就去。一定查个水落石出！"

童宫与霍雄去了。不多时，窗外传来两匹马的嘶鸣，宋慈躺在榻上，长长地呼出一口气，觉得心里轻松了许多。

然而稍顿，宋慈又记起什么似的，睁眼看着夫人，又望了望典籍盈架的多宝格书橱。"老爷，不看不行吗？"夫人已明白了宋慈的心思，恳切地望着他。

"要看。"宋慈吃力地说。

夫人叹息一声，转头对芪儿道："去拿吧！"

宋芪也明白父亲此刻要看的是什么，就向书橱走去。她从多宝格书橱中取下一精美的御赐书盒，开了书盒，取出一部两册书来，又取出其中一册，走来交给母亲。

这正是宋慈所著《洗冤集录》，宋夫人接过书，很快就翻到了卷三的《自

---

① 隔物勒杀酷似自缢而死，此种案形最早见于宋慈《洗冤集录》，我国当代一些法学界的前辈也曾声称：直到宋慈逝后的数百年，各国相继出现的法医学著作"也还多无此种记载"。

缢》部分，展开了，放在宋慈胸前视线所及的地方。

这正是宋慈要查看的部分。斜靠在芪儿替他垫高的枕上，宋慈双手扶着《洗冤集录》逐字逐行地看起来。看完了一页，眼睛抬起，芪儿又帮他翻过一页。他看了《自缢》篇，又看《被打勒死假作自缢》。他看到关于自缢和假作自缢的鉴别，自己原是写得相当清楚的，只是没有隔物勒死这一案，这是他从未见过的……

宋慈合上了双眼，脑际中又现出许提举的尸首。他记得，许提举的尸首之上未见任何他杀迹象，如果真是隔物勒杀而假作自缢，那，凶手就绝非一般犯案之徒了……

"可是，凶犯怎会想出这等招数？这可能吗？"宋慈又这样自问道。

"可能，只要有人想到'隔物勒杀'，完全可能！"宋慈又这样想。于是一种极难言喻的感觉袭上了他的心，以至心里仿佛被刀尖撩了一下似的生疼起来。他想起自己从前作《洗冤集录》，原是为着帮助天下司法官勘审刑案的，但假如凶犯得之，也可能把凶案作得更隐蔽啊！

"书能兴邦，也能乱邦。此类书若得以流传于世，歹人习之，效仿作案，天下岂不大乱！"

冥冥之中，耳边又响起了当年万卷堂主余仁仲老人对他说过的一句话。陡然间，他觉得头又格外痛起来，再睁眼看自己胸前双手扶着的《洗冤集录》，《洗冤集录》也在他的眼前晃动，而且很快晃成一片什么也看不见的白光……

"老爷，你又在想什么？"宋夫人轻声唤道，同时双手捧住《洗冤集录》恳求地说，"你不能再想了，把书收起来吧，啊？"

"父亲，"芪儿也用锦帕替父亲擦去沁出额前的汗星，"等你好了，再看吧！"

"不能看，不能再看了！"老侍医也说。

宋慈点了点头，他也觉得奇怪，自己干吗捧着书不放呢？随即松开了捧书的手。

5. 生死搏斗

三更之前，童宫与霍雄赶到了市舶司。

还是在许提举书房，对许提举之尸进行了一番详细的沿身复检，细细比量之后，霍雄把布绢重新盖上尸身，与童宫一块儿走出帷幔。

"现在可以断言，许大人不是自缢，而是被人隔物勒杀！"霍雄说。

许夫人及其子女都料想老爷必是被害，但听此一言仍不由得打了个寒噤。许夫人问："那……凶手？"

"想必就在本府。"童宫说。

"啊！"许夫人不由又一哆嗦，背上起了鸡皮疙瘩，仿佛有虫儿在爬。

"你们想，"霍雄又说，"这书房内外，没有留下任何痕迹，梁上架下，凡可以藏匿人的地方，也都处处尘封如旧。可见凶手是走近许大人身旁，并且不甚费力就把许大人隔物勒死。如非本府的人，岂能轻易接近？我记得，许夫人曾说，许大人如果独自一人在书房用功，就连你们母子也不便去打扰他，那，还有谁可以轻易接近他呢？"

"难道是……吴诚？"许公子脱口道。

"谁是吴诚？"霍雄问。

"是我父亲的宾佐。"

"疑之有何根据？"

"我父亲在书房阅文之时，他可以随意进出。"

"除此还有谁，能有这方便？"

"别无他人。"

如此，吴诚便有重大嫌疑！

许夫人简直难以置信，吴诚是老爷平日最信任的人呢！但她还是咬了咬牙，转头对儿子说："传军士！"

"不必惊动他人。"童宫拦道，"作下此案，非一人所能为，还有谁，眼下还不知，还是就我们两个与公子一道直抵他下榻处，先鞫问一番，再作计较。"

"是的，许夫人，这样好。"霍雄也说。

"那就……你们去吧，小心点儿。"

于是许公子领路，童宫、霍雄等三人各持兵器，直奔吴诚下榻处去。

吴诚住在偏院。偏院很幽静，树影幢幢，满地落花，浓荫深处响着虫的鸣声。偏院前面有一片空场，空场边上有一条青砖铺就的小径通向瓦房，瓦房有过厅，有木厦。瓦房后面是一片盖着檐瓦的围墙，围墙内种着一排高大的芭蕉。墙外还有几棵高大的木棉树，将它们开花的枝儿也伸进墙院来。

童宫三人踏着青砖铺就的小径来到吴诚房外，只见房门关着，房内亮着灯光，然而静得出奇。童宫上了石阶，猛一下将门推开，万万没想到，呈现在三人眼前的竟是这样一幅图景——吴诚尸陈血泊，胸前横陈一剑，鲜血尚在流溢……三人立在门外，都不由得猛吃一惊！

周围仍是死一般的寂静。

"自刎了！"许公子道。

稍顿，许公子抬脚欲进，就此一瞬，一个意识忽闪电般在童宫头脑中倏然一现，他双眉一紧，本能地伸手一隔，将许公子无声地拦住，又迅即脱下外衣往门内抛去——

"啪啪！"就见两道白光一闪，门后直劈下两把钢刀，将外衣斩成几半，坠落在地。

许公子惊出一身冷汗，尚未弄清怎么回事，已听得门内"唰唰"几响，寒光裹着一股冷风直向面门袭来。"叮当"的兵刃相击之声继之而起，是童宫早已抽刀在手，接住了劈面而来的两把钢刀。霍雄与许公子也都先后执出刀剑，一场厮杀倏忽之间在园子里发生了。

两个蒙面汉出刀迅猛，刃劲刚烈，两把钢刀像两团白光，一团罩住了童宫，另一团罩住了霍雄与许公子。

这与霍雄、许公子接上厮杀的蒙面汉，手臂奇长，一人敌二，全然无惧。一把钢刀寒光闪处，人随锋到，锋依人变，左右驰骋，上下翻旋，变幻莫测，疾如闪电。转眼之间，只听得"当啷"一响，许公子的宝剑坠落在地，腕上也被划一刀，血流如注，许公子一个就地十八滚，跌出战圈。

霍雄正自一惊，那长臂汉的锋刃又向他旋来，一团白光溜溜飞闪，呼呼有声，直把他遮得严严实实。战不多时，霍雄自觉难以招架，正思对策，一股冷风已从他头前避开他封顶的刀刃斜下至腹，霍雄不及招架，慌忙仰身便倒，幸而此招是他从童宫那儿学到的一个防身绝步，快疾无比，那道寒光贴着霍雄的腰带滑过，不曾伤着丝毫。但不及起身，那寒光又凌空袭下，霍雄举刀一隔，顿觉手臂发麻，刀也不知哪儿去了。屏息之间，霍雄也一个狸猫打滚跳出丈外。就此一瞬，霍雄从腰间扯下了那条丈余长的细环钢链，疾向长臂汉腕上卷去，只听得铮铮乱响，钢链果然像一条银蛇似的缠住了长臂汉的刀，因那链头一端还是带有尖刺的，接拿不得，眨眼间长臂汉的刀也被卷飞。

现在是霍雄不容那长臂汉有喘息之机，舞动钢链，嗖嗖有声，向长臂汉打去。然而长臂汉徒手空拳，依然无惧，只见他身如游龙，行似蛇舞，霍雄那带有尖刺的钢链头在他身前身后滑来滑去，只沾不上他的身。没有几合，霍雄又预感这根钢链非但伤不着对方，而且难于抵挡对方那变幻莫测、风声霍霍的一双长臂。此想不过在心中一冒，那长臂汉已拿住了他的链身，与此同时，借那夺链之力，飞身而起，一记横身护腿向霍雄射来，霍雄用链去隔，却被对方于空中一脚蹬住那链，另一脚于倏忽之间弹射而出，击中霍雄手臂，霍雄顿觉一阵剧痛，钢链再拿不住，人也跌出几步。霍雄迅即转身立起，可尚未站稳，又见对方两只长臂犹如苍鹰展翅，直向他扑面而来。人未近身，掌风先到。霍雄一边手已举不起来，知道不好，口里大呼一声："宫哥！"同时用另一只手去接那掌，可是没有接住，被对方双掌击中前胸，顿时，霍雄只觉得前胸一阵窒息，两耳生风，他被长臂汉这当胸双掌打得直往后飞去，撞在一棵芭蕉树上，跌落下来，登时口吐鲜血，不能动弹。

这些都是在极短的时间内发生的事。童宫仍与另一个蒙面汉杀得难解难分，猛听得霍雄一声叫，情知不妙，转眸看时，就见到了方才那一幕，也不知霍雄遭此一击，是死是活，童宫虚晃一刀，撇下对手奔来，深恐那蒙面汉再赶上去，加害于霍雄。然而不及赶到，又见许公子从地上爬了起来，要去拾捡落在几步之外的剑，而那长臂汉已从地上拾起了他自己的刀，一个跃步蹿到许公子面前，抢刀就向许公子砍去，许公子左闪右避，仓促间踩着了园中腐叶，后脚一滑仰面而倒……就此千钧一发之时，只听得"当"的一响，火星溅处，童宫的钢刀挡在欲砍向许公子的刀口上，救下了许公子。

只这一挡，童宫也感到对手刀上的分量，后悔自己方才没有接住这人厮杀。现时要胜这二人也难乎其难。于是一边敌住两个蒙面汉，一边就对许公子喝道："快，去叫人！"

许公子不肯走，可是待要重新去拾地上的剑，就见自己的手已为鲜血染遍，也无握剑之力。再看童宫，只见他锋圆刀转，刀罩全身，纵跳灵捷，无止无限。许公子直将眼睛都看得花了，心想，自己不走也助不上阵，这二人要伤童宫，想必也不易，事不宜迟，走。许公子一咬牙走了。

许公子走后，两个蒙面汉越发逼紧童宫，但童宫最擅躲闪之术，逢击而避，乘隙而入，体捷如猿，身轻如燕，二人只伤不着他。不觉间，偏院那月亮门外已传来喊声，是许公子唤来兵士，只恐童宫有失，老远就令兵士呐喊着奔来，以助声威。两个蒙面汉闻这喊声，又见不能立杀童宫，互打了个手势，猝然间，双刀齐发，直向童宫猛掷过来——

"当，当。"两声脆响，童宫击落双刀，抬头看时，两个蒙面汉已拔地而起，先后上了围墙，仓促间踩得那墙头之瓦簌簌直往下掉。

"哪里去！"童宫手起刀出，白光一闪，只听得"啊"的一声，稍慢些的那个蒙面汉后腿被插一刀，应声落墙，另一蒙面汉则纵身跃出墙外而去……

童宫追到墙下，猛力一蹿，也上了围墙，追出墙去。未想墙外早有一个青衣人骑着一匹马，又另牵了两匹马候在那儿。逃出墙去的蒙面汉从那青衣人手里接过缰绳，也不打话，纵身一跃，上了马背，放蹄而去……

情急之中，那青衣人尚未明白是怎么回事，童宫已奔到跟前。青衣人发觉不对，待要牵着那匹空马遁逃，童宫也已飞身上马，夺过缰绳，撇下这青衣人直朝那蒙面汉追去。

于是蒙面汉在前，童宫在中，青衣人在后，三匹快骑风驰电掣赛马一般飞奔而去。约莫追出二里之遥，童宫看看追近，也从腰间解下一条捕人的细环铁链，往前面的蒙面汉子当头打去。那蒙面汉闻得风响，抬手一拦，钢链缠在他的臂上。童宫猛力一拉，将他拉出了坐骑，但岂料他手臂奇长，就在落马的那一瞬，童宫的坐骑赶到，他抬臂一抓竟拽了童宫一把，两人都滚下马来，两匹空骑远跑而去。

空地上，童宫与那蒙面汉子又交上了手。此时，童宫以首先扯去对手面纱为主要攻击目标。这是他的习惯，也是他早已练就的拿手功夫。因宋勰师父早已有教："但凡追捕蒙面犯人，若能先去其面纱，便可于心理上胜对方一筹。况且即便当时拿他不住，能认下对方面孔，也是一胜。"于是，十余回合下来，童宫果真扯去了对手面纱。面纱一去，童宫忽觉眼前这个鬈发虬髯的人很是面熟，狐疑间，那骑马的青衣人已赶到面前，"唰"的一声抽出钢刀，童宫只得先跃出圈外。

"老爷今日非废了你不可！"那鬈发虬髯的人面纱一去，陡然咬牙切齿地说了第一句话。这时，童宫认出来了，眼前这人正是当年曾在建阳县衙当过都头的梁锷。

梁锷忽从身上抽出一柄明晃晃的短剑。于是，在遥距市舶司的地方，梁锷与那青衣人一个马上，一个马下，双双向童宫杀来。

童宫也从绑腿上一摸，拔出一柄短刀。又是一场酣战，梁锷二人恨不得立时便杀了童宫，然而左砍右刺，仍是伤不着童宫。

远处又响起了飞奔而来的马蹄声……是许公子领人追来了。正酣战着的梁锷见势不妙，忽撇下童宫，猛地朝那青衣人一击，青衣人遭此突然袭击，应声滚下坐骑，几乎与此同时，梁锷翻身而上，双腿一夹，放骑去了。

说时迟，那时快，童宫将手上的刀飞手而去，白光闪处，正中马臀，那马长嘶一声，扬起前蹄，眼看就将梁锷掀翻下来，可是梁锷紧紧勒住缰绳，未曾落地。那受伤的马遭此一刀，疼痛难忍，倒是载着梁锷发狂似的疾奔而去，一眨眼便无影无踪……

此时，空地上就剩下童宫与那青衣人，二人眼睁睁地看着梁锷逃远了，又都转过身来，相对而视。许公子领人追来的马蹄声就在耳边了，童宫对那青衣人厉声喝道："你是谁？"

那人并不答话，一双眼睛放出异样的光，仿佛整个脸上的肌肉都在颤抖，忽然，他将手中钢刀横起，要做困兽之斗。只见他全身引招，刀脚并动，四肢五节都在发劲，一个金鹰破喉疾向赤手空拳的童宫猛扑过来。童宫看得真切，蓦然一个后跌，平卧在地，那人从童宫身上飞了过去，倒卧在地，不动了。

童宫觉得奇怪。当那人从童宫身上飞过之时，童宫本想给他一记倒踢金香炉，因考虑到要留活口，童宫只是让过了他，并没碰他，可他怎么就不动了呢？童宫赶上把他当胸一提，又问：

"说，何人派你来的？"

那人头歪在一边，一声不响。童宫细看，他已气息全无，死了。背部带着一把只见手柄在外的短剑。毫无疑问，这短剑是梁锷刚才那一击插进去的。

许公子领骑卫赶到了。童宫无话，取过一个骑卫的马匹，将青衣人一拽放上马背，而后自己也翻身骑上，与许公子一道驰回市舶司。

市舶司内，落墙被擒的另一刺客早已被绑在一根大圆柱上。童宫回府，把那青衣之尸噗的一声扔在那刺客面前，就从他背上拔出那柄短剑，直抵刺客前胸："说，何人派你来的？"

"我……我说。"

6. 黎明前

残星欲灭，夜雾犹浓。

安抚司内，宋夫人、芘儿、秋娟等都在焦灼地等待着童宫他们的消息。小宋赓醒来后要找母亲，小宝把他领到外公房中来，此刻正静静地守在外公榻前，一点儿睡意也没有。

靠庭院一边的门窗都关得很紧了，风是吹不进来的，然而宋夫人仍时不时地克制不住周身的颤抖。

三更时分，宋慈忽发作一阵剧烈的头痛之后，药也无法吃了，只好由秋娟一羹匙一羹匙地喂，起初还见咽下一些，后来就只是顺着干灼的嘴角往下流，再后，便是沉沉地昏睡……只有用手贴近他的鼻翼，才能感觉到一丝微弱的呼吸。一种巨大的恐惧和忧伤之感占据了宋夫人母女的心，她们都生怕宋慈在不知不觉中就这样永远离去，这种感觉使她们一直都不敢合眼。有几回，老爷的嘴唇动了几下，像是要醒了，可是没有。

夫人多么盼望童宫他们能早些回来啊！盼望他们带回好的消息，那样，老爷醒来，就可以告慰他了……正想着，夫人抬起头，侧耳聆听，果然听得一阵急促的马蹄声由远而近……

"是两匹马的蹄声。"芘儿道。

夫人神情一振，不由转头望了望面前的芘儿与秋娟，就见她们的目光也正望着她。"是他们回来了！"秋娟说。

宋夫人立即起身走到外间，又迎出房外，等了些时，却见是两个陌生的军汉，头里一人背着血迹斑斑的霍雄，后头一人扶着，匆匆上阶而来。

宋夫人大惊，芘儿泪水涌出上前护着丈夫，边入房来，边颤声问道："你怎么啦？"秋娟端一把椅让霍雄坐下。宋夫人急问："童宫呢？"

"他潜入提刑司去了！"霍雄说。

"为什么？"宋夫人与秋娟同声惊问。

"此案……已经大白……罪魁是……提刑司舒庚适！"

宋夫人不由一震！

原来，近年南恩州巡检勾结海盗，在海上走私过致，劫掠商船，作下不少案子。这事被舒提刑发现后，非但不予惩办，也与之相勾结，继续作案谋利。

这事又被市舶司许提举发觉，许提举便写了一封揭章，欲向经略安抚使大人宋慈报告，但因宋慈一直卧病，未及递交。此事干系重大，为免泄密，许提举连夫人和儿子都未泄一字，不想他手下最为亲信的一名宾佐却被早有防备的舒庚适收买。

舒庚适获悉，吃惊不浅，立即差派跟随他多年的梁锷和一名精于检验的仵作与那宾佐一同作了案。又因惧怕宋慈的慧眼神思，绞尽脑汁策划定了，几乎做得不留一丝痕迹。

白天，舒庚适得知宋慈已到市舶司受理此案，预感不妙，即派梁锷领人暗中注视事态，并嘱："若案事败露，不惜血本立刺宋慈一行。若吴诚败露，亦当诛之。"后来宋慈未获踪迹而旧病又发，回转安抚司。舒庚适闻报，仍未敢麻痹，令继续监视。半夜里，梁锷等人果然发现童宫、霍雄连夜又赴市舶司，料想情势有变，立即跟去。当梁锷领人入了吴诚所在偏院，吴诚暗暗探得复检结果回转来报，梁锷便手起剑出，先于吴诚颈上一抹，而后静候童宫三人到来……

童宫所以要潜入提刑司去，是要去取许提举的那封亲笔揭章。被童宫一刀击中落墙的那个蒙面汉，也是跟了舒庚适多年的贴身随从。从他口中，童宫得知那纸揭章仍在舒庚适手中，便打定了去取的主意。当时，许夫人也曾竭力劝阻："刺客已招供，你何必再为那纸揭章去闯虎穴？"

童宫哪里肯依："宋大人一生办案，尤重证据，口供是不可全信的。何况此揭章涉及与巡检、海盗合谋作案之事，不可不取！"

"只是，"许公子也执意相劝，"番山提刑司戒备森严，你又不知那纸揭章现藏何处，哪能轻取？还是先回府去，告知大人，明日再作计较。"

"等不得明日。"童宫道，"梁锷回去一报，舒庚适老贼今夜必有动静，如果就将那封揭章销毁，势必给此案添加许多麻烦。"童宫把一柄短刀插入绑腿，便要动身。

"你不能去！"许夫人拦道，"我不能眼看着你去投身虎口！"

"恩人，请听后生一言，"许公子也扑通一声跪在童宫面前，"你武功过人，有勇有谋，后生已有领教。只是此去提刑司，实在无异于去闯虎穴狼窝，舒庚适老贼非等闲之辈。此去实在是凶多吉少！万一遭遇不测，宋大人不能没有你啊！"许公子似乎想到父亲是死在他最亲信的人手下的，泣不成声了。

"快起来，不必这般！"童宫扶起许公子，即说，"你们不知，一个未了之案，于宋慈大人，常是纠缠如毒蛇，执着如怨鬼。如今大人重病在榻，我只有迅速把此案查个水落石出，证据俱获，才能使大人放下心来，安心养病啊！"

颤颤之言，肺腑之声，着实撼动了许夫人、许公子及在场许多兵士的心。就这样，童宫嘱咐右臂已遭骨折，且受严重内伤的霍雄火速回府禀报，自己只身闯虎穴去了……

当霍雄把一应情况择要匆匆告说出来，众人听了无不万分焦急。秋娟当即对母亲道："得立刻派人策应童宫！"

宋夫人应道："你去，叫宾佐传军士立赴提刑司相机行事！"

"我去！"霍雄急从椅上站起来，可是才走两步便扑跌在地。

芪儿慌忙赶上扶起了他。老侍医说："你得让我立即替你疗骨治伤啊！"

秋娟出房传话去了。霍雄又把尸检情形详细告知了宋夫人。

安抚司内很快行动起来，马嘶鸣从窗外传进房中。当蹄声远去之时，宋慈的眼睛动了几下，似乎是被蹄声惊动。他要醒了。

"老爷！老爷！"宋夫人连声唤道。

宋慈的眼睛又一连动了几下。终于吃力地睁开了。他看到了芪儿，脸上的肌肉动了一下，似乎是笑。他又看到了夫人，两人的目光相遇了。他已很干瘪的嘴唇嚅动着，声音很小："童宫……霍雄……"

夫人已擦去了淌在脸上的泪，仍似先前一样地微笑着，温和的话音在宋慈耳边一字一珠："你说对了，那的确是隔物勒杀。霍雄……回来过。他说，复检时，果然发现项后有极易被忽视的压痕，再仔细量量项上绳痕赤紫部分的围径，也没有正常自缢而死的围径长，两端依稀可辨几处死后吊勒的并不赤紫的白痕。看来，垫在项后的是个大于脖颈的木条。"

宋慈听着，眼睛一动不动，但夫人感觉到，他在思考。夫人继续往下说："老爷，还记得当年霍老告诉你的茜草吧。许提举的尸身正是被凶犯用茜草汁涂抹过的。霍雄他们用甘草汁解之，尸身上才现出几处淡淡的磕擦之痕。显然，许提举死前是挣扎过的，凶犯可能不止一人……"

宋慈仍睁着眼睛听，见夫人忽然停下话，就抬起目光望定夫人问："后来呢？"

　　夫人摇了摇头，才又说："还在……市舶司。"

　　宋慈眉心动了一下，又问："谁……还在市舶司？"

　　夫人这才察觉自己为瞒老爷，把话说岔了，忙又答道："是……童宫他们。"

　　当夫人说出这几句后，泪水就盈满了眼眶。她想到自己同宋慈相处一辈子，还从未有什么事瞒着宋慈，可是今日，却为什么反倒将宋慈最急于知道的事不告诉他呢？

　　"玉兰，你不必瞒我。"

　　一阵沉默之后，宋慈这样说，而且又是当着芇儿、秋娟的面，直呼玉兰的名。玉兰真是心内如焚。她想起了宋慈那年特地在《洗冤集录》书前撰写了一篇《检覆总说》，并企望《洗冤集录》一书能得钦颁天下，从而使《检覆总说》也成为天下司法官所应依循的条律。后来，《洗冤集录》果得钦颁天下，宋慈也因此而奉使四路勘问刑狱。所到之处，各地官员无不习诵《洗冤集录》，豪猾权贵不敢为非作歹。从那以后，宋慈一直很感快慰，感觉自己这一生尽了最大努力，毕竟做了一件可以告慰祖先，也可自慰此生的事。可是现在……这宗案子的罪魁正是掌广东司法、刑狱和监察大权的最高法官，如果告诉宋慈，会不会对他有些什么刺激？眼下这样的时候，夫人实在不愿让老爷受到哪怕是一丝一毫的刺激啊！

　　何况二十多年来，童宫与宋慈风雨相随，历尽艰辛，宋慈待他之情，远非一般父子之情所能相比，教他侦破擒拿，需多用脑，从不肯让他去冒险。可是现在……老爷如果知道童宫此刻的处境……宋夫人实在不知怎么办才好。

　　"玉兰，既然知道是……隔物勒杀……便不难破……"宋慈又说。

　　玉兰心乱如麻。老爷虽在病中，可要瞒他，谈何容易。何况玉兰从来不会瞒人，如此踌躇的面容，盈眶的泪水，怎瞒老爷那数十年都在揣摩他人心思的眼睛。玉兰想止住自己的泪水，却只是不断涌出来。

　　"玉兰，童宫他们……是不是遇到……"

　　望着老爷深深期待的目光渐又变得万般忧虑，玉兰更是心如刀绞。如果老爷是疑童宫他们遭到不幸，岂不把他焦虑坏了！夫人这一想，那原打算瞒着老爷的愿望一下子就崩溃了。夫人不得不把一切都告诉了老爷。当夫人一边说着的时候，一边就把自己的手放在老爷手里，抚摩着他，满眶泪珠串滴不尽。

　　没想到，宋慈听后，却是异常沉静。

他仿佛忽然弄懂了一个道理，莫说是他撰写的《检覆总说》虽经钦颁天下，仍难于阻止司法官的知法犯法，就是凝聚了他一生心血的《洗冤集录》于后世的作用也是有限的啊！

"隔物勒杀"一案的出现，正说明人的聪明也罢，狡猾也罢，总是一代高过一代，而一代比一代更高明的手段运用于作案与破案，都将做出前无古人的事来！任何学识都是有时限的，都将被新的见地所取代，《洗冤集录》也不会例外。因而最要紧的还是如真德秀先生当年回乡办学时所期望的那样：朝廷当有许许多多真正有心于为强国安民而不倦地求索的人！

想到这儿，他就又想到了好友刘克庄。就在去年夏天，刘克庄又因不满于权相史嵩之而第四次被罢官。那时，宋慈恰在江南东路巡行。刘克庄取道江南东路回乡，在江西上饶西北的信州赶上了宋慈，两个好友见了一面。这次刘克庄感慨泣下，对宋慈说了许多话，宋慈在此之前从未见过刘克庄落泪！

刘克庄说，我朝并非没有人才，远且不说，南迁以来，文臣仍有李纲、朱熹、真德秀，文武双全也有岳飞、宗泽、辛弃疾，可是朝廷何曾真正重用他们，他们中哪一个不是有功于朝廷，反为奸佞之徒、昏庸之辈所谗而遭厄运？

刘克庄又说：我朝也并非没有子民，仅以当年两河"八字军①"为例，何等令人感慨！北宋时怕士兵逃跑曾黥面刺字，此举曾遭司马光强烈反对，而南迁后，两河"八字军"的士兵们却自愿在脸上刺上"赤心报国，誓杀金贼"八字。古人说："狡兔死，走狗烹。飞鸟尽，良弓藏。敌国破，谋臣亡。"如今我朝却是：狡兔未死已烹走狗，飞鸟未尽已藏良弓，敌国未破而亡弃谋臣。如此，朝廷如何能得光复，百姓如何能得安宁！思来想去，还推杜甫晚年唱出的那句"盗贼本王臣"，实为拨云洞天的惊世奇句！

"啊，惠父兄，古人说：大厦将倾，非一木之可支；长堤将溃，非一石之可堵。这正是我朝今日之写照啊！"那时，刘克庄正是这样泣下无声。宋慈深为所感，只是不似好友那样悲观。他以为国家总须有人治理，百姓总也期望安宁。如今更深切地感到：欲筑大厦，非一木所能力；欲垒长堤，非一石所能功。洗冤禁暴也罢，上报社稷下安黎民也罢，确实需要许多有志有识之士！

---

① 八字军原只七百多人，后发展到十多万人。由宋将王彦所创，后受宗泽领导，编入御营。1140年，"八字军"在顺昌（今安徽阜阳）大破金兀术主力，在南宋抗金史上写下光辉的一页。

"玉兰……不要难过……"宋慈微弱的声音反倒安慰起夫人来。他朝夫人微微地点了点头，夫人知道，老爷是要她把头靠近一些，于是躬下了身。宋慈伸出枯槁的手轻轻地替夫人抹擦脸上的泪水，可是怎么抹也抹不完。

宋慈仔细端详着夫人，夫人满脸泪水、满脸皱纹，年轻时候的丰韵再难在她的身上找到了。陡然，他记起夫人今年也已年满花甲，下月就是她的寿辰。他还记起自己六十大寿那年，有人错用了一个女寿联给他。他想说，他也想给她做个六十大寿，然而担心说出来反使夫人越加伤心。这一辈子，夫人实在是为他操碎了心，可是，安慰夫人一些什么呢？终于，他还是说："玉兰……书……书……"

夫人知道他要的是《洗冤集录》，立即取了递给他。

宋慈颤抖的手抚着《洗冤集录》。他六十寿辰以后才开始撰写《洗冤集录》，那时，他如果安于此生，不思有什么进取，此生也就如此过去了，也就不会有这部书。可他不甘那样，他做了些努力，虽然辛苦，可也过来了。想起来人生也真有趣，有苦有乐，而只要肯有追求，便能苦中有乐，乐在其中。尽管他已感到，他撰写的这部书于后世的作用有限，譬如人生下来，最终总要死去一样。然而这部书毕竟是刚生下不久，刚开始它的生命。这生命是他赋予它的，这生命中有他的生命，也有夫人，有女儿她们的生命，因而也是自己和她们生命的延续。

"玉兰，我们总算……留下了这部书！"

宋慈颤抖的手想翻开封面，夫人立即帮他翻了过去，书前印有宋慈手书的《洗冤集录序》。宋慈的目光落到了《序》之末的两行小字，他的手又去抚摩它们：

> 贤士大夫或有得于见闻及亲所历涉出于此
> 集之外者切望片纸录赐以广未备慈拜禀

"玉兰，你还记得吗？"宋慈的声音恍若隔世。

"记得……这是全书付印前夕，你赶到雕坊去，临时增写上去的。"夫人的手在宋慈的手上微微发颤，含泪的话音柔若细丝。

"把'隔物勒死'，增写进去，就收在卷之三，第二十节……《被打勒死假作自缢》条下，再版……"话音中，宋慈的手努力翻转过来，握住了夫人的手。

"嗯。"夫人点了头，旋又泣道，"老爷，你会好的！"

"芘儿……"

"在。"芘儿应道，把自己的手也加在父亲手上，她感到父亲的手很凉很凉。

"芘儿，"宋慈握着芘儿细腻的手，"父亲说过……要带你回建阳……"

"父亲！"芘儿想说等父亲好了一同回建阳，然而却不能出声了，只脸庞充盈着泪。

"芘儿……这是一宗大案……不论结果如何……由你执笔……你们得设法……奏知朝廷！"

"嗯！父亲，你别想了。"

"老爷……别想了。"

"秋娟……"宋慈看着秋娟。

"在。"秋娟泣声应道，近前来。

宋慈的头微微动了动，夫人感觉老爷是想让秋娟再靠近些，就把秋娟再往老爷身前让。宋慈的手又动了动，芘儿就把自己放在父亲手里的手松开了。

"秋娟……"宋慈的手掌张开，看着秋娟。

秋娟把一只手放在了宋慈手上，宋慈就把她的手紧紧握住了。秋娟的泪珠儿成串地落下……一瞬时，夫人和秋娟都记起了当年夫人要秋娟嫁给宋慈的事，秋娟深信夫人对她秋娟，曾是真想与她做姐妹而不是做母女……但宋慈成全了秋娟与童宫，秋娟生下赓儿，就让他姓宋，老爷把赓儿看得与自己的亲孙子一样……但此刻，宋慈把秋娟的手握得这样紧，而且泪珠儿也涌出来了。秋娟感觉到了宋慈的手在颤抖，忍不住饮泣出来，从十岁到宋家，她今年也四十七岁了，依然风韵的面容瞬时就哭得好似一块雨水打湿了的汉白玉。宋慈的手举了起来，颤颤地向着秋娟的脸庞，但够不着，秋娟俯身把脸放到了宋慈手上。宋慈用手去抹她的泪水，秋娟更哭得不能自禁。这当儿，宋慈的话音似乎说得清晰了，他一边抹着秋娟的泪，一边说着："秋娟，别哭了，别哭了。"说这话的时候，他自己的泪水也不断涌出来。不知多少年了，无论秋娟还是夫人，都没有见过宋慈流过这么多泪。秋娟也用自己的手去为他抹眼泪，边抹边泣道："父亲，你会好起来的……会好的……"

"我很好！"这时刻，宋慈的面容非常舒展，没有痛苦，也没有思索了，只是泪水仍然澎湃，他没有再去替秋娟擦泪水，而是把手放在秋娟替他抹泪水的手上，仿佛是说："别抹了，让它流吧！"这时刻，宋慈的手也不颤抖了，他双手把秋娟的双手都放在自己的手中握着。数十年来，宋慈一直都爱护她，但从未握过她的手。阿香来后，宋慈对新认的芪儿有许多话说，也时常握着芪儿的手说话，但从未握过秋娟的手。现在秋娟感到宋慈的手是热的，非常温暖，那手握着她，还好像要给她力量。"秋娟，"宋慈直望着她的泪眼，又说，"我们也没教你识字，但我早就说过，你是世间少有的女子，你很了不起！"秋娟也用自己的手去紧紧地握住宋慈的手，眼泪串串滴落在他们握在一起的手上。

"赓儿呢？"宋慈又说。

"在……"秋娟抱过了已有九岁的小赓儿。

"读书。"宋慈握住赓儿胖胖的小手，"将来……谋求入仕！"

夜，将要破晓了，静得出奇，宋慈好似听到了由远而近、越来越响的马蹄声……

破晓之前，大地沉浸在浓重的黑暗中，安抚司外林荫道上，果然响起了急促的马蹄声……

数匹快骑直向安抚司方向飞驰而来，跑在最前面的一匹快马驮着一个满身血迹的人——童宫。他伏在马背上没有动静，似乎任由马匹驮着他往安抚司来……终于，他动了动，吃力地抬起头来朝前看……啊，前面怎么这样黑，什么也看不清，凭直觉，他觉得府门就要到了，可是路又怎么这样长啊……骏马也好似不安于黎明前的沉寂，飞蹄疾驰，蹄声激烈地敲打着沉睡的大地……

1985 年 11 月初版完稿于宋慈故乡福建建阳

1986 年 8 月第 1 版，书名《神验》

1987 年 4 月第 2 版，书名《神验》

1987 年 8 月第 3 版插图版，易名《宋公案》

2005 年 7 月改于北京，易名《洗冤》

2015 年 11 月第 6 版

后 序①

贾静涛

　　一九八六年十二月十六日，中国法医学会与建阳县人民政府联合在建阳进行了纪念宋慈诞辰八百周年的学术活动，就在这次活动中，我有幸读到了这部小说，并结识了其作者王宏甲。

　　由于业务工作繁忙，不看小说已有多年了。会议之暇信手翻来，竟被一幕又一幕激动人心的故事吸引得撂不下。归途经崇安，过上饶，还没到上海，就初读了全书，心情真如惊涛拍岸始终处于起伏激动之中。

　　宋慈是我国古代的伟大法医学家。对于宋慈的历史，法医学界虽有耳闻，但并未为我国人民所了解。他生活和工作在河山半壁，风雨飘摇之中，怎会在法医科学史上留下巨人的足迹，就是法医界人士也还缺乏深刻的了解。

　　小说生动描写了宋慈在那个充满各种各样复杂斗争的历史时期成长、学习、工作，直至撰写出不朽名著《洗冤集录》的历程；深刻地揭示了宋慈爱人民、爱科学、爱勘验断狱工作的崇高品质，以及"抚良善甚恩，临豪猾甚威"，勇于雪冤禁暴的刚正性格。

　　小说不同于历史，书中所述每一起惊人案例，当然不都是宋慈亲所经验的；但透过各个案例所显示的精神世界，却令人信服地看到宋慈具有的高尚情操，正是如此丰富的内心世界，使他能

---

　　① 这是贾静涛教授为这部小说的第二版写的序。贾静涛是中国著名法医学史家，一九八一年将《洗冤集录》现存最古本元版本加以校注，以繁体字由上海科技出版社出版。一九八四年出版《中国古代法医学史》。

够对"狱案审之又审，不敢萌一毫慢易心"，才使他有可能成为古代法医学的先驱，在科学史上独树一帜。

书中所描述的不少案例都确有其出处，经作者的辛勤加工，这些案例变得更合乎逻辑，更富戏剧性，因而也更具有吸引力。但是侦破这些案件所用的检验方法，却并非作者杜撰，而是古代法医学曾经实践的方法；可以毫不夸张地说，由这部小说可以了解古代法医检验的实况。

作者王宏甲是一位三十有三的青年作家，写作这部小说花费一年有余，而准备工作却整整用了八年。由字里行间可以看出，为创作这本小说，不仅需要丰富的文学修养，还须不遗余力地收集两宋时期的有关史料与地理风情，研究宋慈、真德秀、刘克庄以及朱熹等人的历史以及他们的思想，学习有关古代书法、绘画、诗词、出版、花卉、中医药等相关知识。更主要的是作者还必须钻研古代的法医学，否则就不可能缜密展现出侦破惊人疑难案件的过程。如今看到书中所介绍的一个又一个案例，我们不能不说，作者比许多现代的法医工作者更加了解我国古代的法医学。

一九八六年十二月二十三日
于中国医科大学法医学系

宋慈评传

　　沿着他一生的足迹，可以看到中国在法官勘查检验、审刑断狱方面悠久而卓越的历史，因为他是如彼地集大成；还可以看到世界法医学发展的经纬，因为他是这门科学的开创者。我的家乡建阳，也因之与世界有一种光荣的联系。

王宏甲

1. 十三世纪的奇书

一九八一年，美国译出一部中国宋代的著作，全名为《洗除错误——十三世纪的中国法医学》（ *The Washing a way of Wrongs: Forensic Medicine in Thirteenth-Century China* ）。该书中国版本原名《洗冤集录》，美译本的副题为译者所加。

美译本为什么要加这个副题？因加此副题可使人们更容易看到这部书的意义。从远古到十三世纪，西方没有人写出法医学著作。这就是世界上第一部法医学著作。

中世纪宗教裁判曾取代法庭，欧洲盛行过"神裁法"，或以"决斗"自行解决争端。决斗，从宫廷到民间都很普遍。决斗中一方杀死另一方，是不必负法律责任的。直到十九世纪，俄国诗人普希金仍在一八三七年死于决斗。但在中国，武松斗杀西门庆是要负法律责任的。《水浒传》里不仅有验尸，还有验骨。《洗冤集录》所写的并不是奇案故事，但问世后仍被视为"奇书"。

怎样的奇书？在十三世纪中期，欧洲文艺复兴之前，该书详述了辨尸、尸变、凶杀、奸杀、自刎、绳缢、服毒、火烧、水溺种种辨生前死后，真假伤痕诸方面的知识，博及医学内、外、妇、儿、伤、骨科，以及生理、病理、药物、急救、解剖诸方面的学问，灿若星辰，已然是法医学的知识体系！

十四世纪过去了，整个世界，并没有其他国家的人写出法医学著作。

十五世纪，仍没有。

十六世纪，依然没有。

十七世纪，意大利的佛图纳图·菲德利（Fortunatus Fidelis）在一六〇二年写出欧洲最早的法医学著作。这是《洗冤集录》问世后三百五十多年的事。

一九八七年，在中国召开了首届国际法医学研讨会，因《洗冤集录》的作者宋慈是中国人。我应邀出席了这次国际研讨会，在会上做了介绍宋慈的专题报告。在世界法医学史上，宋慈的名字就是中国人的骄傲，但很多人对他十分陌生。譬如他何以能够写出世界上第一部法医学著作？他是哪里人？有如此成就，却为何被国人遗忘？其学说又如何流传到海外？

2. 家乡建阳

一九七八年，我开始寻觅宋慈的世界，有个重要因素，宋慈的家乡也是我的家乡——福建建阳。

然而我所见的清代《建阳县志》记宋慈仅百余字。《宋史》不见宋慈踪迹。乾隆时期《四库全书总目提要》根据《洗冤集录序》对该书做了"提要"介绍，对作者宋慈则称"始末未详"。到光绪三十二年（1906年）版陆心源著《宋史翼》，把宋慈补进了《循吏传》，所据是南宋词人刘克庄写的《宋经略墓志铭》。刘克庄撰宋慈墓志铭因他曾任建阳知县，与宋慈是知交。此墓志铭是宋代留下的有关宋慈生平的唯一记述。

七百多年岁月流逝，今天要看见历史深处更为丰满的宋慈，当然不容易。认识宋慈，并不是仅靠盘点史料对他有多少记载。认识历史人物，最不能缺乏对人的精神世界的追觅。宋慈为什么会成为宋慈？这是我尤所关心的。追寻宋慈的成长，我以为有三项特别不能忽略：不能忽略他的家乡，不能忽略他的家世，不能忽略他所处的时代环境。此三项对宋慈的成长至关重要。

先说他的家乡。一九七八年，我走在家乡的童游镇上，一次次想过，七百多年前，宋慈就生长在这片土地，是什么使他能写出世界上第一部法医学专著？

他生在山河破碎的南宋，家乡的文化却有今人意料不到的璀璨。宋末建阳人熊禾撰《考亭书院①记》说："周东迁而夫子出，宋南渡而文公生。"开篇就

①　朱熹曾在建阳城西门外麻阳溪畔建"竹林精舍"，后易名"沧州精舍"，是讲学的书院。朱熹去世四十四年（1244年）后，宋理宗皇帝感念朱熹贡献，下诏将"沧州精舍"赐名为"考亭书院"。

道出了朱熹与孔子的关系。朱熹一生注释与撰著甚丰，其中将《论语》《孟子》《大学》《中庸》四书编在一起并加以注释。为什么要注释？凝聚着孔孟智识的古文字至朱熹时代已很久远，宋人要读懂春秋文字有困难了，更何况要理解孔孟思想殊不容易。建阳蔡元定是协助朱熹完成四书集注的大学者。不仅如此，蔡氏一门四代出了九位贤儒，所谓"五经三注，四世九贤"，讲的就是蔡氏子弟在五经中注释了三部经典（《易》《书》《春秋》）。四书五经，九部经典有七部在建阳注释并刻印成书，成为直至近代中国读书人必修的读本。请想一想，建阳这地方当时具怎样的文化氛围！

再说中国印刷术起于唐盛于宋，宋代是把此前千秋竹简上的中华文化刻印到书本的重要时期，建阳正是当时全国三大出版中心之一。朱熹与弟子注释的古代文献就在建阳刻印出版成为教本。注释，就是往通俗化、大众化前进；它使文化的广泛传播和更多人受教育成为可能。建阳因之曾"书院林立，讲帷相望"。来此读书者非止建阳子弟，而是"四方学子负笈来学"，这促进了建本刻书业繁荣，天下书商贩者往来如织，建本因数量最多、成就最高、影响最大，而使建阳享有天下"图书之府"的盛名。这对中国文化承前启后的贡献，实在是巨大的。宋慈就出生在这一时期的建阳童游镇，岁在一一八六年，月日不详。

十二世纪，欧洲处在中世纪。阿拉伯人曾在六世纪建立了横跨亚、欧、非三洲的阿拉伯帝国，在中世纪产生了重大影响，到一二五八年，阿拉伯帝国被蒙古铁骑攻灭，巴格达的黄金时代戛然而止。中国，由于造纸和印刷术在宋代大量应用，由于朱熹及其弟子伟大的译注工程与建阳书业和书院教育联袂传播，使得此前数千年的中国历史文化仿佛转眼间就横亘在少年宋慈面前。所以，建阳家乡给予宋慈的文化熏陶，心智教育，是同时期其他国家和地区的子弟难以望其项背的。

宋慈九岁（1195年）受业于朱熹高第吴稚①门下，青年时常与建阳高士黄干、蔡渊、蔡沈等孜孜论学探讨疑难。二蔡即注释《易》《书》者。这样的文化氛围在京都临安也难寻。十九岁，宋慈到临安入太学。其时太学约七百名学生，主持太学的是南宋大臣、翰林学士真德秀（闽北浦城人）。

真德秀阅宋慈文章，称之"有源流出肺腑"；这是一个教育家的精粹评价，

---

① 刘克庄撰《宋经略墓志铭》作"雉"。稚、雉同音。雉，汉字本意为野鸟，俗称野鸡，亦泛指姬妾。我怀疑这是刻书时将"稚"字误为"雉"。

从中可以读见：一个将来有大作为者，是要有文化源流的，此时的宋慈不仅胸有远承，且涌动着独立思考的情愫，这意味着有一种创造意识在苏醒。

我的母亲也是蔡元定后裔，我在厚厚族谱里觅读先人的消息，在童游镇上遥想宋代我的家乡"书院林立"，民间亦曾"比屋弦诵"……不禁愧感，我们遗忘的何止是宋慈。

3.　家世与乱世

家庭教育在中国具有悠久传统，从宋慈家世亦可见一斑。

综合刘克庄的记述与建阳县志记载，约略可知，宋慈祖上在唐代有个名文真公的先人，传四代，由邢（今河北邢台西南）迁睦（今浙江建德）定居。又传三代，一名宋仕唐者到福建建阳任县丞，县志说他"公廉有守，遇事通晓"。宋仕唐卒于建阳任内，一家就在建阳定居下来，成为建阳县人氏。

宋仕唐的儿子宋翔，史籍说他七岁能诗，累官国子监簿，文才曾"名动京师"，回乡后首倡义举修建了家乡的童游桥。宋翔的孙子就是宋慈的父亲宋巩，官做到广州节度使，掌勘问刑狱。

宋巩字世卿，其祖上到建阳任县丞的宋仕唐字直卿。宋巩为儿子取名慈，字惠父。可见宋慈的名和字，就寄托着这个家族的理想。怎样的理想？"慈惠父"三字或可这样解释：期望他将来成为一个慈及百姓，惠于黎民的父母官。这样的家教或者说家族理想的力量，是十分重要的。

但宋慈为官之路却坎坷。宋代太学生参加科考不必乡试，可直接从太学应试，宋慈曾科考不第（时间不详）。直到嘉定十年（1217 年）中进士，他被任命为浙江鄞县尉官，这是他三十一岁的事。就在这年，他的父亲患重病。宋慈未能赴任，次年父亲去世，他居家守制。这期间，蒙古、金朝和南宋的局势发生剧烈动荡。了解宋慈，不能忽略他所处的时代大环境。

在他青年时代，对南宋乃至世界都发生了重大影响之事，莫过于蒙古人崛起漠北。北方金朝因抵挡不住南下的蒙古铁骑，决定吃掉南宋扩地抗蒙。就在宋慈中进士的嘉定十年十二月，金军发兵渡淮，大举南侵，破碎的山河再遭战乱。朝廷因之提前征收赋税，一征再征，竟预征到后五年。此时居家守制的宋慈，目睹民间疾苦乱世冤狱，与他熟知的国法、信奉的公正，相去甚远。

　　这段岁月对宋慈是重要的。我想应该这样描述，这重要不仅看见社会，更吃惊地看见自己了：一二十载青灯黄卷刻苦攻读，虽然赢得了通经史、善辞赋的锦绣声名，却对眼前的民情世事知之不多。这是宋慈回到家乡的一个重要发现，没有这样的自省，没有这样面对民间痛苦的追思，他的学问将寻找不到切实有用的地方。可是守制三年后，他没有得到朝廷起用。

　　嘉定十七年（1224年），宋慈三十八岁了，仍在家中。这年刘克庄到建阳任知县。宋慈与刘克庄性格不同，却是好友。日后刘克庄说：我到建阳任县令，得到的好友中堪称豪杰而尤所敬爱者就是宋慈。又过两年，宋慈四十岁才出任江西信丰县主簿，开始从政生涯。刘克庄"置酒赋词"为宋慈饯行，曾期望他如辛弃疾。几十年后刘克庄为仙逝的宋慈作墓志铭，称宋慈的"勋绩""声望"确实可与辛弃疾"相颉颃"。

　　我审视这一评价，遥想辛弃疾出生在已被金朝占领的北方，少年抗金归宋，并有如彼壮烈诗句："壮岁旌旗拥万夫，锦襜突骑渡江初。"宋慈生在南宋的大后方，始终没有与金军作战的经历，也未见留下诗词，刘克庄根据什么评价宋慈与辛弃疾相当？特别是宋慈四十岁才离家赴任之时，刘克庄凭什么期望他如辛弃疾？这大约是看到二人心志相同。一个人的心志，是他的灵魂，是他生命的统帅，也是我们认识他、理解他最重要的东西。

4. 居官所在有声

　　绍定五年（1232年），宋慈四十六岁出任福建长汀知县。长汀一带食用的闽盐由福州经闽江溯流航运，路遥途艰，常逾年始至，盐价奇贵，加上官吏克扣斤两从中渔利，民怨很大，往往酿成激变，成为"致盗之源"。宋慈改运盐路线，使之从广东潮州运来，往返只需三个月，又令以平价出售，广受百姓赞誉。这是宋慈任知县时确切的益民之举。

　　又过两年，金朝被南宋和蒙古联军灭亡。之后仅一年，一二三五年初，蒙古铁骑大举南侵，南宋到了更危急关头。刘克庄曾以诗描述道："国势危如卵，北风吹面急。"

　　这个时期，那些预感到南宋不敌强蒙的官员，非但不用心于救国难，反而加紧聚敛钱财，腐败滋长，加剧了人民的苦难。宋慈则越发倾力于勤政救危。

历史上每遇乱世，总有这样两类官员。我渐渐看到，无论辛弃疾或宋慈，他们出类拔萃，很大程度上也因乱世、国难和民间疾苦，迫使他们愈加优秀。

嘉熙元年（1237年），宋慈五十一岁出任福建邵武军（今福建邵武市）通判。通判之职，并非专事听讼断狱。宋代通判之职，为宋太祖创设，通判由皇帝委派，辅佐郡政，职位次于知州，但握有监察官吏并直接向皇帝报告的权力，号称监州。知州向下属发布的命令须有通判一同署名才能生效，所以通判握有连署州府公事的实权，凡兵民、粮运、赋役、狱讼听断等皆可裁决。一句话：通判是兼行政与监察于一身的中央官吏。宋慈在福建邵武军任通判一年，刘克庄以"摄郡有遗爱"评价他。

何谓"有遗爱"？在古语中，遗爱指有仁爱德行留给世人的意思。如《左传》载春秋时郑国政治家子产去世，孔子听说后哭泣道："古之遗爱也！"意为：子产是具有上古仁爱遗风的人啊！《汉书》有"没世遗爱，民有余思"之句，讲的是有仁爱德行留下被人民思念。宋慈在邵武军通判任上做了什么，刘克庄没有写，但第二年宋慈做的一件事，刘克庄记述较详。

这年浙右大饥荒。南宋正与蒙军作战，前方急需粮草，后方闹粮荒，这是很危急的事情。丞相李宗勉奉诏南巡内地粮赋，宋慈应李宗勉问，指出造成粮荒的原因不只由于天灾，更在当地强宗豪门囤积居奇加剧了灾难，如此下去极易酿成民变。

如何解决？国库存粮要应军需不能擅动。宋慈提出以当地富人存粮济粜灾民。办法是："析人户为五等，上者半济半粜，次粜而不济，次济粜俱免，次受半济，下者全济之，米从官给。"

这是说，把所有民户分为五等，最富的令其拿出存粮一半救济灾民，一半以平价出售；二等的不必承担救济，只拿出粮食以平价出售；三等的自己管自己；四等的自己解决一半口粮，另一半以平价购买；五等的完全接受救济。这件事由政府统一办理，百姓根据户籍与政府发生关系，而不直接同富人接触。

按刘克庄记述，宋慈这年"通判南辕剑州不就"，受李宗勉丞相举拔，任"诸军料院"。这"诸军料院"也是中央政府的派出官员。那么，宋慈有没有任过南剑州通判？

这年，宋慈被朝廷任命为南剑州通判，没有疑问。掌管粮运、赋税之事，本是通判职责之一，宋慈受前来巡查粮赋的李宗勉丞相询问，也是合乎常规的。那么，宋慈是到南剑州任通判之后，因李宗勉的举荐而被改任"诸军料院"，还是尚未上任就被举拔为"诸军料院"，后世研究者对此有不同看法。

但是，对宋慈主张的"济粜法"并付诸实施，看法是一致的。且都认同：宋慈还力主推行了"蠲免半租"，以鼓励和扶持发展生产。宋慈因有功而升任司农丞，知赣州。

从这件事已能见出，宋慈的执政能力出类拔萃；然而比能力更重要的仍然是他那颗"为民"之心，即心志所向，倾力为之。嘉靖《建阳县志》里称宋慈"居官所在有声"，正是倾力为之留下的声音。究其原因，更深远的要追溯到宋慈学过的"五经"。在中国四部全书"经史子集"里，"经"居于引领地位。朱熹选定加以集注的"四书"，后世甚至放在"五经"之前，具引领诵读"五经"的地位，称"四书五经"。一一八二年，朱熹五十二岁时将《论语》《孟子》《大学》《中庸》四书集注合刊，宋慈青少年时期在家乡即已诵读。

四书五经是教育青年学子要关心民瘼、报效社稷的书。《孟子》里更明确讲"民为贵，社稷次之，君为轻"。这些体现在宋慈后来任法官的实践中，就是"以民命为重"。还应该说，这种为官的品质并非宋慈独有，也不是罕见。听听这样的声音：

"百姓多寒无可救，一身独暖亦何情。"

"无谋救冤者，禄位安可近。"

"身为野老已无责，路有流民终动心。"

"挽将天上银河水，散作甘霖润九州。"

不要问这是谁说的，这些话语都出自心灵，出自古代官员在职或退休后的心灵。这样动人心魄，照人肝胆的金石之言，在中国古代官员中不胜枚举。我们应该获得这样一个印象，虽然官场腐败，皇帝昏庸千古有之，但"上报社稷、下安黎民"的理想情志，巍巍然如一道历史长墙，是源远流长的中国社会的正统思想，是占主流的道德情怀和价值观。其中的"社稷"，原是土神和谷神的总称，是对耕种及劳作精神的崇拜。后世社稷有代表国家的含义，但并非仅指皇权，而是象征着天下和社会。我们认识宋慈非只是为了认识宋慈，宋慈身上体现出的，是不能漠视，不能遗忘，更不可歪曲的中国文化的力量。

5. 所至雪冤禁暴

据刘克庄记述，在宋慈知赣州时曾遭弹劾而被免职，不久又起用为"知蕲州"。他大约是在去湖北蕲州赴任的路上又被改任提点广东刑狱。

不知在短短的时间里，怎会有这样的周折、这么快的任免。弹劾需要时间，皇上做决定也需要时间。那时最快的交通靠驿马，我不知如何理解南宋朝廷的办公效率。

但是宋慈任广东提点刑狱，毋庸置疑。这是主管广东司法、刑狱和监察大权的高级法官。时在嘉熙三年（1239年），宋慈五十三岁。这是他一生中首次出任提刑。

当时广东疑难积案甚多，有"留狱数年未详覆者"，这是说有关押狱中多年尚未核实者。宋慈视察了监狱，又查阅原始案卷，发现很多案卷对发案之初的勘查检验存有很多模糊不清或错误的判断。多年后，他在《洗冤集录序》中的一段话，可以看作是广东积案给予他的深刻印象："每念狱情之失，多起于发端之差，定验之误。"

为什么会有如此多的差错失误？他切实感到了官吏"多不奉法"。很多难决的疑案，正是不负责任拖延、舞弊营私造成。年深月久，这些疑案单靠广州衙门是无法审断的。他便"下条约，立期程"，把需要重新勘查的案子发回地方，限期重新审定。

仅用权力这么做也是不够的，他接着就深入广东各地去督办巡查，乃至躬亲检验。这里一并说，他一生中曾四度出任提刑，另三次是江西、广西和湖南。他每次都"循行部内"，奔走于山岭水涯，"虽恶劣处所，辙迹必至"。这里指的"恶劣处所"，不只是说路遥途艰，更指深入那些邪恶势力猖獗之地，还有遭凶犯袭击的凶险。

为什么一定要这么做？他深知，决狱理讼，要"审之又审，不敢萌一毫慢易心"，深知"差之毫厘"会"失之千里"。他"唯恐率然而行"，使死者蒙受不白之冤。这些体会，他日后均写进《洗冤集录序》中。

当时的验尸人员称"仵作"。这是一项被认为下等的差事，审案官员是不亲为验尸的。宋慈深入各地，发现有些错案冤案是因仵作被收买，验尸时匿真报假，这就使法官失去第一手真实资料；如果法官也被收买，那么现场验尸记录等一应案卷都齐全，唯独真相被掩盖了。宋慈屡遇形形色色贿赂欺蒙而不得不躬亲尸检，可谓腐败迫使他积累起许多真知灼见。

"以民命为重"，倾力而为，他对陈年积案尸体早已腐烂，无尸可验者，便深入验骨。有关知识在《洗冤集录》卷之三的《验骨》和《论骨脉要害去处》里论述得精微精辟。

不仅重视获取真实的检验勘查实据，他还非常重视寻访，多方收集情况。他在《洗冤集录·检覆总说》中这样写道："若有大段疑难，须更广布耳目以合之。"

再说五十三岁的宋慈风尘仆仆地奔波于广东各地，经过八个月的辛劳，"阅八月，决辟二百余"，清理了大批疑难积案，宋慈的清正刚直之威，为民雪冤之名，均因此而远播。

这里尤为值得重视的还有：他得到"雪冤"之名，或者说他能为民雪冤，并不全靠检验知识。他在《洗冤集录》中这样写道："切不可凭一二人口说便以为信。"这是非常重要的一句话。

这句话告诉我们，宋慈不是一般地不轻信口供，甚至不轻信一二人口说的证词。广东为什么有那么多疑难积案？官府办案，对疑之有罪者便抓来，且"留狱数年未详覆"，即是造成许多疑难积案的原因，也是许多冤案之源。他深入各地，广布耳目，多方寻找有罪证据，如此还找不到足信的有罪证据的，他就视之无罪。

这是他能够迅速理清大批疑难积案的关键性原因。这里最具意义的已不是他在多少时间里清理了多少疑难积案，而是他的无罪认定思想！这是七百多年前极其宝贵的无罪认定思想。

第二年（1240 年），宋慈奉命移任江西提点刑狱兼知赣州，去审理江西的疑难积案。其间，他以赣州最高长官的职权，除审案之外，还较好地解决了江西、福建、广东之间边境上武装贩盐的问题，使道路通畅，盐价稳定。朝廷曾把宋慈的方法下达有关各路（南宋的一路相当于今天的几个省），令效仿。

至此，他为官已经留下了"听讼清明、决事刚果"的英名，这包括审案和行政两个方面。还有一句评价是："所至雪冤禁暴。"何以描述他"禁暴"而未用"除暴"？

并非他没有除暴，恰因他勘检手段高超且坚决除暴，乃至远近权贵豪强闻其名而不敢为非作歹。做到这般的"禁暴",实在是更了不起的。

6. 六十岁发愿著书

淳祐元年（1241年），宋慈奉命知常州军州事。在常州任上连任五年后，他五十九岁了，按古代的算法，这年便是六十岁。

不知这五年朝廷为什么没让再他任提刑。然而，宋慈任法官令许多贪官感到威胁，这是从刘克庄的记述中可以知道的。朝中复杂的政治因素对此有什么影响，历史没有为我们留下记载。各地有很多冤案，这是宋慈所深知的，同时也知道，为天下生民洗雪冤屈，凭自己既做不了多少，也做不了多久了，便发愤著书。他撰写的《洗冤集录序》，是我们可以窥见他思想的可靠文本。

他在《洗冤集录序》开篇就写道："狱事莫重于大辟，大辟莫重于初情，初情莫重于检验。"意为狱事中最重大的莫过于定杀头之罪，定此大罪的依据最重要的莫过于弄清第一手案情，而要弄清第一手案情最重要的莫过于检验。

接着写，这样关乎生死、关乎有罪与无辜的大事，委派什么人去办案，是需要谨慎之至的。可是多年以来州县派去调查最初案情的官员缺乏经验，加上"仵作之欺伪，吏胥之奸巧"，其中隐藏的虚幻变化就很难明察，即使是聪明的官员也很难不被欺蒙。更何况临场勘查检验的官员，高座远离，对尸首掩鼻而不屑一顾者众多，这怎么能弄清真实的案情呢？这序言讲述了造成冤案的诸种原因，不仅指出负责检验的官员缺乏专业知识，而且不负责任，更有隐藏其中的贿赂欺伪，可见需要一部指导并规范勘查检验工作的著作，已是多么迫切。

淳祐七年（1247年），宋慈六十一岁，再次被任命为提刑，赴湖南就职，同时兼任湖南安抚大使行府参议官，协助安抚大使处理军政要务。他所著的《洗冤集录》就于这一年刻印出版于湖南宪治。由此推想，他开始撰写这部著作大约是在江苏常州任上。

古人写兵书称《孙子兵法》，写医书称《医宗金鉴》，宋慈写指导勘查检验的著作，也可以叫《检验集录》或《检验要览》的，为什么称之《洗冤集录》？

何谓"冤案"？被政府司法机构错定的案才叫冤案。一个政府高官，直言其著作是为洗雪冤狱而作。什么意思？你不是直言当今冤狱很多吗？单此书名，在我们今天听来也是振聋发聩的。

他毫不避讳地把"洗冤"用作书名犹感不足，还写下《检覆总说》，共十九条，置于全书论述的勘检知识之前，讲检验官员应遵循的原则和应戒除的劣习。

第一条就写：凡验官多是差厅子、虞侯或亲随等公务人员，前去"打路排保，打草踏路，先驰看尸之类，皆是骚扰乡众，此害最深，切须戒忌"。他把这些"骚扰乡众"的坏作风，排在需要戒除的首要位置。一颗为民之心跃然纸上。

在写出"若有大段疑难，须更广布耳目以合之"之后，还写下"虽广布耳目，不可任一人"，强调即使是官府派出去的耳目，也不能只听信一人。"须是多方体访，务令参会归一"。他还指出，不能凭"三两纸供状"定案塞责。"况其中不识字者多出吏人代书，其邻证内或又与凶身是亲故，及暗受买嘱……不可不察。"

反思一下我国当代司法仍存的"有罪认定"和凭"三两纸供状"定案所造成的冤案错案，再听听宋慈七百多年前的声音，这声音岂止是法医学术上的专精！这声音浸润着对生命的关怀，对弱小平民的关怀，至今读来仍具振颓风而励后人的光芒。

宋人曾有"忧国者不顾其身，爱民者不罔其上"之句，讲的是为国担忧的人不顾忌个人安危，爱护百姓的人不欺蒙皇上。宋慈笃意要用《洗冤集录》做书名而不顾忌会不会触怒皇上，就坦承出他上报社稷、下安黎民的赤子之心。也昭示着，一个法官，更重要的是要有为民"洗冤"的精神品格，而不是技术。精神高于技术！

从前欧阳修在《准诏言事上书》中曾写道："赏及无功则恩不足劝，罚失有罪则威无所惧。"说奖赏无功之人，恩泽再厚也不能起到激励众人的作用；罚无罪之人，再有威严也不能起到禁恶的作用。欧阳修还讲"赏不足劝善，刑不足禁非，而政不成"；这是说赏罚如果不能起到作用，国家的政治就危险了。司法机构判错的案，就是处罚无罪之人，如果不为之洗冤，就不只是冤害无辜者，更会危害国家大政。洗冤是保卫国家大政的最大善政。这该是宋慈义无反顾地要用"洗冤集录"为书名的内在原因。

特别难得的还在于，这部直言"洗冤"的著作，在一二四七年出版不久就被宋理宗皇帝钦颁天下，成为全国审案官员案头必备之书。这件事是不能遗忘的。假如没有当年这样的推广，《洗冤集录》能否传到今天？我不知道。

《洗冤集录》奉旨钦颁天下，必有再版。今天所见的《洗冤集录》书前备有一篇《条令》，所辑包括北宋、南宋朝廷颁布的有关司法检验的法令，共二十九则。不知这《条令》是《洗冤集录》初版就有的，还是钦颁天下时所加。所辑《条令》第一则曰："诸尸应验而不验，或受差过两时不发，或不亲临视，或不定要害致死之因，或定而不当，各以违论。"可见宋代对于案发之验尸是有详细的检验制度，有法不依，也是导致冤案的一大重要原因。这些考虑和举措，均超出技术的范畴。

宋慈一生勤奋至此，身体状况不佳，是可以休息的了。但淳祐八年（1248年），六十二岁的宋慈进直宝漠阁，奉使四路，勘问刑狱，仍驰奔各地躬亲检验。这已不是因他喜欢如此，而是各路诸多陈年疑案，众官难辨真伪，这迫使他不得不亲临指导。

历史为他"奉使四路皆司臬事"留下了这样的记载："抚良善甚恩，临豪猾甚威。部属官吏，以至穷闾委巷、深山幽谷之民，咸若有一宋提刑之临其前。"一二四八年，宋慈已临近生命最后的岁月。上述记载他风尘仆仆所到之处，贪官豪猾闻风丧胆，而正直的官吏乃至山沟里的百姓，心中却有个亲切的宋提刑仿佛就在眼前。

这位大法官的晚年，南宋国势危如卵，在已经很难挽救危亡的日月，他仍倾全力试图拯危起衰。诚可谓"一身如可赎，万死又何辞"。淳祐九年（1249年），宋慈六十三岁任广东经略安抚使，为广东最高行政长官。这年春，广东学宫举行释菜（开学）典礼，依惯例由当地长官主持，宋慈有头眩之疾，部下建议他委派其他官员代理，宋慈仍坚持前往。后身体日下，于三月初七病逝。

宋慈去世后，宋理宗皇帝赞其为"中外分忧之臣"，"特赠朝议大夫，御书墓门以旌之"。一二五〇年，宋慈灵柩移送回故乡福建建阳，于七月十五日归葬。十年后，官至工部尚书、龙图阁学士的刘克庄撰写了《宋经略墓志铭》，称宋慈为官"禄万石，位方伯"，却"家无铁泽，厩无驵骏"，这是对他为官清廉一生的写照。

宋慈一生不只是任法官，最高职务也不是提刑。但他在司法勘查检验知识方面的大建树，是在法官任上做出的。一个高级法官如此的一生，在十三世纪的西方各国都觅无可寻。宋慈不仅是人类的法医学之父，其公正清明也堪称人类法官之楷模。

7. 何以能集大成

宋慈的一生，似乎以其灵柩运回家乡，归葬建阳就结束了。其实不然。伟大的生命不会因其身躯的入葬而结束。他的灵魂、他的思想、他的情怀、他的期望，依然具有蓬勃的生命，因之才有不朽。

沿着他一生的足迹，可以看到中国在法官勘查检验，审刑断狱方面悠久而卓越的历史，因为他是如彼地集大成；还可以看到世界法医学发展的经纬，因为他是这门科学的开创者。我的家乡建阳，也因之与世界有一种光荣的联系。

一九八七年那次国际法医学研讨会，东西方专家都因宋慈而会聚中国[①]。我也因此走上这个大会的讲坛去介绍宋慈。我相信，那时刻，与会者都看到了宋慈不朽的智慧，听到了他灵魂的呼吸。

就在这次会上，本届大会的外方主席英国卡梅伦教授讲到了西方最早的法医检验，即公元前四十四年，恺撒大帝遭刺杀身亡，他的尸体被抬放到罗马广场，安替斯塔医生进行尸检，发现恺撒被刺二十三处，其中一处贯穿胸部第一与第二肋骨间的创伤是致命伤。

这个国际研讨会的中方主席是贾静涛教授。贾静涛是《中国古代法医学史》的作者。他告诉我：过去很多西方学者把恺撒遇刺后的尸检看作是世界法医学史上最早的尸检。其实，中国古代《封诊式》一书报告的尸体检验和活体检验，都比欧洲更早。

《封诊式》出土于湖北省云梦县睡虎地秦墓，考古鉴定那是"战国至秦代的墓葬"。秦于公元前二二一年统一中国。如此可知，《封诊式》记载的检验案，任何一例都比"检验恺撒尸体"至少早二百多年。而且，中国此时已不是遇特殊人物才偶尔检验，而是形成了法官检验制度。官府不仅受理平民告状的案子，对无人告状的无名尸也实施检验，作为侦破和量刑的重要手段。

其实，《封诊式》还不是中国古代最早的检验。《礼记·月令》已有"瞻伤、察创、视折、审断、决狱讼"的记述。东汉蔡邕解释上述文字，指出："皮曰伤，肉曰创，骨曰折，骨肉皆绝曰断"……蔡邕是蔡文姬的父亲，他的解释确

---

① 研讨会会址在沈阳中国医科大学。这所大学有个不平凡的经历，其前身是一九三一年创建于江西瑞金的红军军医学校和红军卫生学校，是唯一走过二万五千里长征并在长征中继续办学的学校。

实令我们开眼界，否则我很难把"审断"看作是检验"骨肉皆绝"的创伤。西周时期周公创建礼乐制度，因之有周礼。从《礼记》可见周代就有专门的审案治狱官通过瞻、察、视、审等检验方法，对皮、肉、骨乃至"骨肉皆绝"的伤害进行分辨和定义。这是可以追溯到三千年前的事。距今三千年前，古希腊还没有文字。

欧洲最早的成文法是公元前四五一年古罗马编的"十表"，第二年再编"二表"，先后锒于十二块铜牌，史称"十二铜表法"。中国早期的成文法有：公元前五三六年郑国子产将刑书铸在鼎上公布，公元前五三一年晋国再铸刑鼎，也是将法律条文铸在鼎上，二者都早于古罗马"十二铜表法"。商汤灭夏桀后，商初制《官刑》以儆戒百官，这是公元前一六〇〇年左右的事。公元前四〇七年魏文侯用李悝变法，颁布的《法经》是集此前各诸侯国法律之大成的经典，并在此后的商鞅变法中成为制定秦律的蓝本。秦统一后推行于全国便是大秦律，此后"汉承秦律"，传于后世还有唐律、宋律……直到清代有大清律。

因为有人管法，追究死伤的责任，就需有人行检伤验尸的事。中国古代的勘查检验技术因之源远流长，经盛唐传到宋，宋时又有很大发展，如宋代检验制度已有"报检、初检、覆检、免检"等程序的明确规定。同时期欧洲盛行"神裁法"或通过"决斗"自行解决争端，与中国法制的进步不可同日而语。

宋慈知识的重要来源还在于：中国造纸和印刷术的发明，为保留和传播中国悠久的文化，实有当时世界上任何国家无法相比的优势。宋慈的家乡建阳恰是南宋三大出版中心之一，这为宋慈集中国古代灿烂的法官勘查检验知识之大成备下极好条件。宋慈能开创出一条法医学大道，实属中国古代文明发展之必然。

8. 不朽的生命

中国古代读书入仕的官员，或潜心治学者，为救岌岌可危的国家，所作努力烛照千秋者不少。宋慈便是。虽然，宋慈去世后三十年，南宋灭亡，但宋慈的著作传了下来。尽管经过朝代更迭的战乱，宋版《洗冤集录》丧失殆尽，但对社会有益的智识是超越朝代的，元朝政府也需要这本书。

元刻本问世，书前印有《圣朝颁降新例》。所谓"新例"，都是元朝至元、大德、延佑年间颁布的条例。现存最古本即元版本《宋提刑洗冤集录》，全书共五卷，五十三条，集为一册，藏于北京大学图书馆善本书室。书前有宋慈《洗冤集录序》，是宋慈手迹，弥足珍贵。元代把《洗冤集录》及宋慈手迹完整地保存下来，是令人尊敬的。中国社会科学研究院历史研究所、北京图书馆、上海历史文献图书馆，藏有清代著名藏书家孙星衍复刻元刊本《宋提刑洗冤集录》，该本刻工甚精，被认为与元版本"不爽毫发"。孙星衍是以藏书家个人的努力将几乎绝版的《洗冤集录》复刻再版，亦令人崇敬不已。

历元明，不断有对《洗冤集录》进行增删补遗的种种版本问世，书名也改成各种各样。到康熙三十三年，仍以《洗冤集录》为蓝本进行增补校正的《律例馆校正洗冤录》钦颁天下，可谓非常重视，但不见原作者姓名。中国古代多少人才的创造，被以朝廷或皇帝敕令的名义传播于天下，首创者的姓名消失了。从康熙三十三年（1694年）到进入二十世纪的二百多年间，宋慈渐渐被国人遗忘。

从明代开始，宋慈的学说被陆续翻译到朝、日、法、英、荷、德多国。为什么说是"宋慈的学说"，而不说《洗冤集录》？因那些译本全译自"以《洗冤集录》为蓝本加以增删补遗的版本"，而并非《洗冤集录》原本，书中已不见宋慈姓名。因此，宋慈的学说虽被翻译到西方世界，西方人却不知世上有宋慈其人。到二十世纪前半期，在宋慈的家乡，也几乎无人知晓宋慈。宋慈的后裔不知去向。这片土地养育的宋慈，就这样无声无息地消失了？宋慈还可能回到生他养他的故乡吗？

要找回宋慈在法医学史上的意义，尚待对此特别有识之士。

一九七八年，我在建阳县文化馆的有关记录中看到，有个叫宋大仁的学者，在一九五五年吁请建阳县调查宋慈墓葬。第一次是五月间，县里派工作组到崇雒乡召开老人会，了解线索，随即在附近的山中寻找，未得结果。宋大仁坚持认为就在建阳。于是在七月间进行第二次详查，终于在建阳崇雒乡昌茂村山上的密林中找到了宋慈墓的残墓断碑。这个湮没数百年，早已无后裔祭扫的墓葬始得重修，并经中央文化部批转福建省人民政府列为福建省第一批重点文物保护单位。

那时我很惊叹，这宋大仁是谁？随着深入了解，我知道了，宋大仁是我国现代著名医史学家，曾出版医史专著十余种。还知道，有个更早即对宋慈著作的流传做过考察的人叫王吉民，他是我国研究医学史的先驱。王吉民视宋大仁为后起之秀，对他影响非常大。再后我还知道，英国李约瑟因撰写《中国科学技术史》曾专门到上海与宋大仁讨论"中国医学史"，二人结下深厚情谊。这使我知道宋大仁先生的治学成就值得信赖。

因宋大仁先生的考察，我得知《洗冤集录》问世后，以其为蓝本增删的改编本有《平冤录》《无冤录》《洗冤录》《洗冤录集证》以及清廷《律例馆校正洗冤录》等几十种。最早传到国外的是朝鲜使臣将明洪武十七年朱元璋时期的《无冤录》带回朝鲜，译注后于一四四〇年问世。继有日本人将朝译本译成日文出版。最早传入欧洲的是从清代版本《洗冤录》翻译的法文节译本，刊于一七七九年巴黎的《中国历史科学艺术》杂志。

我比照了一下同时期的欧洲大事，此时瓦特的联动式蒸汽机还没有诞生，英国要再过三年才承认美国独立，《拿破仑法典》还要过二十四年才问世。

一八五三年，英国《亚洲文会会报》发表评介《洗冤录集证》论文。一八六二年（或一八六三年），荷兰人译出第一个完整的西文译本。一八七三年英国剑桥大学东方文化教授嘉尔斯的译本曾分期刊于《中国评论》，一九二四年又全文刊于英国皇家医学会杂志，并有单行本问世。一八八二年，法国法医学家马丁著有《洗冤录介绍》，发表于巴黎《远东评论》。一九〇八年，德国人布莱坦斯坦因将荷译本译成德文。一九一〇年，法国人李道尔夫将越南本《洗冤录》译为法文。但是，如前所述，欧洲人读过这些译本，并不知原作者是宋慈。

历史走进二十世纪，法医学史在等待着有人把宋慈的成就昭示给世界。一九五五年六月，宋慈画像首次出现在江苏省卫生厅主办的南京中医药展览会上，连续展览了四个月。

这张画像上的宋慈，戴着进贤冠。进贤冠是古代一种礼帽，原为儒者所戴，唐代百官皆戴。杜甫有诗曰："良相头上进贤冠，猛将腰间大羽箭。"画像的下方署名"宋大仁造像，子鹤海煦合绘"。子鹤即国画家徐子鹤，海煦是宋大仁的别号。宋大仁说，我们注重描绘宋慈"丰裁竣厉，望之可威"的风度。在衣冠方面没有选择宋代的官帽而选择"进贤冠"，是为着强调宋慈的学者风范。这张宋慈像，一九五五年在广东中医药展览会又展出了两个月。后再于一九五七年在福建中医药展览会展出一个月。共有三十多万人瞻仰过，并在瞻仰宋慈画像的同时，通过文字说明得知宋慈的法医学成就及其对世界法医学的影响。

这张宋慈像是应当被高度珍视的，它具有日后任何宋慈画像都不能取代的历史意义。二十世纪五十年代，全世界都需要重新认识中国，宋慈像就在这个时期的中医药展览会上接受了数十万中外人士的瞻仰。由于当时的"中苏友好"关系，苏联波波夫教授于一九五〇年发表了《洗冤录评介》；契利瓦科夫教授于一九五六年著出《洗冤录研究》，并在《法医学史及法医检验》著作中印宋慈画像于卷前，这就吸收了宋大仁的研究成果。

至此，我看到，如果没有刘克庄留下那篇"墓志铭"，我们对宋慈青年好学敏思、为官听讼清明，所至雪冤禁暴的生平将杳无可寻；如果没有宋大仁对《洗冤集录》在海内外传播所做的深入研究，宋慈和《洗冤集录》的意义也会湮没在历史深处。今天，我们纪念宋慈的时候，不能忘记刘克庄和宋大仁在历史岁月中不可或缺的贡献。

9. 家乡的呼应

早先，我曾猜想，宋大仁是宋慈后裔吗？或者，他也是建阳人吗？很快，我知道了，"都不是"。但那以后，我作为建阳人，渐渐感到有一种责任在召唤。

宋慈是有召唤的。我不知多少回读过他的《洗冤集录序》，每次都要读到他最后写下的一句话："贤士大夫或有得于见闻及亲所历涉出于此集之外者，切望片纸录赐，以广未备，慈拜禀。"他是在写完这篇序后，言犹未尽，用小字补写上去的。我曾想，这大约也是手书的好处吧，它保留着宋慈当年写这篇序时的情境和心态。这让我们看到，他心中存有多少对同仁与后人的期望！我不是学法医的，但我看到了这一期望内在的灵魂，我想我的任务是要把这灵魂的高山流水告诉更多的人。

一九七八年，我走在在家乡的童游河边，仿佛能看见宋慈的身影了，渐渐感到七百多年前的宋慈活在我的身上。此后我写出了关于宋慈的中短篇小说，并撰写了介绍宋慈的数十篇文章发表在全国各种报刊上。一九八六年宋慈诞辰八百周年时，我著出第一部描绘宋慈一生的长篇历史小说。

就在这年，中国法医学会与建阳县人民政府共同在建阳召开纪念宋慈诞辰八百周年的全国性大会。全国法医学界诸多专家学者会聚建阳。这是宋慈诞辰八百年来第一次隆重纪念宋慈的全国性盛会。这个历史性的日子是一九八六年十二月十六日。大会举行了宋慈塑像揭幕仪式，"宋慈亭"落成典礼，拜谒宋慈墓，并将宋慈故里童游镇一条主街命名为"宋慈路"。

我在这次大会得以结识贾静涛教授，他是学界公认的中国法医学史权威。他对《洗冤集录》和中国古代多种法医学书籍在国内外的传播状况，做了更为细致的考察，有许多发现超出宋大仁先生考察搜集所见。他在《中国古代法医学史》书中详述了《洗冤集录》美译本是中国古代法医学著作的第一个美国译本，也是《洗冤集录》的第一个外文译本，版源即孙星衍复刻元版本。

美译本为什么要译出《洗冤集录》原貌？美国法医学界有专家指出，根据英译的清廷《律例馆校正洗冤录》，难以认定中国古代法医学是先进的，因为在西方人看来，清廷钦颁这部书的时候已是近代，而意大利佛图纳图·菲德利写出法医学著作，是在一六○二年。如果中国历史的研究者能够发掘和翻译出一部中世纪《洗冤集录》原本，才能具说服力地证明中国法医学比同时代的欧洲法医学更先进。结果，这项工作美国人做了，译者是夏威夷大学的中国史教授马克奈特。

综合王吉民、宋大仁、贾静涛诸位教授的考察研究，现在可以这么说，自《洗冤集录》问世后的七百多年间，宋慈学说被翻译成外文的至少有七国文字二十种版本以上，数百年间对人类法医学的发展产生了深远的影响，宋慈无疑是世界法医学之父。

一九八六年十一月十七日，《中国法制报》发表了我的署名文章《沉埋的丰碑——纪念伟大的法医学家宋慈诞辰八百周年》。一九八七年秋天，我应邀出席在中国召开的首届国际法医学研讨会，在大会做了《伟大的法医学家宋慈》的专题报告。

二○○八年，建阳在宋慈家乡童游镇建起了宋慈广场，并竖立起高大的宋慈雕像。从此，黄昏和早晨，有许多人在此瞻仰，在此散步。建阳正在建设更大规模的宋慈园，将有巍峨的宋慈纪念馆，将有全国的司法培训基地。宋慈终于以令家乡人为之自豪的方式，回到了他的家乡，并将永远激励着家乡人去建设更好的今天和明天。

二○一五年六月二十二日　北京

宋慈大事年表

宋慈家世

宋慈祖上在唐代有个叫文真公的先人，传四代，由邢（今河北邢台西南）迁睦（今浙江建德）定居。又传三代，有个叫宋仕唐字世卿的到福建建阳任县丞，史籍说他"公廉有守，遇事通晓"。宋仕唐卒于建阳任内，一家就在建阳定居下来，成为建阳县人氏。宋仕唐的儿子宋翔，史称他七岁能诗，累官国子监簿，文才曾"名动京师"，回乡后首创义举修建了故乡的童游桥。宋翔的孙子就是宋慈的父亲宋巩，表字直卿，官至广州节度使。

孝宗淳熙十三年（1186 年）出生（本年表按当今方式以周岁计）
生于福建省建阳县童游里，出生月日不详。

宁宗庆元元年（1195 年）九岁
到同乡吴稚门下读书。吴稚是朱熹高第之一。

开禧元年（1205 年）十九岁
到京都临安入太学，其时太学约七百名学生。主持太学的是南宋大臣、翰林学士真德秀。真德秀阅读青年宋慈文章，赞其出自内心性灵，可见此时的宋慈已颇具独立思考的品格。

嘉定十年（1217年）三十一岁

中乙科进士，被任命为浙江鄞县尉官。不料父亲患重病，他无法赴任而赶回家乡，不久父亲病逝，他居家守制。

嘉定十一年（1218年）三十二岁

居家期间，蒙古、金朝和南宋的局势发生剧烈动荡。北方金朝因抵挡不住崛起于漠北的蒙古铁骑进攻，决定吃掉南宋扩地抗蒙，在嘉定十年十二月发兵渡淮，大举南犯。破碎的山河再遭战乱。多年读书谋求入仕的宋慈，此时在乡间目睹民间疾苦，乱世冤狱，对他审视自己的人生志向是起作用的。可是守制三年后，他未得朝廷起用。

嘉定十七年（1224年）三十八岁

刘克庄到建阳任知县。与宋慈是知交。

理宗宝庆二年（1226年）四十岁

出任江西信丰县主簿，开始从政生涯。刘克庄为宋慈饯行。

绍定元年（1228年）四十二岁

江西南安境内农民聚众造反，朝廷派军镇压，宋慈参与。

绍定三年（1230年）四十四岁

福建汀州、南剑州、邵武一带农民造反，汀州城军士哗变囚禁了州守陈孝严，宋慈参加平叛，为指挥者之一。

绍定五年（1232年）四十六岁

任福建长汀知县。长汀一带食用的闽盐由福州经闽江溯流航运，路遥途艰，常逾年始至，盐价奇贵，加上官吏克扣斤两从中渔利，民怨很大，往往酿成激变，成为"致盗之源"。宋慈考察后改运盐路线，从潮州运来往返只需三个月，又令以平价出售，广受百姓赞誉。

端平二年（1235 年）四十九岁

此前一年，金朝被南宋和蒙古联军灭亡。一二三五年年初，蒙古窝阔台汗集结蒙军兵分两路大举南侵，南宋到了更危急的关头。宋朝以枢密使为枢密院长官，与中书省之同平章事等合称"宰执"，共同负责军国要政。这年年底，以枢密使督视江淮军马的曾从龙闻宋慈才华，召他从军任职。但宋慈尚未就职而曾从龙去世。

端平三年（1236 年）五十岁

曾从龙去世，魏了翁兼其职，再召宋慈任幕僚。魏了翁本人穷经学古，学问甚丰，且自成一家。宋慈前往。

嘉熙元年（1237 年）五十一岁

任福建邵武军（今福建省邵武市）通判。通判职位次于知州，但握有监察官吏并直接向皇帝报告的权力，并有连署州府公事的实权，是兼行政与监察于一身的中央官吏。刘克庄以"摄郡有遗爱"评价宋慈。遗爱，指有仁爱德行留给世人。如《汉书》"没世遗爱，民有余思"之句，讲的是有仁爱德行留下来被人民思念。

嘉熙二年（1238 年）五十二岁

任福建南剑州（今福建省南平市）通判。刘克庄所撰宋慈墓志说他"通判南辕剑州不就"，受李宗勉丞相举拔任"诸军料院"。这"诸军料院"也是中央政府的派出官员。这一职务变迁的背景是，时值浙右岁荒，影响甚广，丞相李宗勉奉诏南巡内地粮赋，宋慈应李宗勉召问，指出造成粮荒的原因还在于当地强宗豪门囤积居奇加剧灾难，极易酿成民变。此时南宋正抗击蒙军，国库存粮要应军需不能擅动。宋慈提出以当地富人存粮济粜灾民。办法是："析人户为五等，上者半济半粜，次粜而不济，次济粜俱免，次受半济，下者全济之，米从官给。"即分民户为五等，最富的令其拿出存粮一半救济灾民，一半以平价出售；二等的不必承担救济，只拿出粮食以平价出售；三等的自己管自己；四等的自己解决一半口粮，另一半以平价购买；五等的完全接受救济。这件事由政府办理，百姓都根据户籍与政府发生关系。同时，宋慈还做成了"蠲免半租"，以鼓励和扶持发展生产。据刘克庄撰述，宋慈因有功而升任司农丞，知赣州，在知赣州时遭弹劾被免职，不久又起用为知蕲州，随后又改任提点广东刑狱。此间宋慈职务变迁频繁，具体时间发生在何时不详。刘克庄撰写《宋经略墓志铭》是在宋慈去世十年后，所记这一年的任职情况变化如此频繁急促且语焉不详，准确否，我不能肯定，于此存疑。

嘉熙三年（1239 年）五十三岁

任广东提点刑狱，掌广东司法、刑狱和监察大权。这是宋慈一生首次出任提刑。其时广东疑难积案甚多，还有留狱数年尚未结案者。宋慈到任后清查积案，"下条约，立期程，阅八月，决辟二百余"，清理了大批疑难积案。这期间他循行部内，深入各地，广布耳目，多方寻找有罪证据，如此还找不到有罪证据的，便视之无罪。这是他能够迅速理清大批疑难积案的关键性原因。这里最具意义的不是在多少时间里清理了多少疑难积案，而是他的无罪认定思想！

嘉熙四年（1240 年）五十四岁

移任江西提点刑狱兼知赣州。较好地解决了江西、福建、广东之间边境上武装贩盐的问题，使道路通畅，盐价稳定。宋廷曾把宋慈的方法下达有关各路，令效仿。

淳祐元年（1241 年）五十五岁

知常州军州事。在常州任内倡议重修昆陵旧志。

淳祐五年（1245 年）五十九岁

按古代的算法，宋慈这年六十岁。开始撰写《洗冤集录》。在序言开篇写道："狱事莫重于大辟，大辟莫重于初情，初情莫重于检验。"意为狱事中最重大的莫过于定杀头之罪，定此大罪的依据最重要的莫过于弄清第一手案情，而要弄清第一手案情最重要的莫过于检验。接着写，这样关乎生死的事，委派什么人去办案，实在是一件需要慎之又慎的事情。可是，"州县悉以委之初官，付之右选，更历未深，骤然尝试，重以仵作之欺伪，吏胥之奸巧，虚幻变化，茫不可诘。纵有敏者，一心两目，亦无所用其智，而况遥望而忽视，掩鼻而不屑者哉"。这是说州县委派去调查最初案情的官员，常常缺乏经验，加上仵作、吏胥受贿买的欺瞒行为，其中隐藏的虚幻变化就很难明察，即使是聪明的官员也很难不被欺骗；更何况临场负责勘检的官员，高座远离，对尸首掩鼻而不屑一顾者实在很多，这怎么可能弄清最初真实的案情呢？这序言不是一二四五年写就的，但可以窥见他撰写《洗冤集录》的目的。

淳祐七年（1247年）六十一岁

任湖南提点刑狱兼湖南安抚大使行府参议官，协助安抚大使处理军政要务。所作《洗冤集录》刻印出版于湖南宪治。

淳祐八年（1248年）六十二岁

进直宝漠阁，奉使四路勘问刑狱，"听讼清明，决事刚果，抚良善甚恩，临豪猾甚威。部属官吏，以至穷闾委巷、深山幽谷之民，咸若有一宋提刑之临其前"。

淳祐九年（1249年）六十三岁

任广东经略安抚使，为广东最高行政长官。这年春广东学宫举行释菜典礼，依惯例由当地长官主持，宋慈有头眩之疾，部下建议他委派其他官员代理，宋慈坚持亲往。回来后身体日下，于三月初七病逝。宋理宗皇帝赞其为"中外分忧之臣"，"特赠朝议大夫，御书墓门以旌之"。约十年后，官至工部尚书、龙图阁学士的刘克庄撰写了《宋经略墓志铭》，称宋慈为官，"禄万石，位方伯"，却"家无钗泽，厩无驵骏"，萧然终身。

淳祐十年（1250年）

宋慈灵枢移送回故乡福建建阳县，于七月十五日归葬。

宋慈身后

宋慈逝世后三十年，即元世祖至元十六年（1279年），南宋灭亡。宋版《洗冤集录》丧失殆尽。至迟到一三二〇年前后，元朝出版《宋提刑洗冤集录》，书前印有《圣朝颁降新例》，所录是元朝至元、大德、延祐（1314—1320年）年间颁布的条例。此本流传下来，现藏于北京大学图书馆善本书室。

历元明，以《洗冤集录》为蓝本进行补、集、注、纂的著作甚多，书名亦多样。元有《平冤录》《无冤录》，明有《洗冤捷录》《洗冤法录》，清有《洗冤录集证》等。自明代起陆续被翻译到海外的中国古代法医学著作，共同特征都是在《洗冤集录》的基础上，结合后人经验进行增删集注而成。

明英宗正统三年（1438年），朝鲜使臣把明洪武十七年（1384年）版的元人王与《无冤录》带回国，译注后以《新注无冤录》为书名，一四四〇年刊出，在朝鲜应用了四百余年。这是已知最早传至海外的中国古代法医学著作，其中主要是宋慈学说。

清康熙三十三年（1694年），清廷以《洗冤集录》为蓝本进行增补校正的《律例馆校正洗冤录》钦颁天下。此本后来也被日本人译成日文出版，并被欧洲人译成西文传入欧洲。

清乾隆元年（1736年），日本人河合尚久将朝译本《新注无冤录》译成日文，以《无冤录述》为书名出版于一七六八年。中国古代法医学经由朝鲜传到日本和直接传入日本后，在日本译注刊行的版本最多，再版也最多。传入时间一般认为在德川时代的十七世纪前期，但迄今未发现版本证据，可确证的最早版本即上述的《无冤录述》。

一七七九年，法国巴黎《中国历史科学艺术》杂志刊出据清代版本《洗冤录》译出的法文节译本。这是最早的欧洲译本。

一八五三年六月，英国伦敦《亚洲文会会报》发表英国医生海兰（W. A. Harland M. D）评介《洗冤录集证》论文。

一八六二年（或一八六三年），荷兰人葛利斯（De Grys）译出《洗冤录》荷译本在巴达维亚问世。这是第一个完整的西文译本。

一八七三年，英国剑桥大学东方文化教授嘉尔斯（H. A. Giles）的译本分期发表于《中国评论》，一九二四年英国皇家医学会杂志又刊出全文，此后又有单行本问世。

一八八二年，法国法医学家马丁（Ernest Martin）著有《洗冤录介绍》，发表于巴黎《远东评论》。此作后被德国人霍夫曼（Hoffmann）译为德文。

一九〇八年，德国人布莱坦斯坦因（H. Breitenstein）将荷译本转译为德译本，书名为《中国的法医学》。

一九一〇年，法国人李道尔夫（Litolff）从越南本《洗冤录》译为法文，在河内出版。

一九五〇年，苏联波波夫教授发表《洗冤录评介》。

一九五五年五月，宋大仁吁请建阳县调查宋慈墓葬，县里派工作组到崇雒乡召开老人会，了解线索，随即在附近山中寻找，未得结果。七月，第二次详查，在崇雒乡昌茂村山上的密林中找到了宋慈墓的残墓断碑。宋大仁曾在未发表的宋慈墓葬调查记录中写道："此项工作承蒙该县卫生科李忠群、黄启唐等各位同志协助完成任务，谨此致谢。"此后，这个湮没数百年，早已无后裔祭扫的墓葬始得重修，并经中央文化部批转福建省人民政府列为福建省第一批重点文物保护单位。

一九五五年六月起，国画家徐子鹤与宋大仁合绘的"宋慈像"首次在江苏省卫生厅主办的南京中医药展览会上展览达四个月。继从十月起，在广东中医药展览会展出两个月。之后于一九五七年在福建中医药展览会再展出一个月。这是宋慈诞生七百多年后，第一次以画像的形式与国人见面，瞻仰者共有三十多万人。

一九五六年，苏联契利瓦科夫教授著出《洗冤录研究》，并在《法医学史及法医检验》著作中印宋慈画像于卷前。

一九七九年，王宏甲写出第一个宋慈断案故事《焦尸案》。绘有水浒人物谱的著名国画家戴敦邦为《焦尸案》插图，画的是宋慈深夜在破案现场的形象。《焦尸案》及这幅插图，发表在一九七九年上海《青年一代》第四期。

一九八〇年，描写宋慈的首部报告文学《法医学史上一颗璀璨的明珠》，发表在本年六月出版的《武夷山》杂志和同年的《科学文艺》第四期，作者王宏甲。

一九八一年，贾静涛将《洗冤集录》现存最古本元版本加以校注，以繁体字由上海科技出版社出版。同年，美译本《洗除错误——十三世纪的中国法医学》出版，译者是夏威夷大学中国史教授马克奈特（Brian E. Mcknight）。这是《洗冤集录》的第一个外文译本，版源是清代藏书家孙星衍复刻元刊本《宋提刑洗冤集录》。

一九八四年，第一部描写宋慈的中篇小说《洗冤人》发表于河北大型文学期刊《长城》，作者王宏甲。

一九八六年八月，第一部描写宋慈的长篇历史小说《神验》在福建鹭江出版社出版，作者王宏甲。此作二〇〇六年由人民文学出版社再版，易名《洗冤》。二〇〇七年《洗冤》入选文化部、财政部送书下乡工程，配送国家级扶贫开发工作重点县图书馆和乡镇图书馆（室）。

一九八六年十二月十六日，建阳县政府与中国法医学会在建阳联合召开纪念宋慈诞辰八百周年大会，全国法医学界专家学者会聚建阳，这是宋慈诞辰八百年来第一次隆重纪念宋慈的全国性盛会。

一九八七年，首届国际法医学研讨会在中国医科大学召开。王宏甲应邀在大会做《伟大的法医学家宋慈》的专题报告。

一九八八年，福建电视台将《神验》改编拍摄成第一部描写宋慈的电视连续剧《阴阳鉴》（八集），在中央电视台多次播放。

二〇〇八年，建阳在童游镇建起宋慈广场，竖立起高大的宋慈雕像。

后 记

　　不知有多少青少年或父母，会先翻读到这篇后记，此文我是想为成长中的青少年写的。回首往事，我最想告诉你们的是我自己感觉到的一个收获：写这部作品，其实是我青年时期建设自己的一个异乎寻常的开端，我的思辨力、理性思维，正是在那时得到训练。可以说，每一行向外写出的文字，都是在向内建设自己。这是你在阅读中也可以体验到的，阅读它，你的思辨力就在经历挑战。每一页从外部读到的惊险与神奇，都是在向内开发和建设你自己。

　　我想先说，这本书何以写成这种风格。它同我多年以前读到的一本书有关：那是一本没封面没封底的书……想着它，记忆中的阳光更强烈起来：那是我插队岁月的一个中午，一个外村知青带着它来到我们知青点。那本书搁在一张床上，我拿起随手翻翻竟被吸引住了。严格地说，我被震撼，被书中那个名叫福尔摩斯的侦探的智慧所震撼。

　　我第一次知道了世界上有一种智慧叫推理。就在吃午饭和聊天的几小时里，我读了书里两个半探案故事，那"半个"没读完是因为那知青要走了，书里还有许多个我来不及读的故事都随之走了。我有点惆怅，好像有一种能够打开我眼界，甚至能改变我生活的东西被带走了。

　　但是，某种改变已悄悄发生……就那两个半故事，让我在阅读中有一种灵魂出窍的感觉，那时我全然忘记了自身所在，意识却清晰地随着故事的进展穿行在伦敦的街巷和宅邸。从此知道，有一种作品的力量，可以在几小时的阅读中打开你心智的窍门。

这种力量仿佛在我身上蛰伏了许多年，它的忽然苏醒，是在我插队归来后，遇到一位同乡……虽然他已经去世了七百多年。是的，你没看错，是"七百多年"。生命中有一种奇境，你忽然感到心灵与之相撞，发出一种光亮，便不能失之交臂。

他的名字叫宋慈。我从家乡文化馆的有关文档中读到了他的消息，才知我们都对他知之甚少。法医学是一门世界性的学问，中国人宋慈是这门学问的创立者，此成就不可谓不大，却为何被国人遗忘？几百年间，外国人看到了他的学说也不知世上有个宋慈。为什么？这一切，都宛若一个漂泊千古的谜。

一九七八年，我二十五岁，被这个谜吸引，听见有个声音在叩我的心扉：你能把宋慈写出来让天下人皆知吗？可是我头脑空空，拿什么来做这件事？阅读，先阅读吧！我想先去找一本《洗冤集录》来读。

可是，接着知道，宋代出版的《洗冤集录》早已丧失殆尽，元刻本也寥寥无几。我终于读到的《洗冤集录》手抄本，是建阳县文化馆的人员早年去上海的大图书馆里手抄来的。起初以为从中能读到疑奇案件，读进去才知并非如此。因《洗冤集录》是法医学专著，犹如医学专著只讲医学不载医案。史籍中对宋慈的记载也很少。怎么办？能不能用小说的方式……就在那时，我想起了福尔摩斯。

然而，福尔摩斯是虚构的人物，宋慈却实有其人。我怎样来做这件事？可以有很多种理由把这件事放下。到底是什么赐予我胆量，竟没有放下？

一九七九年，我写出了第一个宋慈断案的故事《焦尸案》。绘著水浒人物谱的著名国画家戴敦邦为《焦尸案》插图，画的是宋慈深夜在破案现场的形象。《焦尸案》及这幅插图，发表在一九七九年上海《青年一代》第四期。随后，我写出《法医学史上一颗璀璨的明珠》，发表在一九八〇年六月出版的《武夷山》杂志和同年的《科学文艺》第四期。这期间亦撰写了介绍宋慈的数十篇文章发表在全国各种报刊。接着写出关于宋慈的短篇小说《执法者》，发表于一九八二年的《福建文学》；第一个中篇小说《洗冤人》，发表于一九八四年的《长城》。我还撰写了第一本介绍宋慈的连环画《宋慈》，绘画作者是邹越非、邹越清，一九八四年由江苏美术出版社出版。一九八六年，正值宋慈诞辰八百周年，我著出反映宋慈一生的长篇小说《神验》。有评论说：包公的故事千古脍炙人口，因秉公执法；福尔摩斯久负盛名，因推理机智；王宏甲描写的宋慈，兼有包拯的公正、福尔摩斯的机智，还有令人惊叹的法官勘查检验知识；并称宋慈形象的出现，使破案小说中的"包公、福尔摩斯、宋慈犹鼎三足"。一九八七年五月十四日，《中国法制报》开始连载《神验》。出版社随后将《神验》易名《宋公案》，出版一种插图本。福建电视台将《神验》改编拍摄了第一部描写宋慈的电视连续剧《阴阳鉴》，在中央电视台和多省市电视台多次播放。以上构成了继宋大仁于五十年代研究介绍宋慈之后，以多种形式更为广泛介绍宋慈的历程，宋慈终于被越来越多的人所知。

一九八七年九月，我作为研究宋慈的专家，应邀出席在中国召开的首届国际法医学研讨会，在大会向多国专家学者做《伟大的法医学家宋慈》的专题报告。一九八八年一月十日《光明日报》发表《宋慈家乡的年轻人——记作家王宏甲研究〈洗冤集录〉的事迹》。二〇〇六年人民文学出版社出版长篇小说《洗冤》，是我在《神验》基础上修改的新版本。二〇〇七年《洗冤》入选文化部、财政部送书下乡工程，配送国家级扶贫开发工作重点县图书馆和乡镇图书馆（室）。以上是我与宋慈有关的履历，一并记之。

如前所述，我最想告诉青年读者的是我自己感觉到的一个收获：那其实是我青年时期建设自己的一个异乎寻常的开端，我的理性思维正是在那时得到训练。可以说，每一行向外写出的文字，都是向内建设自己。事实上，远不止是训练了思辨力和逻辑思维。我意识到了，追寻宋慈，不仅要从史料中追觅甄别他的踪迹，"丹青难写是精神"，最不能缺乏的对人精神世界之形成的可靠追述，并须史不能忽视相关的历史环境。于是，宋代建阳家乡，比宋史更辽远的中外世界都在我眼前开阔起来。

我懂得了可以在描绘宋慈的小说中熔文学性与历史真实性于一炉。于是这本书中，宋慈出生、求学、成长，以及为官奉职的地点、职务、时间均与史实相符，据以断案的勘查检验知识则主要来自《洗冤集录》，部分检验知识来自清廷《律例馆校正洗冤录》，量刑的细节也大致依照宋代刑法。我懂得了，小说可通过有限的历史事迹而写出本质的真实，而本质的真实甚至是更高的真实。

然而，面对宋慈这历史人物，我仍觉得用小说表现不够。为什么想用"评传"的方式写宋慈评传？因评传这种文体，强调对原始资料进行认真的研究、甄别、考证，挑战性其实很大。我以为一个不朽的生命，并不会因其血肉之躯的离去而终结。事实上，宋慈去世后，他的著作、他的智慧、他的情感，始跨越宋代，历元明清至今，且漂洋过海，继续着不朽。我有理由在这部评传中，将他辞世后七百多年来在国内国际的影响作为他生命的组成部分予以评述。

这部书是关于宋慈的小说与评传的合本，名之《宋慈大传》。为什么用"大传"名之？在中国文化传统里，名大传者可追溯至《周易》里解释卦辞与爻辞的传，曰易大传。又有解释《尚书》的《尚书大传》。还有为《春秋》注释的《春秋·左氏传》《春秋·公羊传》等，皆属于阐释经典的著作。传与人物相联系，有称志传、纪传、史传、传记、评传、自传、外传、别传、正传的。我以为大约分四类或可观区别：一是记述翔实史事的史志性传记；二是带有研究与评论性质的传记，称评传；三是以史实为根据，不排斥某些想象性描述，称文学传记；四是小说，如鲁迅的《阿Q正传》，傅雷翻译法国作家菲列伯·苏卜的《夏洛外传》，纯属文学范畴。本书将小说与评传合为一体，可使互相映照；或犹前人大传诠释经典，就小说《洗冤记》而言，乃根据宋慈生平学识与追求，形象地演绎阐释《洗冤集录》经典。就精神而言，传宋慈其人倾毕生勤勉，关心民瘼，珍重民命的大慈大爱，这可并非虚构。

　　二〇一六年，适值宋慈诞生八百三十周年，谨以此书志纪念。

二〇一五年十月　北京